KB064946

구로사와 아키라의 국책영화와 일본문학

프로파간다와 작가 정신

1943
~
1945

구로사와 아키라의 국책영화와 일본문학

프로파간다와 작가 정신

이시준 저

黑澤明

보고사
BOGOSA

　구로사와 아키라는 1910년 도쿄에서 태어나, 1943년 감독 데뷔. 《라쇼몬》으로 베니스국제영화제 황금사자상, 《7인의 사무라이》로 베니스국제영화제 은사자상, 《가게무샤》로 칸국제영화제 황금종려상, 《숨은 요새의 3악인》으로 베를린국제영화제 감독상 등을 수상하며, 일본영화를 세계에 알리고, 오즈 야스지로, 미조구치 겐지, 나루세 미키오와 함께 일본을 대표하는 명감독으로 손꼽힌다. 1998년, 도쿄 자택에서 사망. 향년 88세. 1985년 영화인으로 처음으로 문화훈장을, 1990년에는 아카데미 명예상을 수상했으며 그에게 영향을 받은 동서양의 감독들은 헤아릴 수 없을 정도로 많다.

　이 책은 《스가타 산시로》(1943)를 시작으로 《가장 아름답게》(1944), 《속 스가타산시로》(1944), 《호랑이 꼬리를 밟는 남자들》(1945) 등 구로사와의 초기작품을 다루고 있다. 여기서 우리가 주목해야 할 점은 구로사와의 영화의 원점이라고 할 수 있는 위의 작품이 모두 전시체제하의 국책영화라는 사실이다.

　구로사와는 화가지망 시절, 일본 프롤레타리아 미술가동맹의 멤버 및 비합법신문인 「무산자신문」의 지하 활동원 등 좌익 활동을 거쳐, 우연한 기회로 1936년 영화사에 들어가 야마모토 가지로 감독에게 영화를 배웠다. 조감독 시절을 거쳐 《스가타 산시로》로 감독으로 데뷔하였는데, 1943년 당시는 중일전쟁이 지지부진 결말을 맺지 못한 상태에서 1941년 12월 8일부터 시작된 태평양 전쟁으로 연합국과의 전쟁으로 각 지역에 배치된 일본군의 피해가 속출하던 시기였다.

한편, 영화계에서는 영화의 전면적인 국가통제를 목적으로 영화법이 1939년에 시행되었다. 영화 제작·배급의 허가제, 영화 제작에 종사하는 자(감독, 배우, 카메라맨)의 등록제, 극영화 각본의 사전 검열, 문화영화·뉴스 영화의 강제 상영, 외국 영화의 상영 제한 등이 법정화되었다. 완성된 영화뿐만이 아니라 각본 단계에서 사전검열을 받게 됨으로써, 당시 개봉된 영화는 더욱 철저하게 국위 선양과 전의앙양에 기여해야만 했다.

당연히 1945년 패전 이전에 제작된 위의 구로사와 작품들은 국책영화로, 선전·선동을 위한 프로파간다적인 성격을 가질 수밖에 없다. 영화 이외에도 그는 생계를 위해 많은 각본을 썼는데, 그중에는 조종사인 의형제의 이야기를 다룬 《날개의 개가》(1942), 러일전쟁의 승리를 다룬 《적중횡단 3백리》(1943) 등 프로파간다의 성격이 강한 각본도 집필했다. 참고로 패전 이후, 일본에 주둔한 연합군 최고 사령부(GHQ)는 전쟁이 시작되어 전쟁영화를 제작한 영화인들은 어쩔 수 없으나, 전쟁 이전에 전쟁에 몰아넣기 위해 영화를 이용한 영화인을 전범으로 규정하였다.

구로사와는 훗날, 자서전에서 "전쟁 중의 나는 군국주의에 대해 무저항이었다. 애석하게도 적극적으로 저항할 용기가 없어 적당히 영합하거나 혹은 도피했다고 하지 않을 수 없다"고 회상하며 반성하고 있다. 그리고 한편으로 전시 중 끊임없이 일본이 "이 전쟁에 이기면 큰일이라고 생각했으며, 승리해버리는 것이 가장 큰 공포였다"고 심정을 밝히고 있는 바, 속내는 전쟁과 군국주의의 모순을 절실하게 통감하고 있었던 것이다.

그렇다면 전쟁 중의 구로사와는 영화제작의 목표를 전의앙양에 두었을까? 검열 하에서의 일본영화는 오로지 전쟁에 도움이 되는 것만이 제작되었음을 상기하면, 위의 질문은 우문으로, 차라리 감독은 영화제작에 있어 국위선양과 전의앙양을 얼마나 의식했는가? 라는 질문이 합리적이고 현실적이지 않을까?

이 책은 이러한 현실적인 질문에서 출발한 것이다. 국책영화라는 사실을 부정하는 것이 아니라, 그 틀 안에서 감독은 어떠한 작가 정신으로 영화를 만들었는가에 초점을 맞추었다. 즉 전의앙양과 국위선양과 직간접적으로 관련되어 있음을 전제로 하고, 종합 예술로서의 영화 본연의 메시지(주제)와 메시지의 구현방법(영상 기법이나 음악)에 주목한 것이다.

그는 영화의 제재를 현대극이 아닌 시대극을 선택하여 전시하의 현재상황과 일정한 거리를 두었고, 원작소설을 영화화한 경우에는 원작이 가진 미국을 비롯한 서양에 대항하는 국수주의적인 색채를 최대한 억제하고 이에 대신하여 대중적 오락영화를 지향했다. 유일한 현대극인 《가장 아름답게》에서는 '국가에 대한 봉사'보다는 '소녀들의 시련극복을 통한 인격의 도야와 성장'에 초점을 맞추고 실험적인 다큐멘터리 스타일을 도입하였다.

작가 정신을 기반으로 한 영화다운 영화에 대한 감독의 열정은 검열관과의 대치 국면이 상징적으로 잘 말해 주고 있다. 구로사와는 영화의 기획 및 제작과정 속에서 사사건건 검열관과 충돌하였으며, 그 결과 많은 영화장면을 포기하거나 삭제를 당했다. 또한《호랑이 꼬리를 밟는 남자들》은 검열로 인해 상영금지 처분을 받았으며, 가장 프로파간다적인 성격이 강한《가장 아름답게》조차 국책영화로 걸맞지 않다는 비판을 받았다.

구로사와의 국책영화 연구는 권력에 대한 영화감독의 '저항' 및 '도피'라는 이분법적인 종래의 언설에서 벗어나, 권력에 의해 제한된 소재와 테마 속에서 영화감독은 어떻게 본연의 예술적 가능성을 모색하였는가에 대한 하나의 귀한 케이스를 제시할 수 있을 것으로 기대한다.

국책영화라는 측면 이외에 이 책의 또 다른 의의는 초기 작품인 만큼 구로사와 영화의 원천 및 원형을 확인할 수 있다는 점이다.

다재다능한 구로사와는 4작품의 각본을 전부 본인이 직접 집필하였다. 이러한 점은 훗날의 공동 집필을 포함해서, 그의 영화 전체에서 볼 수 있는 제작방법이다. 풍부한 문학적 소양을 기반으로 한 원작소설을 각색한 각본이 많은 점 또한 유의해야 할 것이다.

또한 음악에 대한 교양도 풍부하여 장면의 특징을 적확하게 파악하여 당시의 일반적인 방법을 뛰어넘어 영화음악을 제작하였다. 영화의 스타일적인 측면에서는《호랑이 꼬리를 밟는 남자들》은 당시 보기 드문 뮤지컬 풍의 영화였으며,《가장 아름답게》또한 본격적인 다큐멘터리 터치영화라는 면에서 주목할 필요가 있겠다. 또한 영화의 주제에 대해서인데, 대부분이 '성장'의 메시지를 담고 있는 바, 이러한 주제는 전후의 작품인《내 청춘에 후회 없다》,《멋진 일요일》 등의 주제와도 정확하게 일치하고,《주정뱅이 천사》,《조용한 결투》,《들개》와 근저를 같이하는 것으로, 구로사와의 초기영화의 주제 확립과정에서 적지 않은 의미를 가지고 있다고 할 수 있다.

이외에도 구로사와가 평생 영화 스타일과 연출에 즐겨 차용했던 전통예능인 노와 가부키가 등장하고,《스가타 산시로》의 야노와 산시로의 사제관계는 훗날의《들개》,《7인의 사무라이》,《쓰바키 산주로》,《붉은 수염》 등의 원형이라 할 수 있겠다.

구로사와의 영화와 인생에 대한 관심은 환언하면 일본영화의 역사와 일본 근현대사에 대한 관심이기도 하다.

에디슨의 키네토스코프가 1896년 일본에 처음으로 들어온 이래, 1920대 후반부터 본격적인 예술영화가 제작되고, 1930년대 이후의 토키영화시대 개막, 1950년대의 융성기, 1960년대 이후의 산업구조와 TV보급에 의한 영화산업의 부진, 그런 속에서 신인감독과 기존 감독의 수작이 다수 제작되었던 1980년대 등, 1936년 영화계에 입문한 구로사와의 활동은 일본영화사와 궤를 같이한다.

한편, 구로사와 4살 때의 제1차 세계대전, 13살 때의 관동대지진, 20대의 만주사변·중일전쟁·국가총동원령, 31살 때의 태평양전쟁, 45살 때의 도쿄 공습 및 패전, 50대의 급속한 고도경제성장 및 60대 이후의 안정성장과 버블붕괴까지 그의 일생은 근현대의 역사적 사건과 일일이 관련을 맺는다.

책의 구성은 3부로 되어 있어 1부는 각 영화에 대한 분석, 2부는 각본 번역, 3부는 평전 스타일의 감독의 삶과 제작과정에 대한 글로 되어 있다. 각본을 번역한 이유는 기존의 국내에 소개된 영화 자막이 너무 조악하여 이대로는 영화를 이해하기는커녕 원작을 심하게 왜곡하고 있다고 판단했기 때문이다. 단 각본과 완성된 영화와는 내용상 차이가 있는 곳이 많다. 영화와 각본을 비교하면서 차이를 확인하고 그 원인을 생각하는 것도 흥미롭겠다.

거시적인 시점에서 일본에 대한 이해를 돕고 설명하는 도서들은 이미 국내에 넘쳐난다. 그럼에도 불구하고 구로사와에 관한 이 책이 일본의 영화, 더 나아가 일본사회를 바라보는 작은 창이 되어 독자들이 이 창을 들여다보다 문득 흥미로운 것을 발견했으면 하는 바람이다.

2022년   여름

범례

1. 본서는 구로사와 아키라 아키라가 감독한 작품 중, 《스가타 산시로》(1943)부터 《호랑이 꼬리를 밟는 남자들》(1945)까지 데뷔작부터 패전 이전까지의 4편의 작품을 다루었다.

2. 1부 '영화에 대한 감상'에 수록된 글은 이미 공개된 글도 있으나 단행본으로 묶으면서 오류는 정정하고, 기존의 내용을 정도의 차이는 있지만 대폭 수정하고 보충하였다.

3. 영화 타이틀은 《 》(가령 《스가타 산시로》와 같이)로 그리고 원작이 되는 소설은 『 』(가령 『스가타 산시로』와 같이)로 표시하였다.

4. 본문의 약자로 되어 있는 일본어 한자는 가능한 한 구자로 표기하였다.

5. 일본어 원문을 병기할 경우, 한글과 일본어(주로 한자) 사이에 따로 괄호를 넣지 않았다. 단 원문에 주의할 필요가 있다고 생각되는 경우에는 괄호 [ ]를 사용하였다.

6. 각본에 쓰인 화면상의 기술처리 기호는 다음과 같다.
   (F・I) → Fade In, (F・O) → Fade Out, (O・L) → Over Lap
   (WIFE) → 뒤에 오는 화면이 전의 화면을 밀어내듯이 하며 나옴

7. 1부 및 3부 집필에 참고한 주요 도서는 다음과 같다. (연대순)
   · 島津久基(1935)『義経伝説と文学』明治書院
   · 富田常雄(1957)『柔道大試合物語』東光出版社
   · 富田常雄(1957)『姿三四郎の手帖(柔道創世記)』春歩堂
   · 佐藤忠男(1983)『黒澤明の世界』三一書房
   · 佐藤忠男(1970)『日本映画思想史』三一書房

・富田常雄(1973)『姿三四郎』上中下三巻　新潮文庫

・黒澤明(1984)『蝦蟇の油 : 自伝のようなもの』岩波書店

・黒澤明(1987)『全集　黒澤明　第一巻』岩波書店

・D・リチー著, 三本宮彦訳(1991)『黒澤明の映画』社会思想社

・佐藤忠男(1995)『日本の映画史 2』岩波書店

・西村雄一朗(1998)『黒澤明音と映像』立風書房

・樋口尚文(1999)『黒澤明の映画術』筑摩書房

・三国隆一(1998)『黒澤明伝』展望社

・山口和夫(1999)『黒澤明 : 人と芸術』新日本出版社

・堀川弘通(2000)『評伝　黒澤明』毎日新聞社,

・佐藤忠男(2002)『黒澤明作品解題』岩波現代文庫

・よしだまさし(2006)『姿三四郎と富田常雄』本の雑誌社

・浜野保樹(2009)『大系黒澤明　第1巻』講談社

・都築政昭(2010)『黒澤明 : 全作品と全生涯』東京書籍

II. 각본에 대한 이해 ··· 261

III. 감독·제작에 대한 관심(1910~1945) ··· 541

I

영화에 대한
감상

제1장

원작소설 『스가타 산시로』

사실과 허구로 본 창작의 방법

1. 들어가며

구로사와 아키라의 데뷔작 영화 《스가타 산시로姿三四郎》(1943) 및 후속작 《속 스가타산시로續姿三四郎》(1945)의 원작이 도미타 쓰네오富田常雄(1904~1967)의 동명소설 『스가타 산시로姿三四郎』라는 사실은 국내에서는 그다지 잘 알려져 있지 않은 듯하다. 본 글은 원작 소설을 감독이 어떻게 영화화했는지에 대해

■ 도미타 쓰네오(1954년)

생각하는 전 단계로 원작의 창작 방법에 대해서 살펴본 것이다(원작과 영화의 차이점은 제2장 참조). 이러한 과정 속에서 우리들은 전시중임에도 불구하고 큰 인기몰이를 한 영화의 성공 이면에는 유명작가

에 의한 원작 소설의 존재가 있었음을 확인할 수 있을 것이다.

도미타 쓰네오富田常雄는 1904년 도쿄東京 고이시카와小石川에서 태어났다. 메이지대학明治大學 시절(1921~1927) 소년소녀소설로 작가데뷔를 해서 졸업 후 극단 심좌心座의 문예부에도 참가했다. 이후 생활을 위해 소년잡지 「담해譚海」에 소설을 냈고 1942년 9월, 아버지가 실제로 수련을 한 강도관講道館 유도를 소재로 한 소설『스가타 산시로姿三四郎』를 발표한다. 처음 쓴 성인 장편소설이었다. 이후 스가타 산시로 관련 작품을 연달아 출판했고,『면面』『자청刺靑』으로 전후 처음으로 제21회 나오키상直木賞을 수상했다. 이외에『저녁학 일기夕鶴日記』『떠돌이이야기風來物語』『누군가 꿈이 없는誰か夢なき』『여기에 행복이 있다ここに幸あり』등의 연애소설·풍속소설,『구마가이 지로熊谷次郎』나 큰 인기를 얻은『벤케이弁慶』등의 시대소설·역사소설도 있다. 전시하 및 전후, "현대물과 시대물 양쪽에 능하여, 풍속소설의 지평을 넓힌"[1] "대중문단의 한 영웅"[2]이라 평가받는 도미타 쓰네오는 당시 톱클래스의 인기 작가였다. 1945년부터 1966년까지 23년간에 걸쳐 39작품의 신문소설을 썼는데 2, 3개의 신문사에 동시에 작품을 연재하기도 하였다. 이것은 1977년에 발표된 「解釋と鑑賞 臨時增刊號·現代新聞小說辭典」(至文堂)에서 1위에 오른 후나하시 세이이치舟橋聖一의 19작품보다 훨씬 많다.

....

1 市古貞次編集(1978)『日本文學全史 ⑥現代』學灯社
2 時代別日本文學史事典編集委員會(1977)『時代別日本近代文學大事典②』 講談社,
   淺井淸·佐藤勝編(2004)『日本現代小說大事典』明治書院

인기를 끈 소설은 영화화되는 법으로 도미타의 원작(원안)으로 만들어진 영화는 무려 57편에 이르며, TV드라마로 제작된 작품도 24편이나 된다.

작품 중에서도 가장 대중들에게 익숙한 작품이라고 하면 바로 이 《스가타 산시로》였는데, 도호東寶가 이 작품을 가지고 구로사와 아키라를 영화감독으로 데뷔시킨 것이다. 도미타의 작품으로 만들어진 24편의 TV드라마 중 7편이『스가타 산시로』를 원작으로 하고 있고, 영화로는 구로사와의 것도 포함해서 5편이 제작되었다는 사실은 훗날에도 원작소설 및 영화의 인기가 좀처럼 사그라지지 않았다는 좋은 방증이 된다.

도미타의 대표작『스가타 산시로』의 테마는 작가도 지적하는 바와 같이 '일본유도의 탄생'에 관한 이야기와 격동의 '메이지明治 시대를 살아낸 청년의 고뇌와 성장'에 대한 이야기이다. 역사적으로 일본의 유도는 가노 지고로嘉納治五郎(영화에서는 '야노 쇼고로'라고 이름을 바꿈)라는 걸출한 인물에 의해 탄생되었다. 탄생 초창기에 가노 지고로 옆에서 활약한 문하생 중 하나가 스가타 산시로였던 것이다. 일본 유도의 역사 및 가노 지고로에 대해 간단히 정리하면 다음과 같다.

소설에서는 야노에 대해서 "도쿄대학 출신의 학사로 가쿠슈인學習院 교사"(상권, p.350)로 "천신진양류의 후쿠다 하치노스케福田八之助의 제자가 되어, 후에 하치노스케 사망 후, 이소 마사미치磯正道에게 무술의 비법을 완벽하게 배웠고, 또한 기도류起倒流, 다케나카파竹中派의 시조 다케나카 모토노신竹中元之進의 수제자였던 이누마 고민飯沼恒民을 통해 기도류를 연구했다"(상권, p.385)고 쓰고 있다.

가노 지고로는 교육가이며 강도관 유도의 창시자이다. 효고현兵庫縣 무코군武庫郡 미카게정御影町(현 고베시神戸市 히가시나다구東灘區 미카게御影)에서 태어났다. 1877년 천신진양류 유술의 후쿠다 하치노스케福田八之助에게 사사, 이어서 이소 마사토모磯正智에 입문, 1881년 기도류의 이쿠보 쓰네토시飯久保恒年에게 사사, 같은 해, 도쿄대학 졸업. 가쿠슈인學習院에 봉직하며 1882년 도쿄 시타야下谷에 있는 에이쇼지永昌寺를 빌려 자타공영自他共榮·정력선용精力善用 하에 강도관 유도를 창시한다.

1885년 가쿠슈인 간사 겸 교수, 이후 교감[敎頭], 궁내성宮內省이 명하는 공적인 용무를 하는 직[御用掛]을 수행한다. 1889년 유럽에 갔다가 귀국 후 제5고등중학교, 제1고등중학교, 도쿄고등사범학교 등의 교장을 역임한다. 한편 1911년 일본체육교회 초대회장, 올림픽위원, 1912년 스톡홀름 올림픽대회에 임원으로 미시마 야히코三島彌彦·가나쿠리 시소金栗四三 두 선수를 인솔한다. 1938년 카이로 국제올림픽회의에 출석, 도쿄대회 유치에 성공하나, 귀국 중 배에서 병으로 사망한다.

본장에서는 작가가 역사상의 초창기유도를 어떤 방법으로 소설화했는지에 대해 살펴보고자 한다. 고찰의 주된 방법으로는 시대(역사)소설이라는 특징을 고려해서, 등장인물의 실제 모델이나 유도의 발상지가 된 수련 도장(작자는 실제의 '강도관講道館'을 소설에서는 '굉도관紘道館'으로 이름을 바꿈)을 둘러싼 역사상의 사실과 소설의 내용의 차이점에 주목하고자 한다.

고찰의 범위는 구로사와 아키라의 《스가타 산시로》의 원작인 최초
의 『姿三四郎』(綿城出版社, 1942)를 대상으로 하였으며, 본문의 인용
은 『姿三四郎』 上中下三卷(新潮文庫, 1973)을 사용했음을 밝혀 둔다.

2. 집필 동기와 서지에 관해서

도미타 쓰네오의 작품에 대한 논의는 그가 일세를 풍미한 인기작
가로 명성을 날렸음에도 불구하고 제2차 세계대전을 전후로 해서
활약한 대중문학작가들 대부분이 그러하듯이, 그다지 활발하지 않
다. 아니 거의 없다고 해도 과언이 아닌 상황인데, 이하 필독해야
할 참고서 3권을 열거하면 다음과 같다.

첫 번째 책은 강도관 창설기의 에피소드를 엮은 도미타 쓰네오
저 『스가타 산시로의 수첩姿三四郎の手帖(柔道創世記)』(春步堂, 1950)
이다. 그리고 두 번째 책으로는 마찬가지로 강도관의 창설기의 일화
가 담긴 논픽션이지만 청소년 독자층을 위해 간행된 도미타 쓰네오
저 『유도대시합 이야기柔道大試合物語』(東光出版社, 1957)이다. 그리
고 마지막으로 고서 전문가인 요시다 마사시よしだ まさし가 쓴 『스가
타 산시로와 도미타 쓰네오姿三四郎と富田常雄』[3]이다. 책 광고문에

....
3   よしだ まさし(2006) 『姿三四郎と富田常雄』 本の雑誌社

호쾌한 문장, 스가타 산시로의 필사기인 야마아라시(山嵐, 유도기술의 하나, 산바람이라는 뜻, 필자주)와 같구나! 메이지明治 15(1882)년 강도관 탄생. 모든 것은 여기에서 시작됐다——소설「스가타 산시로姿三四郎」와 그 저자인 대중작가·도미타 쓰네오의 호쾌한 생애에 고서 전무가 요시다 마사시가 도전한다.

라고 기술되어 있듯이 요시다는 정리된 자료도 없는 상황에서 거의 품절이 된 도미타 작품을 찾아 헤맨 끝에 작가의 평전을 완성했다. 요시다의 노력으로 인해 잊힌 대중소설가의 인생과 작품이 재조명을 받게 되었고, 후학을 위한 연구의 기초를 다진 점은 큰 의의라 할 수 있다. 단 주된 내용이 작가의 약력과 책의 서지 쪽에 집중이 되어, 작품의 감상이나 분석이 상대적으로 분량이 적은 점은 아쉽다고 하겠다.

그럼, 이상의 선행연구 및 참고서를 참고로 하여『스가타 산시로』의 집필동기에 대해 살펴보도록 한다.

책은 1942년 9월 1일, 멘세이출판사錦城出版社에서 처음 발간되었다. 집필동기에 대해서 작자는 서문에서 다음과 같이 말하고 있다.(『姿三四郎·天の卷』講談社 1954)

태평양전쟁이 발발한지 벌써 1년이 지나갈 무렵, 나는 멘세이출판사의 초대로 고지마치麹町의 나가타정永田町으로 '행락行樂'을 다녀왔다. 그것은 정보국情報局에게 칭찬을 받을 만한 건전한 국민문학을 출판하고자 하니 새로 작품을 써주었으면 하는 취지의 모임이었다. 야마오카

소하치山岡莊八, 가지노 도쿠조梶野憲三 등, 4, 5명의 작가가 모였다.

그때 내가 어떤 작품을 쓸 것인가에 대해서 가지노 씨가 유도소설은 어떤가하고 제안했다. 물론 내가 유도 집안에서 태어난 사실을 알고 있는 출판사측은 대찬성이었다. 하지만 나는 새롭게 유도소설을 쓰고 싶지는 않았다. 이전부터 유도를 주제로 해서 작품을 쓸 마음은 있었지만 나는 그것을 긴 신문소설의 형태로 쓰고 싶었다. 물론 신문에 게재하기로 선약이 되어 있었던 것은 아니지만 진득하게 호흡이 긴 글을 써보고 싶었던 것이다.

그러나 전쟁 중이고 생계를 위해서는 어느 정도 감수해야 했기에 승낙을 하고 구상에 들어갔다. 아마도 작가로서의 나의 머릿속에는 그 당시, 이 소설, 즉 유도가를 주인공으로 하는 소설의 골격은 이미 짜여 있었다.

함께 동행한 작가 중에 야마오카 소하치, 가지노 도쿠조 등의 이름이 보인다. 야마오카는 1933년 『대중구락부大衆俱樂部』를 창간하여 편집장을 맡았고, 1938년 시대소설『약속約束』이 제23회 선데이매일대중문예サンデー毎日大衆文藝에 입선한 인물이다.[4] 한편 도미타에게 직접 테마에 대해 언급한 가지노는 1933년 오바야시 기요시大林淸, 야마테 기이치로山手樹一朗 등과 함께 『대중문학大衆文學』을 간행하고, 『고래의 마을鯨の町』『청어 어장鰊漁場』 등 해양작가로 이름을 알렸다.[5] 두 사람 모두 하세가와 신長谷川伸의 신응회新鷹會

....

4 1942년 『해저전기海底戰記』로 노마문예장려상野間文藝獎勵賞, 『도쿠가와 이에야스德川家康』(1950~1967)로 하세가와신상長谷川伸賞 및 요시카와 에이지상吉川英治賞을 각각 수상했다. 三好行雄 外(1994)『日本現代文學大辭典 人名・事項編』明治書院

에 참여하고 있다는 공통점을 갖고
있는데, 도미타와의 관련은 소년잡지
「담해譚海」이었을 것이다. 도미타 쓰
네오는 1930년경부터 「담해」에 『돈
까스 대장トンカツ大將』 등의 소설을
썼는데 잡지를 간행한 출판사가 하쿠
분칸博文館이고, 이곳에는 야마오카,
가지노 두 사람 외에 대중문학을 짊
어나가게 될 야마모토 슈고로山本周
五郎, 야마테 기이치로山手樹一郎, 무

■ 가와데쇼보판 1955년

라카미 겐조村上元三, 오바야시 기요시, 가시마 고지鹿島孝二 등이
모여 있었다.[6]

　출판사로부터 "정보국에게 칭찬을 받을 만한 건전한 국민문학"을
쓰도록 권유를 받고 있는데, 여기서의 '정보국'이란 전쟁 중의 출판
을 지도한 '내각정보국內閣情報局'을 말한다. 1940년 12월 6일 설치
되었는데, 내각총리대신의 관리에 속하며 국가차원의 정보·선전활
동의 일원화 및 언론·보도에 대한 지도와 단속을 업무로 하는 기관
이었다.[7]

....

5   日本近代文學館編(1977) 『日本近代文學大事典①』 講談社

6   高森榮次(1988) 『想い出の作家たち 雜誌編集50年』 博文館新社은 쇼와昭和 초기의
　　젊은 대중소설작가와 그들을 장려하는 편집자들의 일화가 실려 있어, 당시의 도미타
　　에 대한 이해에 참고가 된다.

7   정보국의 업무는 그전까지 내무성, 외무성, 체신성에서 해왔던 신문·잡지·출판·방

가지노가 유도 관련의 소설을 권유한 이유는 우선 도미타가 「소년
구락부少年俱樂部」 등의 잡지에 이미 유도와 관련된 실화를 발표한
경력이 있었기 때문이다. 도미타는 대학시절 관동대지진이 일어난
1923년부터 '伊皿木恒雄' 등의 팬네임으로 「소년구락부」「소년세계
少年世界」에 유도·검술 등의 격투기나 무술을 소재로 한 실록물을
많이 쓰고 있었다. 또 한 가지 이유는 도미타의 부친이 일본에서 처
음으로 유도를 개시한 강도관講道館의 필두 입문자였고, 소위 사천
왕四天王의 한 사람이었기 때문이었다. 도미타는 소학교 6학년 때부
터 아카사카赤坂의 도쿄체육구락부東京體育俱樂部라고 하는 스포츠
센터에서 부친으로부터 유도를 배웠고, 덕분에 대학 때는 유도부 주
장까지 하게 되었다.

집필을 마음먹었을 당시 이미 "유도가를 주인공으로 하는 소설의
골격은 이미 짜여 있었다"고 하는 술회도 이러한 정황을 감안해 보면
충분히 납득이 가게 된다.

우여곡절을 겪고 출간된 『스가타 산시로』는 정보국의 추천도서까
지 되었고, 판을 거듭해 1년 후에는 7쇄가 되었으며, 그때 당시 3만
부를 증쇄하였다고 한다. 일반적으로 알려진 『스가타 산시로』는 산
시로三四郎가 숙적인 히가키 겐노스케檜垣源之助와 자웅을 겨루는
에피소드가 담겨있는 1942년 9월 5일의 『스가타 산시로』(綿城出版

....

송·영화·연극 등의 검열과 단속, 그리고 이들 메스미디어 및 각종의 사상·문화재단
의 지도 등 매우 광범위했다. 정보국은 군국주의 체제 하에서 전쟁정책 수행에 적지
않은 역할을 했다. 國史大辭典編集委員會(1989) 『國史大辭典⑩』 吉川弘文館

社)이며, 이후 그 인기에 힘입어 전후의 이야기를 다룬 작품이 추가
되어 간다. 1943년 7월 20일, 히가키와의 결투 후에 산시로가 히가
키의 2명의 동생과 겨루고, 스모선수 및 권투선수와 이종경기를 겨
룬다는 『신일본문예총서新日本文藝叢書 스가타 산시로姿三四郎(續編)』
(增進堂)가 출판된다.

　계속해서 같은 해, 도미타는 오사카신문大阪新聞에 「메이지 무혼
明治武魂」이란 제목으로 연재를 시작한다. 산시로의 스승인 야노 쇼
고로矢野正五郎가 이전의 유술柔術의 기술을 통합·체계화하여 '꼉도
관'을 설립하는 내용인 바, 이를테면 『스가타 산시로』의 전사前史(영
화에서의 '프리퀄'과 같음)라고 할 수 있다. 「메이지 무혼」은 연재가 종
료된 1945년 11월 11일에 『메이지의 풍운明治の風雪』(增進堂)으로 제
목을 바꾸어 단행본으로 출판된다.

　한편, 도미타는 「메이지 무혼」 연재개시 전후로 해서 도쿄신문東
京新聞에 「유柔」라는 작품으로 연재를 시작했다. 이것은 『스가타 산
시로』의 후일담이라 할 만한 것으로, 도미타는 앞선 시기의 이야기
를 다룬 「메이지 무혼」과 함께, 동시에 집필 작업을 한 것이다. 그리
고 계속해서 1945년 8월 1일 「유柔」의 속편인 「속續·유柔」가 도쿄
신문에 연재되었다.

　현재 일반적으로 입수하기에 용이한 신초샤新潮社나 고단샤講談
社에서 나온 결정판決定版 『스가타 산시로』는 이상의 일련의 시리즈
를 전부 모은 것으로 신초샤판新潮社版의 상·중·하권(1973)의 내용
을 정리하면 이하와 같다.

決定版『姿三四郎』	作品	備考
상권 序の章~生死の章	「明治武魂」	1943년부터 大阪新聞 연재
상권 卷雲の章~중권 碧落の章	『姿三四郎』	綿城出版社, 1942년 9월 5일
중권 すばあらの章~一空の章	『姿三四郎(續編)』	增進堂, 1943년 7월 20일
중권 不惜の章~하권 明星の章	「柔」	1943년부터 東京新聞 연재
하권 琴の章~落花の章	「續・柔」	1945년 8월부터 東京新聞 연재

　태평양전쟁 이후, 전시하의 공습과 피난, 일본의 패망 등, 도미타 개인적으로는 피난처에서 노모를 이승으로 보내고, 도쿄의 거처가 전부 타버리는 화마를 입어 모든 자료를 망실하는 최악의 상태에서의 작업이었다. 『스가타 산시로』 시리즈는 처음부터 치밀한 구상 하에 창작되었다기보다는 대중적 인기나 출판사·신문사 등의 요청에 의하여 그때그때 집필을 할 수밖에 없었던 상황 하에서 탄생한 듯하다.

3. 역사적 사실과 허구에 대한 기준

　『스가타 산시로』는 메이지시대를 무대로 한 초기 강도관의 유도를 소재로 한 것으로 소설장르로는 역사·시대소설이다.[8] 도미타는

8　시대소설은 과거의 시대·인물·사건을 소재로 해서 쓰인 소설을 말한다. 현대 일본에서는 메이지시대(1868~1912) 이전 시대를 대상으로 하는 경우가 많다. 예전에는 대중문학은 곧 시대소설로 널리 서민들의 사랑을 받았다. 일반적으로 역사소설과의 경계는 애매한데 과거의 시대배경을 빌려 이야기를 전개하는 것이 시대소설이고, 역사소설은 역사상의 인물이나 사건을 다루며 그 핵심을 파헤치는 소설이다.

책의 후기에 다음과 같이 쓰고 있다.[9]

> – 돌아가신 아버님께 –
>
> 　이 소설은 메이지 15(1982)년부터 메이지 20(1887)년까지의 세태를
> 배경으로 한 청년의 성장을 그린 것이다. 주인공인 스가타 산시로는
> 하늘의 축복을 받은 무도의 천재였지만, 당시의 젊은 세대와 오뇌하고
> 희망하며 반역하고 자성하며 성장해 간 메이지의 서생의 한 사람이다.
> 이와 함께 이것은 오늘날의 융성의 기초를 닦은 유도 탄생의 이야기이
> 다. 대부분 실존인물이지만 그 역사가 워낙 짧은 탓에 다른 이름을 썼
> 고 실명을 사용한 사람들은 적다. 또 자료를 자유자재로 구사하는 재주
> 가 없음을 스스로 깊이 부끄러워하고 있지만, 무예를 숭상하고 일본을
> 사랑한 산시로의 진실은 또한 나의 마음인 것을 알아준다면 이보다 더
> 한 기쁨이 없을 것이다.
>
> 　　　　　　　　　　　　　　　　　　　쇼와昭和 17(1942)년 여름

　작가 스스로 작품의 테마는 주인공인 산시로가 성장해 가는 이야
기, 동시에 '메이지 15(1982)년부터 메이지 20(1887)년까지의 세태'를
배경으로 하여 오늘날의 융성을 쌓아 올린 유도 발단의 이야기라고
밝히고 있다.

　이 작품은 과거 시대나 인물을 소재로 해서 스토리가 있는 소설로
만들어 낸 것이다. 당연히 실제의 사건·상황, 인물과 소설 속의 그
것들과 비교해 보고 싶어진다. 현실의 정확성을 견지하여 작가의 기

9　富田常雄(1942)『姿三四郎』綿城出版社「あとがき」

술의 부정확함이나 지식의 부족함을 탓하기 위함이 아니라 허구와 사실을 비교함으로써 소설의 구상이나 작가가 작품을 통해 무엇을 전하려 했는가에 대한 의도를 보다 분명히 하기 위한 것이다.

그런데 비교하는 데에 있어 무엇을 사실이라고 봐야 하느냐 하는 문제가 있다. 다행히 도미타에게는 전술한 강도관의 창설기의 일화를 엮은 실록물 『스가타 산시로의 수첩』(이하, 『수첩』이라고 약칭함)이 있는 바, 이 글에서는 『수첩』을 '사실' 혹은 '사실에 가까운 기술'로 평가하여 제1차적 자료로 간주하는데,[10] 필요에 따라 객관적인 다른 서책도 보충자료로 참고하기로 한다.[11]

고찰에 앞서 작품의 줄거리를 정리하면 다음과 같이 5단락으로 나뉜다.

【Ⅰ】 산시로, 야노 쇼고로의 문하가 되다

산시로는 유술의 몬마 사부로門馬三郎의 제자가 되기 위해 그의 도장을 찾는다. 마침 그날 밤 몬마 일당은 굉도관의 야노 쇼고로矢野正五郎를 야습할 계획을 짜고 있었다. 야노 쇼고로는 도쿄대東京大 출신 학사로 류쇼지隆昌寺에 도장을 차리고 기존의 유술柔術 대신

----

10 『姿三四郎の手帖 (柔道創世記)』의 서문에는 작가가 "이것은 오늘날의 강도관유도가 탄생한 당시의 사화史話"라고 지적하고, 비록 "전문적인 유도가도 사학자"도 아니지만 사천왕의 한 사람, 돌아가신 아버지 도미타 쓰네지로富田常次郎의 저술과 추억담 및 다른 자료를 참조하여 '유도의 역사'를 썼다고 기술하고 있다. 당연히 기술함에 있어 작가의 취사선택 및 윤색이 있었을 테이지만, 가능한 한 충실하게 사실을 그리려고 한 작자의 태도를 엿볼 수 있다.
11 가령 富田常雄(1957) 『柔道大試合物語』 東光出版社 등을 참조

새로운 유도를 가르치고 있었다. 야습을 받은 야노 쇼고로는 침착하게 몬마 일당 7명을 멋지게 유도 기술로 제압한다. 야노의 유도에 경탄한 산시로는 야노의 문하생으로 들어간다.

【Ⅱ】 산시로, 연못에서 반성하다

산시로는 굉도관에서 가장 훌륭한 기술을 익혀 누구도 그를 제압할 수 없었으니, 도다 유지로戶田雄次郎, 쓰자키 고헤이津崎公平, 단 요시마로壇義麿와 함께 사천왕으로 불렸다. 어느 날 산시로는 단골 가게에서 난투를 벌인다. 야노는 소동을 일으킨 산시로를 유도의 길을 모른다고 호통을 친다. 죽는 것은 아무것도 아니라는 듯이 연못에 뛰어든 산시로. 연못 속에서 자신의 자만심과 도리에 어긋난 행위를 후회하고 뭍으로 뛰어나온다.

【Ⅲ】 산시로, 타류인 몬마 사부로와 시합을 하다.

1887년(봄~초여름)

이후 산시로는 스승에게 유도연습을 금지당하고 도장의 청소 등의 잡무를 하게 되었다. 그러던 중 어느 날 유술 양이심당류良移心當流의 히가키 겐노스케檜垣源之助가 도장 깨기를 위해 도장으로 쳐들어왔다. 히가키 겐노스케는 무라이 한스케村井半助의 수제자로 유술계를 통일하고 무라이의 딸 오토미乙美를 아내로 삼겠다는 야망을 갖고 있었다. 눈앞의 호적을 만나 투지에 불타는 산시로였지만 근신 중인 몸이라 그와 대적할 수 없었다.

어느 날, 산시로는 게타(일본의 전통 신발)의 앞 끈이 끊어져 당황하고 있는 무라이 한스케의 딸 오토미를 도와준다. 산시로는 아름다운 오토미 앞에서 쑥스러워하고, 오토미는 산시로의 친절함에 호감을 갖게 된다.

그러던 중 천신진양류天神眞楊流의 야타니 손로쿠矢谷孫六가 도장을 여는 축하 행사에 산시로와 도다 유지로가 굉도관대표로 출전하게 된다. 산시로와 대결한 숙명의 몬마 사부로는 죽음에 이를 정도의 심한 부상을 입는다. 계속해서 산시로는 경시청 무술대회에 굉도관 유도 대표로 시합에 임하게 되었고, 상대는 양이심당류良移心當流의 무라이 한스케村井半助. 한편 산시로는 우연히 오토미를 만나고 그녀가 무라이의 딸임을 알고 고뇌한다.

한편, 산시로는 오토미와 쌍둥이 같이 닮은(실제 쌍둥이임이 나중에 밝혀짐) 미나미 코지南小路 자작의 딸, 다카코高子를 알게 되고, 그녀는 산시로에게 호의를 느낀다. 녹명관鹿鳴館의 파티에 초대받은 산시로, 하지만 너무나도 서양에 경도된 다카코에게 산시로는 마음을 열 수가 없었다.

【Ⅳ】 산시로, 타류他流의 무라이 한스케와 시합을 하다.

1887년(여름)

무술대회 당일, 오토미를 향한 애정과 굉도관에 대한 책임감 사이에서 갈등하는 산시로. 하지만 마음과 정신을 잘 다스려 무심無心의 상태를 유지하여 시합에 임한다. 산시로는 무라이 한스케를 그의 장기인 호쾌한 야마아라시로 쓰러뜨린다.

【V】산시로, 타류의 히가키 겐노스케와 시합을 하다.

1887년(가을)

몇 달 뒤 오토미는 아버지 한스케의 숙적이 산시로였다는 사실에 놀라지만 결국 그를 따뜻하게 맞이한다. 병상에 있는 무라이 한스케도 산시로에게 딸 오토미를 잘 보살펴 달라고 부탁까지 한다.

이윽고 무라이 한스케가 죽고 그의 수제자 히가키 겐노스케가 결투를 신청한다. 10월 7일 저녁 8시, 우쿄가하라右京ヶ原에서의 생사를 건 결투. 히가키 겐노스케의 필살기에 죽기 직전까지 간 산시로는 자신의 야마아라시로 반격에 성공, 히가키를 쓰러뜨린다. 결투 이후, 산시로는 이즈伊豆에 있는 도다 유지로의 거처를 향해 수행길을 떠나게 된다. 열차가 시나가와品川로 접어들 무렵 같은 열차의 옆의 차량에 전송하기 위함인지, 아니면 함께 하기 위해서인지 오토미의 모습이 보이지만 산시로는 그녀의 존재를 눈치 채지 못하고 있다.

이상이 『스가타 산시로의』의 줄거리인데, 작가는 "오늘날의 융성의 기초를 닦은 유도 탄생의 이야기이다. 대부분 실존인물이지만 그 역사가 워낙 짧은 탓에 다른 이름을 썼고 실명을 사용한 사람들은 적다"고 밝히고 있는 바, 이하 실존인물과 소설 속 인물을 비교해 보도록 한다.

4. 사실과 비교적 일치하는 소설의 기술

(1) 야노 쇼고로와 가노 지고로

우선 소설의 야노 쇼고로와 굉도관의 모델에 대해서 살펴보고자 한다. 전자의 모델은 일본의 유도를 창시하고 '일본 체육의 아버지'라 일컫는 가노 지고로嘉納治五郎이며 후자의 모델은 가노 지고로가 창설한 유도 도장인 강도관이다.

소설에서는 야노 지고로에 대해서 "도쿄대학 출신의 학사로 가쿠슈인學習院 교사"(상권, p.350)로 "천신진양

■ 가노 지고로(1860년)

류의 후쿠다 하치노스케福田八之助의 제자가 되어, 후에 하치노스케 사망 후, 이소 마사미치磯正道에게 무술의 비법을 완벽하게 배웠고, 또한 기도류起倒流, 다케나카파竹中派의 시조 다케나카 모토노신竹中元之進의 수제자였던 이누마 고민飯沼恒民을 통해 기도류를 연구했다"(상권, p.385)고 쓰고 있다.

한편, 『수첩』에 기술된 가노 지고로의 약력과 비교해 보면, 학력, 직업, 그리고 유술의 스승 및 유파 등이 정확히 일치하고 있다. 단 '이소 마사미치磯正道'는 '이소 마사토모磯正智'(1818~1881)의 이름을 변경한 것이고, '이누마 고민飯沼恒民'의 경우는 '이쿠보 쓰네토시飯久保恒年'의 이름을 변경한 듯하다.

야노가 가쿠슈인에서 받은 봉급만으로는 류쇼지隆昌寺의 도장을 지탱해 나가기가 어려워 심야에 아르바이트로 번역을 하였다고 한다. 이러한 소설의 내용은『수첩』의 "선생님은 학교에서 돌아오시면 유도연습을 하시고 손님들을 접대하신다. 그리고 또 유도연습. 밤에는 공부나 조사, 그리고 다음에는 번역을 하신다"(『수첩』p.38) 등의 내용과 관련이 깊다. 또한 류쇼지의 건물을 빌려서 유도 연습을 했기 때문에 절의 위패가 넘어져서, 야노가 직접 들보를 수리했다는 일화 (상권 p.387)는 사실에 근거하고 있다(『수첩』p.32 참조).

⑵ 도장의 변천과정, 굉도관과 강도관

다음으로 도장에 관해서인데, 소설에서 야노는 메이지 유신 이래로 쇠퇴해 가는 '유술'대신 새롭게 '유도'를 탄생시키기 위해 이나리마치稻荷町의 '류쇼지隆昌寺'에 '굉도관紘道館'이라는 도장을 만들었다고 되어 있다. 소설 속의 '굉도관'은 말할 필요도 없이 역사상의 '강도관講道館'을 이른다. 소설 속에서 도장의 변천에 관한 내용을 인용하면 다음과 같다. 참고로 각각의 기술이 전술한 구성에 어디에 해당하는지도 표시해 놓았다.

　① 예전에 이나리마치稻荷町의 류쇼지隆昌寺 앞을 지난 적이 있어서 도장에 관해서 알고 있습니다만 (상권 p.350)【I】
　② 야노 쇼고로矢野正五郎의 제자로 들어가 류쇼지隆昌寺에서 침식을 한지 1년 반이 지났는데 (상권 p.369)【II】
　③ 처음에는 시모야下谷의 류쇼지隆昌寺의 서원書院에 도장을 마련

하여 출발한 유도였다. …… 그리고 나서 4년 …… 시나가와 야지로品川
彌次郎 자작이 전권공사로 독일에 파견된 후, 고지마치麴町 후지미정富
土見町에 있는 자작의 빈 집을 빌려 마련한 다다미 40첩 넓이의 도장과
88명의 문하생들이 드디어 고생 끝에 보람의 열매를 얻게 된 것이다.
(상권 p.472)【Ⅲ】

④ 녹명관鹿鳴館에서는 매월 무도회가 연이어 열렸는데, 1887년 4
월 20일 밤새도로 열린 이토伊藤 수상 관저의 가장무도회는 그 전형적
인 예였다. …… 올 봄의 총리대신 관저의 가장무도회다. (상권 p.495)【Ⅳ】

⑤ 류쇼지隆昌寺 이래로, 유도 5년간의 연마 (중권 p.44)【Ⅴ】

이상의 용례 중, 시기가 가장 명확히 드러나 있는 것은 ④의 기술
이다. 올봄에 열린 가장무도회를, 사천왕의 한 사람인 단 요시마로
가 회상하는 내용인데, 발화시기는 1887년의 초여름이다. 그리고 ⑤
의 기술은 가을에 접어든 시기인데, 류쇼지의 도장이 오픈한지 5년
이 되었다고 하고 있다. 위 두 내용을 종합해서 판단하면 류쇼지의
도장은 1887년부터 5년을 거슬러 올라간 1882년에 창설된 셈이 된
다. 계속해서 류쇼지 도장에서 후지미정 도장으로 이전한 시기는 명
확하지 않지만, ③의 '그리고 나서 4년'의 문구로 추측해 보면 1886
년 이전까지는 이전을 했던 것이라 판단된다.

그럼 역사적 사실은 어떠한가. 도미타가 '유도의 역사'라는 집필
의도를 갖고 쓴 『수첩』에는 류쇼지의 모델, 즉 에이쇼지永昌寺의 도
장의 성립을 '1882년 5월 2일'(『수첩』 p.9)이라 명기하고 있어 소설의
연대와 일치한다. 한편 후지미정富土見町으로의 이전 시기에 대해서
는 『수첩』에는 명확한 기술이 없어, 다른 자료12를 살펴보니 '1886년'

임을 확인하였고 소설의 시기 설정은 역사적 사실과 합치한다.

(3) 도다 유지로와 도미타 쓰네지로

앞에서는 작가는 굉도관과 야노 쇼고로를 역사적 사실을 반영하여 충실하게 사실적으로 그리고 있음을 확인하였는데, 계속해서 사천왕과 그들이 활약한 타류시합에 관해서도 살펴보고자 한다. 4명의 사천왕 중, 소설에서 그다지 등장횟수가 많지 않은 '쓰자키 고헤이津崎公平'는 생략하기로 한다.

강도관 사천왕이란 강도관유도의 창생기에 유도 VS 고류유술古流柔術의 구도에서 활약한 4명의 수제자를 말한다. 소설 속의 인물과 모델이라고 알려진 실존 인물은 각각 다음과 같다.

소설	실존 모델
도다 유지로戸田雄次郎	도미타 쓰네지로富田常次郎 7단
단 요시마로壇義麿	요코야마 사쿠지로橫山作次郎 8단
쓰자키 고헤이津崎公平	야먀시타 요시쓰구山下義韶 10단
스가타 산시로姿三四郎	사이고 시로西鄕四郎

....

12 丸山三造(1939)『大日本柔道史』第一書房. 講道館 홈페이지 (http://kodokanjudoin
   stitute.org) 참조. 도장의 설립 및 이전 시기를 정리하면 다음과 같다.
   1882년 2월   가노 지고로, 下谷北稻荷町永昌寺에 嘉納塾 창립
   1882년 5월   가노 지고로, 下谷北稻荷町永昌寺에 講道館 창립
   1883년 2월   講道館, 神田區 南神保町(현재의 千代田區)로 이전
   1883년 9월   講道館, 麴町區 上二番町로 이전
   1884년   入門誓文帳의 작성
   1886년 2월   講道館, 麴町區 富士見町(현재의 千代田區)로 이전

우선, '도다 유지로'에 관해서인데 도다 유지로의 모델, 도미타 쓰
네지로富田常次郞야말로 소설을 쓴 장본인 도미타 쓰네오의 부친이
다.『수첩』에 의하면 작가는 부친에게 유도를 배우고 강도관에 입문
하여 유단자가 되었다. 그리고 어린 시절부터 강도관에 대해서 부친
에게 이야기를 들었다고 한다. 작가는『수첩』속에서 부친에 대해
자주 언급하는데, 그 내용을 정리하면 다음과 같다.

① 도미타 쓰네지로는 가노 지고로가 12살 소년시절부터 항상 자신
의 옆에 두고 있었던 문하생이다.(p.8)

② 1877년부터 가노 지고로의 유도연습 파트너였다.(p.14) 가노 지
고로와의 끈끈한 인연 때문에 마치 부인과 같이 모든 내조를 맡아 수행
했고 스승의 빛바랜 모자에 숯을 바른다든지, 유도연습 탓에 꺼져 버린
바닥을 수리한다던지, 사이고 시로西鄕四良와 함께 에이쇼지永昌寺의
새로운 도장을 완성한다.(p.33)

③ 도장을 고지마치麴町 가미니반정上二番町으로 이전하여 강도관
이라는 이름으로 출범한다. 그 서문장誓文帳에는 첫 번째로 도미타 쓰
네지로의 이름이 적혀 있는데 사이고 시로와 함께 초단初段을 수여받
았다.(p.73)

④ 도장을 고지마치麴町 후지미정富士見町으로 이전한 이후 도미타
는 야타니 소로쿠矢谷孫六의 도장 오픈식에 참가하여 뜻밖에 양이심당
류良移心當流의 나카무라 한스케中村半助와 시합을 하게 되었는데, 2회
의 배대뒤치기와 조르기로 제압했다.(p.103)

⑤ 1904년 미국에 건너가 7년간 살면서 오로지 유도의 홍보와 이것
을 전파하는 데에 전념했다.(p.144)[13]

한편, 소설 속의 '도다 유지로'는 어떻게 그려져 있을까. "왜소矮小라는 두 글자가 너무 어울리는 5자 2치(약 156cm)의 신장(상권 p.438)"이었지만 기술이 뛰어난 최고참으로서 촉망을 받고 있었고 특기는 배대뒤치기나 누우면서던지기였다고 한다(상권 p.369).

또한, 야노의 번역물을 소중하게 보자기에 싸서 문부성으로 가져가 전달하는 역할을 하고 있다(상권 p.386)고 되어 있는 바, 도다 유지로와 관련된 창설 멤버, 체격, 특기, 그리고 스승의 내조역 등의 내용들은 대체로 사실에 근거하여 쓰였다는 사실을 알 수 있다.

더불어 도다가 영어를 공부했다고 하는 것(상권, p.496)도 비록『수첩』에는 관련내용이 없지만, 가노 지고로가 사숙私塾인 고분칸弘文館에서 문하들에게 영어를 가르쳤다는 사실을 염두에 넣으면 사실일 가능성이 클 것이다. 또한 '도다 유지로는 꽤나 야심가였다. 그에게는 굉도관의 분관을 일본 전국에 만들고 유도를 해외로 진출시키고자 하는 포부가 있었다(중권 p.83)'라고 하는 기술은 훗날 실제로 7년간 미국과 일본을 왕래하며 유도보급에 힘쓴 사실을 염두에 넣은 것으로 판단된다.

(4) 단 요시마로와 요코야마 사쿠지로

다음으로 단 요시마로에 대해서인데, 모델이 된 사람은 요코야마

....

13 이외에 작가는『수첩』의 후기에 부친에 대해서 "아버지는 강도관 최초의 문인이다. 7단, 도미타 쓰네지로, 사천왕의 한 사람. 1937년 사망. 1904년 도미하여 일본을 왕복하면서 유도의 선전에 힘썼다"고 적고 있다.

사쿠지로橫山作次郎 8단이다. 『수첩』에 의하면 1886년에 입문한 요코야마는 강한 근육과 20관(약 75kg)에 이르는 육중한 체중을 시합의 무기로 삼았다. 술과 담배를 매우 좋아했고 이야기에 능수능란했다고 한다.(『수첩』 p.118) 이외에 『수첩』은 '담론에 능한 호걸'인 요코하마가 같은 가노 지고로의 문하생인 오다 가쓰타로小田勝太郎와 도장 안에서 금지된 술을 마시고 스승에게 발각된 에피소드나 경시청무술대회에서 나카무라 한스케와 40분간에 걸친 치열한 시합 끝에 무승부가 되었다는 에피소드 등을 소개하고 있다.

한편, 소설에서는 "체격이 큰 단 요시마로의 강력한 밭다리후리기도 산시로에게는 통하지를 않았다"(상 p.369)라는 식으로 힘과 체격에 있어서 요코야마를 연상시키는 기술이 보이나, 후술할 도다와의 논쟁 장면 이외에는 소설에 빈번하게 등장하지 않는다.

(5) 스가타 산시로와 사이고 시로

마지막으로 스가타 산시로에 대해서 살펴보자. 『수첩』은 스가타 산시로의 모델인 사이고 시로西鄕四良에 대해서 "5자 1치(약153cm), 14관(약 52.5kg)에 얼굴이 붉고 몸이 여린 청년"(『수첩』 p.116)이라 하고, 이하와 같은 도미타 쓰네지로의 회고담을 싣고 있다.

그 전에 사이고의 성격을 소개해 두는 것이 편리할 것 같다. 그는 아이즈會津 출신으로 육군대장이 되는 것이 여린 훈련 시절의 유일한 목적이었다. 그리고 그 몸은 지극히 작았지만 그럼에도 불구하고 큰일을 하려는 자는 작은 일이나 결점에 개의치 않는다는 말이 있듯이 그는

무척 호방하고 대담한 남자였다.(『수첩』 p.184)

　사이고 군의 일은 전에도 자주 썼듯이, 그는 강도관의 세키가하라關
が原 전투라고 할 만한 전국시대戰國時代에 실로 불타오르듯이 눈부신
전투기술을 보인 1인자였다. ⋯⋯ 그는 비록 체격은 왜소했지만, 그 성
격은 그의 특기인 야마아라시山嵐(메치기 기술의 하나, 필자주)가 상징하
듯이 꺾을지 꺾일지 하는 위험한 일을 굳이 하고 마는, 대담하면서도
솔직한 무인과 같은 성격을 지녔다. 하지만 가노 지고로 스승이 서양에
가신 동안, 불과 1년 반도 안 되는 사이에 **조락**한 것은 참으로 아쉬운
일이었다. 그렇지 않았다면 그는 당시 아직 나이가 어렸기 때문에 이후
어느 정도의 명성을 유지할 수 있었을 것이다. 그 후 10여 년, 내가
그와 재회했을 때에는 알코올 중독으로 상당히 쇠약해져 있었던 것 같
다. 사이고는 1882년부터 90년까지 햇수로 9년, 만 8년간 강도관에 있
었는데, 그 1년 반은 주로 자택에서 수행 시기였다. 그리고 그 후 4년간
은 그의 성격 그대로 순순히 화려한 활동을 보여 주었는데, 이상의 것
을 더하고 **빼서** 청산해보면 공功과 죄罪, 어떤 답이 나올지는 아직 알
수 없다.(『수첩』 pp.117~118)

　위의 내용 중, '조락'이라 함은 1889년, 가노 지고로의 부탁으로
강도관의 사범이 된 사이고 시로가 1890년 가노 지고로가 서양에
가 있는 동안 『지나도항의견서支那渡航意見書』를 남기고 이전부터
교류가 있었던 미야자키 도텐宮崎滔天과 함께 대륙운동에 몸을 던진
사건을 이르는 것이다. 참고로 미야자키 도텐(1871~1922)은 일본에
서 손문孫文을 지지한 혁명가이다. 서구의 침략을 받은 아시아를 구
하기 위해서는 아시아의 중심인 중국부터 독립과 민중의 자유를 쟁

취해야 한다고 생각했다. 사이고 시로는 어떻게 생각했는지 구체적으로 알 수는 없지만 미야자키 도텐과 함께 직접 중국에 간 것을 고려해 보면 큰 틀에서 미야자키와 같은 사상을 가졌을 것으로 추측된다.

한편, 소설은 스가타 산시로를 어떻게 그리고 있을까.

우선, 산시로의 어린 시절을 "4살 때, 어머니를 여의고 12살까지 부친의 밑에서 자랐으며"(상권 p.368), "소년시절부터, 소질이 유도에 적합하여"(상권 p.369), "천신진양류의 오소네 슌페이大曾根俊平"(상권 p.349)를 스승으로 하였다고 이야기하고 있다.

이어서 상경 이후의 청년 시절에 대해서는 "17살, 아이즈會津에서 나와서 최근 1년간은 거리의 인력거를 몰며 생활했다고 한다. 아직 20살의 청년"(상권 p.367)이며, 그의 체격은 "무라이 한스케가 5자 9치(약 177cm)인데 대해서 산시로는 7치(약 21cm)나 크기가 작다. 또한 체중도 한스케가 23관(약 86.3kg)인데 대해서 8관(약 30kg)이나 가볍다"(중권 p.52)고 말하고 있다. 한편 산시로의 특기에 대해서는 "스가타의 야마아라시山嵐는 발바닥을 절대로 상대의 발목에서 떼지 않는 것이 비결이다. 상상할 수 없는 접착력 …… 나중에도 스가타처럼 할 수 있는 자는 나오지 않을 것이다"(중권 p.52)라고 놀라워한다.

이상의 소설 속의 산시로에 관한 기술을 보면, 약간의 윤색은 있으나, 그에 관한 정보, 가령 고향, 입문시기, 체격, 특기인 야마아라시 등은 사실에 근거하여 충실하게 그리고 있다고 할 수 있겠다.

5. 사실과의 불일치와 작가의 의도

앞에서는 비교적 사실과 부합된 소설의 내용들을 확인했는데, 이하 사실(『수첩』의 내용)과 부합하지 않은 소설의 내용을 몇 가지 소개하고 그것의 의미에 대해서 살펴보고자 한다.

(1) 스가타 산시로에 의한, 스가타 산시로를 위한 시합

먼저 첫 번째, 유도대 유술시합의 경우, 『수첩』에는 사천왕과 타류와의 시합이 많이 실려 있는데, 소설에서는 위의 시합들이 생략되고, 스가타 산시로와 관련된 시합만이 집중적으로 채택되고 있다.

『수첩』에는 강도관 유도 창생기에 그 이름을 세상에 떨치고 새로운 유도의 기초를 다진 강도관의 사천왕의 타류 경기에서의 활약상을 전하는 에피소드가 각각 실려 있다. 이하의 표에서는 소설에 등장하는 시합도 함께 정리해 적어 두었다. 소설의 시합과 『수첩』의 시합이 각각 대응하고 있는 것은 아니며, 단순히 사건을 시간의 추이에 따라 순차적으로 정리한 것임을 밝혀 둔다.

옛 전통을 가진 재래의 유술의 제류가 가노 지고로의 존재와 그의 제자들을 새로운 적으로 인식한 것은 에이쇼지永昌寺 시대로부터 3, 4년이 지난 후지미정 도장 시대 무렵부터였다. 이렇게 압박해 오는 재래의 유술의 도전에 과감히 맞서 승리를 거둔 것이 바로 사천왕들이었다.

『수첩』에 의하면 후지미정富士見町 도장의 시대, 1886년경 도미타 쓰네지로가 야타니 손로쿠矢谷孫六 도장의 오픈식에서 나카무라

소설	『수첩』
시기 : 1887년, 봄~초여름 장소 : 天神眞楊流 矢谷孫六 도장 오픈식 대결 : 戸田雄四郎 VS 心·明活殺流 八田仙吉 三四郎 VS 心·明活殺流 門馬三朗	시기 : 1885년, 봄 장소 : 天神眞楊流 市川大八의 도장 　　　 오픈식 대결 : 西鄕四良 VS 다소 이름이 알려진 모선생(天神眞楊流의 가능성이 높음) 참고 : 사이고가 처음으로 이름을 날림
시기 : 1887년, 봄~초여름 장소 : 富士見町時代의 紘道館 대결 : 壇義麿 VS 戸塚流 仲田助 津崎公平 VS 同流 波地円太郎	시기 : 1886년경 장소 : 富士見町時代의 講道館 대결 : 西鄕四良 VS 天神眞楊流 奧田松五郎
시기 : 1887년, 여름 장소 : 警視廳武術大會 대결 : 三四郎 VS 良移心當流 村井半助 참고 : 紘道館이 공식적이 도장으로 인정받음	시기 : 1886년경 장소 : 天神眞楊流 矢谷孫六의 도장 　　　 오픈식 대결 : 富田常次郎 VS 良移心當流 中村半助 참고 : 앞서의 갈은 파인 奧田松五郎의 패전에 대한 복수전의 성격
시기 : 1887년, 가을 장소 : 우교가하라右京が原 대결 : 三四郎 VS 良移心當流 檜垣源之助	시기 : 1886년 6월 10일 장소 : 警視廳武術大會 대결 : 橫山作次郎 VS 良移心當流 中村半助 西鄕四良 VS 戸塚揚心流 照島太郎
	시기 : 1887년 가을 場所 : 警視廳武術大會 對決 : 山下義韶 VS 戸塚揚心流 照島太郎

한스케와 시합을 했다고 기술한다. 계속해서 『수첩』에 의하면 1886년 6월 10일, 경시청무술대회에서 요코하마 사쿠지로(단 요시마로)가 도미타 쓰네지로에 이어 또다시 나카무라 한스케와 대결한다. 이 시합은 앞서의 도미타 쓰네지로와 나카무라 한스케와의 대결이 무승

■ 1889년경에 경시청무술시합 관련 사진(1889년경)

부로 끝난 것에 대한 후속 경기일 가능성이 크다. 그런데 소설에서는 나카무라 한스케를 모델로 한 '무라이 한스케村井半助'와 대결하는 상대는 스가타 산시로였다. 도다 유지로 및 단 요시마로의 시합이 한 개의 결투로 합쳐지고 두 사람은 스가타 산시로로 대치된다.

한편, 소설에서 산시로 이외의 사천왕의 시합을 다룬 예가 1887년의 단 요시마로와 쓰자키 고헤이의 시합인데, 이 역시 두 사람이 어떤 활약을 했는지 구체적인 정황을 알리는 기술은 찾을 수 없다. 단지 종래의 유술 제류가 얼마나 굉도관에 반감을 가지고 있는지에 대한 분위기를 전달하고, 뒤에 나올 스가타 산시로와 무라이 한스케의 대결을 더욱 긴장감이 있게 조성하는 역할만을 하고 있는 것이다.

이렇게 소설은 철저하게 스가타 산시로의 대결과 스가타 산시로의 활약만을 그리기 위하여 다른 시합을 배제하였다. 그리고 도미타 쓰네지로와 요코야마 사쿠지로 VS 나카무라 한스케의 시합을 스가타 산시로 VS 무라이 한스케로 바꾸어 놓았다.

무라이 한스케의 모델인 나카무라 한스케는 "타고난 팔 힘과 더불어 메치기기술(어깨로 메치기)과 굳히기 기술(누르기 기술)에 능하여 당대 무적이라고 칭송을 받았으며(『수첩』 p.105)", "경시청의 유술사범 중에서 가장 고수(『수첩』 p.99)"로서 종래의 유술을 대표하는 인물이었다. 작가 도미타 쓰네오는 경시청무술대회라고 하는 큰 무대에서 종래 유술의 대표격인 거물을 제압하는 사람은 다름 아닌 소설의 주인공 스가타 산시로가 아니면 안 된다고 생각했던 것이다.

이처럼 사실과 소설의 내용이 다르게 된 이유는 주인공 스가타 산시로에게 초점을 맞추어 그의 활약과 성장을 강조하기 위한 작가의 의도(구상)에 의한 것이라고 할 수 있다.

(2) 메이지시대의 사상적 혼란, 국가주의와 서구화주의

계속해서 사실과 소설이 다른 점으로 두 번째, 『수첩』에는 보이지 않는 사천왕들의 메이지 당시의 세태에 대한 고민, 즉 서양의 근대문물 도입에 대한 찬반에 대한 소재가 소설에는 자주 등장한다는 점이다.

가령, 도다 유지로와 단 요시마로의 서양화에 관련한 정치적 논쟁이 대표적이다. 단 요시마로는 당시의 메이지 사회가 일방적으로 서양화에 몰입되어 있다고 하고, 서양의 모방은 신의 나라 일본을 더럽히는 것(상권 p.492)이라며, 도다 유지로가 영어를 공부하는 것까지도 비난을 한다. 이에 대해 도다 유지로는 "하지만, 또 다시 일본은 두 개의 검을 차고 다니게 되지는 않으며(당시의 무사는 2개의 검을 차고 다녔다. 필자주), 다시 상투를 트는 일은 없을 거야. 가까운 미래에 하늘을 나는 날이 올지도 모르지. 내용의 진보는 형태로 나타나는 것이 당연하니까"(상권 p.494)라며 반문한다. 작가 도미타 쓰네오는 일본정신을 견지하면서 서양을 알아야 한다는 도다의 태도를 "총명함과 이지理知로 가득 찬 진보적인 태도"(상권 p.496)라고 긍정한다.

작가는 단순하지만 국수정신에 철두철미한 단 요시마로의 완고함과 서양의 문물에 긍정적이었던 부친의 모습을 빌려, 진보적인 도다 유지로의 태도를 대조적으로 그리고 있는 것이다.

(3) 스가타 산시로의 시대적 고뇌

마지막으로 사실과 소설이 다른 점으로 세 번째, 『수첩』에는 보이지 않는 소재들, 즉 스가타 산시로에게 호감을 갖고 있는 두 여인이 등장하거나, 당시의 유력 군인이자 정치가인 다니 다테키谷干城와 우연히 만난다든가 하는 에피소드 등을 들 수 있겠다.

주의해야 할 점은 위의 에피소드가 극히 개인적이고 우연한 것처럼 보일 수도 있지만, 실은 전술한 메이지시대의 사상적 혼란 및 갈등과 무관하지 않다는 점이다. 앞서 작가 도미타 쓰네오는 『스가타 산시로』의 서문에서 "주인공인 스가타 산시로는 하늘의 축복을 받은 무도의 천재였지만, 당시의 젊은 세대와 함께 같이 오뇌하고 희망하며 반역하고 자성하며 성장해 간 메이지의 서생의 한 사람이다"라고 밝힌 대목을 상기할 필요가 있다.

여기서 다시 도다 유지로와 단 요시마루의 논쟁 문제로 되돌아가면, 소설에서 단 요시마로가 논쟁을 중단하고 옆에서 아무 말도 하지 않는 스가타 산시로를 향해 느닷없이 "이봐, 스가타, 자네는 어느 쪽인가?"라고 묻는 장면이 나온다. 과연 스가타는 국가주의와 서양 화주의 중 어떤 사상을 지지했을까.

스가타는 대답한다. "나말인가? 나는 두 사람 생각이 다 맞다고 생각해"(상권 p.499)라고. 일견 성의 없이 느껴지는 이 애매한 대답이 오히려 이 문제의 어려움과 동시에 스가타 자신도 고민을 하고 있다 는 사실을 효과적으로 단적으로 잘 드러내고 있다고 판단된다.

결국 주인공 스가타 산시로도 당시의 서양화주의와 국가주의 양 극단 사이에서 고뇌하는 메이지의 청년이라는 점에서 예외가 될 수 는 없었다. 1883년, 그간의 서양과의 불평등 조약을 개정하기 위해 열강들과 대등한 교섭을 위해 사교장으로 건립된 녹명관이 상징하 듯이, "문명개화의 이름하에 서구사상의 열병은 …… 국민 사이에 전 파되어 갔다"(상권 p.426). 특히 문명개화라는 열병은 전통적인 일본 의 "무도를 단지 야만이라는 두 글자로 정리해 버리려"(상권 p.385) 했으니, "유도를 철저하게 습득하여 도를 구하려고 했던"(상권 p.426) 산시로에게 전통을 경시하는 지금의 세태는 커다란 고민이 아닐 수 없었던 것이다.

소설에는 산시로에게 마음을 쏟는 두 여성이 등장한다.

첫 번째 여인은 자신이 대적하여 이기지 않으면 안 될 숙적 무라이 한스케의 딸 오토미였다. 산시로는 "내가 이기면 그 딸은 죽을 지도 모른다"(상권 p.473)고 고뇌한다. 오토미에 대한 마음과 유도의 부흥 을 위해서 피할 수 없는 시합 사이에서 고뇌할 수 밖에 없었던 스가 타 산시로. 하지만 스가타 산시로는 "무아無我"(중권 p.47)의 심경을

유지하여 무사히 경기를 치러내고, 한층 성숙한 유도가로 성장하게
된다.

이후 두 번째 여인이 등장했으니, 바로 외국에서 돌아온 자작 고
지 미쓰야스小路光康의 여식 다카코高子였다. 다카코는 "마가렛에
진홍색 리본을 매고 양장을 하고 립스틱과 화장품을 짙게 바른"(상권
p.476) 서양에 심취된 전형적인 인물이다. 그녀는 스가타 산시로에
게 자신의 남자에 걸맞게 야만적인 유도를 그만두고 정계에 진출해
출세를 하도록 간청한다. 그녀의 호의에 흔들리는 스가타 산시로였
지만, 종국적으로 그의 진정한 연애 상대는 순수하고 소박하며, 전
통적인 "일본식 머리를 한 오토미"(상권 p.476)였다.

두 여인은 단순히 스가타 산시로의 연애대상이 아니다. 다카코는
서양문물에 심취되어 일본의 전통을 악습으로 치부하는 전형적인
인물로 등장하여, 연애 상대를 넘어서 당시의 세태에 대한 스가타
산시로의 고뇌를 표면화하고 구체화하는 장치로서의 역할을 하게
된다. 반면 외적으로나 내면적으로나 전통적인 일본정신을 겸비한
오토미는 그 대척점에 존재하니, 작가 도미타 쓰네오는 도다 유지로
VS 단 요시마로의 서구화논쟁을 산시로를 사이에 둔 두 여성의 대결
구도로까지 확장하고 있다고 할 수 있겠다.

전통과 서구화주의에 대한 논쟁과 관련하여 『수첩』에 보이지 않
고 소설에만 등장하는 에피소드로 스가타 산시로와 다니 다테키谷干
城와의 만남이 있다. 다카코는 스가타 산시로의 낡은 사고를 계몽시
키고 새로운 사회로의 진출을 도모하기 위해 그를 무도회로 초대한
다. 그곳에서 우연히 만난 인물이 바로 다니 다테키谷干城인 것이다.

다니 다테키는 고치현高知縣의 신도가神道家의 가문에서 태어나, 메이지시대 군인에서 정치인이 된 국수파 인물이다. 1885년 이토 히로부미伊藤博文 내각의 농상무대신農商務大臣이 되어 1886년~1887년 구미시찰을 하고 귀국하여 바로 '시폐구광책時弊救匡策'을 써서 정부의 실정과 피상적인 서양화정책을 신랄하게 비판했다. 농상무대신을 그만둔 이후에는 신문 『일본日本』을 주재하여 '일본주의'를 제창하여, 재야 국권파國權派의 결집을 도모하려 하였다.

작가 도미타 쓰네오는 녹명관 건립 등 서양모방에 진력한 당시 외상(외무부 장관)인 이노우에 가오루에게 정부의 구미정책을 비판하는 의견서를 낸 다니 다테키를 서양모방의 결정체란 할 수 있는 녹명관에서 스가타 산시로와 맞닥뜨리게 한 것이다. 비록 두 사람의 만남은 스쳐지나가듯 짧게 마무리되었지만 역사적으로 정부의 서구화정책에 반기를 든 정치거물과의 인연은 스가타 산시로가 안고 있는 고민을 한층 부각시키는 데에 크게 일조를 하였다고 판단된다.

마지막으로 소설에서 스승인 야노 쇼고로 이외에 스가타 산시로의 고뇌와 성장에 크게 관여한 인물을 언급하고자 한다. 바로 도장의 장소를 빌린 절의 주지승 조슌호朝舜法에 대해서이다. 소설에서는 스가타 산시로가 스승에게 크게 질타를 당하고 연못에 뛰어드는 명장면이 나온다. 이 일화는 『수첩』에는 보이지 않는 것으로 보아, 작가에 의한 허구일 가능성이 높다. 단 연못 그 자체는 『수첩』에 "서원풍書院風의 다다미 12장이 깔린 방 앞에 만들어진 연못에는 시든 연꽃 줄기가 머리를 내밀고" 있었다는 기술로 보아 실재했다. 스가타 산시로는 밤새 이 연못 속에서 자신의 행동과 스승의 충고를 곱씹으며 고뇌하는데 그 상황에서 촌철살인적인 화법으로 날카롭지만 따뜻한 조언을 해주는 자가 바로 주지승인 것이다.

『수첩』에 의하면, 겐묘玄沙라는 이름의 스님으로 도쿄대학 출신 학자인 가노 지고로가 유도에 심취되어 있는 것을 못마땅해 하며 유도연습이 절 경영에 방해가 된다고 몇 번이나 불만을 표시하고 있다. 한편 소설에서는 조슌호朝舜法라는 이름으로 등장하는데, 전술한 바와 같이 스가타 산시로가 연못에서 자각하고 자성할 수 있도록 교훈적인 교시를 주거나, 마지막 히가키 겐노스케와의 대결을 앞두고는 부동심의 중요성을 역설하며 유도가가 가져야 할 소양에 대해 교육하기도 한다. 작가 도미타 쓰네오는 현실에서 오히려 유도를 경원시했던 주지승에게 스가타 산시로가 이상적인 유도가로 성장하는 데에 정신적 각성을 촉구하게 하는 중요한 역할을 맡긴 것이다. 작가가 창조한 역할에 의해 스가타 산시로의 내적인 세계는 유도 그 자체가 갖는 철학과 사상적 지반에 스님이 설파하는 불교적 교리가 그 위에 포개져 튼실하게 성장해 나간다.

6. 나오며

이제까지 필자는 도미타 쓰네오의 대표작『스가타 산시로』와 그가 실록형태로 강도관유도의 역사를 기록한『스가타 산시로의 수첩』을 비교하고 그 내용상의 일치점과 차이점을 통하여, 소설의 창작의 방법과 작가의 의도를 살펴보았다. 고찰의 결과를 이하 정리하면 다음과 같다.

소설의 대부분의 주인공은 모델이 실재하고 있음을 확인할 수 있었다. 가령 야노 쇼고로＝가노 지고로, 도다 유지로＝도미타 쓰네지로, 스가타 산시로＝사이고 시로, 단 요시마로＝야마시타 요시쓰구, 쓰자키 고헤이＝요코하마 사쿠지로, 무라이 한스케＝나카무라 한스케 등이 그렇다. 또한 유도도장인 강도관은 굉도관으로 소설에 등장하고, 실존한 정치가인 다니 다테키와 경시청총감 미시마 미치쓰네三島通庸는 실명으로 등장한다. 이토 히로부미 수상관저에의 무도회, 그리고 다니 다테키의 정부를 비판하는 의견서 등은 역사적 사실에 근거하고 있다.

도미타 쓰네오는 서양화에 대한 심취, 이에 대해 반발하는 국수주의의 동향, 이러한 문명개화 풍조 속에서 폐기되어야 할 존재로 몰린유술을 대신하여 새롭게 등장한 강도관유도, 강도관 유도와 관련된인물들의 출생, 경력, 특기 등을 비교적 사실에 기반하여 충실하게그리고 있다고 할 수 있겠다.

하지만, 소설은 사실을 그대로 전달하는 것이 아니라 비록 역사소설이라 할지라도 작가의 구상과 상상에 의한 허구의 소산이 아니면안 된다. 등장인물 및 사건은 작가의 구상에 걸맞게 장기판의 말처럼자유롭게 자기역할을 맡게 되는 것이다.

유도연습이 절의 경영에 방해가 된다고 불평을 하던 '겐묘'는 소설에서 스가타 산시로가 이상적인 유도가로 성장해 가는 데에 필요한정신적 각성을 촉구하는 '조슌호'로, 7년간의 미국경험이 있는 '도미타 쓰네지로'는 소설에서는 서양에서 배울 것을 배워야 한다는 진보

적인 '도다 유지로'로, 논쟁을 잘하는 호걸 '요코야먀 사쿠지로'는 철
저한 국수주의를 관철시키는 '단 요시마로'로 각각 조형되고 있다.

에피소드의 경우 작가의 창의가 가장 빛나는 부분은 타류시합에
서 볼 수 있다. 사적으로 1885년부터 1887년까지 강도관의 기초를
다진 사천왕 각각의 활약이 있었는데, 소설에서는 타류시합을 1887
년 여름부터 같은 해 가을까지 집중적으로 배치하고 승부의 주역을
오로지 스가타 산시로로 만들고 있는 것이다. 이는 다니 다테키가
정부에게 의견서를 낸 시기가 1887년이었다는 사실과도 관련이 있
는데, 소설의 등장인물, 에피소드, 그리고 시간 축의 구상 등 모든
요소가 스가타 산시로를 중심으로 짜여있다.

사천왕과 함께 강도관유도의 탄생과 융성에 기여한, 호방담대한
성격의 '사이고 시로'는 이러한 창작의 방법을 통하여 메이지시대의
혼란한 세태 속에서 고뇌하며 성장해 나가는 '스가타 산시로'로 새롭
게 탄생한 것이다.

제2장

《스가타 산시로》

소설에서 영화로의 궤적

1. 들어가며

구로사와 아키라黑澤明(1910~1998)
는 26세에 도호東寶 영화사의 전신인
P.C.L 영화제작소에 입사하여 야마
모토 가지로山本嘉次郎 감독 밑에서
조감독으로 경력을 쌓기 시작했다.
이후 메이지시대의 유도가의 성장스
토리를 다룬 시대극《스가타 산시로
姿三四郎》(1943)를 시작으로《가장 아
름답게一番美しく》(1944),《속 스가타
산시로續姿三四郎》(1944),《호랑이 꼬

■ 재공개 때의 포스터(1952년 5월)

리를 밟는 남자들》(1945), 전후戰後에는《내 청춘에 후회 없다わが靑
春に悔なし》(1946) 등을 감독하고,《주정뱅이 천사醉いどれ天使》(1948)

로 배우 미후네 도시로三船敏郎를 일약 스타덤에 올려놓았다. 그리고 베니스 영화제에서 황금사자상을 수상한《라쇼몬羅生門》(1950)으로 세계적인 명성을 얻은 이래, 유작인《마다다요まあだだよ》(1993)까지 30여 편의 작품을 제작하였다.

데뷔작《스가타 산시로姿三四郎》(1943년 3월 개봉)는 도미타 쓰네오 富田 常雄(1904~1967)가 집필하여 1942년에 멘세이출판사錦城出版社에서 발행된 동명의 소설 『스가타 산시로姿三四郎』가 원작으로서, 순수한 오락영화로 흥행과 비평 모두 좋은 반응을 얻은 작품이다.

소설의 영화화는 문학과 영화의 상호보완적이라는 측면에서 그 지평을 넓혀 나가는 추세에 있다. 그런데, 소설의 영화화란 동일한 이야기의 매체 전환만을 의미하는 것은 아니다.

우선 스토리에 관해서는 소설을 영화화하는 거의 모든 작품들은 원작의 가장 뼈대가 되는 주제적 스토리 라인만을 가지고 원작을 재구성하며, 이로 인하여 원작 소설에서 등장하던 인물과 사건이 생략되기도 하고 전혀 새로운 인물이나 사건이 등장하기도 하며, 심지어는 결말 자체가 바뀌는 경우도 흔하게 볼 수 있다.

또한 소설의 영화화는 원작의 스토리의 변용 혹은 차용뿐만이 아니라 문자텍스트를 시청각텍스트로 옮기는 만큼, 시청각텍스트에 수반되는 촬영, 편집, 음악 등 문자텍스트와는 다른 새로운 영역에 진입하게 된다. 문자로 전달되는 이야기의 가시화, 추상적인 상상을 영상으로 옮기는 과정에서 영화를 제작하는 감독은 소설의 질서에 대한 영화적 질서를 재정립하고 새로운 텍스트를 구축하게 된다. 이러한 전화과정 속에서 작품에는 감독의 의도와 지향점, 그리고 그

제작 당시의 시대적 배경이 녹아들게 되는 것인데, 원작과의 비교는 곧 감독의 의도와 제작 당시의 시대를 엿볼 수 있는 실마리가 되는 셈이다.

이 글은 영화 《스가타 산시로》와 원작소설과의 비교——가령 스토리의 변화 및 촬영 및 음악 등의 연출에 의한 소설과 다른 효과 등——를 통하여 태평양전쟁이라는 암울한 시대적 배경 하에서 이 영화가 대중적인 오락영화로 어떻게 성공을 거두었는지 살펴보는 것을 목표로 한다.

참고로 고찰에 앞서 필름에 대한 우여곡절에 대해 언급하자고 한다. 영화가 처음 개봉된 1943년 3월에는 총 97분이었는데, 1년 후 1944년 3월에 재상영이 되었을 때 관계자도 모르는 사이에 일부가 커트되어 79분으로 단축되어 버렸다. 현재 일반적으로 알려진 《스가타 산시로》의 필름은 바로 이 79분짜리 필름인 것이다. 영화 중간중간, 자막으로 설명된 부분은 모두 97분 필름에는 존재하고 있는 장면으로 추측된다.

2001년에는 DVD로 《스가타 산시로》 최장판(最長版, 91분)이 발매되었다. 《스가타 산시로》 최장판은 약 55,000편의 영화를 소장하고 있는 러시아 국립영화보존소 고스필모폰드에서 발견되었다. 과거 일본은 중국의 동북부 만주에 만주국이라는 괴뢰국가傀儡國家를 만들었다. 그리고 만주영화협회라는 영화기관을 만들어, 만주에 있는 외국인들을 위해 일본영화를 대량으로 들여와 상영했다. 종전직전, 소련이 만주를 침공했을 때, 그들은 만주영화협회에 있던 다수의 일본영화를 본국으로 갖고 돌아가, 그 영화들을 고스필모폰드에 비장

秘藏하였다. 그 후 동서냉전이 끝나고, 소비에트사회주의공화국연
방이 해체되면서 러시아공화국이 탄생하였다. 따라서 이때까지 극
비였던 정보가 해금되고 정보 교환이 활발해지면서 현지조사가 가
능해졌다. 2000년에는 그 성과라고 말할 수 있을만한 몇 작품이 일
본으로 돌아왔다. 《스가타 산시로》는 그중에서도 중요작품에 해당
한다. 발굴된 필름에서 추가로 확인된 부분은 스토리의 큰 흐름에서
는 벗어나 있는 부분이지만, 가장 긴 부분이 사요에게 청혼하는 히가
키 겐노스케檜垣源之助의 신(scene)이다. 히가키와 무라이 한스케村
井半助의 사제관계도 여기서 상세히 묘사되고 있다. 하지만 가장 기
대되었던 아버지의 복수를 위해 찾아온 몬마 사부로의 딸을 보고 고
뇌하는 산시로의 망설임을 털어내기 위해 야노 쇼고로가 산시로를
던져 날려버리는 장면은 발견되지 않았다.

2. 제작을 둘러싸고

소설『스가타 산시로』의 저자 도미타 쓰네오는 1942년 9월 아버
지가 속한 강도관유도講道館柔道를 제재로 한『스가타 산시로』를 발
표하고 일약 인기작가의 반열에 올라, 전시하와 전후에 있어 현대물
과 시대물 양쪽에 능하며, 풍속소설로 영역을 확대하며 '대중문단의
왕'이라 불리는 당시 톱클래스의 인기 작가였다.

각본은 감독인 당시 신인이던 구로사와 아키라가 맡았으며, 영화
는 주인공 스가타 산시로가 메이지明治 15(1882)년에서 20(1887)년

즈음 도쿄로 상경하여 일본 고래의 일본의 무예인 유술柔術을 정리하고 새롭게 유도를 일으키려 하고 있던 야노 쇼고로矢野正五郎의 문하에 들어가는 장면부터 시작한다. 이후 그는 유도의 천재로 불리며 기존의 유술계를 대표하는 여러 적수들과 대결하고 사랑의 시련을 겪으며 한 명의 진정한 유도가로 성장해 나간다. 그리고 영화는 이러한 스가타 산시로의 고뇌와 성장에 시종일관 초점을 맞춘다.

《스가타 산시로》가 개봉되던 1943년 당시는 중일전쟁이 지지부진 결말을 맺지 못한 상태에서 1941년 12월 8일부터 시작된 태평양 전쟁으로 각 지역에 배치된 일본군의 피해가 속출하던 시기였다. 국민의 전의앙양戰意昂揚은 시대의 요청이었고, 이 시기의 일본영화는 내무성內務省과 육군의 보도부報道部에 의한 통제 하에 있었다. 이전부터 엄격하게 행해지고 있었던 검열은 1936년에 더욱 강화되고, 1939년에는 영화법이라는 법률이 성립되었다. 완성된 영화뿐만이 아니라 시나리오단계에서 사전검열을 받게 되었다. 검열 하에서의 일본영화는 그때까지의 관객몰이의 포인트였던 도회적인 연애드라마 등은 자취를 감추었고, 오로지 전쟁에 도움이 되는 것만이 제작되었다.[1]

구로사와의 경우에도 이러한 검열의 덫은 예외가 아니었다. 가령 주간금주령으로 낮에 술 마시는 장면이 들어간 영화의 핵심 부분이 삭제되어야 했고, 황실의 국화무늬를 사용하는 것이 도발로 간주되

----

1 佐藤忠男(1970)『日本映畵思想史』三一書房

어 주의했지만, 허리띠의 소달구지 문양이 국화와 비슷해 보인다는 이유로 신 전체 삭제를 강요받았다고 한다. 또한 일본인 공장직원들이 필리핀 소녀의 생일을 축하해주는 장면이 '영미적'으로 보인다고 검열국에 의해 삭제되었다. 《스가타 산시로》의 거의 모든 장면이 '영미적'이라는 평을 받았으며, 특히 신사 계단 위에서 산시로와 사요가 만나는 장면을 영미적인 '러브신'이라는 비난을 받았다고 한다.

한 가지 우리가 유념해야 할 사실은 서적과 영화에 대한 검열기준이 각각 별개로 존재했다는 점이다. 소설 『스가타 산시로』에는 영미적, 정부 도발적이라고 해석할 수 있는 여지가 많았으나, 그럼에도 불구하고 1942년 출판된 이래 내무성의 추천도서로까지 지정되며 1년 만에 7쇄를 찍고 3만부를 증쇄하는 기염을 토한다. 영화에 비해 시각적인 요소가 배제되어 있었기 때문인지 영화 전반에 걸쳐 실시된 철저한 검열에 비교해 보면 그 강도가 약했음을 짐작할 수 있다.

구로사와의 자서전에 의하면 소설 『스가타 산시로』의 신문광고를 보고 영화에 사용하면 좋을 것이라 판단하여 소설이 발매도 되기 전에 회사 측에 판권을 사달라고 청했다고 한다. 그리고 소설이 발매되던 날 줄을 서서 기다리며 책을 구입해서는 하룻밤 만에 읽고 반드시 성공할 것이라는 확신을 갖게 되었다고 한다.[2] 이미 각본가로서 어느 정도 인정을 받고 있고 자질도 있었던 그였던 만큼, 원작의 흥미로운 스토리와 소재를 접하고 영화의 성공을 직감했던 모양이다. 그

----
2 黒澤明(1984)『蝦蟇の油』岩波書店

는 원작소설이 "오락 영화에 안성맞춤이었고, 1943년이라고 하는 시대를 생각하면 그것이 거의 (영화로 표현할 수 있는 오락적인 요소, 필자 주) 한계이지 않았을까?"라고 회고한다.[3] 실제로 그의 데뷔작은 암울한 전시체제하임에도 불구하고 관객들의 큰 호응을 얻었다. 당시의 평론 중에는 다소 부정적인 의견도 있었지만 "이 처녀작을 본 사람들은 그가 각본가로서 훌륭한 실력을 가졌을 뿐만이 아니라 연출자로서도 또한 훌륭한 재능의 소유자임을 조금 과장하면 놀라 기뻐할 것이다"[4] "스가타 산시로의 완성도는 기대 이상의 것이었다고 필자는 믿는다. 첫 번째 작품에서 이 정도의 기량을 갖고 이 만큼의 개성을 발휘한 감독은 최근엔 요시무라 고자부로吉村公三朗 이외에는 없다"[5] 등의 호평이 줄을 이었고, 대중적인 신문란의 영화평에서도 대부분 호의적으로 다루어졌다.[6] 영화는 상업적인 성공뿐만이 아니라 평론에서도 호평을 거두면서 그 후에도 속편제작까지 의뢰받게 되었다.[7]

----

3 D·リチ一著, 三木宮彦譯(1991) 『黑澤明の映畫』 社會思想社

4 滋野辰彦(1943·3) 『映畫評論』

5 飯島正(1943·4) 『新潮』

6 『讀賣報知』(1943·3·21), 『東京新聞』(1943·3·24) 등

7 실제로 1945년, 《속 스가타산시로續 姿三四郎》라는 타이틀로 속편이 개봉되지만, 구로사와는 속편은 자신의 의지가 아니었다고 수차례 밝혔으며 영화 자체의 평가도 전편에 비해 호의적이지 않았다. 이 작품을 제외하고 그는 이후 속편은 다시는 만들지 않았다.

3. 유도 입문

원작소설 『스가타 산시로』와 영화 《스가타 산시로》를 비교하기 위하여 편의상 소설의 전체적인 줄거리를 네 부분으로 나누어 차례 대로 살펴보기로 한다. 이하는 소설의 도입부로 산시로가 야노 쇼고로의 문하생이 되는 계기를 다룬 내용이다.

> 산시로는 심명활살류神明活殺流 유술의 몬마 사부로門馬三郎의 문하 생이 되기 위해 시골에서 몬마의 도장을 방문한다. 마침 그날 저녁, 몬마 일당은 굉도관紘道館[8]의 야노 쇼고로를 야습할 계획을 세우고 있었다. 야노 쇼고로는 도쿄대학 출신의 학사로 가쿠슈인學習院에서 가르치며 절을 빌려 도장을 세우고 종래의 유술을 대치할 새로운 유도를 가르치고 있었다. 산시로는 몬마 일당의 유술가로서 있을 수 없는 비열함에 실망 하여 입문을 단념한다. 그리고 야습의 현장에 간 산시로는 몬마 일당 7명을 멋지게 제압하는 야노의 유도에 감탄하여 그의 문하생이 된다.

소설에 대한 영화의 특이점, 즉 영화의 스토리의 변화나 연출효과에 의한 결과물로서 소설과 비교되는 장면으로는 먼저 영화도입부의 동요의 삽입이 주목된다. 유술을 배우기 위해 몬마의 도장을 방문하려는 산시로 앞에 동요를 부르는 소녀들이 길을 막아 세운다.

....
8 도장의 명칭이 영화에서는 '수도관修道館', 소설에서는 '굉도관紘道館'으로 되어 있으 나, 역사적으로 실재한 도장의 명칭은 '강도관講道館'이다.

여기는 어디의 오솔길인가 / 덴진님의 오솔길이다 / 좀 지나가게 해 주십시오 / 용건이 없는 자는 지나갈 수 없다 / 가기는 좋지만 돌아오는 길은 무섭다(此處は何處の細道じゃ/天神様の細道じゃ/ちっと通してくださんせ/御用の無いもの通しません/天神様に願かけに/行きはよいよい歸りは怖い)

이 음악은 '도랸세(通りゃんせ, 혹은 とおりゃんせ)'라는 제목의 사이타마현埼玉縣의 가와고에시川越市 소재의 신사神社에서 유래된 구전 동요로, 영화의 도입부에서 활기찬 거리풍경으로 메이지라는 시대적인 배경을 강하에 드러내고, 동시에 산시로의 등장을 자연스럽게 유도하는 역할을 하고 있다.

그런데 이 동요는 영화로의 자연스러운 몰입을 돕고 있을 뿐만이 아니라 실은 전체의 영화의 주제와 밀접히 관련되어 있음에 주의해야 한다. 노래 가사 "가기는 좋지만 돌아오는 길은 험하다"는 구절은 산시로가 이후 유도에 입문하고 전개되는 과정이 험난함을 암시하고 있는 복선으로, 구로사와는 영화의 전체적인 주제를 관객이 익히 들어 잘 알고 있는 동요의 한 구절로 함축적으로 암시하고 있는 것이다.

참고로 이외에도 영화 속에는 주목이 되는 노래가 2곡이 있다.[9] 첫 번째는 몬마와의 시합 이후 항간에 퍼진 노래로 설정된 동요풍의 곡이다. 아이들이 "저쪽에서 오는 것은 산시로. 건들지 마라 산시로,

....

9 이외에도 노래는 아니지만 무라이와의 결전을 앞두고 산시로가 마음을 다잡기 위해 한시 '정기가正氣歌'를 읊는 장면이 나온다. '정기가'란 에도江戸 말기, 후지타 도코藤田東湖가 존황양이파尊皇攘夷派의 사기를 고취하기 위해 만든 5언시이다.

피해서 지나가라 산시로(向こうへ来るのは三四郎/あれにさわるな三四郎 /よけて通せよ三四郎)"라는 노래를 부르며 길거리를 활보한다. 사실 이 곡은 소설에서도 언급되고 있는 것이지만 구로사와는 원래의 곡 에 '산시로'의 이름을 바꾸어 넣고 다른 효과를 만들어 내고자 했다. 이 곡은 무라이 한스케와 싸우기 전에 히가키가 무라이의 집에 들렀 을 때와, 무라이와의 시합에서 이기고 사요와 무라이의 집을 방문할 때에 삽입되고 있다. 시합에서는 이겼지만 무라이 한스케의 딸 사요 小夜(소설에서는 '오토미')를 슬프게 만든 산시로는 고뇌할 수밖에 없었 다. 그런 스가타의 심정과는 정반대로 세상은 그를 강하고 무서운 자라고 칭찬하고 있으니, 산시로의 고뇌는 아이들의 천진난만한 노 랫말이 대비되어 더욱 강조되고 있는 것이다.

두 번째 곡은 산시로가 우쿄가하라右京ヶ原에서 히가키 겐노스케 를 기다리며 부르는 노래이다. 소설에서는 히가키가 먼저 와서 기다 리는 것으로 되어있기에 노래를 부르는 장면은 나오지 않는다. 산시 로는 홀로 우렁차게 '오른손에 피묻은 칼, 왼손에는 말고삐, 말위의 위풍당당한 미소년(右手に血刀、左手に手綱, 馬上豊かな美少年)'을 부 른다. 이 노래는 구마모토현熊本縣의 민요로 사이고 다카모리西鄕隆 盛(1828~1877)가 이끄는 군과 관군이 싸웠던 서남전쟁에서 유래된 것 이다. 비장함이 감도는 이 노래는 목숨을 건 싸움을 앞둔 산시로의 심정을 여실히 드러내고 있다.

계속해서 소설에 대한 영화의 특이점으로는 몬마 일당이 야노를 습격하는 장면을 들 수 있다. 7명의 몬마 일당은 어둠 속에서 야노 쇼고로를 향해 달려들지만 야노는 강을 등 뒤로 하고 강 제방에 우뚝

■ 몬마 일당을 강으로 던져 놓고 있는 야노

선채로 달려드는 거한을 한 명, 한 명 유도기술로 강물로 꽂아 집어던져 버린다. 각각의 공격에 야노의 각각 다른 다채로운 유도기술이 사용되는 바, 원작소설의 서술만으로는 독자가 각 기술을 이해하기란 좀처럼 어려운 것이 사실이다. 이 장면이야말로 문자텍스트보다 직관적이고 주위의 정황 및 인물들의 움직임의 정보를 한 번에 용이하게 인지시켜 줄 수 있는 영상텍스트, 즉 영화의 주특기가 된다. 구로사와는 영화 초반의 한 신(scene)에서 모든 유도의 기술을 관객에게 망라하여 보여주려는 듯 각각의 대결 장면을 관객이 쫓아올 수 있도록 정성스럽게 시간을 충분히 들여 화면으로 담아 나갔다.[10] 그리고 호흡이 긴 촬영에서 생길 위험이 있는 '느슨함'을 없애기 위하여 정적인 정지동작과 동적인 순간적인 액션을 효과적으로 교차해서 긴장감을 유지시키도록 연출하고 있는 데에 성공하였다.[11] 이러한 연출은 종래의 검극영화[12]와 같이 결투장면

....

10 이 장면은《속 스가타산시로》에서 도장에서 술을 먹는 산시로를 꾸짖기 위하여 간접적으로 일본식 술병을 사람으로 간주하고 갖은 기술을 선보이는 대목과 맥을 같이한다.

11 영화 평론가 히구치 나오후미樋口尚文는 구로사와의 액션을 격투가 난무하는 장면이 빈출하는 것이 아닌, 인물을 동적으로 연기시켜 거기에 호응하도록 필름의 연결 구성도 완급에 집중하고 있다고 지적하고 있다. 樋口尚文(1999)『黑澤明の映畵術』筑摩書房

12 검극劍戟을 중심으로 한 영화장르이다. 흔히 잔바라チャンバラ영화라고도 한다. 1920

▌강아지의 장난감이 된 게타   ▌강물에 떠내려가는 게타

에서 대규모의 인원과 큰 소리와 음향, 박력만을 추구하는 수법과는 다른 것이었다.

동요와 마찬가지로 복선의 기능을 하고 있는 또 하나의 영화의 인상적인 장면이 있다. 바로 산시로가 야노의 유도에 탄복하여 그의 문하생이 되기를 작정하고, 자신이 신고 있던 게타를 바닥에 버리고 야노를 따르는 대목이다. 산시로가 던진 게타는 길거리의 행인들 사이에서 굴러다니 강아지의 장난감이 되어 이리저리 던져지거나, 비바람과 눈보라 속에 덩그러니 놓여 있기도 하며 급기야는 강물로 떠내려가게 되는 데 위의 모든 장면이 오버랩을 통해 자연스럽게 처리된다. 위의 사계절을 배경으로 여러 형태의 처지에 놓이게 되는 게타는 계절의 변화, 즉 시간의 흐름을 나타냄과 동시에 산시로가 겪게 될 이후의 시련들을 암시하고 있다고 볼 수 있다.

....
년대부터 1940년대까지의 제2차 세계대전 전, 1940년대부터 1950년대까지의 전후에 유행하여 양산되었다.

4. 연못에서의 자성

산시로가 연못에서 자성을 하는 대목은 젊은 혈기를 누르지 못하고 방황하던 그가 자신과 무술에 대해 처음으로 깨닫는 주요 대목이다. 소설의 줄거리는 다음과 같다.

입문한지 1년 반이 지날 무렵, 산시로는 굉도관에서 가장 훌륭한 기술을 익혀 누구도 그를 제압할 수 없었으니, 도다 유지로戸田雄次郎, 쓰자키 고헤이津崎公平, 단 요시마로壇義麿와 함께 사천왕으로 불렸다. 어느 날 산시로는 단골가게에서 몬마 일당 중 한 명인 센키치仙吉와 난투를 벌인다. 야노는 소동을 일으킨 산시로를 유도의 길을 모른다고 호통친다. 산시로는 자신의 행동의 정당성을 주장하며 죽는 것은 아무것도 아니라는 듯이 연못에 뛰어들어 하룻밤을 지새운다. 이윽고 자신의 자만심과 도리에 어긋난 행위를 후회하고 연못에서 뭍으로 뛰어나온다.

원작에서는 산시로가 국수집의 여주인 오세치를 가운데에 두고 센키치仙吉라는 건달과 싸움을 벌이는 것으로 되어 있는데, 영화에서는 흥겨운 마을 축제(마쓰리) 중에 산시로가 난투극를 벌이는 장면으로 변형된다. 상대방을 마구잡이로 던지고 또 던지는 산시로의 날렵한 동작에 우왕좌왕 몰리고 흩어지는 군중들의 모습이 마쓰리의 부산스러움과 어울려 역동적으로 표현되고 있다. 원작 속의 센키치라는 인물은 이후 소설 속에서도 가끔 등장하면서 감초 역할을 하

지만, 영화에서는 이름조차 언급이 되지 않는다. 이것은 영화라는 매체의 한계 때문에 주변인물보다는 중요 인물들만에 집중하여 주제를 단순 명료하게 하기 위한 결과로 보인다. 같은 이유로 오세치와 야스 등의 인물도 등장하지 않는다.[13]

■ 연못 속의 산시로

또한 연못으로 뛰어들어 하룻밤을 지새우며 깨달음을 얻는 과정도, 원작에서는 스승의 질타와 주지스님의 설교, 밤새도록 연못 안에서 빠지지 않으려고 힘겨워 하는 산시로의 괴로움, 다음날 아침의 정경 등 길고 세세하게 묘사되고 있다. 한편, 구로사와는 원작의 주지스님의 말을 깨닫고 못을 나와 주지스님이 준 연꽃 밥[蓮飯]을 먹는 것에서 힌트를 얻어, 산시로가 새벽의 물안개 속에서 피어 있는 연꽃을 보고 깨닫는다고 하는 극적인 장면을 만들어 내고 있다.

스가타가 연꽃을 보고 자신의 허영과 거만을 비우고 깨닫는 장면은 불교적 이념인 '무無'의 관점으로 해석될 수 있다. 불교에서 말하는 무는 단순히 '아무 것도 없다'라는 뜻이 아니다. 모든 존재가 시시

....

13 오세치는 동네의 국숫집 여주인으로 산시로를 유혹하는 장면이 있으며, 야스는 소매치기를 감행하여 히가키가 잔인함을 드러내는 역할을 담당하지만 두 사람 모두 영화에서는 센키치와 같은 이유로 등장하지 않는다.

각각 변화하여 잠시도 정체된 상태에 놓여있지 않음에도 불구하고, 사람들은 그것을 상주불변常住不變의 것인 양 착각한다. 불교에서 이러한 착각을 시정하고자 중시하는 것이 '무'의 개념이다.

한편, 연꽃은 깨끗한 물이 아닌 더럽고 추해 보이는 물에서 살지만, 그 더러움을 조금도 자신의 꽃이나 잎에는 묻히지 않는다. 불교적인 의미로 해석하면 마치 불자가 세속에 처해 있어도 세상의 더러움에 물들지 않고 오직 부처님의 가르침을 받들어 아름다운 신행의 꽃을 피우는 것과 같다. 구로사와는 연꽃이 갖고 있는 불교적 의미를 이용하여, 연꽃을 시각적인 상징물로 삼고, 산시로가 '무'의 깨달음을 얻는 과정을 시각적 表現으로 명료하게 영상화하였던 것이다.

참고로 영화에는 연꽃 말고도 꽃이 한 번 더 등장하는데 바로 스가타의 최대의 적수 히가키가 재떨이로 사용하는 흰 꽃이다. 스가타가 연꽃을 보면서 깨달음을 얻었던 것과는 정반대로 히가키는 꽃봉오리에 담뱃재를 털게 된다. 소설에는 없는 부분으로, 꽃은 선한 스가타와 악인인 히가키를 선명하게 대비시키는 장치이다.

5. 몬마 사부로와의 시합

다음으로 주목해야 할 대목은 산시로와 몬마 사부로의 시합장면으로 해당하는 소설의 내용은 다음과 같다.

　　이후 산시로는 스승에게 유도연습을 금지당하고 도장의 청소 등의 잡무를 하게 되었다. 그러던 중 어느 날 유술 양이심당류良移心當流의 히가키 겐노스케檜垣源之助가 도장 깨기를 위해 도장으로 쳐들어왔다. 히가키 겐노스케는 무라이 한스케村井半助의 수제자로 유술계에서는 그를 제압할 수 있는 자가 없었다. 그는 유술계를 통일하고 자신을 받아들이지 않는 무라이 한스케의 딸 오토미乙美를 아내로 삼겠다는 야망을 갖고 있었다. 눈앞의 호적을 만나 투지에 불타는 산시로였지만 근신 중인 몸이라 분하지만 히가키 겐노스케가 그대로 도장 깨기를 감행하는 것을 지켜봐야 했다.

　　비가 내리는 3월의 어느 날, 게타(일본식 나막신)의 앞 끈이 끊어져 당황하고 있는 무라이 한스케의 딸 오토미를 지나던 산시로가 보고 직접 끈을 묶어 주어 도와준다. 산시로는 아름다운 오토미 앞에서 쑥스러워하고, 오토미는 산시로의 친절함에 호감을 갖게 된다.

　　어느 날 천신진양류天神眞楊流의 야타니 손로쿠矢谷孫六가 도장을 여는 축하 행사에 산시로와 도다 유지로가 꿍도관대표로 출전하게 된다. 도다와 산시로는 각각 상대를 제압했고, 특히 산시로와 대결한 숙명의 몬마 사부로는 죽음에 이를 정도의 심한 부상을 입는다. 아버지의 처참한 모습에 그의 딸 오스미お澄는 증오에 찬 시선을 산시로에게 퍼붓고, 산시로는 승리의 기쁨은커녕 우울한 기분에 빠지게 된다.

　　무적의 산시로에 대한 소문은 눈 깜짝할 사이에 퍼져나갔고 이윽고 총감이 주재하는 경시청 무술대회에 꿍도관 유도 대표로 시합에 임하게 된다. 상대는 히가키 겐노스케의 스승, 양이심당류良移心當流의 무라이 한스케村井半助. 한편 산시로는 우연히 오토미를 만나고 그녀가 무라이의 딸임을 알고, 경기를 회피하고자 하는 마음에 고뇌한다.

그러던 중, 산시로는 오토미와 쌍둥이 같이 닮은(실제 쌍둥이임이 나중에 밝혀짐) 미나미코지南小路 자작의 딸, 다카코高子를 알게 되고 그녀는 산시로에게 호의를 느낀다. 녹명관鹿鳴館의 파티에 초대받은 산시로. 하지만 너무나도 서양에 경도된 다카코에게 산시로는 마음을 열 수가 없었다.

이때, 도쓰카류의 인물들이 도장난입을 시도하지만 단 요시마로와 쓰자키 고헤이에 의해 저지된다.

영화와 소설의 가장 두드러지는 차이점으로는 우선 원작 소설이 가지고 있었던 민족적, 국수적인 성격이 영화에서 확연하게 약해졌다는 점을 들 수 있겠다.

원작에서 비중 있게 다루어졌던 메이지시대를 배경으로 서구화된 다카코高子, 녹명관에서의 사건, 단과 도다의 정치적 논쟁 등이 삭제된 것이다.

우선 원작의 다카코가 영화에서 완전히 삭제된 점에 관해서인데 다카코는 표면적으로는 사요의 이복자매로 스가타를 사이에 놓고 삼각관계를 벌이는 인물이지만, 소설에서는 다카코를 통해 연애구도를 첨예하게 가지고 가는 의도보다는 서양문물에 현혹된 일본인의 상징적 존재로 등장시키고 있다. 그녀는 "마가렛[14]에 진홍색 리본을 묶고, 양복을 입고, 루주와 화장품으로 진하게" 꾸민 개화기의

....
14 여성의 서양식 머리 묶기 방법 중 하나. 머리카락을 세 개로 나눠 묶어 큰 고리를 만들고 리본으로 고정한 것. 메이지후기에 여학생사이에서 유행했다. 뒤로 머리를 늘어뜨리는 모습 따위가 다양하게 변화했다.

신여성으로 서구화의 정책적 일환으로 설립된 녹명관鹿鳴館을 드나들며 일본의 유도를 야만스럽다고 치부한다. 결국 소설에서의 그녀의 역할은 산시로의 애정상대라기보다는 당시 개화와 반개화의 대립이 첨예했던 메이지시대를 살아가는 산시로의 고민을 표면화하고 구체화하는 장치였다고 할 수 있다.

다음으로는 도다와 단의 사상적 논쟁이 삭제된 점에 관해서이다. 소설에서 다카코는 산시로를 출세시키기 위해서 총리, 외무대신 등 다양한 사람들을 만날 수 있는 서양화의 상징인 녹명관으로 초대한다.[15] 단은 이러한 다카코를 비롯해 당시의 메이지 정치사회가 일방적인 서양화에 심취해 있는 것에 대해 "서양흉내는 신국인 일본을 더럽히는 것"이라고 비난하고, 이에 대해 도다는 "서양으로부터 배울 것은 배우는 것이 일본이 발전하는 길"이라고 하며 영어를 배워 일본의 유도를 서양에 알리고 싶다며 서양화에 대한 필요성을 주장한다.[16]

국수주의자 단과 서양화 입장의 도다의 대립은 이상과 현실과의

....

15 녹명관은 신생 일본이 국제사회에서 어떤 길을 모색해야 할지에 대한 고뇌의 상징이기도 하였다. 당시의 서구화 열풍은 외무대신 이노우에 가오루와 이토 히로부미의 주도 하에 일본을 서양의 풍습에 익숙하게 하여 외국과의 조약개정을 보다 원활히 하고자 하는 목적에서 시행된 것으로, 녹명관, 도쿄구락부東京倶樂部의 설립 등 서양화를 꾀하는 각종 개량화가 우후죽순으로 생겨났다. 불과 십 수 년 전까지만 해도 쇄국양이鎖國攘夷를 외치던 일본이 이제는 완전히 서양문명의 우월함에 현혹당해 온갖 분야에서 서양문명을 배우고 모방하는 것에 전념하게 된 것이다.

16 그러나 도다 역시 완전한 개방을 주장하는 사람은 아니다. "문물을 도입해도 야마토민족은 변하는 일이 있어서는 안 된다"는 말에서 그가 일본의 정신적인 면 또한 중요시하는 인물임을 알 수 있다.

차이에 고뇌하는 당시 메이지시대를 살아가는 사람들의 공통된 고
민이었을 것이다. 작가 쓰네오의 입장은 명확하다. 소설을 집필하던
1942년은 태평양전쟁중의 전시체제 하에 있었으며, 서양화는 곧 미
국화를 의미이다. 그러한 점에서 저자도 독자도 미국을 적대시하고
반서양화에 가담하는 국수주의적인 입장에 서야만 하는 상황이었던
것이다. 소설 속의 산시로가 다카코의 '일본의 것은 진부하니 서양의
문물을 받아들여야 한다'는 취지의 말에 강력하게 반발한다거나, 다
카코의 적극적인 애정 공세에 반응하지 않고 끝내 일본의 전통적 여
성상인 오토미를 택한다는 점, 또한 산시로가 내각의 서구화 정책에
반대했던 실존인물 다니 다테키와 만나는 점 등은 도미타 쓰네오의
이러한 의도를 잘 드러내 주고 있다. 구로사와는 도다와 단의 정치적
논쟁을 배제하고 영화 속의 도다와 단을 산시로의 성장을 위한 단순
한 보조역할로 등장시키고 있을 뿐이다. 겨우 도다와 단의 첫 등장에
서 도다가 양복을 입고 있고, 단은 기모노를 입고 있다는 점이 소설
속의 분위기를 조금이나 반영하고 있다고 보인다.

　참고로 영화 속 스가타의 정치적 이념은 어떠한가. 소설속의 스가
타의 국수주의적인 면모는 서양화의 상징적인 존재로 나오는 다카
코와의 관계 속에서 더욱 명료화된다는 점은 전술한 바와 같다. 그런
데 영화에서는 다카코가 배제됨으로써 그의 사회적·정치적 고민은
이야기의 전개상에서 나설 자리가 없게 되어 버렸다. 결국 그의 고민
은, 유도의 부흥을 위해 대결을 피할 수 없고 대결을 한다면 이겨야
하는 유도가 자신에게 어떤 의미가 있는지, 상대와 대결을 함에 있어
무심無心, 부동심不動心이란 무엇인지 등의 점으로 세부적인 문제로

수렴되는 결과가 되었다.

구로사와는 소설이 갖고 있는 서양화와 국수주의적이라는 사상적
인 면을 명확하게 제거하고자 하고 있다. 물론 다카코를 둘러싼 환
경, 녹명관 등이 영미적인 요소가 강하다는 점에서 당시의 검열의
문제도 고려할 수 있지만, 소설 속의 단과 도다의 논쟁 자체까지 삭
제된 것을 감안해 보면, 전시체제하에서 그가 얼마나 자신의 데뷔작
을 그저 대중적인 영화로서의 영화로 만들고자 의도했는지를 잘 드
러내 주고 있다고 할 수 있다.

6. 무라이 한스케, 히가키 겐노스케와의 시합

마지막으로 산시로가 무라이 한스케, 이어서 숙적 히가키 겐노스
케와 시합을 하는 장면에 대해서 살펴보자. 해당하는 소설의 줄거리
는 다음과 같다.

> 무술대회 당일, 오토미를 향한 애정과 꿍도관에 대한 책임감 사이에
> 서 갈등하는 산시로. 하지만 마음과 정신을 잘 다스려 무심無心의 상태
> 를 유지하여 시합에 임한다. 산시로는 무라이 한스케를 그의 장기인 호
> 쾌한 야마아라시로 쓰러뜨린다.
> 몇 달 뒤 산시로의 거처를 찾아 온 오토미는 아버지 한스케의 숙적이
> 호감을 가지고 있었던 산시로였다는 사실에 놀라지만 미워할 수 없는
> 산시로를 결국 따뜻하게 맞이한다. 병상에 있는 무라이 한스케도 산시

로를 마음에 들어하며 그에게 자신이 없어도 딸 오토미를 잘 보살펴 달라고 부탁까지 한다.

이윽고 무라이 한스케가 죽고 그의 수제자 히가키 겐노스케가 결투를 신청한다. 10월 7일 저녁 8시, 우쿄가하라右京ヶ原에서의 생사를 건 결투. 히가키 겐노스케의 십자조르기에 의해 죽기 직전까지 간 산시로는 자신의 필살기 야마아라시로 반격에 성공, 히가키를 쓰러뜨린다. 우쿄가하라 결투 이후, 산시로는 이즈伊豆에 있는 도다 유지로의 거처를 향해 유도수행의 여행을 떠나게 된다. 열차가 시나가와品川로 접어들 무렵 같은 열차의 옆의 차량에 전송하기 위함인지, 아니면 함께 하기 위해서인지 오토미의 모습이 보이지만 산시로는 그녀의 존재를 눈치채지 못하고 있다.

우선 무라이 한스케와의 대전 장면에서 주목되는 영화의 연출에 관해서인데 침묵과 소란, 웃음 등의 관중들의 반응은 시합의 전개에 따라 명확하게 구분되어 있어 관객은 영화 속 관중들과 용이하게 동일한 감정들을 공유하게 된다. 또한 무라이나 산시로의 기술이 들어갔을 때 바로 그 결과를 보여주지 않고 도장을 찾은 관중들의 반응을 먼저 화면으로 비춘 후, 그 결과를 다음에 보여주는 편집방법은 영화를 보는 관객들의 궁금증을 증폭시키는 효과를 얻고 있다.

영화는 소설에서 표현된 두 고수의 정중동 속의 길고 긴 눈싸움과 기 싸움을 통한 대치상황을 오버랩으로 처리하면서 시간의 경과를 효과적으로 나타내고 있다.

▮ 부친 승리를 기원하는 사요   ▮ 시합에 임하는 무라이 한스케

　두 사람이 서로를 붙들고 공격의 틈을 엿보는 동작을 카메라는 슬로우모션으로 잡고, 숨소리를 크게 들리게 하는 음향효과를 사용한다. 이 기법은 긴 호흡의 대치와 전광석화와 같은 격돌을 매우 효과적으로 나타내는 것과 동시에, 두 번째 쓰러진 무라이를 격려하는 자칫 부자연스럽게 느껴질 수 있는 무라이의 상상속의 사요의 외침을 자연스럽게 이끌어 내는 효과 또한 갖고 있다.

　소설과 비교했을 때 영화의 다른 점은 이외에도 많이 있어, 시합을 마친 후 마음에 둔 여인의 아버지를 이길 수밖에 없어 번뇌하는 산시로가 자신의 대기실과 무라이의 대기실을 오간다고 하는 소설의 내용은 영화에서 산시로가 시합 직후 퇴장하는 무라이 한스케에게 바로 다가가서 쾌유를 비는 장면으로 바뀐다. 스토리의 빠른 전개와 명쾌한 내용전달을 기하고 있다.

　긴장감이 최고조에 달한 도장에서 관객석에 앉아 있는 스승 야노 쇼고로와 눈이 마주쳐 미소를 지으며 머리를 긁적이는 산시로의 모습이나 도복의 낡은 무릎 부분이 찢어지는 바람에 상대인 무라이를 웃기고 자기도 웃는 장면 등은 소설에 보이지 않는 것으로, 산시로의 따뜻한 인간성을 강조함과 동시에 관객들로 하여금 웃음을 자아내게 하는 유머적인 요소로 주목할 필요가 있다.

　계속해서 숙적 히가키와의 대전 장면에 관해서인데, 이 결투야말로 영화에 등장하는 결투 신중에서 백미로, 처음에는 세트에서 갈대밭을 만들고 대형 선풍기로 바람을 일으킬 예정이었지만, 보다 드라마틱한 장면을 위해 급히 하코네箱根로 옮겨 찍은 장면이다. 때마침 불어 닥친 바람 덕분에 무서운 속도로 흘러가는 구름과 바람에 물결치는 억새 속에서 두 사람의 혈투가 역동감 있게 전개된다.[17]

　히가키의 산시로의 숨통을 끊는 마지막 공격이 이루어지는 순간 산시로는 구름을 보며 연꽃을 떠올리고, 연꽃을 보며 모든 것을 득도한 것인 양 미소를 짓는다.

이 장면에서는 빠르게 흘러가는 구름이 정지된 구름으로 바뀌고 이 구름은 다시 연꽃으로 바뀌는 연상 기법이 사용되고 있다. 소설에서는 산시로가 달을 보며 연꽃을 연상하는

■ 히가키와 대결하는 산시로

....
17 구로사와의 자서전에 따르면, 영화의 촬영장소인 센고쿠하라仙石原에서 삼일 밤낮을 기다렸지만 원하는 장면이 연출되지 않아 포기하려고 할 찰나에 거센 바람이 불어와 무사히 촬영을 마쳤다고 한다.

것으로 되어 있어, 이 부분은 구로사와의 창작인 셈이다. 영화에서 연상기법은 이 장면 이전에 무라이 한스케와의 시합 전에 산시로가 장지문의 무늬를 보면서 사요의 옷 무늬를 떠올리는 장면에서도 사용되고 있었다. 마지막 히가키와의 결투에서 구름을 보고 연꽃을 떠올리는 장면은 중간에 대나무 무늬를 보며 사요의 옷 무늬를 연상하는 기법이 선행되어 관객들에게 학습되지 않았다면, 다소 생경하고 부자연스러운 장면이 되었으리라.

마지막으로 영화의 엔딩 신에 관해인데, 영화에서는 새로운 수행의 길을 떠나는 스가타 산시로와 그를 배웅하는 사요가 기차 안에서 석별의 아쉬움을 숨기며 담소를 나누는 장면으로 끝난다. 당시의 관객들 모두 두 사람의 밝은 관계가 계속될 것임을 예상하고, 동시에 화면을 꽉 채운 과거의 메이지시대의 정겨운 기차가 햇살 속에 평화롭게 평원을 달리는 기차를 바라보며 스가타에게서 전도유망한 밝은 미래를 봤음에 틀림없다. 소설에서는 두 사람이 같은 기차를 탔지만 서로 알아채지 못한다는 내용으로 끝을 맺고 있다.

두 사람의 밝은 분위기는 한 가지 전제가 붙는데, 바로 사요의 아버지 무라이 한스케의 죽음이 그것이다. 소설에서는 시합의 부상의 후유증으로 무라이가 죽음을 맞이하게 되나 영화에서는 무라이가 아직 살아있는 것으로 설정되어 있는 것이다. 산시로는 몬마와의 대전에서 본의 아니게 몬마를 사망에 이르게 하였고, 무라이 한스케와의 대전 이전에도 마음에 둔 여인의 아버지라는 이유에서 수없이 번민하였지만 결국에는 대적할 수밖에 없었다. 이러한 고뇌의 과정을 걸어온 산시로에게 무라이의 사망은 가혹한 시련이 되었음에 틀림

없다.

구로사와는 《스가타 산시로》의 제작 당시를 "아무것도 없는 시대 였죠. …… 나는 단지 좀 더 활동사진(영화, 필자주)의 재미를 보는 것 을 생각했다"라고 회고하고 있다.[18]

구로사와는 여러 차례 영화의 오락성을 강조하고 있는데, 이하의 그의 생각은 《스가타 산시로》의 의의를 생각하는 데에 있어 많은 시 사점을 준다.

> 일본영화의 문제점은 저 혼자 들떠서 이상하게 예술가 흉내를 내며 난해한 영화를 만드는 경향 때문이기도 합니다. 하지만 정말로 좋은 영화는 재미있습니다. 이론에만 파묻혀 영화를 만드는 것은 감독으로 서는 최악입니다. 진짜로 알기 쉽고 재미있게, 그 속에서 조용히 뭔가 말을 걸지 않으면 안 됩니다 …… 마찬가지로 어두운 이야기만 계속 보 여주면 관객이 견뎌내질 못합니다. 코미디 릴리프라고 옛날에 자주 말 했는데 적당히 흥미로운 부분을 끼워 넣어 재미있게 보여 줘야 하는 거지요. 그런데 지금은 그렇질 못해요. 예술가랍시고 마냥 어둡고 우 울한 이야기를 심각하게 보여주고 있으니 ……. 관객들은 돈을 내고 영 화를 보러 오잖아요. 즐기러 오는 거란 말입니다. 관객들을 즐겁게 해 주면서 뭔가를 말해야 하는데 착각하고 있는 거지요. 그러니 관객과 멀어져 버리지요. 아주 대단한 주제를 난해하게 이야기하는 영화라도 좋은 작품이라면 정말로 재미있어요. 영화로서 재미있으니까 보게 되 는 건데, 그걸 잊어버리고 있어요.[19]

----

18 黒澤明(1984) 『蝦蟇の油』岩波書店

7. 나오며

스가타 산시로는 근대화의 물결 속에서 서구와 동양의 혼재, 자유와 변화의 여명의 시기를 호흡하며 유도의 길에 전념하는 풍운아이다. 소박하고 우직하며 자신의 감정에 솔직한 청년은 내면의 강직함 때문에 세태와 자신과 타협하지 않고 스스로가 납득할 때까지 정도正道만을 고집스럽게 추구한다. 자신의 길을 걸으며 수행하고 성장을 멈추지 않는 우직하고 순진한 유도 청년이 호쾌하게 상대방을 내던지는 활극에 관객들은 잠시나마 전쟁의 혹독한 현실을 잊고 열광하며 카타르시스를 맛보았음에 틀림없다.

감독은 원작의 소설을 영화화하면서 주제의 명확한 전달을 위해서 소설속의 오세치, 야스, 다카코 등의 주변인물을 생략한다거나 큰 내용의 흐름과 크게 관련되지 않은 에피소드 등을 삭제한다거나 하여, 영화의 구성을 단순하게 함으로 해서 주인공 산시로에게 더욱 포커스가 맞추어질 수 있도록 의도하였다.

또한 영화의 특성상, 소설의 추상적인 사유부분을 함축적인 상징이나 이미지연상 등의 기법을 활용하여 시각화시켰으며, 특히 액션 신은 동적인 장면과 정적인 장면의 완급을 적절하게 조절하는 데에 성공하여 기존의 검극영화와 차별성을 갖는 액션 신을 만들어 내었다.

----

19 문예춘추 엮음·김유준 옮김(2000)『구로사와 아키라의 꿈은 천재다』현재

　또한 소설에서 중요한 테마이기도 하였던 국수주의와 서양화주의와 관련된 인물과 에피소드를 과감하게 삭제하여 정치적 이데올로기 색채를 무화無化시키고 인물의 성격 또한 철저하게 선과 악의 대립으로 단순화시키고 있으며, 장면 장면에 유머적 요소를 삽입시키고 엔딩 신에서는 사요의 아버지 무라이 한스케가 생존해 있는 것으로 해서 헤피 엔딩으로 대단원의 막을 내리고 있다.

　무라이의 죽음을 그리지 않고 산시로와 사요가 열차 안에서 석별의 정을 아쉬워하며 서로를 애틋하게 바라보는 장면은 원작과의 차이점을 상징적으로 드러낸다. 즉 대중적인 오락소설의 성격을 가지면서도 과거 메이지시대의 국수주의를 옹호함으로써 미국, 서양과 전쟁을 하고 있는 현재, 독자들의 애국심을 고취시키는 도미타 쓰네오의 소설과 달리, 구로사와의 《스가타 산시로》는 정치적 맥락의 내용을 최소화하면서 대중적 성격이 강화된 오락영화였던 것이다.

제3장

《가장 아름답게》

감독이 지향한 '순수한 영화적 목표'를 중심으로

1. 들어가며

구로사와 아키라黑澤明는 26
세에 도호東寶 영화사의 전신인
P.C.L 영화 제작소에 입사하여
야마모토 가지로山本嘉次郎 감
독 밑에서 조감독으로 경력을
쌓기 시작했다. 이후 1943년 흑
백 영화《스가타 산시로姿三四

■영화 포스터

郎》로 감독 데뷔하였다. 본고에서 다룰《가장 아름답게一番美しく》는
《스가타 산시로》의 성공 이후 1944년 4월 13일에 도호 주식회사를
통해 개봉된 두 번째 작품이다. 태평양전쟁 말기, 국가를 위해 군수
공장에서 일하는 여자정신대의 이야기라는 점에서 패전 이전에 제
작된 총 4편 중 가장 국위선양을 위한 국책영화적인 성격이 강한

작품이라고 할 수 있다.

《가장 아름답게》에 대한 선행 연구를 일별하면 전전의 4작품 중 국가 권력에 순응한 이데올로기적 선전영화의 성격이 짙다는 점 등의 이유로 해서, '국책 영화'라는 표면적인 비평이 주를 이루고 있는 반면 작품 내적인 예술적인 분석은 매우 적다는 문제점을 안고 있다. 물론 연구사적인 측면에서 전전의 작품이 전후작품보다 관심을 덜 받았다는 점도 선행연구의 빈곤의 이유라고 할 수 있다.

본고는 이러한 문제의식에 기초하여 선행 연구에서 많이 다루어지지 않았던 감독의 의도 및 메시지를 중심으로 해서 국책영화로서의 선전·선동의 의도와 어울리지 않거나 그 범주에서 벗어나는, 감독이 지향한 '순순한 영화적 목표'에 대해서 고찰하고자 한다.

고찰의 편의를 위해 시나리오의 구성과 각 단계에서의 특징에 관한 검토도 함께 수행하고자 한다. 참고로 텍스트는 黑澤明(1988)『全集 黑澤明 第一卷』岩波書店을 사용하였음을 밝혀둔다.

2. 선행연구와 문제의 소재

《가장 아름답게》가 개봉된 1944년 당시의 일본의 영화업계는 국가의 전면적인 관리 하에서 전쟁에 협력하였고, 협력을 거부하면 제작허가를 받을 수 없던 상황이었다.[1] 구로사와 아키라 역시 해군 당국자에게 태평양 전쟁 당시 일본의 주력 함상 전투기였던 제로전투기[ゼロ戰]를 중심으로 한 액션 영화를 제작하도록 요청받았다. 하지

만 패전의 분위기가 농후했던 당시, 해군은 영화 제작을 위해 사용할
수 있는 전력이 없어 이 기획은 흐지부지 되었고, 그로 인하여 바뀐
기획이 바로 《가장 아름답게》이다.

태평양전쟁 말, 남성 노동력의 대부분을 군대에 동원한 일본은 국
내 산업을 유지하기 위해 1943년 9월 23일, 국내필승근로대책國內必
勝勤勞對策을 공시하여 기존에 남성이 근무하였던 점원, 개찰구 역무
원, 열차 책임자 등 17개의 직종을 여성이 근무하게 하였다. 이후
1944년 8월 23일에는 여자정신근로령女子挺身勤勞令을 공시하여 여
성 징용을 확대한다. 이러한 제도를 배경으로 제작된 《가장 아름답
게》는 동아광학히라쓰카제작소東亞光學平塚製作所에서 군사용 렌즈
를 제작하기 위하여 동원된 여자정신대女子挺身隊의 모습을 그린 작
품이다. 작품 속 젊은 소녀들은 자발적으로 공장 작업에 참가하게
되고, 그 과정에서 소녀들은 증산목표를 달성하기 위하여 개인적인
가정사, 병, 피로 등의 시련을 극복하며 생산에 매진한다.

개봉 당시의 비평을 살펴보면, 영화 모두冒頭의 공원들에게 마이
크를 통해 훈시를 하는 장면은 형식에 얽매이지 않은 감독의 참신함
이 돋보인다고 한 시게노 다쓰히코滋野辰彦, 또 젊은 여성들의 에피
소드에 관해서 세부적으로 호의적으로 평가한 스기야마 헤이이치杉
山平一, 영화는 우리들의 마음에 "신기하게 젖어들고 거짓 없는 공감
을 불러일으킴과 동시에 흐린 하늘 사이의 푸른 하늘을 보는 듯한

----

1 이하 당시의 영화제작에 관한 시대적 배경에 관해서는 佐藤忠男(2002)『黑澤明作品
   解題』岩波現代文庫 참조

밝은 휴식처와 아름다움과 꿈을 주었다. 구로사와의 최대의 걸작이라고 생각한다"는 오쿠노 다케오奧野健男 등의 지적 등을 제외하고는 그다지 호의적이지 않았다.

대부분은 에피소드(심한 노동이나 병과 같은 마이너스 에피소드)가 너무 전면에 드러나서 구성의 밸런스가 좋지 않다고 하는 평이었다고 한다.[2]

이후 전후가 돼서, 가장 진보적인 영화비평가인 이와사키 아키라岩崎昶는 《스가타 산시로》는 무도단련과 일본정신주의를 전면에 내세운 활극으로 전전의 4작품 중에서 전쟁으로 인해 침울해진 대중의 마음을 사로잡은 유일한 작품이며, 한편 병기증산선전영화인 《가장 아름답게》는 실패한 작품이라고 지적하였다. 또한 대표적인 영화비평가인 이지마 다다시飯島正도 "《가장 아름답게》는 공장에서 일하는 여자정신대의 생활을 그린 것으로 직접 전의를 고양시키려는 목적을 가진 영화였다. 하지만 카메라앵글이나 구도에 매우 공을 들인 것치고 평범하고 정열이 겉돌고 있다"고 혹평하였다.[3] 위의 1950, 60년대의 이와사키 및 다다시는 전쟁 중에도 전쟁에 적극적으로 가담하지 않은 소수의 영화평론가였다. 때문에 군국주의적, 혹은 시대

----

2   시게노의 지적(『新映畫』, 1944·6)과 스기야마의 지적(『映畫評論』, 1944·6)은 岩木憲兒(1988) 「批評史ノート」 『全集 黑澤明 第四券』 岩波書店을 참고하였고, 오쿠노의 지적(『映畫評論』, 1958·1)은 都築政昭(2010) 『黑澤明一全作品と全生涯一』 東京書籍을 참고한 것임.

3   이와사키의 지적(『映畫史』 東洋經濟新潮社, 1961)과 이지마의 지적(『世界の映畫』 白水社, 1951)은 佐藤忠男(1969) 『黑澤明の世界』 三一書房을 참조

영합적인 영화에 대해 비판적인 것은 어쩌면 당연한 일이라고 할 것
이다.[4]

이후 비교적 최근의 연구 성과를 보면,《가장 아름답게》가 국책영
화라는 점을 전제로 하면서, 다른 한편으로 이러한 국책영화의 한계
속에서 구로사와의 의도 및 연출은 과연 어떠했는가라는 식의 작품
의 내적·예술적 측면에까지 관심을 갖는 논들이 생성되었다.

가령 구로사와 연구의 권위자인 도널드 리치는 영화적 기법, 즉
구로사와의 다큐멘터리적 기법이 카메라 워크에 어떻게 반영되었는
지를 고찰하였고, 단축 및 플래시백 등의 영화문법상의 새로운 기법
에 대해 지적하고 있다. 그리고 주제에 관해서는 자기를 발견한다고
하는 과제는《스가타 산시로》의 테마를 계승하고 있다고 하고 있다.[5]

한편, 스즈키 마사아키都築政昭는 구로사와의 '세미다큐멘터리'적
인 연출에 주목하면서, 소녀들이 멸사봉공을 위해 자신을 돌아보지
않는 '무아無我'의 태도야 말로 전작인《스가타 산시로》와 공통되는
영화의 기저에 흐르는 정신이라고 주장하고 있다. 그리고《가장 아름
답게》의 의의에 관해서 "구로사와는 좋아하는 드라마트루기의 전형
을 획득했다"고 하며, 주인공이 극한 상황에 처하고 이를 극복하는

4 이외에 이와모토 겐지는 "지금 보니 이 영화는 한결같은 올곧음(시대의 반영이기도 하지
만)에 있어 이데올로기는 다르지만 중국의 홍위병운동을 연상시킨다. 하지만 시골의
아름다운 눈 풍경, 배구를 즐기는 소녀들의 발랄한 얼굴의 몽타주, 공장 남자들의
친절함, 공장 일터의 팽팽한 긴장감 등은 역시 구로사와 작품의 특징이 보인다"라고
지적하고 있다. 岩木憲子(1988)「批評史ノート」『全集 黑澤明 第四券』岩波書店
5 D·リチー著, 三木宮彦譯(1991)『黑澤明の映畵』社會思想社

과정에서 드라마가 생기고 주인공은 성장한다는 그의 영화에서 보이
는 '전형典型'이 이 영화를 뿌리로 해서 성립했다고 지적하고 있다.[6]

한편, 시무라 미요코志村三代子는 전쟁시기와 점령기 기간에 당시
재능 있는 영화감독이 한정된 주제에서 어떠한 예술적 가능성을 추
구했는가를 생각할 때, 가장 좋은 예가 되는 것이 바로 《가장 아름답
게》라는 국책영화라고 하고 있다.[7] 시무라의 논은 권력에 대한 영화
감독의 '저항' 및 '도피'라는 이분법적인 종래의 언설에서 벗어나 권
력에 순응하면서 영화의 예술적 부분도 놓치지 않은 구로사와의 특
이한 상황에 착목한 논문으로 본고의 문제의식과 기저를 같이 하고
있다.

본고는 《가장 아름답게》의 예술적 가치의 규명을 목적으로 하는
데, 예술적 측면은 자연히 메시지(시나리오를 통한 주제 분석)와 메시지
의 구현방법(연출이나 영상의 기법 등)과 관련이 깊은 바, 본고에서는
감독의 메시지를 중점적으로 살펴보고자 한다.

이하 고찰 내용과 순서를 기술하면 다음과 같다. 첫 번째, 감독은
세미다큐멘터리의 형식을 도입하고자 했던 점, 두 번째, 첫 번째의
영화형식과도 관련되는데, 감독은 전쟁 수행과 관련된 영웅적인 혹
은 적어도 보통사람 이상의 등장인물이 아닌 평범한 보통의 소녀들
을 그리려고 했던 점, 세 번째, 작품 전체를 관통하는 주제로 '성장'

----

6 都築政昭(2010) 『黑澤明ー全作品と全生涯ー』 東京書籍
7 志村三代子(2014) 「戰時下の〈女子〉「生産增强」映畫 : 黑澤明の『一番美しく』(一九
   四三年)をめぐって」 『二松學舍大學論集 (57)』

및 '인격 완성'이 강조되고 있다는 점 등이다.

3. 영화의 구성과 메시지

본 장에서는 고찰의 편의를 위해 영화의 전체적인 내용분석을 하고자 한다. 영화의 구성을 필자가 나름대로 발단, 전개, 위기, 절정, 결말로 나누고 각각의 내용을 적당히 에피소드 별로 정리하였다. 괄호( ) 안의 숫자는 시나리오에 표시된 장면번호이다. 참고로 주요 등장인물은 다음과 같다.

주요 등장인물

○ 이시다 고로石田五郎 …… 공장의 소장
○ 요시다吉田 …… 공장의 총무과장
○ 사나다眞田 …… 공장의 근로과장
○ 미즈시마 도쿠코水島德子 …… 기숙사 사감
○ 와타나베 쓰루渡邊ツル …… 청년 대장(조장)
○ 다니구치 유리코谷口百合子 …… 부조장
○ 스즈무라 아사코鈴村あさ子 …… 몸에 열이 나서 귀향했다가 복귀
○ 야마자키 유키코山崎幸子 …… 지붕에서 전락. 치료를 받고 복귀
○ 야마구치 히사에山口久江 …… 몸에 열이 있지만 남에게 비밀로 함
○ 오카베 스에岡部スエ …… 핫토리와 갈등하지만 화해함
○ 핫토리 도시코服部敏子 …… 오카베와 갈등하지만 화해함

◈ 발단 ◈

【1】(1-10)배경은 1944년 패색이 짙어진 현재로 각종 무기에 장착

되는 렌즈를 만드는 동아광학 히라쓰카제작소가 그 무대이다. 공원들은 일렬로 서서 확성기를 통해 소장의 비상증산 강조운동에 대한 아침조례를 듣고 있다. 남자공원들은 100%, 여자공원(여자 정신대)들은 50% 증산을 목표로 하겠다는 내용과 함께 증산을 위해서는 인격이 완성되어야 한다는 것이다.

【2】(11-28)하지만 소녀들은 자신들에게 주어진 과업이 너무 작다고 반발한다. 청년 대장(조장)인 와타나베 쓰루渡邊ツル가 소장에게 소녀들의 대표로 남자공원들 만큼은 아니더라도 3분의 2만큼은 하게 해달라고 요청하자 근로과장 사나다眞田가 이에 감탄한다. 자신들의 요구가 받아들여지자 소녀들은 기뻐하고, 근로과장은 한층 성장한 소녀들과 청년대장을 기특하게 여긴다.

위의 '발단'부분은 영화의 도입부로, 소녀들(여자 정신대)이 할당된 작업량보다 스스로 더 증량해 줄 것을 요구하는 장면이야말로 전체적인 작품의 내용에 대한 복선이 된다. 즉 증산목표는 당초 소녀들에게 버거운 목표이며 이로 인해 소녀들이 이후에 겪을 갖은 고초를 예견케 한다. 청년대장 와타나베 쓰루는 모두의 전폭적인 신뢰를 받는 인물로, 소녀들의 사기를 북돋아 주거나 쓴소리로 정신을 차리게 한다.

한 가지 주목해야 할 장면은 공장의 소장이 아침훈시를 할 때, '생산량을 늘리기 위해서는 인격의 완성이 전제되어야 한다'고 강하게 강조한 부분인데, '인격의 완성'이야말로 감독의 메시지라 할 수 있다.

이와 같이 발단부에서 지체 없이 사건의 전개를 예측할 수 있는 단서와 전체의 내용을 관통하는 주제를 관객에게 보여주는 방법은 구로사와의 초기영화에서 자주 보이는 특징이기도 하다.

◆전 개◆

【3】(29) 행진곡을 부르며 기숙사를 향하는 소녀들.

【4】(30-40) 소녀들을 맞이하는 미즈시마 도쿠코水島德子는 기숙사의 사감으로 소녀들의 어머니 같은 존재이다. 조장인 와타나베가 사감에게 증산기간동안에는 고적대의 연습을 중지했으면 한다고 희망했지만, 사감은 고적대는 모두의 사기를 진작시킬 뿐만이 아니라 남자공원들을 격려하는 사회전체의 것이기도 하니 연습을 계속하라고 권한다. 이후 소녀들은 일사분란하게 와타나베의 지휘에 맞춰 합주를 한다.

【5】(41) 사감과 학생들의 아침 선서.

【6】(42) 소녀들은 고적대 행렬로 공장에 출근.

【7】(43-53) 공장에서 일하는 소녀들. 사감인 미즈시마가 공장에 찾아와 소녀들의 기분을 이해하기 위해서 공장 일을 해 보고 싶다고 한다. 이에 사나다 근로과장은 그 마음에 감탄하며 만류한다.

【8】(54-62) 기숙사에 돌아온 소녀들은 건강 체크를 위해 서로 체온을 재면서 한바탕 소동을 피며 즐거워한다. 밤이 깊어지자 사감이 취침하는 소녀들의 방을 둘러본다.

【9】(63-66) 비오는 날의 출근길. 우울하고 침체된 분위기를 서로 농담을 주고받으며 밝은 기분으로 전환시킨다. 공장 입구에서 공장

임원(소장, 총무, 과장)들이 소녀들을 맞이하며 격려한다.

【10】(67-76) 그러던 중 스즈무라鈴村가 열이 났고, 그녀는 작업에 피해를 주지 않기 위해 사감에게 고향의 부모에게는 몸이 아프다는 말을 하지 말라고 부탁한다. 예초부터 스즈무라의 아버지는 딸이 공장에서 일하는 것을 탐탁지 않게 생각하고 있었다. 딸이 아프다는 소식을 전달받자 아버지는 딸을 데리러 기숙사로 찾아온다. 모두에게 미안해하는 스즈무라. 안타까워 눈물로 배웅하는 소녀들. 나도 고향에 가고 싶다는 말하는 한 소녀.

【11】(77-76) 출근하는 고적대.

【12】(78-80) 스즈무라의 결원에도 불구하고 작업에 열중하는 소녀들. 비상증산목표의 그래프는 목표를 넘어서 점점 상승함. 작업이 장기간이라 소녀들을 걱정하는 공장 임원들(소장, 총무, 과장).

위의 '전개'부분은 기숙사·공장·기숙사와 공장을 오가는 출근길 등 주로 3개의 공간 속에서, 공장에서의 노동, 기숙사 생활, 출근길의 고적대 등 단조롭지만 바쁜 소녀들의 단체생활을 스피드감 있게 그리고 있다.

그리고 첫 번째 시련이 닥치는데 스즈무라의 '건강문제'가 바로 그것이다. 스즈무라의 병이 드러나기 전의 【8】에서 소녀들이 건강 체크를 위해 서로 체온을 재면서 웃으며 한바탕 소란을 피우는 에피소드는 스즈무라 사건의 이를테면 복선이라 할 수 있다.

고적대 지도 선생님은 귀향하는 스즈무라에게 그녀가 연주때 사용하고 있었던 피리를 건네준다. 고적대의 합주는 자신을 포함한 집

단의 일체감을 상징하는 것으로 피리는 고향에 가더라도 우리는 하
나임을 잊지 말고 조속히 복귀하기를 소망한다는 의미를 담고 있다
고 할 수 있다.[8] 전개의 마지막 부분의 성장 그래프는 스즈무라의
결원에도 불구하고 생산량에는 문제가 없음을 보여준다. 하지만 바
로 이하와 같은 공장임원들의 대화 장면이 이어진다.

소장   흠…… 성적이 좋네…… 여자 쪽은 정말 힘을 내고 있지
                 않는가.

요시카와 네…… 그런데 이게 더 무섭습니다.

소장   ?

사나다   이번은 3개월이란 장기전이라서요. …… 결국 5천 미터 경
            주를 100미터처럼 달리고 있는 셈이지요, 그녀들은. (중
            략) 어디서 삐끗하면 바로 넘어지지 않을까 걱정이 됩니다.

  한명의 결원이 지금 표면적으로는 전체에게 큰 시련이 되지 않는
것처럼 보이지만 무리를 하고 있는 상태인지라, 다른 시련에 맞부딪
히면 위험할지도 모른다는 의미이다. 그런데 이 예측은 바로 적중하
게 되니, 위의 대화는 다음 사건에 대한 복선의 역할을 하고 있는
셈이다.

----

8 이후, 영화의 【20】(125-132)에서는 사감인 미즈시마가 스즈무라의 고향에 가서 그
녀의 집을 찾는 장면이 나온다. 사감이 좀처럼 그녀의 집을 찾지 못하고 헤맬 때
스즈무라가 부는 피리소리를 듣고 따라가 스즈무라를 만나게 된다.

◈ 위기 ◈

【13】(81-87) 기숙사 지붕위에서 이불을 널다가 야마자키山崎가 지붕위에서 떨어져 발에 깁스를 하게 된다. 야마자키를 빙 둘러싸고 병문안하는 소녀들.

【14】(88-93) 귀향을 한 스즈무라와 다리를 다친 야마자키는 같은 작업실조원이라 2명이 빠진 작업실내의 분위기는 침울하다. 급속하게 하강하는 비상증산목표의 그래프. 성적이 떨어지자 초조해하고 신경질적이 된 소녀들. 특히 2명이나 결원이 생긴 작업실의 조원들은 더욱 신경질적이 되어 조원 간에 갈등이 생긴다. 한 소녀가 인격의 향상 없이는 생산량 향상은 없다라고 한 소장의 말을 모두에게 들려준다. 기분전환의 필요성을 느끼는 와타나베 쓰루.

【15】(94-101) 와타나베 쓰루와 소녀들은 배구 경기를 통해 활기를 되찾는다. 기분전환을 한 소녀들은 열심히 작업하고 그 결과 그래프가 다시 상승하기 시작한다.

【16】(102-108) 그러던 중 와타나베 쓰루의 아버지로부터 편지가 온다. 어머니의 병상이 심각하며 병간호를 위해 귀향하기를 희망하지만 비상시라고 하니 우선 조장의 역할을 우선시하라는 내용이다. 와타나베가 고향에 가야할지 고민하던 찰라, 야마구치山口가 나타나 부탁을 한다. 자신의 몸에 열이 있지만 이를 모두에게 숨겨달라는 것이었다. 야마구치의 간곡함에 와타나베는 그의 부탁을 들어준다. 와타나베는 귀향을 포기한다. 배구를 하는 소녀들. 서서히 상승하는 그래프 곡선.

【17】(109-112) 거리를 행진하는 고적대가 멈춘다. 목발을 짚으며

돌아온 야마자키. 그녀에게 달려가는 소녀들. 붕대를 감고 작업하는 야마자키. 그래프가 쑥쑥 올라간다. 소녀들의 옷을 빨아 주는 사감.

【18】(113-121) 끊임없는 노동을 해도 일은 줄지 않자, 소녀들은 점점 피로와 초조함이 쌓여간다. 모든 작업장에서 실수가 많아지고 성적 그래프가 상승하지 않고 평행선을 긋는다. 문제가 해결되지 않은 채 배구하는 장면으로 전환된다.

위의 '위기'부분은 책임감 및 근면함으로 분발했던 여자공원도 노동이 장기화되면 될수록 신체적·정신적으로 피폐해져 더 이상 생산력을 향상시키는 것이 어려워졌다는 내용이다.

우선 야마자키山崎가 지붕위에서 떨어져 작업에 공백이 생기게 되었는데, 앞서 귀향한 스즈무라와 같은 작업장 소속이어서 그 피해가 더 클 수밖에 없었다. 또한 분업시스템의 공정이라 이 작업장의 생산량 저하가 전체 공정을 지체시킬 위험도 무시할 수 없다. 하지만 다행히 소녀들은 배구를 통해 암울해진 분위기를 전환시켰고, 생산량 증가를 도모할 수 있었다.

그러는 동안 부상당한 야마자키가 업무에 복귀하는 긍정적인 일도 있었지만, 결국 줄지 않는 일감과 장시간의 노동은 여자공원들을 초조와 피곤에 찌들게 한다. 그러자 성적 그래프는 올라가지 않고 평행선을 그리게 된다. 정체된 생산력이야말로 공장임원 뿐만이 아니라 여자공원들에게는 최대의 '위기'라 할 수 있고, 이 위기는 이후 '절정'에서 심각한 조원의 반목을 초래하게 된다.

'위기'부분에서 또 한 가지 주목되는 점은 와타나베 쓰루에게 고향에 계신 어머니의 병환이라고 하는 시련이 등장했다는 사실이다. 이제까지의 에피소드는 여성공원들의 집단, 그리고 그 집단의 리더인 와타나베 쓰루의 시련극복형 성장기록이라 할 수 있는데, 여기서 설정된 '어머니의 위독'은 특히 와타나베 개인에게 부여된 시련이다. 위의 시련이 리더의 '성장'을 더욱 드라마틱하고 명확하게 그려내고자 한 구로사와의 의도에 의해 설정되었다는 사실은 주목할 만하다.

◈ 절정 ◈

【19】(122-124) 배구 경기를 하다가 사소한 일로 오카베岡部와 핫토리服部가 언쟁을 한다. 경기 이후 고적대 연습을 하게 되는데 평정심을 잃은 오카베와 핫토리는 엉성한 합주를 하게 되고 이로 인해 모두의 합주가 엉망이 된다. 올라가지 못하고 평행을 달리던 성적 그래프는 하강하기 시작한다.

【20】(125-132) 사감인 미즈시마가 고향에 돌아간 스즈무라를 데려오기 위해 며칠 동안 기숙사를 떠나게 된다(스즈무라는 아버지의 반대로 공장에 돌아오지 못하고 있다). 배구장에서 갈등을 빚은 오카베와 핫토리가 이번에는 작업장에서도 다투게 된다. 두 사람의 다툼이 심각해지자 참다못한 한 소녀가 렌즈눈금수정 작업실에서 작업을 하던 와타나베 쓰루에게 이 사실을 알린다.

【21】(133-135) 기숙사에 돌아와서도 오카베와 핫토리의 갈등이 계속되자 와타나베 이하 모두가 걱정이 되어 중재해 보려 했지만 갈등은 쉽게 진정되지 않는다. 또한 오카베는 와타나베가 야마구치를 편애한다고 오해한다. 와타나베가 아픈 야마구치에게는 궂은일을

시키지 않았기 때문이다. 이에 야마구치가 자신이 열이 났기 때문에 와타나베가 배려해준 것이라고 오해를 풀어준다. 와타나베는 스즈무라가 사감에게 보낸 편지를 모두에게 낭독한다. 심야 모두가 잠든 사이 오카베는 기숙사 정원에서 고향을 생각하며 마음을 추스르고 있다가 역시 같은 마음으로 나와 있는 핫토리와 조우한다. 두 사람은 잘못한 쪽은 자신이라고 하며 화해한다.

【22】(136-149) 스즈무라의 고향인 설국에 간 미즈시마는 갖은 고생을 한 끝에 미즈시마 집을 찾아내서 같이 귀경하게 된다.

【23】(150-180) 미즈시마와 스즈무라가 심야가 되어서 기숙사에 도착하자 소녀들 모두가 깨어 있었고 큰일이 났다고 사감에게 보고한다. 아직도 와타나베가 공장에서 일을 하고 있다는 것이다. 오카베와 핫토리의 갈등을 와타나베에게 알렸던 날, 다시 작업실로 돌아온 와타나베가 집중력이 흐트러져서 눈금수정이 덜 된 렌즈를 수정이 완료된 렌즈들 속에 무심코 넣어 버린 것이다. 실수를 깨달은 와타나베는 철야작업을 해서 수정이 덜 된 렌즈를 찾아낸다. 소녀들과 사감은 와타나베를 위해 밤새 기도하고, 새벽녘이 되어 돌아온 와타나베를 반갑게 맞이한다. 다시 활기를 찾은 소녀들. 하강하던 성적이 쑥쑥 목표치를 돌파하며 상승한다.

위의 '절정'부분에서는 앞에서 잠재되었던 시련에 의한 문제점이 한꺼번에 노정되어 소녀들(집단)뿐만이 아니라 리더 와타나베 개인도 가장 큰 역경을 겪게 된다.

우선 오카베와 핫토리가 배구를 하다 사소한 일로 다투게 된다.

앞서 '위기'부분에 등장했던 과도한 과업과 장기적인 노동의 문제가
해소되지 않고 곪아터져, 결국 두 사람의 갈등으로 노정이 된 것이
다. 거슬러 올라가면([14]), 두 명의 결원이 생겨 다른 작업장의 조원
보다 무리를 할 수 밖에 없었던 사실도 무관하지 않을 것이다. 두
사람의 갈등은 전체 집단의 동요를 초래하게 되는데, 이러한 상황을
구로사와는 고적대에서 두 사람의 어설프고 부정확한 연주가 전체
합주를 망치는 것으로 구체적으로 상징화시킨다.

한편 와타나베는 눈금수정이 되지 않은 렌즈를 완성된 렌즈 속에
서 솎아내야 하는 시련에 부딪힌다. 결과적으로 이 해프닝도 오카베
와 핫토리의 갈등이 원인이었던 것이다.

하지만 이윽고 두 사람이 화해하고, 귀경한 스즈무라가 복귀하
며, 게다가 와타나베도 무사히 불량렌즈를 찾아낸다. 소녀들 앞을
가로막고 있었던 모든 시련들이 제거되자 그래프는 가파른 상승을
보인다.

◈ 결말 ◈

[24](181-187) 어느 날 공장의 관리들이 작업실에서 일하는 와타
나베를 불러낸다. 고향의 어머니가 돌아가셨으니 어서 고향으로 돌
아가라는 것이었다. 하지만 와타나베는 공무를 우선시해야 한다는
과거의 편지 속의 어머니의 당부를 모두에게 환기시키며, 자신은 귀
경하지 않겠다고 하고 작업실로 다시 돌아간다. 감동하는 공장의 임
원들과 사감.

소녀들은 갈등이 해소되어 활기를 되찾고, 목표했던 과업을 순조롭게 달성해 가는 시점에서 영화는 대단원을 맞을 수도 있었다. 하지만 감독은 마지막 에피소드를 남겨두었으니 바로 와타나베 어머니의 사망과 관련된 일이다. 와타나베는 의연하고 단호하게 귀경하지 않고 계속 근로를 하겠다고 공장에 남는데, 이러한 태도는 【16】에서 어머니의 병환을 알고 고향으로 돌아갈지 말지를 고민하던 모습과 대조를 이룬다. 감독의 메시지가 '시련'과 '성장'에 있다는 점을 명확하게 드러내 주는 결말이라 할 수 있겠다.

4. 형식으로서의 세미다큐멘터리

사토 다다오佐藤忠男는 구로사와가 당시의 영화를 검열하고 감시하는 쪽의 의견을 받아들여 국책영화를 제작했지만 "구로사와 아키라에게는 순수한 영화적인 목표가 따로 있었다"고 전제를 하며 감독은 새로운 형식인 '세미다큐멘터리'의 영화 제작에 도전하였다고 언급하고 있다.[9]

이러한 지적은 "나는 그것(영화, 필자 주)을 제작하는 데에 있어서 세미다큐멘터리 형식을 적용하기로 했다"라고 하는 구로사와 본인의 회고록에서도 확인된다. '세미다큐멘터리'란 실제의 사건과 사실

9 佐藤忠男(2002)『黑澤明作品解題』岩波現代文庫

적인 디테일에 허구의 이야기를 가미해 다큐멘터리와 유사하게 만든 영화를 지칭한다. 로케이션 촬영, 배우라는 직업을 가지고 있지 않은 비전문인 배우 캐스팅 등 형식적인 면에서는 이탈리아 네오리얼리즘 영화와 유사성을 가지고 있다.[10]

구로사와 감독이 당시 영향을 받은 다큐멘터리 양식은 독일 풍과 소비에트 풍을 결합한 것이었다. 영국식 다큐멘터리 영화는 당시 아직 일본에서는 알려지지 않았고, 오늘날의 일본 다큐멘터리 영화에도 거의 영향을 주지 않았다. 따라서 그의 다큐멘터리 스타일의 일부분은 세계2차대전 전의 독일의 다큐멘터리와 혹은 소비에트의 역동적인 다큐멘터리와도 비슷하다.[11]

구로사와의 '순수한 영화적인 목적'의 첫 번째는 당시 외국에서 유행하고 있었던 다큐멘터리 형식을 영화에 적용하는 것이었다.

　　그는 우선 배우들을 일반인의 여자공원으로 변신시키기 위해 노력했는데, 우선 젊은 여배우들에게 배어 있는 배우의 체취 같은 것을 제거하는 일부터 시작했다. 화장품 냄새, 폼, 연극톤, 배우 특유의 자의식을 없애고 본래 소녀의 모습으로 되돌려 버리려고 생각했던 것이다. 그래서 달리기를 하는 훈련을 비롯하여 배구를 시키고, 고적대를 조직하여 연습시키며 그 고적대로 하여금 거리를 행진하게 하였다. 여배우

10　이탈리아 네오리얼리즘에 대해서는 이시준외 2명(2014)「구로사와 아키라黒澤明의 「멋진 일요일」의 연출考 −카메라 기법과 음악을 중심으로−」『일본언어문화 제28호』 한국일본언어문화학회 참조

11　D·リチ―著, 三木宮彦譯(1991)『黒澤明の映畫』社會思想社

들은 별다른 저항 없이 달리기와 배구는 했지만 이목을 집중시키는 고적대의 행진은 수치심이 들어 상당히 저항을 느낀 것 같았다. 그러나 그것도 회를 거듭할수록 태연해지고 얼굴 화장도 아무렇게나 하게 되면서 흔히 볼 수 있는 건강하고 활발한 소녀 집단처럼 되었다. 그래서 그는 그 집단을 일본광학 기숙사에 들어가게 하여 몇 명씩 각 직장에 배분하고 직공과 똑같은 일과로 노동을 시켰다.[12]

세미다큐멘터리 형식의 영화는 허구라 할 수 있지만 '리얼리티'를 담보하는 다큐멘터리 형식을 차용하여 현실적으로 묘사하는 효과를 가진다. 구로사와 본인의 "나는 그 곳을 무대로 연기하는 것이 아니라, 그 공장에서 실제로 일하고 있는 소녀 집단의 다큐멘터리처럼 촬영하고 싶었다"라는 발언에서 그가 얼마나 등장인물들을 현실에 존재하는 것처럼 생생하게 묘사하고 싶어 했는지를 짐작케 한다.

구로사와의 리얼리티를 기조로 하는 다큐멘터리에 대한 관심은 이후에도 지속되었는데, 《멋진 일요일素晴らしき日曜日》(1947)은 바로 네오리얼리즘과 유사한 형식으로 촬영된 영화이다.[13]

이상으로 구로사와가 지향한 '순수한 영화적인 목표'는 '세미다큐

....
12 佐藤忠男(2002)『黒澤明作品解題』岩波現代文庫
13 사실주의를 추구했던 이탈리아 영화의 경향으로 1942년부터 1952년까지 지속된 영화운동을 말한다. 쓰즈키 마사아키都築正昭는, 각본을 담당했던 우에쿠사 게이노스케植草圭之助의 "이 영화는 후에 유행한 이탈리안 리얼리즘보다 우리들 쪽이 빨랐다고 구로사와 씨와 둘이서 말한 적이 있다"는 회고담을 인용하면서, 《멋진 일요일》을 '네오리얼리즘의 일본판'이라고 언급한다. 이탈리아의 대표적인 네오리얼리즘 영화들이 일본에 들어오기 전에 이미 구로사와가 네오리얼리즘적인 영화를 제작했다는 것이다. 都築政昭(1980)『生きる：黒澤明の世界』マルジュ社

멘터리'라는 형식의 적용이었다는 점에 대해서 살펴보았다. 다음으로는 국책영화로서의 선전·선동의 의도와 어울리지 않거나 그 범주에서 벗어나는 인물의 조형 및 감독의 메시지[14]를 살펴보고자 한다.

5. 평범하고 현실적인 등장인물의 조형

영화를 통제했던 당시의 국가권력의 기관지는 구로사와가《가장 아름답게》를 제작하는 데에 있어서 특별히 다음과 같은 점에 유의해 줄 것을 당부하고 있다.[15]

또, 이러한 경향의 영화를 제작할 때 가장 주의해야 할 것은 여자정신대나 여자공원을 등장시켜 오히려 역효과가 생길 수 있다는 점일 것이다. 격렬한 훈련, 공작상황으로 인해 과로하는 여자공원의 모습은 절대적으로 피해야 한다. 열심히 일하는 것은 좋다. 그러나 그것은 아름답게 그려져야 하며, 또한 노동의 즐거움을 그리지 않으면 안 된다. 어디까지나 집단의 여성들을 아름답고 강하게 표현하는 데에 역점을

....

14 여기서 메시지란 영화감독이 작품을 통하여 관객에게 전하고자 하는 의도나 교훈 등을 포괄하는 개념이다. 작품이 전하는 바를 한마디로 정의내리는 일은 어렵기도 하고 자칫 오류에 빠지기 쉽다. 명작일수록 의도나 교훈 등이 다각적이고 중층적인 경우가 많기 때문이다. 본고에서는 '의도' '주제' '테마' 등의 표현도 사용하지만, 특히 '메시지'라고 했을 때는 다각적인 여러 의도나 교훈 등을 전부 포괄하는 개념으로 사용하고 있음을 밝혀둔다.

15 佐藤忠男(2002) 『黒澤明作品解題』 岩波現代文庫

두었으면 하는 것이 구로사와 씨에게 우리가 요망하는 점이다.

또한 전술한 바와 같이 영화의 에피소드, 가령 심한 노동이나 병과 같은 마이너스적인 에피소드가 너무 전면에 드러나서 구성의 밸런스가 좋지 않다고 하는 평이 있었는데 주제에 관해서도『讀賣報知』(1944·4·16)의 영화평은,

> 인격의 완성이 노동을 통해 비로소 완성된다는 주장은 각본, 연출 모두 표면적으로 그럴듯하게 표현해내고 있지만 정작 중요한 심리적 결단을 필요로 할 정황이 되면 교묘히 고적대 합주로 회피해 버리는 아쉬움을 통감한다. 이리에入江 기숙사 사감이 열연을 하면 할수록 연기라는 생각이 들어 모처럼 이 영화가 표현해 내고 있는 현실감을 상쇄시킨다.

라고 지적하며 '인격 완성'이라는 영화의 주제가 충분히 구현되지 못한 점이 아쉽다고 하고 있다.

위의 1944년의 제작 당시의 비평은 국책·선전영화의 관점에서 논해졌을 가능성이 높은데 '여성의 노동의식의 고취' 등의 영화제작의 목표가 명확히 전달되지 않았고, 영화에 등장하는 고적대나 소녀들의 어머니 같은 역할을 담당한 사감역 또한 만족스럽지 않았다고 혹평한다. 위의 비판을 달리 표현하면《가장 아름답게》는 국책·선정영화로서 '여성의 주체적인 노동의식의 고취 및 노동의 참여'라는 주제의식을 명확하게 제시했어야 함에도 불구하고 이것을 방해하는

불필요한 요소가 많았다는 점으로 귀결된다.

필자는 이러한 비판, 즉 주제의식의 명징성을 방해하는 요소야말로 반대로 구로사와가 '여성 노동력의 진작'이라는 선동·선전 이외에 국책·선정영화의 틀 안에서 어떤 의도로 영화를 제작했는가에 대한 중요한 단서를 제공하고 있다고 판단한다. 이하 당시의 비평을 염두에 넣고 영화의 내용 속에서 문제시되는 요소들을 열거하면 다음과 같다.

첫 번째, 여자공원이 병을 얻고 부상을 당하는 장면이 등장하고, 장기간의 노동과 버거운 과업으로 인해 지치고 초조해 하는 여자공원들의 모습이 자주 등장한다.

생필품이 부족한 상황 속에서 노동과 집단생활을 장기간 하다 보면 병과 부상은 절대로 피할 수 없는 요소가 된다. 감독도 이러한 현실을 영화에 반영하여 스즈무라([10]), 야마구치([16])의 병에 관한 에피소드 및 야마자키의 부상([10])에 관한 에피소드를 소녀들이 극복해야할 '시련'으로 설정하고 있다.

하지만, 결코 극복하기 쉬운 시련이 아님은 명확하다. 병자로 인해 생긴 공백은 소녀들로 하여금 과중한 노동을 강요하고 더욱 초조해지고 신경질적으로 만든다([14]). 특히 장기간의 노동으로 인해, 소녀들이 무거워진 눈꺼풀을 하고 잠을 참는 모습, 자신도 모르게 입에서 노래가 나오는 모습, 기계를 잘못 조작하여 렌즈를 사방에 흩날리게 하는 모습, 졸다가 헛소리를 하는 모습([18]) 등은 보는 이로 하여금 안타까움을 금치 못하게 한다.

두 번째, 피곤과 초조함을 극복하는 방법으로 고적대나 배구와 같은 가벼운 수단이 동원되고 있는 바, 정신적인 '멸사봉공'의 자기결 단을 통한 극복의 방법은 제시되지 않고 있다.

영화에서는 조원의 공백으로 인해 사기가 떨어진다든가 장기간의 노농으로 생산성이 떨어진다든가 하면, 이러한 어려움을 극복하기 위한 방법으로 고적대의 합주나 배구경기의 장면이 자주 등장한다 (【9】, 【14】, 【19】).

전술한 바와 같이 당시의 국책영화를 감독하는 쪽에서는 "정작 중 요한 심리적 결단을 필요로 할 정황이 되면 교묘히 고적대 합주로 회피해 버리는 아쉬움을 통감한다"고 비판하고 있다. 여기서의 '심 리적 결단'이란 대부분의 국책영화에서 등장하는 '황국여성'으로서 의 황국(천황)에 대한 충의나 미영제국에 대한 적개심을 기조로 한 '멸사봉공滅私奉公'의 결단을 의미하는 것이리라 판단된다.

그런데 이러한 '심리적 결단'과 가까운 장면을 《가장 아름답게》에 서 찾아보면, 겨우 와타나베가 미수정렌즈를 찾기 위해 철야작업을 하는 장면이나 결말부근에서 귀향을 포기하는 장면 정도에 불과하 다. 대부분의 소녀들은 겨우 '자기(개인)로 인해 집단(공동체)에 피해 가 생겨서는 안 된다'는 정도의 인식을 가지고 있을 뿐, 이러한 인식 은 이른바 국책영화에 어울리는 애국심과 비장감으로 충만한 '중요 한 심리적 결단'과는 다소 거리가 있다고 하지 않을 수 업다.

세 번째, 영화 속의 '고향' 및 '부모'의 존재가 국책영화 본연의 주 제인 '여성 노동력의 고취'에 긍정적인 요소가 되기보다는 반대로 마이너스적인 영향을 끼치는 경우가 많이 등장한다.

도쿄의 공장으로 오게 된 지방출신의 소녀들은 부모와 떨어져 산경험이 많지 않았을 터이고, 익숙하지 않은 단체생활과 고된 노동은 그녀들로 하여금 고향에 대한 강한 향수를 느끼게 했음에 틀림없다. 그녀들의 각 기숙사 방의 난간에는 '부모님'이라고 써진 액자가 있고 그 좌우에는 부모의 사진을 넣은 액자가 걸려 있다. 또한 기숙사 앞의 정원에는 입소할 때 퍼온 고향의 흙이 묻혀 있다. 기숙사 방의 사진을 향해 "아버지, 어머니, 다녀왔습니다"라고 인사하는 그녀들에게 있어 고향의 부모는 커다란 정신적 지주가 되고 있음에 틀림없다.

하지만 '고향'이나 '부모'의 존재가 국책영화적인 성격에 부정적인 영향을 끼치기도 하는데, 병으로 귀향하는 동료를 부러워하는 태도나 고향 쪽을 바라보려 하다 실수로 지붕에서 떨어져 부상을 입거나 하는 경우가 그러하다. 그리고 더 나아가 스즈무라의 부친처럼 딸이 여자정신대로 상경하는 것 자체를 탐탁치 않는 경우——딸의 병 소식을 전달받자마자 딸을 데리러 공장으로 찾아옴——나 와타나베의 모친처럼 병환이 깊어 와타나베를 심하게 동요케 하는 장면도 등장했다. 비록 영화의 '결말'에서 와타나베가 여자정신대와 부모 관계의 이상적인 롤 모델을 제시하고는 있지만, 소녀들의 '고향'이나 '부모'에의 동경은 영화 전체를 보면 국책영화에 부적합한 요소로 작용할 수 있는 위험성을 내포하고 있다고 할 수 있겠다.

네 번째, 《가장 아름답게》가 당시의 다른 국책영화와 차별되는 특이점으로는 군인이나 전쟁신이 전혀 등장하지 않는다는 것, 남자가 아닌 젊은 소녀들의 집단이 주인공이라는 것, 거대 담론이나 이데올로기가 아닌 소녀들의 겪는 일상에 초점이 맞춰지는 것 등을 들 수 있겠다.

영화를 통제하고 감시하는 쪽에서는 《가장 아름답게》가 여성의 노동력을 고취시키고 공장노동에 적극 참여할 계기가 되어 주기를 희망했음에 틀림없다. 하지만 구로사와는 위의 관계자의 희망을 충족시키기에 충분한, 애국적이고 강인한 정신력을 가진 영웅에 가까운 인물을 그리지 않았다. 그는 어디까지나 극히 평범한 그 또래의 현실적인 소녀들의 집단을 그리려고 했던 것이다.

영화 속 소녀들은 북을 두드리며, 배구경기를 하며 즐겁게 웃고 장난치기 좋아한다. 또 병에 걸리거나 다쳐 힘들어하며, 또 서로 싸우고 화해하는 등 거주지와 일이 기숙사와 공장노동으로 바뀌었을 뿐 희로애락을 느끼는 그 또래의 다른 소녀들과 같은 집단인 것이다.

6. 개인·집단의 '성장' 및 '인간 정신의 고양'

앞장에서는 국책영화로서의 선전·선동의 의도와 어울리지 않거나 그 범주에서 벗어나는 요소들을 살펴보았는데 그 연장선에서 본 장에서는 감독이 영화를 통해 전달하려 한 주제가 무엇이었는지 살펴보고자 한다.

감독의 메시지에 대해서는 전술한 당시의 비평이 단서가 된다. 다시 인용해보면, 『讀賣報知』(1944·4·16)의 영화평은 "인격의 완성이 노동을 통해 비로소 완성된다는 주장은 각본, 연출 모두 표면적으로 그럴듯하게 표현해내고 있지만 정작 중요한 심리적 결단을 필요로

할 정황이 되면 교묘히 고적대 합주로 회피해 버리는 아쉬움을 통감
한다"라 적고 있다.

　　필자는 위의 '인격의 완성이 노동을 통해 비로소 완성된다"는 구
절이야 말로 감독이 의도한 메시지이며, 동시에 이를 실천하는 과정
을 통해 소녀들이 '성장'해 가는 모습을 영상으로 담고자 하였다고
판단하고 있다. 위의 내용은 영화의 모두에서 공장의 소장이 비상증
산 강조운동에 대한 아침조례의 장면에서 처음 언급한다.

　　　"……아는 바와 같이, 적의 물량에 의한 반격은 점점 방대해지고 치
　　열해지고 있다. 하지만 물량과 물량의 전쟁, 물량만 있다면하고 물량
　　이 강조되지만, 그 물량을 만들어내는 것은 우리들의 정신력이다 ……"
　　　"……우수한 생산력을 발휘하기 위해서는 제군들 한 사람 한 사람이
　　훌륭한 인간이 되어야 한다 ……"
　　　(중략)
　　　"……인격의 향상 없이는 생산력의 향상도 없다!! 그리고, 하나 더!!
　　배 한 척, 비행기 한 기, 전차 한 대, 대포 한 문도 광학병기를 갖추지
　　않은 것은 없다는 것을 제군들은 마음에 새기고 잊어서는 안 된다. 이
　　상!"

　　소장의 훈시의 내용을 살펴보면 우선 '물량을 만드는 것은 정신력'
이며, 그다음, 물량의 생산을 증대시키기 위해서는 '훌륭한 인간' 즉
'인격의 향상'이 중요하다는 것이다. 인격에 대한 언급은 이후 한 차
례 더 나온다. 두 사람의 결원으로 작업부담이 커지자 조원들이 초조
해하고 신경질적이 되어 다투게 되자, 오카베가 "인격의 향상 없이

는 생산량 향상은 없다"라고 한 소장의 연설의 일부내용을 모두에게 들려주는 것이다(【14】). 이후 청년대장인 와타나베는 기분전환이 필요하다고 생각해서 배구경기를 하게 한다.

소장이 언급한 '인격'이란 구체적으로 무엇을 의미하는지 문맥상으로 생각해 보면 '정신력' '규칙의 준수' '신중한 태도' '책임감' 등을 포괄하는 의미로 판단된다. 그리고 이후 오카베가 언급한 '인격'은 발화시점의 상황으로 추정하면 서로 말다툼을 하는 상황인 만큼, '상대방에 대한 배려' '포용력' '온화한 마음' 등 여러 가지로 해석할 수 있다. '인격 향상'이란 표현은 포괄적이고 추상적인 만큼 어떤 상황에도 유연하게 적용될 수 있는 장점이 있는 반면, 그 추상성으로 인해 명확하고 구체적인 실천방안이 제시되지 않는다는 단점도 내포하고 있다고 할 수 있겠다.

아무튼 감독의 '인격 향상'이란 메시지가 충분히 관객에게 전달되었는지에 대한 문제는 차치하고서라도, 영화 속의 소녀들은 여러 시련을 겪으며 '인격 향상'을 하고 '성장'해 나간다. 다시 한 번 어떤 시련이 있었는지 에피소드 별로 정리하면 다음과 같다.

◎ 첫 번째, 소녀 공원들에게 주어진 과업을 남자공원의 3분의 2로 늘림(【1】【2】).
◎ 두 번째, 스즈무라가 병이 들어 귀향했다가 다시 공장으로 복귀함(【10】【22】-【23】).
◎ 세 번째, 야마자키가 지붕에 떨어져 공장을 떠났다가 다시 복귀(【13】【17】).

◎ 네 번째, 야마구치는 자신의 몸에 열이 있다는 사실을 숨겨다가
와타나베를 곤경에 빠뜨리게 됨. 이후 야마구치를 편애한다는 오
해는 풀림([16][21]).

◎ 다섯 번째, 오카베와 핫토리가 초조함과 과로로 인해 사소한 일
로 갈등하나 이후 화해함.

◎ 여섯 번째, 와타나베는 오카베와 핫토리의 갈등문제로 집중력이
흐트러져 렌즈수정작업 중 실수를 하나 각고의 노력으로 수습함.
어머니의 부고에도 공적인 일을 우선시하여 귀향하지 않고, 공장
에 남음([16][23][23]).

위의 시련의 내용들을 보면 질병·부상·그리움·가족의 죽음 등
개인이나 혹은 공동체 전체를 위협하는 도전으로 다가온다. 각각의
문제에 대한 해법은 다양하나 대부분의 해법은 '공동체의 결속'을
통해 해소되는 경향을 보인다. 개인과 집단의 위치관계를 아주 잘
드러내는 표현은 바로 고적대와 관련된 기술에서 찾아볼 수 있다.
고적대 연습을 지휘하는 선생님은 연습을 시작하기 전에,

기본훈련 …… 이 기본연습에서 가장 중요한 것은 각자가 마음을 가
라앉히고 모두의 마음을 하나로 모으는 것이다. 이 집단의 마음에 함께
하려는 노력을 잊지 말도록.

라고 당부한다. 시련의 극복이라는 관점에서 '개인의 문제 → 집단
(혹은 집단을 대표하는 청년대장, 사감 등)의 도움(응원, 격려 등) → 문제
해결 → 결속의 강화 → 생산력 향상'이라는 회로는 대부분의 에피소

드에 공통적으로 적용된다.

한 가지 주의해야 할 점으로 감독은 위와 같이 갈등 해결을 통해 성장하는 집단을 그려가면서, 또 동시에 청년대장의 '성장'을 동시에 구체적으로 그리고 있다는 점이다. 전술한 바와 같이 영화의 결말은 와타나베의 단호한 결단을 내용으로 하고 있는데, 귀향하지 않고 다시 작업실로 돌아가는 와타나베의 뒷모습을 보며, 사나다와 사감은 다음과 같은 소회를 밝힌다.

> 이윽고, 사나다가 불쑥 말을 꺼낸다.
> "정말이지, 좋은 사람이네"
> 그 목소리는 이상하게 쉬어있다.
> "정말, 좋은 사람이 되었네요!"
> 라고, 사감이 절절히 술회하는 듯이 말한다.
> 요시카와와 사나다, 조금 이상한 얼굴로 사감을 본다.
> 사감, 눈물을 감추려는 듯이,
> "…… 저는 저대로는 안 된다고 생각했었어요. 와타나베는 …… 강하기만 하고 …… 조금 더 상냥함이 필요하다고 생각했었어요 ……"
> 요시카와와 사나다, 감탄한 듯이 사감을 바라보고 있다.
> "그런데 …… 와타나베 ……"
> 사감은 손에 들고 있는 와타나베의 외투를 안듯이 하며,
> "정말 상냥해요 …… 정말 좋은 사람이 되었네요 ……"

특히 사감의 말에 주목하면 처음에는 청년대장으로 강하기만 했지만 지금은 성장해서 상냥함도 겸비하게 됐다고 하는 것이다. '강

함' '상냥함' '좋은 사람' 등의 표현은 소장이 언급한 '인격 완성'과 매우 관련이 있다고 판단된다. 구로사와는 영화의 마지막을 와타나베의 '성장'의 완성으로 끝맺음으로서, 자신의 메시지를 '절정'부분과 버금갈 정도로 극적으로 부각시켰다고 할 수 있겠다.

참고로 '성장'의 메시지는 초기의 다른 작품에서도 쉽게 발견된다. 가령 유도가인 스사타 산시로가 역경을 거쳐 무술인으로 성장해 간다는 내용의 《스가타 산시로》(1943년)가 그러하며, 《가장 아름답게》이후의 세 번째 작품인 《속 스가타산시로》(1945년) 또한 '성장'을 주제로 하고 있다. 계속해서 일본의 전통예능을 영화화한 《호랑이 꼬리를 밟는 남자들》(1945년 제작, 1952년 공개)을 거쳐, 전후의 첫 번째 작품인 《내 청춘에 후회 없다》(1947년)는 교수의 여식인 유키에幸枝가 우여곡절 끝에 농촌지도자가 되는 성장 스토리이고, 계속해서 《멋진 일요일》(1947년)은 꿈을 잃어버린 남녀커플이 다시 꿈을 되찾는 내용으로 되어 있다. 이러한 점에서 구로사와의 초기작품은 공통적으로 주인공의 '성장' 혹은 '정신적 고양'을 중시한다는 특징이 있는 바, 《가장 아름답게》는 구로사와의 초기영화의 주제 확립과정에서 적지 않은 의미를 가진 영화라고 판단된다.

7. 나오며

《가장 아름답게》의 선행 연구를 일별하면 국책영화의 성격이 짙다는 이유로 인해 국가 권력에 순응한 이데올로기적 국책 영화라는 표면적인 비평이 주를 이루고 있는 반면, 작품 내적인 예술적인 연구 분석은 매우 적은 편이다. 이에 본고에서는 감독의 의도 및 메시지를 중심으로 해서 국책영화로서의 선전·선동의 의도와 어울리지 않거나 그 범주에서 벗어나는, 감독이 지향한 '순순한 영화적 목표'에 대해서 고찰하였다. 고찰의 편의를 위해 시나리오의 구성과 각 단계에서의 감독의 주안점에 대해서도 면밀하게 검토하였다.

첫 번째로 구로사와는 당시 독일이나 소련에서 유행하고 있었던 다큐멘터리 형식을 자신의 영화에 적용하고자 하였다. 세미다큐멘터리 형식의 영화는 허구라 할 수 있지만, '리얼리티'를 담보하는 다큐멘터리 형식을 차용하여 현실적으로 묘사하는 효과를 가진다. 구로사와는 이러한 영화형식을 통해서 등장인물을 현실에 존재하는 것처럼 생생하게 묘사하고자 했던 것이다.

두 번째로 국책영화의 입장에서의 당시의 비평은 감독의 순수한 영화적인 목표가 무엇인가에 대한 실마리를 제공한다. 국책영화의 관점에서 부적합하다고 보이는 점으로, ①소녀들의 병과 부상에 관한 장면 및 노동으로 인해 지치고 초조해 하는 모습이 자주 등장한다는 것. ②시련의 극복방법으로 고적대나 배구와 같은 가벼운 수단이 동원되고, 애국심과 비장감으로 충만한 '중요한 심리적 결단'을 통한 극복의 방법은 거의 제시되지 않고 있다는 것. ③'고향' 및 '부모'의 존재가 마이너스적인 영향을 끼치는 경우가 등장한다는 것 등을 거론할 수 있다. 이러한 부적합적인 요소야 말로 당시의 현실을 리얼하게 반영한 것으로, 총체적으로 구로사와는 애국적이고 강인한 정신력을 가진 영웅에 가까운 인물이 아닌, 어디까지나 극히 평범한 그 또래의 현실적인 소녀들의 집단을 그리려고 했던 것이다.

세 번째로 영화를 통해 전달하려고 한 메시지에 관해서인데, "인격의 완성이 노동을 통해 비로소 완성된다"는 캐치프레이즈야말로 감독의 주요 메시지라고 할 수 있다. 감독은 한 축에서 시련 및 갈등 해결을 통해 소녀들(집단)의 성장을 그렸다면, 또 한 축에서는 청년 대장·와타나베(개인)의 성장을 동시에 감동적으로 그리고 있다. 구로사와의 초기작품들은 주인공의 '성장' 혹은 '정신적 고양'을 중시하는 경향이 있는 바, 《가장 아름답게》는 그의 초기영화의 주제 확립 과정에서 적지 않은 의미를 가진 영화로 판단된다.

제4장

《가장 아름답게》

등장인물에 대한 영상처리를 중심으로

1. 들어가며

일반적으로 예술 작품과 그것이 탄생
한 시대는 긴밀한 관계를 갖기 마련이
다. 여기서 고찰하고자 하는 1944년 4월
13일에 개봉된 구로사와 아키라 감독의
두 번째 작품 《가장 아름답게》가 특히
그러하다. 태평양전쟁 말기 동아광학 히
라쓰카제작소東亞光學平塚製作所에서 군
사용 렌즈를 제작하기 위하여 동원된 여
자정신대女子挺身隊의 모습을 그린 작품

■ 영화 포스터

이라는 점에서 전후 이전에 제작된 구로사와의 총 4개의 작품 중
유일한 현대극이다.[1]

《가장 아름답게》에 대한 초기의 1950년대 60년대의 선행연구를

일별하면 전전의 작품 중 국가 권력에 순응한 이데올로기적 성격이 짙다는 점 등의 이유로 해서, 국책영화를 비판하는 짧은 비평이 주를 이루고 있다. 하지만 이후 국책영화라는 사실을 전제로 하고 영화의 예술적 측면에 대한 역영으로까지 관심의 대상이 확대되어 갔다.[2]

본고는《가장 아름답게》가 국책영화라는 점을 전제로 하면서 영화본연의 예술적 가치를 규명하는 것을 목적으로 한다. 예술적인 측면은 자연히 메시지(시나리오를 통한 주제 분석)와 메시지의 구현방법(연출이나 영상기법 등)과 관련이 깊은데, 본고에서는 선행연구가 거의 없는 메시지의 구현방법, 즉 감독의 연출이나 영화적 기법 등에 주목하고자 한다. 고찰의 순서는 우선 영화의 메시지(주제)에 대해서 간단히 언급한 후, 영상처리를 중심으로 살펴보겠다.

2. 메시지 및 영화의 형식

《가장 아름답게》는 히라쓰카平塚에 있는 군수용 렌즈 생산 공장

....

1 《가장 아름답게》이후 감독은 메이지시대를 배경으로 한 시대극《속 스가타산시로》, 12세기 요시쓰네義經의 관문돌파담을 통해 무사의 주종관계를 다룬 시대극《호랑이 꼬리를 밟는 남자들虎を踏む男達》(1945년 제작, 1952년 개봉)을 제작한다.

2 가령 도널드 리치는《가장 아름답게》에 있어서의 다큐멘터리적 기법과 카메라 워크에 대해 고찰하였고, 감독이 시도한 영화문법상의 새로운 기법에 대해서도 지적하고 있다. D・リチ一著, 三木宮彦譯(1991)『黑澤明の映畵』社會思想社. 이외에도 志村三代子(2014)「戰時下の〈女子〉「生産增强」映畵 : 黑澤明の『一番美しく』(一九四三年)をめぐって」『二松學舍大學論集 (57)』은 이데올로기의 유무와 관련된 이분법적인 논리를 해체하고 감독의 특수한 입장에 주목하고 있어 본고의 시점에 많은 시사점을 준다.

에서 일하는 여자정신대女子挺身隊의 에피소드를 그린 것이다. '여자
정신대'란 태평양전쟁의 말미에 젊은 남자들의 노동력의 대부분이
군대에 동원된 탓에 국내의 산업을 유지하기 위해 정부의 명령 하에
공장노동에 동원되었던 여성들을 일컫는 말이다

《가장 아름답게》가 '여성의 노동의식 고취 및 주체적인 노동에의
참여'를 독려하는 국책·선정영화라는 점에서는 이론의 여지가 없을
것이다. 하지만 구로사와는 국책영화로서 위의 메시지만을 영화에
담아냈을까? 혹여 국책영화라는 한계 속에서도 감독은 영화라는 예
술적 매체를 통해서 또 다른 메시지를 전달하려 한 것은 아닐까?
구로사와는 이 영화를 '세미다큐멘터리'로 제작하였다. 기본적으로
'다큐멘터리'는 존 그리어슨(John Grierson)이 처음 사용한 용어로 사
실에 입각한 촬영과 합리적인 재구성을 바탕으로 현실을 '기록'하는
영화를 의미한다. 하지만 세미다큐멘터리는 이러한 다큐멘터리의
현실성과 허구성의 혼합적 특성을 가지기 때문에, 단순히 객관적 현
실을 비추는 것을 떠나 연출가가 보여주고자 하는 '가치와 의미'를
담아내기에 수월한 측면을 갖고 있다. 여기서 우리는 《가장 아름답
게》에는 일반적인 국책영화에 나올 법한 군인이나 전쟁신이 전혀 등
장하지 않는다는 점, 남자가 아닌 젊은 소녀들의 집단이 주인공이라
는 점, 거대 담론이나 이데올로기가 아닌 소녀들이 겪는 일상에 초점
이 맞춰져 있다는 점 등을 주목할 필요가 있겠다.

필자는 영화의 모두에서 공장의 소장이 아침훈시에서 강조한 "인
격의 완성은 노동을 통해 비로소 완성된다"는 내용이야 말로 감독이
의도한 메시지이며, 동시에 이를 실천하는 과정을 통해 소녀들이 '성

장'해 가는 모습을 영상으로 담고자 하였다고 판단한다. 감독의 '인격 향상'이란 메시지가 충분히 관객에게 전달되었는지에 대한 문제는 차치하고서라도, 영화 속의 소녀들은 여러 시련을 겪으며 '인격 향상'을 하고 '성장'해 나간다. 소녀들은 질병·부상·그리움·가족의 죽음 등 개인이나 혹은 공동체 전체를 위협하는 시련을 극복해 나가고 종국에는 소기의 목표를 달성한다. 한편, 감독은 위와 같이 갈등 해결을 통해 성장하는 집단을 그려가면서도, 또 다른 한축에서는 청년대장의 '성장'을 동시에 구체적으로 그리고 있다. 영화의 결말은 어머니의 부고訃告에도 귀향하여 장례식을 치르지 않고 공장에 남아 작업을 계속하겠다는 와타나베의 단호한 결단을 내용으로 하고 있다. 특히 사감은 그녀에 대해 "… 저는 저대로는 안 된다고 생각했었지요 … 와타나베는 … 강하기만하고 … 저는 좀 더 상냥함이 있었으면 했거든요 … 정말로 상냥하고 … 정말로 괜찮은 사람이 되었네요…"라고 말한다. '강함' '상냥함' '괜찮은 사람' 등의 표현은 소장이 언급한 '인격 완성'과 매우 관련이 있다고 판단된다. 구로사와는 영화의 마지막을 와타나베의 '성장'의 완성으로 끝맺음으로서, 자신의 메시지를 극적으로 부각시켰다고 할 수 있겠다.

『가장 아름답게』의 여자 정신대는 전쟁무기에 사용되는 렌즈를 만드는 광학 공장에서 일하는 소녀들의 노동공동체이다. 이 공동체는 임전무퇴의 투지와 애국심으로 불타는 영웅적인 인물들의 집단이라기보다는, 사랑과 배려의 휴머니즘(humanism)으로 가득 찬, 제목 그대로의 아름다운 사람들의 집단이다. 『가장 아름답게』의 소녀들이 '아름다운' 이유는 그녀들이 자신을 위해서가 아니라 공동체를 위해서 노력하고 시련의 극복을 통해서 '성장'했기 때문이라 할 수 있겠다.

사토 다다오佐藤忠男는 구로사와가 당시의 영화를 검열하고 감시하는 쪽의 의견을 받아들여 국책영화를 제작하기는 했지만 새로운 형식인 '세미다큐멘터리'의 영화 제작에 도전하였다고 언급하고 있다.[3]

세미다큐멘터리 형식의 영화는 허구라 할 수 있지만, '리얼리티'를 담보하는 다큐멘터리 형식을 차용하여 현실적으로 묘사하는 효과를 가진다. 구로사와는 배우들이 실제의 공장에서 작업을 하며, 생활하게 하면서 배우 특유의 이미지를 지우려고 하였다. 처음에는 어색하여 힘들어 했지만 점차 배우들은 여자공원으로 완전히 탈바꿈하여, 각본에 지정된 연기는 하고 있지만, 카메라를 의식하기보다는 현재 자기가 하는 업무와 기계 조작에 여념이 없었으며, 그 눈빛과 동작에 연기하고 있다는 자의식 대신에 일하는 자의 생생한 약동감과 신비로운 아름다움이 있었다고 한다.

"나는 지금 '와타나베 쓰루 일행'을 만들기 위해서 '야구치 요코 일행(여배우)'을 공장에 데려온 것이 아니다. '와타나베 쓰루 일행'을 촬영하기 위해서 OO광학공장에 갔더니, 거기에 '야구치 요코 일행'이 있었던 것이다"라는 구로사와의 회고에서는 감독이 얼마나 실제 인물로 조형하기 위해 애썼는지 충분히 짐작할 수 있다.

한편, 여배우들도 영화제작 이후 당시를 기억하며 가령 니시오카 후사에(배우 나니시가키 시즈코)는 "야마사키 씨와 함께 볼록렌즈를 만

....

3 佐藤忠男(2002)『黑澤明作品解題』岩波現代文庫

들었다. (중략) 뭔가 나 자신이 대단해진 것 같아서 자랑하고 싶은 기분이 들었다. (중략) 작은 유리구슬을 접시 안에 넣고, 조금씩 녹여 가며 산 모양으로 문지르는 것이다. (중략) 나는 그 작은 유리구슬이 되게 귀여워 보이기 시작했다"라고 회고하고 있다. 또한 핫토리 도시코(배우 하네토리 도시코)는 촬영 후기로 "이제는 완전히 일하는 요령도 알고, 일하는 것에 재미를 느끼고, 매일 공장에 나가는 우리. 그리고 공장에서 일하는 시간에는 열심히 일하고, 또 쉬는 시간에는 직장에서 친해진 친구와 얘기하고, 입을 크게 벌리고 웃을 수 있는 요즘. 그리고 몸과 마음이 모두 지쳐 저녁에 모두 함께 기숙사로 돌아갈 때의, 왠지 크게 노래하고 싶은 기분. 이런 체험들이 자연스럽게 인격에 새겨져서 한 걸음 한 걸음 인간적인 깊이를 쌓아가는 것이 아닐까 생각한다"라고 기술하고 있다.[4]

구로사와는 배우들만 기숙사에서 생활하게 하지 않고 본인을 비롯한 참여하는 모든 스태프도 함께 생활하게 하여, 기록 영화를 촬영하는 것처럼 행동하게 하였다. 그렇게 함으로써 그는 《가장 아름답게》를 허구이지만 동시에 현실성이 강한 다큐멘터리로 제작할 수 있었다.

3. 영상처리

본 장에서는 구로사와가 영화의 주제에 걸맞게 새롭게 기획한 다

4   浜野保樹編(2009)『大系 黑澤明 第1卷』講談社

큐멘터리 형식을 고려하면서《가장 아름답게》를 어떤 영상기법으로 촬영하였는지에 대해서 살펴보기로 한다. 영화의 배경과 등장인물의 행동을 고려해 보면, 기숙사에서 공동생활을, 또 공장에서는 정해진 공정 순서에 따라 각각의 작업을 수행해야만 했었으니 당연히 집단이 화면에 등장하는 횟수가 많아지는 것은 당연하다. 감독이 실제 노동자들의 현장과 같은 생동감을 전달하기 위해 '집단'을 중시하는 소련의 다큐멘터리의 특징을 차용한 것도 수긍이 간다.

한편, 소녀들에게 닥친 시련은 종국에는 집단전체의 문제로 확대되지만 초기에는 대부분 개인의 영역에서 비롯되는 것이어서 이러한 초기의 문제의 발생을 다루는 대목에서는 개인이 화면에 잡히는 경우도 생기게 된다. 소녀의 시련은 가령, 병이나 부모의 문제, 동료와의 갈등 등인데 이 경우에는 집단 속에서 개인을 어떤 방식으로 화면에 담아야 하는가가 중요해진다.

필자는 이하 '집단'을 혹은 '집단과 개인'을 그리고 '개인'을 어떻게 화면에 담았는가에 대해서 살펴보고자 한다. 고찰에 앞서 영상기법 서술에 자주 등장하는 '구도' '앵글' '쇼트'의 의미에 대해서 간단히 정리해 보기로 한다.

영화 용어로서의 '구도(composition)'란 물건과 인물을 프레임 안에 정확하게 배치하는 일을 말한다. 프레임 안에 얼마나 넓은 공간을 담을 것인지, 몇 명의 사람을 담을 것인지, 어떤 방향에서 담을 것인지를 결정하는 것이 바로 구도인 것이다. 같은 사람을 찍더라도 어떤 모습을 보여주는 가에 따라 의미가 매우 달라져 알맞은 구도설정은 연출에서 매우 중요하다. 형상화된 이미지를 통해 작가의 주체적 의

도 및 내재적 의미를 나타내는데 효과적인 방법으로 사용된다. 구도 속에 포함된 시각적 요소는 비단 소도구와 인물의 배치만 고려되는 것이 아닌 크기, 원근법, 명암, 앵글, 대칭, 균형, 구심 등의 여러 요소들도 포함된다.

영화를 촬영하는 가장 최소 단위를 쇼트(shot)라고 부른다. 쇼트는 영화로 '(카메라로) 찍힌 것'이라는 의미로, 말 그대로 카메라가 찰칵 하고 찍어 낸 하나하나의 장면을 말한다. 하나의 쇼트는 여러 가지 구도를 통해 만들어진다. 먼저 촬영 대상을 먼 거리에서 촬영하는 '롱 쇼트(long shot)'가 있다. 일반적인 롱 쇼트보다 훨씬 먼 거리에서 도시 전체나 운동장 전체를 촬영하는 쇼트를 익스트림롱쇼트(extreme long shot)라고 부른다. 롱 쇼트는 등장인물이 거리나 도로와 함께 보이는 정도이고, 또는 건물의 외관을 모두 담는 정도로 해서 관객이 영화 속 장면의 상황을 한눈에 파악할 수 있게 해준다.

미디엄 쇼트는 인물의 무릎이나 허리부터 위까지를 말한다. 세분 해서 니쇼트(knee shot), 웨이스트숏트(waist shot), 버스트 쇼트(bust shot)으로 나누기도 한다.

롱 쇼트와 반대로 한 인물이나 대상만을 카메라에 확대해서 크게 담아내는 클로즈업(close-up)이 있다. 감독은 강조하고자 하는 무언 가를 화면 속에 커다랗게 클로즈업함으로써, 그 물체를 극 속에서 강조하고 그를 통해 감독의 메시지를 전달한다. 사람의 눈, 코, 입 등 특정 부분만을 더욱 강조하고자 할 때는 익스트림 클로즈업 (extreme close up)을 활용한다.

카메라의 높낮이에도 여러 종류가 있다. 앵글의 종류에는 새의 눈에서 보는 것처럼 피사체를 촬영하는 버즈 아이 뷰(bird's-eye view), 우리 눈높이로 바라보는 세상을 표현하는 아이 레벨(eye level, 수평앵글), 카메라가 기울어져 인물이 마치 한쪽으로 넘어지는 것처럼 보이는 사각斜角 앵글(oblique angle), 로우 앵글(low angle), 하이 앵글(high angle)이 있다. 피사체의 아래에서 위로 올려다보는 구도를 로우 앵글, 반대로 위에서 아래로 내려다보는 구도를 하이 앵글이라고 한다. 일반적인 눈높이가 아닌 극적인 로우 앵글, 하이 앵글을 적절히 활용함으로써 감독은 영화에 더욱 재미를 더하고 다채로운 구도를 만들어 낼 수 있다.

(1) 집단의 영상화

먼저 집단을 촬영하는 경우인데, 작품 속에서는 도입부의 소장의 아침훈시 장면, 고적대의 행진 장면, 배구경기 장면 등이 대표적이다. 이들 장면에서는 롱 쇼트(혹은 익스트림 롱 쇼트)와 하이 앵글 구도가 일반적으로 사용되고 있다.

첫 번째로 아침훈시 장면인데, 영화의 첫 장면부터 소장의 훈시 장면이 흐르는데, 그 훈시를 경청하는 공원들의 쇼트가 빠른 컷으로 5개나 이어진다. 미동도 없는 공원들의 정지된 쇼트는 하이 앵글의 롱 쇼트로 처리되고 있다.

롱 쇼트의 경우 먼 곳에서 상황의 전체 모습을 화면 안에 담아내어 관객을 마치 관찰자처럼 느끼게 하는 효과를 낸다. 특히 다큐멘터리의 도입부에 타이틀과 함께 전체적인 모습을 담아낼 때 많이 사용되는데, 여기서는 공원들의 모습과 공장의 모습을 동시에 보여주고 있

■ 아침 조례시의 소장의 훈시 장면

어 관객은 첫 장면에서부터 공장의 전체적인 공간적 구조를 용이하게 파악할 수 있다. 장면과 거리가 멀기 때문에 관객은 객관적인 관찰자 입장이 되기 쉬우며, 이러한 촬영기법은 다큐멘터리에서도 빈번하게 등장한다.

두 번째로 배구장면이다. 영화 안에서 총 2번 나오는 배구시합 장면에서 롱 쇼트 및 하이 앵글 구도가 많이 사용되었다. 익스트림 롱

■ 배구를 하는 여자공원들

쇼트로 아주 멀리서 촬영한 장면은, 배구장과 관객 그리고 배구장의 주변을 한꺼번에 비춘다. 관객은 아주 멀리서, 그리고 높은 고도에서 전망하기 때문에 탁 트인 개방감과 전체적인 경기의 분위기를 한눈에 파악할 수 있다. 그러면서도 중앙에서 움직이는 그들이 등장인물들의 행동도 놓치지 않고 확인할 수 있도록 주의하고 있다.

이후 카메라는 좀 더 다가가서 양 팀의 선수들과 관중들을 화면에

▌배구장 우측에서 좌측으로 이동(팬) → 공간의 확장 효과

담는데 대부분 롱 쇼트와 좀 각이 낮은 하이 앵글을 사용하여 될 수 있는 한 많은 인물들을 화면에 담고 있다. 이외에도 카메라 축을 고정시키고 좌우로만 움직이는 팬, 상하로만 움직이는 수직 팬(틸트)을 사용하고 있는데, 이를 통해서 각각의 집단의 생생한 모습을 담아내며 관찰 대상을 확장시킨다.

▌배구장 왼쪽 → 대각선 위로 이동(팬) → 심판원이 화면에 들어옴

▌공원들의 시선에 맞추어 이동(팬) → 공장 관리자가 화면에 들어옴

세 번째로 고적대 행진 장면이다. 기숙사와 공장을 오고가면서 소녀들은 단체로 열을 지어 행진을 한다. 맨 앞의 와타나베 조장을 필두로, 그 뒤에 여자공원들이 질서 있게 따른다. 달리 아웃으로, 그들의 행진을 맨 앞에서 밀착해 보여주기도 하고, 달리 인으로, 조장의 뒷모습을 찍기도 한다. 대부분 하이 앵글이며, 이때 카메라는 고정되어 있기도 하고, 고정되어 있지 않아서 그들의 행진을 따라 가기도 한다.

장면은 미디엄 쇼트와 롱 쇼트를 적절히 섞는다. 고적대 행렬은 프레임 안에서 어떤 경우는 정면으로 어떤 경우에는 대각선으로 잡힌다. 감독은 영화 속에서 시청각적으로 재미와 생동감을 주는 이 고적대 행진을 통일감과 절도를 깨지 않는 면에서, 앵글과 쇼트를 달리하며 다양한 영상기법을 시도하고 있다.

▮ 출퇴근 시의 다양한 고적대 행렬 장면

▌고적대 연습장명(왼쪽)과 아침의 맹세의식(오른쪽)

이외에 기숙사에서 음악 연습을 하거나 공장을 향해 떠나기 전에 행하는 아침의 맹세의식에서는 소녀들이 오와 열을 맞추어 늘어서 정면을 향하는 장면들이 다수 등장한다. 이 역시 조금 낮은 하이 앵글과 롱 쇼트로 처리되었는데, 집단의 절도와 통일성, 그리고 정돈되고 단결된 이미지가 효과적으로 표현되고 있다.

(2) 집단과 개인의 영상화

작품 속에는 집단과 개인이 한 화면에서 대치하듯 명확하게 구분되는 장면들이 자주 등장한다. 이러한 〈집단＋개인〉에 대한 촬영상의 특징은 한 사람(개인)을 집단과 대치하듯 거리를 두거나 겹겹이 에워싸서, 집단이 동일한 시선으로 개인을 바라본다는 점이다. 이것은 인물의 행동을 통제하지 않고 가능한 한 자연스러운 움직임을 우선시하는 다큐멘터리(사실주의)의 연출이라기보다는 극적인(형식주의) 연출에 가깝다고 판단된다. 영상 속의 집단은 모두 같은 방향, 즉 개인을 일제히 바라보는 구도로 되어있어 자연히 관객의 시선도 개인에게 향하게 된다. 대부분 약간 낮은 하이 앵글에 롱 쇼트(혹은

▌ 개인을 향한 집단의 동일한 시선

인물의 전신이 보이는 풀 쇼트)로 촬영된다.

위의 왼쪽 그림은 조토 디본도네, 〈그리스도의 죽음을 슬퍼함 또는 애도〉(프레스코, 200 × 185cm, 1306)인데, 예수의 죽음을 슬퍼하는 인간과 천사들의 모습을 담은 그림이다. 예수는 가운데에 있지 않지만 모두의 시선이 예수를 향해 있기 때문에 우리도 왼쪽 아래에 위치한 예수를 바라보게 한다. 한편, 오른쪽 장면은 눈금 수정실에서 철야를 마치고 기숙사로 돌아온 와타나베를 기숙사 사감과 동료들이 맞이하는 장면이다. 미즈시마 사감과 여자공원들의 시선이 모두 오른쪽 구석에 있는 와타나베를 향하고 있고 그들의 표정 또한 매우 닮아 있어 인상적이다.

❚ 개인을 둘러싼 집단의 원형구도

　위의 오른쪽 그림은 렘브란트, 〈니콜라스 튈프 박사의 해부학 강의〉(캔버스에 유화, 169.5x216.5cm, 1632)이다. 왼쪽은 지붕에서 떨어져 부상을 당한 야마자키를 사감인 미즈시마와 동료들이 병원에 문병을 온 장면이다.

　모두 주인공을 가운데 두고 그의 동료들이 그 둘레를 겹겹이 에워싸고 있다. 이러한 원형 구도는 당연히 원의 중심부에 있는 대상에 이목이 집중되는 효과가 있고, 이러한 구도는 개인과 집단 간의 끈끈한 유대감을 효과적으로 보여준다. 단, 방 한가운데에 있는 침대위의 야마자키를 동시에 같은 표정(감정)으로 바라보고 있는 장면은 작위적인 느낌이 강하며, 이 역시 자연스러운 연기자의 행동과 표정을 지향하는 다큐멘터리와는 다소 거리가 먼 연출법이다. 그림 구로사와는 이러한 미장센을 통해 어떤 효과를 노렸던 것일까.

　앞서의 장면과 마찬가지로 하이 앵글의 풀 쇼트로 처리된 위 두

■ 공동체의 통일성과 감정을 강조하는 높은 밀집도와 동일한 시선

장면에서도 등장인물들이 화면을 빽빽하게 메우고 있다. 집단은 화면 중앙에 위치한 한 인물에게 같은 방향의 시선을 보내는 것도 앞의 병문안 장면과 동일하다.

〈집단+개인〉에 대한 촬영의 특징으로 '밀집도' ─── 한 스크린 안에 담긴 물건이나 사람의 밀도 ─── 와 '동일한 시선'을 거론할 수 있는데, 밀도가 높으면 높을수록 감정이나 분위기를 증대시키는 효과가 생긴다. 구로사와는 한 공간에 될수록 많은 사람을 배치해서 집단의 통일성과 단결뿐만이 아니라 공동체가 동일하게 갖는 감정이나 분위기를 더욱 강렬하게 표현하고자 했던 것이라 판단된다.

(3) 개인의 영상화

『가장 아름답게』는 세미다큐멘터리이기 때문에 일반 다큐멘터리와 달리 감독은 의도적으로 가상의 스토리를 삽입하여 자신의 메시지를 창출할 수 있다. 작품에 등장하는 시련은 종국에는 집단전체의 문제로 확대되지만 초기에는 대부분 개인의 영역에서 비롯되는 것이어서, 이러한 초기의 문제의 발생을 다루는 대목에서는 화면에 개

인 한사람만이 등장하는 경우도 많이 발생한다. 보통 한 사람만을
비추는 화면은 주로 인물의 심리와 감정을 효과적으로 전달할 수 있
는 클로즈업이 자주 사용된다.

　극 중의 주인공인 와타나베는 다른 여자공원들보다도 클로즈업
장면이 많은 인물이다. 이는 와타나베가 영화 속 각종 사건들에 주역
으로 참여하며 갖가지 심경의 변화와 고뇌를 겪는 캐릭터이기 때문
이다. 다른 소녀들과 달리 그녀는 로우 앵글이나 클로즈업으로 화면
에 잡히는 장면을 자주 볼 수 있다.

▌와타나베 쓰루

　위의 왼쪽 장면은 배구경기를 하는 장면으로 팀의 가장 앞에서
경기를 주도하는 모습을 풀 쇼트로 약간 로우 앵글로 찍고 있다. 로
우 앵글은 관객이 화면에 등장하는 피사체의 크기에 대한 느낌을 증
대시키는 효과가 있다. 두 손을 허리에 대고 허리를 꼿꼿이 세워 지
시를 내리는 모습에서 관객은 공동체를 이끄는 강한 통솔력과 활력
을 강하게 받게 된다. 위의 오른쪽 장면은 고민에 싸인 와타나베를
클로즈업으로 비추고 있는데, 작품 속에서 와타나베의 많은 클로즈
업 중에서 가장 인상 깊은 클로즈업은 아래의 영화의 마지막 장면이

■ 클로즈업의 짧은 컷을 사용한 정면 쇼트

될 것이다.

고향에서 어머니의 부고가 왔음에도 불구하고 귀향을 단념하고 공장에 남아 작업을 계속하는 결말 부분인데, 와타나베는 의연하게 작업실로 들어왔다. 카메라는 그녀의 뒷머리를 비추고 관객은 눈가를 계속 매만지는 그녀의 동작을 통해 그녀가 울고 있다고 예상한다. 이윽고 와타나베가 정면을 향해 돌아서고 고개를 숙여 현미경을 들여다보다 또 눈물을 흘린다. 구로사와는 클로즈업의 연속되는 짧은 컷을 통해 처음부터 우는 모습을 보여 주지 않고, 우선 뒷모습을 통해 슬퍼하는 그녀의 표정을 관객에게 상상하게 하는 과정을 거쳐 관객의 감정이입을 극대화 시키는 연출을 하고 있다. 참고로 위의 정면 쇼트는 이 영화에서 거의 쓰이지 않은 대담한 구도의 쇼트이다. 중앙에 위치한 피사체는 자칫하면 억지스럽고 부자연스러운 인상을 주기 쉬우나 구로사와는 중앙에 와타나베의 얼굴을 배치하여 관객의 시선을 강하게 집중시켜, 그녀의 복잡하고 슬픈 감정을 효과적으로 전달하고 있다.

다음으로는 와타나베 이외의 다른 소녀들을 클로즈업으로 촬영한 경우에 대해서이다.

■ 스즈무라를 걱정하는 동료들

　장기간의 노동은 소녀들의 건강을 위협했는데, 스즈무라鈴村가 몸에 발열 때문에 귀향을 하지 않으면 안 되는 상황이 되었다. 딸이 아프다는 소식을 전달받고 딸을 데리러 기숙사로 찾아온 아버지. 위의 왼쪽 장면은 스즈무라의 병을 걱정하며 그가 떠나는 것을 슬퍼하는 소녀들의 모습이고, 위의 오른쪽 장면은 스즈무라가 자신이 끼칠 피해를 생각하며 모두에게 미안해하는 장면이다. 클로즈업은 인물의 표정을 확대하여 등장인물의 감정을 강하게 전달하는 효과가 있어 위 장면들을 통해 관객들은 극 속 등장인물에게 감정을 이입하고 염려와 이별의 슬픔을 공유하게 된다.

　계속해서 두 사람이 클로즈업되는 경우이다. 오카베와 핫토리 이 두사람은 배구를 하다 사소한 일로 다투게 된 것이지만 실제로는 과도한 작업량과 장기적인 노동의 문제가 해소되지 않고 곪아터져, 결국 두 사람의 갈등으로 노정이 된 것이다. 공장 근로과장인 사나다眞田가 오카베와 핫토리에게 무슨 일이 있었냐며 왜 오늘은 둘이 조용한지를 묻는다. 왼쪽 장면은 싸운 것을 숨기기 위해 잠시 사나다를 향해 어색한 미소를 짓는 장면이고, 오른쪽 장면은 결국 질문에 답을

▌클로즈업으로 처리된 한 화면속의 두 사람의 얼굴

하지 못하고 이내 고개를 떨궈 다시 어두운 표정이 되는 장면이다. 두 사람의 멋쩍고 복잡한 심정이 클로즈업을 통해 효과적으로 표현되고 있다.

마지막으로 배구 경기 중의 클로즈업에 대해서이다. 배구시합 도중 날아온 공에 한 여자공원이 우스꽝스럽게 이마를 맞는데, 그 모습을 보고 주변의 모든 소녀들이 웃음을 터뜨린다. 감독은 너무나도 해맑고 행복한 표정으로 웃고 있는 소녀들의 모습을 한 명 한 명 번갈아 클로즈업으로 컷을 이어나간다. 그리고 마지막으로 똑같이 행복하게 정면을 보고 웃고 있는 와타나베의 얼굴이 비쳐지더니, 그 얼굴에 공장 생산량이 증가되는 그래프 모습이 겹쳐지며 화면이 전환된다. 이 마지막 장면이 전달하고자 하는 의미는 '개인과 개인이 유대

▌배구 경기 중 활짝 웃는 여자공원의 클로즈업

감으로 뭉친 진정한 공동체'라는
의식이야 말로 노동력을 향상시
키는 원동력이라는 사실일 것이
다. 감독은 서로 울고 웃으며 공
동체로서 유대를 다지고 시련을
극복해 나가는 소녀들의 모습에

▌클로즈업과 겹쳐지는 상승그래프

서 진정으로 '가장 아름다운' 사람을 찾고 있는 듯하다.

　참고로 위에서도 자주 언급되기도 하였지만 미장센이나 구도와
관련된 '시선처리'에 대해서 간단히 보충설명을 하고자 한다.

　감독은 같은 장면 안에서 화면 속의 특정한 대상, 인물, 위치에
시선이 유도되도록 신을 구성할 수 있는데 이것을 '시선유도'라고
한다.《가장 아름답게》는 흑백영화로 색채를 통해 표현을 하는데 한
계가 있는 만큼, 빛의 밝기를 조절하는 명암의 처리는 감독이 특히
중시하는 연출의 대상이 된다.

　오른쪽 그림은 렘브란트 〈명상 중인 철학자〉(유화, 28x34cm, 1632)

▌원근감과 명암에 의한 시선처리

인데, 창문을 통해 들어오는 빛을 받으며 명상을 하고 있는 철학자가 보인다. 철학자는 비록 남루하고 어두운 색의 옷을 입었으나 철학자를 비추는 빛은 그를 위엄이 있게 돋보이게 하고 있다.

한편, 위의 왼쪽 장면은 눈금 수정실에서 2000여 개의 렌즈 중 미수정 렌즈를 찾아내고 있는 와타나베 쓰루의 모습이다. 와타나베의 주변은 캄캄하고 빈 공간은 그녀를 더욱 쓸쓸히 보이게 한다. 그녀는 문과 가장 가까운 책상에 앉아있으며 천정의 형광등과 책상위의 조명이 와타나베를 비추고 있다. 화면 왼쪽 하단은 빛이 적어 어두운 색이고, 책상이 화면의 중반을 넘어 오른쪽까지 원근감 있게 일렬로 늘어져있는데 그 끝에 아주 작게 와타나베가 위치해 있다. 관객은 책상을 통해 만들어낸 원근감과 스포트라이트의 역할을 한 조명덕분에 화면 속에서 아주 작게 비추는 와타나베에게 시선이 이동하게 된다.

계속해서 다음의 장면을 보면, 화면 왼쪽의 어둡게 처리된 소녀들의 뒷머리의 배열은 앞서의 책상과 마찬가지로 원근감을 나타내고 있어 자연히 시선은 화면 오른쪽에 위치한 기숙사 사감에게 도달하도록

■ 원근감과 명암에 의한 시선처리

유도한다. 한편, 사감의 머리 주의의 밝은 빛 또한 스포트라이트의 효과와 같아 관객은 기숙사 사감의 말, 표정, 행동에 집중하게 된다.

4. 나오며

《가장 아름답게》는 구로사와 아키라 감독의 두 번째 작품으로 태평양전쟁에서 일본의 패색이 짙어진 1944년 4월에 개봉된 작품이다. 작품속의 여자공원은 전쟁무기에 사용되는 렌즈를 만드는 광학공장에서 일하는 노동공동체이다. 감독은 국책영화의 틀 속에서 이른바 순수한 '영화적 목표'를 추구했는데 소녀들이 서로 협력하며 시련과 갈등을 극복해서 성장해 나가는 모습을 그리려고 했던 것이다. 그리고 이러한 메시지를 담기 위해 '세미다큐멘터리'의 형식에 도전하였고 이러한 다큐멘터리에 대한 고려는 배우의 연기지도, 연출 및 영화적 기법 등에 많은 영향을 미쳤다.

영화의 내용이 기숙사에서 공동생활을, 또 공장에서는 정해진 공정 순서에 따라 작업을 수행하는 공동체이다 보니 당연히 집단(공동체)이 한 화면에 잡히는 경우가 많다. 동시에 공동체가 받게 되는 시련은 개인의 영역과 관련된 경우도 많아서 집단 속에서 개인을 어떤 방식으로 화면에 담아야 하는가도 중요한 과제가 된다.

우선 '집단'의 영상화에 관해서인데, 주목되는 장면으로 도입부의 소장의 아침훈시 장면, 고적대의 행진 장면, 배구경기 장면 등을 들 수 있다. 이들 장면에서 두드러진 영상기법으로 롱 쇼트(혹은 익스트림 롱 쇼트)와 하이 앵글 구도가 공통적으로 사용되고 있다. 하이 앵글의 롱 쇼트는 멀리서 인물과 공간을 한 화면에 담기 때문에 관객으로 하여금, 공장의 공간적 구조, 배구장의 주위의 풍경, 거리의 모습 등의 정보를 한꺼번에 제공한다. 장면과 거리가 멀기 때문에 관객은

객관적인 관찰자 입장이 되기 쉬우며, 이러한 구도는 다큐멘터리에
서도 빈번하게 등장한다. 이외에 기숙사에서의 고적대 연습 및 아침
의 맹세의식 또한 조금 낮은 하이 앵글과 롱 쇼트로 처리되었는데,
이러한 촬영기법은 공동체의 절도와 통일성, 그리고 정돈되고 단결
된 이미지를 효과적으로 관객에게 전달한다.

다음으로 '집단과 개인'의 영상화에 관해서인데 촬영상의 특징은
한 사람(개인)을 그 외의 집단이 대치하듯 거리를 두거나 겹겹이 에
워싸서 같은 방향의 시선으로 바라본다는 점이다. 이것은 다큐멘터
리(사실주의)의 연출이라기보다는 극적인(형식주의) 연출에 가깝다고
판단된다. 영상 속의 집단은 모두 비슷한 표정(감정 및 생각)으로 개인
을 일제히 바라보는 구도로 되어 있어 자연히 관객의 시선도 개인을
향하게 된다. 대부분 약간 낮은 하이 앵글에 롱 쇼트(혹은 풀 쇼트)로
촬영된다. 감독은 한 공간에 될수록 많은 사람을 배치해서 집단의
통일성과 단결뿐만이 아니라 공동체가 동일하게 갖는 감정이나 분
위기를 더욱 강렬하게 표현하고자 했다.

마지막으로 '개인'의 영상화에 관해서인데, 영화에서 등장하는 시
련은 초기에는 대부분 개인의 영역에서 비롯되는 것이어서, 화면에
개인 한사람만이 등장하는 경우도 많이 있다. 보통 개인을 촬영할
때는 인물의 심리와 감정을 효과적으로 전달할 수 있는 클로즈업이
자주 사용된다. 청년대장 와타나베는 각종 사건들에 주역으로 참여
하며 갖가지 심경의 변화와 고뇌를 겪는 캐릭터이기 때문에 다른 동
료보다도 로우 앵글이나 클로즈업으로 화면에 등장하는 경우가 많
다. 한편 와타나베 이외의 다른 소녀들의 경우는 시련을 당한 당사

자, 즉 병을 얻었거나 동료와 갈등을 일으켰거나 한 인물들을 중심으로 클로즈업이 사용되고 있음을 확인할 수 있었다. 단 구로사와는 배구경기 장면이나 공장에서의 노동 장면 등에서는 2, 3번 정도 빠른 커트로 많은 소녀들의 얼굴을 클로즈업으로 영상화함으로써 집단의 통일성과 연대뿐만이 아니라 그 속에서의 개인의 감정의 표현에도 세심한 주의를 보여 주었다.

제5장

《가장 아름답게》

음악연출을 중심으로

1. 들어가며

《가장 아름답게》는 데뷔작
《스가타 산시로》의 성공 이후
1944년 4월 13일에 개봉된 두
번째 작품이다.

《가장 아름답게》에 대한 선
행 연구를 일별하면 국가권력
에 충직한 이데올로기적 선전

■ 비디오 표지

영화의 성격이 짙다는 점 등의 이유로 해서──물론 전전의 작품이
전후작품보다 관심을 덜 받을 수밖에 없는 연구사적 경향도 무시할
수 없지만──'국책영화'라는 표면적인 간단한 비평이 주를 이루고
있고, 영화 그 자체의 예술적인 분석, 즉 작품의 구성 및 주제, 연출
과 관련된 영상 및 음악 등에 대한 연구는 매우 적다는 문제점을 안

고 있다.

본고는 이러한 문제의식에 기초하여 선행 연구에서 등한시되었던 영화 본연의 예술적 측면에 주목하여, 특히 연출의 주요 분야 중의 하나인 영화음악에 대해 고찰하고자 한다.

2. 제작배경과 줄거리

배경음악의 고찰에 앞서 본장에서는 영화의 제작배경과 줄거리에 대해서 간략하게 언급하고자 한다.

1931년 만주사변이 발발한 이후 군국주의적 색채가 강해짐에 따라 《5인의 척후병五人の斥候兵》(1938)과 같은 전쟁영화에서 《말馬》(1941)과 같은 농가가 군마를 키우는 이야기에 이르기까지, 많은 영화에 군국주의 색채가 반영되었다. 특히 1939년 10월 1일에 영화법이 시행되었는데, 이 법률은 영화의 제작 및 상영을 정부의 허가제로 하여 모든 영화는 단순히 완성제품을 검열할 뿐만이 아니라 각본을 사전에 검열하여 내무성이 영화 제작을 허가할지 말지를 결정하는 것으로 되어 있다. 즉 이후의 영화는 모두 정부의 통제 하에 정부의 의향을 반영하여 제작되고 상영되게 되었던 것이다. 1941년의 태평양전쟁 발발에 의해서 영화는 프로파간다의 경향이 더욱 강해졌는데, 가령 《하와이·말레이 해전ハワイ·マレー沖海戰》(1942), 《가토 하야부사 전투대加藤隼戰鬪隊》(1944), 《저 깃발을 쏴라あの旗を撃て》(1944) 등 이른바 전의를 고취시키는 영화가 잇달아 만들어졌다.

《가장 아름답게》도 이렇게 전쟁에 협력하고, 협력을 거부하면 제작허가를 받을 수 없던 상황 하에서 제작된 바, 동아광학히라쓰카제작소東亞光學平塚製作所에서 군사용 렌즈를 제작하기 위하여 동원된 여자정신대女子挺身隊의 모습을 그린 작품이다. 태평양전쟁 말, 군대로 동원된 남성 노동력을 대치하기 위해 여성들로 하여금 각 기관에서 노동을 장려한 국가 정책을 그대로 반영한 것이었다. 줄거리를 정리하면 이하와 같다.

【줄거리】

영화는 공장 물품의 증산 운동의 개시를 알리는 소장의 아침조례부터 시작된다. 전시 상황에서 일본군의 전력 향상을 위해 3개월 동안 광학병기에 사용될 렌즈의 생산량을 최대한 끌어올리는 계획을 발표한 것이다. 익월 초하루부터 3개월 동안 남자는 10할, 여자는 5할의 증산 목표가 부여되었다. 하지만 여자공원들은 부여된 증산목표가 작다고 불평을 하였기에 결국 남자공원들의 3분의 2의 증산목표를 할당받게 되었다. 이후 청년대장 와타나베 쓰루를 중심으로 여자공원들은 증산 목표를 충족시키기 위해 사력을 다한다. 한편으로 여자공원들은 고적대를 조직하여 거리를 행진하거나 배구시합을 하는 등 사기를 진작시키기 위해서 노력하기도 한다. 이러한 노력이 효과가 있었는지 생산 성적 그래프는 순조롭게 상승 곡선을 그린다.

하지만, 무리한 노동에 스즈무라는 건강이 악화되어 고향에 돌아가게 되고, 야마자키는 다리 부상으로 작업에 참여하지 못하게 되는 등 불상사가 이어진다. 심신으로 피폐해져만 가는 소녀들. 엎친 데 덮친 격으로 이번에는 여자공원들 사이에서 분쟁(갈등)이 일어났고, 자연히 생산 성적 그래프도 하향세를 탄다.

　기숙사 사감인 미즈시마는 여자공원들의 사기를 돋구어주기 위해 고향에서 쉬고 있던 스즈무라를 데리고 온다. 심야에 사감이 기숙사에 도착하자 소녀들이 다급하게 그간의 사거에 대해 보고한다. 와타나베가 여자공원들의 갈등에 집중력이 떨어져 렌즈작업을 잘못해서 그 실수를 만회하기 위해서 철야를 하고 있다는 것이다. 여자공원들은 와타나베를 위해 밤새 서리를 맞으며 사당 앞에서 기도를 하였고, 작업을 마친 와타나베가 기숙사로 돌아오자 모두가 사력을 다해 일을 완수한 와타나베를 따뜻하게 맞는다.

　이후 여자공원들은 더욱 작업에 몰두하였고, 이에 비례하여 생산량이 향상되었다. 그러던 중 와타나베의 어머니가 돌아가셨다는 부고가 날아오고 모두가 그녀에게 귀향을 권하나, 와타나베는 "무슨 일이 있더라도, 개인적인 일로 공무를 제쳐두고 돌아와서는 안된다라고 충고하신 건 어머니이십니다"라고 말하며 다시 작업실로 들어간다. 이를 본 사나다와 미즈시마는 훌륭하고 강하게 성장한 와타나베를 칭찬한다.

　이상의 줄거리의 내용을 보면,《가장 아름답게》가 '여성의 노동의식 고취 및 주체적인 노동에의 참여'를 독려하는 국책영화라는 점에서는 이론의 여지가 없을 것이다. 하지만 주의 깊게 내용을 분석해 보면, 감독이 국책영화에 적합한 메시지(주제) 이외의 메시지를 담고 있으며, 심지어는 국책영화에 부합되지 않는 요소가 영화에 다수 등장하고 있음을 알 수 있다. 먼저 우리는《가장 아름답게》에는 일반적인 국책영화, 전술한《하와이·말레이 해전》,《가토 하야부사 전투대》(1944),《저 깃발을 쏴라》등에서 나올 법한 군인이나 전쟁씬이 전혀 등장하지 않는다는 것, 남자가 아닌 젊은 소녀들의 집단이 주인

공이라는 것, 거대 담론이나 이데올로기가 아닌 소녀들이 겪는 일상
에 초점이 맞춰져 있다는 것 등을 주목할 필요가 있겠다.

한편, 영화의 형식적인 면에 있어서도, 구로사와는 당시 독일이나
소련에서 유행하고 있었던 다큐멘터리 형식을 자신의 영화에 적용하
고자 하였다. 세미다큐멘터리 형식의 영화는 허구라 할 수 있지만,
'리얼리티'를 담보하는 다큐멘터리 형식을 차용하여 현실적으로 묘
사하는 효과를 가진다. 구로사와는 이러한 영화형식을 통해서 등장
인물들을 현실에 존재하는 것처럼 생생하게 묘사하고자 진력했다.

3. 배경음악

1945년 이전의 구로사와의 초기 작품 시절의 영화음악적 소양에
관해서는 《스가타 산시로》(1943)의 시사회를 관람한 스승 야마모토
가지로山本嘉次郎의 다음의 지적이 참고가 된다.[1]

> 내용적인 것은 차지하더라도 연출기술의 면으로 보면 구로사와 군
> 은 재능이 많고 어떤 면에서는 요령이 좋고 섬세하며 놀라울 정도로
> 다재다능한 연출가라고 생각한다. (중략) 대체로 일본의 감독은 폭이
> 좁은데 구로사와 군은 폭이 넓다. 음악의 경우도 그렇고, 폭이 넓은
> 점이 영화의 특징을 잘 끄집어낸다. (중략) 한마디로 다방면의 교양이
> 발휘되는데, 가령 음악을 사용할 때도 일반적인 방법을 뛰어 넘는다.

----

[1] 岩木憲兒(1988)「批評史ノート」『全集 黒澤明 第四券』岩波書店

구로사와는 야마모토 아래에서 조감독을 했는데 감독은 일찍부터 구로사와의 재능을 파악했고, 구로사와는 폭넓고 풍부한 교양으로 인해 독창적인 영화음악을 연출할 수 있었다고 말한다.

《가장 아름답게》의 음악에 대한 선행연구로는 구로사와 영화의 사운드에 대해 권위자인 니시무라 유이치로西村雄一朗의 연구가 유일하다. 우선 니시무라는 최근까지 알려지지 않은《가장 아름답게》의 음악담당자가 스즈키 세이이치鈴木靜一임을 밝혔고, 상황을 설명할 때 사용하는 영상과 음향의 삽입——인설트화법——이 이 영화에서 처음 사용되었으며, 구로사와는 메이지시대의 창가를 특별히 선호했다는 점 등을 논하였다.[2]

영화음악은 사운드의 범주에 속하며 특정 영화에서 다양한 기능과 역할을 수행한다. 사운드는 크게 대사, 음악, 효과음(이펙트, effect)으로 나눌 수 있는데 본 절에서는《가장 아름답게》에 등장하는 멜로디로 된 배경음악에 대해서 살펴보고자 한다. 영화에 등장하는 배경음악을 특정한 선행연구는 전무한데, 단지 구로사와가 쓴 시나리오에서「원구元寇」,「국민진군가國民進行歌」의 노래의 제목을 확인할 수 있을 뿐이다. 또한 1991년 11월 6일, 팬하우스ファンハウス에서 발매된『黑澤明映畫音樂全集(第一集~第五集_付；黑澤明監督映畫·全29作品音樂集』에서는 타이틀곡「새잎若葉」만을 싣고 있고, 구로사와의 영화음악을 망라해서 수록한 도호뮤직東寶ミュージッ

2   西村雄一朗(1998)『黑澤明音と映像』立風書房

ク에서 발매한『黑澤明映畫音樂完全盤 上卷·中卷·下卷』은 안타깝게도《가장 아름답게》자체를 다루지 않고 있다. 위 음악 이외에 본고에서 고찰한 배경음악 3곡 및 원곡의 장조 및 리듬을 바꾼 경우 등은 필자가 조사해서 찾아낸 것이며, 음악 가사의 번역도 필자에 의한 것이라는 점을 밝혀둔다.

(1)「새잎若葉」

■시작 장면　　　　　　　　당 ■사앞에서 기도하는 소녀들

먼저 마쓰나가 미야오松永みやお가 작사, 히라오카 긴시平岡均之가 작곡한「새잎」에 대해서이다. 이 곡은 영화에서 3번 등장하는데, 첫 번째는 타이틀[0:00:25-0:00:48]의 배경음악이고, 두 번째, 기숙사의 소녀 모두가 미수정렌즈를 찾기 위해 고생하는 와타나베를 위해 사당 앞에서 기도하는 장면[1:15:16-1:16:00]으로 허밍의 기법으로 배경에 깔리며, 세 번째, 어머니의 부고를 알고서도 귀향을 포기하고 작업에 몰두하지만

■눈물을 흘리는 와타나베

슬픔을 억누르지 못하고 눈물을 흘리는 와타나베의 눈물의 장면 [1:24:21-Ending]에서는 여성 코러스에 의해 청아하게 배경음악으로 흐르고 있다. 가사와 악보는 다음과 같다.

鮮やかな緑よ　明るい緑よ	산뜻한 새잎이여　환한 새잎이여
鳥居を包み　薫家を隠し	신사 기둥 문을 감싸고　초가집을 가리고
香る　香る　若葉が香る	향기롭네 향기롭네　새잎이 향기롭구나
さわやかな緑よ　豊かな緑よ	산뜻한 새잎이여　풍요로운 새잎이여
田畑を埋め　野山をおおい	논밭을 메우고　산야를 덮고
そよぐそよぐ　若葉がそよぐ	살랑살랑　새잎이 살랑거리네

■「새잎」의 악보

　상쾌한 초여름의 방문을 노래하는 「새잎」은 쇼와昭和 17(1942)년
2월에 발행된 「初等科音樂 二」(문부성)에 수록된 창가唱歌이다. 창가
란 보통 소학교 교육용 노래라는 뜻으로 사용되며, 메이지明治 5
(1872)년의 학제발포부터 1941년에 '음악音樂'으로 개칭될 때까지 이
표현으로 사용되었다.

　「새잎」이 상쾌하고 밝은 노래라는 점은 악보를 통해 잘 알 수 있
다. 이 곡은 4분음표를 1박으로 해서 (강-약-약)-(강-약-약)으로
진행되는 단순한 패턴의 3/4박자로, 〈바〉음을 으뜸음으로 하는 바
장조로 되어있다. 음악에서는 장음계로 이루어진 조調를 장조라 하
고, 장음계의 곡을 장조의 곡이라고 한다. 일반적으로 장조의 곡은
단조의 곡에 비하여 힘차고 쾌활한 특징이 있다.

　노래의 가장 첫 부분인 「아자야카나鮮やかな」는 장음정 중 장6도
로 시작하고 있다. 반음(미와 파 또는 시와 도) 가운에 어느 하나를 포
함하는 여섯 음계를 아우르는 음정의 도는 장6도, 양쪽을 포함하는
6도는 단6도인데, 악보를 보면 〈아あ〉는 〈도〉의 음을 갖고, 〈자ざ〉
는 〈라〉의 음을 가져 〈도〉만 포함하기 때문에 장6도가 되는 것이다.
장음정 중 장3도와 장6도는 동시에 울릴 때 울림이 아름답다는 특징
이 있다.

　초반에 이 곡은 네 소절씩 세 개의 악구로 이루어져 있으며, 후반
에는 여섯 소절로 늘어난 악구로 구성되어 있다. 전반부에는 차분한
리듬으로 느긋한 곡상이지만, 후반부에는 활기차고 밝은 선율로 구
성되어 있다. 또한 가사의 모음에 주목해보면, '아자야카나あざやか
な' '와카바わかば'와 같이 '아あ'의 모음이 연속해서 오기 때문에 입

을 크게 벌려 밝은 목소리를 맑게 울리면서 부를 수 있다는 특징이
있다.

곡의 가사를 보면 이 곡이 전혀 전쟁과는 전혀 관계가 없는 순수하
게 자연을 노래한 것임을 알 수 있다. 전술한 바와 같이 구로사와는
국책영화의 틀 안에서도 순수한 영화적인 목표를 지향했고, 그중의
한 측면이 거대 담론이나 이데올로기가 아닌 군수공장에서 일하는
소녀들이 겪는 일상을 리얼하게 그리는 것이었다. 극히 평범한 그
또래의 현실적인 소녀들의 집단을 구로사와는 영화음악을 통해 '산
뜻하다' '밝다' '향기롭다' 등의 형용사로 수식되는 초여름의 '새잎'으
로 비유하고 있는 것이다. 특히 이 음악이 영화의 전체의 이미지를
좌우하는 타이틀곡과 영화의 구성상 절정이라고 할 수 있는 와타나
베의 헌신의 장면에서 사용되고 있는 점을 고려하면 이 영화를 관통
하는 감독의 시선의 무게가 전의앙양의 이데올로기적인 면도 무시
할 수는 없지만 그와 더불어 자신을 잊고 전체를 위해 노력하는 소녀
들의 모습 그 자체에 있었음을 짐작할 수 있다.

(2) 「원구元寇」

「원구」는 분에이文永 11(1274)년과 고안弘安 4(1281)년에 규슈 북
부로 침입한 원군元軍을 일본이 신풍神風의 조력으로 격퇴시켰다는
고사를 내용으로 한다. 메이지明治 25년(1892)에 발표된 군가로, 청
일전쟁(1894~1895) 때에는 전의고양을 위해 많이 불렸다.

1892년, 청나라와 일본의 관계가 악화되어 가는 상황에서, 원구
를 기념해서 규슈의 하코자키하치만궁筥崎八幡宮 앞에 원구 당시의

■ 소녀들이 행진하며 「元寇」를 부르는 장면

■ 기숙사 직원이 「元寇」를 부르는 장면

■ 잠을 깨기 위해 「元寇」를
윰조리는 와타나베

■ 소녀들이 행진하며 「元寇」를
연주하는 장면

천황이었던 가메야마龜山 천황의 동상을 건립하게 되었다. 육군고
적대대장이었던 나가이 겐시永井建子가 여기에 찬동하여 만든 곡이
바로 「원구」인 것이다. 가사와 악보를 살펴보면 다음과 같다.

1番 (鎌倉男兒)	가마쿠라 남아
四百余州を擧る 十万余騎の敵	400여주를 동원한 10만여 적들
國難ここに見る 弘安四年夏の頃	국난이 일어났으니 1281년여름
なんぞ怖れんわれに 鎌倉男兒あり	두려운 게 무엇이랴 가마쿠라남아가 있다
正義武斷の名 一喝して世に示す	정의무단의 기치 일갈하여 세상에 알린다

2番 (多々良浜)	다타라 해변
多々良浜邊の戎夷 そは何 蒙古勢	다타라해변의 오랑캐들은 다름 아닌 몽고병
傲慢無禮もの 俱に天を戴かず	오만무례한 저들과 같은 하늘에 있을 수 없나니
いでや進みて忠義に 鍛えし我が腕	자 전진이다 충의로 단련된 나의 팔
ここぞ國のため 日本刀を試しみん	지금이야말로 나라를 위해 일본도를 시험하노라

3番 (筑紫の海)	쓰쿠시 바다
こころ筑紫の海に 浪おしわけてゆく	마음은 쓰쿠시 바다로 파도를 가르며 간다
ますら猛夫の身 仇を討ち歸らずば	대장부로서 적을 무찌르지 못하고 돌아간다면
死して護國の鬼と 誓いし箱崎の	죽어서 호국의 귀신이 되기로 맹세한 하코자키
神ぞ知ろし召す 大和魂いさぎよし	신만이 아시니 당당하도다 야마토혼이여

4番 (玄海灘)	현해탄
天は怒りて海は 逆卷く大浪に	하늘이 노하여 소용돌이치는 파도에
國に仇をなす 十余万の蒙古勢は	나라의 적 10여만의 몽고군은
底の藻屑と消えて 殘るは唯三人	바다 밑의 해초로 사라지고 살아남은 자는 3명뿐
いつしか雲晴れて 玄界灘 月清し	어느새 구름이 걷히고 현해탄의 달은 청정하네

「원구」는 악보를 통해 알 수 있듯이 2/4박자로, 박자의 기준 음표가 4분음표인 채로 2개밖에 없어서 4분음 4박자보다 한 마디의 초길이가 절반이며 강–약–강–약 패턴이 반복된다. 또한 〈내림나〉음을 으뜸음으로 하는 내림나장조로 되어 있으며, 앞서 살펴본 듯이 장조의 곡은 단조의 곡에 비하여 힘차고 쾌활한 특징이 있다.

이 군가는 영화 전반에 걸쳐 가장 빈번하게 등장하는데, 첫 번째

■「원구」의 악보

소녀들이 공장의 일을 마치고 기숙사를 향해 행진하며 노래를 부르
기 시작해 기숙사에 도착해 사감을 둘러싸고 4절 끝까지 부르는 장
면[0:08:45-0:10:16], 두 번째, 기숙사 직원이 노래를 부르는 장면
[0:21:05-0:21:26], 세 번째 잠을 깨기 위해 와타나베가 읊조리며 일
하는 장면[1:11:01-1:14:19], 네 번째 소녀들이 행진하며 노래를 연주
하는 장면[1:18:51-1:19:20] 등이 있다.

　장면별 음악의 기능을 정리해 보면, 우선 첫 번째, 가사를 붙여
소녀들이 직접 노래한 것으로 자신들의 요구가 받아들여진 기쁨을
나타내고 있고, 두 번째는 기숙사 직원이 병든 스즈무라에게 원기를

북돋아 주기 위해 무반주로 가사를 붙여 직접 노래를 한 경우이다.
이어서 세 번째는 미수정렌즈를 찾기 위해 철야를 하는 와타나베가
잠을 쫓기 위해 직접 입으로 노래를 부르는데, 어떤 대사도 없이 4분
여의 아주 긴 시간동안 「원구」의 1절이 몇 번이나 되풀이 된다. 마지
막 네 번째는 와타나베의 철야가 있었던 당일 아침, 공장을 향해 가
는 소녀 고적대가 행진을 하며 연주하는 장면으로, 힘찬 연주는 날이
밝았다는 시간의 흐름과 전날의 긴장되고 힘들었던 분위기를 반전
시키는 효과를 주고 있다.

위의 예를 보면 다른 삽입곡과는 달리 「원구」는 등장인물이 직접
부르거나 연주하는 영화 속의 '현실음'인 경우가 많고, 빠르고 힘찬
리듬 때문에 등장인물의 기쁨을 나타내거나 사기를 북돋아 주는 역
할을 하고 있다.

위의 네 가지 예를 통해서 「원구」의 다양한 표현방식과 효과를
확인할 수 있는데, 이 외에도 「원구」의 장조나 멜로디를 변형시켜
원곡과 똑같지는 않지만 비슷한 행진곡이 빈번하게 등장하고 있다.

이 영화의 주제는 초기 구로사와 영화의 단골 주제인 등장인물의
시련의 극복을 통한 '인격 고양' 및 '성장'에 있다고 할 수 있다. 영화
속에 등장하는 시련은 스즈무라의 귀향, 야마자키의 부상, 와타나베
에 대한 오해, 오카베오 핫토리의 갈등, 와타나베의 귀향과 관련된
고뇌 등이 있는데, 이러한 시련을 극복하기 위해 마음을 다지거나
결속을 강화할 때에는 위의 「원구」의 군가가 등장하는 것이다. 더불
어 불안하고 침울한 영화의 분위기를 전환시키는 역할도 하고 있으
니, 「원구」가 주제적인 면으로나 지루한 영화의 완급을 조절하는 데

에 있어 얼마나 공헌을 했는지 짐작할 수 있겠다.

(3) 「국민진군가國民進軍歌」

▌행진하며 「國民進軍歌」를 연주하는 장면

▌사감이 「國民進軍歌」 전주를 연주하는 것을 듣는 장면

▌「國民進軍歌」를 연습하는 장면

쇼와昭和 15(1940)년에 오사카 마이니치大阪每日신문과 도쿄니치니치東京日日신문(현 마이니치 신문)이 국민의 전쟁참여를 독려하기 위한 곡을 만들기 위하여 현상공모를 실시한다. 1940년 6월 1일부터 20일에 걸쳐 응모된 가사 2만 2,792건 중 아마가사키에서 철도원을 하고 있었던 미쓰모토 아쓰노스케光元篤之介의 가사가 선정되어 동년 7월 1일에 발표되었다. 작곡 역시 응모된 3,926건 중 오카야마시의 학교교원이었던 마쓰다 요헤이松田洋平의 곡이 선정되어 동년 8월 15일에 발표되었다.

가사와 악보를 살펴보면 다음과 같다.

この陽この空この光	이 태양 이 하늘 이 빛
亞細亞は明ける嚴かに	아시아는 밝는다 장엄하게
燃える希望の一億が	불타오르는 희망의 1억이
傷痍の勇士背に負って	상이군인을 등에 업고
今踏み締める第一步	지금 힘껏 내딛는 첫 걸음
使命に擧る進軍だ	사명감을 갖고 모두가 진군이다
その血その肉その命	그 피 그 살 그 생명
國に捧げた忠魂に	나라에 바친 충혼에
盡きぬ感謝の一億が	마르지 않는 감사의 1억이
譽れの遺族守り立てて	명예로운 유족을 잘 보살피고
今足音も高々と	지금 발소리도 힘차게
理想貫く進軍だ	이상을 향해 진군이다
あの子あの父あの夫	그 아들 그 아비 그 남편
皇國の楯と征きに征く	황국의 방패로 정벌을 위해 출정한다
奮う銃後の一億が	전장의 후방에 남은 1억이
つわものの家助けつつ	병사의 가정을 도와주면서
今前線に呼應して	지금 전선에 호응하여
聲も轟く進軍だ	목소리도 우렁찬 진군이다
我が身我が意氣我が力	우리의 몸 우리의 의지 우리의 힘
心一つに合わせつつ	한 마음으로 합쳐서

固い覺悟の一億が	굳은 각오의 1억이
歸還の勇士先立てて	귀환한 용사를 앞세워
今大陸に大洋に	지금 대륙으로 대양으로
國を擧げての進軍だ	온 나라가 함께 진군이다

┃ 「국민진군가」의 악보

「국민진군가」는 악보를 통해 알 수 있듯이 2/4박자로, 박자의 기준 음표가 4분음표인 채로 2개밖에 없어서 4분음 4박자보다 한 마디의 초길이가 절반이며 강 – 약 – 강 – 약 패턴이 반복된다. 또한 〈내림마〉음을 으뜸음으로 하는 내림마장조로 되어 있으며, 전술한 바와 같이 장조의 곡은 단조의 곡에 비하여 힘차고 쾌활한 특징이 있다. 「국민진군가」는 영화에 3번 등장하는데, 첫 번째로 기숙사 연습실에서 소녀고적대가 연주하는 장면[0:12:7-0:13:21], 두 번째로 아침에 공장을 향해 행진하면서 연주하는 장면[0:14:30-0:15:10], 세 번째로 스즈무라의 연주소리를 듣고 미즈시마가 스즈무라를 부르는 장면 [1:06:20-1:06:36]이다. 「원구」와 달리, 세 장면 모두 가사를 동반하지 않는 연주곡이라는 점이 특징이다.

첫 번째 기숙사 연습실에서의 연주를 배경음악으로 소녀들이 사감의 방문을 열고 향냄새를 맡고 당일이 전사한 사감의 남편의 기일임을 알고 넋을 기리는 장면이 나오는 바, 이 장면은 가사의 '후방의 사람들은 유족을 보살펴야 한다'는 가사의 내용과 호응한다.

또한 두 번째 경우는 아침에 공장을 향해 가는 소녀들이 행진하며 힘차게 연주를 하는 장면인데, 음악에 이어서 공장에서의 각 파트별로 일하는 장면이 연속적인 컷으로 자연스럽게 이어진다. 힘찬 행진곡과 몇 개의 연속된 작업실 컷을 통해, 힘차고 의욕적인 하루의 노동의 시작을 효과적으로 묘사하고 있다.

(4) 「소국민진군가少國民進軍歌」

「소국민진군가」는 영화의 [0:14:07-0:14:29] 부분에 고적대가 연주하는 곡으로 등장하는데, 영화는 전주 부분만 사용하고 있다. 전부 4절까지 있으며 1940년의 「국민진군가」의 소국민판少國

■ 행진하며 「少國民進軍歌」를 연주하는 장면

民版이다. 작사는 군사보호원軍事保護院이고, 작곡은 사사키 스구루
佐々木すぐる이다. 상이용사나 유족보호를 목적으로 한 군사보호원
의 선정으로 내용도 「부상당한 용사傷ついた勇士」「전사한 대장부戰
死をされた丈夫」 등으로 되어 있다. 가사와 악보를 살펴보면 다음과
같다.

1番

とどろくとどろく足音は	힘차게 울리는 발소리는
お國のために傷ついた	나라를 위해 부상당한
勇士を護り僕たちが	용사를 돌보고 우리들이
共榮圈の友と行く	공영권의 동지와 함께
揃ふ步調だ揃ふ步調だ足音だ	가는 보조의 발소리일세라

2番

ひびくよひびくよ歌聲は	사방으로 울려 퍼지는 노랫소리는
戰死をされたますらをの	전사한 대장부의
忠義の心うけ繼いで	충의의 마음을 이어받아
感謝で進む僕たちが	감사하며 전진하는 우리들이
うたふ國歌だうたふ國歌だ君が代だ	노래하는 국가이며 기미가요일세라

3番

ひらめくひらめくあの旗は	힘차게 펄럭이는 저 깃발은
戰地の苦勞おもふとき	전장의 고통을 생각할 때
小さいながら僕たちも	어리지만 우리들도

負けてなるかと胸張つて	질 수 없다고 가슴을 펴고
仰ぐ國旗だ仰ぐ國旗だ日の丸だ	우러러 보는 국기이며 히노마루일세라
4番	
呼んでる呼んでるあの聲は	우리를 부르고 또 부르는 저 소리는
ほまれの遺兒ともろともに	명예롭게 전사한 동료들과 함께
未來を擔ふ僕たちが	미래를 책임지는 우리들이
雄飛のときを待つてゐる	웅비할 때를 고대하는
七つの海だ七つの海だ大陸だ	7개의 바다이며 대륙일세라

■「소국민진군가」의 악보

　「소국민진군가」는 악보를 통해 알 수 있듯이 4/4박자로, 단순박
자 중에 가장 많이 쓰이는 박자이다. 또한 〈내림마〉음을 으뜸음으
로 하는 내림마장조로 되어 있으며, 전술한 바와 같이 장조의 곡은

단조의 곡에 비하여 힘차고 쾌활한 특징이 있다. 가사 역시 곡의 특
징과 마찬가지로 사명감을 가지고 앞서 나가는 적극적인 진군의 모
습을 담고 있는데, 영화에서는 이 곡의 전주만이 3, 4번 반복해서
연주된 뒤 전술한 소녀들의 「국민진군가」 연주장면이 이어진다. 이
를테면 「소국민진군가」의 반복된 전주는 소녀들의 「국민진군가」의
장면을 자연스럽게 이끌어 내는 기능을 하고 있고, 「국민진군가」
만이 연주되었을 때의 단조로움을 해소하는 역할을 하고 있다고 판
단된다.

(5) 「고향故鄕」

■ 소녀들의 잠자리를 챙겨주는 사감

다이쇼大正 3(1914)년에 심
상소학창가尋常小學唱歌의 제
6학년용으로 발표된 곡으로
작사는 국문학자이자 작곡가
인 다카노 다쓰유키高野辰之,
작곡은 오카노 데이이치岡野
貞一가 담당하였다. 어린 시
절의 산야의 풍경을 먼 타지에서 그리워한다는 내용이다.

「고향」은 영화 속에서 단 1번 등장하는데, 늦은 밤 기숙사 사감이
건강상태가 좋지 않은 소녀가 염려가 되어 소녀가 자는 방을 찾아가
이불을 덮어 주는 장면[0:17:40~0:19:43]에서 가사 없이 화음을 동반
한 허밍의 기법으로 불린다. 가사와 악보를 살펴보면 다음과 같다.

兎追いしかの山　小鮒釣りしかの川	토끼를 쫓던 그 산 붕어를 낚던 그 강이여
夢は今もめぐりて　忘れがたき故郷	지금도 꿈에 어른거리고 잊히지 않는 고향이여
如何にいます父母　恙なしや友がき	부모는 안녕하신지 친구는 평안히 사는지
雨に風につけても　思いいずる故郷	바람 불고 비가 올 때마다 생각나는 고향이여
こころざしをはたして	바라던 바가 이루어지면 언제가 돌아가리라
いつの日にか歸らん	
山はあおき故郷　水は清き故郷	산은 푸르고 강물은 청정한 나의 고향이여

▌「고향」의 악보

「고향」은 악보를 통해 알 수 있듯이 4분음표를 1박으로 해서 (강-약-약)-(강-약-약)으로 진행되는 단순한 패턴의 3/4박자로, 〈사〉음을 으뜸음으로 하는 사장조로 되어있다.

전술한 바와 같이 「고향」의 노래는 사감이 방안에 들어가는 장면부터 시작해서 '母'라는 글씨와 가족사진이 걸려있는 방의 모습을 담은 쇼트까지 제법 긴 시간 동안 부드러운 선율로 조용히 흐른다. 감독은 고향과 부모님을 그리워하는 소녀들의 마음을 관객 모두에게 익숙한 「고향」의 노래를 통해 효과적으로 보여주고 있으며, 동시에 소녀들을 진심으로 걱정하는 사감은 극중에서 그녀들의 부모와 같은 역할을 하는 존재임을 드러내고 있다.

(6) 「젊은 독수리의 노래若鷲の歌」

1943년 9월 10일에 공개된 사이조 야소西條八十가 작사·고세키 유지古關裕而가 작곡한 「젊은 독수리의 노래」는 일명 「예비연습생의 노래予科練の歌」라고도 한다. 1943년 도호에서 제작된 전의를

■ 지붕 위에서 고향을 바라보는 야마자키

고양하는 영화인 「결전의 광활한 하늘로決戰の大空へ」의 주제가이기도 하다. 전부 4절까지 있으며, 1944년 8월 기준으로 음반 판매 매수는 23만 3,000장을 돌파해 큰 인기를 얻었다.

1番

若い血潮の　予科練の	젊은 피가 솟구치는 비행연습생의
七つボタンは　櫻に錨	7개의 단추는 벚나무와 닻
今日も飛ぶ飛ぶ　霞ヶ浦にゃ	오늘도 난다 가스미가우라에는
でっかい希望の　雲が湧く	거대한 희망의 구름이 솟아오른다

2番

燃える元氣な　予科練の	불타는 원기 왕성한 비행연습생의
腕はくろがね　心は火玉	팔뚝은 무쇠 마음은 불덩이
さっと巣立てば　荒海越えて	잽싸게 솟아올라 거친 바다 넘어서
行くぞ敵陣　なぐり込み	가자 적진으로 돌격이다

3番

仰ぐ先輩　予科練の	존경하는 선배 비행연습생의
手柄聞くたび　血潮が疼く	수훈을 들을 때마다 피가 끓는다
ぐんと練れ練れ　攻擊精神	다지고 다진 강항 공격정신
大和魂にゃ　敵はない	야마토 혼 앞에서는 적이 없다

4番

生命惜しまぬ　予科練の	죽음을 불사하는 비행연습생의
意氣の翼は　勝利の翼	기상의 날개는 승리의 날개인저
見事轟沈した　敵艦を	보기 좋게 격침된 적함을
母へ寫眞で　送りたい	어머니께 사진찍어 보내누나

「젊은 독수리의 노래」는 악보를 통해 알 수 있듯이 4/4 박자로,
「소국민진군가」에서 살펴봤듯이 단순박자 중에 가장 많이 쓰이는

■ 「젊은 독수리의 노래」의 악보

박자이다.

또한 〈사〉음을 으뜸음으로 하는 사단조로 되어있어 장음계와는 달리 어두운 분위기를 연출하는 경향이 있다고 할 수는 있으나, 단조라 하여 무조건 어두운 분위기를 갖는 것은 아니다. 이 곡 역시 가사를 살펴보면 전의를 고양하는 목적으로 예과 연습생이 갖추어야 할 적극적이고 열정적인 태도에 대해 단조롭지만 단순명쾌하고 어둡지 않은 내용으로 기술하고 있음을 확인할 수 있다.

이 군가는 앞서의 「고향」과 마찬가지로 영화에 단 1번 등장한다. 이불을 널기 위해 야마구치가 지붕에 위에 올라갔다가 멀리 고향이 있는 쪽을 바라보는 장면부터 지붕에서 전락하는 장면[0:29:13–0:30:00]에서 배경음악으로 가사를 동반한 여성 코러스가 흘러나온다. 이 노래가 사용된 이유로는 지붕 위에 올라간 야마구치가 넓은 하늘을 배경으로 "후지산이 보이네"라고 하는 장면은 하늘을 나는 비행연습생을 주인공으로 하는 가사의 내용과 호응한다. 단 여기서 주의할 점은 전쟁의 사기진작을 목적으로 사용된 것이 아니라면 하늘 저편의 고향을 그리는 장면에서 삽입된 것으로 비록 군가이지만 앞서의 창가 「고향」의 기능과 같은 역할을 하고 있다고 할수 있다.

4. 나오며

《가장 아름답게》는 분명히 '여성의 노동의식 고취 및 주체적인 노동에의 참여'를 독려하는 국책영화이다. 이데올로기적인 성격이 짙은 장면을 몇 가지 소개하면, 영화의 타이틀곡에 이어서 광학병기에 장착될 렌즈의 생산량을 증가하기 위한 조례로 이어지는 첫 장면, 여자 공원들이 공장으로 출근하기 전에 '충의', '황국여성', '영미英米격멸'이라는 용어가 들어있는 선언문을 외치는 장면, '군신軍神을 따르라!', '야마자키 부대를 따르라!', '여기도 전장이다!', '증산이다! 병사들은 적기의 아래에서 기다리고 있다!'라는 벽보 밑에서 작업하는 여직공의 장면, 사감의 남편이 전장에서 순교했음을 암시하는 도코노마에 장식된 일본도의 모습, 렌즈작업을 잘못하여 잘못된 렌즈를 찾기 위해 철야를 하는 와타나베가 '자신의 실수로 많은 군인 분들이 전사하게 될 것 같다'고 가책하는 장면 등은 강렬한 이데올로기를 드러낸다.

한편, 위의 직접적인 내용을 포함하는 장면 이외에도 인물들의 행동을 통해 직·간접적으로 전의앙양을 고취시키는 장면도 있다. 가령 아침조례시의 남녀 직공들의 대열 장면, 숙소에서의 고적대의 연습 장면, 출퇴근길의 고적대의 행진의 모습 등, 대오를 맞추어 절도 있게 움직이는 모습들은 정돈되고 단결된 이미지를 보여주며, 관객들로 하여금 단결성을 높이고 스스로 애국심을 고취시키는 효과를 가져 올 수 있다. 특히 고적대와 관련된 장면에서는 본고에서 고찰했던 배경음악이 큰 역할을 하는 바, 구체적으로 행진곡의 리듬 및 호전적인 가사를 염두에 넣고 생각하다면 영화에서 사용된 배경음악은 정도의 차이는 있을망정 기본적으로 멸사봉공滅私奉公의 국책영화에서 자유로울 수 없다.

필자는《가장 아름답게》가 국책영화와는 거리가 멀다는 것을 강조하기보다는 국책영화임을 전제로 하면서 그 틀 속에서 예술적 가치가 어떻게 구현되었는지를 주요 연출적 요소인 영화음악이라는 측면에서 고찰하고자 한 것이다. 선행 연구에서 지적한 3곡 이외의 곡과 원곡을 개작한 경우는 필자가 직접 찾은 것이며 가사의 번역도 필자가 하였다. 고찰 내용을 정리하면 이하와 같다.

첫 번째 1942년 성립한 창가「새잎」은 영화에서 3번 등장하는데, 영화 전체의 이미지를 좌우하는 타이틀의 배경음악, 구성상 절정이라고 할 수 있는 와타나베의 헌신의 장면에서 사용되고 있다. 발랄하고 상쾌한 이 곡은 영화에서 가장 중요한 타이틀곡이라 할 수 있는 바, 감독이 국책영화로서의 이데올로기가 아닌 자신을 잊고 전체를 위해 노력하는 소녀들의 모습 그 자체를 중시하였음을 짐작하게 한다.

두 번째 1892년 성립한 군가 「원구」는 영화 전반에 걸쳐 가장 빈번하게 등장하는 곡으로 다른 삽입곡과는 달리 등장인물이 직접 부르거나 연주하는 '현실음'인 경우가 많고, 빠르고 힘찬 리듬 때문에 등장인물의 기쁨을 나타내거나 사기를 북돋아 주는 역할을 하고 있다. 더욱 주목되는 점은 「원구」의 장조나 멜로디를 변형시켜 원곡과 똑같지는 않지만 비슷한 행진곡이 영화 곳곳에 빈번하게 등장한다는 점인데, 대부분 소녀고적대가 행진하며 연주하는 경우가 많고, 불안하고 침울한 영화의 분위기를 전환시키는 기능도 한다. 등장인물의 '인격 고양' 및 '성장'이라는 주제와 관련시켜보면, 이 곡은 시련을 극복하기 위해 마음을 다지거나 결속을 강화할 때 어김없이 등장하고 있어, 「원구」가 주제적인 면으로나 지루한 영화의 완급을 조절하는 데에 있어 얼마나 공헌을 했는지 짐작할 수 있겠다.

세 번째, 1940년 성립한 군가 「국민진군가」는 3번 나오는데, 세 장면 모두 가사를 동반하지 않는 연주곡이라는 점이 특징이다. 행진곡인 만큼 힘차고 의욕적인 하루의 노동의 시작을 효과적으로 묘사하고 있다. 한 가지 주목되는 점은 소녀들이 사감의 방문을 열고 향냄새를 맡고 당일이 전사한 사감의 남편의 기일임을 알고 넋을 기리는 장면이 나오는 바, 이 장면은 가사의 '후방의 사람들은 유족을 보살펴야 한다'는 가사의 내용과 호응한다. 장면이 내포하는 의미를 음악의 가사를 통해 강조한 치밀한 연출의 한 예라고 할 수 있다.

한편, 「국민진군가」의 소국민판으로 제작된 「소국민진군가」는 힘차고 쾌활한 특징이 있다. 영화에서는 이 곡의 전주만이 3, 4번 반복해서 연주된 뒤 「국민진군가」의 연주장면이 이어지는 바, 「국민진군가」의 장면을 자연스럽게 이끌고 단조로움을 해소하는 기능을 하고 있다.

네 번째, 1914년 성립한 창가 「고향」은 단 1번 등장하는데, 고향과 부모님을 그리워하는 소녀들의 마음과 부모와 같은 역할을 하는 사감의 모습을 효과적으로 잘 보여 준다. 한편 1943년 성립한 군가 「젊은 독수리의 노래」는 단 1번 등장하는데, 주의할 점은 이 곡이 먼 하늘 저편의 고향을 그리는 장면에서 삽입된 것으로 비록 군가이지만 전쟁의 사기진작을 목적으로 한다기보다는 앞서의 「고향」과 같이 소녀들의 고향의 향수를 효과적으로 잘 드러내 주고 있다.

제6장

《속 스가타산시로》

인물조형과 구성을 중심으로 본 '성장'의 주제

1. 들어가며

《속 스가타산시로續姿三四郎》(1945년 5
월 3일 개봉)는 흥행과 비평에서 좋은 반
응을 얻은 데뷔작 《스가타 산시로》(1943년
3월 개봉)의 뒤를 잇는 작품이다.

속편도 전작 《스가타 산시로》와 마찬
가지로 역시 도미타 쓰네오富田常雄의
『姿三四郎(續編)』(增進堂, 1943年7月20日)
를 영화화한 것이다. 속편은 전작의 엔
딩, 스가타 산시로姿三四郎가 요코하마

■ 개봉 당시의 포스터

横浜로 수행의 길을 떠난 이후의 내용을 다루고 있다.

스가타는 요코하마에서 미국인 선원에게 뭇매를 맞는 일본인 다
이사부로大三朗를 구출하고 그것을 계기로, 누노비키 고조布引好造

로부터 미국 영사관에서 미국의 권투선수와 결투하지 않겠느냐는 권유를 받게 된다. 권투라는 무술에 호기심을 갖고 경기장을 찾은 스가타는 미국인 복서와 맞붙어 일방적으로 당하고 있는 작고 초라한 일본인 유술가의 경기모습에 분노를 금하지 못한다. 2년 여 간의 여행을 마치고 수도관修道館으로 돌아온 스가타는 무라이 한스케의 딸 사요小夜와 재회를 한다. 수도관을 찾아 온 히가키檜垣 형제는 스가타와의 결투를 신청하지만 스가타의 스승 야노 쇼고로矢野正五郎가 이를 제지한다. 다이사부로가 유도에 입문하여 산시로의 제자가 된다. 어느 날 수도관의 사람들이 차례로 급습을 당하게 되고 스가타 앞으로 히가키 형제의 결투 신청이 들어온다. 스가타는 수도관의 규범을 어길 것을 결심하고, 미국의 복서 리스터와 히가키 형제와 대결하여 승리한다.

《스가타 산시로》《속 스가타산시로》는 기본적으로 '고뇌와 성장'이라는 주제는 일관되나, 전자가 유도에 갓 입문하여 무도에 대한 의미를 찾아 고뇌하는 스가타 산시로의 성장을 그렸다고 한다면, 2년 후에 개봉된 후자는 도장을 떠나 고래의 전통적인 유술을 넘어 이종격투기에 참여하거나 사적인 타류시합을 감행하거나 하면서 스스로의 의지로 자신의 길을 개척하는, 보다 성숙된 유도청년을 그려내고 있다.

필자는 주로 원작소설과의 비교에 무게를 두면서《스가타 산시로》를 분석한 바가 있는데, 이 글에서는 원작소설을 염두에 넣으면서도《속 스가타산시로》작품 자체의 내용에 집중하고자 한다. 즉 구로사와가 스가타의 '성장'을 그리는 데에 있어서 등장인물이 어떻

게 효과적으로 조형[1]되고, 영화의 스토리가 어떻게 효율적으로 구성
되었는지를 집중적으로 살펴보고자 한다.

2. 제작을 둘러싸고

1943년 데뷔작《스가타 산시로》이후 두 번째 작품《가장 아름답
게一番美しく》가 이듬해인 1944년 4월에 개봉되었다. 내용은 국책에
따라, 광학병기에 사용되는 렌즈공장에서 일하는 젊은 여성들의 에
피소드를 담고 있으며, 인격의 완성은 노동을 통해서라는 교훈을 주
제로 하고 있다. 그리고 1년 후 세 번째 작품인《속 스가타산시로》는
1945년 5월에 상연되었다. 1944년 11월 이래로, 미군 폭격기 B-29
에 의한 일본 본토에 대한 공습은 격화되었고, 1945년 2월 미군의
마닐라 탈환, 4월에는 미군의 오키나와 본섬 상륙 등 일본의 패색이
짙은 상황이었다.

편집장이었던 야구치 요시에矢口良江는 당시의 상황을 "당시는 이
미 전력이 부족하여, 걸핏하면 전압이 떨어져 고생을 했다. 음악을
집어넣는 부분의 필름의 길이를 재서 작곡가에게 건네주었는데, 음
악녹음을 할 때 맞지 않는다고 불평을 들었다. 하지만 그것은 전압이

----

1 인물조형을 가령 '외면적 조형'과 '내면적 조형'으로 대별한다면, 전자는 머리모양이
  나 복장, 경력 등 외견을 포함하는 그 캐릭터와 관련된 객관적·구체적인 사실을 말하
  고, 후자는 성격이나 작품 속에서의 역할 등 매우 애매한 개념(설정) 등을 말하는
  것이라고 할 수 있겠다.

떨어졌기 때문으로, 영사 스피드가 전혀 다를 수밖에 없었다. 그때
는 공습경보가 걸핏하면 울려댔고 그때마다 다 같이 필름 통을 보듬
어 안고 방공호로 피신했다"라고 회상하고 있다.[2]

《속 스가타산시로》는 전편《스가타 산시로》가 성공하자 회사에서
그에게 속편을 만들기를 요구해서 제작된 것이다. 구로사와는 이러
한 제작상의 상업적인 정책을 다음과 같이 비판하고 있다.

> 《스가타 산시로》가 히트했기 때문에, 회사는 그 속편을 만들어 달라
> 고 했다. 이것이 상업주의의 나쁜 점 중의 하나로, 버드나무 밑의 미꾸
> 라지라는 속담(우연한 성공은 몇 번씩이나 찾아오는 것이 아니다라는 비유,
> 필자주)을 회사의 흥행부는 모르나 보다. ……《속 스가타산시로》는 재
> 영화화된 것이 아니라 그나마 다행이었지만, 그럼에도 불구하고 재탕
> 임에는 변함이 없으며, 나는 그것을 만들기 위해 무리하게 창작의 의욕
> 을 짜내지 않으면 안 되었다. ……《속 스가타산시로》는 그다지 잘 만들
> 어진 영화는 아니었다. 어느 비평에서 구로사와는 조금 자만하고 있다
> 고 하고 있는데, 나는 특별히 자만한 것이 아니라《속 스가타산시로》에
> 서는 전력투구를 하지 못했을 뿐이다.[3]

《속 스가타산시로》의 제작에 구로사와는 처음부터 적극적이지 않
았으며, 본인 스스로 좋은 작품이 아니라고까지 말하고 있는 것이
다. '재탕'을 꺼려한 구로사와의 말대로《속 스가타산시로》는 그의

----

2 野上照代(2002) 「付記」 『DVD 續姿三四郎』의 해설서
3 黑澤明(1984) 『蝦蟇の油』 岩波書店

작품 중 유일한 속편이 되었다.

한편, 전시체제하에 있었던 당시의 비평 또한 그다지 호의적이지 않았던 모양이다. 그해 4월 28일 『朝日新聞』의 Q씨는

전편에 보였던 기교중심이나 관념적인 유치함은 없지만, 밀도도 박력도 약해져 상당히 거친 작품이다. 스가타 산시로라고 하는 역만큼 후지타 스스무藤田進에 걸맞은 것은 없고, 그 점에 있어 가장 매력적인데, 단 이 유도 서생書生의 고민이 어디에 있는가가 불명확하다. 스승의 법도를 어기고 미국인과 권투시합을 하거나, 쓰키가타 류노스케月形龍之介라는 가라테空手 명수의 도전을 받고 설산에서 시합을 하거나, 게다가 그 상대가 괴이한 형상으로 괴성을 지르거나 하기 때문에 강담講談을 영화화한 것 같은 천박한 의미에 있어, 일종의 독특한 기분에 빠져들게 하는 재미는 있다. 산시로는 왜 은사에게 다시 등을 돌렸는가. 그러한 '왜'를 무시하고 막연하게 장면의 변화만을 바라보고 있으면 구로사와 아키라라고 하는 신진 감독이 얼마나 신명나게 만들고 있는지를 알게 된다. 요컨대 순진한 영화다.[4]

라고 평한다. 전체적으로 스가타의 고민의 이유가 불명확하다는 내용상의 비판과 함께, 대결장면이나 대결상대가 어색하여 강담과 같이 천박하다는 것이다. 그런데 비평가가 말하듯이 구로사와는 '신명나게' 만들지도 않았으며 —— 물론 '신명나게'는 비평가의 직언이 아니라 고민이 적게 보이는 감독에 대한 우회적인 비판임을 알지만

··········
4 『朝日新聞』 4월 28일

── 대결상대의 과장된 '천박'함은 나중에 외국의 비평가들이 구로
사와 스타일의 선구라고 하는 "공간이나 인물의 표현주의적 과장,
혹은 표현주의적 창조"[5]와 연결되는 부분이기도 하다.

비평의 적확함을 논하기에 앞서, 필자가 주목하고 싶은 대목은 바
로 '재미'에 있다. 도널드 리치는 전편에 비해 속편이 떨어진다고 혹
평하면서도 《속 스가타산시로》는 구로사의 영화 중 흔한 일본의 상
업영화에 가장 근접했던 작품이며 그 때문에 상업영화와의 유사성
및 상이점은 주목해야 한다[6]고 하였고, 가와라바타 야스시河原畑寧
도 "지금 생각하면, 이렇게 박력 있고 밝고 상쾌하고, 재미를 최대한
영화 속에서 살린 오락영화를 그때까지 본 적이 없었다"[7]고 평한다.
속편의 제작을 강요했던 회사의 정책이나 원작을 쓴 도미타 쓰네오
는 당시 톱클래스의 인기작가였던 점을 고려하면, 《속 스가타산시
로》는 대중적인 오락영화의 성격을 태생적으로 가지고 있었고 구로
사와는 이러한 성격을 한층 극대화시켰다고 보아야 할 것이다.

3. 인물조형

구로사와는 전편인 《스가타 산시로》에 이어서 《속 스가타산시로》

....

5   岩本憲兒「批評史のノート」(『全集 黑澤明 第一卷』, 岩波書店, 1987)
6   D·リチー著, 三木宮彦(1991) 『黑澤明の映畫』社會思想社
7   河原畑寧(2002) 「解說」 『DVD 續姿三四郎』의 해설서

에서도 미완성인 스가타가 정신적인 수행을 통해 완성에 다가가는 교화教化의 과정을 그리고 있다. 성장의 계기는 크게 두 방향이 있는데, 첫 번째의 씨줄은 산시로가 주변인물과의 교감을 통해서 성장하는 경우와 두 번째의 날줄은 도장내의 3가지 법규를 깨나가는 과정에서 성장하는 경우이다. 구로사와는 위의 씨줄과 날줄을 적절하게 배치하여 성장해 나가는 산시로의 모습을 효과적으로 그려 나가고 있다. 본 절에서는 전자의 산시로의 성장에 기여한 인물들의 역할을 살펴본다.

(1) 야노 쇼고로

야노 쇼고로는 스가타에게 있어 엄부嚴父와도 같은 존재이다. 그는 산시로가 자괴감에 빠져 낙담해 있을 때 다시 일어서기를 묵묵히 기다려주며 적재적소에서 진정한 도道의 길로 향할 수 있게 조언해주는 길잡이와 같은 역할을 한다. 인용은 黑澤明(1987)『全集 黑澤明 第一卷』岩波書店을 사용하였다.

> "저는 유도를 위해 타류와 싸워왔고 그걸 그저 무도의 승패로만 알고 있었습니다. 물론 패한 상대나 부모나 자식이나 제자에게 미움을 받는 일은 무도에 뜻을 두는 한, 어쩔 수 없는 것으로 체념하고 있었습니다. 하지만 저의 승리가 많은 사람들을 짓밟아 버린 것을 눈으로 확인한 후에는 전 유도를 그만 두고 싶어졌습니다.
> "그것뿐이냐?"
> 쇼고로의 목소리는 조용하다.

"네가 지난 2년간의 여행에서 얻은 것은 그것뿐이냐?"

"……"

"조금도 변하지 않았어 …… 2년 전의 스가타로구나"

쇼고로의 뺨에 미소가 떠오르다.

"스가타, 자네의 고민은 나도 잘 안다. 아니, 자네에게 짊어지게 한 고생은 나의 고통이지. 그러나 이것도 서로 큰 길에 도달하기 위해서라고 나는 믿는다"

쇼고로는 대나무 램프를 움직여 빛을 서재로 넓힌다.

그 빛이 산시로의 얼굴을 비추고 벽 위의 그 그림자가 흔들린다.

"투쟁이란 새로운 통일로 가는 길이다. 타협이나 영합 속에는 진정한 평화는 없다. 목적지로 가는 길의 가시밭을 두려워해서는 안 된다. 나는 유도를 이렇게 믿고 투쟁의 한복판에 뛰어들게 했다. 유술과 유도는 명칭 싸움을 한 것이 아니다. 하물며 일개인의 야노 쇼고로의 공명도 아니고, 일개인의 스가타 산시로의 승리도 아니다. 아니, 유도의 승리도 아니라고 해도 좋다. 거기에는 일본 무도의 승리가 있을 뿐이다. 알겠나, 스가타"

(『전집』 p.171)

위의 장면은 산시로가 2년간의 여행을 마치고 다시 수도관으로 돌아온 후, 야노와의 첫 대면에서 이루어진 대화이다. 산시로의 고뇌는 멀게는 2년 전, 전작 《스가타 산시로》에서 몬마 사부로門馬三朗를 이김으로 해서 그의 딸인 오스미お澄로부터 원한을 산 일과 무라이 한스케村井半助를 부상을 입혀 사망에까지 이르게 한 일, 그로 인해 무라이의 딸이며 자신이 연모하는 사요小夜를 가슴하프게 한 일, 가깝게는 미국인 복서와 대결한 일본인 유술가는 실은 스가타를 대

▌수도관으로 돌아와 스승과 대면하는 산시로

표로 하는 유도에 떠밀려 어쩔 수 없이 생계를 이어나가기 위해 비굴해질 수밖에 없었던 사실 등을 전제로 하고 있다. 전작《스가타 산시로》를 관람한 관객에게 전편의 내용을 환기시키고 전작과 속편의 자연스러운 연결고리를 만들어 내는 대목이기도 하다.

위 대화에서 주목하게 되는 점은 야노의 "조금도 변하지 않았어……2년 전의 스가타로구나"라는 말의 무게이다. 2년간의 수행을 하고 왔음에도 그에게 아직도 뛰어넘지 못하는 한계들이 존재하고 있음을 알림과 동시에, 《속 스가타산시로》 또한 그의 성장을 테마로 하고 있다는 감독의 의도를 드러내주고 있기 때문이다. 산시로가 품은 약육강식과 같은 무도의 길에 대한 회의는 야노 쇼고로의 교지에 의해 '일본 무도의 승리'라고 하는 대승적인 대의명분하에 교화되어 수정되는 것이다.

계속해서 야노는 유도의 정신적 도야陶冶에 관해서도 역설하고 있다.

"관절을 반대로 꺾거나 필살기로 사람을 죽이는 일은 없소?"
"없소이다"
"그러나 사람들은 수도관의 유도가 던져 죽였다거나 목 졸라 죽였다고 말한다"

쇼고로는 파안일소하고,

"하하하, 다른 목적이 있어 꾸민 소문이겠죠. 수도관 유도는 인간 본연의 도를 행하는 것이오. 충효 하나의 진리를 통해 죽음의 안심을 얻는 무도이오"

"시끄럽군"

뎃신은 귀찮다는 듯이 말한다.

"유도란 자기이론을 합리화하는 핑계인가 보군. 야노 씨, 죽음과 삶을 결정하는 것은 힘이지. 유도는 강하지 않아도 달인이라 하나보군. 히가키류는 우선 강한 자를 달인이라고 하지. 하하하"

하고 내던지듯 웃는다.

"그렇소. 비를 맞아도 비에 젖지 않고, 물에 들어가도 물에 빠지지 않는 경지에 도달하는 것이 목적이오. 강하든 약하든 전혀 관계가 없지요"

쇼고로는 다시 한 번 미소를 지으며 말했다.

"히가키 겐노스케는 실례하지만 하지만 당신들 가족이오?"

"음, 형이지만……약해빠져서. 그래서 규슈에서 우리가 온 것이오"

"형님의 유술은 너무 강했다고 저는 생각하오"

"왜……스가타라는 자에게 패했으니, 더 이상의 말이 필요 없지. 하지만 히가키류의 가라테는 많이 다르니, 가라테를 본 적이 있소? 야노 씨"

"방금 문인들이 보았소"

"아하, 저것은 장난이고, 손과 발을 적응시키는 몸 풀기에 불과하지"

뎃신은 가만히 쏘아보듯 쇼고로를 바라보았다.

"스가타 산시로와 대결하고 싶소. 규슈에서 그 때문에 나온 것이니"

"거절하겠소"

차갑게 쇼고로가 말하고 물러난다.

"왜지?"

"도가 다르지요. 저는 히가키류의 가라테를 무술이라고 생각하지 않소"

처음으로 쇼고로의 목소리에 힘과 날카로움이 깃든다.

"도장에 들어가 도장의 예를 행하지 않고 사람을 만나 예를 갖추지 않
는 것은 예로부터 일본에서는 무인이라고도 무사라고도 하지 않았소"

『전집』pp.122~123)

위의 대화는 형 히가키 겐노스케檜垣源之助의 원수를 갚기 위해
산시로를 찾아 수도관에 난입한 히가키 덴신과 히가키 겐노스케를
향해 야노 쇼고로가 질책하는 장면이다. 힘 있는 자야말로 달인이라
고 주장하는 히가키류의 주장에 대하여, 야노의 유도는 힘과 상관없
으며, 사람에 대한 예를 모르는 자는 무인도, 무사도 아니라고 한다.
위의 장면에 이어서 야노는 산시로에게 "도를 모르고, 인간을 모르
고, 죽음을 모르는 자는 무섭다"고 하며 덴신의 도발에 자극된 산시
로의 전의를 잠재운다.

야노의 발언은 전작 《스가타 산시로》에서 유도를 무뢰한처럼 싸
움에 사용한 산시로에게 야노가 던진 "인간의 도는 충효의 도다. 즉,
천연자연의 진리이다. 이 진리에 의해서 죽음의 안심을 얻는다. 이
것이 모든 도의 궁극점이다. 유도도 마찬가지, 스가타, 너는 이 한
가지를 망각하고 있다"라고 하는 준엄한 질타와 명확히 궤를 같이하
고 있다.

스가타는 사천왕이라 불릴 정도로 육체적, 기술적인 면에서는 누
구도 범접하지 못할 단계에 이른 고수였다. 하지만 무도가로서의 정
신적 세계는 미성숙한 단계이다. 그런 점에서 그의 정신적 도야를
위해서 유도가 갖는 진정한 '도道'를 역설하고 있는 야노야말로 산시

로의 '성장'에 가장 중요한 인물이라 할 수 있겠다.

(2) 류쇼지의 스님

한편, 야노 쇼고로가 엄부의 역할을 맡고 있다고 한다면, 류쇼지의 주지스님은 어머니와 같은 역할을 맡고 있다. 스님은 때로는 친구와도 같이 격의가 없이 "바보 같은 놈!"이라고 호통을 쳐가며 산시로에 대한 걱정을 여과 없이 표출한다. 거친 말투 속에 애정을 감춘 속 깊은 캐릭터이다.

> "저는 어떻게 하면 좋을지…… 제 마음은 언제나 흔들리고 있네요"
> "안 되겠군"
> 스님이 단도직입적으로 말한다.
> "여자에게도 완전히 반하지 못하는 작은 배포로는 아무것도 할 수 없네"
>
> (『전집』 p.120)

수행 길을 떠나 2년 만에 수도관에 돌아온 산시로는 자신이 오기를 기다리며 절에서 머물고 있는 사요와 재회한 후, 앞으로 그녀에 대한 애정을 어찌해야 좋을지 고민한다. 이미 두 사람의 관계를 눈치 채고 있는 스님은 스테레오타입적인 종교인으로서가 아니라 마치 인생의 스승으로서, 내면에서 우러나오는 자연

■ 왼쪽으로부터 사요, 스님, 산시로

스러운 애정을 인정하고, 있는 그대로 그 마음을 드러내라고 조언하고 있다.

산시로의 고민은 유도수련과 연애라는, 일견 배타적인 양자 간에서의 갈등인 바, 이 점은 스님이 이전부터 염려했던 부분이기도 하였다.

> 스님은 혼잣말처럼 말을 잇는다.
> "지난 2년간 스가타는 어떻게 변했을까…… 아니, 변하지 않았을 거야 …… 그 자는 태어난 그대로의 녀석이라서 말이지. 아이어른이라고나 할까…… 그래도 좋아…… 번뇌즉보리煩惱卽菩提 …… 그 자는 이것을 새삼스럽게 깨달음과 미혹 둘로 나누어 혼자서 괴로워하고 있지 …… 바로 그런 게 미혹이라고 하는 거지만……" (『전집』 p.111)

위의 혼잣말은 수행의 길을 떠난 산시로의 근황을 걱정하는 스님의 혼잣말인 즉, 아기처럼 순수하지만 그 순수함을 드러내지 못하고, 한편으로 강직하고 올곧은 성정으로 인해 모든 것을 이분법적인 시각으로 재단하여 불필요한 고민을 초래하고 마는 그의 약점을 걱정하는 내용이다.

《속 스가타산시로》에는 이러한 약점이 결정적으로 노출되는 장면이 있는 데, 바로 스가타가 도장의 법도를 어기고 다른 외부의 징계가 없음에도 불구하고 스스로 도장을 나가는 장면이 그것이다.

산시로는 스님에게 찾아가 수도관을 나왔다며 도장에 걸려 있었던 자신의 명패를 보여준다. 스님은 산시로에게 그 명패를 다시 걸라며 다음과 같이 충고한다.[8]

"자네는 바보라 형식적으로 규칙을 어긴 것에만 정신이 팔려 있구나"

"규정은 규정입니다. 스님"

"무도의 고집이지 않았느냐, 자네의 마음은 유도의 규정을 어기진 않은
것이니"

산시로는 잠자코 있다.

"도를 위한 형식은 도를 위해 무너져도 상관없는 것이야…… 어떤가,
산시로, 그 패를 다시 걸고 오너라"

위의 '무도의 고집'이란 타류의 수도관유도에 대한 도전과 위협에
맞서 금지된 대결을 하고야 말겠다는 산시로의 의지를 말한다.

스님은 산시로가 너무 순수해서 본질을 보지 못하고 있다고 꾸짖
고 있는데, 그의 설교는 '형식과 내용'이라는 철학적 논제와 맞닿아
있는 바, '형식'과 '내용' 양자는 상호보완적이며 조화로워야 한다.
즉 도장의 규범은 유도를 위한 '형식'이며, '내용'은 그 형식을 깨지
않아야 하는데, 궁극적으로 규범은 '유도를 위한' 것이고 산시로가
금지된 대결을 감행하는 것도 궁극적으로 '유도를 위한' 것이라는
것이다.

또 다른 표현을 빌리자면, 본질을 망각하지 않는 한, 그것을 둘러
싸고 있는 틀 같은 형식은 본질을 제약하는 하나의 벽에 지나지 않으
니, 지킴과 어김이라는 이분법적인 생각에서 탈피하여 '파면'은 무의
미하니 다시 수도관으로 돌아오라는 것이다.

....

8 이 장면은 각본의 엔딩 신에서 산시로의 품에서 떨어진 명패가 냇가로 흘러가자,
산시로가 그것을 집어 들고는 미소 짓는 부분과 관련이 깊다.

야노 쇼고로는 '완벽한 무도가'로서 산시로가 지향하는 롤 모델이라고 한다면, 스님은 산시로가 주저하거나 방황할 때 옆에서 지켜주는 가디언이다. 구로사와는 야노와 스님의 역할을 명확히 하여 인물 조형을 하고 있다. 야노는 앞에서 엄부로서 유도가로서의 자질과 유도의 도를 깨우치게 하며 산시로를 전방에서 이끈다고 한다면, 스님은 상대방을 제압해야만 하는 운명에 대한 회의와 후유증, 그리고 애정 문제 등 산시로가 껴안은 번뇌와 감정의 잔재를 제거하며 후방에서 백업을 하는 역할을 다하고 있다고 할 수 있다.

(3) 히가키 겐노스케

스가타의 최대 적수였던 히가키 겐노스케가 전편에 이어서 또다시 등장한다. 참고로 둘째인 히가키 뎃신의 역할을 같은 쓰키가타 류노스케月形龍之介가 연기하고 있어 1인 2역인 셈이다. 전편과는 대조적으로 스가타에게 패해 병들어 몰골이 송연하여 초라하기 그지없다. 하지만 정서적으로는 전편과는 비교할 수 없을 정도로 성숙한 모습으로 조형된다. 이전의 오만과 독선은 사라졌고 절도와 강인한 정신력을 갖춘 진정한 무도인 그 자체로 등장하는 것이다.

마치 '선'에게 패한 '악'이 얼마나 훌륭하게 교화될 수 있는지를 보여주기라도 하는 양, 전작과의 격차가 크다고 할 수 있는데 악의 화신인 히가키의 캐릭터에 대해서는 구로사와 감독 또한 애착을 가지고 있었던 모양이다.

스가타 산시로에 나오는 인물들 중 가장 흥미를 가지고 애정을 담은 인간은 물론 스가타 산시로인데, 돌이켜 보면 거기에 뒤지지 않을 감정을 히가키 젠노스케에게 갖고 있었던 것 같다. …… 히가키 젠노스케도 다듬으면 보석이 될 소재다. 그러나 인간에게는 숙명이라는 것이 있다. 그리고 그 숙명은 인간의 환경이나 입장에 내재되어 있다기 보다는 그 환경이나 입장은 그것에 응하는 인간의 성격에 내재되어 있다. 환경이나 입장에 지지 않는 순진하고 유연한 성격의 인간이 있는 반면, 고집스럽고 괴팍한 성격 때문에 환경이나 입장에 굴복해서 사라지는 인간도 있다. 스가타 산시로는 전자이고, 히가키 젠노스케는 후자이다. 그래서 나는 이 히가키 젠노스케의 말로를 애정을 담아 그렸고, 《속 스가타산시로》에서는 그의 형제들의 숙명을 같은 시선으로 응시하고 있다.[9]

히가키가 '악역'이긴 했지만, 구로사와는 철저한 악인으로 종지부를 찍지 않고 그의 운명에 동정하여 '애정'어린 따뜻한 시선으로 그를 화면으로 담아내고 있다. 구로사와는 더 나아가 《속 스가타산시로》에

■ 병든 히가키 젠노스케

서 그의 동생, 뎃신과 겐자부로의 숙명까지도 같은 시선으로 응시하였으며 이러한 감독의 태도는 후술할 스가타에게 패배한 후의 두 동생의 인물조형에도 관여하고 있다고 하겠다.

이하는 히가키가 동생들과 대적하게 될 스가타에게 대대로 전해오는 가문의 유술의 비기를 넘기는 대목이다.

....
9   黑澤明(1984)『蝦蟇の油』岩波書店

그 쓸쓸한 빗소리를 들으며 과거의 적 둘이 조용히 마주하고 있다. 사방침에 축 늘어져 기대어 겐노스케는 띄엄띄엄 이야기하는 것이다. "스가타 군, 나는 유도에 패해 병이 육체를 갉아먹었지만 반대로 정신적으로는 올바른 빛을 얻었네" (『전집』 p.132)

스가타는 히가키에게 아직 몸을 움직일 수 있고, 좀 더 일본 무도를 위해 일해야 한다고 격려하지만 히가키는 "다시 유술을 하는 것은 하늘이 용서치 않을 걸세. 사람들도 용서치 않을 거야. 하지만 유술을 사랑하고 노력한 내 마음은 일본 유술사에 남을 거라고 생각하네"라고 대답한다. 히가키 겐노스케의 진언은 계속된다.

"뭐, 어쨌든, 두 사람을 피해주게 ⋯⋯ 상대를 하지 말아주게 ⋯⋯ 그 둘을 위해서 하는 말이 아닐세 ⋯⋯ 자네를 위해서 ⋯⋯ 나는 일본 무도를 위해서 ⋯⋯" (『전집』 p.133)

히가키는 스가타를 걱정하며 조그만 대결(혹은 위험한 대결)을 피하고 그에게는 별도의 큰 역할이 있음을 상기시킨다. 즉 산시로가 지향해야 할 목표는 '일본 무도를 위해서'라는 것이다. 이 논리는 앞서의 스승 야노의, 즉 다른 유파와 대결하는 것은 "야노 쇼고로의 공명도 아닐뿐더러, 스가타 산시로의 승리도 아니다. 아니, 심지어 유도의 승리가 아니라고 말해도 좋다. 거기에는 일본 무도의 승리가 있을 뿐이다"라는 훈계와 맥을 같이한다. 히가키가 대대로 내려온 가라테의 비기를 산시로에게 건네주는 장면이야 말로 장래의 일본의 무도를 짊어지고 나갈 산시로의 역할을 상징화하고 있다고 하겠다.

4. 3가지 법도와 '성숙' 그리고 자발성

《속 스가타산시로》의 주제인 산시로의 '성장'에는 주변 인물들뿐만이 아니라 산시로가 경험하는 사건들도 크게 관여한다. 영화는 산시로가 도장의 법규를 어겨 도장을 나와 권투나 가라테의 고수와 대결하며 성장하는 모습을 그리는데, 영화의 묘미는 이러한 경험 하나하나가 수도관이 정한 세 가지 법도에 근거하고 있다는 점에 있다. 단순한 공식적인 시합이 아닌 법도를 깨면서까지, 즉 파문을 각오하면서까지 시도하는 대결은 본인의 자각과 의지를 요하는 것이었다.

수도관의 문하생이 어길 시에 파문이 되는 3가지 법도는 아래와 같다.

하나, 허가 없이 타류와 시합한 자는 파문한다
하나, 구경거리, 흥행물 등에 출장한 자는 파문한다
하나, 도장에서 음주노래 혹은 도장을 더럽히는 행위를 한 자는 파문한다

이하, 사건의 진행 순으로 산시로가 법도를 깰 수밖에 없었던 사정과 법도를 어김으로 생긴 고뇌와 그 후의 행동을 통해 내적 성장을 얻게 되는 경위를 살펴보자.

(1) 도장 내에서의 음주

도장 내에서의 음주는 히가키
형제의 난입이 계기가 되었다. 형
히가키 겐노스케의 복수를 위해 뎃
신, 겐자부로가 도장에 난입해 도
장의 벽을 부수는 등 난동을 피운
다. 산시로는 형제들의 도발에 응

■ 도장에서의 음주

해 결투를 하려고 했지만 야노가 막아선다. 결국, 분한 마음에 도장
에서 술잔을 기울이는 산시로.

영화에서 산시로의 음주 신, 바로 직전의 컷은 3가지 법도가 적힌
벽보가 화면 가득히 메운 장면이다. 감독은 도장의 법도를 관객에게
먼저 명확하게 인지시킨 후, 그중의 도장내의 음주에 관한 법규를
산시로가 어기고 있음을 시각적으로 효과적으로 전달하고 있다. 이
러한 기법은 이후 산시로가 구경거리, 흥행에 관한 법규를 어기는
신에서도 동일하게 적용되고 있어 감독이 스토리의 전개, 즉 영화의
구성을 3가지 법도도 분할하여 스토리 자체를 가능한 한 명료하게
전달하려고 했음을 짐작케 한다.

이 신에서 관객의 이목을 끄는 부분은 고민에 잠긴 산시로와 그를
걱정하는 단 요시마로가 도장 안에서 음주를 할 때 갑자기 야노가
그들 앞에 나타난 대목이다.

"오늘밤은 교범에 대해 이런저런 생각을 해봤지만 기본자세에 관해서
도 확실한 교본을 만들어야 하지 않을까 해서 말이지 …… 내일부터라

도 착수하려고 하네. 자네들에게도 도움을 받고 싶군"

"네"

두 사람은 고개를 숙인 채다.

"다섯 가지 기본자세. 고식古式의 기본자세도 완성하고 싶고, 던지기 기본자세도 충분히 실제와 이론이 괴리되지 않도록 연구하지 않으면 안 되네……예를 들면, 발놀림의 경우"

하며 굴러다니고 있는 술병을 세우고,

"모두걸기"

라고 하며 그것을 떼굴떼굴 굴려 보인다.

산시로와 단은 식은땀을 흘리고 있다.

쇼고로는 흥이 난 듯이 각양각색의 발놀림으로 각각의 기술의 이름을 입에 올리며 술병을 굴린다. 떼굴떼굴 굴리고는 발로 멈춰 세우고, 일으켜 세우고는, 또 넘어뜨리고, 또 세우고는 넘어뜨려 보인다.

(O·L)

산시로의 얼굴.

산시로는 자신의 머리가 다리후리기를 당해, 술병처럼 굴려지고 잡히는 듯한 느낌이었다. 식은땀은 이마를 흐르고 자신도 모르게 머리가 숙여진다.   (『전집』 p.125)

  야노는 아무렇지도 않게 술병에 달린 끈을 잡고 술병을 이리저리 굴리고 세우고 넘어뜨리면서 다양한 유도의 기본자세를 보여준다. 도장내의 법도를 어긴 제자들에 대한 무언의 질책. 스가타의 고개가 수그러질 수밖에 없다. 동시에 관객들은 실제 유도가가 아니면 힘들 법한 연기를 능숙하게 해낸 야노역의 오코치 덴지로大河內傳次郎의 재기에 감탄하지 않을 수 없게 된다.

　한 가지 여기서 주목해야 할 점은 산시로가 과연 도장의 법규와 자신이 그 법규를 깨고 있다는 사실을 어느 정도 자각하고 있었느냐 는 사실이다. 그 단서는 다음의 단과 산시로의 대화에 있다.

　　"나는 왜 적이 많은 걸까, 왜 이렇게 미움을 받을까"
　　"강해서 그러네"
　　"흐음"
　　"후회하지 마, 약해진단 말일세"
　　"후회는 않네 …… 후회한 적도 있지만, 이젠 후회하지 않아 …… 단지"
　　"단지"
　　"단지 …… 후회하지 않는다면, 나는 끝까지 싸우고 싶네"
　　"자네, 그 가라테를 생각하고 있지?"
　　"그뿐이 아니네"
　　"뭐야?"　　　　　　　　　　　　　　　　　　　(『전집』 pp.124~125)

　산시로는 이젠 "저의 승리가 …… 많은 사람들을 무너뜨리고 가는 것을 눈앞에서 보면 …… 저는 유도를 버리고 싶어집니다"라고 야노 에게 토로했던 우유부단한 산시로가 아니다. 히가키 형제의 난입에 더 이상 결투를 피할 수 없음을 확신하고 "끝까지 싸우고 싶다"고 하는 것이다. 타류인 히가키류의 가라테와의 결투는 가장 첫 번째의 가장 중한 법도를 깨는 일이었다. 이러한 점에서 도장내의 음주와 관련된 법규는 이미 산시로에게 커다란 의미가 될 수 없었다고 판단 된다.

또한 단의 "너, 그 가라테 건을 생각하고 있구나"의 물음, 즉 히가키 형제와의 결투를 할 작정이구나라고 하는 되물음에 산시로는 "그것만이 아니야"라고 대답한다. 산시로는 이미 이 단계에서 히가키 형제의 결투뿐만이 아니라 미국인 복서 리스터와의 건도 염두에 넣고 있음을 알 수 있다. 이 대결은 당연히 두 번째의 법규에 저촉된다.

소설 원작에서는 단이 도장 내에서 술을 마시고 있는 곳에 산시로가 찾아오는 식으로 되어 있는데, 영화에서는 산시로가 먼저 술을 마시고 단이 합류하는 것으로 설정되어 있다. 소설에서는 '음주'가 산시로의 선택이 아니었지만 영화에서는 산시로의 의지에 의한 것이다. 여기서 우리는 감독이 산시로 스스로의 자발성을 강조하고 있음을 엿볼 수 있다. 왜 산시로의 '성장'과 관련하여 이점을 주목해야 하는가?

'자발성'은 흔히 기존 상황에 새롭게 반응하고 새로운 상황에 적절하게 반응하는 힘으로 규정하는데, 그런 만큼 이것은 법칙으로부터의 일탈, 창조성을 산출시키는 모체, 자아가 산출되는 장소를 의미한다고 한다. 즉 산시로가 도장의 규범을 깨는 일은 한 쪽으로는 '일탈'의 측면을 의미하기도 하지만, 다른 한 쪽으로는 '창조'적인 자아의 돌출의 결과라고 볼 수 있기 때문이다.

다시 야노의 묵시적인 훈계로 돌아가서, '파문'과 연결시켜 산시로의 자아의 성숙과 관련성이 깊은 '자발성'이라는 점에 대해서 보도록 하자. 야노는 파문에 직결되는 행위를 눈앞에서 목격하고도 구체적인 조치를 취하지 않았다. 필자는 이러한 야노의 행동은 우선 법규

를 깬 것은 명백한 과오이지만, 사적인 문제가 아니라 도장 전체의
위협이라는 공적인 문제에 대한 산시로의 분한 심정을 이해하고 있
으며, 파문이라는 징벌은 없을 것이라는 뜻이라고 판단한다. 산시로
는 음주사건 이후 스스로 도장을 떠나게 된다. 전술한 바와 같이 이
때 류쇼지의 스님 또한 다시 도장으로 돌아오라고 조언한 것으로 야
노의 태도와 그 꽤를 같이 하고 있다.

　결국 '파문'과 관련된 일련의 에피소드는 강요에 의한 파문이 아닌
스스로의 결정에 의한 파문(도장을 나감)임을 보여주고 있어, 산시
로의 '자발적' 자아를 강조하고 있다고 할 수 있겠다.

(2) 구경거리, 흥행물에 출전

　영화의 모두 부분에는 누노비키 고조가 산시로에게 권투선수 리
스터와의 대결을 권유하지만 산시로는 그의 제안을 일언지하에 거
절하는 장면이 등장한다.

　미국의 스파라 대표자인 리스터를 꺾게 된다면 일본 유도의 자존
심은 물론이고 자신의 유파의 명성이 높아지는 것은 자명하였다. 이
전의 산시로였다면 당장 야노 사범을 찾아 시합에 나갈 수 있도록
허락을 받으려 했었을 지도 모른다. 하지만, 산시로는 관중들에게
'보이기 위한 시합' 자체는 오락거리이고, '보이기 위한 권투'와 도道
를 지향하는 유도가 대결할 의미를 전혀 찾을 수 없었던 것이다. 이
후 권투라는 무술에 호기심을 갖고 경기장을 찾은 스가타는 리스터
와 대결한 일본의 유술이 무참하게 무너지는 것을 보고 당혹감과 분
함을 느꼈으나, 그 자리를 박차고 나올 수밖에 없었다.

산시로가 '구경거리, 흥행물 등에 출장한 자는 파문한다'는 두 번째의 규범을 깬 이유는 위의 경험이 그 전제가 된다.

히가키 형제의 난입, 그리고 도장내의 음주건 이후로, 규범과 자신의 의지와의 괴리에 고민하고 있었던 산시로. 그에게 전환점이 될 큰 사건이 일어났으니, 바로 히가키 형제에 의한 수도관 문화생 습격 사건이다. 수도관의 문화생들이 심야에 괴한의 습격을 받고 한 사람, 한 사람 부상을 당했으며 가해자의 무술이 가라테로 히가키 형제의 소행임이 밝혀진다.

이윽고 히가키 형제로부터의 결투장이 산시로에게 날아들고, 산시로는 드디어 스스로 파문할 것을 결심하게 된다. 이 대목에서 주목되는 것은 산시로가 "할 수 없다. 이 법도를 어길테다" "나는 도전을 피하는 것은 싫다"고 하는 대사이다. 전술한 바와 같이 '파문'은 외부에서 강압적으로 이루어진 것이 아니라 산시로의 내적인 자유의지 (free will)에 의한 것으로 물이 흐르고 공기가 흐르듯 그 자체의 내적인 성향에 의해서 결정되었던 것이다. 구로사와는 전술한 바와 같이 "인간에게는 숙명이라는 것이 있다. 그리고 그 숙명은 인간의 환경이나 입장에 내재되어 있다기 보다는 그 환경이나 입장은 그것에 응

■복서 리스터와의 대결

하는 인간의 성격에 내재되어 있다"고 지적하고 있다. 구로사와는 산시로의 '성장'의 원동력을 외부의 강제가 아닌 그 자신이 품고 있는 뻗어나가고 하는 힘 자체의 본성에 두고 있었던 것이다. 앞서 동

생들과의 결투를 앞둔 산시로에게 히가키 겐노스케가 가문의 비기를 건네며 던진 "당신은 싸우지 않으면 견딜 수 없는 남자니까 말이지"라는 대사도 산시로의 내적 본성의 힘을 간파한 생생한 증언이라 할 수 있겠다.

수도관의 금기를 깨기로 결심한 산시로는 하가키 형제와의 결투에 앞서 리스터와 대결을 하게 된다.[10]

관객들은 소속과 이름을 밝히지 않았음에도 불구하고 바로 유도 영웅 스가타임을 알아차리고 환호성을 지른다. 스가타는 리스터를 압도적인 스피드와 기술로 링 너머로 날려 제압한다.

리스터를 제압한 후, 산시로는 류쇼지의 스님을 찾아 자신이 수도관을 나왔고 히가키 형제와의 결전을 앞두고 있다고 말한다.

"죽으러 가지 말게, 산시로"
산시로는 대답을 못한다.
"지금 너는 죽을 생각만 하는구나. 죽을상이다"
산시로는 소리 없이 고개를 숙인다.
"이번에는 무엇과 싸우느냐?"
"가라테……"
"진다면"

....
10 원작 소설에서는 스가타가 리스터와 대결을 하는 또 다른 이유로 상금이 제시되고 있다. 스가타가 사랑하는 연인, 오토미(영화에서는 '사요')가 경제적인 이유로 어쩔 수 없이 손님들에게 접대를 해야 했기 때문이다. 소설과 달리 전편과 마찬가지로 속편에서도 오토미와의 관련 내용은 최소한으로 축소되었고, 결과적으로 영화는 무술대결을 통한 산시로의 '성장'에 집중적으로 포커스를 맞추게 된다.

"각오하고 있습니다"

"바보 녀석. 처음부터 죽을 생각으로 하면 방법도 없고 지혜도 죽는다.
죽음에 마음을 두면 끝난 것이다. 산시로, 마음을 어디에도 두지 마라.
그게 안 되면 마음을 내 품에 두고 가거라"

"스님"

"봄바람처럼 부드럽게 자유로워져서 …… 알겠느냐, 산시로 …… 꽤 밤
이 깊었다. 우선 잠을 자거라"   (『전집』 pp.140~141)

히가키 형제와의 결투를 앞두고 혹시 죽을 지도 모른다는 사념에
사로잡힌 산시로. 스님은 산시로에게 싸우는 대상에 집착하지 말고
사념과 잡념을 버리고 봄바람처럼 부드럽고 자유자재로 생각하기를
가르친다. 이러한 스님의 산시로에 대한 질타는 전편《스가타 산시
로》에서부터 일관된 가르침으로, 무라이 한스케村井半助의 결전을
앞두고 고뇌하는 산시로에게 "너도 그 딸처럼 무심無心할 수 있다면
좋을텐데…"라고 한 충고와 기저를 같이한다. 주지하는 바와 같이
무심이란 불교 용어로, 심心은 대상에 구체적인 상相을 인식하고 반
응하여 그 상相에 사로잡히게 되는데, 그와 같은 구애와 번뇌를 탈피
한 심心의 상태가 무심無心이며 무심의 상태에서만 진리를 관조할
수 있다고 한다.[11] 무심은 유도의 도道와 불교의 교집합으로서《스가
타 산시로》,《속 스가타산시로》에 가장 절실하게 스가타에게 요구되
는 덕목 중의 하나이다.

....

11 中村元 外(1989)『岩波佛教辭典』岩波書店

(3) 금지된 타류와의 시합

《속 스가타산시로》에서 산시로의 최대 적수는 가라테의 히가키 겐노스케의 동생들이다. 둘은 지금까지의 여느 적보다 강하고 난폭하며 위험한 인물로 묘사되고 있는데, 특히 둘째 뎃신은 뱀처럼 교활하게, 막내 겐자부로는 정신적 장애에 괴력과 위험한 광기를 소유한 캐릭터로 조형되고 있다.

> 호포發哺 촬영지에서의 또 하나의 재미있는 이야기는 히가키 겐노스케의 막내와 관련된 이야기이다. 이 겐자부로라는 인물은 반 광인으로 분장을 하는 데에 꽤나 고심했다. 머리에는 노能에서 사용하는 검은 머리털의 가발과 같은 것을 씌웠다. 그리고 얼굴은 하얗게, 입술은 립스틱으로 빨갛게 칠하고 몸에는 흰옷을 입히고 손에는 구루이사사狂い笹를 들게 하였다.[12]

'검은 머리털의 가발' 즉 구로가시라黑頭는 노能의 연기자가 쓰는 가발의 한 종류로써, 앞머리는 이마를 넓게 덮고 옆머리는 어깨 정도, 뒷머리는 등 뒤로 길게 흘러내릴 정도이다. 노에서는 동자나 원령의 역할에 사용된다. 한편 구루이사사狂い笹는 노에서 어떤 일을 계기로 광인이 된 인물이 그 상태를 상징하기 위해 손에 든 조릿대를 말한다. 둘째 겐자부로는 겐노스케의 원수를 갚는다는 의미에서 원한을 갚기 위해 출몰하는 원령에 가깝다면, 어릴 적부터의 발작으로

----

12 黑澤明(1984)『蝦蟇の油』岩波書店

■ 설산에서 뎃신과 대결하는 산시로

컨트롤 불능의 흉포하기 그지없는 그의 성정은 거의 광인에 가깝다. 구사와는 겐자부로의 극중의 성격을 일본의 관객들이 한 눈에 알아챌 수 있도록, 일본의 전통적인 노能의 도구를 효과적으로 차용하였던 것이다.

영화에서는 산시로가 첫째 뎃신과 결투를 하게 되는데 정작 몸을 움직여 싸우는 뎃신보다 오두막에 남아 있던 광인 겐자부로의 행동이 관객의 이목을 끈다. 밖에서 사활을 건 결투를 펼치는 뎃신에게 힘을 더해주기라도 하는 양, 짐승의 울음과도 같은 기묘하고 높은 소리를 내며 뎃신을 응원한다. 이하의 내용은 결투에 패한 형제와 산시로가 오두막집에서 하룻밤을 지세우는 장면이다. 겐자부로는 곤하게 잠에 빠진 산시로를 죽이려고 도끼를 들었다가, 산시로의 얼굴에 퍼지는 미소를 보고 그만 도끼를 내려놓는다.

겐자부로의 손에는 잘 갈려진 한 자루의 도끼가 쥐어져 있다.
곤히 잠들어있는 산시로.
겐자부로는 도끼를 가슴에 품고 슬슬 기어서 다가간다.
(중략)
겐자부로는 품고 있는 오른 손의 도끼를 부들부들 크게 휘둘러 올리기 시작한다.
잠자고 있는 산시로.

(중략)

산시로는 사요의 꿈을 꾸고 있다.

"이길 겁니다…… 분명히 이길 겁니다"

라고 말하는 사요의 밝은 목소리에 응답하는 것처럼, 산시로는 무심코 소년같이 씩 웃어버린다.

순간 겐자부로의 도끼는 머리 위에서 언 것처럼 탁 멈춘다.

(중략)

"좋습니다…… 빨리 물을 길어 오겠소"

산시로는 들통을 잡더니 힘이 넘치게 뛰쳐나간다.

뒤에 남은 형제는 말없이 눈을 마주본다.

"졌다"

하고 뎃신이 중얼거린다.

"졌다"

겐자부로도 처음으로 입을 연다.   (『전집』 pp.146~147)

자제력이 부족하고 수시로 발작을 일으키는 겐자부로가 산시로를 향한 살심殺心을 가라앉히기란 쉬운 일이 아니었을 것이다. 하지만 그는 산시로의 얼굴에 퍼진 '미소'를 보고 도끼를 내려놓았다. '미소' 는 산시로가 히가키 형제를 굴복 시켜 승리에 도취한 자만과 오만 의 무도가가 아니라는 점, 유도 그 자체를 위해 대결은 피할 수 없었 지만, 산시로는 승패와 관계없이 타인을 존중하며 실은 여리고 정

■ 형제를 위해 음식을 준비하는 산신로

이 많은 인간애의 소유자라는 점 등을 말해 주고 있다.

또한 히가키 형제는 물을 뜨러 나가는 산시로를 바라보며 약속이라도 한 듯이 '졌다'고 중얼거린다. 그들의 얼굴에서는 패배자의 굴욕이나 갚지 못한 복수에 대한 회한 따위는 추호도 없다. 이 장면은 히가키 형제의, 승리자의 기량과 인덕을 인정하는 '패배자의 미덕'을 보여줌과 동시에, 산시로의 정신적 성장과 영웅적 면모를 결정적으로 각인시키고 있다고 할 있다.

엔딩은 산시로가 계곡의 물을 길으러 갔다가 품에서 명패가 빠져서 냇가로 떠내려가자, 그것을 급히 건져 들고 아침햇살에 환하게 웃는 신으로 되어있다(단 명패에 관한 내용은 각본에만 보이고 영화에서는 웃는 신만 등장함). 수도관에 걸려 있었던 명패를 스스로 가지고 나온 것은 '파문'을 상징하였던 바, 이번에는 그 명패를 소중하게 다시 들고 웃고 있으니, 이 신은 이후 산시로가 수도관으로 다시 복귀하는 것을 암시하고 있다고 하겠다.

5. 나오며

《속 스가타산시로》는 감독 스스로가 자신이 만들고 싶어서라기보다는 회사 측의 요구에 의해 할 수 없이 제작된 영화였다. 화면 곳곳에 등장하는 관객들의 시선에 맞춘 웃음 코드도, 성장을 다룬 영화의 주제도 대중영화의 상업적인 지향성과 무관하지는 않을 것이다.

원작소설에 비해, 영화는 주인공의 성장에 육체적, 정신적으로 조

언하며 도와주는 주변인물, 수도관의 법규, 법규를 어기며 우직한
무도인의 의지를 관철시켜 적과 대결하는 주인공 등으로 단순하게
압축되어 있다. 감독은 시종일관 3가지의 수도관의 법도를 깨는 과
정에서 고통 받고 고뇌하는 한 영웅의 내면을 그려내는 데에 집중하
고 있는 것이다.

구로사와는 "나는 미완성의 인물을 좋아한다. 그것은 내가 아무리
나이를 먹었어도 여전히 미완성 상태이기 때문인지도 모른다. 어쨌
든 미완성의 인물이 완성의 길을 걷고 있는 모습을 보면 한없이 매력
을 느낀다. 이런 이유 때문에 내 영화 속에는 초심자가 주인공으로
자주 등장한다. 스가타 산시로가 바로 그런 인물이다"라고 말한다.

구로사와는 데뷔작 《스가타 산시로》부터 《가장 아름답게》, 《속 스
가타산시로》까지 '성장'을 테마로 작품을 제작하여 왔다. 또한 전후
에 제작된 《내 청춘에 후회 없다》(1946), 《멋진 일요일》(1947)도 전후
의 혼란 속에서 살아가는 젊은이들의 '성장'을 주된 과제로 다루게
된다. 이러한 의미에서 《스가타 산시로》 시리즈는 구로사와의 초기
영화의 주제 확립과정에 가장 영향을 미친 작품이라 할 수 있겠다.

마지막으로 국책영화와 관련된 것으로, 《속 스가타산시로》가 당
시의 전쟁 상황 속에서 얼마나 정치적이었는가라고 하는 점에 대해
서 간단히 언급하고자 한다. 이 문제는 본 책의 제2장 《스가타 산시
로》를 다룬 글에서도 언급한 바 있다.

1945년 5월, 전쟁의 패색이 짙었던 당시, 일본인들은 자신의 불안
과 동요를 불식시키고 자신들을 이끌어 줄 '강력한 영웅'을 마음속으
로 기원하고 있었는지 모른다. 《스가타 산시로》에 이어 《속 스가타

산시로》가 바로 이 시기에 재등장하게 된 것도 위의 사회적 정세와
무관하지 않을 터다.

《속 스가타산시로》에서 일본 소년을 구타하던 미군 수병을 산시
로가 유도로 물속으로 보기 좋게 고꾸라트려 꽂아 넣어 제압하는 장
면이나 일본의 유술가를 무자비하게 공격한 미국의 권투선수를 눈
깜짝할 사이에 날려버리는 장면 등을 보고 관객은 산시로의 면모에
서 '배타적인 국수주의의 영웅'[13]을 읽어냈을 것이다.

전편《스가타 산시로》와 비교했을 때,《속 스가타산시로》는 반서
양주의적이며 국수주의적이라고 하는 장면이 많아져서 그 성격이
강해진 점은 확실하다. '정보국선정국민영화情報局選定國民映畫'라는
영화타이틀이 상징하는 바와 같이《속 스가타산시로》는 전시체제하
의 국책에 걸맞은 영화였음에 틀림없다. 그렇다면 구로사와는 영화
제작의 목표를 전의앙양戰意昻揚에 두었을까. 당시의 영화는 모두
전의앙양에 도움이 되는 것만이 제작되고 상연되었다는 점을 상기
하면, 위의 질문은 우문으로, 차라리 구로사와는 영화제작에 있어
전의앙양을 얼마나 의식했는가? 라고 되묻는 것이 바람직하다고 생
각된다. 위의 질문에 한마디로 대답해야 한다면, 필자는 '영화제작
을 위해 시대적인 상황을 거스르지 않을 정도'라고 하겠다.

사토 다다오佐藤忠男는 그의 대저인『日本の映畫史 2』(岩波書店,
1995)의 '전의앙양영화와 전후민주주의영화'라는 챕터에서 당시의

----

13 佐藤忠男(1983)『黑澤明の世界』三一書房

많은 국책영화를 소개하면서도 구로사와의 영화는 1편도 언급하고
있지 않다. 이어서 사토는 일본이 패전하고 미국 점령하의 영화계가
민주주의 노선으로 전향하지 않으면 안 되었다는 상황을 이야기하
면서,

> 구로사와 아키라의 경우는, 전쟁과 전향은 내면적으로 하등의 문제
> 도 안 되었다고 보인다. 그는 단지 곤란한 인생을 남자답게 영웅적으로
> 살아가는 인물이 필요했던 것 같으며, 그래서 메이지의 유도가나 전쟁
> 중의 반전운동가나 별반 다름없었던 듯하다.[14]

라고 언급한다. '메이지의 유도가'는 곧 스가타를 가리키는 것으로,
문맥의 내용은 구로사와에게는 영화 《스가타 산시로》, 《속 스가타산
시로》나 '반전'영화나 별반 다름없다는 것이다. 아무리 구로사와 개
인적인 입장에서라고 단서를 달았지만, 위의 작품과 반전영화를 같
은 반열로 자리매김하고 있는 사토의 견해는 과장되었음에 틀림없
다. 단, 당시의 영화정책과 검열, 국가의 요구 하에 제작되었던 국수
적인 색채가 농후한 다른 영화와 비교하거나, 또한 원작인 도미타
쓰네오富田常雄의『스가타 산시로』에 보이는 농후한 서양배타적이
고 국수적인 내용이 영화에서 최대한 생략되었음을 고려한다면, 사
토의 견해는 반드시 구로사와를 옹호하기 위한 호언이라고 간과할
수 없는 부분이 있다고 하겠다.

....

14 佐藤忠男(1970)『日本映畫思想史』三一書房

제7장

《호랑이 꼬리를 밟는 남자들》

고전예능과의 스토리의 차이점을 중심으로

1. 들어가며

구로사와 아키라의 《호랑이 꼬리를 밟는 남자들虎の尾を踏む男達》(이하 '호랑이 꼬리'로 약칭)은 1945년에 제작되어 1952년 4월 개봉된 작품이다. 일본인이라면 누구라도 알고 있는 요시쓰네義經와 벤케이弁慶가 아타카安宅의 관문을 돌파하는 이야기로, 일본 전통극인 노能의 『아타카安宅』와 가부키歌舞伎의 『간진초勸進帳』(이하 '권진장'으로 표기)를 원작

■ 상연당시의 영화 포스터

으로 하고 있다. 이전의 《스가타 산시로》 시리즈는 비록 역사물(혹은 시대물時代物)이기는 하지만 가까운 과거의 19세기 후반의 메이지明

治시대를 배경으로 하고 있어, 12세기를 배경으로 하는 본 영화는 구로사와의 본격적인 첫 역사물이라고 할 수 있겠다.

노의 『아타카』는 『요시쓰네기義經記』[1]에서 모티브를 얻은 작품으로 무로마치 시대에 성립되었다. 작자미상으로 1465년 간제 다이후 觀世大夫 마사모리政盛가 공연을 했다는 기록이 존재하고 노부미쓰 信光 이전의 고작古作일 가능성도 높다.[2]

한편 『권진장』은 노의 무대와 연출을 옮겨 새로운 형식의 연극을 창조한 것으로 가부키 십팔번 중 하나이다.[3] 초대 이치카와 단주로市 川團十郎에 의해 1702년 그 원형이 성립되었으며, 현재의 형태로 완성된 것은 1840년이다. 초기의 연출에서 도가시는 요시쓰네 일행에게 속는 것으로 그려지는 등, 여러 측면에서 『아타카』에 가까운 형태로 만들어졌지만, 후에 도가시는 벤케이의 거짓말을 간파하지만, 벤케이의 심정을 이해하고 감탄하여 관문을 통과하도록 해주는 식

....

1 8권, 『판관이야기判官物語』 『요시쓰네이야기義經物語』 『요시쓰네이야기義經雙紙』라고 제목을 붙인 것도 있다. 본서는 실제의 역사적사건에서 재제를 얻어 이것을 문예화한 것이다. 『요시쓰네기』는 미나모토노 요시쓰네源義經와 그 부하들을 중심으로 쓴 군기이야기軍記物語 장르에 속하는 것으로, 남북조시대에서 무로마치室町시대 초기에 성립되었다고 한다. 노나 가부키, 인형조루리人形淨瑠璃 등, 후세에 많은 문학작품에 영향을 주어 오늘날의 요시쓰네나 그 주변인물의 이미지의 대부분은 이 『요시쓰네기』를 준거로 하고 있다. 中村幸彦(1983) 『義經記』 『日本古典文學大辭典②』 岩波書店
2 西野春雄(1983) 「安宅」 『日本古典文學大辭典 ①』 岩波書店
3 가부키歌舞伎. 18번(유명한 18개의 연목) 중의 하나로 나가우타長唄를 반주로 하는 무용극이다. 1840년 3월 5일부터 에도江戶(현재의 도쿄)의 가와라사키河原崎座에 의해 처음으로 무대에 올려졌다. 노의 『아타카』를 원거로 하고 이것을 가부키의 무용극으로 각색한 것이다. 景山正隆(1983) 「勸進帳」 『日本古典文學大辭典 ②』 岩波書店

으로 극의 흐름이 변하게 되었다.

《호랑이 꼬리》는 노와 가부키를 원작으로 하고 있으면서 스토리 상 전체적으로 원작에 충실한 작품이라 할 수 있다. 원작을 가진 작품들이 대게 그러하듯이 감독은 원작과는 다른 스토리와 영화적인 연출을 통하여 또 다른 새로운 작품으로 재창조하고자 한다. 원작과 영화를 비교하여 그 차이점을 파악하는 것은 감독의 의도를 알기위한 가장 기초적인 작업이라 할 수 있는 바, 이 글에서는 대중적인 오락영화로서의 성격을 염두에 넣고, 특히 스토리(구성)를 중심으로 원작과의 차이점에 주목하고자 한다.

본문의 인용은 『아타카』는 小山弘志(1998) 『新編 日本古典文學全集 謠曲集②』 小學館을, 『권진장』은 高木一之助(1965) 『日本古典文學大系 歌舞伎十八番集』 岩波書店을, 《호랑이 꼬리》는 黑澤明(1987) 『全集 黑澤明 第一卷』 岩波書店을 각각 사용하였다.

2. 제작을 둘러싸고

당초에 구로사와 아키라는 유명한 전국시대의 무장 오다 노부나가織田信長(1534~1582)의 오케하자마桶狹間 전투를 소재로 한 《영차, 창을 들어라どっこい、この槍》라는 작품을 구상 중이었으나 전쟁 중 물자 부족으로 말을 구할 수 없었기 때문에 기획 자체를 포기할 수밖에 없었다. 《호랑이 꼬리》는 《영차, 창을 들어라》가 취소되자 그 대신으로 단기간에 제작된 작품이다.

······ 이틀 정도면 시나리오를 쓸 수 있다고 보고했기 때문에 상영 작
품이 부족해서 곤란했던 회사 측은 대환영이었다. 또한 세트는 하나,
로케이션은 당시 촬영소의 후문 밖으로 뻗어 있었던 황실 소유의 숲이
면 충분하다고 하니 회사 측은 기뻐하였다.[4]

이 영화는 유명한 가부키의 십팔번 중의 하나인 『권진장』을 각색
한 것으로 그 내용이 주종관계를 다룬 것인 만큼 전시체제하의 정부
의 입장에서 보아도 큰 무리가 없는 테마였을 것이다. 구로사와는
회사에 약속한 대로 가부키의 연극 구성을 거의 그대로 답습하여 하
루, 이틀 만에 영화 대본을 완성시켰다.

촬영이 시작되었지만 일본의 패전으로 《호랑이 꼬리》의 촬영은
중단 되었고, 미국의 점령이 시작되자 촬영은 재개 될 수 있었다.
《호랑이 꼬리》가 촬영되던 1945년 당시는 전쟁으로 인해 영화계도
고전을 면치 못한 시기였는데, 이어진 미군의 점령에 의해 영화계는
새로운 변화를 맞이한다. 미군정부는 점령 직후, 즉각적으로 일본
군국주의에 대한 개혁을 단행하였으며 그 정책의 일부로 당시 일본
검열관들을 해산시켰다. 하지만 아직 제도상 존속해 있던 내무성의
검열관이 감독을 다시 부른 모양으로 구로사와는 그의 자서전에서
다음과 같이 회상한다.

"이 《호랑이 꼬리》란 작품은 뭔가. 일본의 고전적 예능인 가부키의

....
4   黒澤明(1984)『蝦蟇の油』岩波書店

『권진장』의 개악改惡이며, 그것을 우롱한 작품이지 않은가" 이것은 지금 과장해서 쓰고 있는 것이 아니다. 한 마디 한 마디 정확히 쓴 것이다. 그들의 말은 잊으려 해도 잊을 수가 없다. 이들의 힐문에 나는 다음과 같이 대답했다. "《호랑이 꼬리》가 가부키 『권진장』의 개악이라 했지만, 나는 가부키의 『권진장』은 노의 『아타카』의 개악이라고 생각하오. 또 가부키를 우롱한 작품이라고 했는데 나에게는 그런 의도는 없으며 어디가 조롱했다고 할 수 있는지 전혀 모르겠소" 검열관은 모두 잠자코 있다가 그중의 한 사람이 다음과 같이 말했다. "『권진장』에 에노켄エノケン을 출연시키는 것 자체가 가부키를 우롱하는 것이다" 나는 "그것은 이상하오. 에노켄은 뛰어난 희극배우지 않소. 그가 출연한 것 자체가 가부키를 우롱한 것이라고 하는 말 자체가 훌륭한 희극배우인 에노켄을 우롱하는 것이라 보오. 희극은 비극보다 못하다는 말인지요. 희극배우는 비극배우보다 못하다는 것인지요. 돈키호테에게는 그를 모시는 산초라는 희극적인 인물이 있는데, 요시쓰네義經의 경우 그의 신하로 짐꾼역할의 에노켄이라는 희극적인 인물이 등장하는 것이 무엇이 나쁘다는 것이오?[5]

이 사건으로 검열관들은 제작중인 모든 일본영화의 신고명단에서 의도적으로 《호랑이 꼬리》만을 빼고 제출하였고 그 결과 이 영화는 신고하지 않은 불법영화가 되어 개봉을 금지 당했다.[6] 이러한 우여

----

5 黑澤明(1984) 『蝦蟇の油』 岩波書店
6 상영이 허락되지 않은 이유로, 다음과 같은 설도 있다. 하마노 야스키浜野保樹에 의하면, 작품은 GHQ의 검열로 요시쓰네와 벤케이의 주종 간의 충의를 그리고 있어 GHQ가 일본 정부에 요구한 '반민주주의 영화 제거' 각서에 따른 '반민주주의 영화' 중 한 편으로 분류되어 상영 허가를 받지 못했다. 1952년 3월 3일 반민주주의 영화로

곡절을 거쳐 《호랑이 꼬리》는 1952년 4월 24일 개봉되어 이 세상 밖으로 나올 수 있었다.

영화 평론가 오구로 도요시大黑東洋士는 《호랑이 꼬리》에 대해 다음과 같이 기술하고 있다.

요시쓰네, 벤케이의 유명한 교겐狂言「아타카의 관문安宅の關」의 1막 작품이라고 할 수 있는 구성으로, 이야기 그 자체만으로는 새로운 느낌은 없다. 그러나 에노켄을 짐꾼으로 내세워 독특한 코미디릴리프(comedy relief)의 효과를 올리고 있는 점에서 구로사와의 재능을 느낄 수 있어 흥미롭다. 호랑이 꼬리를 밟는 심정이 느껴지는 아타카의 관문의 1장은 매우 진지하게 그리면서도, 이것과는 정반대인 에노켄의 코미디릴리프를 더하여 파탄破綻으로 치닫지 않은 점은 주목할 가치가 있다. 아마도 구로사와는 에노켄에 대한 새로운 연출방법을 창조하고자 하는 야심이 있었던 것으로 생각되는데, 그 목적은 일단 성공했다고 보인다. 에노켄의 천성天性적인 코미디언으로서의 캐릭터를 살리는 한편, 사람들의 입에 회자되고 있었던 고전예능「아타카의 관문」을 노, 교겐의 호흡으로, 핫토리 다다시服部正가 작곡한 근대음악의 합창을 보컬 페어 혼성합창으로 여기저기에 삽입함으로써 구로사와류의「아타카의 관문」으로 재창조하고 있다.[7]

....

판정된 영화 중 CIE의 통달에 의한 제1차 해제 영화 1편에 포함되면서 비로소 상영 금지가 풀려, 그해 4월 24일 일반에 공개되었다는 것이다. 浜野保樹編(2009)『大系黑澤明 第1卷』講談社 참조

7 大黑東洋士(1952·6)『キネマ旬報』キネマ旬報社

3. 아타카 관문까지의 여정

노의『아타카』와 가부키의『권진장』을 어떻게 영화화했는지 전체적인 줄거리를 편의상 첫 번째 '아타카 관문까지의 여정', 두 번째 '권진장 낭독', 세 번째 '요시쓰네 타척打擲', 네 번째 '주종主從의 대화', 다섯 번째 '도가시의 대접과 연회' 등으로 나누어 순서대로 비교해 보고자 한다.

安宅	勸進帳	虎の尾を踏む男達
①가가加賀의 아타카安宅의 관문을 담당하고 있는 도가시 아무개富樫何某가 등장하여 요시쓰네 일행이 야마부시山伏의 모습으로 도망치고 있으니, 혹시 야마부시가 지나간다면 보고하라고 명한다. ②요시쓰네는 지나가는 여행객에게 근처에서 새로운 관문이 생겨 야마부시를 탐문하고 있다는 정보를 듣고, 어떻게 할 것인가 의논한다. ③벤케이는 요시쓰네에게 짐꾼으로 변장 하도록 하고, 진짜 짐꾼에게 상황을 보고 오라고 명한다. ④관문의 경비는 삼엄하지만 일행은 짐을 짊어진 요시쓰네를 제일 뒤에 두고 아타카의 관문으로 향한다.	Ⓐ가가加賀의 아타카安宅의 관문을 담당하고 있는 도가시 사에몬富樫左衛門이 등장하여 요시쓰네 일행이 야마부시山伏 모습으로 도망치고 있으니, 혹시 야마부시가 지나간다면 보고하라고 명한다. Ⓑ이미 짐꾼의 모습으로 등장한 요시쓰네는 근처에서 새로운 관문이 생겨 야마부시를 탐문하고 있다는 정보를 듣고, 어떻게 할 것인가 의논한다. Ⓒ관문의 경비는 삼엄하지만 일행은 짐을 짊어진 요시쓰네를 제일 뒤에 두고 아타카의 관문으로 향한다.	㉠타이틀백 ㉡험한 산길을 오르는 일행을 따라가는 짐꾼(에노켄)은 처음에는 일행이 요시쓰네 주종이라는 것을 알지 못한다. 대화 중 짐꾼은 이 일행이 요시쓰네와 그 가신들이라는 것을 알게 된다. ㉢짐꾼은 관문에서 요시쓰네가 야마부시 모습을 하고 있는 것을 알고 있다고 전하고, 이에 가신들은 대책에 부산해진다. ㉣벤케이는 요시쓰네에게 짐꾼으로 변장하도록 한다. ㉤관문의 경비는 삼엄하지만 일행은 짐을 짊어진 요시쓰네를 제일 뒤에 두고 아타카의 관문으로 향한다

『아타카』에서 도가시[8]의 역할을 담당하는 배역을 노能에서는 와

키ワキ라고 한다. 와키는 이른바 조연으로 일반적으로는 장면의 시
작을 알리고 관객에게 역사적인 배경에 대한 정보를 주는 역할을 담
당한다. 따라서 『아타카』-①에서 보는 것과 같이 와키인 도가시는
그의 부하로 교겐카타狂言方로 분류되는 아이アイ와 함께 무대에 가
장 먼저 등장하여 야마부시, 즉 일본의 불교색이 강한 산악종교인
수험도修驗道의 수도자의 모습을 하고 도주하고 있는 요시쓰네를 찾
고 있다고 관객들에게 정보를 제공한다.

> (와키)저는 가가국의 아타카의 바다근처, 도가시 아무개富樫の何某
> 입니다. 각설하고, 요리토모와 요시쓰네 두 분의 사이가 멀어지게 되
> 어, 판관님은 열두 명의 가짜 야마부시로 변장하여, 오슈로 향하고 있
> 기 때문에, 요리토모는 이것을 듣고 여러 지방에 새로운 관문을 설치하
> 고, 야마부시를 엄하게 찾아내라고 명하신 바, 그러던 중, 이곳은 제가
> 담당하게 되어 야마부시를 막고 있습니다. 오늘도 엄중하게 경비하도
> 록 하겠습니다.[9]

『권진장』-Ⓐ의 경우 『아타카』와 같은 구성으로 도가시와 그의 부
하들이 먼저 등장하여 요시쓰네가 쫓기고 있는 이유와 그 일행을 찾

....

8   작품의 도가시의 모델은 12세기말, 헤이안平安시대 말기와 가무쿠라鎌倉시대 초기의
   무장인 도가시 야스이에富樫泰家이다. 통칭은 사에몬左衛門. 『아타카』에서는 '도가시
   아무개'였던 것이 『권진장』에 와서는 '도가시 사에몬富樫左衛門'이라고 명기되고 있다.

9   (ワキ)これは加賀の國安宅の湊に、富樫の何某にて候。さても賴朝義經御仲不和に
   ならせ給うに依り、判官殿は十二人の作山伏となって、奧へ御下向の由、賴朝きこ
   しめし及ばれ、國國に新關を据え、山伏を堅く選み申せとの事にて候。さる間この
   所をば、某うけたまわって、山伏を止め申し候。今日も堅く申し付けばやと存じ候

아야 한다고 이야기하고 있다는 점에서 동일하다.[10]

한편, 《호랑이 꼬리》에서는 위의 역할을 타이틀백(Title back)이 맡고 있다. 정확하게는 타이틀 백그라운드라고 하며 작품 전체의 분위기·내용·의도 등을 조장助長하여 이해도를 높이는 역할을 하고 있다.

1185년, 오만방자하던 헤이케平家가문은 서해西海에서 멸망했다. 수훈자殊勳者인 겐쿠로 요시쓰네源九郎義經는 그 혁혁한 무훈으로 도읍의 대로를 자랑스럽게 활보하고 다녔어야 마땅하였다. 하지만 사람을 의심하는 것이 결점으로 유명했던 형 쇼군 요리토모賴朝, 친동생 요시쓰네 보다도 총애하는 신하, 가지와라 가게토키梶原景時의 간언을 믿고 동생을 죽이려 하였다. 그리하여 일본 어디에도 몸 둘 곳이 없어진 요시쓰네는 가신 6명과 함께 야마부시山伏로 변장하여 유일한 동조자, 오슈奧州의 후지와라노 히데히라藤原秀衡에게 도망가기로 하여 가가국加賀國의 아타카에 신설된 관문을 돌파하려고 한다. 그들은 이 관문을 넘으려고 한다. 마치 호랑이 꼬리를 밟는 심정으로 ……[11]

....

10 (富樫)斯様に候う者は、加賀の國の住人、富樫左衛門にて候。さても賴朝義經御仲不和とならせ給ふにより、判官どの主從、作り山伏となって、陸奥へ下向のよし、鎌倉殿聞し召し及ばれ、國々に斯くの如く新關を立て、山伏を堅く詮議せよとの嚴命によって、それがし、此の關を相守る。方々、左様心得てよかろう。

11 一一八五年おごる平家は西海に滅亡した。殊勳者源九郎義經は赫々の武勳に都大路を誇らかに闊步してもよい筈だった。だが一人を疑うのが欠点で有名だった兄將軍賴朝肉身の弟義經よりも寵臣梶原景時の讒言を信じて弟を討取ろうとした。こうして日本國中に身の置き所のなくなった義經は近臣六名と山伏姿に身をつやして唯一の同情者奥州の藤原秀衡のもとに落ちのびようとして加賀國安宅に新設された關所にさしかかろうとした。彼等はこの關を越そうとする。ちょうど虎の尾を踏むよう

■ 영화의 타이틀백. 내용 순서는
상단 왼쪽 → 상단 오른쪽 → 하단 왼쪽 → 하단 오른쪽

　도가시가 등장하여 야마부시로 변장한 요시쓰네를 검거하겠다고
호언함으로써 사건의 전개가 이미 예상되는『아타카』『권진장』에
비해서, 구로사와는 타이틀백을 이용하여 사건을 환기시킬 정도의
최소한의 정보만을 관객들에게 제공함으로써 뒤에 이어질, 야마부
시의 정체를 알게 되는 짐꾼의 놀라움과 그가 관문에서 야마부시를
검거하고 있다는 사정을 전해주는 부분, 그로 인해 요시쓰네가 짐꾼
의 옷으로 바꾸어 입는 장면을 효과적으로 살리고 있으며, 순차적인
시공간적인 극의 전개를 의도하였다고 할 수 있다.
　참고로 영화의 전거가 되는 두 작품에 등장하지 않는 '가지와라
가게토키梶原景時'에 대한 언급은 역시 두 원전에 등장하지 않는 가
지와라의 사자使者가 영화의 후반부 등장하는 것과 깊게 관련되어

....

な氣持で―

있다.

다음으로 『아타카』-②의 부분인데, 요시쓰네가 지나가는 여행객에게——물론 무대에는 등장하지 않지만——자신들을 관문에서 검거하고 있다는 정보를 얻는다.[12] 『권진장』-Ⓑ에서도 요시쓰네가 어디선가 이야기를 듣고 어떻게 하면 좋을지 벤케이와 상담한다.[13]

한편, 영화에서는 요시쓰네 일행을 도와주고 싶어 하는 짐꾼이 관문을 보고 와서는 "헤헤 … 그게요 … 관문의 동태를 보고 왔는데 …(へへ … それがね … 關の樣子を見に參りやすと …)", "헤, 헤, 헤이…상당히 안 좋습니다…가지와라의 사자가 앞질러 가있어서 … (へ、へ、へい … とってもいけやせん … 梶原の使者が先廻りしてやがるンでサァ)"라며 요시쓰네 일행에게 직접 전해주는 것으로 개작되었다.

일행의 위기와 그 대책을 부하들에게 환기시키고 지시하는 선행의 두 원거에 비해 영화의 요시쓰네 비중은 줄어든 셈이 된다. 대신 이러한 설정은 영화에서 새롭게 등장한 짐꾼의 역할을 부각시킴으로써 앞으로 중요한 역할을 담당하게 될 것을 암시하고 있다. 짐꾼의 등장은 본 영화에서 가장 주목해야 할 점의 하나이다. 구로사와는 원작과 다른 오락물로서의 영화의 성격을 강하게 하기 위해 익살과 골계를 자아내는 짐꾼의 역할을 중시했기 때문이다(영화 속에서의 구체적인 짐꾼의 역할에 관해서는 제8장 참조).

....

12 (子方)唯今旅人の申して通りつる事を聞いてあるか。

13 (義經)いかに弁慶。道々も申す如く、行く先々に關所あっては、所詮陸奧までは思いもよらず、名もなき者の手にかからんよりはと、覺悟は疾に極めたれど、各々の心もだし難く、弁慶が詞に從い、斯く强力とは姿を替えたり。面々計らう旨ありや。

마지막으로『아타카』-③의 요시쓰네는 벤케이의 지략에 의해 짐
꾼으로 변장하게 되는데, 관객들은 무대에서 고카타子方의 요시쓰
네가 궤짝을 어깨에 지고 삿갓을 깊이 눌러쓰는 장면을 직접 확인할
수 있다.[14] 《호랑이 꼬리》-㉣에서는『아타카』를 답습하여 요시쓰네
가 야마부시 모습으로 변장하는 장면이 나온다. 이때 배경으로 흐르
는 이하의 음악의 가사는 야마부시로 변장할 수 밖에 없는 요시쓰네
의 비극적인 운명을 강조하는 기능을 하며, 역시『아타카』에서 가져
왔다.

> (남자 목소리) 실로 붉은 꽃은 밭에 심어도 숨길 수 없구나. 하지만 꽃
> 도 아닌 잡초 같은 짐꾼에게는 세상도 눈을 감아주겠지
> (여자 목소리) 수행승의 삼베옷을 벗기고 누더기 옷을 몸에 두르고 짐꾼
> 의 궤짝을 멘 어깨에 삿갓도 푹 눌러쓰고 지팡이에 의지해 일어서시네
> (합창) 다리가 허약해 잘 걷지 못 하는 짐꾼의 뒷모습이 애처롭구나[15]

....

14 한편『권진장』-Ⓑ에서는 이미 짐꾼의 모습으로 무대에 등장하고 있다. 요시쓰네의
「벤케이의 말에 따라, 이와같이 짐꾼으로 모습을 바꾸었다(弁慶が詞に従い、斯く強力
とは姿を替えたり)」라는 대사가 있으며, 실제로 요시쓰네의 하나미치 첫 등장은 짐꾼
의 모습을 하고 있다. 이는『권진장』에서 짐꾼이 한번도 등장하지 않는 사실과 깊이
관련이 있다.『권진장』에서 이 장면이 삭제됨으로써 비운의 요시쓰네에 대한 비장감
이 감소되었고, 그 결과 벤케이와 도가시의 대결에 한 층 무게가 실리게 되었다고
할 수 있다.
15 (男聲)げにや紅は/ 園生に植えても隠れなし/ げにや紅は/ 園生に植えても隠れなし/
されど花もなき荒草の/ 強力にはよも目をかげじと、(女聲)御篠懸を脱ぎすてて/ つ
づれ衣を身にまとい/ 強力の笈をおん肩に/ 綾菅笠も深々と/ 杖にすがりて立上る,
(合唱)足弱げなる強力の/ 後姿ぞ痛わしき)

4. 권진장 낭독

安宅	勧進帳	虎の尾を讀む男達
①관문을 지키는 도가시가 질문을 하고 벤케이는 나라 도다이지東大寺의 재건을 위해 권진을 하고 있다고 대답한다. ②도가시는 야마부시는 통과할 수 없다고 한다. ③벤케이는 잡히기 전에 마지막 일을 수행하자며 야마부시의 주문 등을 외운다. ④도가시는 진짜 야마부시라면 권진장이 있을 것이라며 낭독해 달라고 한다. ⑤벤케이는 처음부터 있지도 않은 권진장을 있는 것처럼 꾸며 도가시에게 읽어주고 도가시는 벤케이의 권진장을 확인하려고 한다. ⑥벤케이의 권진장 낭독에 관문 사람들은 놀라면서도 두려워하며 일행을 통과하도록 한다.	Ⓐ관문을 지키는 도가시가 질문을 하고 벤케이는 나라 도다이지의 재건을 위해 권진을 하고 있다고 대답한다. Ⓑ도가시는 야마부시는 통과할 수 없다고 한다. Ⓒ벤케이는 잡히기 전에 마지막 일을 수행하자며 야마부시의 주문 등을 외운다. Ⓓ도가시는 진짜 야마부시라면 권진장이 있을 것이라며 낭독해 달라고 한다. Ⓔ벤케이는 처음부터 있지도 않은 권진장을 있는 것처럼 꾸며 도가시에게 읽어주고 도가시는 벤케이의 권진장을 확인하려고 한다. Ⓕ도가시는 벤케이에게 야마부시에 대하여 몇 가지 질문을 한다.(야마부시 문답) Ⓖ감동한 도가시는 일행을 통과하도록 해준다.	㉠관문을 지키는 도가시가 질문을 하고 벤케이는 나라 도다이지의 재건을 위해 권진을 하고 있다고 대답한다. ㉡도가시는 야마부시는 통과할 수 없다고 한다. ㉢벤케이는 잡히기 전에 마지막 일을 수행하자며 야마부시의 주문 등을 외운다. ㉣도가시는 진짜 야마부시라면 권진장이 있을 것이라며 읽어 달라고 한다. ㉤벤케이는 처음부터 있지도 않은 권진장을 있는 것처럼 꾸며 도가시에게 읽어주고 도가시는 벤케이의 권진장을 훔쳐보려고 한다. ㉥도가시는 벤케이에게 야마부시에 대하여 몇 가지 질문을 한다.(야마부시 문답) ㉦감동한 도가시는 일행을 통과하도록 해준다.

아타카의 관문으로 들어온 요시쓰네 일행을 맞이하는 것은 관문을 지키는 책임자, 도가시이다. 도가시는 야마부시 모습을 한 일행을 의심의 눈으로 바라보며 야마부시는 이 관문을 지나 갈 수 없다고 한다. 벤케이는 자신들은 나라奈良의 도다이지東大寺 재건을 위해 권진을 하고 있는 승려라고 신분을 밝히면서 야마부시이기 때문에 관문을 넘어갈 수 없다는 것은 불합리하다고 주장한다. 도가시는 그

말이 사실이라면 권진장을 가지고 있을 것이라며 그것을 낭독해 달
라고 한다. 권진장을 가지고 있을 리가 없지만 벤케이는 빈 두루마리
를 가지고 당당하게 가짜 권진장을 읽어간다. 주요 모티브는『아타
카』,『권진장』그리고《호랑이 꼬리》모두 동일하다. 특히, 벤케이
가 권진장을 읽는 장면은 세 작품 모두 공통적이며 가장 핵심적인
부분이라고 할 수 있다.[16]

　차이점으로 주목되는 것은 권진장 낭독 이후의 도가시의 반응에
있다.『아타카』-⑥에서는 벤케이가 권진장을 낭독하자, 벤케이의
박력과 불력佛力에 겁을 먹은 관문의 사람들은 놀라 두려운 마음을
가지게 되고(關の人びと肝を消し) 도가시 역시 두려워하면서 보내주
고(恐れをなして通しけり) 있다. 그러나『권진장』에서는 이 대사가 생
략되어 있으며, 대신에 권진장을 듣고도 의심이 풀리지 않은 도가시
가 권진장의 진위를 확인하려고 하고, 진짜 야마부시인지 시험하기
위해 복장이나 주문에 관한 교리 등을 묻고 벤케이가 대답하는 이른
바 '야마부시 문답山伏問答'[17]이 첨가되었다. 이 점은『아타카』가 지

16　특히『권진장』에서는 벤케이가 두루마리를 읽는 도중, 요시쓰네와 벤케이를 의심한
　　도가시가 점점 다가오는 장면, 긴장감이 최고조에 이르렀을 때, 벤케이와 도가시의
　　동작은 정지한다. 관객에게 가장 멋진 연기 대목을 찬찬히 음미할 수 있도록 한 연출
　　법인데 절정의 대목에 정지된 동작을 가부키에서는 미에見得라고 한다. 서로의 긴장
　　감이 팽팽히 느껴지는 이러한 극적 효과는《호랑이 꼬리》에서도 잘 드러나 있다.
　　구로사와는 극예술인 노와, 가부키의 과장된 몸짓, 표정, 연기법을 영화 속에는 사용
　　할 수는 없었으나 이것을 카메라 워킹과 편집을 통해 극복하고 있다.

17　……(富樫)シテ又、袈裟衣を身にまとい、佛徒の姿にありながら、額に戴く兜巾は如
　　何に。(弁慶)即ち、兜巾篠懸は、武士の甲冑に等しく、腰には彌陀の利劍を帶し、
　　手には釋迦の金剛杖にて大地を突いて踏み開き、高山絕所を縱橫せり。(富樫)寺僧
　　は錫杖を携うるに、山伏修驗の金剛杖に、五體を固むる謂れはなんと。(弁慶)事も

지받은 중세시대와 『권진장』이 성립된 에도시대의 당시 관객들의 인식의 차이라는 점에서 파악해야 할 것이다.

에도시대가 되면, 일반 대중들은 경제적으로 부유하게 되고 앞선 시대의 지배층이 향유했던 오락에 대해 갈망한다. 그들은 귀족층의 예술인 노에는 직접적으로 접근 할 수 없었으므로 보다 친숙한 양식의 가부키를 통해 문화적 욕구를 만족시키려고 했던 것이리라. 향유계층의 차이는 극 성격의 차이로 이어진다. 즉, 종교적인 색체가 농후한 귀족예능인 노와는 달리, 가부키는 화려하고 좀 더 오락적인 서민극으로 변화하게 되는 것이다. 『아타카』에서처럼 불교적 권위나 벤케이의 박력에 눌려 도가시 일당이 요시쓰네 일행을 통과시켜 주고 만다는 설정은 에도 시대의 관객들에게 무엇인가 부족한 느낌을 갖게 했다. 『권진장』은 도가시의 관문통과 허가에 대한 좀 더 설득력 있는 이유를 더하기 위하여 『권진장』-Ⓕ에서와 같이 진정한 야마부시임을 확인하기 위한 '야마부시 문답'[18]을 첨가하고 있는 것이리라. '야마부시 문답'을 거친 도가시는 일단 벤케이 일행에 대한 의심을 풀고 관문을 통과하도록 해준다.

....

愚かや、金剛杖は天竺檀特山の神人阿羅邏仙人の持ち給いし靈杖にして、胎藏金剛の功德を籠めり。釋尊いまだ瞿曇沙彌と申せし時、阿羅邏仙人に給仕して苦行したまい、やや功積もる。仙人その信力強勢を感じ、瞿曇沙彌を改めて、照普比丘と名付けたり。(富樫)して又、修驗に傳わりしは (弁慶)阿羅邏仙人より照普比丘に授かる金剛杖は、かかる靈杖なれば、我が祖役の行者、これを持って山野を經歷し、それより世々にこれを傳う。……

18 『권진장』의 작자 3대 나미키 고헤이竝木五瓶는 당시의 강석사講釋師인 다나베 난소田邊南總를 방문하여, 고좌高座에서 읽었던 「야마부시 문답山伏門答」을 그대로 극에 사용할 것을 허락받았다. 戶板康二(2003) 『歌舞伎十八番』 隅田川文庫

1940년대 당시 관객들의 입장도 『아타카』보다는 『권진장』 쪽이 더욱 설득력이 있다고 느꼈을 터, 이에 구로사와는 《호랑이 꼬리》- ㉾에서와 같이 『권진장』의 '야마부시 문답'을 답습하였다. 그리고 더 나아가 영상처리와 배우들의 명연기를 통해 벤케이와 도가시의 대결 구조를 더욱 명확하게 드러내고 권진장보다 더욱 극적인 긴장감 있는 장면을 그려내는 데 성공하고 있다.

5. 요시쓰네 타척

安宅	勸進帳	虎の尾を踏む男達
①관문을 빠져 나가려는 요시쓰네 일행을 보고 도가시의 부하인 짐꾼이 판관(요시쓰네)을 닮았다고 보고하자 도가시는 다시 그들을 불러 세운다.	Ⓐ관문을 빠져 나가려는 요시쓰네 일행을 보고 도가시의 부하인 짐꾼이 판관님(요시쓰네)을 닮았다고 이야기하자 도가시는 다시 그들을 불러 세운다.	㉠관문을 빠져 나가려는 요시쓰네 일행을 가지와라의 부하인 짐꾼이 판관님(요시쓰네)을 닮았다고 불러 세운다.
②벤케이는 요시쓰네를 향해 너 때문에 여행에 늦어지고 의심을 받는다며 금강장 金剛杖으로 요시쓰네를 구타한다.	Ⓑ벤케이는 요시쓰네를 향해 너 때문에 여행에 늦어지고 의심을 받는다며 금강장 金剛杖으로 요시쓰네를 구타한다.	㉡벤케이는 요시쓰네를 향해 너 때문에 여행에 늦어지고 의심을 받는다며 금강장 金剛杖으로 요시쓰네를 구타한다.
③도가시가 멈추게 하려고 다가서자 벤케이는 도가시를 짐꾼의 짐을 노리는 도둑이냐고 몰아붙이고 야마부시 일행도 적극적으로 도가시를 몰아붙인다.	Ⓒ도가시가 멈추게 하려고 다가서자 벤케이는 도가시를 짐꾼의 짐을 노리는 도둑이냐고 몰아붙이자 팽팽한 긴장감이 돈다.	㉢가지와라의 부하가 멈추게 하려고 다가서자 벤케이는 도가시를 짐을 노리는 도둑이냐고 몰아붙이고 야마부시 일행과 관문 병사들의 팽팽한 긴장감이 형성된다.
④그 박력에 밀린 도가시는 관문을 통과하도록 해 준다.	Ⓓ요시쓰네를 금강장으로 때리는 벤케이의 모습을 보고 감동한 도가시는 요시쓰네 일행에게 관문을 통과하도록 해 준다.	㉣요시쓰네를 금강장으로 때리는 벤케이의 모습을 보고 감동한 도가시는 가지와라의 부하의 불만에도 불구하고 요시쓰네 일행에게 관문을 통과하도록 해 준다

『아타카』-①과 『권진장』-Ⓐ에서 도가시는 부하의 조언으로 짐
꾼으로 변장한 요시쓰네를 의심하게 되고 벤케이는 이 위기를 모면
하기 위해 주군인 요시쓰네를 금강장으로 때리게 된다. 가신으로서
섬기는 주군을 때리는, 당시에는 있을 수 없는 사회적 통념을 교묘하
게 파고든 벤케이의 전략적 행위였다.

주목할 점은 도가시가 일행을 통과시켜 준 이유에 관해서이다.
『아타카』-③에서 도가시는 요시쓰네 일행의 위협적인 대항에 밀려
더 이상 그들을 추궁할 수 없게 되었고 의심은 가지만 확신은 서지
않는 긴장감 속에서 석연치 않은 심정으로 그들을 풀어주고 있다고
판단된다. 실제 노 공연에서 좁은 노의 무대를 가득 채우며 10명 남
짓의 야마부시일행이 도가시와 보조역太刀持ち 단 2명을 향해 압박
해 가는 모습은 일방적인 야마부시의 힘의 우위를 연극을 보는 관객
들에게 선명하게 각인시켜주었음에 틀림없다.

> (야마부시 일행) 당신들은 무슨 이유로, 당신들은 무슨 이유로, 이렇게
> 미천한 짐꾼에게 칼을 뽑으시는 것입니까. 그러한 비겁한 행위를 하는
> 것은 겁쟁이이기 때문이냐고 열 한명의 야마부시는 일제히 칼에 손을
> 두고 뽑으려고 하면서, 맹렬히 몰아붙이는 모습은 어떠한 천마天魔 귀
> 신도 두려워 할 정도였다.
>
> (도가시) 크게 착각했던 것 같습니다. 자, 어서 어서 지나가십시오[19]

....

19 (同山)方方は何故に、方方は何故に、かほど賤しき強力に、太刀刀抜き給うは、目
　垂れ顔の振舞は、臆病の至りかと、十一人の山伏は、打刀抜きかけて、勇みかかれ
　る有様は、いかなる天魔鬼神も、恐れつべうぞ見えたる。(ワキ)ちかごろ誤りて

이에 비해 『권진장』-ⓓ의 경우, 도가시는 주군을 살리려는 마음에 금강장을 휘두른 벤케이나 가신에게 매를 맞고도 꿈쩍하지 않는 요시쓰네의 모습을 통해 주종관계의 진정한 충의와 신의가 무엇인지 깨닫게 되고, 이 모든 상황에 감동하여 벤케이 일행을 풀어주고 있다.

한편, 요시쓰네임을 알고도 감동하여 통행을 허락했다는 점에서 《호랑이 꼬리》는 『권진장』과 닮았다. 도가시는 엄연히 요시쓰네의 형, 쇼군 요리토모의 영역 내의 수하이다. 그런 그가 쇼군의 동생이자 무예와 기지가 뛰어난 국민적 영웅 요시쓰네를 동경의 대상으로 여긴 것은 어쩌면 당연한 일이고, 그가 요리토모에게 목숨을 위협받고 있다는 사실을 알았을 때는 동정심을 가졌을 지도 모른다. 그러나 과연 주군 요리토모를 배반하고 자신의 지위와 목숨을 각오할 정도로 요시쓰네가 살려 줄만 한 가치가 있는 인물인가에 대해서는 그 자신도 뚜렷한 확신을 갖고 있지 않았을 것이다. 그렇게 고민하던 중 도가시는 주종을 타척한 벤케이의 기개와 대담성, 그리고 애절함을 보게 되고 감동한다. 그리고 그들을 통과하는 것을 반대하는 부하와 대립하면서까지 요시쓰네 일행을 보내준 것이다.

단 여기서 주목해야 할 점은 두 원작에 비해 도가시의 인물 성격의 변화가 뚜렷하다는 점이다. 도가시는 원작의 의심 많은 관문책임자에서 벗어나 짐꾼의 익살스럽고 어수룩한 행동에 천진난만한 웃음을 짓기도 하고, 벤케이의 당당한 풍채에 만족스러운 미소까지 지어

....

候。はやはや御通り候へ。

보이기도 하는 인물로 그려진다. 이러한 도가시의 인물 변화의 개연성과 극의 긴장감을 담보하기 위하여 구로사와는 요시쓰네 일행을 끝까지 의심하고 압박하는 역할을 도가시가 아닌, 원작에 없는 가지와라의 수하라는 인물을 창조하여 그에게 이 '악역'의 역할을 담당케 하였다. 이러한 감독의 의도는 도가시와 가지와라와의 대립이 보이는 아래의 대화문에서도 명확하다.

> (도가시) 만일, 그 짐꾼이 판관님이라면 지팡이를 가지고 때리는 것은 있을 수 없는 일이다.
> (가지와라의 수하) 그렇지만 도가시님.
> (도가시) 아니, 자신의 주인을 지팡이를 가지고 때리는 가신이 있을 리가 없다. 지나가시오.
> (가지와라의 수하) 도가시님!
> (도가시) 아타카 관문의 대장은 도가시 사에몬이 맡고 있도다.[20]

도가시는 단순히 '의심 많고 엄격한 관문지기'라는 캐릭터에서 영화 속에서는 '인간미 넘치는 관문지기'로 조형되었다.《스가타 산시로》의 스가타를 연기했던 후지타 스스무藤田進는 또다시 본 작품에서 순수하고 만인에게 친절한 '스가타의 웃음과 미소'를 유감없이 재현한다. 관객들은 원작과는 다른 다정한 인간미의 소유자, 새로운 도가시상을 발견하게 되는 것이다.

....

20 (富樫)もし、その強力が判官殿ならば、杖をもッて打たるる事はよもあるまい(梶原の使者)しかし、富樫殿 (富樫)いや、おのれの主を杖をもッて打つ家來がある筈は御座らぬ. 通られい(梶原の使者)富樫殿 (富樫)安宅の關守は富樫左エ門が仕る

6. 주종의 대화

安宅	勸進帳	虎の尾を踏む男達
①관문으로부터 빠져 나온 벤케이는 요시쓰네에게 주군을 때린 것에 대해 눈물을 흘리며 용서를 빈다. ②요시쓰네는 너그럽게 용서를 해주고, 벤케이는 황송해 한다. ③요시쓰네는 이러한 신세가 된 것을 한탄하면서 벤케이, 야마부시는 함께 눈물을 흘린다.	Ⓐ관문으로부터 빠져 나온 벤케이는 요시쓰네에게 주군을 때린 것에 대해 눈물을 흘리며 용서를 빈다. Ⓑ요시쓰네는 너그럽게 용서를 해주고 벤케이는 황송해 한다.	㉠관문으로부터 빠져 나온 벤케이는 요시쓰네에게 벤케이는 주군을 때린 것에 대해 울면서 용서를 빈다. ㉡요시쓰네는 이에 대해 용서를 해준다. 벤케이는 황송해 한다. ㉢이 모습을 지켜본 짐꾼은 요리토모를 향해 불만을 토로한다.

　주군인 요시쓰네를 구타한 것은 관문을 빠져 나오기 위한 어쩔 수 없는 선택이었다고는 하지만 벤케이 본인에게도 매우 감당하기 어려운 사건이었다. 관문을 빠져나오자 벤케이는 흐느끼며 요시쓰네에게 용서를 빈다. 하늘의 뜻이므로 결코 너의 탓이 아니라는 요시쓰네. 구성상, 위의 내용은 세 작품 모두 대동소이하나, 『아타카』-③의 장면이 다른 두 작품에 비해 요시쓰네의 무상감과 현재의 상황에 대한 슬픔이 강조된 바, 관련 내용을 인용하면 아래와 같다.

　　진실로 '지금의 처지를 보고, 과거와 미래를 알 수 있다'는 말과 같이 지금의 내 처지를 보면 슬프도다. 괴로운 나날의 2월아, 하순의 오늘과 같은 고난을 이렇게 빠져나올 수 있다는 것이 신기할 따름이로구나. 십여 명의 부하들은 자다 꿈에서 깬 듯한 심정으로 그저 서로 얼굴을 마주하고 울 뿐이었다. (중략) 알고는 있지만, 그래도 과연 나의 불행을 되돌아보면 마음이 곧은 자는 고통스럽고, 간신은 갈수록 세상에서

힘을 얻는다. 나는 그저 먼 동남의 땅을 헤매고 또 서북의 변경에서 설상雪霜에 묻히는도다. 이렇게 불행한 나를 요리토모 님은 시시비비를 밝혀 조처를 해주셔야 할진데, 도대체 이 세상에는 신도 부처도 계시지 않는 것인가. 원망스러운 고통의 세상[憂き世]이로구나. 원망스러운 고통의 세상이로구나.[21]

『아타카』가 초연되었던 무로마치 시대는 무사들의 시대이다. 특히 노의 향유 계층이었던 무사들에게 있어 극중의 요시쓰네 일행의 주종관계는 단순한 허구가 아니라 현실적인 문제였음에 틀림없다. 특히 벤케이가 요시쓰네를 금강장으로 때리는 사건은 당시로써도 매우 충격적인 사건으로 받아들여졌을 것이다. 부하가 주군을 때리는 사건 이후, 벤케이의 사죄의 장면이 이어지고, 이어서 위의 요시쓰네가 한탄하는 장면이 뒤를 잇는다. 요시쓰네가 일거수일투족을 "아무튼 벤케이가 알아서 적절히 처리하라(ともかくも弁慶計らい候へ)"는 식으로 벤케이에게 맡기는 소극적인 인물로 그려지고 있다는 점에서는 다른 작품과도 대동소이하다. 다만 『아타카』에서는 요시쓰네 자신이 불교적 관념에 기초하여, 적극적으로 한탄하는 모습을 보이는 것이다. 이러한 대목에서 우리는 당시의 중세인들이 가졌던 불교적 무

....

21 げにや現在の果を見て過去未來を知るといふ事、今に知られて身の上に、憂き年月の如月や、下の十日のけふの難を、遁れつるこそ不思議なれ、たださながらに十余人、夢の覺めたる心地して、互に面を合はせつつ、泣くばかりなる有様かな...(중략)知れどもさすがなお、思い返せば梓弓の、直なる、人は苦しみて讒臣は、いやましに世にありて、遼遠東南の雲を起こし、西北の雪霜に、責められ埋る憂き身を、理り給ふべきなるにただ世には、神も佛もましまさぬかや、恨めしの憂き世や、あら恨めしの憂き世や。

상에 대한 생각과, 요시쓰네의 불운에 대한 동정이 어떠했는지를 엿볼 수 있다.

결과적으로 『권진장』과 《호랑이 꼬리》에서는 '요시쓰네의 독백'이 축소되었다. 축소된 이유는 에도시대, 서민들의 오락거리였던 가부키 『권진장』의 경우, 중세적 노의 근저를 지탱하고 있었던 불교적 세계관인 '고통의 세상[憂き世]'이 부담스러운 주제였기 때문이 아니었을까. 또한 '음악희극音樂喜劇'을 지향한 《호랑이 꼬리》 역시 '고통의 세상'은 그렇게 강조할 부분이 아니었던 것이라 판단된다.

7. 도가시의 대접과 연회

安宅	勸進帳	虎の尾を踏む男達
①아타카의 관문에서 도가시는 야마부시에게 술을 대접하라고 명한다.	Ⓐ아타카의 관문에서 도가시는 야마부시에게 술을 전하라고 명한다.	㉠도가시의 부하가 술을 가지고 요시쓰네 일행을 찾아오고 요시쓰네를 향하여 묘하게 인사를 건넨다.
②도가시는 실례를 범했다며 직접 요시쓰네 일행에게 술을 대접한다.	Ⓑ도가시는 실례를 범했다며 직접 요시쓰네 일행에게 술을 대접한다.	㉡벤케이가 먼저 술을 마시고, 일행과 짐꾼도 술을 마신다.
③벤케이는 술을 마시게 하여 사람을 안심시키려고 할지도 모른다고 일동에게 주의를 준다.	Ⓒ벤케이는 술을 마시게 하여 사람을 안심시키려고 할지도 모른다고 일동에게 주의를 준다.	㉢술에 취한 벤케이는 짐꾼에게 춤을 추라고 하고 벤케이 역시 노래와 춤을 춘다.
④술을 마신 벤케이는 연년의 춤延年の舞을 춘다.	Ⓓ술을 마신 벤케이는 연년의 춤을 춘다.	㉣술에 취해 잠이 든 짐꾼이 일어나보자, 요시쓰네의 옷이 자신에게 덮혀있고 돈이 놓여 있다.
⑤요시쓰네 일행은 오슈를 향해 급하게 도망친다.	Ⓔ요시쓰네 일행은 오슈를 향해 급하게 도망간다.	㉤이미 사라진 요시쓰네 일행을 짐꾼이 '도비롯포飛び六法'를 흉내 내면서 길을 내려간다.
	Ⓕ막이 내리고 벤케이는 하나미치花道를 '도비롯포飛び六法'로 요시쓰네 일행을 따라간다.	

　도가시의 부하가 술을 가져오는 설정으로 된 영화와는 다르게『아타카』-②와『권진장』-⑧에서는 도가시가 사과의 뜻으로 직접 요시쓰네 일행에게 술을 대접하는 장면이 등장한다.

　『아타카』-③에서는 도가시의 방문에 대해 벤케이는 "방심하면 안 된다. 이상하게 보일 일은 하지 마시오. 여러분(心なくれそ吳織. 怪しめらるな面面と)"하고 주의를 준다. '술을 먹여 방심하게 하려는지도 모른다'라는 벤케이의 태도는『권진장』-ⓒ에서 그대로 답습되어 실제로 무대에서 벤케이는 도가시가 따라준 잔을 받고 주의를 시키기 위하여 일행들에게 고개를 돌리는 연출을 한다. 관객들은 회포를 풀자는 의미로 건넨 술이라고는 하나, 아직 도가시와 요시쓰네 일행간의 긴장감이 남아있어, 갈등이 완전히 해소되지 않았음을 직감하게 된다. 관객들이 긴장의 끈을 놓지 않고 있는 그때 갑자기 벤케이가 큰 대나무 그릇에 술을 담아 호탕하게 마시는 행동을 취하는 것이다.

　『아타카』-④와『권진장』-ⓓ에서 술을 마시는 벤케이의 모습은 그야말로 도가시의 의심을 누그러뜨려, 혹시라도 일어날 위험한 상황을 모면하기 위한 벤케이의 또 다른 연극이었던 것이다.

　한편,《호랑이 꼬리》-ⓔ에서는 벤케이의 취한 모습을 통해 그 동안에 주군인 요시쓰네를 지키기 위한 리더로서의 심적 부담감에 대한 그의 고뇌와 애환을 적나라하게 보여줌과 동시에 영화의 관람객은 이 장면을 통해 모든 갈등이 해소되었음을 짐작하게 된다. 갈등이 해소되었다는 가장 큰 근거는 영화의 도가시는 야마부시의 정체를 알고 있으면서도 그들을 기꺼이 풀어주었다는 사실인데, 이점은『권

진장』과 같다. 단, 결정적으로 『권진장』과 다른 점은 도가시의 조치
에 대해서 벤케이 일행도 그의 조치에 의심을 갖지 않았다는 점이다.

《호랑이 꼬리》-ⓒ에서 벤케이 일행에게 도가시의 부하가 술을 따
르는 장면에서 나오는데, 장면에 흐르는 배경음악의 가사는 다음과
같다.

  ◦ 진실로 진실로 의도를 알겠도다. 호의好意가 담긴 술잔을 받게 하여
    이쪽을 떠 보려는구나.²²   『아타카』
  ◦ 진실로 진실로 의도를 알겠도다. 호의好意가 담긴 술잔을 받게 하여
    이쪽을 염탐하려하는구나.²³   『권진장』
  ◦ 진실로 진실로 의도를 알겠구나. 호의好意가 담긴 술잔을 북륙도北陸
    道로 가는 길에서 얻었도다. 기쁘도다. 호의가 담긴 이 술잔.²⁴
                                          《호랑이 꼬리》

영화는 『아타카』와 『권진장』의 초반의 문장을 답습하면서도 후
반부의 문장을 개작하고 있다. "기쁘도다. 호의가 담긴 이 술잔"까
지는 답습하고, 떠보거나 염탐한다는 내용을 지우고 호의에 감사한
다는 말을 부가하고 있는 것이다. 결국 《호랑이 꼬리》-ⓒ에서의
"기쁘도다. 호의가 담긴 이 술잔"은 마음 놓고 그 술을 받는 벤케이

----

22 安宅(第四場の一〇)-シテ「げにげにこれも心得たり。人の情の盃に、受けて心を取
らんとや、これにつきてもなおなお人に、(立衆に向い)心なくれそ呉織。」
23 地 實に實にこれも心得たり人の情の杯を受けて心をとどむとかや。
24 げにげにこれも心得たり/ 人の情の盃を越路の末にくみ得たり /うれしや人の情のこ
の盃

의 순순한 심정을 그대로 대변하고 있다고 할 수 있다. 구로사와는 원작의 가사를 약간 개작하여 도가시가 알고서 요시쓰네 일행을 보내주었다는 것, 여기서 멈추지 않고 이러한 상황을 염화미소拈華微笑, 말은 하지 않았지만 요시쓰네 일행도 모두 알고 있었다는 것을 관객들에게 명쾌하게 주지시키고 있는 것이다. 구로사와의 시선은 사회적인 책무나 의무, 규범보다는 각 인물의 심리적 변화를 민감하게 포착하여, 개인과 개인의 인간적인 마음의 교감에 포커스를 맞추고 있는 듯하다.

8. 나오며

《호랑이 꼬리》는 『아타카』와 『권진장』을 원작으로 한 요시쓰네의 아타카 관문 돌파담의 새로운 현대적인 해석이라 할 수 있다. 이 영화는 에노켄을 출연시킬 《영차, 창을 들어라》라는 작품을 물자 부족으로 포기하고, 급히 찍을 수 있는 작품을 찾던 중, 급거 세상에 나온 작품이다.

구로사와는 2, 3일이라는 짧은 시간에 대본을 만들었는데, 급하게 써 내려간 대본에는 "여기서부터 여기까지는 『권진장』에 있는 대사 그대로"라고 쓰기도 했다고 한다.[25] 고전극인 노에 지대한 관심을 가

25 黑澤明(1985) 「黑澤映畫を語る」『黑澤明の全貌』 東寶出版事業室

지고 있었던[26] 구로사와가 일본인에게 가장 익숙한 『권진장』의 대본을 들고 얼마나 시간에 쫓기면 황급히 대본을 써내려갔는지를 상상하는 것은 어렵지 않다.

문제는 그 독자적인 양식미의 고전극을 전혀 다른 형식을 취하고 있는 영화로 어떻게 변화시키고 있느냐에 있다.

본장에서는 주로 스토리를 중심으로 한 구성상의 측면을 살펴보았는데, 한 마디로 요약한다면, 장면, 장면에 따라 적절하게 두 원작을 이용하여 전체적인 스토리를 답습했지만, 원작에는 그렇게 두드러지지 않았던 짐꾼의 역할을 극대화시켜 희극적인 요소를 가미한다던가, 원작에는 없는 가지와라 부하를 창조하여 등장시키거나, 원작과는 전혀 다른 도가시의 인물상을 만들어 내거나 해서 봉건적인 원작의 주제를 현대적인 관객의 취향에 맞추어 풀어냈다고 할 수 있겠다.

비교적 무거운 원작의 주제와 스토리에 해학적인 요소가 파탄 없이 녹아들 수 있었던 것은 당대를 구가했던 희극배우 에노켄의 빼어난 연기력과 그를 능숙하게 연출한 감독의 솜씨가 발휘되었기 때문이다. '주종 간의 애틋한 충성'이라는 주제에 무게를 둔 원작에 비해 《호랑이 꼬리》는 벤케이와 요시쓰네의 교감, 벤케이와 도가시, 그리고 그들과 짐꾼의 관계를 통해 인물들의 극적인 심리 변화를 더욱 섬세하게 묘사하고, 그들 사이에 흐르는 인간애에 무게를 두고 있다.

....

26 구로사와는 전시 중에 제아미世阿彌가 쓴 예술론이나 제아미에 관한 문헌, 그 외 노가쿠能樂 관련책에 탐닉했다. 黑澤明(1984)『蝦蟇の油』岩波書店

마지막으로 이상의 요시쓰네 주종이 관문을 통과하는 과정과 도가시의 관문통과를 허락하는 계기를 《아타카》를 중심으로 정리하면 다음과 같다.

《아타카》의 관문 통과 과정과 도가시의 심경의 변화

① 도카시 의심 ⇒ ② 벤케이의 권진장 낭독 ⇒ ③ 도가시, 기백에 눌려 통과를 허락 ⇒ ④ 도가시, 짐꾼의 요시쓰네를 보고 의심 ⇒ ⑤ 벤케이, 요시쓰네를 타척 ⇒ ⑥ 도가시, 벤케이의 기백에 눌려 통과를 허락 ⇒ ⑦ 도가시 일행을 쫓아 와서 무례에 대해 주연을 베풂 ⇒ ⑧ 벤케이, 음주와 가무를 했지만 긴장을 늦추지 않고 급히 자리를 떠나 도주함

《권진장》의 경우 《아타카》의 '②벤케이의 권진장 낭독' 이후에 '야마부시 문답'이 새롭게 추가되었으며, 《아타카》의 '③도가시, 기백에 눌려 통과를 허락'에서는 기백에 눌렸다기보다는 벤케이를 신뢰해서 통과를 허락했다고 볼 수 있다. 계속해서 《아타카》의 '④도가시, 짐꾼의 요시쓰네를 보고 의심'의 경우는 《권진장》도 동일하나 《아타카》의 '⑥도가시, 벤케이의 기백에 눌려 통과를 허락'의 경우는 기백에 눌렸다기보다는 가신이 주군을 때려야 하는 벤케이의 지혜와 애절함에 감동한 도가시가 일행의 정체를 알면서도 관문통과를 허락해 주었다. 이후의 과정은 《아타카》와 동일하다.

마지막으로 《호랑이 꼬리》에 관해서인데, 《권진장》의 각 단계와 대동소이하다. 단, 《호랑이 꼬리》에서는 도가시의 인물조형이 두 원작과는 매우 달라, 전술한 바와 같이 원작의 도가시의 '감동'과 '의심'은 《호랑이 꼬리》에서는 '감동'은 도가시의 몫, '의심'은 가지와라가 보낸 부하의 몫으로 확연하게 나뉘게 된다. 이외에 도가시의 관문통

과에 대한 허락을 벤케이 이하 일동은 의심하지 않고 진심으로 믿고 있다는 점이 《권진장》과 가장 다른 점이다.

《아타카》의 일행은 시종일관 안심할 수 없는 긴장 속에 있었고, 《권진장》의 일행은 도가시의 '진정한' 호의에도 불구하고 극이 끝날 때까지 방심하지 않고 긴장하였으며, 이에 비해 《호랑이 꼬리》의 일행은 도가시의 호의를 진정으로 믿으며 긴장을 풀고 마지막 부분에서 난장을 벌이는 것이다.

한편, 구로사와는 마지막 엔딩 신에서 해학적 요소를 추가하는데 《호랑이 꼬리》-ⓜ이 바로 그것이다. 《권진장》에서는 벤케이가 '도비롯포飛び六方'라는 동작을 취하며 무대를 빠져 나가며 끝나는데에 대해서 《호랑이 꼬리》에서는 짐꾼 에노켄이 흥겨운 음악에 맞추어 엉터리로 '도비롯포'를 연출하며 관객들에게 웃음을 선사하는 것이다. 이 라스트 신은 에노켄을 십분 활용한 '오락영화'를 의도한 구로사와의 의도를 명확히 상징하는 장면이라 할 수 있다.

제8장

《호랑이 꼬리를 밟는 남자들》

인물조형과 연출을 중심으로

1. 들어가며

구로사와 아키라黑澤明 감독의 30여 개
의 작품들 중에서도,《호랑이 꼬리를 밟
는 남자들虎の尾を踏む男達》(이하 《호랑이
꼬리》로 약칭)처럼 독특한 이력을 가지고
있는 작품도 없을 것이다. 이 영화는 1945
년 촬영을 하다가 중단되어 패전 후 나머
지 촬영을 해서 완성했으나, 또다시 7년
이 지난 1952년 4월에서야 개봉되어 세상

▮ 비디오 표지

의 빛을 보았기 때문이다. 영화의 기획도 드라마틱한데, 당시 구로
사와는 《영차, 창을 들어라どっこい、この槍》라는 작품을 계획 중이
었고 배우, 홍보 포스터까지 완성된 단계에서 전쟁 중의 물자 부족으
로 말을 구할 수 없었기 때문에 기획 자체를 포기할 수밖에 없어 급

거 대체로 제작된 것이 본 영화였다.

《호랑이 꼬리》는 일본의 고전극인 노能의 『아타카安宅』(15세기)와 훗날 『아타카安宅』를 새로운 형식의 극으로 개작한 가부키歌舞伎의 『간진초勸進帳』(19세기 중반성립, 이하 '권진장'으로 표기)를 원작으로 하는 영화이다.

《호랑이 꼬리》는 일본의 비극적 영웅 중의 한 명인 미나모토노 요시쓰네源義經가 형이자 가마쿠라鎌倉 초대 쇼군將軍 요리토모賴朝와 사이가 틀어져 오슈奧州로 도피하는 장면부터 시작된다. 그를 따르는 6명의 가신들은 모두 수험도修驗道의 수행승인 야마부시山伏로 변장하였다. 오슈奧州로 가기 위해서는 아타카 지역의 관문을 통과해야 했는데, 이미 이곳은 미리 정보를 알아내 가짜 야마부시를 기다리고 있던 참이다. 드디어 관문에 도착해 도가시의 취조를 받는 일행들. 벤케이는 진짜 야마부시인 것처럼 꾸미기 위해, 아무것도 쓰여 있지 않은 두루마리를 권진장(사찰의 건립 등을 위한 기부를 모으는 데 쓰는 장부)인양 낭독하여 성공한다. 무사히 관문을 통과하게 됐다고 안심하던 그 순간, 짐꾼으로 변장한 요시쓰네의 정체가 탄로난다. 벤케이는 다시 임기응변의 지략을 발휘하여 짐꾼의 다리가 약하다며 그를 막대기로 때린다. 이 장면을 본 도가시는 일행의 관문통과를 허락한다. 위기를 모면한 벤케이는 주종의 도를 어긴 자신의 행위에 요시쓰네에게 용서를 구한다. 그리고 뒤쫓아 온 도가시의 부하들이 가져온 술을 마시며 흥겹게 춤판을 벌인다.

구로사와는 영화의 스토리적인 측면에서는 원작을 대부분 충실하게 답습하고 있으나, 세세한 부분에서는 연출 및 캐릭터 설정 등의 영화적 기법 등을 통해 원작을 크게 훼손시키지 않으면서도 독창적인 현대적인 작품을 탄생시켰다. 본 글에서는 원작과의 비교를 염두에 넣고, 인물조형과 연출을 중심으로 고전극이 어떻게 현대적인 영화로 재해석되었는지 그 양상을 살펴보고자 한다.

2. 인물조형

(1) 벤케이

무사시보 벤케이武藏坊弁慶는 교토의 고조五條 다리에서 요시쓰네를 만나 요시쓰네에게 패한 후 그의 심복이 되었다고 전해지는 전설적인 인물이다. 벤케이는 야마부시 일행의 리더로서 위기 국면을 지략으로 모면한 일등공

■ 가짜 권진장을 읽고 있는 오코치. 뒤에서 익살맞은 표정을 짓고 있는 에노켄

신으로 원작과 영화 공히 명실상부한 주인공이다.

《호랑이 꼬리》에서 벤케이 역을 맡았던 오코치 덴지로大河内傳次郎(1898~1962)는 구로사와의 데뷔작이었던 《스가타 산시로》 시리즈에서 야노 쇼고로矢野正五郎역을 맡기도 했던 당대의 사극스타로, 1925년부터 시대극을 중심으로 연기해 온 베테랑 배우였다. 노의 텍스트는 고상하고 장엄한 어조로 낭독되거나 노래되는 것이 특징인 점에 착안하여 벤케이 역의 오코치는 극의 흐름이 아타카의 관문

에 가까워질수록 구어조에 가까운 발음의 대사를 줄이고 노에서와
같이 모음을 길게 늘여서 발음하는 등 고전극을 염두에 넣은 연기를
능숙하게 해냈다.

(2) 요시쓰네

역사상의 미나모토노 요시쓰네源義經(1159~1189)는 일본인들에게
가장 인기 있는 비극적 영웅 중의 한 사람이다. 초대 쇼군인 미나모
토노 요리토모源賴朝의 이복동생으로 형을 도와 다이라 가문[平家]
을 멸망시키는데 혁혁한 공을 세웠지만 형과의 불화로 오슈奧州(무
쓰국陸奧國)의 후지와라노 히데히라藤原秀衡에게 몸을 의탁한다. 하
지만 히데히라가 죽은 후 그의 아들인 후지와라노 야스히라藤原泰衡
에게 배신을 당해 1189년 자결했다고 한다.

요시쓰네의 역할은 원작『아타카』나『권진장』등 노와 가부키에
서는 주역이 아닌 경우가 대부분이다. 이것은 요시쓰네에 대한 특수
한 이미지 때문이다. 다이라 가문과의 전투에서 가장 화려한 공훈을
쌓았음에도 불구하고 아무 보상도 받지 못하고 죽임을 당한 요시쓰
네는 세상의 무상, 운명의 덧없음을 구현하는 인물로서 사람들의 마
음에 자리 잡았고, '호간비이키(判官贔屓, 판관사랑)'[1]라는 성어가 생
길 정도였다. 요시쓰네에 대한 애착은 고전문학이나 노와 가부키,
조루리 같은 고전극의 다양한 판관물判官物이라는 장르를 탄생시켰

....

1   요시쓰네를 '구로판관九郎判官'이라고도 부른다. 이 별명은 요시쓰네가 미나모토노
    요시토모源義朝의 九男이며, 검비위사檢非違使의 판관判官이라고 하는 직위에 유래
    한다.

으며,[2] 시대가 지날수록 요시쓰네의 생애는 더욱 영웅시되어 가공의 이야기와 전설이 속속 추가되고, 사실과는 크게 동떨어진 요시쓰네 상이 형성되기도 하였다.[3]

『아타카』에서 요시쓰네를 연기하는 배우는 고카타子方이다. 소년 연기자들의 등장은 외관상의 아름다움과 사랑스러운 감정을 부여한다. 고카타는 극 중의 아역 배우뿐만이 아니라 작품의 설정은 성인이지만 어린아이가 연기하는 배역을 말한다. 고카타는 주역의 연기를 눈에 띄게 하는 효과와 함께 고귀한 신분의 역에 신성함을 더하게 하기 위한 연출기법이다. 요시쓰네의 역할을 어린아이가 맡음으로써 상대적으로 시테シテ인 벤케이가 부각되었던 것이다.

한편,『권진장』에서는『아타카』와는 달리 가부키의 성인 간판 배우가 연기한다.[4]

《호랑이 꼬리》의 요시쓰네는 당시 가부키 배우였던 니시나 다다요시仁科周芳(1927~2011)가 연기했다. 영화에서 요시쓰네의 외모는 거센 전장을 누비며 다이라 가문을 무너뜨린 무장이라고는 상상할 수 없을 수 정도로 가녀리고 곱다. 미소년을 등판시킨 것은『아타카』의 고카타를 염두에 넣은 감독의 연출임에 틀림없는데 구로사와는

----

2 고전작품 및 고전예능에 나타난 요시쓰네상에 관해서는 島津久基(1935)『義經傳說と文學』明治書院을 참조

3 가령 '미나모토노 요시쓰네 북행설'의 전설은 요시쓰네가 기누가와衣川에서 죽지 않고 오슈로부터 좀 더 북쪽으로 도망쳐 죽지 않고, 에조지방으로 건너가 아이누의 왕이 되었다고 하는 내용이다.

4 『권진장』의 주요 배역인 벤케이, 요시쓰네, 도가시는 역대의 간판 배우가 평생에 한번은 연기하는 가부키의 대표작의 중 하나였다.

▌뒷모습의 니시나　　　　　　▌삿갓을 벗는 니시나

여기서 그치지 않고 요시쓰네에게 신비감이라는 새로운 옷을 입히고 있다.

《아타카》나《권진장》은 무대에 요시쓰네가 갓을 쓰고 등장하지 않고 심지어 처음 무대에 입장할 때에는 선두에 서서 등장하게 되니 관객은 그 모습을 명확하게 확인할 수 있다. 반면에 영화에서는 카메라 앵글에 요시쓰네를 의식적으로 담지 않는다. 시종일관 카메라는 소년의 뒷모습을 쫓거나 어쩌다 정면이 잡히더라도 원거리라 인식을 할 수가 없다.

그리고 영화의 후반부의 용서를 비는 벤케이를 위로하는 장면에서 요시쓰네가 삿갓을 벗는 얼굴이 단 한 컷으로 클로즈업이 될 뿐, 이후의 장면에서도 요시쓰네의 얼굴은 보이지 않는다. 관객들은 삿갓 속에 감추어진 요시쓰네를 단 한 번 확인할 수 있는 바, 빈도수는 극히 적지만 짧은 순간에 강렬한 인상을 주는 연출기법이다.

(3) 도가시
『아타카』는 노 중에서도 특이한 '집단극'으로 분류된다. 가령 요

■ 후지타 오른쪽은 가지와라 부하　　　■ 짐꾼을 보고 해맑게 웃는 후지타

시쓰네가 의심을 받자 야마부시 '집단'이 도가시를 압박하는 장면이 가장 전형적인 예가 된다. 요시쓰네를 발견한 도가시가 그를 제지하자 10명 전후의 요시쓰네 일행이 일제히 도가시에게 접근하여 압박을 하는데, 도가시는 무대에서 밀려날 정도로 구석에 몰리게 된다. 결국 도가시는 '집단'의 기백에 눌려 결국 관문 통과를 허락하고 만다.

　이에 비해, 『권진장』의 도가시는 『아타카』의 도가시와는 약간 변화된 행태를 보인다. 우선 『권진장』의 도가시는 『아타카』에서는 볼 수 없었던 '야마부시문답'을 새롭게 추가하여, 야마부시의 진위를 한 번 더 가리려고 한다. 가부키는 서민을 상대로 하는 예능으로써 대중성이 중요한 만큼, '야마부시문답' 즉 벤케이와 도가시의 대결구도를 부각시켜 극적 재미와 긴장감을 고조시켰다고 할 수 있다. 벤케이와 도가시만의 '야마부시문답'이 중요한 대목으로 자리를 잡자, 『아타카』가 가진 요시쓰네 일행의 '집단극'이라는 성격이 다소 약화되고, '벤케이와 도가시의 대결극'의 성격이 강화되는 결과가 되었다.

　이후 도가시는 요시쓰네를 금강장으로 타척하는 모습을 보고, 그

들의 정체를 알면서도 벤케이의 지혜와 애절함을 헤아리고 감동하
여 일행의 관문 통과를 허락한다.

한편, 《호랑이 꼬리》의 경우 도가시를 어떻게 그리고 있을까. 구
로사와는 도가시의 케릭터를 과장해서 말한다면 '인간애'의 상징으
로 조형하고 있다. 이와 관련해서, 구로사와는 『아타카』와 『권진장』
어느 쪽에도 등장하지 않는 가지와라 가게토키梶原景時[5]의 사자使者
라는 인물을 창조하였다.[6] 영화 속에서 가지와라의 부하는 철저하게
요시쓰네 일행을 의심하고 압박하는 역할을 맡는다. 결국 구로사와
는 『아타카』의 '의심하는 도가시'와 『권진장』의 '인간적인 도가시'의
두 가지 모습을 《호랑이 꼬리》에서 '인간적인 도가시'를 도가시가
연기하게 하고, '의심하는 도가시'를 새롭게 '가지와라가 보낸 부하'
라는 캐릭터를 창조하여 담당케 한 것이다.[7] 이 변화를 통해 구로사
와는 도가시를 단순히 의심 많고 엄격한 관문지기라는 캐릭터에서

....

5   역사상의 가지와라 가게토키는 가마쿠라鎌倉 시대 초기의 막부의 고케닌御家人이다.
    이시바시산石橋山의 전투에서 쇼군 요리토모를 구하여 중용된다. 요리토모의 신임을
    받는 한편, 요시쓰네와는 대립하여 요리토모에게 참언하여 요시쓰네를 죽음으로 몰
    아넣었다고 믿어졌다. 이로 인해 그는 '대악인大惡人'이라고 불리며 거의 모든 고전극
    에서 악역으로 등장한다.
6   『아타카』에서는 도가시의 부하가 짐꾼으로 변장한 요시쓰네의 정체를 알아차리는
    것으로 되어 있는데, 그 역할이 이 한 장면으로 한정되어 그 비중은 미미하다.
7   가지와라의 사자는 '의심하는 도가시' 역할 이외에도 원작의 등장인물의 성격을 일부
    담아내고 있다. 『아타카』에서 칼을 든 보초[太刀持]가 요시쓰네 일행에게 "어제도 야
    마부시를 세명이나 베었습니다(いや昨日も山伏を三人まで斬つつる上は)"라고 하며
    겁을 주는 장면이라든지, "잠시 말씀드릴 것이 있습니다. 요시쓰네님과 닮은 것 같습
    니다(いかに申し上げ候。判官殿の御通りにて候)"라고 도가시에게 말하는 대사 등이
    그 예이다. 한편, 『권진장』에서도 도가시의 부하로 등장하는 인물이 등장하여 요시쓰
    네 일행과 도가시의 갈등을 심화시키는 역할을 일정부분 담당하고 있기는 하다.

사회적 직무의 틀을 깨고——여기서는 주군 요리토모의 명령을 어기면서까지——인간 그 자체를 이해하는 따뜻한 인격의 소유자로 재창조하고 있는 것이다.

도가시역을 맡은 배우는《스가타 산시로》시리즈의 후지타 스스무藤田進이다. 순수하고 우직한 후지타는 벤케이와 문답을 나누는 도중에도 딴 짓을 하고 해맑게 웃어 보이기까지 한다. 가지와라의 사신과 야마부시 일행이 대립하는 절체절명의 상황에서는 눈을 감고 명상에 잠기기도 한다. 미완성적 면모, 당차고 올곧지만 순수한 이미지의 후지타 스스무로 하여금 도가시라는 역을 연기하도록 한 점에서 감독이 얼마나 '인간적인 도가시'상에 힘을 쏟았는지 미루어 짐작할 수 있다.

(4) 짐꾼

원작과는 다른《호랑이 꼬리》의 가장 큰 매력은 짐꾼의 등장에 있다고 해도 과언이 아니다. 『아타카』에서도 짐꾼은 등장하지만 벤케이의 명령을 받고 검문소에 먼저 가서 동태를 살피는 역할만을 담당하고 있어 그 비중은 미미하다.[8]

(짐꾼) 山伏は貝吹いてこそ逃げにけれ、誰追いかけて阿毘羅吽欠

----

8 「(强力)山伏は貝吹いてこそ逃げにけれ、誰追いかけて阿毘羅吽欠」'阿毘羅吽欠'은 대일여래에게 기도드릴 때의 주문을 말한다. 범어 'a, vi, ra, hūṃ, khaṃ'의 音寫로 地水火風空을 나타낸다.

『아타카』에서 짐꾼 연기를 담당하는 배우는 교겐카타狂言方라고 한다. 노에 있어서 교겐은 교겐희곡인 혼쿄겐本狂言의 상연이 주된 역할이지만 때때로 교겐은 무대에서 벌어지는 중요한 사건에서 시테, 와키와 대면하고 관객들에게 이야기를 소개하기도 한다. 위 대사는 관문의 동정을 살피러간 짐꾼이 관문에서 이미 처단된 야마부시의 시체를 보고 기겁하며 도망쳐 나올 때 읊은 와카和歌의 한 소절이다. 대사에서 '가이후이테貝吹いて'라는 부분은 중의적 표현으로, 야마부시들이 도망가는 신호로 나각貝을 불다吹いて라는 뜻과 몸을 숙여서搔伏いて라는 두 가지 뜻으로 해석이 가능하고, 쫓아가다는 뜻의 '오이追い'는 요시쓰네가 짊어진 궤짝 '오이笈'와 동음이어이다. 가짜 야마부시로 분장하여 관문을 통과해야 하는 요시쓰네 일행의 상황을 재미있게 표현하고 있는데, 이미 세 명의 야마부시가 참수를 당한 심각한 상황에서도 짐꾼은 와가和歌까지 읊는 익살을 부린다.

한편, 『권진장』에서는 짐꾼이 등장하지 않는다. 구로사와는 당시 최고의 인기를 누리던 코미디언 통칭 에노켄, 즉 에노모토 겐이치榎本健一(1904~1970)에게 짐꾼의 역할을 맡기고 있는 바, 『아타카』의 짐꾼의 이미지에서 힌트를 얻었음에 틀림없다. 다음은 구로사와의 인터뷰를 인용한 것이다.

전체적인 아이디어는 에노켄을 짐꾼 역을 맡게 하고, 그 짐꾼의 행동을 전체 영화의 씨줄로 하고 그 가운데에 도가시와 벤케이의 대결을 넣는 구조로 한 것입니다. 에노켄 씨는 조감독시대, 야마모토山本 작품

의「날쌘 긴타チャッキリ金太」등을 통해 이래저래 인연이 있었기 때문에 저로서도 에노켄 씨를 이렇게 기용하면 진가를 발휘할 수 있겠구나 하는 구상으로 시나리오를 썼습니다. 아무튼 물자가 부족한 시대에 세트도 극도로 저렴하게 하고, 카메라도 여기저기 움직이지 않아야 했고, 게다가 재미있고 형식을 갖춘 영화로 만들어야 했으니, 이만저만 고생한 것이 아니었습니다.[9]

구로사와는 《스가타 산시로》의 류쇼지의 주지승이 좌선을 하다가 코를 골며 조는 장면을 연출하는 예에서도 알 수 있듯이 희극적 요소를 스토리에 적절하게 배치하여 진지한 이야기도 특유의 유머감각

▌당대 최고의 희극배우 에노켄

으로 긴장감을 해소시키는 재주가 있다. 물자가 부족한 당시, 만족할만한 재미있는 영상을 찍는 것은 지난한 일이었을 것이다. 위의 감독의 말에 의하면 《호랑이 꼬리》 구상 단계에서부터 에노켄을 염두에 넣고 시나리오를 썼다고 한다. 그러한 의미에서 에노켄의 역할은 단지 영화 전반에 걸친 유머를 담당했던 것이 아니다. 정적인 인물이 대부분인 원작과는 달리──《아타카》는 물론이고 《권진장》또한 가부키 중에서 이례적으로 희극적인 요소가 적은 것으로 평가받고 있다──구로사와는 동적인 캐릭터, 짐꾼을 통해서 영상에 활

9 D·リチー(1991) 『黑澤明の映畵』社會思想社

력을 넣으려고 했던 것이고, 그 의도는 성공적이었다고 할 수 있다. 에노켄은 아타카에 이르기까지의 자칫 지루해지기 쉬운 전반부에서 감초역할로 웃음을 유발시켰으며, 중반부 아타카 관문에서의 긴장 감이 감도는 장면에서도 다양한 표정으로 미소를 자아내게 하였고 후반부의 고원高原의 술자리에서의 막춤, 그리고 라스트 신의 '도비롯포飛び六方'까지 시종일관 관객들에게 고전극에서는 맛볼 수 없었던 신선한 웃음을 선사하였다.

(5) 야마부시

각 작품들에 등장하는 주요 인물들 외에도 요시쓰네의 가신들이 야마부시 모습을 하고 등장한다. 각 작품의 등장인물과 인수를 표로 나타내면 다음과 같다.

安宅	勸進帳	虎の尾を踏む男達
シテ(弁慶) 子方(判官) ワキ(富樫) シテヅレ(同勢の山伏) → 6명 내지 10명 アイ(強力) アイ(太刀持)	武藏坊弁慶 九郎判官源義經 富樫左衛門 常陸坊海尊 伊勢三郎 片岡八郎 駿河次郎 番卒兵藤 番卒伴藤 番卒權藤	武藏坊弁慶 源義經 富樫左衛門 常陸坊海尊 伊勢義盛 片岡經春 駿河次郎 龜井重淸 強力 梶原の 使者 富樫の 使者
총 11~15명	총 10명	총 11명(엑스트라 제외)

『아타카』의 경우를 살펴보면
주연인 벤케이 이외에, 함께 여행
하는 야마부시가 6명~10명 정도
가 있고, 여기에 요시쓰네와 도카
시, 그리고 그의 부하 2명을 합치
면 무대 위에 적게는 11명에서 최

■ 도가시를 압박하는 벤케이 일행

대 15명이 등장하게 된다. 이것은 노의 연목演目 중에서 가장 많은
출연자 수이다.[10] 전술한 바와 같이 이러한 이유로『아타카』는 '집단
극'이다.

한편,『권진장』의 경우 벤케이, 요시쓰네, 병졸. 야마부시 4명 등
총 10명으로 되어 있으며,『아타카』에 비해서 등장인물이 약간 적다
는 것을 알 수 있다.『권진장』은 적당한 인수로 무대가 비어 보이지
않게 하고 있으며 벤케이 측과 도가시측의 인원수는 벤케이 측이 명
수가 월등히 많은『아타카』에 비해서 밸런스를 이루고 있다. 전술한
'집단극'에서 '벤케이와 도가시의 대결구도'로의 이행은 이러한 인적
구성과도 관련이 있다고 판단된다.

한편,《호랑이 꼬리》의 경우, 무대의 크기의 제약을 받는 연극과
는 달리 영상매체의 특징상 엑스트라들을 포함해서 많은 인원이 등
장하지만 주요 등장인물은 야마부시 5명(『권진장』에 없는 가메이龜井가

....

10 노의 연목에는 2명으로도 가능한 극도 있으며, 많은 인원이 무대에 서는 극도 있다.
같은 작품이라고 할지라도 공간을 어떻게 사용 할 것인가에 따라서 조정 될 수 있다.
이 중『아타카』는 일시에 무대에 늘어서는 인원수로 단연 으뜸이며 압권으로 정평이
나있다.

등장)을 포함해 11명 정도이다. 엑스트라로 등장하는 관문의 병졸들은 제외하고 관문의 야마부시의 인원수나 양진영의 밸런스적인 측면에서만 보면『아타카』보다는『권진장』에 가깝다고 할 수 있다. 야마부시 각 개인의 대사가 많아지고 미디엄 쇼트 등으로 카메라에 잡히는 횟수가 증가하여, 그 캐릭터가 원작에 비해 구체성을 띠게 된 점도 유의해야 할 것이다.

3. 영상처리 및 음악

(1) 영상처리

구로사와는 당시의 촬영을 두고 자서전에서 "이틀 정도면 시나리오를 쓸 수 있다고 보고했기 때문에 상영 작품이 부족해서 곤란했던 회사 측은 대환영이었다. 또한 세트는 하나, 로케이션은 당시 촬영소의 후문 밖으로 뻗어 있었던 황실 소유의 숲이면 충분하다고 하니 회사 측은 기뻐하였다"라고 회상하고 있다.[11] 열악한 환경에서 촬영을 진행해야 했던《호랑이 꼬리》는 예산 절감의 노력 이외에, 구로사와는『아타카』와『권진장』의 정적이고 양식적인 무대예술을 영상처리와 무대, 그리고 음악 등을 통해 어떻게 원작의 가치를 손상시키지 않으면서 영상으로 자연스럽게 만들 것인가에 골몰했다.

----

11 黑澤明(1984)『蝦蟇の油』岩波書店

영상처리에 관한 특징은 다음과 같다.

첫째, 요시쓰네 일행이 산길을 오를 때나 도가시가 등장하는 장면 등에서 하이앵글로 익스트림롱쇼트나 롱쇼트[12]를 활용할 때를 제외하고는 인물촬영은 아이레벨의 앵글로 미디엄쇼트로 많이 촬영했다는 점이 특징이다. 미디엄쇼트는 화면 내에서 피사체를 큰 크기로 묘사하게 되는데 마치 영화가 아닌 TV화면을 바라보는 듯한 느낌이 든다. 촬영장소가 좁은 세트 단 한곳이었다는 점이 롱쇼트가 적고 이러한 기법이 많아진 요인으로 작용했을 것이다.

둘째, 카메라 움직임으로는 피사체를 찍는 팬(pan)이 많이 활용되었다. 팬은 위아래가 아닌 수평으로 카메라를 오른쪽, 왼쪽으로 돌려 피사체를 포착하는 것인데, 영화에서는 10여 명의 인물들을 근거리에서 한 명 한 명 보여주는 데 효과적으로 사용되고 있다. 평범한 아이레벨의 앵글, 미디엄쇼트에 높낮이가 없는 수평적인 팬에 의한 이 촬영기법은 마치 연극처럼 고정된 무대의 연기자를 가까운 곳에서 관람하는 듯한 인상을 준다.

셋째, 짐꾼의 시선으로 화면이 잡히는 경우가 많은 점이 주목된다. 영화의 초반, 산을 오르는 장면부터 마지막 짐꾼이 춤을 추며 퇴장할 때까지 시종일관 짐꾼의 시선에서 스토리 전개가 이루어지며 앵글은 짐꾼의 시선과 일치하는 경우가 많다. 예를 들어, 초반에 짐꾼이 일행의 정체가 요시쓰네와 주종임이 밝혀지면서 그곳으로부

---

12 등장인물을 포함하여 장면의 전경이 보이도록 촬영하는 기법.

■ 일행을 한명 한명 내려다 보는 짐꾼   ■ 풀잎 뒤에서 요시쓰네를 훔쳐보는 짐꾼

■ 가짜 권진장을 훔쳐보며 놀라는 짐꾼   ■ 도가시가 베품 음식을
먹음직스럽게 보는 짐꾼

터 쫓겨나게 되었을 때, 짐꾼은 일행으로부터 조금 벗어난 곳에서, 수풀 뒤에 숨어 몰래 요시쓰네가 짐꾼의 모습으로 변장하는 모습을 낱낱이 지켜본다. 짐꾼의 얼굴이 클로즈업으로 처리되는 장면이 많은 것은 이런 시선의 문제와 관련이 깊다.

『아타카』나 『권진장』의 관객은 객석에서 자유롭게 보고 싶은 곳을 보는 데에 반해서, 영화의 관객들은 짐꾼의 눈을 통해 장면을 보고, 짐꾼의 희로애락을 담아내는 표정에 자신의 감정을 이입하게끔 유도되고 있다고 할 수 있겠다.

마지막으로 감독은 산길을 올라가는 요시쓰네 일행과 관문소에 도착한 가지와라의 사자를 교차편집을 통해 동시진행으로 보여준

다. 이러한 편집기법은 긴장감을 점층적으로 상승시키며 관객들의
스토리의 이해를 용이하게 하며, 앞으로 어떤 사건이 벌어질 것인가
를 예측하게 해준다.

한편, 감독이 원작이 연극임을 의식을 해서 연출을 했다고 판단되
는 장면이 다수 등장하는데 몇 가지 예를 들면 다음과 같다.

먼저 『권진장』에서 권진장을 낭독하다 말고 도가시를 견제하는
벤케이의 표정과 영화 속 벤케이의 표정이 매우 닮았음이 주목된다.
이것은 가부키의 독특한 연기 수법 중 하나인 미에見得로써, 무대에
서 연기가 진행되는 어느 한 순간에 배우가 정지 상태로 눈을 부라리
거나 손이나 발에 힘을 집중시키는 장면을 의미한다. 긴장감이 절정
에 달했을 때 일부러 동작을 정지함으로써, 감정의 고조를 관객들에
게 어필할 수 있는 바, 구로사와는 정지화면과 클로즈업을 통해 『권
진장』의 볼거리를 영화로 효과적으로 연출하고 있는 것이다.

두 번째로는 '야마부시문답'의 장면을 들 수 있겠다.

권진장 낭독이 끝난 후, 전통적인 노의 음악이 배경음악으로 삽입
되면서 야마부시문답이 이어지는데, 아이레벨의 롱쇼트가 활용된
이 신은 마치 정지화면과 같이
처리되었다. 상하좌우는 물론 카
메라의 앞뒤의 움직임도 없이
고정된 채 약 2분간 계속된다.
마치 노무대에서 노를 관람하고
있다는 착각을 들게 하는 장면
이다.

■ 야마부시문답. 오른쪽은 도가시의 부하

세 번째는 무대에 관한 것으로 영화의 세트는 『아타카』와 『권진장』을 의식해서 만들어졌다. 노의 무대 뒤쪽 배경에는 노송이 그려져 있는데 이러한 무대의 뒷 배경을 마쓰바메松羽目라고 한

■ 관문 내부와 소나무 숲

다. 이는 『권진장』에도 영향을 미치고 있어, 노와 거의 같은 노송의 그림이 있다. 가부키의 배경으로 노송이 그려지는 것은 드문 일인데, 『권진장』을 각색한 가부키의 7대 이치카와 단주로市川團十郎(1791~1859)가 마쓰바메를 배경으로 사용하여 노에 가깝게 고안했다고 한다. 마쓰바메를 배경으로 하여, 무용을 더욱 고상하고 격조를 높이는 효과도 기대할 수 있다. 영화 《호랑이 꼬리》에서 유일한 세트라고 할 수 있는 관문 배경의 우거진 소나무 숲은 원작을 의식한 설정이었음에 틀림없다.

계속해서 무대배경뿐만이 아니라 큰 공간적 개념에서도 영화와 극무대는 유사성이 깊다. 우선 《호랑이 꼬리》의 공간의 이동 경로는 전반의 아타카 관문을 향하는 길 → 아타카 관문 → 아타카 관문을 빠져나오는 길로 되어있다. 이것은 가부키 무대에서 요시쓰네 일행의 이동 경로인 하나미치花道 → 본 무대 → 하나미치와 서로 대응되고 있다. 영화에서 요시쓰네 일행이 관문을 입장할 때 화면 왼쪽으로부터 입장하고 왼쪽으로 관문을 퇴장하는 장면은 가부키에서도 무대 왼쪽에서 입장해서 같은 방향으로 퇴장하는 것과 일치한다. 또한 마지막 신에서 짐꾼이 춤을 추며 화면 왼쪽 아래로 퇴장하는 것은

■ 왼쪽 다리로 출입(노)   ■ 왼쪽아래의 다리로 출입(가부키)

가부키에서 벤케이가 춤을 추며 무대 왼쪽의 다리, 즉 하나미치花道
를 이용해 퇴장하는 것을 의식한 연출이다. 이러한 점은 노의 무대를
적용해도 큰 무리가 없지만, 짐꾼의 춤 자체도 가부키에만 등장하고
퇴장 방향이 왼쪽이 아닌 화면 아래쪽으로 퇴장하는 점을 보아서는
가부키쪽을 더욱 많이 의식한 연출이라 할 수 있겠다.

4. 음악과 춤

《호랑이 꼬리》는 전통극을 적극적으로 영화에 활용한 최초의 '일
본적인 뮤지컬영화'라고로 할 수 있는 개성적인 작품이다.
당시의 음악은 이전의 스즈키 세이이치鈴木靜一(1901~1980)에서
핫토리 다다시服部正(1908~2008)[13]가 담당하게 되었다. 스즈키가 전

....

13 1908(메이지41)년 3월 17일 출생. 작곡가. 게이오대학 법학부 정치과를 졸업하고 작곡
   가가 되었다. 도호東寶와 신토호新東寶에서 영화음악을 다수 작곡했다. 구로사와 작

쟁으로 피난을 위해 도쿄를 떠나게 되자, 구로사와는 스즈키에게 새
로운 작곡가를 누구로 하면 좋을지 상담했다. 이때 스즈키가 소개한
사람이 바로 게이오慶應 대학의 후배인 핫토리였던 것이다. 핫토리
는 다음과 같이 당시를 회고하고 있다.

> 구로사와 씨는 처음부터 확실한 계획을 가지고 있어서 "여기는 노의
> 음악, 여기는 요곡謠曲으로 합시다"라든가, "여기는 벤케이가 육법六方
> 을 하고, 연기는 똑같이 할 테니, 거기의 음악은 이렇게 해 주기를 바랍
> 니다"라든가, "여기는 마쓰리바야시祭り囃子 같은 음악으로 해보지요"
> 라고 했습니다. 구로사와 씨가 말하는 것이 하나하나 명확해서 납득이
> 갔습니다.[14]

《호랑이 꼬리》의 음악은 일본의 노, 가부키의 전통적 일본음악에
서구적인 악기와 음악을 교묘하게 혼합한 것이다.

영화의 타이틀곡은 비극적인 분위기의 오케스트라 반주로 시작된
다. 야마부시 모습으로 변장한 요시쓰네 일행이 호쿠리쿠北陸의 산
을 넘어 오슈奧州로 향하는 산길을 걸어가는 장면으로 연결된다. 이
장면에서는 『아타카』및 『권진장』을 답습하고 있는 가사로, "길 떠
나는 몸에는 적삼을 걸쳤네 / 길 떠나는 몸에는 적삼을 걸쳤네 / 눈

품은 《호랑이 꼬리를 밟는 남자들》《내 청춘에 후회 없다》두 편이다. 佐藤忠男(1997)
「黑澤映畫事典」『キネマ旬報 增刊5·7號 黑澤明ドキュメント』キネマ旬報社
14 秋山邦晴(1997)「黑澤映畫の音樂と作曲者の證言」『キネマ旬報 增刊5·7號 黑澤明
    ドキュメント』キネマ旬報社

물 젖은 소매가 애달프구나(旅の衣はすずかけの/旅の衣はすずかけの/露
けき袖やしぼるらん)"라고 오케스트라 반주의 남성코러스의 노래가 애
달프게 울려 퍼진다. 다만 이 가사는 원작에서 가지고 왔지만, 음악
적 요소는 특별히 노나 가부키와 똑같이 한 것이 아니라 클래식을
전공한 핫토리의 완전한 오리지널이다.

  이어서 야마부시로 몸을 감춘 요시쓰네가 숲을 걸어 나간다. 이
부분은 일본음계[15]가 붙여진 남성 코러스가 흘러나온다. 이 노래의
가사는『아타카』로부터 답습하고 있다. "진실로 붉은 꽃은/ 밭에 심
어도 숨길 수 없구나/ 하지만 꽃도 아닌 잡초 같은/ 짐꾼에게는 세상
도 눈을 감아주겠지(げにや紅は/園生に植えても隱れなし/されど花もなき
荒草の/强力にはよも目をかげじと)"의 남성독창, 이것에 이어서 "수행
승의 삼베옷을 벗기고/ 누더기 옷을 몸에 두르고/ 짐꾼의 궤짝을 멘
어깨에/ 삿갓도 푹 눌러쓰고/ 지팡이에 의지해 일어서시네(御篠懸を
脫ぎすてて/つづれ衣を身にまとい/强力の笈をおん肩に/綾菅笠も深々と/杖
にすがりて立ち上る)"라는 여성독창이 짐꾼으로 변장하는 요시쓰네의
안타까운 감정이 느껴지도록 노래한다. 여성독창에 이어서 혼성합
창으로 "다리가 허약해 잘 걷지 못 하는/ 짐꾼의 뒷모습이 애처롭구
나(足弱げなる/ 强力の後姿ぞ痛わしき)"라고 마무리되면 슬픔은 더욱
강조된다. 특히 이 장면은 노래의 전개에 따라서 그 노래에 대응되도
록 영상이 등장하고 있다. 예를 들면 "짐꾼의 궤짝을 멘 어깨에(强力

---

15 일본음악은 '民謠音階' '律音階' '都節音階' '琉球音階'와 같이 한정된 음으로 구성된
  음계로 성립되어 있다.

の笈をおん肩に)"라고 노래하면 화면에서 요시쓰네가 궤짝을 어깨에 메는 식인데, 노래와 액션의 관계가 한 종류의 음악적인 연출로 보이도록 프레스코 기법을 사용한 것이다.

수평와이프에 의해 장면은 관문으로 이동하고 벤케이 일행이 도가시의 앞에 앉아 있다. 노의 음악이 배경음악으로 깔리고 도가시의 대사 직전에 음악은 조용히 멈춘다. 그리고 영화의 볼거리 중의 하나인 벤케이와 도가시의 '야마부시 문답'에서는 다시 노의 음악이 시작된다. 둘의 대화가 진행될수록 목소리는 하이톤으로 고조됨과 동시에 노 음악의 템포가 빨라져간다. 그리고 벤케이와 도가시의 대화가 정점에 달하였을 때, 노 음악의 긴박한 고조는 그대로 오케스트라에 넘겨져 둘의 대화가 음악에 묻힐 정도로 최고조에 이른다. 음악과 영상이 한 박자도 어긋남이 없이 호응하고 일본 음악과 서양 음악이 절묘하게 융합된 명장면이라 하지 않을 수 없다.

문답이 끝난 뒤에 도가시는 관문을 넘어가는 것을 허락하게 되는데, 최후에 요시쓰네가 지나가는 장면에서는 영화의 타이틀 《호랑이 꼬리》의 모티브가 되는 "호랑이 꼬리를 밟으며, 독사의 입을 빠져나가는 마음으로, 오슈의 나라에 향한다.(虎の尾を踏み毒蛇の口を遁れたる心地して、陸奥の國へぞ、下りける)"라는 노래가 흐른다.[16] 가사는 『아

....

16 "…호랑이 꼬리를 밟으며, 독사의 입……"은 『아타카』와 『권진장』에서는 도가시에게 뒤의 술을 권유 받는 부분에서 '지우타이'가 부르지만 《호랑이 꼬리》에서는 처음 도가시가 관문을 통과하도록 허락하고 요시쓰네 일행이 관문을 통과하려고 하는 장면에 사용되고 있다. 영화의 스토리상, 도가시로부터 술을 받는 장면에서는 요시쓰네의 정체를 숨기기 위한 벤케이와 도가시의 갈등이 이미 해결되었기 때문에 위험한 상태가 아님으로, 구로사와는 가장 긴박한 순간인 관문을 벗어나려는 장면에서 이 가사를

타카』와 『권진장』으로부터 가져왔으며 오케스트라에 의한 음악을
반주로 성가와 같은 분위기로 남성합창이 노래하는데, 관객으로 하
여금 숨을 죽이고 한발 한발 요시쓰네 일행과 함께 관문을 빠져나가
는 듯한 느낌을 가지게 한다.

전술한 바와 같이 희극배우였던 에노켄의 기용은 구로사와의 새
로운 아이디어였는데, '음악'에서도 중요한 역할을 하고 있다. 아타
카의 관문을 빠져나간 뒤에 도가시의 사자가 가지고 온 술과 안주로
연회를 여는 고원高原의 장면에는 마쓰리바야시祭囃의 템포가 빨라
지고, 북소리가 크게 울리는 가운데 벤케이는 커다란 뚜껑으로 술을
마시고 취해간다. 그 뒤에 "누군가 춤을 춰라, 거기 짐꾼(誰ぞ舞え、
これ强力)"이라는 벤케이의 목소리에 에노켄은 술에 취해 비틀거리
며 춤을 추기 시작한다. 음악은 일본악기로부터 오케스트라로 변하
고 템포가 빨라져 알레그로가 되었을 때, 에노켄은 춤을 추다 넘어
진다.

그리고 마지막 라스트 신은 술에서 깨어난 에노켄의 골계적인
이른바 '도비롯포飛び六方'로 장식되는 바, 원작과의 차이점은 이러
하다.

『아타카』에서는 "호랑이 꼬리를 밟으며, 독사의 입을 빠져나가는
심정으로, 오슈 지방으로 향한다.(虎の尾を踏み毒蛇の口を遁れたる心地
して、陸奥の國へぞ、下りける)"라고 지우타이地謠에 의한 배경음악이

사용하고 있다고 판단된다.

벤케이의 '도비롯포'

비탈길에서 짐꾼의 '도비롯포'

흐른다. 도가시에게서 벗어는 났지만 앞으로의 여행길 역시 요시쓰
네 일행에게는 만만치 않을 것이라는 운명을 예고라도 하는 듯한 노
래를 배경으로 배우들은 무대에서 퇴장을 한다.

　　한편,『권진장』에서는 벤케이가 춤을 추는 동안 야마부시 일행은
요시쓰네를 필두로 하나미치花道로 황급히 빠른 걸음으로 퇴장하
고, 막이 내린 후에 이들을 쫓아가기 위해 벤케이가 '도비롯포飛び六
方'[17]를 하며 하나미치를 통해 무대를 빠져나가는 장면으로 끝이 난
다. 위엄 있던 요시쓰네가 조르르 달려 나가는 모습이나, 허겁지겁
온 몸을 비틀며 퇴장하는 벤케이의 모습에는 어서 빨리 이 상황을
벗어나가고자 하는 인물들의 절박한 마음이 묻어나 있다.

　　마지막으로《호랑이 꼬리》는 두 원작과는 완전히 다른 라스트 신

----

17 도비롯포는 한쪽 손을 크게 흔들면서, 힘 있게 달리는 모습을 표현하는 것으로 기세
　좋게 다리를 밟으면서 하나미치花道를 나가는 행동이다. 유명한『권진장』의 마지막
　볼거리로, '도비롯포' 장면을 보지 못하면『권진장』을 본 것이 아니라는 말이 있을
　정도이다.

을 연출하고 있다. 연회가 끝난 뒤 에노켄은 취해서 쓰러져 잠이 들
고, 그 사이 요시쓰네 일행은 벌써 저녁노을 너머로 가버린 후였다.
잠에서 깬 에노켄이 급하게 '도비롯포'를 흉내내며 고원의 길을 내
려가는 장면으로 영화는 대단원의 막을 내린다. 벤케이가 연출한 완
벽한 것과 딴판인, 어설프기 짝이 없는 '도비롯포'는 시모자[下座]음
악이 연주되면서 점점 빨라진다. 구로사와는 에노켄의 연기와 현대
화된 전통음악을 절묘하게 조화시켜 깊은 인상과 웃음을 유발하고
있다.

구로사와 자신도 훗날에까지 이 작품에 대한 애착이 컸었던지,

이러한 형식의 영화는 조금 더 호화로운 방식으로, 다시 한 번 만들
어 보고습니다. 하야사카早坂[18]와도 상담을 했습니다만……이제 할 수
없네요. 이것으로 뚝 끊어져 버렸어요.

라고 술회하고 있다. 《호랑이 꼬리》는 오케스트라, 합창 등의 서양
음악은 물론이며 시모자음악, 요곡, 마쓰리바야시 등의 일본의 전통
음악적 요소를 때로는 각각, 때로는 혼합하는 등 자유자재로 사용하
면서, 당시의 열악했던 자재부족과 연주기술, 녹음기술의 한계를 극

---

18 하야사카 후미오早坂文雄(1914~1955). 작곡가. 삿포로札幌 출신으로 북해고등학교
졸업 후, 카톨릭 교회의 오르간을 치거나 음악교사 등을 거쳐 작곡가가 되었다. 구로
사와와 콤비가 되어 《주정뱅이 천사》, 《들개》, 《추문》, 《라쇼몬》, 《백치》, 《살다》,
《7인의 사무라이》 등에 참여한다. 佐藤忠男(1997)「黑澤映畫事典」『キネマ旬報 增
刊5·7號 黑澤明ドキュメント』キネマ旬報社

복하고 전시하의 상황에서 최초로 시도되었던 뮤지컬에 가까운 영화라는 점에서 주목받을 가치가 있다고 하겠다.

5. 나오며

《호랑이 꼬리》는『아타카』와『권진장』의 뒤를 잇는 요시쓰네 이야기의 새로운 현대적 탄생이다. 원작을 가진 많은 작품들이 그러하듯이, 구로사와 역시 원작을 어떻게 패러디 할 것인가라는 점에 고민했을 것이다. 일본인이라면 누구나 다 알고 있는 요시쓰네 아타카 돌파 일화를 다룬『아타카』와『권진장』을 어떻게 원작의 묘미를 살리면서 영상화할 것인가는 영화의 승패를 가르는 주요 대목이다. 원작을 판에 옮겨 놓은 듯한 연출은 관객들로 하여금 지루함을 가져올 수 있으며, 새로운 시도는 자칫 독이 되어 극의 흐름을 막거나 억지 설정으로 관객들의 동의를 얻지 못할 수도 있다.

본고에서 고찰한 내용을 정리하면 다음과 같다.

첫 번째 인물조형에 관해서인데, 대중의 감정과 시선을 대신하며 웃음을 유발하는 희극적인 짐꾼, 요시쓰네임을 알면서도 감동하여 관문 통과를 허락하는 인격의 소유자인 도가시, 의심의 눈초리로 사사건건 요시쓰네 일행을 위협하는 가지와라의 사자 등, 원작의 인물상을 변형하거나 새로운 인물상을 창조하고 있다.

특히 감독은 짐꾼의 역할을 통해서 극 전반의 분위기를 바꾸어 놓았는데, 에노켄은 보는 이로 하여금 자신의 시선을 통해 스토리에

몰입하게 하고 자신의 표정을 통해 충분히 극 분위기에 젖을 수 있게
하였다. 가령 짐꾼의 '익살'을 통해 정적인 장면 속에서도 역동적인
요소를 만들었고 짐꾼의 시선을 통해 자연스럽게 화면이 연결되도
록 하였다. 그리고 무엇보다도 짐꾼은 관객의 감동(감정)을 고양시키
는 데에 큰 역할을 했다. 영화 속 대부분의 캐릭터가 자신의 감정을
숨겨야 하는 상황에서 짐꾼만이 과장된 몸동작과 표정을 통해 긴박
함, 슬픔, 기쁨 등의 심리를 표출할 수 있었던 것이다.

　두 번째, 영상처리 및 무대 등에 관해서이다.

　인물촬영은 아이레벨의 앵글로 미디엄쇼트를 많이 활용하여 마치
영화가 아닌 TV화면을 바라보는 듯한 느낌이 든다. 또한 팬(pan) 쇼
트의 활용을 통해 다수의 인물들을 근거리에서 효과적으로 잡고 있
다. 이러한 영상처리는 마치 연극처럼 고정된 무대의 연기자를 가까
운 곳에서 관람하는 듯한 인상을 준다. 또한 짐꾼의 시선으로 화면이
잡히는 경우가 많은 데, 짐꾼의 얼굴이 클로즈업으로 처리되는 장면
이 많은 것은 이런 시선의 문제와 관련이 깊다.

　원작이 연극이라는 점이 반영된 연출 장면의 몇 가지 예를 들면
다음과 같다. 『권진장』의 권진장 낭독 때의 '미에'를 영화는 정지화
면과 클로즈업을 통해 효과적으로 표현했다는 점, '야마부시문답' 장
면을 아이레벨의 롱쇼트를 써서 장시간 정지화면과 같이 처리한 점,
관문 배경의 우거진 소나무 숲이나《호랑이 꼬리》의 공간의 이동 경
로 등은 원작을 의식한 설정이었음에 틀림없다.

　마지막으로 음악에 관해서이다.

　《호랑이 꼬리》는 오케스트라, 합창 등의 서양음악은 물론 원작이

갖고 있는 시모자음악, 요곡, 마쓰리바야시 등의 일본의 전통 음악
적 요소를 효과적으로 사용하고 있다. 자칫 동서양의 음악이 갖는
이질감으로 인해 자칫 지리멸렬할 수 있는 위험성, 열악한 제작환경
을 극복하고 뮤지컬에 가까운 영화 제작의 선구자적인 역할을 하였
다는 점에서 주목받을 가치가 있다고 하겠다.

II

각본에 대한
이해

제1장

《스가타 산시로》(1943)

등장인물과 배우

야노 쇼고로矢野正五郎 : 오코치 덴지로大河内傳次郎

스가타 산시로姿三四郎 : 후지타 스스무藤田進

사요小夜 : 도도로키 유키코轟夕起子

히가키 겐노스케檜垣源之助 : 쓰키가타 류노스케月形龍之介

무라이 한스케村井半助 : 시무라 다카시志村喬

오스미ぉ澄 : 하나이 란코花井蘭子

이누마 고민飯沼恒民 : 아오야마 스기사쿠青山杉作

미시마三島총감 : 스가이 이치로菅井一郎

몬마 사부로門馬三郎 : 고스기 요시오小杉義男

스님 : 고도 구니노리高堂國典

핫타八田 : 세가와 미치사부로瀨川路三郎

단 요시마로壇義麿 : 고노 아키타케河野秋武

도다 유지로戶田雄次郎 : 기요카와 소지淸川莊司

쓰자키 고헤이津崎公平 : 미쿠니 구니오三田國夫

도라노스케虎之助 : 나카무라 아키라中村彰

네모토根本 : 사카우치 에이자부로坂內永三郎

도라키치虎吉 : 야마무라 고山室耕

시기──1882년부터 1887년경
장소──도쿄

(F·I)
1 좁은 골목

여자아이 3명이 길 한복판에서 바람 부는 속에서 놀고 있는 곳을
카메라가 다가간다.

♬ 여기는 어디의 오솔길인가

덴진님의 오솔길이다

좀 지나가게 해 주십시오

용건이 없는 자는 지나갈 수 없네

"미안한데 지나가게 해 주렴. 볼일이 있단다"

라는 목소리에 여자아이들 뒤돌아본다. 청년이 한명 싱글벙글 웃
으며 서 있다. 여자아이들도 웃으며

♬ 덴진님에게 소원을 빌러

라며 길을 열어준다.

"아니, 나는 유술 선생님 댁을 찾고 있단다"

라며, 서생(書生, 보통은 메이지, 다이쇼 시대에 남의 집에 기거하
며 잡일을 맡아 하는 학생을 이른다. 주인공은 학교의 학생은 아니
지만 특정 직업을 갖지 않고 스승의 도장에서 유도를 배우고 있는
문하생이라는 처지를 감안해서 '서생'이라고 지칭하고 있는 듯
하다. 역자주)이 사이를 뚫고 지나가려는데

♬ 가기는 좋지만 돌아오는 길은 무섭다

여자아이들이 서생을 손으로 때린다.

서생은 과장된 몸짓으로 게타 소리를 크게 내며 황급히 도망간다.

여자아이들 깔깔대며 웃으며

"심명류心明流 선생님이라면 그쪽 골목이에요"

"아"

하며 서생은 발을 멈추어서 뒤돌아본다.

그 광경을 싱글벙글 거리며 보고 있던 아낙네가,

"하지만 아마 댁에 없으실 거요. 아사쿠사淺草의 오쿠야먀奧山에서 검술 곡예사와 함께 행사를 하고 있을 거요"

서생은 의아하다는 표정을 짓는다.

"거짓말이야!"

멀리서 여자아이 한명이 소리친다.

"오늘 선생님 있어요. 많이 모여 있어요"

2 몬마의 집·현관

큰 간판이 걸려있다.

심명활살류유술지남 몬마 사부로

청년은 그것을 올려다보고 옷을 단정히 갖추기 위해 격자문에 손을 댔다. 그러자 격자문이 무서울 정도로 큰 소리를 내며 열렸다.

"누구냐?"

라고 큰 소리가 나더니 현관의 부서진 장지문을 열고 머리가 완전히 대머리인 불그레한 얼굴의 거한이 얼굴을 내민다.

청년은 묵례를 하고

"선생님은 계십니까?"

"내가 몬마일세"

라고 말하는 몬마 사부로는 나이는 40내외인데 아직 혈기가 넘치는 눈을 부릅뜨며 서생을 쳐다본다.

청년은 다시 한 번 머리를 숙이고

"입문을 허락해 주십시오"

"입문이라"

몬마 사부로는 성의 없이 응답하고는

"올라오게"

턱을 치켜올려 독촉하고는 급하게 안으로 들어가 버렸다.

서생 그 뒤를 쫓는다.

3 몬마의 집안

현관의 판자가 깔린 방에 이어 곧 12장의 다다미방이 나타났다.
벽에 연습복이 4, 5벌 걸려 있을 뿐 액자 하나 없다. 둥글게 앉아
있던 6명 정도의 사람들이 들어온 서생을 일제히 쳐다본다. 서생
은 무리를 향해 인사를 하고

"스가타 산시로姿三四郎라고 합니다"

하카마袴를 입고 있는 자도 있었고 평상복을 입은 자도 있었는데,
모두 튼튼한 골격을 한 30전후의 남자들이었다.

"입문입니까?"

라고 몬마에게 묻는다.

"그러네"

라고 몬마는 대답하고 산시로에게

"자네 입문비용은 50전인데 가져 왔는가?"

라고 창피하듯 웃으며,

"최근 유술가는 가난하단 말이지"

산시로는 잠자코 돈을 꺼낸다. 그것을 응시하던 한 사람이

"몬마"

"응?"

"그 돈으로 술을 사게 합시다"

산시로 조금 싫은 기색을 드러냈지만 말없이 일어섰다.

(O·L)

밤──램프 밑에서 둥글게 앉아 술을 마시는 일동. 꽤 술기운이
올라온 듯했는데, 자리는 정말로 울적한 분위기이다.

몬마는 한쪽 구석에서 긴장하고 있는 산시로를 돌아보고

"자, 입문의 표시로 한잔 하게"

라며 잔을 내밀고

"자네는 운이 좋은 남자다……오늘밤은 멋진 구경거리를 볼 수 있으
니 말이지"

"네?"

"실은 오늘 우리들 손으로 야노 쇼고로矢野正五郎를 해치울 참일세"

"야노 쇼고로?"

"모르는가…… 수도관修道館 유도의 야노를?"

"네. 제가 아는 유술가는 고향의 스승이신 천신진양류天神眞楊柳의 오소네 슌페이大曾根俊平라는 분뿐입니다"

산시로는 아직 술을 마시지 않은 채였다.

"하하…… 이거 잘 됐어…… 자네 야노란 자는 말이지, 유술을 유도 라는 것으로 바꾸어 큰돈을 벌려고 하는 사기꾼이라 말일세"

"맞소, 핫타八田. 경시청에 무술사범을 두기로 해서 우리에게도 해 뜰 날이 오는구나 하는 찰나, 문명개화의 이 시기를 잘도 이용하려는 대학 출신의 풋내기에 당해서는 분해서 살 수가 없지. 당연히 처단해 야 해"

산시로 불쾌하다는 듯이,

"야습입니까?"

라며 잔을 놓는다.

"아니야, 야외시합이다!"

라며 네모토根本가 뒹굴 드러눕는다. 그때 격자문이 열리는 소리 가 크게 들린다. 모두 동요한다. 건달풍의 남자가 뛰어 들어온다.

"선생님"

"무슨 일인가, 도라키치虎吉"

"나타났습니다. 빨리 오십시오"

"어디로?"

"긴분今文을 나와서 인력거를 탔는데 그럼 길은 하나뿐. 시노노메다 리東雲橋 기슭에서 기다리자"

"그래, 좋다……"

라며 몬마 일어선다.

계속해서 다른 6명.

기묘한 긴장감을 띤 채 황급히 뛰어 나간다.

묵묵히 앉아있는 산시로.

"무기는 사용하지 마라. 그건 활살류活殺流의 수치다"

라고 몬마는 기침하듯 큰소리로 말하고는 드리워진 램프 불을 불어 끈다.

방안으로 쏟아지는 달빛을 받으며 앉아있는 산시로.

"자, 자네도 오게. 공부를 위해서 봐두는 게 좋아"

몬마가 말한다.

4 몬마의 집·바깥쪽

몬마와 산시로 나와 있다.

밖으로 나오자마자 17, 18살 정도 되는 여자가 어둠 속에서 유령처럼 불현듯 두 사람 앞에 등장한다.

"아버지 어디 가세요?"

"응, 곧 돌아오마"

"괜히 위험한 일은 하지 마세요, 아버지"

"바보 같은 소리!"

"그래도……"

딸은 살기를 느꼈던 것인지 불안한 듯 몸을 경직시키고 무서워 떠는 듯한 눈으로 달빛 속의 골목을 뒤돌아본다.

5 길모퉁이

달빛 속에 살기를 머금고 조용히 있는 몬마 일당.

(O·L)

6 시노노메다리 기슭

강과 다리를 뒤로 하고 밤이슬에 빛나는 풀숲 그늘에 쥐 죽은 듯이 조용하게 숨어있는 몬마 일당.

초롱불이 하나, 다리 저편에서 흔들리며 다가온다.

"저건가"

몬마가 목소리를 누르듯이 말한다.

도라키치, 발돋움해서 보고는

"그렇습니다"

산시로 바라본다.

흔들리는 초롱불이 다리로 진입한다.

"네모토, 인력거꾼을 처리해라"

"네"

인력거는 바퀴 소리를 요란하게 울리며 다리를 다 건너자 이쪽으로 방향을 바꾸어 점점 가까이 온다. 가만히 응시하는 일동.

선진을 맡은 네모토, 살기 그 자체가 되어 몸을 웅크리고 뛰어나 간다.

"아이쿠"

급소 지르기를 당한 인력거꾼이 비명을 올리며 앞으로 쓰러진다. 인력거는 휘청 흔들리더니 옆으로 쓰러진다. 앞으로 고꾸라지듯 이 인력거에서 튕겨져 나온 야노 쇼고로는 넘어진 인력거꾼의 등에 가볍게 오른손을 대고 공중제비를 하자 어느새 떡하니 지면에서 있다.

입고 있던 하오리羽織를 눈 깜짝할 사이에 벗더니 넘어진 인력거 차륜 위에 획 던지고는 센다이仙台 특산 견직물로 만든 하카마의 좌우 자락을 걷어 올린다. 샌들을 벗은 흰 버선이 산뜻하게 심야에도 훤히 보였고, 그 등 뒤로는 몇 미터나 되는 넘실거리는 강물, 문자 그대로 배수의 진이다.

그 재빠르고 훌륭한 몸놀림에 넋이 빠진 산시로.

조금씩 조금씩 접근하는 활살류의 진.

"수도관의 야노 쇼고로다. 사람을 착각한 것이냐. 그렇지 않으면 야습인가?"

야노의 침착한 목소리가 울려 퍼진다.

선진에 선 네모토가 혀를 찬다.

"밝혀라, 정체를"

날카롭게 야노 쇼고로가 질타한다.

"심명활살류"

내려치듯 소리를 지르며 허리를 구부리고 허점을 노리고 있었던 네모토가 쇼고로를 향해 뛰어든다.

소리를 죽인 수월水月의 공격, 네모토의 팔이 쇼고로의 가슴팍에 닿는 순간, 한 발짝 뒤로 물러나 몸을 연 쇼고로의 한 팔이 상대의 목덜미를 잡는다. 당겨져서 네모토가 뒤로 물러서려고 했을 때는 이미 두 사람의 위치가 바뀌어 네모토의 등 뒤가 강물이었다. 몸을 뒤로 젖힌 채 힘주고 있던 네모토의 상반신에 힘이 잔뜩 들어간 것처럼 보였다. 그 순간 야노의 몸은 소리도 없이 한 개의 막대기처럼 저절로 넘겨졌고 네모토는 양발을 공중으로, 머리는 아래쪽을 향하며 그대로 강물로 떨어졌다.

앗! 하고 일동, 말소리를 삼킨 그 순간, 야노 쇼고로는 다시 강을 등 뒤로하고 서 있다.

멍하니 홀려버린 산시로.

나머지 5명 —— 중견 3명이 무언으로 원을 만들더니 조금씩 조금씩 허리를 숙이고 조여 온다.

"풋내기!"

라고 소리 지르고

"와라"

외침과 함께 야노의 소매를 꽉 쥐고 오른다리를 상대의 배후로 던진 후 야심찬 밭다리후리기를 시도한다.

"바보자식"

자기도 모르게 몬마가 중얼거린다.

흐트러지지 않은 야노의 자세에 대고 힘만 준 억지스러운 기술을 건 것은 정말로 가소로운 일이었다.

소매를 뿌리쳐지자 버드나무에 바람이 옆으로 스치듯이 6척의 몸집은 스스로 자신의 힘으로 2, 3보 제자리걸음을 한다 …… 그 죽 뻗은 허리부근에 흰 버선으로 한번 타격을 가하자, 남자는 맥없이 엄청난 물보라를 일으키며 강 속으로 사라진다.

다시 강을 등지고 조용히 자리 잡는 야노 쇼고로.

남은 사람은 4명 —— 그중의 2명이 좌우 양쪽에서 육박해 온다. 그러자 수비 자세였던 야노의 몸이 번뜩이더니 갑자기 오른쪽 적에게 달려든다.

"얍"

처음으로 야노의 입에서 밤기운을 찢어버리는 날카로운 기합소리가 세어 나온다. 뒤엉킨 두 사람의 힘이 서로 부딪쳐 주저앉았더니 또다시 오른발이 상대의 허벅다리에 가볍게 걸리자 야노 쇼고로의 몸은 하늘을 보며 넘어지고, 상대는 공중을 몸을 움츠린 채 공중제비를 하며 강으로 빠져버린다.

산시로는 황홀한 표정으로 멍하니 있을 뿐이었다.

투지를 불태우며 도전해 온 4명 째의 상대도 야노의 등 위에서 다리를 버둥버둥하며 결국 달빛을 부수며 물속으로 사라져 버렸다.

"제기랄"

후공을 맡은 핫타가 예리하고 사나운 전신에 살기를 띄우고 성큼 성큼 걸어와 야노 앞에 장승처럼 우뚝 버티어 섰다.

노려본다.

두 사람 모두 동상처럼 움직이지 않는다.

그러나 핫타의 몸이 살기와 투지로 가득해, 만지면 불을 뿜어낼 것 같은 것에 대해서 야노의 자세는 살기도 없고 춘풍에 휘날리는 버드나무와 같이 부드럽다.

두 주먹을 불끈 쥐고 관전하는 산시로.

입술을 깨문 몬마의 창백한 옆얼굴.

도라키치는 멀리 떨어져서 바보처럼 입을 벌리고 서 있다.

핫타의 호흡이 점점 거칠어진다. 핏줄이 붉거진 이마에 땀이 배어 나오다.

야노는 아주 조용히 있다.

그 조용한 야노의 얼굴에 순간, 희미하게 미소가 흐른다.

말의 거친 기세를 닮아 무섭고 날카로워진 핫타의 신경을 그것이 강렬하게 긁는다.

"빌어먹을!"

신음하듯 외치더니, 주먹을 불끈 쥐고 단숨에 야노의 미간을 향해 뛰어나간다.

야노의 오른팔이 핫타의 주먹을 받아 머리 위로 비켜 흘리는 동안 명치를 노린 핫타의 왼쪽 주먹이 쭉 뒤로 끌린다.

헉 하고 숨을 죽이는 산시로.

탁! 하고 내민 핫타의 왼쪽 주먹을 야노는 꽉 붙잡는다. 그대로 한발 한발 밀고 나간다.

엉킨 오른손은 서로의 어깻죽지를 잡고 있지만 핫타는 주춤주춤 후퇴하지 않을 수 없다.

"음"

하고 핫타는 무시무시한 형상으로 들뜬 허리를 다잡고 방어하고 는 본능적으로 만신의 힘을 다해 반격에 나선다. 두 걸음, 세 걸음, 네 걸음.

후퇴하는 야노의 등 뒤는 강이다.

다섯 걸음, 여섯 걸음, 일곱 걸음…… 한발 한발 물러서는 야노. 강까지는 겨우 1.8미터 정도……

산시로, 자신도 모르게 한걸음 나간다.

순간……

"에이"

기합과 동시에 야노는 상대가 밀고 오는 몸 아래쪽으로 몸을 쓰러 뜨리고 오른발을 그 아랫배에 건 순간, 핫타는 자기 힘을 이기지 못하고 쇼고로의 오른발을 축으로 해서 선명한 포물선을 그리며 허공을 날라 강으로 뛰어든다.

산시로는 휴하고 큰 한숨을 내쉰다.

그때 몬마 사부로가 멧돼지처럼 으르렁거리며 빠르게 일어서는 야노의 발로 헤엄치듯 매달린다.

야노의 몸이 쿵 쓰러진다.

"걸렸다!"

하고 도라키치가 뛰어간다.

두 몸이 엉켜 지상을 뒹군다.

가까이 다가간 도라키치, 갑자기 멈춰 서서 깜짝 놀라 뒤로 물러나 달아난다.

엎드려 무릎 밑에 눌려 있는 것은 몬마이다.

오른팔을 거꾸로 접힌 채 땅에 눌리고 있는 얼굴에서 신음이 새어 나오고 있다.

"으─음"

우지직, 뼈 소리가 울린다.

"이름을 대라"

"음…… 주, 죽여라"

"죽이지 않겠다. 팔도 꺾지 않겠다. 이름을 대라"

아, 앗하고 몬마 사부로는 신음하고 있다.

"리더인 듯한데, 무슨 원한이냐?"

"원한이 아니다…… 으, 응징이다"

"나를 말인가…… 어리석은 말을 하지 마라, 그런 일로는 무술가는 쇠퇴하기만 할 뿐이다"

"음, 네, 네놈 같은 애송이에게 창피를 당하고 살지는 않겠다…… 주, 죽여라"

"그 마음을 유술에 썼다면 훌륭했을 텐데. 아쉽구나"

하고 손을 떼고 야노는 일어선다. 그 발밑에 네 손발로 몸을 움츠리고 고개를 숙이고 있는 몬마 사부로.

"죽여라…… 죽여줘"

야노는 뒤도 돌아보지도 않고 걷어 올린 하카마 자락을 원래대로 하고, 인력거 바퀴에 걸친 하오리를 들더니 천천히 입고, 납작하게 짠 흰 끈을 묶으며 조용히 부른다.

"인력거꾼"

답이 없다.

"인력거꾼, 이제 괜찮다"

하고 야노는 주위를 둘러본다. 산시로가 뛰어나온다.

야노 앞에 나와 바닥에 무릎을 꿇고 양손을 짚더니 얼굴을 빛내며
"선생님, 제가 모시겠습니다. 타십시오"
　야노, 가만히 산시로를 내려다보고,
"자네가 인력거를 끌 겐가?"
"네"
　산시로는 쓰러져 있는 인력거를 일으켜 세우고 두어 번 앞뒤로
　밀어 바퀴를 시험해 보더니, 빙긋 웃고,
"괜찮습니다. 선생님"
　야노도 웃으면서
"그래, 그럼 부탁하네"
　올라탄다.
　산시로는 하카마를 벗고 옷자락을 걷어 올려 허리띠에 지르고 게
　타를 벗는다.
　게타를 들고, 그런데 이것을 어쩌나, 하고 잠깐 생각하다가 돌연
　게타를 내던지고 인력거의 채를 잡는다.
"허허허"
　하고 야노의 기분 좋은 웃음소리를 싣고 인력거는 쏜살같이 달리
　기 시작한다.
　그것을 분한 듯이 가만히 보고 있는 몬마.
　그 눈앞에 쓸쓸하게 남겨진 산시로의 게타.

(O·L)
　인력거 바퀴, 사람의 발길 속에 이리저리 뒹구는 산시로의 게타.

(O·L)
　빗속에서 쓸쓸해 보이는 산시로의 게타.

(O·L)
　산시로의 게타를 강아지가 물고 휘두른다.
　산시로의 게타에 눈이 조용히 내리고 있다.

(O·L)
　벚나무 꽃잎이 떠서 흐르는 강 말뚝에 걸려 있는 산시로의 게타.

(O·L)

산시로의 게타가 강물에 흘러가 화면에서 끊어진다.

뒤에는 불이 들어온 축제의 초롱이 조용히 흔들리고 있다.

7 그 강가의 길

사람들이 뿔뿔이 달려간다.

"싸움이다!"

축제의 초롱이 화려한 밤이다.

8 여름축제의 마을

그 마을 거리의 모퉁이에 사람들이 모여 있다.

군중 속에서 창백한 얼굴을 하고 몬마 선생의 딸 오스미가 망연자실해 있다.

그 발밑에서 꿈틀거리는 건달풍의 남자 셋과 내던져진 통나무 봉, 단도 등이 난투극의 흔적을 보여주고 있는 가운데, 산시로가 도라키치를 말을 타듯 양다리로 깔고 앉아 의기양양 큰소리치고 있다.

"어떠냐. 건달아. 수도관의 유도란 이런 거다……팔을 부러뜨리든 말든 자유자재란 말이지……"

"아, 아, 아파……제기랄……너야말로 건달이다……"

"뭐야!"

"모, 모, 몬마 선생님 댁에 놀리러 와서는 결국 내뺀 거는 누구란 말이냐"

"하하하……몬마에게 그리 일러라. 야습을 할 정도의 인간을 스승을 삼는 건 싫다고 말이다……알았는가?

"아프다. 아, 아"

"하하하하"

산시로, 유쾌한 듯이 웃고 있다.

그 어깻죽지를 누군가가 지지대로 쓰는 막대기로 때리다.

산시로 벌떡 일어나 자세를 취하다.

때린 것은 오스미다.

산시로, 화가 났지만 치솟는 힘을 쓸 곳이 없다.

그때 ⋯⋯

"하하하하"

하고 그 모습에 웃음을 터뜨린 구경꾼들이야말로 산시로의 먹잇
감이 된다.

힘쓸 곳을 잃은 산시로는 자신을 에워싼 축제에 어울리는 겉옷,
한텐半纏을 차려입은 용맹스러운 구경꾼의 무리를 향해 맹렬히
돌진해 간다.

철권이 휘날리고 통나무 봉이 날고 꽃 장식 우산이 날아오르며
한텐 차림의 젊은이가 와악~하며 혼란스러운 구경꾼 위로 떨어진
다.

어수선하고 난장판인 난투.

이성도 없다.

목적도 없다.

그저 분연한 투쟁의 귀신이 되어 날뛰는 스가타 산시로.

(O·L)

9 류쇼지 문

고요한 절 동네의 오후

10 류쇼지 서원 및 연못

야노 쇼고로가 책상을 앞에 두고 조용히 독서하고 있다.

뭔가 생각하는 듯이 눈을 들어 올린다.

석양을 가득 받은 서원 장지문 밖은 연못이다.

연꽃 그림자가 연못 수면에 길게 꼬리를 끌고 개구리가 저녁매미
와 경쟁하듯 울고 있다.

가만히 그 연못의 수면을 응시한 채, 야노는 움직이지 않는다.

맹장지를 열고 도다 유지로와 단 요시마로가 들어온다.

도다   "선생님, 스가타를 데리고 돌아왔습니다"

뒤돌아보는 야노에게 단은 재빨리

"선생님 너무 혼내지 말아 주세요. 첫 싸움 상대는 예의 몬마 사부로

거처를 드나드는 건달입니다…… 경찰에서도 따끔하게 응징했다고
오히려 기뻐할 정도이니까요"

   야노, 조용히 웃고,

"여기로 오도록 해라"

"선생님"

   하고 아직도 무슨 말을 하려는 단의 소매를 도다가 잡아당겨 제지
   하고 두 사람은 인사를 하고 떠난다.

   묵묵히 다시 정원을 바라보고 있는 야노.

   산시로가 들어온다. 공손히 절을 하고 불쑥 고개를 든다.

   뒤돌아 본 야노와 눈이 마주친다.

   산시로의 비장함이 담긴 눈에 대해서 야노의 눈은 미소를 짓고
   있는 듯하다.

"어떤가, 마음껏 던져서 기분이 좋았겠지"

"죄송합니다"

"나도 너의 활약을 보고 싶었다"

"……"

"강해졌다. 정말 강해졌다…… 너의 실력은 이제 나보다 나을지도
모른다. 그러나 스가타, 너의 유도와 나의 유도는 천지차이다"

"……"

"스가타, 너는 사람을 보면 어떻게 쓰러뜨릴까 하는 생각밖에 안하는
게지?"

"………"

"그 살벌한 마음가짐이 우직한 무뢰한의 투쟁심을 자극했다고 생각
하지 않느냐?"

"………"

"너는 인간의 길을 모른다…… 길을 모르는 자에게 유도를 가르치는
것은 광인에게 칼을 주는 것이나 다름없다"

"선생님, 저는 인간의 길은 알고 있습니다"

"거짓말!"

하고 야노가 맹렬히 질타한다.

11 복도

얼굴을 내밀고 있는 도다와 단.

12 서원

야노, 엄숙하게

"인간의 길은 충효의 길이다. 즉 천연자연의 진리이다. 이 진리로
죽음의 안심을 얻는다. 이것이 모든 길의 궁극점이다. 유도도 마찬가
지. 스가타, 너는 이 하나의 사실을 놓치고 있다"

"아닙니다. 선생님. 선생님 명령이라면 지금이라도 저는 죽을 수 있
습니다"

"입 다물어라! 나는 무뢰한 따위 앞에 가볍게 내던지는 생명을 말하
는 것이 아니다…… 대의를 위해 자신을 죽일 각오를 말하고 있는
것이다"

"선생님, 저는 죽을 수 있습니다. 충의를 위해서도, 효도를 위해서도"

"입 다물어라!"

다시 야노가 질타한다.

"나는 일개 무뢰한으로 타락한 너 따위의 입에서 나온 대답을 믿지
않는다"

"………"

산시로, 입술을 깨물고 초조해하다가,

"죽을 수 있어요"

하고 절규하더니 석양을 받아 반짝거리는 연못으로 서원 툇마루
에서 무작정 뛰어들었다. 물의 파문이 큰 파도를 만들자 연잎이
술렁이고 개구리도 황급히 물속으로 뛰어들어 우는 것을 멈추고
잠잠해진다.

헤엄치기에는 얕고 서 있기에는 너무 진흙이 많은, 그 연못 속에서
산시로는 발버둥을 친다. 정신없이 연꽃 한 송이를 잡았지만 연꽃
은 허무하게 부러진다.

진흙에 빨려 들어가는 발을 정신없이 빼내며 산시로는 진흙투성

이의 손을 뻗어 기슭 가까이에 박혀 있던 짧은 말뚝 하나에 겨우
매달려 서원을 올려다본다.

가만히 내려다보고 있는 야노 뒤에 언제 왔는지 도다와 단의 깜짝
놀란 얼굴이 있다.

말뚝에 매달려서, 스스로도 깜짝 놀란 듯한 얼굴로 올려다보고
있는 산시로.

"죽어라"

하고 한마디 산시로에게 던지듯 외치고 야노는 도다와 단을 가라
고 재촉하고 서원으로 들어가 딱 장지문을 닫아 버린다.

가만히 올려다보고 있는 산시로.

강하게 석양빛을 받고 있는 장지문 안은 사람이 없는 것처럼 적막
하고 고요하다.

(O·L)

그 장지문에 불이 들어온다.

서원 안에서는 램프 불빛에 야노가 집중해서 다쿠안澤庵의 『부동
지신묘록不動智神妙錄』을 읽고 있다.

그 옆으로 책상을 늘어놓은 도다와 단. 둘 다 머뭇머뭇 거리며
장지문 밖을 신경 쓰고 있다.

철썩! 연못 쪽에서 소리가 난다.

도다와 단, 얼굴을 마주본다.

단, 참을 수 없다는 듯이,

"선생님"

하고 부른다.

"뭔가"

"스가타는 저대로 연못에 들어가 있습니다…… 밤도 깊었고 몸이 견
디지 못합니다…… 제발 용서해 주십시오"

도다도 입을 모아,

"그놈은 난폭하고 고집스럽지만 저건 너무 불쌍합니다"

야노는 붓을 놓고 돌아보며,

"스가타는 나오고 싶으면 언제든지 연못에서 나올 수 있다"

"하지만 선생님의 허락이 필요합니다"

"가만있어도 나올 때는 나온다. 그러면 되느니라"

　　하고 야노는 다시 책상에 몸을 웅크리고 작업을 한다.

　　부탁드릴 방도도 없어 얼굴을 마주보는 도다와 단.

　　단, 다시 번쩍 고개를 들고 힘주어,

"선생님"

　　야노, 뒤돌아본다.

"선생님, 어떻게 해도 안 되겠습니까"

"아둔한 녀석, 스가타는 죽지 않는다고 생각하고 있다"

　　연못 속의 말뚝을 잡고 묵묵히 눈을 감고 있는 산시로.

　　드르륵~장지문이 열리는 소리.

　　눈을 번쩍 뜨며 얼굴을 반짝이며 올려다보는 산시로.

　　서원 창문은 여전히 닫혀 있다.

　　산시로, 실망한다.

"이놈, 자만심"

　　하는 목소리가 들려 쳐다본다.

　　서원과 직각으로 연결된 방의 툇마루에 스님이 서 있다.

"괴로운가, 산시로"

"……"

"대답을 안 하는 걸 보니 진리를 터득하기 글렀군"

"……"

"항복할 생각은 없나, 산시로"

"없습니다"

"하하하하, 그 기세라면 그대로 당분간 죽지 않을 게다…… 하지만 산시로, 네가 붙잡고 있는 그 말뚝은 뭔지 아는가?"

"……"

"자만심으로 가득 찬 녀석이 알리가 있나"

"말뚝입니다"

"그렇다. 생명의 말뚝이다…… 그것이 없이는, 너는 연못에 잠겨 버린다. 뭍에 오르기는 자신이 분하고, 말뚝이 없으면 죽는다"

"그만하시지요. 스님"

"몸은 차가워지고, 거머리는 달라붙고, 벌레는 빨아먹고 배는 고프다. 육지에 오르는 것은 분한데, 말뚝은 놓을 수 없다"

　　하고 스님은 불경을 외듯 단숨에 늘어놓더니 정강이의 모기를 찰싹 때린다.

"어때, 이쯤에서 항복하고 뭍으로 올라오너라"

"안 나가겠습니다"

"허, 참으로 고집 센 놈…… 그것도 괜찮겠지…… 머지않아 달도 뜬다…… 밤새 달을 바라보며 보내겠군"

　　하며 장지문을 꼭 닫고 들어간다.

　　　　　　　　　　　　　　　　　　　　　　　　　　(O·L)

　그 장지문의 불이 꺼지고 달빛이 비스듬히 비치고 있다. 달은 중천에 떠서 맑고 깨끗하다.

　그것을 이를 악물고 말뚝에 매달린 채 가만히 올려다보고 있는 산시로.

　개구리가 산시로 바로 옆에서 울기 시작한다.

　　　　　　　　　　　　　　　　　　　　　　　　　　(O·L)

　달은 류쇼지 지붕으로 기울어져 있다.

　산시로는 말뚝에 매달린 채 고개를 끄덕이며 선잠을 자고 있다.

　슬슬 말뚝 잡은 손이 느슨해져 산시로의 몸이 4,5치 정도 연못으로 빨려든다.

　눈을 크게 뜨고 필사적으로 말뚝에 매달리는 산시로.

　찰싹찰싹 하는 물소리가 잔잔한 밤공기를 흔든다.

　　　　　　　　　　　　　　　　　　　　　　　　　　(O·L)

　연못 수면 위로 아침 안개가 깔린다.

　멀리 닭 울음소리.

　산시로는 말뚝에 매달린 채 죽은 듯이 잠이 들어, 거의 목까지

찰 정도로 연못 속에 빠져 있는 것을 깨닫지 못한다.

뭔가 금속끼리 맞닿아 나는 소리가 울렸다.

산시로, 깜짝 눈을 크게 뜨고 말뚝을 잡고 힘껏 연못의 수면 위로 기어오르더니, 꿈에서 깨어난 사람처럼 주위를 둘러본다.

산시로의 바로 눈앞에서 갓 태어난 아기처럼 풋풋하게 연꽃이 피어 아침 안개 속에서 조용히 흔들리고 있다.

그것을 바라보고 있는 동안 산시로의 두 눈에 눈물이 흘러내린다.

슬픈 것이 아니다.

왠지 절절하게 기쁜 것이다.

"선생님!"

하고 절규하며 산시로는 말뚝을 이용해서 단숨에 연못에서 기슭으로 뛰어오른다.

"선생님! 선생님!"

장지문을 열고 야노가 나온다.

툇마루 끝에서 도다와 단이 달려온다.

스님도 뛰어나온다.

야노도 도다도 단도 스님도 어젯밤 그대로의 복장이다.

어린애처럼 흐느껴 울고 있는 산시로를 둘러싸고 아침 안개 속에 서 있다.

(F·O)

(F·I)

13 류쇼지 안

국화 향기가 나는 우물가에서 산시로가 빨래를 하고 있다.

산시로가 밟는 발밑에서 연습복이 철벅철벅 소리를 내며 물보라를 튀긴다.

"아, 기특하군, 기특해"

스님이 앞뒤로 튀어나온 머리를 흔들며 돌아온다.

"이상하게 조용하군"

"모두 외출했어요"

"잘됐네. 조용히 낮잠을 잘 수 있겠어"

그때 본당 쪽에서 날카로운 기합 소리가 들려온다.

스님, 얼굴을 찌푸리고,

"누구인가. 남아 있는 건"

"도라노스케…… 그리고 기도류起倒流의 이누마飯沼 선생님이 오셨
어요"

14 본당

텅 빈 강당에서 도라노스케에게 연습을 시키고 있는 이누마 고민
飯沼恒民.

15 류쇼지 안

스님과 산시로, 가만히 본당에서 들려오는 기합에 귀를 기울이고
있다.

스님 "흠…… 역시! 기합에 무게가 있군"

산시로 "음"

스님 "연습을 하고 싶게구나, 산시로"

산시로 "음"

스님 "연습금지의 선생님의 명령을 받은 지 얼마나 됐지?"

산시로 "2개월이요"

스님 "힘들겠지만…… 지금이야말로 마음을 다잡아야 한다"

산시로 "음"

스님, 어슬렁어슬렁 본당 쪽으로 간다.

산시로, 눈부신 듯 높은 가을 하늘을 올려다보며, 이마에 땀을
흘리며 연습복을 계속 밟는다.

그 산시로의 어깨를 얇고 긴 스틱이 두드린다.

산시로, 발을 멈추고 돌아본다.

눈앞에 외투를 걸친 키가 큰 남자가 오만하게 서 있다.

"야노 씨는 계신가"

"선생님은 안 계십니다"

"누군가 문인은 계신가?"

"저도 문인입니다"

"다른 사람은?"

"한 명 더 있습니다"

"그럼, 한번 연습대결을 부탁할 수 있나?"

"실례입니다만 성함이"

"양이심당류良移心當流 히가키 겐노스케檜垣源之助"

　　산시로, 다시 밟기 시작한 발을 무심코 멈춘다.

　　눈썹을 치켜들고 상대를 노려본다.

　　히가키도 창백한 얼굴에 냉소를 머금고 노려본다.

"오시지요"

　　산시로는 허둥지둥 게타를 신고 앞서서 걷기 시작한다.

16 본당

　　방 중앙에서 둘러보는 느낌으로, 조금 어두운 불단, 윗자리에 앉아 있는 이누마 고민, 복도에서 들여다보고 있는 스님, 한쪽에서 젊은 문하생에게 무언가 이야기하고 있는 산시로. 히가키는 본당을 둘러보고 천천히 연습복으로 갈아입으면서,

"너무 좁군. 위험하겠어"

　　하고 중얼거린다.

　　산시로, 그것을 곁눈질로 보면서 젊은 문하생의 귀에 대고,

"도라노스케, 알고 있겠지. 심당류의 히가키다"

"알고 있습니다"

"조심해서 싸워라"

"네"

"나중에 나도 싸울 테니"

　　하고 산시로도 재빨리 연습복으로 갈아입기 시작한다.

"히가키 씨, 아직 나이가 어리지만"

　　하며, 이누마는 앞으로 나온 도라노스케를 히가키에게 소개한다.

"니제키 도라노스케新關虎之助입니다. 잘 부탁드립니다"

　　하고 도라노스케는 아랫자리에 앉아 머리를 숙인다.

"자, 공격해 오게"

하고, 히가키는 아이에게 연습을 시키는 듯한 어조로 말하고는 벌떡 일어서서 손쉽게 도라노스케의 옷깃을 잡는다.

도라노스케도 순진하게 한 걸음 나가 두 손으로 히가키의 소맷부리와 목덜미를 잡는다.

헉하며 듯 손을 불끈 쥐는 산시로. 오른발과 오른쪽 어깨가 앞으로 나오는 우자연체右自然體로도 보이는 형태로, 히가키와 도라노스케는 왼쪽으로 움직인다.

보고 있는 스님.

"얍"

도라노스케가 허리채기를 건다.

미소 짓는 이누마.

히가키는 무너지지 않고, 스스로 무너진 도라노스케를 오른쪽으로 끌어들이고는 순간 6척의 히가키의 몸이 조그맣게 가라앉고 왼손이 도라노스케의 가랑이를 잡는다.

그대로 메어치기를 시도하려는지 도라노스케를 어깨에 메고 선다.

두 발을 동동 구르는 도라노스케.

히가키, 차가운 얼굴로 그것을 흔들면서, 휙 한쪽을 본다.

도장의 널빤지로 된 벽.

놀라는 산시로, 이누마, 스님.

빠직!

널빤지를 부러뜨리며 털썩 다다미에 떨어져 기절한 도라노스케.

달려가는 산시로와 스님.

일어서는 이누마

쏴~도장에 살기가 흐른다.

"다음은?"

하고 말하는 히가키의 목소리에, 축 늘어진 도라노스케를 안은 산시로가 창백한 얼굴로 돌아본다.

그때……

"히가키 씨, 내가 상대하지요"

하고 이누마가 쓱 나온다.

격분한 중년의 이마에 핏줄이 서 있다.

히가키는 그것을 손으로 제압하는 듯한 태도를 취하고,

"아니, 저는 유도의 야노 문하와 연습대결을 원합니다"

"흠…… 그럼 오늘은 그만 가주시길 바라오"

"그 문인은?"

히가키는 힐끗 산시로를 바라본다.

산시로는 이미 도장 한복판에 나와 있다.

"잘 부탁합니다……"

"안 돼, 연습대결은 안 돼"

날카롭게, 이누마가 외친다.

"히가키 씨, 안됐지만, 그 문인은 연습이 금지된 자이오. 그만 가주길
바라오"

"허, 그건"

히죽히죽 히가키가 웃는다.

산시로는 도장 한복판에 단좌한 채 이누마를 올려다본다.

"이누마 선생님, 하지만 이런 경우 야노 선생님도 용서해 주실 거라
고 생각합니다만"

"그건 야노 사범이 계신 다음의 이야기, 안 되네"

"하지만 선생님"

"안 되네"

산시로는 무릎 위의 주먹을 불끈 움켜쥐고 전신의 격노와 싸우듯
입술을 깨물고 세차게 히가키를 노려본다.

히가키 그런 산시로를 차갑게 내려다보고,

"자네의 이름은?"

"스가타 산시로"

"스가타……"

히가키의 뺨살이 실룩거린다.

"음, 머지않아 만날 수도 있겠지"

"선생님의 허락만 있다면 내일이라도……"

"그래, 서두르지 않아도 되네, 머지않아 유술과 유도가 자웅을 가리는 날이 올 것이다"

"기다릴 수 있나? 그때까지"

"음, 잊지 마라"

"잊지 않을 게다"

　　두 사람 계속 노려보고 있다.

　　한쪽에서 도라노스케를 보살피던 스님, 힐끗 히가키를 올려다보며 내뱉듯이 중얼거린다.

"안 돼! 뱀 같은 놈이야"

17 어느 길

　　한 처자가 걷고 있다……가난한 옷차림이면서도 가난에 찌들지 않은 밝은 얼굴.

　　그 아가리가 잘쏙한 큰 술병을 품에 안듯이 가는 가련한 뒷모습에 스윽 긴 스틱이 뻗어 어깨를 툭툭 친다.

　　깜짝 놀라 뒤돌아보는 처자.

　　히가키가 바로 뒤를 걸어온다.

"사요小夜 씨, 잠깐 할 얘기가 있소"

　　하고 턱을 살짝 올리고 자신이 먼저 길가 은행나무 아래, 흙으로 쌓은 제방에 걸터앉는다.

　　난처한 얼굴로 서 있는 사요.

　　히가키, 잠자코 와서 앉으라는 듯이 자기 곁을 스틱으로 두드리며 담배를 피운다. 사요, 어쩔 수 없이 다가가,

"얘기라니요"

"하하하하. 특별한 거는 아니오"

"……"

"하하하. 사실 얼마 전 요코하마에서 당신을 매우 닮은 외국 코쟁이 딸을 봤는데 정말 예쁘더이다. 갑자기 나는 당신 생각이 났소"

하고 담배를 툭 내던지며 말문을 닫는다.

　　둘 사이에서 담배가 조용히 한줄기 가느다란 연기를 내뿜고 있다.

"당신은 시집을 가겠지요? 사요 씨"

　　갑자기 히가키가 말을 꺼내자 깜짝 놀란 사요가 무슨 말을 하려고
하자, 그것보다 먼저,

"어차피 시집갈 건데……어떻습니까……나한테 오겠다고 약속해
주지 않겠소?"

　　사요, 화를 내며 몸을 피한다.

"승낙 여부를 들려주오"

　　하고 뒤쫓듯이 히가키.

　　빠르게 히가키에게서 멀어지는 사요.

　　히가키, 큰 걸음으로 걸어가 어깨를 나란히 하고 히죽히죽 짐짓
시치미 떼며,

"부끄러운가 보네, 사요 씨는"

"……"

"대답이 없는 것은 승낙의 표시로 인정해도 괜찮겠소?"

"아버지에게, ……아버지께 물어보세요"

　　사요는 입술을 깨물고 뛰기 시작하더니 골목으로 뛰어 들어간다.

18 무라이의 집 앞

　　사요, 달려와 한 채의 누옥으로 뛰어든다.

　　그 문에 걸려 있는 간판.

> 양이심당류 사범 무라이 한스케村井半助

19 무라이의 집

　　황급히 뛰어든 딸을 바라보며 무라이 한스케는,

"무슨 일이야? 힘이 넘치네"

　　하고 그 거칠게 수염이 자라 수척해진 뺨에 미소를 머금고,

"지금 문을 여는 모습은 개구쟁이가 과자를 달라고 뛰어드는 격인데"

　　하고 숨을 몰아쉬며 얼굴을 가린 채 부엌으로 숨는 딸을 바라본다.

드르륵~하고 격자문이 열리는 소리.

사요, 재빠르게 부엌의 장지문을 닫고 숨는다.

무라이, 이상한 얼굴을 하고,

"누구시오?"

하고 현관 쪽으로 묻는다.

"히가키입니다"

무라이, 잠깐 부엌 쪽을 돌아보고,

"들어오게"

히가키, 쓰윽 들어와서, 책상에 기대고 있는 쇠퇴한 스승을 압도하
듯 의젓한 태도로 인사한다.

"선생님, 건강은 어떠십니까?"

"음, 여전하네"

"술도 여전히 하고 계시지요"

무라이, 쓴웃음을 지으며,

"마신다고 할 정도는 마시지는 않네"

"피를 쏟을 정도로 위가 문드러지셨어요. 선생님은 술 한 방울도 안
됩니다"

"마실 수 있는 동안은 나쁠 리가 없지, 나도 마실 수 없게 되면 그것으
로 끝이야"

"그런 식으로 생각하시면 할 수 없지요"

하고 부엌 쪽을 향해,

"사요 씨, 차 한 잔 부탁해요"

라고 말한다.

무라이는 불쾌한 표정을 짓는다.

히가키는 태연히 무라이를 정면으로 바라보며,

"선생님, 실은 의논할 일이 있어 왔습니다. 두 가지가 있어요. 아니,
두 가지는 결국 한 가지이기도 합니다"

"무엇인가? 새삼스럽게"

"선생님, 선생님께서 경시청 무도사범을 그만두실 때 저를 추천해

주시기 바랍니다"

"그건 할 수 있네만"

"이것은 오직 저의 일신의 영달을 위해서 부탁하는 것이 아닙니다
…… 장래에 저는 유술계를 양이심당류로 통일하고 싶기 때문입니
다"

"음, 하지만 좀처럼 쉽지 않겠군"

"그러니까 보람이 있는, 그 대신이라고 하면 이상하지만, 선생님,
만약 그 일을 성공시킨 후에는 사요 씨를 저에게 주시겠다고 약속해
주십시오"

"허"

무라이는 쓴웃음을 지으며 부엌 쪽을 힐끗 쳐다보고,

"…… 그런 이야기는 갑자기 결정할 수는 없네…… 첫째, 자네는 간단
히 유술계의 통합이라고 말하지만, 당장 류쇼지의 야노 쇼고로는 어
떻게 하겠나?"

"그래서 말입니다. 실은 오늘 야노를 찾아갔습니다"

"!?"

"야노도 그럴듯한 제자 녀석도 없었지만…… 후후…… 한 명 혼쭐을
내주고 왔습니다. 지금쯤이면 난리가 났을 겁니다"

히가키는 차갑게 웃다가 날카롭게 무라이를 바라본다.

무라이, 불쾌한 얼굴로 시선을 돌린다.

20 류쇼지의 어느 방

창백한 얼굴을 한 도라노스케가 입술을 깨물고 울고 있다.

그를 둘러싸고 산시로, 도다, 단, 쓰자키, 그 외 문하생.

단 요시마로, 그 억센 얼굴에 흐르는 눈물을 연신 문지르며 참지
못하겠다는 듯이 고함친다.

"울지 마, 도라노스케, 그 정도의 상처로 우는 놈이 있나!"

"아파서 우는 게 아니에요…… 이제 이 몸으로는 유도는 못하고……
그게 속상해요!"

모두 숨을 삼키고 화석처럼 조용해진다.

(O·L)

21 서원

걸려있는 램프 빛 아래로, 좁은 방안에 빼곡히 문하생이 모여 있다. 야노 쇼고로의 조용한 목소리가 들린다.

"알겠는가, 다들 잘 듣거라. 수도관의 적은 히가키 겐노스케뿐만이 아니다"

야노는 책상 앞에 단연히 앉아 이야기하고 있다.

"오늘 경시청 미시마三島 총감을 만났는데, 총감은 경시청의 무술 대회에 수도관 유도도 참가하지 않겠느냐고 물었다. 타류 시합이다. 나는 꼭 참가하겠다고 답을 했다. 물론 시합 결과에 따라 무술 사범으로 나의 문하를 경시청으로 데려올 속셈일 것이다. 이것이 무엇을 의미하는 것인가…… 유도는 온 사방이 적이라는 것이다. 나의 의도는 결코 유술 제류를 적으로 돌리는 것이 아니었지만 시대의 흐름은 어쩔 수 없구나.

유술이라는 이름이 붙은 제류諸流는 기도류인 이누마 선생을 제외하고 모두 적이 될 것을 각오해야 한다. 현재, 경시청에는 도즈카류戸塚流의 기지마 다로木島太郎가 있고, 또한 양이심당류의 무라이 한스케가 있다. 또 항간에는 경시청의 무술사범을 목표로 하는 제류가 많다…… 실제로, 오늘 나는 이러한 것을 받았다"

하고 한 통의 서면을 꺼내들고,

"천신진양류의 야타니 손로쿠八谷孫六의 도장 개관식의 초대장이다 …… 그 끝에 이렇게 쓰여 있다"

하고 서면을 펼치고.

"…… 또한 당일 모범 시합으로서 귀유파의 수제자와 유술 모류某流 …… 유술 모류와의 연습대결을 거행하고자 하니 고제高弟 중 한 명을 추천해 주시기 바랍니다"

하고 읽고, 얼굴을 들고서는 가만히 반짝이는 눈으로 자신을 바라보고 있는 산시로, 도다, 단, 쓰자키 등에게 빙그레 웃어 보인다.

"이 모류라는 게 뭔지 아나?"

야노의 눈이 웃으며,

"이 초대장은 결코 나를 초대한 것이 아니다. 스가타, 아마 네가 아는 남자일 게다. 이건 ……"

산시로, 무릎을 치며,

"알겠습니다! 과연 선생님이 오시면 곤란한 거군요!"

하고, 어리둥절해 하고 있는 단, 도다, 쓰자키에게

"심명활살류야. 선생님에게 강물 속으로 처박힌 것에 대한 복수지"

"하하하 …… 그리고 자네의 …… 그래 …… 그 축제 때의 복수도 겸하고 있을지도 모르겠군. 그렇다면 이건 스가타, 자네가 나가지 않으면 상대가 실망하겠는데"

"선생님!"

하고 산시로, 눈을 반짝인다.

"스가타, 내일부터 연습을 시작해라 ……"

"선생님!"

"그런데, 스가타, 그 후의 세월, 몬마 사부로도 헛되이 보내지는 않았을 터"

"선생님!"

(O·L)

22 야타니의 도장

홍백의 장막 앞에는 빽빽이 구경꾼들이 조용히 앉아 있고, 한 층 높은 사범석에는 히가키의 냉소를 머금은 얼굴, 심명활살류의 면면들, 무라이 한스케, 이누마 선생 등의 얼굴이 줄줄이 보이고, 한창 내려간 말석의 타류대표 대기석이라고 적힌 종이 밑에는 예복 차림이 어울리지 않는 단이 주먹을 쥐고 눈을 접시처럼 크게 뜨고 경기장을 응시하고 있다.

경기장 중앙에 우뚝 서 있는 몬마 사부로의 형상은 인왕처럼 기세등등하다.

쿵, 쿵 힘차게 제자리걸음을 하고 다다미에 발을 문질러 지방을 떨어내자, 똑바로 산시로를 노려보며

"잘 부탁한다"

하고 포효하듯 말한다.

무릎을 반쯤 접고 있던 산시로, 이상한 얼굴을 하고 엉거주춤 일어나 정중하게 인사를 한다.

몬마, 인왕처럼 떡하니 버티고선 외친다.

"오너라!"

"그럼……부탁드립니다"

하고 산시로 태연히 느릿느릿 앞으로 나아가 그 왼손을 몬마의 소매에 걸고 오른손으로 목덜미를 잡는다.

"얍"

하고 몬마는 짐승처럼 한번 포효하더니, 산시로의 목덜미를 깊게 잡고 오른손을 거칠게 움켜쥐듯이 도복 앞을 잡고,

"으랏차"

닷, 닷, 닷 하고 바닥을 울리며 오른쪽으로, 오른쪽으로 달려 나간다.

산시로는 조금도 거스르지 않고 끌려다니는 대로 따라간다.

"으랏차"

긴장해 꼿꼿하게 보고 있는 단.

"으랏차"

냉소를 띠우며 보고 있는 히가키.

"으랏차"

미소를 지으며 보고 있는 이누마.

"으랏차"

몸을 불쑥 앞으로 내밀며 보고 있는 무라이.

"으랏차"

하며 계속 달리는 몬마.

그저 움직여지는 대로 따라가는 산시로.

그 둘의 다리.

그것이 딱 멈춘다.

몬마 한숨 돌리고 있다.

산시로는 태연하며 동요하지 않는다.

몬마, 그것을 세차게 노려보고,

"덤벼라"

하고 외치며 양손을 산시로의 소매 속 깊숙이 꽂고 움직인다.

한 발짝, 산시로는 물러난다.

몬마, 그것을 쫓는다.

도망치는 산시로.

쫓는 몬마, 뛰어들어 산시로의 소매를 깊숙이 잡는다.

산시로도 바짝 몬마의 양쪽 소매를 깊숙이 잡는다.

"바보 같은 놈!"

히가키가 내뱉듯 중얼거린다.

단이 바짝 몸을 내민다.

순간 몬마와 산시로가 뒤엉킨 두 몸이 하나가 되고, 볼처럼 날아가
는 몸을 바로 뒤로 휙 날려 버리는 산시로.

그 위를, 머리를 아래로, 목을 움츠리고, 다리를 오므리고 날아가
는 몬마. 쿵! 하는 울림.

앗! 하고 구경꾼이 모두 일어서서, 다음 순간, 딱 숨을 죽인다.
널빤지를 깔고 쓰러져 있는 몬마 위에 작은 장지문이 떨어져 사뿐
히 소리 없이 떨어진다.

산시로는 그 반대편 구석에 양손을 늘어뜨리고 조용히 서 있다.
엎드려 쓰러진 채 움직이지 않는 몬마와 양손을 늘어뜨리고 우뚝
서 있는 산시로. 오려낸 것처럼 꼼짝하지 않는 구경꾼. 보통 사진
과 같은 긴 컷.

"살인자!"

라고 하는 여자의 새된 비명이 그 정적을 깨뜨린다.

흠칫하고 돌아보는 산시로.

창에 주렁주렁 즐비한 구경꾼의 얼굴 중에 창백한 몬마의 딸, 오스
미의 얼굴이 있다.

그 눈.

그 증오에 찬 눈이 순간 산시로의 마음에 강하게 새겨진다.

(O·L)

23 거리

연습도복을 메고 걸어가는 산시로의 뒷모습.

거기에 겹쳐 강하게 새겨진 오스미의 눈이 시간이 지나도 언제까
지나 떠나지 않는다.

산시로, 급하게 걸어본다.

그래도 떠나지 않는다.

달려본다.

그래도 떠나지 않는다.

서 본다.

그래도 떠나지 않는다.

어쩔 수 없이 산시로는 오스미의 눈을 짊어진 채,

다시 빠르게 걷기 시작한다.

"스가타! 스가타! 왜 그래, 이봐!"

하고 단이 쫓아와 기가 막힌 듯 멈춰 선다.

(F·O)

(F·I)

24 무라이 집 앞

사내아이가 셋이 노래를 부르면서 지나간다.

♫ 저쪽에 오는 것은 산시로

저것을 건들지 마라 산시로

피해서 보내주어라 산시로

25 무라이 집 현관

기대어 놓여 있는 히가키의 스틱

26 무라이의 집

툇마루에 드러누운 히가키, 가만히 멀어져 가는 아이들의 노랫소
리에 귀를 기울이고 있다가, 엷은 웃음을 머금고,

"피해서 보내주어라 산시로······ 선생님은 경시청 무술대회, 그 산시
로와 경기를 하지"

하고 멀리 떨어져 앉아 있는 사요를 힐끗 쳐다본다.

사요   "알고 있어요"

"선생님의 목숨이 위태롭다 말이지. 만만한 경기가 아니오. 목숨을
건 싸움이야. 스가타는 활살류의 몬마를 던져 죽이고, 아이들이 노래
까지 부를 정도의 사나이야. 사요 씨"

"아버지는 이길 수 있어요"

"허허, 내가 보기에는 그런 자신감은 받아들이기 어렵군"

"아버지는 그 경기를 보고 돌아와서는 술을 딱 끊으셨어요"

"그렇다곤 하지만 선생님은 연세가 문제요"

"아니에요. 요즘엔 전과 비교해도 지지 않을 정도로 안색이 좋아지셨
어요"

"그리고?"

"그리고······ 그리고 전 신에게 빌고 있어요"

"하하하하······"

하고 히가키, 푸하고 웃으면서 일어나서는,

"사요 씨, 유술 제류 가운데 스가타를 이길 사람은 나밖에 없소"

"아버지는 이깁니다"

"아니, 무리라니까. 선생님을 안전하게 지킬 수 있는 사람은 나뿐이
오, 사요 씨"

하고 사요 쪽을 다시 본다.

사요, 무서워 뒤로 물러서듯 일어나,

"아뇨, 아버지는 이깁니다"

드르륵~하고 격자문이 열리는 소리.

사요, 활짝 밝은 얼굴이 되어 현관으로 뛰어나간다.

히가키, 쓴웃음을 지으며 정원을 본다.

"이제 오셨어요"

하는 사요의 목소리가 나더니 무라이가 쓱 하고 들어온다.

인사를 하는 히가키 쪽을 힐끗 보고 방을 가로질러 부엌으로 가서 자루가 길게 달린 국자로 물을 벌컥벌컥 맛있게 마신다.

늙었어도 정정한 활달한 기운이다.

히가키 쪽을 돌아보고,

"나는 말이지, 히가키 …… 술에 심신이 망가져, 일어난 것도 아니고 잠든 것도 아닌 나날을 반복하고 있던 이전의 생활이 꿈만 같네 …… 나는 싸울 게야 …… 상대에게 부족하지 않게 …… 그는 강해 …… 진짜로 강해 ……"

얼굴을 반짝이며 말한다.

"하하하 …… 지금쯤 이 무라이 한스케를 눈에 그리며 불덩어리처럼 날뛰고 있을 게다 …… 스가타 산시로"

27 몬마의 집 골목

산시로가 머뭇거리며 들어온다.

뭔가 무서운 것에라도 가까이 가듯이 걷다가 흠칫하고 멈춰 선다.

몬마의 집에 붙은 '셋집'이라고 써 붙인 패.

그것이 순간 산시로에게는,

"살인자!"

하고 외친 오스미의 증오에 찬 눈으로 보인다.

뭔가 무서운 무거운 짐을 진 사람처럼 자리를 뜨는 산시로.

♫　저쪽에 오는 것은 산시로
　　저것에 손대지 마라
　　피해서 보내주어라 산시로

하고 노래를 부르면서 아이들이 움씰 돌아보며 우뚝 선다. 산시로 곁을 비켜 달려간다.

28 류쇼지 안

스님과 단, 우물가에서 뭔가 빨래하고 있다.

단　　　"스님, 어떻게든 해 봐요! 스가타, 저대로는 망가집니다. 그 대결 이후 연습에 생기가 없어요.

스님　　"겁쟁이라 …… 만약 상대를 던져 죽였다고 생각하고 그것에 신경을 쓰고 있다면 반대로 그건 곧 자기도 던져 죽임을 당할지 모른다고 두려워하는 게야"

단   "아니, 그렇지 않아요, 스님…… 뭔가에 홀려 있어요…… 스가타는……"

두 사람 잠시 말이 없다.

인기척에 문득 고개를 든다.

오스미가 뭔가 비장한 얼굴로 가슴을 감싸듯이 하며 쏙~하고 현관 쪽으로 지나간다.

"이봐, 이봐, 처자"

스님이 불러 세우자, 허둥지둥 하며 인사하는 오스미.

스님, 물끄러미 오스미의 모습을 보면서,

"누구를 찾아왔는가? 내가 불러줄 테니"

"스가타 산시로"

하고 오스미는 작은 목소리로 말한다.

"스가타?"

하고 스님이 이상한 표정을 짓고 있을 때 갑자기 확하고 단이 튀어나와 오스미의 오른손을 비틀어 올린다.

번쩍하고 단도가 빛난다.

"스님, 이 자는 몬마의 딸입니다. 수상쩍다고 생각했는데 아니나 다를까"

"아니, 아니, 난폭한 짓은 그만 둬라……"

스님은 유유히 나아가 이를 악문 오스미를 바라보며,

"흠, 아름다운 얼굴이다…… 그러나 이 눈은 도조지道成寺의 종을 일곱 바퀴 반을 휘감은 뱀 요괴와 같아…… 단, 내가 이야기하겠다…… 이거 놓으라고 하는데…… 자네가 정말로 조여 버리면 그 가느다란 팔은 남아나질 않네"

돌로 된 다다미에 딸깍 떨어지는 단도.

(O·L)

29 스님의 방

　　　　　스님과 오스미, 서로 노려보고 있다.

　　　　　이윽고 스님, 갑자기

　　"자네는 정말로 냉엄한 눈을 하고 있군"

　　　　　오스미, 눈을 번쩍 빛낸다.

스님　　"자네는 아버지가 돌아가셨을 때도 울지 않았을 텐데……"

　　"……"

　　"울어라…… 울어주는 게 무엇보다 공양이다…… 고인 때문에 원망
하는 것은 무익하지. 첫째, 산시로는 네 아버지를 죽일 생각으로 던진
것이 아니다"

　　"그런 건 몰라요, 어쨌든 제 아버지를 죽인 건 스가타 산시로에요"

　　"말귀를 못 알아듣는 처자군…… 죽일 생각으로 죽인 것과…… 운명
적으로 죽을 계기를 건네게 된 것과는 큰 차이가 있네"

　　"이치가 어떤지는 모르겠습니다…… 스가타 산시로는 저의 원수
에요"

　　　　　스님, 가만히 오스미의 증오로 창백해진 얼굴을 바라고 있다가,

　　"그럼, 어떻게 하면 자네의 마음이 풀리겠는가?"

　　"죽이면…… 스가타 산시로를 죽이면"

　　　　　스님, 가만히 생각하다가,

　　"좋다"

　　　　　일어서서 책상 위의 단도를 휙 오스미 앞에 내던지고,

　　"곧 스가타가 돌아온다…… 맘대로 하거라……"

　　　　　하고 휙하고 벽을 향하고 조용히 결가부좌結跏趺座를 한다.

　　　　　오스미도 무릎 앞의 단도를 응시한 채 움직이지 않는다.

　　　　　누군가의 발소리에 깜짝 놀라 단도를 감춘다.

　　"이건 네 짐인가, 문 앞에 놓여 있었는데……"

　　　　　하고 단이 커다란 보따리를 들고 불쑥 들어와서는 그 자리의 무
　　　　　거운 공기에 이상한 얼굴을 하고, 짐을 툭 던지듯 놓더니 얼른
　　　　　나간다.

움직이지 않는 스님과 오스미만이 남는다.

(O·L)

반대로 툇마루 쪽을 보이게 한 구도.

스님과 오스미는 거의 처음과 마찬가지로 움직이지 않는다.

단지 어둠이 밀려와 두 사람의 모습은 검은 그림자가 되어, 희미하게 안개가 끼어 있는 메마른 연못과 희미한 불빛이 켜진 장지문에 떠 있다.

장지문에 밝게 불이 비치더니,

"스님, 다들 어디 갔소……아무도 없군"

하며 램프를 든 야노 쇼고로가 복도에 서 있다.

"허, 손님이 왔는가……이건 두고 가오"

하고 방으로 들어오려다가 휙 발길을 돌려 자리를 뜬다.

"누굴까……칼을 갖고 있었는데"

하고 쇼고로의 목소리가 세차게 장지문을 흔든다.

(O·L)

램프 밑에서 기분 나쁘게 빛나고 있는 단도.

그것을 중심으로 야노, 오스미, 스님, 묵연히 앉아 있다.

조용한 실내, 연신 벌레 소리만 난다.

"스님, 스님"

하는 목소리와 분주한 발소리.

"스님, 몬마의 딸은 어떻게 됐어요"

하며 산시로, 황망히 뛰어 들어온다.

오스미, 꽉 단도를 쥔다.

순간……

"바보 같은 놈!"

하는 일갈과 함께 산시로는 내동댕이쳐지고 그 산시로와 단도를 잡고 선 오스미 사이에 야노 쇼고로가 조용히 서 있다.

"허허허, 처자. 이 승부는 당신의 승리요"

라고 말하는 스님.

망연히 일어서는 산시로.

스님   "음······ 이것으로 됐다. 이것으로 몬마 사부로도 성불할 것이오"

가만히 산시로를 응시하고 있던 오스미, 단도를 뚝 떨어뜨리며 왈칵 울음을 터뜨린다.

고개를 떨구고 있는 산시로.

그 어깨를 야노가 잡는다.

"오너라!"

스님, 이상한 얼굴로,

"어쩌려고, 야노 씨"

"아니, 내가 용서 못하겠소"

스님   "무슨 말이오?"

"아니, 스가타는 무도를 이해하고 있지 못해요. 준엄한 무술가의 길을 걸을 각오가 되어 있지 않아. 감정에 사로잡혀 자신을 죽이지 못하는 미숙한 자에게 수도관을 대표로 해서 싸우게 했다고 생각하면 내가 부끄러울 따름이오"

스님   "음"

야노   "오거라 산시로······ 너에게 수도관 유도의 신념을 다시 가르쳐주겠다"

(O·L)

30 본당

달빛이 비쳐 들어오는 큰 방.

연습복으로 갈아입은 야노와 산시로가 그 큰 방의 중앙에서 마주 보고 서 있다.

두 사람의 그림자가 길게 다다미 위로 뻗어 있다.

잠시 후 야노가,

"지금의 추태는 뭔가. 내가 없었다면 넌 몬마의 딸에게 살해당했을 게다"

산시로 딱 얼굴을 든다.

"스가타! 너는 유도의 신념을 잊었느냐?"

"아닙니다. 선생님!"

"거짓말! 신념을 가지고 싸운 자가 왜 고민한단 말인가"

"하지만 선생님, 인간에게는 연민의 정이 있습니다"

"이상을 관철하기 위해서는 마음을 단단히 다잡아야 하는 경우도 있다······ 이 야노를 유술파의 총수라고 생각하고 덤벼라!"

산시로, 움직이지 않는다.

산시로, 내던져진다.

이내 벌떡 일어나 두 사람은 뒤엉켜 붙어 옆으로 흐른다.

야노   "우리의 이상은 자신을 버리고 순충보국殉忠報國의 생각을 일관하는 것 ······ 단 하나"

전광석화, 야노의 오른발이 날아가 눈이 번쩍 떠질 만한 안뒤축 후리기.

내던져지는 산시로.

야노   "덤벼라, 스가타! 그 이상은 유술과 싸운 승리의 실력으로 펼칠 수밖에 없는 것이다"

달려드는 산시로.

뒤엉키는 두 사람.

야노   "알겠는가, 스가타! 유도와 유술의 각축 속에서 진짜 일본 무도가 나오는 게다"

호쾌한 허리 채기.

둘이 뒤엉킨 채 쿵 하고 쓰러진다.

비단이 찢어지는 것과 같은 기합과 함께 창문으로 들어오는 달빛을 온몸에 받으며, 공방의 비술을 펼치는 두 그림자.

(F·O)

(F·I)

31 본당

스님이 투덜거리며 뒤집힌 위패를 바로 세우고 있다.

스님   "또 뒤집혔어. 나무아미타불, 나무아미타불. 풀로 붙여놨는데도 도통 효과가 없군"

하고 돌아보며 말한다.

"이놈, 산시로! 애당초 자네가 나쁘네"

"제가요?"

산시로는 장난치던 고양이의 네 발을 양손으로 받치고 두 자 정도 높이에서 떨어뜨린다.

고양이, 휙 몸을 돌려 네발로 착지한다.

"그렇다니까, 자네가 나쁘다니까…… 자네의 그것…… 야마아라시 (山嵐, 산에서 불어오는 광풍이란 의미인데, 유도에서는 '외깃잡아허리후리기'라는 기술로 현재는 금지되어 있다. 역자주) 뭔가 하는 기술이 안 된다는 게야"

"저만 그런 게 아니잖아요, 스님. 수도관 문인들은 모두 사람을 던지죠"

산시로는 다시 고양이를 낚아채 이번에는 한 자쯤 높이에서 떨어뜨린다.

빙글 돌아 착지하는 고양이.

스님　"아니다…… 자네와는 던지는 법이 다르지…… 그 증거로 말이지, 한때 자네가 기가 꺾였을 때는 위패도 이렇게 뒤집히지 않았거든……"

산시로는 이번에는 고양이를 대여섯 치 높이에서 떨어뜨리고, 고양이가 그래도 몸을 비틀어 엎드려 착지하는 것을 보고, 고개를 갸웃하며 생각에 잠긴다.

그것을 보고 스님은 비로소 고양이를 알아차린 듯,

스님　"그 고양이는 무슨 고양이인가?"

"오스미가 주워왔어요"

산시로는 여전히 고개를 갸웃한 채이다.

32 류쇼지 안

빨래를 널고 있는 오스미.

우물가에서 도라노스케가 연습복을 밟으면서,

도라노스케 "오스미 씨가 오고 나서 류쇼지도 변했어요, 제가 날뛰던 시절에는

그 빨랫감을 널어놓는 곳도 없었지요…… 냄비도 큰놈 하나밖에 없

었는데…… 물론 고양이도 없었죠"

"호호호호…… 그런데 도라노스케 씨는 옛날에 강했나요?"

"물론"

"그런데 왜 그만뒀어요"

　　도라노스케, 어두운 얼굴이 되어,

도라노스케 "어깨…… 어깨뼈가 부서졌어요!"

　　오스미, 눈썹을 찡그리며,

오스미　　"전, 유술이 싫어요"

"유술은 안 돼. 하지만 유도는 좋지요"

"마찬가지잖아요"

"아니에요…… 제 어깨를 으갠 놈은 유술의 히가키라는 놈이에요

…… 저는 그 원수를 갚기 전까지는 마음이 편치 않을 거예요"

　　오스미에게는 그 기분을 잘 알 수 있을 거 같았다.

　　가만히 애처롭게 도라노스케를 보고 있다가,

오스미　　"그 사람을 용서해 드리세요. 그래야 도라노스케 씨도 편해질 거예

　　요"

도라노스케 "아니, 용서하지 않겠어요. 히가키 겐노스케를 누군가 때려눕히기

　　전까지는 전 지옥의 바늘의 산에서 나갈 수 없어요.

　　도라노스케는 비통한 얼굴로 연습복을 계속 밟는다.

33 무라이의 집

　　히가키 겐노스케가 무라이 한스케를 다그치고 있다.

겐노스케 "선생님, 선생님은 병환 때문에 기권한다고 보고하셔야 합니다. 그래

　　서 유술가가 회생할 수 있다면……"

무라이　　"왜 그래야 하지!"

"저는 선생님보다 젊습니다"

"스가타의 상대를 자네가 하겠다는 것인가?"

"그렇습니다"

"자네는 경시청의 무술 사범이 아니네"

겐노스케 "하지만 선생님이 추천해 주시면 됩니다"
　　　　　"나는 총감에게 선택을 받아 싸우는 것이다. 비겁한 짓은 할 수 없네"
겐노스케 "비겁하지 않습니다…… 유술이 사느냐 죽느냐의 갈림길입니다"
　　　　　"그걸 살리느냐 죽이느냐는 우리의 마음가짐 하나에 달려있네. 단순
　　　　　히 승패에 달린 게 아닐세"
겐노스케 "어처구니가 없어서…… 지금은 문명개화의 시대입니다…… 양반
　　　　　은 얼어 죽어도 짚불은 안 쬔다는 말처럼 하면 굶어 죽을 뿐입니다"
　　　　　"시끄럽네!"
　　　　　두 사람, 한참 동안 서로 노려보고 있다.
　　　　　히가키, 분연히 부엌 쪽을 돌아보고,
　　　　　"사요 씨, 차 한 잔 주시오"
　　　　　하고 거만하게 말한다.
　　　　　"사요는 없네"
　　　　　라고, 무라이가 그 말을 바로 받아 대답한다.

34 신사의 경내

　　　　　울창한 삼나무 숲.
　　　　　야노와 산시로가 걸어온다.
　　　　　"봐라. 아름답지 않느냐"
　　　　　하고 야노가 갑자기 걸음을 멈춘다.
　　　　　산시로, 본다.
　　　　　신사의 배전 앞에 절하며 일심으로 기도하고 있는 사요의 그림
　　　　　같은 구도.
　　　　　가만히 보고 있는 야노와 산시로.
야노　　　"스가타, 이 아름다움은 도대체 어디에서 나오는지 알고 있나?"
산시로　　"……?"
야노　　　"…… 기도하는 중에 자기 자신을 완전히 버리고 있다…… 자신을
　　　　　떠나서 신과 한 몸이 되는 게지…… 저 아름다움 이상으로 강한 것은
　　　　　없는 걸세"
　　　　　산시로, 가만히 보고 있다.

　　　　　　일심으로 기도하고 있는 사요의 청아한 얼굴.

야노　　　"우리는 여기서 물러갈까……"

　　　　　　하고 야노는 멀리 신전을 향해 고개를 숙인다.

　　　　　　산시로도 그것을 따라한다.

야노　　　"음, 좋은 것을 보았구나, 스가타. 기분이 좋다…… 참으로 상쾌
　　　　　하다!"

　　　　　　하고 야노는 발길을 돌린다.

　　　　　　산시로, 그 뒤를 따라가며 돌계단을 내려가다 다시 한 번 돌아본다.

　　　　　　배전 앞에 조아린 채 조각상처럼 움직이지 않는 사요.

　　　　　　갑자기 몸을 돌려 돌계단을 뛰어 내려가는 산시로.

　　　　　　　　　　　　　　　　　　　　　　　　　　　　　　(O·L)

35 신사의 돌계단

　　　　　　조용한 비다.

　　　　　　젖은 돌계단을 우산을 쓴 산시로가 올라온다.

　　　　　　덜그럭거리며 끈이 끊긴 굽 높은 게타가 떨어져 굴러와 산시로의
　　　　　발밑에 멈춘다.

　　　　　　산시로, 그것을 주워들고 돌계단 위를 올려다본다.

　　　　　　어찌할 줄 모르는 사요가 반쯤 펼친, 큰 고리 모양의 무늬가 박혀
　　　　　있는 우산 속에서 한 발로 서 있다.

　　　　　　산시로, 그 굽 높은 게타를 들고 돌계단을 올라간다.

"매듭을 고쳐 주겠습니다"

"아니에요. 괜찮아요"

"맨발로는 돌아갈 수 없습니다"

　　　　　　하고 사요에게 우산을 건네고 허리춤의 수건을 재빨리 찢는다.

"그걸 주시면 제가 매듭을 고칠게요……"

"제가 더 빠르고 잘합니다. 자, 여기 위에 한쪽 발을 올려놓고"

　　　　　　라며, 수건을 접어 돌계단 위에 얹는다.

"죄송합니다"

　　　　　　사요는 맨발을 수건 위에 수줍게 올려놓는다.

조용히 내리는 비.

우산을 쓰고 있는 사요와 몸을 굽혀 열심히 게타의 매듭을 고치고 있는 산시로를 감싸고 조용히 내리는 비.

"조금 조일 지도 모르겠습니다"

하고 산시로, 일어선다.

그 산시로 바로 눈앞에

"저, 정말…… 죄송합니다"

하는 겸연쩍은 듯한 사요의 아름다운 얼굴이 있다.

산시로, 당황하여 꾸벅 절을 하며 몸을 돌려 돌계단을 오르려 한다.

"저…… 우산"

산시로, 머리를 긁적거리고 우산을 받아들자 뛰어오르듯 돌계단을 뛰어 올라간다.

멍하니 바라보는 사요, 발밑의 수건을 깨닫고,

"저…… 수건"

라고 말했을 때는, 이미 산시로는 비에 젖은 삼나무 숲속으로 사라져 버린 뒤다.

난처한 듯이 서 있는 빗속의 사요.

(O·L)

36 신사의 돌계단

사요가 올라온다.

위를 올려다보고 깜짝 놀란 듯이 선다.

산시로가 내려와 이쪽도 놀란 듯 멈춰 선다.

두 사람, 잠시 말없이 마주보고 있다.

사요, 눈을 아래로 향하고 머뭇머뭇,

사요   "지난번에는 고마웠습니다"

산시로   "아니……"

"그 수건을……"

"괜찮습니다. 괜찮습니다"

"하지만…… 보내 드릴게요…… 제가"

"괜찮습니다"

"그런데, 사시는 곳은요? ……"

"정말 괜찮습니다"

하고 산시로, 쏜살같이 게타 소리를 울리며 달려 나간다.

(O·L)

37 신사의 돌계단

산시로가 돌계단을 올라온다.

사요가 내려와 깜짝 놀란 듯 멈춰 선다.

사요 "어머, 안 오신 줄 알았거든요…… 저"

"괜찮습니다"

산시로, 맹렬히 돌계단을 뛰어오른다.

망연히 배웅하는 사요.

(O·L)

38 신사의 돌계단

사요, 깨끗이 빨아 접은 수건을 들고 돌계단 위에 서서 내려다보고
있다. 기다리기 힘들었는지 돌계단을 2, 3단 내려왔을 때, 돌계단
위에 산시로가 게타 소리를 울리며 나타난다. 사요는 돌계단을
올라가 산시로와 마주하고서는 공손히 고개를 숙인다.

"그때는……"

하고 사요, 수건을 내민다.

"아, 일부러 빨아주시고 ……"

"아니, 정말 감사했습니다"

사요, 빙긋 웃으며 둘이서 같이 돌계단을 내려가기 시작한다.

산시로 "매일 무슨 참배를 합니까?"

사요 "아버지가 시합에 이기기를 ……"

산시로 "흠…… 당신의 아버지는 어떤 일을 하시는지요?"

사요 "유술입니다"

산시로, 반짝 눈을 번뜩이며,

산시로   "실례지만, 존함이?"

사요   "무라이 한스케……"

산시로, 갑자기 멈추어 선다.

"이번에 수도관의 유도와 경기를 하게 되었지요"

하고 사요, 두세 계단 내려와 뒤돌아본다.

산시로는 이상하게 비통한 얼굴로 움직이지 않는다.

무슨 일입니까, 라고 묻듯이 사요는 고개를 갸웃하며 올려다본다.

산시로는 감정을 숨기려는 듯한 목소리로.

산시로   "당신은 그 아버지의 상대를 알고 있습니까?"

"알고 있어요"

사요는 고개를 크게 끄덕이며.

"스가타 산시로라는 사람이에요. 젊지만 아주 강한 사람이라고 아버
지가 말씀하셨어요"

산시로, 가만히 사요를 내려다보다가,

산시로   "저는 볼일이 생각났습니다……실례합니다"

하며 갑자기 절하고 뛰어 내려간다.

깜짝 놀라 내려다보고 있는 사요.

산시로, 돌계단 중간에 멈추더니 다시 뛰어올라 사요를 굳은 얼굴
로 올려다보며 말한다.

산시로   "제가 그 스가타 산시로입니다"

라고 외치며 다시 쏜살같이 달려 내려간다.

아연실색하는 사요.

산시로   "아버님의 무운을 빕니다"

하고 돌계단 밑에서 소리치며 달려가는 산시로.

돌계단 중간에 서 있는 사요.

(F·O)

39 경시청 도장 문 앞

경시청 무술 대회

라고 쓰여 있는 삼나무 잎의 아치.

그 옆 천막 안에서는 음악대의 빠른 행진곡. 꾸역꾸역 몰려드는 군중.

"이럇~!"

인력거꾼의 구호도 씩씩하게 인력거를 타고 온 관원.

때각! 때각! 말발굽 소리도 힘차게, 마차를 옆으로 대는 요직의 대관.

40 경시청 도장 복도

검劍 도구, 유도복을 든 무술가들이 분주히 왕래하고 있다.

그 한구석에서 도다와 단이 안절부절못하고 있다.

단   "뭘 하고 있는 거야, 스가타는"

도다   "음. 우리가 나올 때 같이 가자고 했는데 아직 이르다고 해서……
         정기正氣의 노래인지 뭔지를 보고 있었어"

단   "에이, 마음 졸이게 하지 말라고"

41 류쇼지의 어느 방

책상 앞에 산시로가 단좌하여 후지타 도코藤田東湖의 정기의 노래
를 펼쳐놓고 낮은 목소리로 읊고 있다.

"천지간의 정대正大의 기氣

순순함 그대로 신국 일본에 모여든다.

뛰어나게는 후지산富士山이 되어

위용 넘치게 영원히 솟아 있도다"

남면한 장지문이 온통 빛을 받아 마른 가지의 그림자가 조용히
흔들리고 있다.

"물이 되어 부으면 큰 바다의 물이 되어

한가득 넘실대며 팔주八洲를 돌고,

꽃으로 피면 만수의 벚꽃이 되고……"

하고 읊어가던 산시로, 공空을 머릿속으로 새기며 꼼짝 않고 입을
닫는다.

(O·L)

42 신사의 돌계단

사요가 올라간다.

(O·L)

43 신사 배전 앞

공손히 절하는 사요.

(O·L)

기도하는 사요의 얼굴.

44 류쇼지 어느 방

펙!

갑자기 머리에 철권을 먹고 산시로가 뛰어오른다.

스님이 우뚝 서 있다.

"바보 같으니! 중요한 경기를 앞두고 얼빠지게 무슨 생각을 하는가?"

산시로, 머리를 쓰다듬으며,

산시로 "안 되겠어요, 스님…… 저는 아무래도 이길 수 없어요"

스님 "뭐라, 무라이 한스케가 두려운가?"

산시로 "아니요…… 그 무라이와 나 사이에 어떻게 할 수도 없는 사람이 서 있어요……"

스님 "흠…… 누군가?"

산시로 "무라이의 따님입니다"

"호오!…… 반했는가?"

"아니…… 그렇지는 않은 것 같아요……"

스님을 힐끗 쳐다보며 말했다.

"스님…… 저는 그 처자가 자신을 버리고 아버지를 위해 기도하고 있는 아름다운 얼굴을 보고 말았습니다…… 그게 저를 곤란하게 합니다……"

스님, 가만히 산시로를 내려다보고 있다.

산시로 "…… 그 아름다움을 이기려면 어떻게 하면 좋을까요, 스님!"

"어리석은 놈!"

하고 깨진 종처럼 스님이 외친다.

"너도 그 처자처럼 무심해지면 좋으련만……"

"저는 안 됩니다"

"아니, 될 수 있어…… 자넨 된 적이 있네"

"언제 말이지요? 스님"

스님, 잠자코 뜰을 가리킨다.

45 류쇼지 뜰

메마른 연못.

46 어느 방

가만히 응시하고 있는 산시로.

스님   "수도관의 스가타 산시로는 그곳에서 태어난 게다"

47 류쇼지 뜰

메마른 연못.

48 어느 방

가만히 응시하고 있는 산시로.

스님   "너는 그 목숨을 잊어버렸느냐?"

49 류쇼지 뜰

연못 한쪽에 있는 말뚝.

50 어느 방

가만히 응시하고 있는 산시로.

스님   "네 목숨이 무엇이냐, 산시로"

51 류쇼지 뜰

연못의 말뚝.

52 어느 방

연습복을 움켜잡은 산시로의 손.

연습복을 쥐고 뛰쳐나가는 산시로.

53 복도

산시로, 힘껏 달려온다.

모퉁이에서 오스미와 도라노스케와 부딪친다.

깽! 하고 산시로의 발밑에 떨어지는 것이 있다.

오스미의 고양이이다.

"아이고, 불쌍하게!"

오스미가 손을 내미는 것보다 빨리 산시로가 고양이를 집어 들어 올린다.

"스가타 씨, 아직 안 갔어요?"

라고 묻는 도라노스케에게는 대답하지 않고, 산시로는 고양이를 휙 하고 거꾸로 떨어뜨려 본다.

고양이는 몸을 빙그르르 돌려 네 발로 착지한다.

산시로, 조금 고개를 갸웃하고 그대로 달려간다.

어이없다는 듯한 얼굴로 마주보는 오스미와 도라노스케.

54 류쇼지의 문

뛰쳐나가는 산시로.

55 경시청의 어느 방

가문을 새겨 넣은 하카마 예복 차림의 무라이 한스케가 조용히 들어와서는 의외의 얼굴을 하고 서 있다.

미시마 총감과 히가키가 마주 앉아 의자에 앉아 있는 것이다.

미시마 "오, 무라이 사범, 이 청년이 당신을 대신해 시합을 하고 싶다고 간청을 하고 있소만"

"네"

한스케는 선 채로 가만히 자신의 발밑을 바라보고 있다.

미시마 "그렇게 해볼까…… 수도관도 야노사범 대신에 스가타라는 자를 내세우고 있고……"

"각하, 오늘 경기는 역시 제가 할 수 있도록 해주십시오"

한스케는 히가키에게는 눈길도 주지 않고 총감을 직시하고 대답한다.

미시마 "역시 당신으로 해야"

"네, 저 외에 심당류를 대표해 출전할 사람은 없습니다"

"무라이 선생님, 그게 무슨 뜻입니까?"

하고 히가키가 물어뜯듯이 말한다.

무라이는 총감을 바라본 채

"힘의 강약은 둘째치고, 그 품성, 인격이야말로 경시청 대회에 출전할 자격을 결정한다고 생각합니다.

미시마   "잘 말씀했소. 히가키군은 듣던 대로일세"

히가키, 화가 나 무라이를 노려보며,

"선생님, 선생님은 어떻게 보면 배신자입니다"

"입 다물거라!"

라고 일갈한 것은 미시마였다.

"어리석은 자군. 이 시합에 의해서 일본 무도는 번창은 하지만 결코 쇠퇴하지 않을 것이네. 한 유파, 한 개인의 성쇠흥폐가 문제가 아닐세! 자, 돌아가게"

히가키, 의기양양하게 어깨를 들썩이며 창백한 얼굴에 냉소를 머금고 일어선다.

56 同·복도

산시로, 달려온다.

도다, 단, 쓰자키 등의 면면이 제각기 둘러싸고,

"늦었어, 스가타"

"오늘 같은 시합을 어떻게 생각하길래……"

"빨리빨리 준비해라"

라고 제각기 크게 떠들며 격려하려고 하지만, 산시로는 한쪽을 가만히 노려본 채 움직이지 않는다.

도다, 단, 쓰자키, 이상한 얼굴로 그 시선을 쫓는다.

히가키 겐노스케가 냉소를 머금고 서 있다.

히가키   "자네는 행복한 사람이군"

산시로   "왜지?"

"늙은이! 오늘 시합을 나에게 맡기지 않는군"

"하하, 서두르지 마라. 언제가 만날 날도 있을 테니"

"음, 잊지 마라"

"잊어버리지 않겠다"

두 사람은 서로 노려본 채 움직이지 않는다.

57 경시청 도장

경기장 다다미 주위에 팽팽하게 쳐진 밧줄을 넘어서 밀려나온 관중부터 창문 가득 얼굴을 들이대고 보려는 관중까지 엄청나게 많은 얼굴들의 누적이다. 경기장의 후터분한 사람들의 훈김 속에서 관중들의 손에 쥔 시합 프로그램이 제각기 초조해하며 흔들리거나 하나의 율동을 만들어 정연하게 움직이거나 하면서 무언가를 가만히 기다리고 있다.

초대석 한쪽에 앉아 안절부절못하고 있는 단의 소매를 도다가 끌어당긴다.

"진정해라…… 선생님을 봐라. 선생님을 얼굴을 봐서라도 선생님처럼 하고 있게"

고요한 상석, 미시마 총감을 중심으로 요직의 대관이 꽉 들어찬 가운데 이누마 고민과 나란히 야노 쇼고로가 눈을 감고 조용한 앉아 있다.

"모범 타류 시합" 하는 큰소리에 번쩍 눈을 뜬다.

경기장 한구석에서 정복을 입은 순경이 외치고 있다.

"양이심당류 무라이 한스케 사범"

박수와 함성이 서쪽 관람석에서 터져 나오고 관중들 사이에 작게 마련된 대기실과 통하는 길을 무라이 한스케가 느긋한 걸음으로 걸어온다.

총감석에 한 번 절하고 무라이는 조용히 다다미에 앉는다.

"수도관 야노류 산시로군"

우레와 같은 박수와 함성이 동쪽 관람석에서 터져 나온다. 그 속에서,

"군이라고 부르는 건 또 뭐냐! 선생이라고 불러라!"

누군가 고함친다.

"입 다물어라. 쫓아낼 테니"

"공평하게, 공평하게"

"그쪽은 쭈그러져 있어라"

서쪽과 동쪽 관람석에서 야유가 빗발치듯 오고간다.

호출 담당 순경, 보다 못해 뭔가 말을 하려고 한다.

그때 모든 관객들이 갑자기 조용히 숨을 죽인다. 동쪽 관람석의 관중들이 어깨를 돌리고 몸을 비틀어 열어준 길을 스가타 산시로가 가뿐한 발걸음으로 나온 것이다.

곁눈질로 야노 쇼고로가 그 모습을 일별한다.

산시로는 스님에게 얻어맞은 머리를 주술을 거는 듯 살짝 문지르고는 야노 쪽을 향해 머리를 숙인다.

박수가 터지고 곧 조용해진다.

쇼고로, 살짝 미소를 짓다가 눈을 정면으로 바로 향하고 그대로 움직이지 않는다.

산시로는 무라이와 마주보고 경솔하게 보일 정도로 아무렇지도 않게 다다미에 앉는다.

두 사람, 서로의 눈을 마주친다.

무라이의 맑은 눈.

산시로의 천진한 눈.

두 사람은 공손히 두 손을 짚고 절을 나눈다.

"승부, 30분. 심판 없이 거행한다"

하고 심판석에서 한 명이 일어나 두 사람에게 선언하고 그대로 자기 자리로 돌아간다.

산시로와 무라이, 재빠르게 튕기듯이 일어선다.

둘의 간격 석 자.

눈을 서로 마주친 채 서서히 오른쪽으로, 오른쪽으로 조금씩 움직이고, 두 사람의 위치가 바뀐다.

그때 두 사람 간격 두 자.

다시 서서히 움직여 제자리.

두 사람 간격 한 자.

딱 정지한 순간.

"간다"

낮지만, 날카로운 목소리가 한스케의 입술에서 새어나온다.

한스케의 팔이 먼저인지 산시로의 손이 먼저인지 이미 둘은 엉겨붙었다.

서로 목덜미와 소맷자락을 잡고 한스케는 약간 오른쪽으로 벌리고 산시로는 왼쪽으로 살짝 벌린 자호체自護體, 허리를 한껏 견고하게 떨어뜨리고 그대로 움직이지 않는다.

이윽고 한스케는 오른쪽으로 반걸음 움직인다.

이어서 또 반걸음 물러선다.

하지만 산시로의 발은 소리도 없이 한스케의 반보에 대해서 다섯 치 많고, 다음 반보에는 한 자 가까이 먼저 옮겨져 있다. 산시로의 몸은 균형을 잃지 않고, 단지, 큰 이동으로 허리가 늘어나 자연체自然體에 가까운 자세가 되어 있다.

한스케는 오른쪽 구석으로 여전히 당기는 것 같다가, 번쩍하는 동작. 왼쪽 다리가 산시로 뒤로 날아간다.

깜짝 놀라는 관중.

매서운 기술의 기합이 소리 없는 진풍陣風을 일으키고 한스케의 몸이 산시로를 날아 올릴 기세로 부딪친다. 그 순간 산시로의 오른발이 한스케가 뻗은 오른발을 살짝 흘리며 왼발을 뗀 채 이미 우뚝 서 있다.

긴장을 푸는 관중.

한스케, 호흡을 살피며 다시 밭다리 후리기에 나서지만 같은 결과다.

이번에는 두 손을 아래로 내리고 산시로는 여섯 자 정도 가볍게 물러난다.

한스케, 따라붙어서 다시 엉긴다.

산시로의 양쪽 소매를 손바닥 안에 감아쥐고 그대로 올려버릴 기세로 왼쪽으로, 왼쪽으로 돌리기 시작한다. 산시로는 일절 이 힘에 저항하지 않는다.

그 표연飄然한 움직임.

다다미 서른 장의 경기장도 이쯤 되니 좁아 보인다.

관중의 눈이 일제히 두 사람을 쫓는다. 그 눈이 딱 멈춘다.

순간, 한스케, 정지하고서는 바짝 허리를 끌어 전신의 힘을 양팔에 집중시켜, 먼저 가볍게 밀어 넣고, 그 힘을 배가해 앞으로 끌어당기고 다시 몸을 움츠려 산시로의 안짱다리를 안쪽에서 끌어안는다.

엇~하고 허리를 일으키는 관중.

높이 산시로를 옆으로 쓰러뜨려 어깨에 짊어진 한스케.

"걸렸다!"

관중 속의 날카로운 외침.

"에잇!"

하고 한스케의 기합.

와~하고 일어서는 관중 앞에 산시로의 몸이 허공을 날아 고양이처럼 빙글 공중제비를 하더니, 약간 허리를 굽힌 자세로 우뚝 서 있다.

휴~하고 한숨을 내쉬고 주저앉는 관중.

한스케, 눈을 부릅뜨고 쾅 쾅 쾅 쾌앙 하며 다다미를 박차고 산시로에게 달려든다.

그 적의 뻗어오는 왼쪽 발에, 산시로의 왼발이 날아간다. 쿵 하고 한스케는 다다미에 엉덩방아를 찧는다. 하지만 상대방의 소매를 잡은 손을 놓지 않고, 오른손을 절반 정도 뒤로 향한 산시로의 허리띠 쪽으로 감아 잡고는, 앉으면서 아이를 안고 일어서는 자세로 가볍게 산시로를 뒤로 안더니 우엉을 뽑아내듯이 단숨에 쑥 어깨 언저리까지 끌어올린다.

"토!"

하고 간장을 쥐어짜는 듯한 기합.

한스케는 몸을 위를 향하게 하여 쓰러지면서 산시로를 머리 너머로 던진다.

일어서는 관중.

벌떡 일어나 기술의 결과를 확인하려는 한스케.

공중제비를 하고 허공에 턱하고 다다미에 선 산시로.

위로는 총감부터 아래로는 창문에 매달린 구경꾼에 이르기까지 아연실색하고 숨을 죽인 다음 순간, 장내는 이상한 규환으로 가득 찬다.

천연덕스럽게 서 있는 산시로.

어깨를 들썩이며 숨을 쉬면서 멍하니 서 있는 한스케.

── 간격 ──

팟 하고 산시로가 그 품에 뛰어들자 이번에는 반대로 산시로가 한스케를 잡아 돌리기 시작한다.

한스케는 허리를 당기고, 고꾸라지듯이 타다닥, 두 발, 세 발 끌려가 버린다. 멈춰 서지 못하고 그대로 타닥, 타닥 다다미 두드리는 듯한 발소리를 내며 앞으로 넘어질 듯 걸어 나간다.

열 걸음, 열다섯 걸음…….

다다미 서른 장의 경기장을 반 바퀴 돌았을 때 참다못한 한스케의 왼발이 산시로의 오른발 뒤꿈치를 확 걸어낸다.

── 간격 ──

산시로의 걸어차인 오른쪽 뒤꿈치가 한스케의 발목에 찰싹 붙어 있는 상태에서, 안으로 들어간 어깨로 한스케를 떠안으면서 상대의 발목을 힘껏 털어 버린다.

산시로의 머리 위에서 한스케의 발은 먼 허공을 차고 몸은 산시로를 중심으로 바퀴처럼 반원을 그리며 쿵 하고 다다미에 떨어진다.

아우성치는 관중.

단은 자신도 모르게 도다의 어깨를 두드리며 일어선다.

야노는 가만히 애처롭다는 눈빛으로 움직이지 않는다.

엎드려 있던 한스케, 비슬비슬 일어난다. 머리를 흔들며 몽롱하게 둘러보는 한스케.

한스케의 눈으로 본 광경 —— 도장 안의 웅성거림이 먼 바닷소리처럼 들리고 관중의 얼굴의 누적이 흐린 초점으로 흘러가고, 그 팬(pan)이 눈앞에 서 있는 산시로에게 몽롱하게 멈추더니 깜짝 놀란 듯 거기에 초점이 맞춰진다. —— 간격 —— 홱 산시로가 덤벼든다.

한스케 또다시 허공을 난다.

다다미와 관중, 그리고 천장이 빙글빙글 돌고…… 꽈당, 다다미에 떨어지는 한스케의 상반신. 거기에

"아버님은 반드시 이깁니다"

라고 말하는 사요의 얼굴이 겹쳐지고…… 한스케, 일그러진 얼굴을 쳐든다. 거기에,

"저는 선생님보다 젊습니다"

라고 말하는 히가키의 냉소를 머금은 얼굴이 겹쳐져서……

한스케, 다시 맥이 풀린다.

거기에,

"한 유파, 한 개인의 성쇠흥폐가 문제가 아닐세!"

라고 말하는 미시마 총감의 얼굴이 겹쳐져……

한스케, 필사적으로 한 손을 다다미에 지탱하고 일어선다.

마치 우는 듯한 얼굴로 그것을 바라보고 있는 산시로.

비틀비틀 한 걸음 내딛는 한스케.

산시로, 이를 악물고 눈을 감고 덤벼든다.

세 번째의 장렬한 야마아라시.

한스케는 다리를 오므리고 목을 움츠리고 한 개의 바윗덩어리와 같이 허공을 날아 거꾸로 쿵 하고 다다미로 떨어진다.

두 손을 앞으로 짚고, 여전히 일어나려고 한다.

온몸의 기력을 모아 겨우 정좌하자 두 손을 바닥에 대고 신음하듯 외친다.

"져, 졌습니다"

"거기까지"

심판석의 목소리가 채 끝나기도 전에 한스케는 앞으로 푹 엎드려 버린다.

광~하고 깨지는 듯한 규환인지 환호성인지 구별할 수 없는 소음 속에서 멍하니 서 있던 산시로, 번뜩 정신을 차려 시합 관계자에게 안겨서 실려 나가는 무라이 한스케를 쫓는다.

"무라이 씨, 무라이 씨"

라는 소리에 한스케, 눈을 뜬다. 들여다보듯이 하며 산시로가 따라온다.

"오오······"

한스케의 창백한 얼굴에 미소가 번진다. 우물우물 입술을 움직이고 나서

"고맙네······ 고맙네······"

고개를 끄덕이고

"스가타 씨······ 당신은 강했다. 훌륭했다······ 나의 적이 아니다"

"운입니다"

진심으로 산시로는 말하는 것이었다.

한스케는 부정하듯 고개를 흔든다.

그 감긴 눈꺼풀 사이로 눈물이 핑 돌더니 이윽고 한줄기가 되어 주르르 뺨을 흐른다.

산시로는 눈물을 글썽이며,

"건강하셔야 합니다"

하고 배웅한다.

부둥켜 안겨 실려 가는 무라이.

58 경시청 도장 문 앞

천막 속 음악대의 활기찬 행진곡.

스가타다! 스가타다! 라는 목소리.

산시로가 에워싼 군중에게 시달리다가 나와서 전방을 보고 깜짝 놀란 듯이 고개를 돌린다.

사요가 창백한 얼굴로 인파의 이동방향을 거스르며 분주히 다가
와 산시로와 스쳐 지나간다.

그녀를 바라보고 슬퍼하는, 인파 속의 산시로.

(F·O)

(F·I)

59 류쇼지 어느 방

산시로, 대자로 누워 천장을 응시하고 있다.

복도에서 큰 발소리가 나더니 단이 들어온다.

"이봐! 이럴 때 자는 놈이 어디 있나!"

"뭔가?"

"수도관 창립 이래의 진기한 사건이라니까. 이봐, 스가타. 저 미인은
대체 누구인가?"

60 류쇼지 안의 우물가

오스미, 도라노스케가 우물가에서 깜짝 놀란 얼굴로 보고 있다.

61 본당의 창문

문하생들이 줄줄이 얼굴을 내밀고 보고 있다.

62 현관

사요가 우두커니 서 있다.

단과 산시로가 나온다.

산시로, 깜짝 놀란 듯이 걸음을 멈춘다.

잠시 침묵.

이윽고 산시로, 감정을 눌러 숨기는 듯한 목소리로,

"어쩐 일로?"

"아버님이 ……"

"……"

"아버님이 뵙고 싶다고 합니다. 폐가 되질 모르지만 부탁하라고 하시
니, 저는 ……"

"아버님께서는 안녕하십니까?"

사요는 난처한 듯이 고개를 떨군다.

산시로는 막대기처럼 서 있을 뿐이다.

(O·L)

63 거리

아이들이 노래하면서 오다.

♬ 저쪽에 오는 것은 산시로

저것에 손대지 마라

피해서 보내주어라 산시로

그 맞은편에서 산시로와 사요가 나란히 온다.

가만히 고개를 숙이고 걷고 있는 두 사람.

산시로, 불쑥 말을 꺼낸다.

"아버님께서는 억울하실 겁니다"

사요, 고개를 숙인 채,

"아버님은 원망 따위는 조금도 하지 않으십니다. 그저 만나고 싶다고 만……"

"…… 당신도 분명 억울하겠지요"

"그렇지 않아요!"

"그건…… 당신은 자신에게 거짓말을 하고 있습니다……"

"아니에요"

하고 사요가 고개를 든다.

산시로, 사요가 말하기 전에,

"아니, 저를 원망을 해도 상관없습니다…… 원망을 짊어지고 살아가는 게 제 길입니다"

가만히 고개를 숙인 채 걷는 사요.

"저는 당신 아버님의 적입니다…… 당신은 왜 저를 아버지의 원수라고 말하지 않습니까…… 왜 나를 미워하지 않는 것입니까"

"…… 무리입니다"

사요가 딱 고개를 들고 큰 소리로 말한다.

깜짝 놀라서 보는 산시로.

사요의 눈에서 눈물이 왈칵 쏟아진다.

어리둥절해하는 산시로.

"우시면 안 됩니다"

하고 어찌할 바를 모르겠다는 듯이 사방을 둘러본다.

(O·L)

64 무라이 집골목

저녁 식사 연기가 조용히 피어오르고 있다.

65 무라이 집의 부엌

사요가 바삐 저녁 준비를 하고 있다.

66 同·객실

병상의 무라이와 머리맡의 산시로.

무라이, 아이처럼 친하게 굴면서,

"자네 …… 나는 말이지, 자네와의 시합을 위해서 말이지. 태어나서 처음으로 전력을 다 했다네 …… 그게 나의 정점인 게다 …… 시합이 끝났을 때, 내 몸의 오체는 마디마디 꺾여 버렸다네 …… 한심하게 말이지"

하고 베개 위의 웃는 얼굴.

"하지만 정말 잘 와 주셨네. 다시 한 번 고맙네. 딸까지 보내고 실례가 많았을 터"

"그렇지 않습니다"

무라이는 회상하는 듯이,

"그 시합은 좋았어. 자네가 나를 던져 버릴 때는 기분이 좋았네. 하하 …… 패한 것이 아쉬워서 그러는 게 아니네"

사요가 작은 상을 들고 온다.

"아무것도 못 차렸습니다만 …… 아버님, 그대로 드시겠습니까? 죽을 쑤었는데 ……"

"아니, 일어난다. 일어난다. 기분이 좋다"

하고 일어나면서,

"나는 말이지, 스가타 군. 자네를 만나 이런 말을 해주고 싶었네 …… 나의 이상도 역시 야노 씨와 마찬가지로 유술을 일본 무도로서 번영

시키는 것이다…… 유파는 필요 없다. 각 유파에서 가장 훌륭한 점을 수렴해서 일본의 유술을 견고하게 쌓아 올리는 것이다…… 자, 자, 자, 아무것도 차린 건 없지만"

하고 자신도 젓가락을 집어 든다.

"권모술수로 유술을 번성시키고자 하는 자도 있다. 그렇지만 말이지, 스가타 군. 유술은 정치도 아니고, 또 한 인간의 입신출세의 도구도 아니네. 이것은 무사도인 것이네"

산시로, 강하게 고개를 끄덕인다.

"온 나라가 양복을 입고 서양을 빼닮아도 무사도는 무사도로서 언제까지나 쇠퇴하게 놔두어서는 안 되네"

"동감입니다"

"…… 야노 씨가 해주겠지 …… 자네도 있고 ……"

무라이는 깊은 한숨을 내쉰다. 잠시 세 사람은 묵묵히 젓가락을 움직이고 있다.

사요, 그 침묵을 참지 못한 듯,

"정말 변변치 않아서 ……"

"아닙니다. 저는 이런 화목한 기분이 든 건 정말 오랜만입니다…… 15년 …… 부모님이 살아 계셨던 어린 시절이 생각났습니다"

"흠, 흠"

하고 기쁜 듯이 고개를 끄덕이는 무라이의 여윈 얼굴.

산시로의 콧등에 뭉클하게 올라오는 것이 있다.

당황해서 그것을 감추기라도 하듯이 젓가락으로 집은 다시마말이를 램프로 비추어 보고는,

"이건 달군요"

하고 말한다.

"사요는 요리를 잘한다네, 스가타 군"

무라이는 참으로 선하게 웃고 있다.

덜컹하고 격자문이 열리는 소리.

무라이와 얼굴을 마주보고 일어서는 사요.

맹장지가 열리고, 쓱~하고 히가키가 들어온다.

그 자리를 빤히 둘러보고 딱 산시로에게 눈을 고정시킨다.

산시로, 다시마말이를 젓가락으로 집은 채 조용히 올려다보고 있다.

히가키, 뺨살을 바르르 떨며 사요에게 눈을 돌린다.

사요는 눈을 아래로 향하고 그 자리에 앉는다.

히가키, 번쩍 눈을 번뜩이며 무라이를 비난하는 것처럼 본다.

무라이는 시선을 돌려 살짝 찻잔을 놓는다.

지금까지의 단란은 꿈처럼 사라지고 황량한 기운이 방을 가득 채운다.

바람 소리.

(F·O)

(F·I)

67 무라이의 집 앞

상중

하고 종이가 붙은 발이 바람에 흔들리고 있다. 새어나오는 조용한 독경 소리.

68 同·집안

맹장지를 걷어낸 집안은 독경 소리 속에 가만히 잠겨있고, 흰 천으로 덮인 제단과 조문의 꽃을 꽂은 나무통과 조문객, 문하생들로 입추의 여지도 없다.

한구석에서 고개를 떨구고 있는 상복의 애처로운 사요.

그 옆에는 히가키의 창백한 얼굴이 있다.

조문객 속에 고개를 숙이고 있는 야노와 산시로.

수도관 야노 쇼고로 문하 일동

이라고 쓰여 있는 나무통.

히가키, 입술을 깨물고 그것을 노려보고 있다.

히가키의 눈이 번쩍번쩍 빛나서 움직인다.

조용히 눈을 아래로 향하고 있는 야노와 산시로.

산시로의 옆얼굴.

히가키의 눈이 다시 반짝 움직인다.

고개를 숙이고 있는 사요.

완만한 독경소리 속에서 히가키의 손이 천천히 하카마를 잡고 있다.

꽃을 꽂은 수도관의 나무통.

그것을 계속 보고 있는 히가키.

다시 눈을 돌린다.

야노와 산시로.

산시로.

사요.

수도관의 나무통.

뺨을 실룩거리며 응시하고 있는 히가키.

산시로의 조용한 옆모습.

사요의 가련한 옆모습.

수도관의 나무통.

히가키의 힘을 준 손이 하카마를 죽죽 찢는다.

벌떡 일어서는 히가키.

성큼성큼 제단으로 다가가서는 향 연기가 피어오르는 수도관의 나무통을 움켜잡는다.

어안이 벙벙하여 보고 있는 일동.

히가키, 나무통을 들고 성큼성큼 툇마루에 서더니 홱 통을 마당으로 내던진다.

흩어지는 꽃들.

독경소리가 뚝 끊어지고……

모두의 얼굴이 경직되고……

산시로가 벌떡 일어서려고 하고……

그 손을 덥석 야노가 잡는다……

그때…….

"무슨 짓입니까"

하고 사요가 늠름하게 외친다.

"양이심당류는 적의 동정을 받을 만큼 쇠퇴하지 않았다"

히가키는 창백한 얼굴이다.

사요   "저는 아버지의 딸로서 용서할 수 없습니다. 아버지에게 바쳐진 꽃이에요"

히가키   "나는 양이심당류의 후계자로서 그 꽃을 거절한 것이다"

"아뇨, 당신은 무사도를 몰라요"

히가키   "무사도라고…… 유술은 처마를 빌려주고 유도에게 안채를 빼앗겼다…… 게다가 그 약탈자와 우정을 나누는 것이 무사도라면, 나는 무사도를 모르는 것을 자랑으로 여기겠다……"

사요는 반짝 히가키에게 경멸하는 듯한 시선을 던지며 모두를 향해,

"죄송합니다만, 누군가 지금의 나무통을 다시 고쳐 공양해 주시기 바랍니다. 망자가 울고 계십니다"

하고 소리치며 와~하고 엎드려 운다.

미워 못 견디겠다는 듯이 그것을 내려다보던 히가키, 눈을 돌려, 야노에게 제지를 당해 바작바작 속을 태우고 있는 산시로와 잠시 서로 노려보다가 모두의 비난하는 듯한 시선을 느끼자 히죽 엷은 웃음을 띠며 자리를 뜬다.

(O·L)

69 거리

외투의 소매를, 강해진 바람에 섬뜩하게 휘날리며 성큼성큼 떠나가는 히가키.

(O·L)

70 결투장의 문면

> 결투장
>
> 일전의 약속에 의하여 귀하와의 결투를 아래와 같이 결행하고자
> 한다.
>
> 12월 13일 저녁 8시 우쿄가하라右京ヶ原
>
> 입회인, 기도류 이누마 고민님
>
> 연습복 착용하고 시종 유술로 승패를 결정할 것
>
> 시중드는 사람은 불필요함은 말할 필요 없음
>
> 약정을 어기는 자는 곧 패자이다
>
> 이상
>
> 참고로 공개석상에서 시합하지 않는 것은 생사를 결정짓기 위함
> 이다.
>
> 양이심당류 히가키 겐노스케
>
> 스가타 산시로님께

카메라를 당기면,

71 류쇼지 어느 방

책상 위에 문진으로 고정된 결투장이, 들어오는 달빛 속에서 바람
에 날리고 있다.

아무도 없다.

"스가타 씨, 스가타 씨"

하는 소리가 나더니 도라노스케가 들어온다.

책상 위의 결투장을 보고 불안한 듯이 다가온다.

바람 소리.

72 거리

바람이 휘몰아치는 가운데 히가키와 사요가 뒤엉키듯이 옥신각신
하고 있다.

사요 "……부탁입니다…… 가지 말아주세요…… 당신은 왜 스가타……

스가타 산시로를 죽이려 합니까?"

히가키, 냉혹하게,

"사요 씨 …… 당신 기뻐해야 하오. 당신에게는 아버지의 원수 …… 나는 양이심당류의 후계자로서 스승의 원수를 갚을 거요……"

"아니에요. 그건 아버지의 뜻이 아닙니다…… 당신은 무사의 마음을 모릅니다"

"나는 또…… 여인의 마음도 모르겠소……"

하고 히가키, 혀를 차며 사요를 밀치고 자리를 뜬다.

"히가키 씨……"

히가키를 쫓는 사요를 바람이 막는다.

73 류쇼지 안

이곳에서는 도라노스케와 스미가 옥신각신하고 있다.

오스미   "…… 부탁입니다 …… 가지 마세요 ……"

도라노스케 "갑니다 …… 누가 뭐라고 해도 갑니다 …… 저는 히가키가 내동댕 이쳐지는 것을 이 눈으로 봐야 합니다 ……"

오스미   "알아요 …… 알아요 …… 난 당신의 기분을 잘 알아요 …… 그래서 전 더 무서워요 …… 당신은 그냥 보고만 있지 않을 거 같아서요"

도라노스케, 가만히 오스미를 바라보고 있다.

오스미, 눈에 잔뜩 눈물을 머금고,

"저를 …… 저를 울리지 말아줘요 …… 전 또다시 외톨이가 될 거라면 죽어 버리는 게 나아요"

둘을 껴안듯이 바람이 감싼다.

74 우쿄가하라

바람 속에 홀로 산시로가 서 있다.

얼음 같은 달빛과 짐승처럼 하늘을 달리는 조각구름과 포효하는 듯한 바람의 신음소리에 둘러싸여 산시로는 묵연히 서 있다.

── 긴 간격 ──

산시로는 한쪽을 보고 엄한 표정을 띠더니 재빨리 기모노를 벗는다.

기모노 밑에는 연습복을 입고 있다.

하카마를 접어 풀 위에, 그 위에 소매를 접은 기모노를, 그 옆에 게타를 나란히 늘어놓는 산시로.

산시로의 발이 풀의 이슬을 떨어내며 몇 걸음 나와 딱 자연체의 자세가 된다.

그 맞은편에서 히가키와 이누마가 걸어온다.

히가키는 멈춰 서서 초조하게 외투를 집어 던지고 하카마를 황급하게 벗어던진다. 재빠르게 푼 띠가 바람을 먹고 뱀처럼 굽이쳐 흐르고, 연습복 위에 입고 있던 겉옷은 바람을 안고 박쥐의 날개처럼 휘날린다.

이윽고 히가키와 산시로, 다가간다.

이누마가 한 손을 들고,

"기다려라"

하고 비집고 들어가는 기분으로 두 사람 사이에 서서,

"마지막으로 두 사람에게 물어보는데, 어떻게든 싸우지 않으면 안 되는 것인가?"

"물론입니다"

히가키가 바로 대답한다.

이누마　"한번은 싸우지 않으면 안 되는 두 사람이라고 생각하고 있었다……　그러나, 이 결투는 온화하지 않다…… 생명을 건 싸움은 있어서는 안 된다"

히가키　"선생님이 작년, 스가타와 이 히가키가 대결하는 것을 허락했다면 …… 아마도 생명을 걸지 않아도 되었을 것을……"

이누마, 우울하게,

"나는 두 사람을 아끼고 있다"

"이누마 선생님"

하고 산시로가 조용히 말한다.

"어리석은 젊은이라 웃어주세요. 다만 이건 우리의 숙명이었습니다"

"어쩔 수 없군. 그럼……"

하고 이누마는 세 걸음 물러난다.

산시로와 겐노스케, 서로의 기를 제압하려는 듯 날카롭게 노려본다.

사요가 바람을 거슬러 달려와 얼어붙은 듯 꼼짝 않고 서 있다.

산시로도 히가키도 움직이지 않는다.

이누마도 사요도 조금도 움직이지 않는다.

몰아치는 바람에 하늘을 나는 구름과 파도를 치는 풀과 나부끼는 각자의 옷만이 살아 있는 것의 전부다.

── 긴 간격 ──

겐노스케가 약간 몸을 숙이고 가라테 팔자립八子立 자세로 풀 위를 서너 치 나아간다.

왼쪽 주먹이 배 위에 놓여 있고 오른쪽 주먹이 허리뼈 부근에 올려 있어 가라테 고바야시류의 평안형平安型과 약간 비슷하다.

산시로는 양손을 아래로 내린 채 자세를 취하지도, 방어하지도 않는 자세로 서 있다.

── 간격 ──

움직이지 않던 산시로가 거침없이 걷기 시작한다. 지극히 무심하게, 일직선으로 겐노스케를 향해 나아간다.

눈을 감는 이누마.

산시로와 히가키가 서로 맞닿을 정도의 거리…….

"오얏!"

비단이 찢어지는 듯한 기합이 밤공기를 뚫고 겐노스케가 단숨에 공격해 온다.

왼쪽 주먹이 산시로의 미간으로 날아가고 오른쪽 주먹이 명치로 뛴다.

팔과 팔이 서로 얽힌다.

겐노스케의 주먹을 한 손으로 받아 문지르듯 올려 비켜내면서 산시로는 쓰러진다…… 부드러운 탄력 있는 몸놀림.

사요가 저도 모르게 억새를 잡아 쥔다.

"에잇!"

겐노스케의 장신이 달빛 속에서 호를 그리며 억새가 우거진 안쪽으로 날아간다.

줄기가 부러지는 소리와 땅울림에 아악 소리를 지르며 사요가 얼굴을 가린다.

배대되치기를 한 뒤 몸을 일으킨 산시로, 힐끗 사요에게 눈을 던지고는 사냥감에 달려드는 표범과 같이 확 억새풀로 뛰어든다.

"말도 안 돼!"

하고 이누마가 무심코 중얼거린다.

억새풀을 밟고 두 사람의 몸이 구르며 어느 쪽이 먼저라 할 것 없이 일어선다.

이누마, 조심조심 다가가서 우뚝 멈춰 선다.

겐노스케의 양쪽 팔이 십자형으로 산시로의 목덜미를 파고들어 있으니 역십자 조르기이다. 장신의 겐노스케, 창백한 얼굴을 일그러뜨리고 바짝바짝 조르며 산시로를 끌어 올리듯 두세 걸음 물러선다.

산시로의 얼굴빛이 달빛에도 확연히 알 수 있을 정도로 괴로워 보인다.

"안 돼……"

하고 이누마가 낮은 탄성을 내뱉는다.

"아악"

사요도 비통한 목소리를 낸다.

이마에 땀을 잔뜩 흘리며 이를 악물고 버티고 있는 산시로의 얼굴. 그 얼굴에 구름 그림자가 드리우고…….

산시로의 눈은 조각구름이 가로질러 흐르는 분주한 하늘 한 편을 포착한다.

그때…… 바로 귓가에 금속끼리 부딪치는 소리가 울리고…… 그 어수선한 조각구름의 소용돌이가 순간 조용히 흔들리고 있는 아름다운 커다란 연꽃으로 보인다. 그리고 산시로는 히가키의 필살의 역십자 조르기 속에서 영롱하게 웃었던 것이다.

"빌어먹을"

히가키는 그 미소를 보자 격앙된 듯 소리치며 마지막 일격을 가하
기 위해 새로운 힘을 쏟을 생각으로 약간 두 팔의 힘을 뺀다.
그 사이……약간 힘이 빠진 적의 십자로 짠 팔 한가운데로 산시로
의 오른팔이 스르르 들어간다.

"어어"

이누마가 눈을 휘둥그레 뜨고…….

"쳇"

하고 히가키가 혀를 차고…….

사요가 울부짖은 얼굴을 들었을 때, 겐노스케의 역십자 팔이 쏙
빠졌고, 산시로는 한껏 몸을 낮추고 몸을 비스듬하게 해서 겐노스
케의 다리를 털어 올림. 그 순간의 몸놀림. 장절한 야마아라시
기술에 걸린 겐노스케는 허공을 움켜잡는 듯한 손짓으로 머리를
아래로 향하고 날아간다.

맹렬한 땅울림!

"거기까지!"

하고 이누마가 한 손을 들어 외친다.

"아직이야!"

하고 비틀거리며 겐노스케가 일어나려고 한다.

코피가 얼굴의 반면을 물들이고 흙으로 더러워진 얼굴은 창백하
다. 헐떡이며 양손으로 흙을 긁듯이 하여 간신히 서서 산시로를
노려본다.

산시로는 꿈에서 깬 사람처럼 멍하니 서 있다.

"아직이야!"

하고 비틀거리는 히가키.

달빛을 받아 악귀의 형상이다.

"아직이야!"

하고 고꾸라질 듯이 걸어가 가만히 움직이지 않는 산시로의 목덜

미에 손을 뻗은 채 똑바로 쓰러진다.

그대로 움직이지 않는다.

산시로도, 이누마도, 사요도, 움직이지 않는다.

히가키가 풀어 놓은 띠만이 우쿄가하라의 잡풀 위에서 살아있는 생물처럼 몸부림치고 있다.

바람의 윙윙거리는 소리.

(F·O)

(F·I)

75 류쇼지문 앞

짐수레에 이삿짐이 산더미처럼 쌓여 있고, 단, 도다, 쓰자키의 면면이 밧줄을 묶으면서 문에 나란히 서 있는 오스미와 도라노스케를 놀리고 있다.

단 　"… 우리는 새로운 도장으로 이사한다…… 자네들도 빨리 같이 살 집을 마련하지 않으면 안 되네"

멋쩍어하는 도라노스케와 오스미.

도다 　"하하하, 하지만 불쌍하게 된 거는 스님이다. 혼자가 돼서 쓸쓸하지 않으면 좋으련만"

도라노스케 "괜찮습니다…… 오스미라는 고양이를 남겨두겠습니다"

단 　"이놈아……"

모두의 환한 웃음소리

76 서원

야노, 이누마, 스님.

야노, 스님 앞에 양손을 짚고 있다.

스님, 손사래를 치며……

"…… 아니, 신세를 졌다니요. 저에게 하실 말이 아닙죠…… 본당의 위폐에게 하셔야 합죠"

"허허허허"

스님 　"하하하하…… 그런데 오늘은 산시로가 안보입니다만……"

　　　　"…… 스가타는 갑자기 여행을 떠난다고 해서요"

　　　　"허, 여행이라뇨? 어째서입니까?"

　　　　　야노, 이누마와 얼굴을 마주보고 웃는 얼굴로,

　　　　"…… 깊이 생각하고 싶은 게 있는 가 봅니다"

스님　　"하하하, 잘 홀리는 녀석이라니까…… 이번에는 히가키의 집념에 홀
　　　　린 모양이군……"

　　　　　이누마, 웃으며,

　　　　"아니, 히가키도 그 들판의 시합 이후로 사람이 바뀌었습니다……
　　　　스가타를 원망하고 있지는 않은 것 같습니다"

스님　　"그럼 산시로의 고민이란 무엇입니까?"

　　　　"허허허허"

스님　　"야노 씨 …… 어쨌든 산시로에게 말입니다…… 어떻게 해도 문제가
　　　　풀리지 않으면 또 류쇼지의 말뚝을 보러 오라고 일러 주시오"

야노　　"허허, 이번에는 말뚝은 필요치 않을 듯싶소 …… 게다가, 스가타도
　　　　덕분에 이젠 어엿하게 사람 몫을 하게 되었습니다"

　　　　　하고 감회가 새롭다는 듯이 정원을 바라본다.

77 류쇼지 뜰

　　　　연못의 말뚝.

　　　　　　　　　　　　　　　　　　　　　　　　　　　　　　(O·L)

78 기차의 창

　　　　산시로가 흘러가는 바깥 풍경을 가만히 보고 있다.

　　　　그 옆에 주머니자루를 사이에 두고 사요가 가만히 무릎을 바라보
　　　　고 있다.

사요　　"저 …… 요코하마橫浜까지 배웅한다고 말씀드려서 …… 폐가 되셨는
　　　　지요……"

　　　　"괜찮습니다"

사요　　"저 …… 아무 폐가 되지 않도록 하겠어요 …… 바느질도 할 수 있어요
　　　　…… 봉투 만드는 일도 할 수 있어요. 부탁이에요 …… 함께 가게 해
　　　　주세요"

산시로   "그건 곤란합니다"

사요, 고개를 떨구고,

"…… 저는 …… 이제 누구를 의지하고 살아야 할지요"

산시로   "…… 그렇게 말씀하시면 곤란합니다 …… 기다리고 있으면 합니다"

사요   "기다리고 있으면 되는 건가요?"

산시로   "그건 괜찮습니다"

사요, 환하게 얼굴을 빛내며 산시로를 바라본다.

산시로도 그 눈물로 반짝반짝 빛나는 사요의 눈을 바라본다.

창밖을 건너와서 그 두 사람을 보는 기차의 차장.

79 기차 밖

차장은 봄바람 속에서 무척이나 큰 소리로 외친다.

"다음은 요코하마. 다음은 요코하마"

기관차도 기적을 울리며 기세 좋게 달려간다.

(F·O)

제2장

《가장 아름답게》(1944)

등장인물과 배우

이시다 고로石田五郎(소장) : 시무라 다카시志村喬

요시카와 소이치吉川莊一(총무과장) : 기요카와 소지淸川莊司

사나다 다케시眞田健(근로과장) : 스가이 이치로菅井一郎

미즈시카 도쿠코水島德子(사감) : 이리에 다카코入江たか子

와타나베 쓰루渡邊ツル(조장) : 야구치 요코矢口陽子

다니무라 유리코谷村百合子(부조장) : 다니마 사유리谷間小百合

야마자키 사치코山崎幸子 : 오자키 사치코尾崎幸子

니시오카 후사에西岡房枝 : 니시가키 시즈코西垣シヅ子

스즈무라 아사코鈴村あさ子 : 스즈키 아사코鈴木あさ子

고야마 마사코小山正子 : 도야마 하루코登山晴子

히로타 도키코廣田とき子 : 마스 아이코曾愛子

후타미 가즈코二見和子 : 히토미 가즈코人見和子

야마구치 히사에山口久江 : 야마구치 시즈코山口シズ子

오카베 스에岡部スエ : 고노 이토코河野絲子

핫토리 도시코服部敏子 : 하지마 도시코羽島敏子

반도 미네코阪東峰子 : 요로즈요 미네코萬代峰子

고적대 선생님 : 고노 아키타케河野秋武

기숙사 사환 : 요코야먀 운페이橫山運平

스즈무라의 아버지 : 마키 준眞木順

(F·I)

1 공장·문

> 문패
>
> | 동아광학주식회사 히라쓰카 제작소 |

2 同·어느 방

> 소장인 이시다 고로石田五郎가 마이크 앞에 서 있다.
>
> "소장입니다. 소장입니다. 예고한 바와 같이 비상증산 강조운동을 드디어 다음 달 1일을 기점으로 개시한다. 상세한 사항은 총무과장이 지시하도록 되어있지만, 나는 그 전에 한마디 주의를 해두고 싶다"

3 안뜰(1)

> 확성기 아래에 정렬하고 있는 직공들.
>
> 소장의 목소리.
>
> "……아는 바와 같이, 적의 물량에 의한 반격은 점점 방대해지고 치열해지고 있다. 하지만 물량과 물량의 전쟁, 물량만 있다면하고 물량이 강조되지만 그 물량을 만들어내는 것은 우리들의 정신력이다……"

4 안뜰(2)

> 확성기와 직공들.
>
> 소장의 목소리.
>
> "…… 우수한 생산력을 발휘하기 위해서는 제군들 한 사람 한 사람이 훌륭한 인간이 되어야 한다……"

5 안뜰(3)

> 확성기와 직공들.
>
> 소장의 목소리.
>
> "…… 엄격한 규칙, 신중한 태도, 그리고 일을 게을리하지 않는 책임감이 지켜지는 엄숙한 직장만이 증산의 열매를 올릴 수 있다는 것을 깊이 명심해야 한다……"

6 안뜰(4)

> 확성기와 직공들.

소장의 목소리.

"…… 나는 이 비상증산강조운동을 통하여 제군들이 할당된 책임을 완수함과 동시에 제군들이 산업전사혼을 한층 다부지게 단련하길 원한다. 다시 한 번 반복한다 ……"

7 어느 방

소장 "…… 인격의 향상 없이는 생산력의 향상도 없다!! 그리고, 하나 더!! 배 한 척, 비행기 한 기, 전차 한 대, 대포 한 문도 광학병기를 갖추지 않은 것은 없다는 것을 제군들은 마음에 새기고 잊어서는 안 된다. 이상!"

(WIPE)

총무과장 요시카와吉川가 말하고 있다.

"방금, 소장님이 말씀하신 비상증산강조운동에 대해서, 상세한 설명을 드리겠습니다. 실행기간은 다음 달 초하루부터 향후 3개월. 증산 목표 할당은 남자는 10할, 여자는 5할 ……"

(WIPE)

근로과장 사나다眞田가 말하고 있다.

"소장님께서 또 총무과장께서 여러 말씀을 하셨다만 …… 뭐라 해도 몸이 제일 소중하니 …… 쉽게 말하자면 ……"

8 안뜰(1)(2)

듣고 있는 공원들.

사나다의 목소리.

"비실비실해서는 증산도 뭐도 없다. 바로 항복이다!"

공원들, 웃음을 터뜨린다.

9 어느 방

소장과 총무과장도 얼굴을 마주보고 웃고 있다.

사나다는 조금도 웃지 않고 말하고 있다.

"…… 꽤 추워져서, 감기로 쉬는 사람도 조금씩 나오기 시작했다. 다들 제발 몸조심하도록 …… 그럼 ……"

10 확성기

"⋯⋯이것으로 오늘아침 전달사항을 마칩니다"

계속해서,

"탈모! ⋯⋯. 인사!⋯⋯ 뛰어-갓!"

호령이 떨어지고, 드높은 행진곡이 흘러나온다.

11 공장통로(1)

공원들, 직장으로 향해 달린다.

12 공장통로(2)

마찬가지로.

13 공장통로(3)

마찬가지로.

14 공장통로(4)

마찬가지로.

벨소리.

15 同·기계장機械場(1)

입구의 금줄.

남자공원들, 기계를 향해 기도하고 있다. 시업전의 숙연한 분위기.

벨소리.

메인 스위치가 들어온다.

요란스럽게 기계가 돌기 시작한다.

그 왕 하는 소음 속으로, 총무과장 요시카와와 근로과장 사나다가

들어온다.

묵묵히 기계 앞에 앉아있는 남자공원들의 진지한 모습.

그리고 무엇인가 기백 같은 것이 넘치는 긴장된 방의 공기.

요시카와 사나다, 그 모습을 만족스럽듯이 돌아보면서 지나간다.

16 기계장(2)

마찬가지로.

17 기계장(3)

마찬가지로.

18 기계장(4)

마찬가지로.

19 기계장(5)

마찬가지로.

20 애벌 연마실

요시카와와 사나다, 들어와서 의아한 표정을 짓는다.

소곤소곤 이야기를 하고 있는 여자공원, 야마자키山崎, 니시오카西岡, 스즈무라鈴村 일행.

야마사키 사치코山崎幸子, 요시카와와 사나다가 온 것을 알고, 황급히 연마 접시에 스위치를 켜고, 눈을 뱅글뱅글 돌리면서 그 위로 몸을 웅크린다. 왱~하고 회전을 시작하는 수평의 연마접시.

그 위에 눌려서 끽~하고 비명 같은 소리를 내고, 물보라를 뿌리는 원형의 불투명 유리.

21 렌즈지장脂場

자욱한 수증기 속에서, 렌즈 깎아내기를 끝낸 렌즈의 붙이기 작업을 하면서 무엇인가 열심히 수군대고 있는 여자공원, 히로타, 후타미, 야마구치 일행.

한쪽을 보고, 황급히 입을 다문다.

요시카와와 사나다. 의아스러운 듯이 얼굴을 마주보고 지나간다.

22 렌즈연마

요시카와와 사나다, 들어와서 기가 막힌 듯이 둘러본다.

손짓을 하며 무엇인가 맹렬히 말하고 있는 오카베 스에岡部スエ를 둘러싸고 있던 핫토리服部, 시마島, 가와이川井, 도요타豊田, 스다須田, 시라야마白山, 사사키佐々木 등, 여자공원이 황급히 흩어진다.

드르륵거리면서, 연마기가 일제히 돌기 시작한다.

23 조정

상자 속에 즐비하게 나열되어있는 완전히 연마된 렌즈.

부대장 다니무라 유리코谷村百合子, 에테르를 흠뻑 적신 천으로 반짝반짝 빛나는 렌즈를 정성껏 닦으면서, 곤란한 표정으로 방 안을 둘러본다.

유리 칸막이로 구분된 마주보는 테이블에서도, 그것과 등을 맞대
게 된 책상에서도 또 그 반대편 책상에서도, 전혀 일이 손에 잡히
지 않는 듯, 미야자키宮崎, 사토佐藤, 아유카와鮎川, 반도板東 등,
여자 공원이 이마를 맞대고 의논하고 있다.

"그러면 안 되잖아, 너희들"

다니무라, 견딜 수 없다는 듯이 일어선다.

"그게 ……"

미야자키 시즈에宮崎静江가 줄줄이 늘어선 유리 칸막이 저편에서
얼굴을 내밀고

"그치!"

하며 뒤를 돌아본다

"맞아. 맞아"

하고 다들 일어선다.

"조용히! 적당히 하세요!"

라고 다니무라가 꾸짖었지만,

"그게 …… 너무하잖아"

"그래 …… 심했어"

라고들 하는 목소리로 방 안은 떠들썩해진다.

"이봐!"

하는 소리에 모두들 깜짝 놀라서 한쪽을 본다.

요시카와와 사나다가 서 있다.

요시다, 길길이 뛰면서,

"자네들, 오늘은 대체 어찌 된 일인가! 뭔가, 좌불안석이고, 전혀 집
중하는 분위기가 아니잖아!"

쭈뼛거리며 고개를 숙이고 있는 여자공원들.

사나다   "뭐, 뭔가 이유가 있겠지요 …… 말해보세요 …… 자, 말해보세요!"

다니무라, 결심한 듯이 얼굴을 들고 앞으로 나온다.

진지한 얼굴을 하고

"좀 전에 말씀하셨던 증산기간 할당량에 대해서입니다만……"

"흐음"

하며 사나다 골똘히 생각하는 듯이 하고,

"…… 그런데 말이지 …… 아까도 소장님이 말씀하신 대로 그 어려움을 극복해야만 자네들도 겨우 한 사람 몫을 할 수 있게 되는 것이네. 먼저 남자 공원들을 생각해보게나. 자네들의 할당량은 남자공원의 2분의 1에 지나지 않는단 말일세"

다니무라, 뭔가 말하려고 하지만 갈팡질팡 적절한 말이 나오지 않는다.

얼굴이 빨갛게 됐다가, 파랗게 됐다가, 울 것 같이 되더니 갑자기 밝은 표정이 되어서는 큰 목소리로 말한다.

"대장님한테……"

"응?"

"청년대장님에게 물어봐 주세요"

"와타나베 쓰루渡邊ツル에게 말인가?"

"네"

라고 여자직공들이 일제히 대답했다.

24 어느 복도

금줄이 매달려 있는 어느 문.

> 눈금조정실

25 同·실내

아주 조용하다.

> 이 뒤를 걷지 말아 주세요

라고 써진 팻말을 등에 지고, 벽을 향한 책상 위의 현미경을 엄숙하게 들여다보는 남자공원들 틈에서 단 한 명의 여자공원이 있다.

그 여자공원의 작업복 가슴에 꿰매 붙인 명찰.

> 와타나베 쓰루

핀트·글라스 위에 올려진 렌즈.

현미경을 조정하는 와타나베의 신중한 손.

가만히 현미경을 들여다보고 있는 와타나베의 진지한 옆얼굴.

확대된 렌즈. 그 표면에 새겨진 눈금.

그 눈금을 수정하는 와타나베의 손의 미세한 움직임.

긴장한 와타나베의 얼굴. 이마에 조용히 땀이 흐르고 있다.

26 근로과장의 방

와타나베 쓰루가 눈을 내리깔고 앉아있다. 마주하고 있는 요시카와와 사나다.

사나다   "어이가 없군, 오늘은…… 저렇게 어수선한 작업장을 본 건 처음이야……"

"죄송합니다

와타나베, 머리를 숙인다.

사나다   "아니, 자네가 사과할 일은 아니지……"

"아닙니다"

와타나베, 자신의 무릎을 쳐다보고 있다.

요시카와, 조용히 그 모습을 보고 있다가

요시카와 "그럼 이유를 들어볼까…… 자네 팀은 증산목표에 불만이 있는 모양이더군"

"네"

"흠…… 그렇지만 우리들로서는 충분히 자네들 여자직공의 생산능력을 생각해서 정한 일이야. 남자직공의 반 정도의 할당은 결코 무리가 아니라고 생각하는데……"

와타나베 갑자기 얼굴을 들어,

"저기……모두 그것이 불만입니다"

"웅?"

"저희들은 그 정도밖에 안 되는 것입니까?"

"웅?"

자신도 모르게 요시카와와 사나다, 얼굴을 마주본다.

"저희들은 조금 더 할 수 있다고 생각합니다…… 남자직공과 똑같이

해달라고 하는 건 아닙니다. 적어도 그 3분의 2는 시켜주셨으면 좋겠습니다. 부탁드립니다"

뜻밖이라는 듯 멍하니 있는 요시카와와 사나다.

27 공장 식당

가득 찬 식당의 한 여자직공의 무리로부터 와! 하는 환호성 소리가 들린다.

와타나베, 손을 저으며

"기뻐하기는 아직 일러요. 기뻐하는 것은 다 하고 나서 …… 남자의 3분의 2라는 증산할당은 적당한 각오로는 할 수 없습니다"

라고 하며 눈을 내리깔고 잠시 입을 다물고 있다. 그리고 갑자기 눈을 치켜올리고,

"적어도 오늘 아침같이 마음에 걸리는 일이 있다고 해서 바로 직장에서 소곤소곤 이야기하는 여자직공에게는 불가능합니다"

라고 엄하게 말했다.

28 근로과장실

요시카와와 사나다.

"완전히 졌네요"

사나다가 불쑥 말을 꺼낸다.

"저 아이들이 시골에서 올라와서 훌쩍훌쩍했던 것이 엊그제였던 것 같은 느낌이 듭니다만"

"하하하 …… 업힌 아이에게 도道를 배운 셈이라고나 할까"

"하하하 …… 하지만 말만 멋지게 해놓고 도중에 두 손 들어버리지나 않으면 좋겠지만요"

"흠"

둘이서, 잠시 가만히 각각의 생각에 잠겨있다.

요시카와 "근데, 이상한 일이구만"

사나다 "넵?"

요시카와 "아니 …… 와타나베 쓰루에 대해서 생각해봤는데 …… 청년대장의 얼굴은 모두 어딘지 닮았다고 생각해서 말이지 …… 그 아이도 제대

　　　로 책임을 지는 사람의 얼굴이 되었어"　　　　　　　　(WIPE)

29 길

　　　저녁이다.

　　　와타나베 쓰루를 선두로 여자공원들이 줄을 서서 돌아온다. 모두
들 묵묵히 걷고 있다. 발소리만이 저벅저벅 들려온다.

　　　핫토리 도시코服部敏子 그 침묵을 견디지 못한 듯

"와타나베 씨 노래 불러요"

　　　와타나베의 뒷모습.

　　　입을 다물고 있는 그 뒷모습에

"아직 화가 나 있는 모양이네"

"화가 났을 때에는 왼쪽 어깨가 올라가요. 저것 보세요, 저 사람"

　　　라고 하는 말이 들려오자 와타나베의 어깨가 조금씩 움직이며

"저기 와타나베 씨, 정말로 아직도 화가 안 풀렸어요?"

　　　라고 한 번 더 핫토리가 단도직입적으로 물었다.

"화 나있다니까"

　　　라고 말하면서 와타나베는 자기도 모르게 크게 웃어 버린다.

　　　다른 사람들 모두가 와~하고 환성을 올리고는 왁자지껄하면서
걷자 보조가 흐트러지기 시작했다.

"왼쪽 오른쪽, 왼쪽 오른쪽, 왼쪽 오른쪽, 왼쪽 오른쪽, 왼쪽 오른쪽"

　　　와타나베가 큰소리로 발걸음을 맞추도록 하였다.

　　　와타나베. 모두의 발걸음이 일치하는 것을 확인하고서는

"원구…… 셋, 넷"

　　　모두 노래를 부르기 시작한다.

　　　400여주를 동원한 10만여 적들

　　　국난이 일어났으니 1281년 여름

　　　두려운 게 무엇이랴 가마쿠라남아가 있다

　　　정의무단의 기치 일갈하여 세상에 알린다

30 여자기숙사 앞쪽

동아광학히라쓰카제작소여자기숙사

라고 적혀있는 문패에

♫ 다타라해변의 오랑캐들은 다름 아닌 몽고병

♫ 오만무례한 저들과 같은 하늘에 있을 수 없나니

멀리서부터의 노랫소리가 겹쳐져서

기숙사의 안쪽에서 사감인 미즈시마 도쿠코水島德子가 달려 나와
문 앞에 선다. 그리고 그 들떠 있는 얼굴에 기숙사 소녀들의 노랫
소리가 점점 크게 겹쳐진다.

♫ 자 전진이다 충의로 단련된 나의 팔

♫ 지금이야말로 나라를 위해 일본도를 시험하노라

31 여자 기숙자·현관

와~하고 기숙생이 사감을 둘러싸고 기숙사 안으로 밀려들어 온다.

미즈시마 "뭐…… 오늘은 유난히 기운들이 넘치네요……"

"선생님, 선생님…… 오늘은 정말 굉장했습니다"

핫토리가 말을 꺼낸다.

"맞아! 정말로……. 저……"

오카베가 말을 받아서 손을 휘두르며 말하려는 것을 사감이 제지
하며,

"응…… 이야기는 나중에 하도록 하고…… 오늘은 벌써 고적대 선생
님이 오셨어요…… 자, 어서 부모님께 인사를 하고……"

32 기숙사방(1)

난간에 '부모님'이라고 쓰여 있는 액자가 걸려 있고, 그 좌우로
부모님의 사진을 넣은 액자가 나란히 걸려 있다.

기숙생들이 들어와서 그 사진 밑에 절을 하고 각자 말한다.

"아버지, 어머니, 다녀왔습니다!"

"다녀왔습니다!"

33 기숙사방(2)

마찬가지로.

34 기숙사방(3)

마찬가지로.

35 기숙사방(4)

마찬가지로.

36 복도(1)

큰북을 양손으로 안은 핫토리가

"취사당번이외에는 지금 바로 강단에 모여주세요"

라고 모두에게 알리며 걷고 있다.

37 복도(2)

한쪽 구석에서 와타나베 쓰루와 사감이 열심히 이야기를 나누고
있다.

미즈시마 "그러니까 간단하게 말해서, 너희들은 이런 때에 고적대를 하고 있을
때가 아니라는 거네……"

와타나베 "…… 네 …… 뭐, 그렇습니다 …… 증산기간에 들어가면 모두 무척 지
칠 거라고 생각해서요"

미즈시마 "그건, 그렇지 …… 하지만 …… 너희들이 고적대 훈련을 하고 있는
건 …… 이번 증산기간 같이 중요한 힘들 때에 너희들 모두 마음을
모아서 밝고 힘차게 해 나가기 위한 거잖아 ……"

와타나베, 눈을 감는다. 대원들이 각자 음악 연습을 하는 소리가
들려온다.

미즈시마 "그리고 와타나베, 이건 너희들만의 고적대가아니라 …… 사회전체
의 고적대 …… 이번 같은 경우에는 맨 앞에 서서 남자공원들의 기운
을 북돋기 위한 고적대라고 나는 생각하고 싶은데 ……"

와타나베, 머리를 떨구고 있다.

38 강단

개인연습으로 어수선한 소음.

열심히 피리를 불고 있는 기숙생 얼굴들.

테이블에서 파트연습을 하고 있는 작은북의 오카베, 후타미, 니시오카.

발끝으로 음정을 맞추며 큰북을 치고 있는 고지식한 핫토리의 모습.

와타나베가 차를 가지고 들어와서, 한구석에서 기숙생들의 모습을 가만히 보고 있는 고적대 선생님에게 내밀며,

"늦어서 죄송합니다"

라고 사과하며, 자기 의자에 앉아 피리를 든다.

그리고 한동안 골똘히 생각에 잠긴다.

선생님은 차를 불면서 그 모습을 가만히 보고 있다.

기숙생들도 모두 걱정스러운 표정으로 와타나베의 모습을 보고 있다.

피리 소리가 어쩐지 힘이 없어진다.

선생님이 일어서서 다가간다.

"무슨 일인가, 와타나베?"

"네"

"무슨 생각을 그렇게 하는 건가"

"그냥요……"

와타나베, 웃으며 죽 펴고 자세를 바르게 한 뒤 피리를 준비한다.

기숙생들, 안심했다는 듯이 피리 소리가 한층 커진다.

"그만!"

선생님이 소리친다.

"기본훈련……이 기본연습에서 가장 중요한 것은 각자가 마음을 가라앉히고 모두의 마음을 하나로 모으는 것이다. 이 집단의 마음에 함께 하려는 노력을 잊지 말도록. 그러면 기본연습 1번부터 10번까지…… 큰북과 작은북은 매 소절마다 첫 부분에 XX치기를 넣어서 8번째 마디마다 XX치기를 넣는다. 알겠지?"

"넷!"

"셋, 넷"

기본연습이 시작된다.

지휘봉을 흔들며 연습장을 걷고 있던 고적대 선생님. 이상한 표정으로 멈추어 선다.

얼굴을 빨갛게 해서 열심히 피리를 불고 있는 스즈무라 아사코鈴村あさ子의 더듬거리는 손가락이 이상하게 검다.

뒤에서 엿보고 있던 고적대 선생님의 얼굴에 미소가 떠오른다.

스즈무라의 손. 그 손톱에 글자가 쓰여 있다.

오른손 약지부터 순서대로 34567123.

(O·L)

기숙생들, 행진대형으로 늘어서 있다.

지휘자는 와타나베. 부지휘자는 다니무라谷村.

고적대 선생님.

"항상 말했듯이, 행진의 경우 가장 주의해야 할 것은 지휘자와 대원과의 관계다. 지휘자는 대원에게 등을 보인 채로 있고 게다가 목소리를 내서 호령을 해서는 안 된다. 모든 것은 하나의 깃발의 움직임에 달려 있다. 지휘자와 대원과의 마음이 혼연일체가 되지 않으면, 어떠한 호령도 의미가 없다. 지휘자는 온 정신을 집중해서, 배후의 대원들의 마음을 알아채는 부모의 마음이 없으면 안 된다. 또한 대원들은 지휘자의 일거수일투족에도 답할 수 있도록 준비…… 즉, 자식의 마음이 없어서는 안 된다.

그러면 쉬어 자세에서 차렷, 연주 준비, 큰북을 세 번 치는 소리, 출발과 동시에 연주…… 1보 전진해서 그대로 발맞춰…… 곡은 국민진군가. 알겠지"

"넷!"

"그럼 시작!"

와타나베, 쉬어 자세에서 차려 자세를 한 다음, 깃발을 머리 위에 평행하게 올린다.

척 하고 대원 일제히 차려.

와타나베, 가만히 배후의 상태를 살피고 깃발을 수직으로 재빨리 올린다. 왼발부터 보조를 맞추는 대원들.

햇토리, 호흡을 가다듬고 왼쪽 보조로 큰북 제1성을, 둥! 하고 친다. 계속해서 제2성! 제3성!

그 제3성과 동시에, 와타나베가 빠르게 깃발을 내리고 전원 일보 전진하며 연주를 시작한다. 입구 근처에 걱정스러운 얼굴로 서 있는 기숙사 사감.

39 복도

히로타와 도요타가 와서 사감실 앞에 선다.

"선생님! 선생님!"

하고 부른다.

대답이 없다.

얼굴을 마주보고

"선생님!"

살짝 장지문을 열어본다.

히로타   "안 계셔"

도요타, 코를 씰룩거리며

"냄새 좋다!"

40 사감의 방

히로타와 도요타, 머리를 들이밀고 엿본다.

방 안에 가득 찬 향의 연기.

히로타와 도요타, 얼굴을 마주보고 조용히 들어온다.

히로타, 한쪽을 보고

"아, 오늘은 선생님 남편분이 돌아가신 날이네"

두 사람은 당황한 모습으로 그 자리에 정좌한다. 향로가 올려져 있는 마루에는 흰 비단을 올려놓은 칼 장식대에 군용 검이 한 자루, 꽃병에는 국화 한 송이, 엄숙함과 정적만이 감돈다.

(F·O)

(F·I)

41 기숙사·강당

환하게 비스듬히 쏟아지는 아침햇살 속에서, 기숙생들이 줄지어 서 있고, 가장 오른쪽에는 와타나베가 위치해 있다. 그 정면에 선 사감은 늠름하게 외친다.

"아침의 맹세 …… 우리는 오늘 하루"

기숙생 일동 "충의의 마음을 잊지 않습니다. 신을 경배하고 선조를 존경하는 마음을 잊지 않습니다. 효행의 마음을 잊지 않습니다"

사감 　　"또한"

기숙생 일동 "오만방자한 마음을 갖지 않습니다. 상냥하고 조신한 마음을 잃지 않습니다. 강한 인내심을 잃지 않습니다"

사감과 기숙생 일동 "우리들은 황국여성입니다. 오늘은 전력을 다해 미국·영국격멸에 힘쓰고, 내일은 그 마음을 반드시 자손에게 전하겠습니다. 이 자리에서 맹세합니다"

42 거리

활짝 갠 서늘한 겨울 아침. 역 구내에서 우르르 쏟아져 나오는 통근자들의 무리 …… 그 입김이 구름 같다.

끝없이 길게 늘어선 소년공들의 행렬 …… 그 발이 서릿발을 부순다. 새하얀 서리가 내린 집집마다 힘찬 큰북소리가 울려 퍼지고 이윽고 들뜬 피리의 소리가 흐르고, 와타나베를 선두로 고적대가 전진한다 …… 그 뺨이 사과와 같다.

거리에 서서, 그 행렬에 눈이 휘둥그레져있던 사나다가 외투를 벗어 거수경례를 한다.

43 공장의 광장

사무소의 창문마다 걸려있는 벽보들.

비상증산강조기간

(O·L)

44 애벌 연마실

군신軍神을 따르라

라고 적혀있는 벽보 밑에서 열심히 일하고 있는 야마자키, 니시오카, 스즈무라 등.

45 렌즈 지장脂場

야마모토山本 원수를 따르라!

라고 적혀있는 벽보 밑에서 열심히 일하고 있는 히로타, 후타미, 야마구치.

46 연마

야마자키山崎 부대를 따르라!

라고 적혀있는 벽보 밑에서 열심히 일하고 있는 오카베, 핫토리, 시마, 가와이, 도요타, 스다, 시라야마, 사사키.

47 조정

여기도 전장이다!

라고 적혀있는 벽보 밑에서 열심히 일하고 있는 다니무라, 미야자키, 아유카와, 반도, 사토.

48 눈금수정실

증산이다! 병사들은 적기의 아래에서 기다리고 있다!

라고 적혀있는 벽보 밑에서 현미경을 들여다보고 있는 와타나베.

49 사무소. 어느 방

사감의 맞은편에서 마주보고 있는 사나다가 눈을 동그랗게 뜨고 있다.

사나다 　"호오……당신이 공장에……"

미즈시마 "네"

사나다 　"그건 어째서죠?"

미즈시마 "그게……현장에 들어가서, 실제로 같은 일을 해보지 않으면……학생들의 마음을 이해하지 못하는 게 아닐까 생각해서요……"
　　　　"오오!"

　　　　사나다, 갑자기 무릎을 치며
　　　　"참 아름다운 이야기네요"

미즈시마 "그런 게 ……"

사나다 　"아뇨, 비꼬는 건 아닙니다 …… 흐음 ……"
　　　　사감의 얼굴을 가만히 응시한다.
　　　　미즈시마 곤란한 듯 고개를 숙인다.

사나다 　"아니, 그게 …… 아이고 …… 실례인 줄도 모르고 ……"
　　　　당황해서는 고개를 옆으로 돌린다.

사나다 　"그렇지만, 고맙습니다 …… 그렇게까지 학생들을 생각해주시니, 감
　　　　사할 따름입니다.

미즈시마 "그럼 …… 저, 직장에서 일할 수 있는 건가요 ……"
　　　　사나다, 당황한 듯이.
　　　　"아뇨 그건 …… 반대입니다"
　　　　"어째서지요?"
　　　　"어째서냐뇨, 그게 …… 그렇게 되면, 당신이 너무 바빠집니다 ……"
　　　　"아뇨 ……"
　　　　"아닙니다. 당신은 지금의 상황만을 생각하고 있으니까 한가하다고
　　　　생각하는 겁니다 …… 예를 들어 환자가 한 명이라도 나왔을 경우를
　　　　생각해 보십시오"
　　　　"……"
　　　　"실제로 …… 이건 어제 한 건강진단의 결과입니다만 ……"
　　　　일어서서, 진단서를 책상 위에서 집어 들어
　　　　"기숙사에 사는, 야마구치 히사에山口久江 ……"
　　　　미즈시마 얼굴이 굳는다.
　　　　사나다, 당황해서 손을 저으며,

사나다 　"아니, 딱히 어디가 아프다는 게 아니라 …… 그저, 조금 근골이 약하
　　　　다고요 …… 의사가요"

50 렌즈 지장脂場

야마구치가 산처럼 많은 지형脂型을 안고 들어온다.

후타미   "안 돼요, 그런 무거운 물건을 들면"

야마구치 "괜찮아요…… 이런 것쯤……"

히로타   "안 돼, 안 돼. 야마구치는 관절이 약하니까요"

야마구치, 낙담한다.

종소리. 모두가 시계를 올려다본다.

시계는 OO시

51 광장

확성기의 음악.

뛰어 들어오는 공장직원들.

소장이 단상 위에 선다.

"공장체조, 준비!"

전원 체조를 시작한다.

52 사무소의 창문

살짝 내려다보고 있는 사감의 모습.

그 얼굴.

53 광장

체조를 하고 있는 와타나베와 여자공원들.

그 사이에 있는 야마구치와 사토.

54 기숙사·복도(1)

밤이다.

"싫어. 싫어. 나 열 같은 거 없어"

야마구치가 뒷걸음치고 있다.

"안돼!"

와타나베가 재촉한다.

야마구치, 도움을 구하는 듯한 시선으로 사감을 보지만, 사감은
웃고 있을 뿐이다.

야마구치, 궁지에 몰려 확하고 도망친다.

55 **계단**(1)

야마구치, 도망쳐 올라온다.

56 **계단**(2)

야마구치, 도망쳐 간다.

57 **계단**(2)

야마구치, 도망쳐 내려오려다가 당황해서 되돌아간다.
다니무라 등이 뛰어 올라온다.

58 **계단**(2)

야마구치, 다니무라 사이에서 협공을 받는다.
다니무라 등, 저항하는 야마구치를 잡고서는
"빨리빨리!"
"체온계?"
"체온계는 어째서?"
"스즈무라가 가지고 있어"
"스즈무라, 빨리!"
"스즈무라"
스즈무라, 서두르지 않고.
"잠깐 기다려봐, 지금 내가 재고 있으니까"
하며, 체온계를 빼서 확인해 본다.
"37.4도!"
와타나베, 의아한 표정을 짓는다.
"어머, 미열이 있네"
체온계에 얼굴을 가까이 대고 들여다본다.
그것을 미야자키, 잡아채듯이,
"걱정할 필요 없어! 스즈무라같이 튼튼한 사람은 병이 무서워 도망쳐
나와"
와~하고 모두들 웃기 시작했다.
스즈무라, 불만이 있는 듯
"근데 나, 의외로 약해"

또, 모두 와~하고 웃으며 상대하지 않는다.

미야자키, 체온계를 한두 번 흔들고는

"자~"

하고 야마구치에게 내민다.

야마구치, 단념한다.

59 사감의 방

사감의 일기의 일부

> 야마구치, 체온 36.5도
> 사토, 체온 36.6도
> 기숙생 전원 이상 무

책상에 앉아 있던 미즈시마, 탁하고 기숙사일기를 닫고 시계를 본다. 시계, 11시를 지나고 있다.

60 복도

모두 잠들어 조용하다.

미즈시마, 조용히 걸어온다.

미즈시마, 문 하나를 살짝 열고 들여다본다.

61 기숙사방(1)

새근새근 자고 있는 와타나베와 다니무라.

그 머리맡 기둥에 걸린 시가 써진 종이가 달빛에 환하다.

> 몇 개나 되는 산천 저 멀리 고향에 계신
> 부모, 친척이여 편안하소서

(O·L)

잠든 와타나베와 다니무라.

잠든 기숙생들.

(O·L)

마찬가지로.

(O·L)

마찬가지로.

(O·L)

62 기숙사방(2)

자고 있는 야마자키와 오카베.

오카베, 문뜩 눈을 뜬다.

이불을 다시 덮어주고 있는 사감의 손과 얼굴이 바로 옆에 있다.

오카베, 잠든 체한다.

사감, 조용히 나간다.

오카베, 눈을 살짝 뜨고 사감의 뒷모습을 가만히 보고 있다.

이윽고, 점점 멀어지는 사감의 발소리에 귀를 기울이며, 잠시 천장을 본다.

갑자기 목을 돌려 난간을 올려다본다.

난간의 어머니의 사진.

오카베, 갑자기 이불을 뒤집어쓴다.

(WIPE)

63 거리

큰북을 치며 걷고 있는 오카베의 밝은 얼굴.

와타나베를 선두로 한 고적대의 통근이다.

그 보조.

(O·L)

64 달력

며칠이 지나간다.

(O·L)

65 빗길

물구덩이를 피해서 전진하는 제각각의 발걸음.

차가운 빗속을 나아가는 우산의 행렬.

선두를 걷고 있는 와타나베, 때때로 걱정스러운 듯이 돌아보며 걷는다.

모두, 어쩐지 기운이 없다.

우산을 든 손이 시린 듯 하~하~입김을 불어 넣는 후타미.

멍하니 무엇인가를 골똘히 생각하고 있는 듯한 야마구치.

쓸쓸히 비 오는 하늘을 올려보고 있는 사토.

언짢은 표정의 오카베.

어깨를 움츠리고 있는 다니무라.

웃고 있는 얼굴은 하나도 없다.

와타나베, 갑자기 큰소리로 외친다.

"가슴을 펴! 씩씩하게 걷자!"

"이런 날 씩씩하게 걸었다간 물구덩이에 발이 빠지잖아"

다니무라가 입을 삐죽 내민다.

아무도 웃지 않는다.

와타나베 "……그래도 모두 너무 기운이 없잖아. 불쾌한 얼굴을 하고……"

다니무라 "너도 마찬가지야. 미간에는 주름을 잔뜩 만들고는……"

"당했네!"

와타나베가 평소와 달리 장난스러운 목소리를 낸다.

"하하하"

야마자키가 남자처럼 웃는다.

"좌우, 좌우, 좌우, 좌우"

재빨리 와타나베는 모두가 보조를 맞추도록 외친다.

"노래 부릅시다…… 뭔가 신나는 노래가 좋겠네요"

♫ 새해가 시작되는…….

라고 핫토리.

"바보처럼"

"후후후후"

미소와 함께 활기가 넘치기 시작한다.

"좌우, 좌우, 좌우"

미간의 주름도 사라진 와타나베를 선두로 한, 호흡이 맞기 시작하는 대열.

66 공장 문

비에 젖은 확성기가 행진곡을 시끄럽게 연주하고 있다.

문 옆에는 우산을 쓴 소장, 요시카와, 사나다가 서서 잇달아 출근
하는 공원들을 한 명, 한 명 거수경례로 맞이하고 있다.

"어깨를 움츠리면 안 돼 …… 검기에 걸린다고 …… 자, 기운 없어 보
이는 모습은 그만둬 …… 추위에 지지마라 …… 가슴을 펴고 …… 발
맞춰서 ……"

사나다가 깨알같이 주의를 주고 있다.

척 척 하며 발소리를 맞춰 와타나베 쓰루 일행도 들어온다.

"좋은 아침이에요"

"좋은 아침이에요"

"호오, 기운이 넘치는군"

사나다도, 요시카와도, 소장도, 계속해서 들어오는 공원들의 행렬
을 맞이하면서 언제까지나 빗속에서 서 있다.

(F·O)

(F·I)

67 기숙사 안뜰

정원, 전체가 밭이 되어있다.

그 밭을 손질하는 사환과 노인.

드르륵 하는 소리에 위를 올려다본다.

2층의 창문을 열고, 선생님이 얼굴을 내민다.

노인, 올려다보며

"조용하구만 …… 선생님 …… 그 아이들이 나가면, 마치 거짓말처럼
조용해지는군요. 정말 모두들 쾌활하니까요 ……. 하지만 싸우지나
않는 것만이라도 다행이지. 전에 여기 살던 소년공들은 당최 ……"

라며 묘한 표정을 짓고는

"선생님……누군가 상태라도 안 좋은 건가요?"

사감은 흡입기를 조립하면서,

"뭐어-, 딱히 큰 일은 아니지만요"

노인   "흐음 …… 누구려나, 그 나약한 아이는 …… 혹시 야마구치가 아닌가
……"

미즈시마 "그게 말이지요 ······ 스즈무라에요 ······"

노인   "헤에!"

미즈시마 "정말로 생각지도 못한 사람이 ······"

68 同·방 안

"죄송합니다!"

　　　스즈무라가 작은 목소리로 말하고, 얌전히 누워 있다.

미즈시마 "어머 ······ 그렇게 미안해하지 않아도 돼요"

"그렇지만 ······"

"일 때문에 그러는 거라면, 괜찮아요. 렌즈 깎는 일에는 야마자키나 니시오카, 고야마 같이 튼튼한 사람만 모여 있으니까요 ······ 스즈무라 분 정도야 ······"

"······"

"······ 그것보다, 하루라도 빨리 낫지 않으면 ······"

"······ 죄송해요 ······ 모두에게 ······"

"이제 그만해요, 그런 이야기는 ······"

　　　사감, 분위기를 바꾸려는 듯이

"저기, 스즈무라, 처음에 여기 왔을 때 기억해요? ······ 모두에게 고향의 흙을 한 줌씩 가져오라고 일러두었는데, 스즈무라 혼자서만 가져오지 않았었지요 ······"

"후후후 ······ 저는 가지고 가겠다고 말했어요 ······ 하지만 아버지가 도쿄에도 흙 정도는 있겠지라고 해서 ······"

"호호호 ······ 그랬었군요 ······"

"그래서, 저는 그 흙으로 고향을 잊지 않기 위해 정원에 채소밭을 만들 거라고 말하자 ······"

"그래그래, 스즈무라의 흙, 소포로 보내져 왔었지"

"후후후 ······ 저의 아버지는 좀 성격이 덜렁대서서 ······"

　　　스즈무라는 갑자기 입을 다물고는 천장을 바라보고 있다.

　　　미즈시마는 창밖을 내려다보면서

"오늘은 그 고향의 흙 색깔이 참 반지르르하기도 하지 ······ 사환이 땅을 일구고 있네요"
"선생님!"
　갑자기 스즈무라가 일어선다.
"선생님, 제가 병에 걸린 거 고향에 알리지 말아주세요"
　미즈시마, 놀라서
"왜 그러는 거지? …… 갑자기 ……"
"아니요 …… 부탁드립니다 …… 정말로 고향에 알리지 말아주세요
…… 혹시 벌써 알리신 건가요?"
" …… 그게, 책임상 일단 통보하지 않으면"
"……"
　스즈무라, 움찔하고 입을 다문다.
　그리고 갑자기 우는 목소리가 되어서
"전 …… 고향에는 돌아가지 않겠어요!"
　열에 달뜬 목소리로 말한다.
　미즈시마, 기가 막혀서
"어떻게 된 거예요. 스즈무라 씨 …… 열이 있는 거야 …… 자, 진정해
요 ……"
　스즈무라, 응석부리듯 고개를 가로젓고는
"아니요, 선생님 …… 고향에서 데리러 와도 저는 돌아가지 않을 거예
요"
"무슨 당치도 않은 말을 …… 이 정도의 병세로 누가 데리러 온다는
말이에요 ……"
"아니요 …… 분명히 옵니다 …… 저 빌고 빌어서 겨우 나온 거라 ……
병에 걸렸다는 것을 알면 …… 아버지는 정말이지 고집스러운 분이
라 ……"
　스즈무라, 흐느끼면서 정신없이 계속 말한다.
"선생님 …… 저는 누가 뭐라 해도 돌아가지 않을 거예요 …… 저는
열심히 일하고 싶습니다 …… 저는 어떤 일이 있어도 돌아가지 않을
거예요!"

(WIPE)

69 강단

고적대의 각개연습의 소음. 고적대 선생님이 차를 마시며 돌아보고 있다.

작은북 파트의 연습도 각자 따로 놀고 있고, 피리소리에도 힘이 없다.

먼저 대장인 와타나베부터 초조해하며 복도 쪽에 신경을 쓰거나, 옆의 다니무라 등과 속삭이거나, 피리를 입에 댄 채 멍하니 생각에 잠기는 등, 여느 때의 모습과 전혀 다르다.

선생님은 질려버린 듯한 표정으로 일어나서, 짝짝 손뼉을 친다.

"어떻게 된 거지, 너희들 …… 오늘은 마치 ……"

라고, 이야기를 하기 시작했을 때, 쿵쿵하고, 핫토리와 시마가 뒤얽힌 모양으로 뛰어 들어온다.

선생님이 계시다는 것도 잊은 것처럼,

"불쌍해, 불쌍해"

핫토리가 모두에게 호소하는 듯 울음 섞인 목소리로 말한다.

"스즈무라가 앞으로 얼마 안 있어 집으로 간대 ……"

시마도 어찌할 바를 몰라 당황해 한다.

핫토리 "싫다고 싫다고, 스즈무라 울고 있어요"

시마 "앞으로 밤기차 같은 것을 타서 몸이 흔들려 고생하면 오히려 병이 악화될 텐데 ……"

핫토리 "와타나베, 와타나베, 어떻게 안 될까 ……"

라며, 와타나베를 흔든다.

와타나베, 가만히 눈을 감고 입술을 깨물고 있다.

"선생님이라 해도, 손 쓸 방도가 없는데 …… 그런 거 말해 뭐해"

다니무라가 화난 듯 말한다.

"그래도, 그래도"

핫토리는 발을 동동 구른다.

고적대의 선생님, 망연자실해 있다가, 보다 못해 한 걸음 나온다.

"어떻게 된 거냐?, 대체"

"그게요, 그게요……"

올려다보는 핫토리의 얼굴에서 눈물이 주르륵 흘러내린다.

70 계단

뚱하니 화난 듯한 얼굴을 한 부친에게 이끌려, 옷을 잔뜩 껴입어 뚱뚱해진 스즈무라가 기운 없이 내려온다. 그 뒤에 사감이 바구니를 들고 따라온다.

71 복도

세 사람이 온다.

우르르하고 기숙생들이 달려와서, 세 사람을 둘러싼다.

스즈무라와 기숙생들, 아무 말도 없이 바라보고 있다.

스즈무라의 얼굴.

그것을 가만히 지켜보고 있는 와타나베와 그 친구들의 얼굴.

스즈무라, 울음을 못 참겠다는 듯이 갑자기 복도에 앉아서는 두 손을 짚는다.

"죄송합니다! …… 곧 돌아오겠습니다 …… 그때까지 …… 와타나베 씨"

"괜찮아요! 여기 일은 신경쓰지 마요……"

와타나베, 화난 것처럼 입술을 깨문다.

스즈무라 "미안합니다! 야마자키 씨 …… 니시오카 씨 …… 고야마 씨…… 잘 부탁드립니다"

"괜찮아요"

"괜찮아 ……"

스즈무라 "저의 기계, 접시가 엄청 흔들려요 …… 만일 새로운 사람이 오게 된다면 ……"

"그런 말 하지 말고 빨리 나아서 돌아와요"

라며, 야마자키도 뚝뚝 눈물을 흘린다.

스즈무라, 아무 말도 없이 머리를 숙이고 있다.

그것을 가만히 내려다보는 기숙생들의 얼굴.

미간에 주름을 만들고 내려다보는 와타나베의 화난 듯한 얼굴.
그 어깨를 누군가가 두드린다.
고적대의 선생님이다.
작은 목소리로,
"와타나베, 스즈무라의 피리는?"
와타나베 "네?"
"피리말이야, 스즈무라의 ……"
"네"
와타나베, 급히 인파를 헤치고 달려간다.

72 복도

와타나베, 달린다.

73 강단

와타나베, 뛰어 들어와서 둘러본다.
난간에 구부러진 못에 걸린 명찰이 죽 늘어서 있고, 그중 단 하나,
주머니에 들어있는 채로 외롭게 매달려 있는 스즈무라의 피리.

74 현관

1층 현관에 서 있는 스즈무라와 그의 부친.
현관 마루에 죽 늘어서서 배웅하고 있는 기숙생들.
"선생님! 저희가 배웅해 주면 안됩니까?"
라고, 핫토리.
사감, 게타를 신으면서,
"안 돼요, 내가 역까지 배웅할 게요 …… 와타나베는?"
라고 하며, 둘러본다.
와타나베, 달려와서 근심스럽게 고개를 숙이고 있는 스즈무라에
게 피리를 내밀곤,
"선생님이 …… 고적대의 선생님이 가지고 가라셔"
스즈무라, 피리를 꼭 쥐고, 두리번두리번 둘러본다.
기숙생들 무리 뒤로 고적대 선생의 얼굴이 끄덕이고 있다.
스즈무라, 그쪽을 향해 정중히 머리를 숙인다.

"몸조심해요!"

와타나베가 소리친다.

"빨리 돌아와요"

"편지 쓰고"

"몸조심해요"

기숙생들의 목소리가 여기저기서 들리자 스즈무라는 얼굴이 빨개져서 현관 밖으로 뛰쳐나가듯 나간다.

사감은 그 뒤를 쫓듯 나간다.

"안녕"

"안녕"

스즈무라의 부친도 말없이 모자를 벗는다.

"자 그럼 ……"

"다음에 뵙겠습니다"

"안녕히 가세요"

"안녕히 가세요"

기숙생들이 제각기 말한다.

스즈무라의 부친, 조금 망설이는 듯한 표정을 짓다가 꾸벅꾸벅 연신 머리를 숙이고 나간다.

75 여자기숙사 앞

몸을 서로 기대듯이 걸어가고 있는 스즈무라와 사감.

요란한 발소리를 내며 스즈무라의 부친이 따라오고서는 혼잣말처럼

"서두르지 않으면 …… 분명히 우에노上野 출발이 20시 55분이었었지 ……"

"스즈무라 씨"

"스즈무라 씨"

라는 목소리가 들려온다.

스즈무라, 깜짝 놀라 뒤돌아본다.

여자기숙사 발코니에 무리를 지은 기숙생들이 열심히 손을 흔들

고 있다.

"건강해"

"힘내고"

스즈무라도 정신없이 손을 흔든다.

"안녕"

손을 흔들고 있는 기숙생들.

"안녕"

"안녕"

거기에 대답하는 스즈무라의

"안녕"

점점 멀어져서 들리지 않게 된다.

"안됐어. 스즈무라 씨는"

핫토리가 또 울음 섞인 소리로 말한다.

그것을 지우는 듯한 와타나베의 목소리.

"자 강당으로 모여요……"

76 복도

와타나베를 선두로 모두가 발코니에서 내려온다.

아유카와 "나도 집에 가고 싶어 졌어……"

"무슨 말이야…… 슬퍼해봤자 어쩔 수 없어……힘내야지"

와타나베는 화가 난 듯 왼쪽 어깨를 올리고 걸어가면서 재빨리 눈물을 닦는다.

(WIPE)

77 거리

와타나베 일행. 고적대의 통근

(O·L)

78 애벌 연마실

회전하는 수평 연마접시.

눌려져서 깎이는 유리.

사방으로 튀기는 연마제.

야마자키 일행 모두 열심히 일하고 있다.

그 한쪽 구석에 스즈무라의 좌석이 휑하니 비어 있고, 움직이지 않는 연마접시가 쓸쓸히 조용히 있다.

깎기가 끝난 산더미 같은 렌즈를 든 히로타가 지나가면서,

"힘들겠다. 너희들"

라고 말을 건넨다.

야마자키, 뒤돌아보며

"천만에"

남자처럼 대답한다.

히로타   "힘내"

야마자키 "괜찮아"

라고 힘을 주어 대답한다.

열심히 일하는 야먀자키, 니시오카, 고야마 등의 얼굴.

(O·L)

79 비상증산목표와 성적 그래프 (여자)

목표를 넘어서 쭉쭉 그래프가 올라간다.

(O·L)

80 사무실·어느 방

소장, 요시카와, 사나다

소장   "흠……성적이 좋군……여자 쪽은 굉장한 저력이 아닌가"

요시카와 "네……그런데 이게 좀 무섭습니다"

소장   "?"

사나다 "이번에는 3개월이란 지구전이라서요……요컨대 5천 미터 경주를 백 미터처럼 달리는 셈이지요. 저 아이들은……저 아이들에게는 처음 경험하는 것이고……당연합니다만……뭔가에 걸려 넘어지면 큰 충격을 받지 않을까 합니다"

소장   "흠"

세 사람, 걱정되듯 그래프를 들여다보고 있다.

(WIPE)

81 기숙사·복도

칠판.

전기부족으로 인한 휴일의 과업.

> 하나, 이불의 일광소독을 합시다
> 하나, 벽장 청소를 합시다
> 하나, 세탁물을 전부 정리합시다

82 옥상

"후지산이 보이네"

야마자키가 옥상 위에 널어둔 이불 위에서 손을 눈썹 부근에 올리
고 멀리 바라본다.

"고향은 멀고머나니 ……"

창문 밖으로 이불을 꺼내면서 고야마,

"바보같이 …… 네 고향은 반대잖아"

"하하하"

야마자키, 남자아이처럼 웃으며 이불을 받는다.

"영차!"

"고야마"

라는 목소리.

"네"

대답하는 고야먀.

83. 복도

복도를 두세 발 탁탁 달려가다 뒤돌아보며

"야마자키 …… 위험해요 …… 조심해 ……"

대답이 없다.

"야마자키!"

고야마, 뛰어 돌아와서 창문에서 밖을 본다.

84 옥상

야마자키는 없다.

고야마, 파랗게 질려

"야마자키~!"

몸을 밖으로 내밀며 아래를 내려다본다.

85 뒤뜰

이불과 함께 넘어져 있는 야마자키가 멍하니 올려다보고 있다.

86 창

고야마, 얼굴을 찡그리며,

"야마자키~!"

하며, 큰 소리로 운다.

(WIPE)

87 병원·어느 방

침대에 있는 야마자키를 둘러싸고 사감과 와타나베를 비롯한 기숙생들이 떼 지어 줄줄이 늘어서 있다.

야마자키, 두리번두리번 모두를 둘러보면서,

"미안해요…… 하지만 손에 부상을 입지 않아서 정말 다행이야…… 목발로 걸을 수 있게 되면, 내가 일을 할 수 있을 거야… 금방, 금방 갈게…… 그러니까 모두 그런 이상한 표정 짓지 말고……"

와타나베 "괜찮아! …… 너야말로 걱정하지 마"

사감   "그래요 …… 괜찮고말고요 …… 그지요?"

"네!"

모두 입을 모아 대답은 했지만, 기운이 없어 멍한 기분은 숨길 수 없었다.

88 애벌 연마실

뻥하고 큰 구멍이 뚫린 것같이 나란히 서있는 야마자키와 스즈무라의 기계.

그 옆에서 연마접시 앞에서 허리를 구부려 일하는 고야마와 니시오카.

니시오카, 멍하니 있다가 실수로 렌즈를 날려 버린다.

당장이라도 울 듯한 표정으로 모터가 윙윙거리고, 벨트가 펄럭이고 있는 바닥 위를 두리번거리며 기어 다닌다.

(O·L)

89 비상증산목표와 성적 그래프 (여자)

성적이 갑자기 떨어지기 시작한다.

(O·L)

90 공장·안뜰

점심시간의 안뜰.

쉬고 있는 공원들 속을 사나다, 골똘히 생각하면서 걷는다.

"하지만, 무리야…… 우리, 최선을 다하고 있단 말이야……"

조금 날카로운 목소리에, 그쪽을 본다.

양달에, 와타나베를 중심으로 둥글게 진을 친 여자공원들.

그중에서 니시오카가 조금 발끈한 얼굴로 변명하고 있다.

"첫째로 우리만을 비난하는 건 너무 했어……"

다니무라 "그렇지 않아…… 와타나베 씨는 절대 너희만을 비난하는 게 아니야
…… 그냥, 스즈무라 씨가 간 뒤에 성적이 떨어진다고 말했던 것뿐이
야……"

"하지만……"

니시오카, 여전히 뾰로통하다.

"아무튼…… 힘내자…… 첫째로, 이런 상태로는…… 남자의 3분의 2
를 나서서 맡은 우리의 체면이 안 서지"

핫토리가 말한다.

"체면이 문제가 아니야……"

오카베 손을 휘두르고,

"…… 즉…… 소장님이 말씀하셨던 …… 책임감의 문제야……"

핫토리, 풀이 죽어 버렸다.

푹음.

모두 올려다본다.

91 하늘

초계기가 날아간다.

92 안뜰

오카베, 하늘을 올려다본 채,

"애들아…… 옥신각신하는 건 그만하자…… 인격의 향상 없이 생산
력의 향상도 없는 거야……"

라며, 비행기를 손가락으로 가리키고,

"저 비행기에도 광화학병기가 확실히 탑재되어 있는 거잖아"

라고 크게 외친다.

"와! 대단하셔! 소장님 같이 말하네!"

라고 지나가는 소년이 놀린다.

오카베, 볼이 빨갛게 되서 얼굴을 가린다.

모두 한바탕 웃음을 터뜨린다.

상황을 지켜보던 사나다, 자신도 모르게 웃음을 터뜨려버리지만
웃음을 멈추고 다시 근심스러운 표정을 짓는다.

웃고 있는 여자 공원들 사이에서 와타나베가 뭔가 심각한 표정으
로, 지면에 무늬 같은 것을 그리면서 골똘히 생각하고 있다.

(WIPE)

93 공장의 한쪽 구석

와타나베가 가만히 고개를 숙이고 서 있다.

마주 서 있던 사나다가 위로하듯,

"고비에 접어든 것이야…… 말하자면 예정한 바대로다…… 첫째로,
지금까지 조금 지나치게 노력했고…… 이런 때는 초조해하거나 신경
이 날카로워져서는 안 돼…… 걱정하지 마…… 이런 때는 오히려 뭔
가 기분 전환을 하는 것이 좋다…… 즉, 호연지기의 정신을 닦는 것이
지!"

(WIPE)

94 배구장

"얍!"

하고, 구호를 외치는 오카베의 서브.

볼이 저녁 하늘을 달린다.

"하나"

볼에 뛰어드는 와타나베.

"둘"

그것을 패스하는 히로타.

"셋"

때려 넣는 반도.

"와~!"

잘못 받아서 표정이 일그러진 니시오카.

구경을 하는 여자공원들이 와~하고 함성을 지른다.

"힘내"

와타나베가 외친다.

"자 모두 힘내고…… 소리를 내면서 가자고"

"서브는 누구?"

다니무라가 묻는다.

"후타미 씨"

후타미, 우물쭈물하다가,

"나 잘못하는데"

"괜찮아…… 열심히 하면 돼"

와타나베가 말한다.

후타미, 서브위치에 간다.

가만히 볼을 손에 올리고 기도한다.

와~하고 웃는 객석의 여자공원들.

"조용히"

와타나베가 웃음을 제지하고,

"후타미 씨, 그 기세……"

후타미, 입술을 꽉 깨물고 서브 포즈.

"얍!"

오카베가 힘을 준다.

날아가는 볼.

"좋아, 좋아"

후타미를 격려하면 자세를 취하는 와타나베.

"얍!"

"어딜!"

볼이 펜스를 넘어 되돌아온다.

뛰어드는 와타나베.

열기로 들끓는 코트.

네트 위로 날아다니는 볼.

"힘내! 힘내!"

연신 소리를 치는 와타나베.

95 애벌 연마실

열심히 일하는 야마자키와 그 외 공원들.

96 지장脂場

열심히 일하는 히로타와 그 외 공원들.

97 연마

열심히 일하는 오카베와 그 외 공원들.

98 조정

열심히 일하는 다니무라와 그 외 공원들.

99 눈금수정실

열심히 일하는 와타나베와 그 외 공원들.

(O·L)

100 비상증산목표와 성적 그래프 (여자)

하향곡선을 그리던 성적이 다시 호전되기 시작한다.

(O·L)

101 배구장

"힘내! 힘내!"

계속 외치는 와타나베.

(O·L)

102 편지

날이 갈수록 쌀쌀해지는 요즘, 근면하게 지내고 있다고 하니 무엇
보다도 다행이다. 너의 어머니가 최근 경미한 감기기운이 있었는
데 점차 고열로 되어 지속되는 사이, 경과가 좋지가 않아 많이
쇠약해져서 일시 귀성해서 간호를 해주었으면 하는 생각을 했다.
하지만 작금 회사에서는 중요한 증산강조기간이라 하고 책임감이
무거운 청년대장을 맡고 있어 어떻게 하면 좋을지. 이런 사정을
너의 어머니와 상의했더니 어머니는, 지금 상황에서 어떤 일이
생기더라도 결코 귀성할 필요가 없으며 가정의 사적인 일에 구애
받지 말고 직무에 충실하여 봉공을 하는 것이 중요하다고 전해
달라고 간곡히 부탁했단다. 이 아비도 이에 동감하여 근황을 알릴
겸 이렇게 편지를 썼다. 차가운 날씨, 몸조심하고 오로지 봉공에
집중하기를 기도한다.

아버지로부터

(O·L)

103 기숙사방

와타나베 쓰루, 가만히 편지를 읽고 있던 얼굴을 들고 난간을 올려
다본다.
부모의 사진.
그리고 어머니 사진.
쓰루, 가만히 올려다보다가 편지를 지닌 채 갑자기 일어난다.

104 복도

쓰루, 빠른 걸음으로 걷는다.

105 사감실·앞

쓰루, 온다.
"선생님! 선생님!"
급한 듯 장지문을 연다.

106 사감실

선생님은 없다.

쓰루, 입구에서 망설이고 있다가 성큼성큼 들어와서 책상 위의
기차 시간표를 집어 든다.

팔랑팔랑 페이지를 넘기더니 무엇인가를 가만히 응시하고 생각에
잠긴다.

"선생님! 체온을 재고 왔습니다"

라는 목소리가 들리고 야마구치가 얼굴을 내민다.

와타나베를 보고 조금 당황한 듯

"어머 …… 선생님은? ……"

하고 되돌아가려 한다.

와타나베 "괜찮아 …… 내가 말씀드릴게 …… 몇도?"

와타나베 손을 내민다.

"35.5도!"

야마구치, 우물쭈물하면서 체온계를 내민다.

와타나베, 체온계를 보고,

"34.6도!"

이상한 표정을 짓고 야마구치를 본다.

야마구치 "온도가 내려갔나 봐"

얼굴을 숙인다.

와타나베, 그 얼굴을 가만히 응시하고,

"무슨 일인데"

"아니, 특별히 ……"

"근데 왠지 이상한 표정을 짓고 있는 것 같아서 ……"

"아니라니까 ……"

와타나베, 그 얼굴을 가만히 응시한 채로,

"뭔가 숨기고 있는 거지"

"아니야, 그렇지 않아"

와타나베, 체온계를 흔들고는,

"그럼 …… 여기서 한 번 더 재봐 ……"

체온계를 내민다.

야마구치, 곤란한 듯한 표정을 짓는다.

"자~"

야마구치, 원망스러운 듯이 체온계를 받아들고 잰다.

"5분간이야"

두 사람은 묵묵히 바라보고 서 있다.

책상 위의 시계.

가만히 바라보는 두 사람.

시계소리만이 기묘하게 크게 들린다. ── 길고 조용한 시간.

야마구치, 갑자기 고개를 숙이더니 훌쩍훌쩍 울기 시작한다.

흑흑 흐느끼며 눈물로 가득 찬 눈을 위로 올리며,

"와타나베 씨! 나 실은 매일 밤 조금씩 열이 나요"

와타나베, 어처구니없다는 듯이 뭔가 말하려 하는데, 야마구치가
당황한 듯이,

"아니에요 …… 큰일이 아니에요 …… 일은 전혀 고되지 않고요 ……
누구에게도 이야기하지 말아 줘요……"

"하지만, 야마구치 씨 ……"

"아니에요. 열이 있는 걸 알면 쉬어야 하고 …… 하지만 …… 정말로
나 아무렇지도 않으니까 …… 무엇보다도 스즈무라 씨, 야마자키 씨
가 빠져 있는 상황 …… 거기에 나까지 빠지면 ……"

"하지만, 야마구치 씨 ……"

"아니에요 …… 부탁이에요 …… 증산기간이 끝날 때까지라도 ……
부탁입니다 …… 와타나베 씨 …… 누구에게도 이야기하지 말아줘요
……"

매달리듯이 애원하는 야마구치.

평소에 조용한 야마구치의 이상할 정도로 센 기세에 멍해져 버린
와타나베.

발소리.

사감이 뭔가 바쁜 듯 들어온다.

야마구치, 황급히 와타나베 뒤로 숨듯이 한다.

"어머 …… 손님이 있었네 ……"

목도리와 코트를 들어서 정리하면서,

"…… 지금 야마자키한테 다녀온 참이에요. 아주 건강하고 ……. 모두
에게 안부 전해 달라고 …… 그건 그렇고 무슨 용건? ……"

와타나베 "야마구치 씨의 체온 ……"

야마구치 애원하듯 와타나베를 본다.

와타나베 " …… 36.5도!"

사감　　"그래 …… 그거 잘됐네"

야마구치, 와타나베에게 양손을 잡아 보인다.

와타나베 뭔가 뜨거운 것이 가슴에서 끓어올라, 황급히 눈길을
돌린다.

"와타나베는 무슨 용건?"

"저는 특별히!"

와타나베는 딱 잘라 대답하고는 손에 들고 있던 기차시간표를 살
짝 책상 위에 올려놓는다.

(WIPE)

107 배구장

"힘내! 힘내!"

계속 소리치는 와타나베.

(O·L)

108 비상증산목표와 성적 그래프 (여자)

성적이 약간 상향곡선을 그리면서 며칠이 지난다.

(O·L)

109 거리

전진해오는 와타나베 고적대.

와타나베, 전방을 멀리 보고 탁하고 깃발을 올린다.

연주중지 …… 동시에 행진정지.

전방의 길.

손을 열심히 흔들거나 목발이 거추장스럽다는 듯이 바쁘게 뿡뿡

뛰면서 …… 완전히 흥분해서 빨갛게 된 야마자키가 접근해 온다.

"와~!"

고적대는 누구부터라고 할 것도 없이 대열이 무너졌고 모두 야마자키를 향해 뛰어간다.

(O·L)

110 애벌 연마실

회전하는 연마접시.

야마자키, 그 위로 웅크려 일하고 있다.

니시오카와 고야마, 걱정되듯이,

"괜찮아?"

"조금 쉬는 게 어때?"

"전혀 힘 안 들어"

야마자키, 곁눈질도 안한다.

붕대로 감싼 발.

바로 옆에는 붕붕 회전하는 모터.

111 비상증산목표와 성적 그래프 (여자)

힘차게 상승곡선을 그리는 가운데 며칠이 지난다.

(O·L)

112 기숙사 세탁장

사감과 사환이 이야기를 하고 있다.

사환   "선생님! 최근에 아이들이 이상하게 어른이 된 거 같아요…… 웃거나 노래하거나 장난하거나 하는 것이 없어졌어요. 정말로……"

사감   "그러게요…… 야마자키가 돌아온 당시에는 그래도 반짝 힘이 넘쳐 안심을 했었는데……"

사환   "피곤이 쌓인 거지요……"

사감   "그러게요…… 저는 요즘 이런 편안한 직업에 있고 해서 그 아이들을 보면 미안한 생각이 들어요"

사환   "그렇지 않아요…… 선생님도 편하지 않지요"

사감   "아니요"

소사　"천만에요 …… 제가 잘 알아요 …… 그 세탁물도 그렇고……"

사감　"그건 …… 그렇게 피곤해서 …… 게다가 동상에 걸린 그 아이들의 손을 보면 ……"

　　　라며 기숙생의 잠옷으로 보이는 큰 꽃무늬 무명 홑옷을 빨고 있다.

113 애벌 연마실

붕하는 단조로운 소음 속에서 야마자키, 니시오카, 고야마, 연마 접시 앞에서 웅크리고 일하고 있다.

고야마 크게 하품을 한다.

니시오카도 새어나오는 선하품을 질끈 참으면서 졸린 눈으로 가만히 연마 접시를 응시하고 있다.

윙~회전하는 연마 접시.

그 소리가 갑자기 들려오지 않게 되고,

♬ 아~ 그 목소리로 그 얼굴로

♬ 큰 공을 세우세요라고 처자식들이

라는 노랫소리가 이상하게 귓가에 들려온다.

니시오카 이상한 표정을 짓고 고야마를 보고는,

니시오카　"노래를 불렀어 …… 고야마?"

고야마 시무룩한 표정으로 고개를 가로젓는다.

니시오카 귀신에 홀린 듯 이마를 문지른다.

끼긱~갑자가 엄청나게 큰 소음이 되돌아온다.

114 렌즈 지장

야마구치, 접시를 직~하고 물속에 집어넣는다.

"히로타 지금 몇 시?"

히로타　"무슨 일이야? 아까부터 시간을 묻고, 벌써 5번째야"

피곤에 지친 표정으로 웃음도 짓지 않는 야마구치.

그 야마구치의 얼굴이 수조 속에서 흔들흔들 움직이고 있다.

115 연마

모래 처리를 끝낸 렌즈를 오카베가 조심스레 들고 온다.

오카베　"부탁합니다"

뉴톤 링크를 조사하고 있던 핫토리가 뒤돌아보고는,

"또 가지고 왔어?"

싫은 표정을 짓는다.

핫토리   "큰일이네 …… 계속 뉴톤이 높단 말이지 ……"

시마   "초조해하면 안 돼 …… 마음이 불안정하면 나올 뉴톤도 나오지 않는 법"

끽~하는 소리

시마와 오카베, 깜짝 놀란 듯 자기자리로 뛰어간다.

그리고 창백한 얼굴로 연마기를 잽싸게 살펴본다.

"누구?"

"지금 소리, 누구냐고?"

라며, 도요타, 시라야먀, 사사키, 미쓰이 등도 두리번두리번 살펴본다.

사방으로 튄 렌즈를 바라보며 스다가 창백한 얼굴로 입술을 깨물고 있다.

116 조정

"큰일이네 …… 난 수정하는 거 정말 싫어"

아유카와가 어깨를 꾹꾹 주무르며

"눈금 이상"

"감씨[柿の種] 이상"

"발삼 품절"

등등, 표가 달려있는 렌즈 앞에서 한숨을 쉰다.

프리즘을 닦고 있는 다니무라 …… 몇 번이나 몇 번이나 행주를 교환하며 신경질적인 표정이다.

보풀을 탁탁 떨어내며 철물 안쪽의 먼지를 세심하게 제거하는 반도 …… 때때로 졸음을 쫓듯 머리를 흔든다.

작은 나사를 겨우 조이고, 잠시 멍하니 창문 밖을 보고 있는 가토.

117 창밖

온화한 시월의 오후.

118 조정

환하게 쏟아져 들어오는 햇빛.

그리고 어느 곳의 책상에도 마개가 열린 채 놓인 에테르와 알코
올 병.

119 복도

비틀비틀 취한 듯한 얼굴을 한 미야자키가 나온다.

세면대에서 마구 쓱쓱 얼굴을 씻는다.

120 눈금 수정실

아주 조용한 분위기에서 현미경을 들여다보고 있던 남자 직공들,

"엄마~!"

하는 여자 목소리에 깜짝 놀란 듯 뒤돌아본다.

와타나베 쓰루가 가만히 현미경을 들여다보고 있다.

남자 직공들, 이상한 얼굴을 하고 와타나베를 바라보고 있다.

지치고 지친 와타나베 쓰루의 옆얼굴.

121 비상증산목표와 성적 그래프 (여자)

상향곡선을 그리던 성적이 또 제자리걸음을 시작한다.

(O·L)

122 배구장

"힘내! 힘내!"

라고 외치고 있는 와타나베.

날아온 공을

"핫!"

하고 받아내면서,

"히로타 씨!"

라고 하며 패스한다.

"좋았어!"

라고 말하며 히로타는 그 공을 머리 위로 올린다.

"찬스!"

라고 외치며 와타나베는 날아올라 때린다.

위협적인 킥 볼.

그 공에 뛰어들면서, 오카베는 무심코 그 공을 안아 버린다.

와아~관중석의 여자 직공들의 웃음소리가 울려 퍼진다.

멍하니 공을 안고 있는 오카베

"제대로 해라!"

핫토리가 꾸짖는다.

오카베, 날카롭게 쳐다보고,

"무리야…… 저런 공은!"

"그러니까 럭비랑 헷갈리지 마!"

오카베 분한 듯이,

오카베   "몰라! 나 이제 안 해"

갑자기 공을 던져버리고, 바삐 총총 코트를 빠져나간다.

머쓱해진 핫토리.

핫토리   "오카베 씨! 오카베 씨!"

불러 세우려고 한다.

걱정스러운 듯한 와타나베의 얼굴

(WIPE)

123 기숙사 강당

"…… 큰북과 오른쪽 작은북! …… 어떻게 된 거야?"

고적대 선생님이 화내고 있다.

입술을 깨물고 있는 오카베와 핫토리.

"그렇게 호흡이 안 맞아서는 한 걸음도 전진할 수 없어! 한 번 더!"

획 하고 깃발을 드는 와타나베의 미간의 주름.

피리의 정연한 멜로디를 제각각인 큰북과 작은북의 리듬이 깨부수는 무참한 연주.

(O·L)

124 비상증산목표와 성적 그래프 (여자)

제자리걸음하고 있던 성적이 쭉쭉 하향하기 시작한다.

125 사무실 방

소장, 요시카와, 사나다

소장　"이제 조금만 힘을 내면 되는데"

사나다　"…… 그렇습니다. 이것이 마지막 고비에요"

요시카와　"…… 그러나 장시간 피로가 쌓이고 쌓여서 …… 몸이 움직이지 않게
됐지요. 처음부터 무리였을 지도"

소장　"어떻게 안 될까. 모처럼 자발적으로 받은 할당량이야 …… 어떻게든
성공하도록 하고 싶은데. 여기서 좌절해서는 …… 이후의 사기와도
관련되고 …… 자신이 생기질 무너질지 분수령인 셈이지 …… 저 애들
에게 있어선 첫 출전이니까 ……"

요시카와　"바로 이 지점이군요. 소장님이 말씀하시는 소위 정신력 …… 인격이
라는 것이 결정적인 역할을 하는 때가 ……"

소장　"음 ……"

사나다　"…… 저는 ……"

툭 하고 내뱉는다.

사나다　"저는 낙관하고 있어요!"

소장　"낙관?"

사나다　"아니, 낙관이란 말은 이상하지만 …… 뭐라고 할까 …… 저 애들은
걱정 없습니다"

소장　"어째서?"

사나다　"왜냐면요 …… 글쎄요 …… 저 아이들에게는 …… 우선 멋진 부대장
이 있으니까요"

소장　"?"

사나다　"와타나베 쓰루라는 청년대장이 꽤 훌륭하기도 하고 …… 거기에 미
즈시마라는 사감이 또한 ……"

노크 소리.

"네"

급사가 들어온다.

급사　"사나다 씨, 미즈시마 씨의 면회입니다"

어안이 벙벙해진 사나다.

126 응접실

미즈시마가 멍하니 창밖을 바라보고 있다.

멀리 공장의 소음.

127 창밖

공장지붕이 즐비하게 늘어서 있고, 그 환기창에서 소음이 새어
나오는 것이다.

그 오른쪽 창고 앞에는 트럭이 겹겹이 세워져 있고, 제품이 바쁘게
실리고 있다.

그리고 제품을 가득 실은 트럭이 분주하게 사라져가는 앞문 저편
에는 반짝반짝 빛나는 철로가 몇 줄이나 보이고, 그 위를 큰 소리
로 화물열차가 달려서 지나간다.

전시하의 생산지대의 힘찬 풍경.

128 응접실

계속 창밖을 응시하는 미즈시마의 옆얼굴.

"아, 기다리시게 해서……"

사나다가 들어온다.

사나다 "…… 다시 공장에 들어오고 싶다는 말씀은 아니시겠지요"
라고 말하면서 갑자기 이상한 표정을 짓는다.

방의 한구석에 놓인 여성용 여행가방.

사나다, 질문하는 듯이 미즈시마의 얼굴을 본다.

미즈시마, 사나다를 응시한 채로,

미즈시마 "저에게 잠시 휴가를 주셨으면 해서요……"

사나다, 멍하니 미즈시마를 돌아보고 있다가, 실망한 듯 의자에
앉아 머리를 긁적긁적한다.

"지금이 가장 중요한 시기입니다만…… 사감님이 휴가를 가시면 학
생들은 어떻게 하란 말인지요?"

하며 유감스럽다는 듯이 올려다본다.

미즈시마, 가만히 사나다를 내려다보며,

미즈시마 "하지만…… 와타나베가 있어요"

사나다　 "무엇이든 그 친구에게 떠맡겨서는 가여워요!'

미즈시마 "하지만…… 짧은 2, 3일 정도이니……"

사나다　 "흠……"

　　　　 사나다, 조금 초조한 듯,

사나다　 "그럼, 사감님 도대체 어디에 가려는 겁니까?"

미즈시마 "스즈무라가 있는 곳에……"

사나다　 "스즈무라?"

미즈시마 "네, 그 아이로부터 편지가 왔었어요. 이제 완전히 괜찮다고 합니다
　　　　 만…… 부모님께서 좀처럼 떨어져 살고 싶어 하지 않으셔서……"

사나다　 "그래서요?"

미즈시마 "…… 저는…… 지금 스즈무라가 돌아온다면…… 모두 얼마나 기운
　　　　 이 날까 해서…… 야마자키가 돌아왔을 때도 그랬거든요. 그래서
　　　　 …… 스즈무라를 위해서라도 모두를 위해서라도…… 전……"

　　　　 사나다, 얼굴을 쓱쓱 어루만지며,

사나다　 "……또 졌다! ……정말 난, 덜렁대서 말이지……"

　　　　 하며 일어서서,

사나다　 "지금 바로 출발합니까?"

미즈시마 "네"

사나다　 "와타나베를 부릅시다"

미즈시마 "안 돼요…… 여기 스즈무라의 편지를 전해주시면…… 지금 바로 가
　　　　 면 급행열차 시간에 맞출 수 있으니까……"

　　　　 미즈시마, 편지를 책상 위에 두고 허둥지둥 손가방을 든다.

　　　　 사나다, 감동한 듯,

사나다　 "좋네요!"

미즈시마 "네?"

사나다　 "아니, 학생들을 전폭적으로 신뢰하는 사감님의 태도에 감동했습
　　　　 니다"

미즈시마 "그건…… 모두 정말 착한 아이들뿐이니까요……"

미즈시마는 평소와 달리 가볍게 응수하고, 밝게 웃어 보였다.

129 연마

달그락달그락 소리 내며 일제히 돌고 있는 연마기.

오카베 스에, 머리띠를 하고 바쁜 듯 연마제인 적색안료를 바르며 다니고 있다.

오카베, 문득 옆을 보자, 스다가 멍하니 앞을 응시하고 있다.

오카베　"이건 아니잖아! 이런…… 그 접시 말랐잖아!"

스다, 정신을 차리고,

"미안합니다!"

오카베　"빌 때가 아니야…… 또 불량품을 만들면 어떡해?"

스다　"미안합니다!"

오카베　"잠깐 비켜봐. 내가 해 줄 테니까!"

핫토리, 보다 못해서,

핫토리　"이제, 그만해, 오카베 씨"

오카베　"하지만 보고만 있을 수 없잖아"

핫토리　"그러니까 미안하다고 사과했잖아"

오카베　"그러니까…… 혼자 멍하니 해서 모두가 곤욕을 치르면 어떻게 해?"

핫토리, 지긋이 오카베의 얼굴을 응시하며,

핫토리　"지친 거야…… 너도……"

오카베　"난 지치지 않았는걸!"

핫토리, 지긋이 오카베의 얼굴을 응시하며,

핫토리　"지친 거야…… 너도……"

오카베　"난 지치지 않았는걸!"

오카베, 신경질적인 목소리를 낸다.

핫토리　"그럼 마음대로 해!"

핫토리도 큰 소리를 낸다.

윙윙 돌아가는 연삭기의 뒤로, 놀란 듯 그 장면을 살펴보고 있는 도요타, 시마, 가와이 일행.

130 눈금 수정실

열심히 현미경을 들여다보고 있는 와타나베.

철컥 문소리고 나고 '탁 탁 탁' 하는 발소리가 가까워진다.

미간에 주름이 잔뜩 잡힌 와타나베의 얼굴.

"와타나베 씨!"

라는 목소리에 움찔 놀란 듯 얼굴을 든다.

그 와타나베의 얼굴 바로 앞에 가와이의 어찌할 바를 몰라 하는 얼굴이 있다.

가와이   "근데 말이지 …… 큰일 났어 ……"

와타나베 "쉿!"

와타나베, 좌우로 신경 쓰며 수정하고 있던 렌즈를 옆에 둔다.

| 이 뒤를 걷지 마시오 |

라는 팻말

131 복도

| 눈금 수정실 |

이라고 써진 출입문에서 와타나베가 가와이를 밀쳐내듯 하며 나온다.

목소리를 죽이며

와타나베 "이러면 안 되잖아? …… 근무 중에 여기에 들어오면 안 된다는 것 몰라? ……"

가와이   "하지만 ……"

와타나베 "하지만이라니 …… 나 혼자의 민폐로 끝날게 아니야 …… 모두들 몇 백 분의 1미리의 오차와 싸우고 있으니까 ……"

가와이   "그치만 …… 오카베와 핫토리가 싸우기 시작해서 ……"

와타나베 놀란 듯,

"그래서?"

가와이   "그래서라니 …… 빨리 와타나베 씨에게 이야기해서 화해시켜 달라고 하려고 ……"

와타나베 "대체 왜들 그래?"

가와이 "저기 …… 그게 ……"

와타나베 "뭐, 괜찮아 …… 이제 슬슬 일이 끝나니까 …… 끝나고 나서 …… 나 오늘은 아주 실적이 나빠서 ……"

　　　　　라며 이마를 긁는다.

　　　　　가와이, 안쓰럽다는 듯이,

　　　　"미안합니다"

와타나베 "가와이가 사과할 일이 아니야 …… 걱정하지 마, 괜찮아!"

　　　　　라며 가와이의 어깨를 밀 듯이 하며,

와타나베 "자 이제 조금만 참자 …… 오카베와 핫토리에게 ……"

　　　　　라며 뭔가 이야기를 하려다,

와타나베 "뭐, 나중에 말할게"

　　　　　라며 생각에 잠겨 안으로 사라진다.

　　　　　걱정스럽다는 듯 바라보는 가와이.

132 눈금 수정실

　　　　　살짝 걸어와서 와타나베, 의자에 앉는다.

　　　　　잠깐 무엇인가를 골똘히 생각하더니 이윽고 기계적으로 팔을 뻗어 상자 안에서 새로운 렌즈를 꺼내더니 계속 현미경을 들여다본다.

　　　　　　　　　　　　　　　　　　　　　　　(WIPE)

133 거리

　　　　　저녁 무렵이다.

　　　　　와타나베, 편지를 읽으며 걷고 있다. 그 옆을 걸어가며 사나다가 계속 농담을 하며 기숙생들을 웃기고 있다.

사나다 "하하하하 불쌍하게도 …… 너희들 오늘부터 2, 3일은 고아가 된 셈이지 ……"

미시마 "괜찮아요 …… 우선 스즈무라라는 선물이 있으니까요 …… 기대된다"

사나다 "그건 그렇지 …… 하지만 너희들 괜찮다고 하지만 …… 이 히라쓰카라茶塚라는 곳은 옛날에 유명한 너구리의 본고장이었어"
반도 　"우와! 그런 거짓말을 ……"
사나다 　"진짜라니까 …… 거짓말이라고 하면 말이지, 오늘 밤 기숙사 복도에
　　　　 …… 왁~!"
아유카와 "…… 심술궂네요"
야마자키 "끄떡없어 …… 너구리 요괴가 등장하면 …… 잡아먹어 버릴거야"
　　　　 모두가 와 하고 웃는다.
후타미 　"하지만, 너구리는 진짜로 둔갑해서 나타난데 …… 우리 할머니가
　　　　 ……"
사나다 　"하하 …… 큰일이군 …… 정밀기계공장의 여성공원이 미신에 현혹
　　　　 돼서는 안 되지"
니시오카 "에~ …… 본인이 먼저 말을 꺼내 놓고선"
사나다 　"하하하하 …… 내가 졌다"
　　　　 라며 익살맞은 얼굴로 모두를 둘러보며,
사나다 　"왜 그래? 오카베 변론부장과 핫토리 방송국장, 이상하게 오늘은 조
　　　　 용하단 말이야"
　　　　 모두 웃는다.
　　　　 오카베와 핫토리, 화가 난 듯 나란히 걸어간다.
　　　　 계속 편지를 손에 든 채 걷고 있는 와타나베의 깊이 생각하는 듯한
　　　　 얼굴.

134 기숙사 강당

　　　　 모두가 모여 있다.
　　　　 스다가 어찌할 줄 몰라하며 사과하고 있다.
스다 　　"미안합니다! 내가 잘못했습니다 ……"
　　　　 미야자키, 화난 듯.
미야자키 "스다는 이제 됐어"
　　　　 다니무라, 서로 노려보고 있는 오카베와 핫토리에게
다니무라 "그러니까 적당히 좀 해 …… 선생님이 안 계실 때 아무것도 아닌 일
　　　　 로 싸우니, 정말 싫다, 싫어"

야마자키 "서로 깔끔하게 사과하고…… 얼른 화해하자 응?"

오카베   "저 사과할 일은 없어요"

핫토리   "저야말로 사과할 일은 없어요"

다니무라 "그러니까……"

　　　　하며 큰소리를 칠 듯한 것을 와타나베가 제지하고,

와타나베 "오카베도 핫토리도…… 다 지친 거야…… 그러니까……"

오카베   "난 전혀 지치지 않았어"

　　　　라며 가시가 돋친 목소리를 낸다.

　　　　와타나베, 조용히 자신을 억누르고,

와타나베 "그래…… 그렇다면 괜찮지만……"

　　　　다니무라, 도저히 참을 수 없다는 듯이

다니무라 "하나도 도움이 안 돼. 그러니까…… 오카베! 핫토리!"

　　　　단호한 얼굴로

다니무라 "너희들 부끄럽지 않아? …… 고집만 피우고…… 다른 사람 일은 전
　　　　혀…… 조금만 비뚤어진 마음 버리고 이렇게 걱정해서 모여 있는 모
　　　　두의 마음을 생각해 보는 건 어때? …… 맞다…… 정원에 가서 고향
　　　　땅 흙 위에 서서 잘 생각해 봤으면 좋겠어"

　　　　모두, 조용해진다.

　　　　와타나베가 조용히 말을 꺼낸다.

와타나베 "…… 나…… 평소라면 다니무라보다 먼저 화냈을 거야…… 하지만
　　　　오늘은 화낼 수 없어…… 그건…… 뭔가 내 자신이 부끄럽기 때문
　　　　이야"

다니무라 "그렇다고 네가 부끄러워할 일은 아니야"

와타나베 "아니…… 그건…… 이렇게 될 거라고 생각했었더라면 선생님은 결
　　　　코 우리들만을 남기고 외출하시지는 않았다고 생각하기 때문이야
　　　　…… 그리고 스즈무라도…… 우리들이 이렇게 하고 있다고는 꿈에도
　　　　생각하지 못하기 때문이야"

　　　　라며 편지를 꺼내

와타나베 "읽어 볼게…… 스즈무라의 편지……"

라며 읽기 시작한다.

와타나베 "선생님 그 후로도 잘 지내시나요? 기숙생 모두도 잘 지내고 있습니까? 그곳과 달리 여기는 매우 추워서 2, 3일 전에 눈이 왔습니다. 저는 고향에 돌아와서, 지금은 완전히 건강해졌습니다. 하지만, 아버지도 어머니도 조금 더 있으라고 말하시며, 좀처럼 놓아주지 않으십니다.

선생님, 선생님께서 몇 번이고 말씀하셨던 군인들이 조국을 위해 목숨도 아끼지 않고 싸우고 있는데, 이렇게 아무것도 하지 않고 있어도 괜찮은 것인지요.

기숙생 모두를 생각하면 정말로 미안해서 가만히 있을 수 없습니다. 선생님, 증산기간도 앞으로 얼마 남지 않았습니다. 모쪼록 잘되기를 저는 매일, 신사에 참배하고 있습니다.

그리고 매일 선생님과 기숙생 모두만을 생각하고 있습니다. 일하는 거, 고적대, 마음이 잘 맞아 즐거운 기숙사 생활……그리고 연마그릇이 빙글빙글 돌고 있는 작업장 꿈을 매일 밤 꿉니다……"

135 기숙사 안뜰

모두 잠들어 조용한 기숙사의 창문 중 하나가 조용히 열리고, 검은 그림자가 살짝 뛰어내린다.

구석에 있는 사당 앞에 서서 가만히 기도하고 있다.

오카베 스에다.

기도가 끝나자 오카베는 춥다는 듯이 채소밭의 흙을 밟고 선다.

맨발을 깊숙이 고향의 흙에 묻은 채, 오카베는 가만히 하늘을 올려다본다.

중천에 한월寒月이 교교하게 빛나고 있다.

계속 올려다보는 오카베의 얼굴.

한월.

멀리 기적 소리.

가만히 올려다보고 있던 오카베의 얼굴, 점점 힘없이 고개를 떨군다.

조용한 울음소리가 갑자기 바로 옆에서 들렸다.

오카베는 깜짝 놀라 얼굴을 돌려본다.

또 다른 한 명, 누군가가 희미하게 채소밭에 서 있다.

꺅~! 하고 큰 소리가 나는 것을 오카베, 꾹 참고 떨리는 목소리로,

오카베   "누구?"

        "나야"

핫토리가 우는 얼굴로 돌아보았다.

오카베   "뭐야! 난 너구리인 줄 알았지!"

핫토리   "너구리?"

오카베   "후후후"

오카베, 한숨 돌리며 동시에 화난 듯이,

오카베   "애초에 너는 이렇게 안 해도 돼"

핫토리   "하지만…… 모두에게 미안하니까!……"

오카베   "미안한건 나지……"

핫토리   "…… 아냐, 나도…… 미안해"

오카베   "…… 사과는 내가 해야 한다니까……"

핫토리   "……"

오카베   "……"

두 사람, 훌쩍훌쩍 울기 시작한다.

그 두 사람의 맨발을 조용히 감싸고 있는 고향 땅 흙.

그 한구석에 아주 조용하게 서 있는 채소밭의 팻말.

달빛을 받고 빛나는 팻말의 시.

고향의 흙

채소밭을 보고 짓다.

이것은 조상의 피가 흐르는 흙

내가 태어난

그 위에 오늘도 또한

나의 부모는 나의 형제는

> 부지런히 땅을 갈아 열심히 식물뿌리를 흙으로
> 덮어 주시겠지
> 그 위에
> 나의 동생들은 천진난만하게 장난치고 놀며
> 또 그 강아지는 즐겁게 뛰고, 그 말은 씩씩하게 울고 있겠지
> 그 땅의 향기에 나는
> 옛날의 정경을 상기하고
> 젊은 날의 추억을 그린다
> 나는 늘 어머니 살결의 따뜻함을 느끼며
> 홀연히 영혼이 되어 고향으로 돌아간다
> 이것이야말로 부모의 피가 흐르는 흙
> 내가 태어난 흙이다

136 설국

하얀 은빛의 산.

눈에 파묻힌 마을.

눈보라를 일으키며 마을 아이들이 스키를 타고 온다.

교차로에 불안한 듯 주위를 둘러보고 있던 미즈시마가

"잠깐만"

하고 아이들을 불러 세운다.

"도요사와豊澤 마을은 어떻게 가면 되니?"

아이들 중 한 명이 조용히 한 방향을 가리킨다.

"여기서 얼마나 멀까?"

"10킬로미터는 가야 해요"

라고 뚫어지게 신기하듯 미즈시마를 위아래로 보는 아이들.

어찌할 바를 몰라 당황해하는 미즈시마의 얼굴.

여행에 전혀 대비하지 않은 그녀의 발.

137 숲길

미즈시마 걸어간다.

138 냇가의 길

미즈시마 걸어간다.

온통 반짝이던 눈 위에 구름의 그림자가 드리운다.

139 골짜기 길

미즈시마 걸어간다.

눈이 조금씩 흩뿌린다.

140 산간의 분지

눈보라 속에서 망연히 주위를 둘러보는 미즈시마.

미친 듯 휘몰아치는 눈보라 속에서 점점이 흩어져 있는 마을 집들.

멍하니 있는 미즈시마의 옆에 1.8미터 정도 머리를 내밀고 있는
전신주의 전선이 윙윙하고 소리를 내고 있다.

소리를 내고 있는 전선.

그 소리 속에 어렴풋이, 새된 피리소리가 들려온다.

미즈시마, 이상한 얼굴을 하고 주위를 둘러본다.

피리소리.

미즈시마, 멍하니 주위를 본다.

피리는 국민진군가의 전주를 불기 시작한다.

미즈시마, 갑자기 깨닫고,

"스즈무라~!"

하고 정신없이 달려 나간다.

141 거리(1)

달리는 미즈시마.

142 거리(2)

달리는 미즈시마.

143 거리(3)

달리는 미즈시마.

144 스즈무라의 집 앞

미즈시마, 달려온다.

미즈시마 "스즈무라! 스즈무라!"

눈을 막으려 세운 판자 뒤에서 스즈무라가 깜짝 놀란 듯이 피리 부는 자세를 취한 채 얼굴을 내민다.

미즈시마 "아, 스즈무라!"

하고, 미즈시마가 하~하~숨을 고르며 선다.

미즈시마 "다행이다…… 다행이다"

하고, 그 자리에 멈추어 선 채로, 갑자기 흐르는 눈물을 훔치며 울다가 웃는다.

여우에 홀린 것처럼 다문 입을 닫지 못하는 스즈무라.

갑자기,

스즈무라 "선생님!"

하고 소리치며 달려들면서, 집 쪽을 돌아보고,

스즈무라 "아버지! 어머니!"

하고, 아주 크게 외친다.

집의 대문을 덜그럭덜그럭하며 열고, 스즈무라의 아버지와 어머니와 작은 형제들이 깜짝 놀란 듯 얼굴을 내민다.

(F·O)

(F·I)

145 밤의 초원

질주하는 기관차

(O·L)

146 同·기관차의 3등칸

창밖을 가만히 보고 있는 스즈무라.

"정말 느리네. 이 기차……"

라는 말에 돌아본다.

미즈시마가 싱글벙글 웃으며,

"…… 라고 생각하고 있었지? …… 스즈무라"

스즈무라 "왜지요? 선생님"

미즈시마 "나도 그렇게 생각하니까……"

미즈시마는 웃으며,

"그렇지만, 이제야, 고리야마郡山를 벗어난 직후니까······ 기숙사에
도착하는 것은 12시가 되겠네 ······ 모두 자고 있겠지 ······ 오늘 밤은
자게 놔두고 내일 아침, 모두를 놀라게 해주자"

　　　스즈무라, 고개를 끄덕이며 다시 창문 밖을 바라보기 시작한다.

　　　때때로 마을의 불빛이 스쳐 지나가는 창문의 검은 그림자에, 스즈
무라의 들뜬 얼굴이 흔들리고 있다.

(O·L)

147 기숙사 부근

　　　걸어오는 미즈시마와 스즈무라.

미즈시마 "자······ 드디어 돌아왔다······ 선생님은······ 3일밖에 집을 비우지
　　　않았는데도 꽤나 오랜 시간동안 집을 비운 듯한 느낌이 드네······
　　　안심하고 그녀들에게 다 맡기긴 했는데······ 내가 쓸데없이 걱정이
　　　많아서······"

　　　라고 말하다가, 딱 멈추어 서서,

미즈시마 "아니, 강단의 불이 켜져 있네? ······"

　　　하며, 걸어가서,

미즈시마 "저런······ 현관에도······ 곤란한 친구들이네······"

　　　하고 발이 빨라진다.

148 기숙사 현관

　　　미즈시마, 들어왔지만,

미즈시마 "어머······ 문도 잠그지 않고······ 정말로 와타나베답지 않아"

　　　라고 중얼거리며 둘러보더니 불쾌한 표정을 짓는다.

　　　난잡하게 어지럽혀져 있는 게타와 슬리퍼.

149 강당

　　　기숙생들이 모여 있다.

　　　뭔가 망연자실한 듯 제각각의 복장을 하고 조용히 있다.

　　　"왓!"

　　　하고, 스즈무라가 뛰어 들어온다.

스즈무라 "돌아왔어! 이봐! 이렇게 힘이 넘친다고!"

모두 잠시 동안 흥분한 스즈무라를 멍하니 바라보고 있다.

이윽고, 다니무라가 벌떡 일어서서,

다니무라 "선생님은?"

스즈무라 "물론, 함께이지"

다니무라, 밖으로 뛰쳐나간다.

따라서 뛰쳐나가는 일동.

스즈무라, 풀이 죽어 서 있다.

150 현관

슬리퍼를 정돈하고 있던 미즈시마, 우르르 뛰쳐나온 기숙생들에게 둘러싸여 어안이 벙벙한 채,

"무슨 일이지? …… 선생님은 실망했어 …… 정말 칠칠치 못해 …… 애초에, 지금 몇 시인 줄은 알지? …… 취침시간이 3시간이나 지났는데 ……"

하며, 둘러보다가

미즈시마 "와타나베 …… 와타나베는?"

다니무라 "선생님! 그게 ……"

하면서 다니무라가 앞으로 나온다.

가와이   "제가……제가 나빠요"

하며 가와이가 울기 시작한다.

"아뇨, 우리들이 ……"

하며 오카베와 핫토리가 나온다.

스다   "죄송해요! …… 첫 번째 원인은 저예요 ……"

하며 스다가 고개를 숙인다.

미즈시마, 영문을 몰라

"도대체, 무슨 일이니?"

다니무라 "와타나베가 ……"

미즈시마, 움찔하며,

"무슨 일이 있었어? 와타나베가?"

하며 다시 한 번 모두를 돌아보면서,

미즈시마 "와타나베는 어디에 있는 거지?"

다니무라 "그게 …… 선생님 …… 와타나베는 아직 회사에서 일하고 있어요"

미즈시마 "웅?"

다니무라 "수정이 끝나지 않은 렌즈가 하나…… 어디로 들어갔는지 행방을 알
　　　　수가 없대요…… 그것을 어젯밤에서야 알게 돼서……"

151 기숙사 방

　　　밤, 자고 있던 와타나베가

　"앗!"

　　　소리치며 일어난다.

　　　옆에서 자고 있던 다니무라가 깜짝 놀라서

　"무슨 일이야?"

　　　일어난다.

　　　와타나베, 가만히 앞을 바라본 채,

　"그 렌즈…… 어떻게 했더라? ……"

　　　얼굴이 새파랗게 질려 있다.

152 기숙사 현관

　　　말하고 있는 가와이.

　"…… 내…… 내가 눈금 수정실에 들어간 게 잘못이었어……"

　　　하며 뭔가 말하려고 하는 오카베를 막으면서 우는 소리로 계속
　　　말한다.

가와이　　"아니 …… 그때, 작업하고 있던 렌즈가 틀림없어 …… 확실히 그 렌
　　　　즈야……"

153 눈금 수정실

　　　　이 뒤를 걷지 마시오

　　　이란 팻말을 뒤로하고,

가와이　　"근데 말이지 …… 큰일이 났어 ……"

와타나베 "쉿!"

　　　제지하는 와타나베, 좌우로 신경 쓰며 수정하고 있던 렌즈를 옆에

둔다.

154 기숙사 현관

말하고 있는 가와이.

"…… 그때, 확실히 와타나베는 조사하던 렌즈를 옆에 놓았어 ……
그리고 …… 그것은 그대로 잊어버리고, 새 렌즈를 꺼낸 게 틀림없어
…… 그때, 와타나베 굉장히 지친 얼굴이었으니까 ……"

155 눈금조정실·복도

문 저편으로 사라지는, 지친 모습을 한 와타나베의 뒷모습.

156 同·실내

와타나베가 들어와서 살며시 의자에 앉는다.

잠시 동안 깊게 고민을 하다가, 이윽고 기계적으로 손을 움직여서
새 렌즈를 꺼낸다.

옆의 문제의 렌즈.

157 기숙사 현관

핫토리   "정말 바보야, 바보 …… 우리들이 싸워서 이렇게 된 거야"

라며, 핫토리가 울고 있다.

오카베   "맞아, 맞아 …… 와타나베는 우리 때문에 정말로 걱정해서, 이렇게
되어버린 거야"

오카베의 얼굴도 창백하다.

미즈시마, 망연히 있다가

미즈시마 "그래서? 다니무라?"

다니무라 "그래서 …… 와타나베는 자신의 실수 때문에 불완전한 병기가 하나
만들어진다고, 제정신이 아닌 상태에요 …… 게다가 생산량 증가 성
적에도 영향을 미친다고 …… 누가 뭐라고 하든 ……"

158 사무실 어느 방

창백한 얼굴로 서 있는 와타나베와 그를 진정시키고 있는 요시카
와, 사나다.

요시카와 "…… 너무, 무리해서는 안 되네. 오늘은 아침부터 조금도 쉬지 않고
열심히 하지 않았나 …… 게다가 철야까지 하겠다니 ……"

사나다   "…… 진정하고 …… 차근차근히 조사해 나가면 되는 거야 …… 너무 걱정하지 않아도 ……"

　　　　와타나베, 계속 고개를 숙인 채로,

　　　　"…… 그래도, 제 …… 제 실수 때문에 많은 병사들이 전사하시게 될 것 같은 느낌이 들어서 ……"

　　　　사나다, 질린 듯이,

사나다   "그렇게 극단적으로 생각하면 안 되네 …… 우선 그 렌즈가 완전한 병기가 되기까지는 몇 번이고 더 검사를 거쳐야 해 …… 자, 오늘은 이만 돌아가서 쉬거라 …… 응? 돌아가는 거지?"

와타나베 "…… 저, 돌아가면 안 됩니다 …… 잠들지 못할 테니 마찬가지입니다"

사나다   "그래도 …… 와타나베!"

　　　　와타나베, 꽉 하고 양손으로 작업복의 옷자락을 쥐어짤 듯하면서,

와타나베 "…… 부탁드립니다 …… 저를 돌려보내지 말아주십시오 …… 그 렌즈, 찾아낼 때까지 …… 돌려보내지 말아주십시오!"

　　　　망연히 서 있는 요시카와와 사나다.

159 기숙사 현관

다니무라 "말도 안 돼, 말도 안 돼 …… 최소한으로 계산해도 2천 개는 된다고 ……"

　　　　라며 다니무라는 울음 섞인 목소리로,

다니무라 "…… 와타나베, 오늘 하루, 오늘 할당량을 마무리한 후에 …… 그저께와 어제분의 ………… 그것도 수정실 전부의 제품을 다시 조사할 셈인거야"

　　　　꼼짝 않고 서 있는 사감.

　　　　그 사감을 둘러싼 채로 기숙생들도 움직이지 않는다.

160 눈금 수정실

　　　　모든 책상 위에 쭉 나열된 렌즈 상자들.

　　　　그럼에도 불구하고 나열되지 못하고, 쌓여 있는 렌즈 상자들.

　　　　그 렌즈의 홍수 속에서, 단 한 사람 와타나베가 지긋이 현미경을 들여다보고 있다.

조사가 끝난 렌즈를 신중하게 상자에 넣고서는 숨 쉴 틈도 없이
다음 렌즈를 집어 든다.

입술을 질끈 깨문, 절대 질 수 없다는 와타나베의 얼굴.

(O·L)

열심인 와타나베.

(O·L)

열심인 와타나베.

(O·L)

열심인 와타나베.

(O·L)

열심인 와타나베.

(O·L)

계속 열심히 일하는 와타나베의 옆얼굴에, 흐트러진 머리카락이
비지땀에 달라붙어 있다.

신중히 신중히 현미경을 조작하고 있는 그 손.

가만히 현미경을 쳐다보고 있는 충혈이 된 눈.

확대된 렌즈.

그 눈금에 정확하게 핀트가 맞게 된다.

(O·L)

161 하늘

눈금 안에 포착된 적기가 연기를 내뿜으며 좌우로, 거꾸로 회전하
며 필사적으로 몸부림치며 돌고 있다.

층운과 지면과 지평선이 어지럽게 회전하며, 기총 소리가 불이
붙은 듯 울린다.

162 눈금 수정실

현미경에 눈을 댄 채 잠들어있는 와타나베, 헉하며 얼굴을 들어
올리며 망연히 주변을 둘러본다.

고요한 정적만이 감도는 실내.

163 기계장

아무도 없다.

164 애벌 연마실

마찬가지.

165 렌즈 지장

마찬가지.

166 연마

마찬가지.

167 조정

마찬가지.

168 눈금 수정실

두려울 정도의 고요함 속에서 와타나베는 가만히 현미경에 기도하고 있다.

169 기숙사 안뜰

한쪽 구석의 사당.

그 앞에 오카베와 핫토리가 합장하고 있다.

2층 창문으로부터 스다가 바라보며, 한번 안으로 들어가더니, 황급히 아래쪽 창문으로부터 내려온다.

가와이도 내려온다.

다니무라도, 미야자키도…… 계속해서 줄줄이 기숙생들은 밤의 서리를 밟으며 선다.

그리고 정원 한가득 퍼진 그 일행은 아주 조용히 사당 앞에서 기도한다.

170 눈금 수정실

숙연히 열심히 일하고 있는 와타나베.

171 복도

가로등의 빛 속에서 아주 조용한 입구에 걸려있는 금줄.

(O·L)

새벽녘의 희미한 빛 속에서 아주 조용한 입구에 걸려있는 금줄.

조용히 문이 열리고, 와타나베가 나온다.

망연한 표정으로 걷는다.

"와타나베!"

하는 목소리에 깜짝 놀란 듯이 뒤돌아본다.

172 휴게실

복도 한쪽에 설치된 휴게실 안에, 자그마한 화로를 가운데로 하고 요시카와와 사나다가 있다.

사나다   "이제 끝난 겐가?"

와타나베 "네"

요시카와 "그것 참, 잘 됐구나…… 끝까지 해냈구나"

라며, 두 사람은 일어나서

173 복도

복도로 나온다.

사나다   "그럼, 데려다주마"

와타나베, 멍한 채,

와타나베 "저…… 두 분 모두, 저 때문에……"

요시카와 "하하…… 그런 거는 아무래도 상관없어…… 그것보다 어서 돌아가서 쉬지 않으면…… 아직 세 시간은 잘 수 있네"

사나다, 탁 하며 와타나베의 어깨를 치며,

사나다   "그런데, 정말 걱정했다고!"

라며, 크게 하품을 하고는 한번 상체를 부르르 떨고,

사나다   "와악~! 이거, 춥네…… 이보게, 와타나베, 감기 걸리지 말고"

와타나베, 갑자기 푹 고개를 숙이고,

"죄송합니다! 제멋대로 굴어서……"

요시카와 "괜찮다, 괜찮아…… 인간은 가끔 무모하게 돌진해서 자신의 힘을 시험해 보는 것도 필요하지…… 자…… 갑시다…… 자자, 왜 이러나?"

와타나베, 깊이 머리를 숙인 채 움직이지 않는다.

174 공장 강당

아침안개가 자욱하고 주변은 차가운 공기에 싸여 조용하기만 하

다. 터벅터벅, 조용한 발소리를 울리며, 요시카와, 사나다, 와타나
베가 온다.

사나다 "오~, 이거 엄청난 안개군"

하고, 둘러보며,

사나다 "아니 …… 미즈시마 씨"

하고, 깜짝 놀란 목소리를 낸다.

와타나베, 퍼뜩 고개를 든다.

수위실 앞에 우두커니 서 있던 사감이 뒤돌아보고, 총총걸음으로
다가온다.

와타나베 "선생님!"

와타나베, 갑자기 큰소리를 지르며, 미즈시마에게 달려들어,
"와~앙!"

하고, 아기처럼 울기 시작한다.

(WIPE)

175 기숙사 현관

우르르 잠옷차림의 기숙생들이 달려와서, 들어 온 미즈시마와 와
타나베를 둘러싸고,

"와타나베, 일은 끝난 거야?"

"힘들었지"

"수고했어!"

"고생했어!"

"다행이야!"

등등, 제각기 속사포처럼 말을 건다.

지그시 눈을 내리깐 채, 현관 입구에 서 있는 와타나베.

다니무라 "저, 와타나베, 스즈무라도 돌아왔어, 이봐, 스즈무라"

하고 다니무라, 스즈무라를 와타나베 앞으로 밀어낸다.

와타나베, 눈을 든다.

야마자키 "아니, 와타나베, 운거야? 눈이 빨갛게 됐네"

하고, 야마자키가 눈을 두리번두리번 거린다.

와타나베, 당황해서 눈을 내리깔며,

와타나베 "바보, 지쳐서 그래. 그것보다 너희들 그런 꼴 하고 있으면 감기 걸리
잖아! 스즈무라도 또 병나면 어쩌려고. 자, 얼른 자. 아직 세 시간은
잘 수 있어"

하고, 연신 말하며 일동을 밀어낸다.

176 복도

복도를 도망치듯이 빨리 걸어간다.

177 현관

멍하니 배웅하고 있는 기숙생들.
사감은 미소를 띠고 있다.

(WIPE)

178 거리

와타나베를 선두로 행진하는 고적대.

179 공장의 광장

깃발

비상증산강조기간

그 아래에,

힘내자! 앞으로 15일이다!

라고 쓰여 있다.

(O·L)

180 증산목표와 성적그래프 (여자)

하향선을 그리던 성적이 쭉쭉 목표를 돌파하며 상승한다.

(O·L)

181 애벌 연마실

열심히 일하는 야마자키, 니시오카, 스즈무라, 고야마 일행.

182 렌즈 지장

열심히 일하는 히로타, 후타미, 야마구치 일행.

183 연마

열심히 일하는 오카베, 핫토리, 시마, 스다, 가와이, 도요타, 시라야마, 사사키 일행.

184 조정

열심히 일하는 다니무라, 미야자키, 반도, 미시마 사토 일행.

185 눈금 수정실

오늘도 또 엄숙한 고요함 속에서 분발하고 있다.

철컥하는 문소리.

와타나베, 눈썹을 찡그리며 가만히 현미경을 들여다보고 있다.

이윽고, 뭔가 인기척을 느끼고 돌아본다.

문 앞에 사나다가 서서 손짓하여 부르고 있다.

와타나베, 이상한 얼굴을 하며 일어선다.

186 복도

사나다가 나온다.

이어서 와타나베.

그 질문 하려는 듯한 눈을 피하듯이 사나다는 앞장을 서서 복도를 걸어간다.

그 뒷모습을 보인 채로,

"당장 집으로 돌아가게!"

"네?"

"여기서 당장!"

와타나베, 우뚝 멈춰 선다.

"…… 평소에 쓰던 물건들은 가져왔다"

대기실 앞에 바구니와 외투를 든 사감과 요시카와가 서 있다.

요시가와, 조용히 다가가 창백한 얼굴의 와타나베에게,

"아버지로부터 편지를 받았어 ……"

와타나베, 고개를 떨군다.

요시카와 "어머니가 돌아가셨다 …… 아버지는 이럴 때 자네가 귀향할 필요는 없다고 하시네 …… 그리고 적당한 시기를 골라, 내가 자네에게 어머니소식을 전해달라고 하셨네⋯⋯"

　　조용히 고개를 떨구고 있는 와타나베.

요시카와 "⋯⋯ 그렇지만, 회사로서는⋯⋯"

　　와타나베, 번뜩 고개를 든다.

"저는⋯⋯ 돌아가지 않습니다"

요시카와 "아니, 회사로서는 반드시 귀향해야 하네⋯⋯ 그리고 마지막 효도를 해주었으면 해"

와타나베 "아니요⋯⋯ 저는⋯⋯"

"고맙네⋯⋯ 자네는 훌륭하다. 또 아버지의 마음도 정말 감사해⋯⋯ 하지만⋯⋯"

　　고개를 숙이고 있는 와타나베

요시카와 "자, 고향에 가는 거지?"

　　와타나베, 조용히 고개를 들어 눈물로 반짝반짝 빛나는 눈을 크게 뜨며,

"무슨 일이 있어도, 일신상의 일로 공무를 제쳐두고 돌아와서는 안 된다고 말했던 건 어머니이십니다"

"⋯⋯"

　　와타나베, 갑자기 사감 쪽을 보고는,

"선생님⋯⋯ 그것보다도⋯⋯ 아니, 저보다도 야마구치를 쉬게 해주세요⋯⋯ 야마구치, 실은 계속 열이 있습니다"

　　어리둥절해 하는 세 사람.

　　그 세 사람 앞에 와타나베는 정중히 머리를 숙이고는,

"죄송합니다⋯⋯ 부탁드립니다"

　　라며, 우는 얼굴을 숨기려는 듯, 잔달음질로 물러간다.

"와타나베!"

　　사감이 엉겁결에 불러 세운다.

　　와타나베, 문 앞에서 다시 한 번 정중히 머리를 숙이고, 조용히 방 안으로 사라진다.

　　멍하니 서 있는 세 사람.

이윽고, 사나다가 불쑥 말을 꺼낸다.

"정말이지, 좋은 사람이네"

그 목소리는 이상하게 쉬어있다.

"정말, 좋은 사람이 되었네요!"

라고, 사감이 절절히 술회하는 듯이 말한다.

요시카와와 사나다, 조금 이상한 얼굴로 사감을 본다.

사감, 눈물을 감추려는 듯이,

"…… 저는 저대로는 안 된다고 생각했었어요. 와타나베는…… 강하기만 하고…… 조금 더 상냥함이 필요하다고 생각했었어요 ……"

요시카와와 사나다, 감탄한 듯이 사감을 바라보고 있다.

"그런데 …… 와타나베 ……"

사감은 손에 들고 있는 와타나베의 외투를 안듯이 하며,

"정말 상냥해요 …… 정말 좋은 사람이 되었네요 ……"

187 눈금 수정실

곤곤히 계속 흘러넘치는 눈물을 손등으로 연신 훔치며, 열심히 현미경을 들여다보고 있는 와타나베 쓰루.

(F·O)

제3장

《속 스가타산시로》(1945)

등장인물과 배우

> 야노 쇼고로矢野正五郎 : 오코치 덴지로大河內傳次郎
>
> 스가타 산시로姿三四郎 : 후지타 스스무藤田進
>
> 히가키 겐노스케檜垣源之助 : 쓰키가타 류노스케月形龍之介
>
> 히가키 뎃신檜垣鐵心 : 쓰키가타 류노스케月形龍之介
>
> 히가키 겐자부로源三郎 : 고노 아키타케河野秋武
>
> 사요小夜 : 도도로키 유키코轟夕起子
>
> 도다 유지로戶田雄次郎 : 기요카와 소지淸川莊司
>
> 단 요시마로壇義麿 : 모리 마사유키森雅之
>
> 쓰자키 고헤이津崎公平 : 미야구치 세이지宮口精二
>
> 사몬지 다이자부로左文字大三朗 : 이시다 고石田鑛
>
> 세키네 가헤에關根嘉兵衛 : 히카리 하지메光一
>
> 스님 : 고도 구니노리高堂國典
>
> 누노비키 고조布引好作 : 스가이 이치로菅井一郎

(F·I)

1 자막

1887년 요코하마橫浜

(O·L)

2 외국인 거류지 부근

가위바위보 뛰기를 하고 있는 아이들.

"원, 투, 쓰리"

개항장의 악취는 아이들의 놀이로까지 스며들고 있다.

그 아이들 곁을 빈 인력거를 끄는 아직도 소년 같은 젊은 차부가

지나간다. (사몬지 다이자부로左文字大三朗)

"헤이"

하는 소리에 사몬지가 돌아본다.

올려다볼 정도로 장신인 미국인 선원이 서 있다.

"하버!"

하며, 큰 손바닥을 불쑥 내밀고,

"……전"

사몬지, 어안이 벙벙한 모습이다.

"풋내기구면"

하고 놀고 있던 아이들 중 한 명이 말한다.

"항구까지 5전이면 어떤가라고 말하는 거예요"

"헤에"

하고 사몬지, 미국인 선원에게 꾸벅 고개를 숙이고 인력거의 채를

내려놓는다.

미국인이 성큼성큼 올라탄다.

끼익하고 인력거가 구부러질 정도로 휜다.

사몬지, 담요로 그 긴 다리를 덮어주고는 이를 악물고 인력거 채를

든다.

너무 힘을 줘서 뒤로 획 넘어갈 뻔해서 비틀거린다.

"하하하"

하고 아이가 웃고,

"어텐션!"

하고 미국인 선원이 고함을 지른다.

"헤헤"

사몬지, 식은땀을 닦고는 인력거를 끈다.

끌다 보니, 의외로 힘들지 않다.

다이자부로, 기분 좋게 달린다.

3 비탈길

다이자부로, 달려오던 걸음을 늦추고 느긋하게 발에 힘을 주고 내려가기 시작한다.

네, 다섯 간(間, 보통 1간은 1,8m, 역자주) 정도 내려오고 보니, 다이자부로의 얼굴은 창백해졌다.

그의 사력을 다한 양팔과 허리의 노력을 넘어서는, 무시무시한 무게가 뒤에서부터 덮친 것이다. 이를 악물어도 사지에 힘을 주어도 때는 이미 늦었다.

허리의 힘이 스르륵 빠지고, 인력거 채가 눈높이까지 솟아오른다. 게다가 언덕의 경사는 인력거에 가속도를 붙여, 양손으로 필사적으로 매달린 다이자부로의 다리가 공중으로 붕 뜬다.

"헤이, 어텐션!"

미국인이 소리친다.

다이자부로는 제정신이 아니다.

허공에 매달리면서 발을 버둥거리며 몸을 비틀며 인력거 채를 아래로 끌어내리려 하지만 소용없다.

인력거는 다이자부로를 허공에 매단 채 길고 가파른 언덕을 점점 속력을 가해 미끄러져 내려간다.

인력거를 탄 미국인도 점점 빨라지는 속도에 맞추어 본성을 드러내, 그 호통 치는 말도, 스톱······ 스톱 같은 비명에서부터, 점프 ······ 몽키 ······ 사노바간(son of gun, '제기랄'란 의미, 역자주) ······ 닌콘푸 등등 그저 욕쟁이의 화신이 되어, 심지어는 떼쓰는 아이처럼 인력거 위에서 발버둥을 친다.

그 반동에 점점 더 하늘을 향하여 뒤집어질 것 같은 차체.

온몸을 미꾸라지처럼 꿈틀거리며 최선을 다하는 다이자부로.

광란 끝에, 미국인 선원은 그 긴 다리를 뻗어 다이자부로의 머리를 가격한다.

휙~날아가는 패랭이.

무언가 울음소리를 내는 미국인.

굉장한 속도로 돌아가는 바퀴.

허공에서 발버둥치는 다이자부로의 다리.

그 필사적인 얼굴.

인력거 바퀴.

미국인.

인력거 바퀴.

다이자부로.

인력거 바퀴.

다이자부로의 다리.

인력거 바퀴.

그 소음과 울부짖는 소리를 우지끈~하는 엄청난 소리가 압도하고, 그 탄력으로 지면을 네, 다섯 간 획 날아가는 다이자부로. 둘로 쪼개진 인력거는 뒤이어 미국인을 한껏 내던지며 똑바로 공중제비를 돌더니, 하늘로 향한 바퀴를 빙글빙글 공회전시키다가 겨우 멈춘다.

다이자부로는 타박상의 아픔으로 얼굴을 일그러뜨리면서도, 손님 쪽으로 눈을 돌린 채 두세 간 기어가서,

"손님, 시, 실례를 했습니다. 다친 곳은 없으신……"

하고, 이어서 '지요'라고 말하려는 틈도 주지 않고, 일어난 미국인이 갑자기 다이자부로를 걷어찬다.

"죄, 죄송합니다"

라며, 엎드려 비는 다이자부로를 미국인은 계속 말없이 걷어찬다.

깜짝 놀라서 벌떡 일어나, 소리도 내지 못하고 그저 고개를 연거푸 숙이는 다이자부로의 뺨에 미국인의 커다란 주먹이 날아온다.

"앗"

하며, 뺨을 감싸고 비틀거리는 다이자부로의 턱에 다시 미국인의 주먹.

엉덩방아를 찧은 듯, 픽하고 머리를 땅바닥에 내동댕이쳐 반쯤 정신을 잃은 다이자부로.

그 다이자부로의 옆구리로 미국인 선원의 투박한 구두가 인정사정없다.

끝내는 몽롱한 의식 속에서 본능적으로 도망치려는 다이자부로의 목덜미를 잡고 일으켜 세운 미국인 선원은 히죽히죽 미소를 지으며 결정적인 일격을 가하려고 그 긴 팔을 뒤로 당겨 자세를 취한다.

"기다려라"

하고 그 팔을 제지하는 자가 있다.

미국인은 그 팔을 뿌리치려다가 얼굴을 일그러뜨린다.

고통으로 일그러진 그 얼굴을 분노로 점점 일그러뜨리며 분연히 돌아본다.

비백무늬가 있는 감색옷감에 흰색 하카마, 맨발에 게타, 너무나도 평범한 차림의 가난한 서생(書生, 보통은 메이지, 다이쇼 시대에 남의 집에 기거하며 잡일을 맡아 하는 학생을 이른다. 주인공은 학교의 학생은 아니지만 특정 직업을 갖지 않고 스승의 도장에서 유도를 배우고 있는 문하생이라는 처지를 감안해서 '서생'이라고 지칭하고 있는 듯하다. 역자주)이다.

"용서해 주게"

하고 손을 놓고 꾸벅 고개를 숙이며 빙긋 웃으며 올려다본다. 그 가슴을 갑자기 미국인이 밀어 쳤는가 싶더니 서생은 그것을 부드럽게 피해버린다.

미국인은 바짝 화가 나서 이빨을 드러내더니 갑자기 다이자부로를 들이받고, 서생에게 달려든다.

서생, 한발 물러서서,

"마치 미친개로군"

하고 기가 막힌 듯 올려다보고 있다.

미국인, 점점 더 화가 나서,

"컴 온"

하고 주먹을 쥔다.

"이런"

하고 서생은 다시 두세 걸음 뒤로 물러나 주위를 둘러보다가 난처
한 듯 머리를 긁적이고,

"안 돼, 여기선 다치겠다"

"컴 온, 잽"

하고 미국인, 소리를 지르며 한발 한발 다가온다. 그 순간 먼저
휙~하고 서생이 뛰어들어 그 긴 정강이를 게타로 걷어차고 휙
달아난다.

"우, 우"

하고 정강이를 부여잡고 펄쩍 오르는 미국인 선원, 노여운 안색으
로 뒤쫓는다.

덜그럭덜그럭 게타 굽소리를 내며 도망가는 서생.

절름발이처럼 한쪽 발을 끌며 뒤쫓는 미국인.

4 강변

서생, 달려와 주위를 둘러보고, 게타를 닦아 반듯이 놓아두고 하카
마의 좌우 자락을 걷어 아귀에 끼운다.

쫓아 와서는 손에 침을 뱉더니 한발 한발 나가는 미국인.

분노가 그의 온몸을 감싸고 푸른 눈이 미친개처럼 불타고 있다.

서생은 조용히라기보다는 아무 생각을 하지 않는 듯 무심히 강을
등지고 있다.

미국인, 펄쩍펄쩍 춤추는 듯한 걸음걸이로 손을 가슴 쪽으로 붙이
고 서서히 나온다.

서생, 움직이지 않는다.

한 걸음 한 걸음 나오는 미국인.

움직이지 않는 서생.

탁하고 미국인의 긴 정강이가 뛰어오르고, 그 주먹이 으르렁거리듯 허공을 갈라 서생의 턱을 향해 날아온다.

상대를 향해 비스듬하게 서 있던 서생의 손이 그 팔을 잡는 듯하더니, 서생의 몸은 홀쩍, 강둑에 닿을 듯 쓰러지고, 만자卍字 형으로 회전하는 서생의 발 위로 미국인이 붕~하며 마치 자신이 원해서 하는 것처럼 생각될 정도로 기세 좋게, 때마침 만조로 물이 가득 찬 강물에 시원한 물소리를 내며 뛰어든다.

서생은 탁탁 흙을 털며 일어나 그 강 수면을 들여다보고 있다.

"수병水兵이다……수영은 할 수 있겠지"

이윽고, 수면에 빼긋이 금발이 떠오르더니, 허겁지겁 건너편 기슭으로 헤엄쳐 간다.

서생은 안심한 듯 게타를 신더니 덜그럭덜그럭 걷기 시작한다.

"서생님, 서생님"

다이자부로다.

뒤돌아본 서생의 눈앞에, 그 눈물 어린 얼굴이 그의 기분을 모자람 없이 드러내고 있다.

서생은 그 얼굴에서 자신의 얼굴을 돌리듯이 하며,

"폐가 되서는 안 되지……나는 하마야浜屋라는 숙소에 있다……뭔가 귀찮은 일이 생길 거 같으면 스가타姿라고 이름을 대고 찾아와 주게"

하고 걷기 시작한다.

"스가타 씨……아 앗, 알았습니다……수도관修道館의 스가타 산시로姿三四郎 씨군요"

산시로, 쓴웃음을 짓는다.

다이자부로, 얼굴을 빛내며,

"저 알아요……신문에서 읽었어요……경시청 시합에서 양이심당

류良移心當流의 무라이 한스케村井半助를 겪은 …… 야마아라시(山嵐,
산에서 불어오는 광풍이란 의미인데, 유도에서는 '외깃잡아허리후
리기'라는 기술로 현재는 금지되어 있다. 역자주)의 스가타 산시로
씨 맞지요"

　산시로의 미간을 우울한 그늘이 달린다.

"실례……나는 볼일이 있어서"

　하며 산시로는 갑자기 자리를 뜬다.

　멍하니 배웅하는 다이자부로와 멀어져 가는 게타 소리.

　산시로는 화난 듯한 얼굴을 하고 빠른 걸음으로 걸어간다.

(O·L)

5 류쇼지隆昌寺·문앞

화려한 화살 깃 모양의 비백飛白 무늬가 있는 직물.

풀을 먹여서, 재양틀에 붙여 말리고 있다.

빨래를 널어 말리는 봉에는 잿빛 옷이 바람에 나부끼고 있다.

머리의 앞뒤가 튀어나온 머리모양의 스님이 그것을 보면서 허둥
지둥 지나간다.

(WIPE)

6 同·안뜰과 툇마루

"하하하"

　스님, 웃으며 복도를 걷는다.

　사요가 방에서 고개를 내민다.

스님　"하하하 사요 씨도 사람이 꽤나 짓궂구만"

"네?"

"하하하, 저거는 참 좋구만"

　사요는 고개를 갸웃거리고 있다.

"조합이 절묘하지 않나. 스님이 입는 잿빛 법복과 보라색 화살깃 무
늬…… 좋은 구도인데…… 류쇼지의 스님, 허투루 볼 자가 아니라는
그림이지"

"아"

사요, 황급히 일어나며,

"제가 큰 실수를……"

스님, 그것을 손으로 만류하며,

"상관없소, 상관없소. 마른 나무에 꽃…… 대머리에 비녀와 같은 게지요"

하고 분위기를 바꾸려는 듯 찰싹 머리를 치며,

"우선, 옛날처럼 법복과 유도연습복이 나란히 걸려있는 것 보다는 애교가 있어서 좋구나"

하고 우뚝 선 채 가만히 연못 뜰을 바라보다가 아무렇지 않게 툭,

"벌써 1년 반이 다 되어가네"

하고 말을 꺼낸다.

사요, 그 스님의 얼굴을 올려다본다.

"수도관의 도장이 후지미정富士見町으로 이사하고 나서 반년…… 무라이 씨가 돌아가시고……"

사요는 눈을 아래로 향한다.

"사요 씨가 여기에 온 지 이제 슬슬 1년이 되니, 참 빠르군. 스가타가 수행을 떠난 지도 벌써 2년이 되고"

사요, 고개를 숙인다.

스님은 혼잣말처럼 말을 잇는다.

"지난 2년간 스가타는 어떻게 변했을까…… 아니, 변하지 않았을 거야…… 그자는 태어난 그대로의 녀석이라서 말이지. 아이어른이라고나 할까…… 그래도 좋아…… 번뇌즉보리煩惱卽菩提…… 그자는 이것을 새삼스럽게 깨달음과 미혹 둘로 나누어 혼자서 괴로워하고 있지…… 바로 그런 게 미혹이라고 하는 거지만……"

바람이 연잎을 흔들어대며 연못 위를 건넌다.

그리고 가만히 고개를 숙이고 있는 사요의 머리카락도 흔들고 스치는 것이다.

(WIPE)

7 하마야의 어느 방

산시로, 묵연히 팔짱을 끼고 앞을 바라보고 있다. 그리고 툭 말을 꺼낸다.

"그만두어라 편한 길이 아니다. 아니, 무서울 정도로 힘든 길이라고 해도 좋아"

"유도 말씀이신가요?"

산시로 앞에는 다이자부로가 정중하게 앉아 있다.

"그렇다"

"산시로님처럼 강해도 말입니까……"

산시로는 쓴웃음을 짓는다.

"……산시로님처럼 이기기만 해도"

"이겨도 슬픈 일도 있다…… 아니, 이기고 싶지 않을 때도 있는 것이다"

"그렇다면…… 그때는……"

"지라고 말하고 싶은 게냐?"

"네, 맞습니다"

"그런데 질 수가 없단다…… 돌을 물어뜯어서라도 이겨야 한다"

다이자부로, 산시로를 바라보고,

"전, 무슨 말씀인지 잘 모르겠어요"

산시로, 그 얼굴을 잠시 바라보고서는,

"미안…… 미안……"

하고 황급히 손을 흔든다.

"……이런 이야기는 자네에게 하는 게 아니었어…… 단지, 나는 유도는 어설픈 결심으로 하는 것이 아니라고 말하고 싶었을 뿐이다…… 우선 나는 너의 스승이 될 자격 따윈 없다. 내 자신 지금 제자로서 스승을 모시고 있다"

뜻밖의 표정을 지으며 다이자부로가 무언가 말을 건넨다.

그때,

"실례합니다"

장지문 밖에서 소리가 나더니 여자 종업원이 들어온다.

"손님이 오셨습니다"

하며 명함을 내민다.

산시로, 이상한 얼굴로 그 명함을 본다.

8 명함

> 미국 영사관 통역관
> 누노비키 고조布引好造

(O·L)

9 하마야의 어느 방

누노비키 고조는 번들번들 기름으로 뭉친 머리와 금테 안경을 번쩍거리며 붙임성 있게 거침없이 지껄였다

"하하하…… 정말 통쾌하게 해치웠군요…… 우리 일본인이 같이 기뻐하지 않을 수 없습죠…… 그런데, 지금 마침 스파라 선수……"

하고 주먹을 불끈 쥐고 권투를 흉내 내며,

"…… 일본으로 치면 무술가지요…… 미국에서도 제1인자라고 불리는 윌리엄 리스터라는 사람이 일본에 와 있어서…… 이 사람이 일전의 산시로님과 수병과의 결투 소문을 듣고, 그 수병의 스파라 솜씨로 스파라의 권위의 경중이 정해지는 것은 유감이다…… 라고, 뭐 이런 이유입죠"

하고 누노비키 고조는 한숨을 돌리더니 가슴의 손수건을 꺼내 한 손으로 코를 푼다.

"그래서 어쩌라는 겁니까"

"뭐, 그러니까요, 차제에 일미 양국의 친선을 겸해 일본 유도의 대표자인 당신과 미국의 스파라의 대표자 리스터 씨와의 경기를 해 보면 어떨까 하는데요"

"스파라는 어떤 것입니까"

산시로는 조금도 웃지 않는다.

"권투라고 번역할 수 있지요. 즉 선수 두 명이 손 보호구를 끼고 상대

의 상반신을 공격하는 경기입니다. 코피가 나고, 눈꺼풀이 터지고, 피부가 찢어지는 등 피투성이가 되는데, 이런 강한 자극으로…… 외국인에게는 크게 인기를 얻고 있습죠"

"구경을 위해서 만들어진 것이군요"

산시로는 가라앉은 목소리로 말하고는,

"저는 구경거리에 나가기 싫습니다"

하고 딱 잘라 단호하게 말한다. 누노비키, 당황해서,

"뭐, 그렇게 간단히……"

"저는 간단명료한 게 좋습니다"

"그런데…… 유술가가 한 사람 시합에 나간다고 하더이다"

"그건 내가 알 바 아닙니다"

"그럼 어떻게 해도 안 되는 겝니까?"

"안됩니다"

누노비키, 한숨을 쉬고 기가 막힌 듯 산시로를 바라보더니,

"…… 그럼 한번 보시는 것만큼은 해 주십사 부탁드리지요. 조만간 미국 영사관에서 스파라의 소개와 보급을 겸한 모임이 있습니다. 초청장을 보내 드립죠"

하고 허둥지둥 일어서며 말했다.

"실례했습니다"

하고 매우 거드름을 피우고 인사를 하더니, 산시로의 대답도 기다리지 않고 자리를 떠버린다.

이후, 묵연히 남아 있는 산시로와 다이자부로.

"죄송합니다…… 저 때문에……"

하고 다이자부로가 중얼거린다.

"복수를 하려는 생각이 아니겠습니까? 미국영사관에는 가지 않는 게……"

"갈 테다"

"네"

"스파라가 보고 싶다"

산시로는 투지만만한 얼굴을 하고 있다

(F·O)

(F·I)

10 미국 영사관·문앞

문표

미국 영사관

(O·L)

11 同·무용실

환호를 하고 성원을 보내며 때때로 바보처럼 큰 입을 벌리고 껄껄
웃고 있는 외국인들.

중앙에 마련된 경기장에서는 두 명의 알몸의 남자가 스파라 경기
중이다.

관중의 함성과 웃음소리는 그 경기자들 중 한 명이 맞아서 고통에
뺨을 일그러뜨리거나 비틀거릴 때 터져 나온다.

산시로는 창가의 벽에 등을 기대고 두 남자의 주먹과 발놀림을
주의 깊게 응시하고 있다. 그리고 이따금씩 주위를 의식하지 않는
웃음소리와 교성이 터지는 관중석을 이상하다는 듯 바라본다.

"어떻습니까? 재미있는 경기죠"

하고 누노비키가 산시로의 어깨를 툭툭 친다.

"비기거나 심판의 판단으로 승패가 나면 재미없지만 어느 한쪽이
쓰러지면 손님은 흥분하지요"

장내가 열광의 도가니로 휩싸인다.

지금 한 선수가 링사이드로 몰려 세찬 주먹을 맞고 팔로 몸을 방어
하며 허리를 굽히며 비굴한 동물처럼 오른쪽 왼쪽, 도망치고 있다.
맞붙어서 근접한 육체가 서로 부딪쳤다가 떨어질 때 한쪽 선수가
아래에서 턱을 향해 위로 치켜든 주먹이 걸렸다고 생각한 순간
상대는 경기장에 고꾸라져 쓰러졌다.

관중은 발을 동동 구르고 휘파람을 불며 미친 듯이 외친다. 산시로
는 쓰러진 선수 위에서 심판이 손을 흔들며 카운트를 하는 경기장

과 그 피를 보고 마치 광인이 된 듯한 관중을 번갈아 돌아보며
우울한 표정을 짓고 있다.

와~하는 함성이 터져 나오다.

카운트를 끝낸 심판이 경기에 이긴 남자의 팔을 높이 쳐든 것이다.

산시로는 쓰러진 선수가 부축을 받으며 끌려가는 것을 지켜보고
있다.

그리고 무언가 왁자지껄 이야기하거나 웃고 떠드는 관중석의 남
녀들을 혐오로 가득한 눈빛으로 돌아본다.

산시로의 어깨를 누노비키가 다시 툭툭 쳤다.

"산시로 씨, 이제부터 제가 담당합니다. 리스터와 유술가의 경기입
죠"

　　산시로, 깜짝 놀란 듯 누노비키를 올려다보고 떠나려는 누노비키
　　의 팔을 잡는다.

"그만두십시오"

　　누노비키, 깜짝 놀란 듯이

"무엇을 말입니까"

"무엇이라니, 그 경기를 그만두게 하라는 말입니다"

"어처구니가 없군"

"어처구니가 없는 것은 이 패거리입니다…… 투견이나 닭싸움처럼
인간을 싸우게 해 놓고서 기뻐하는 당신도 일본인이라면 일본인 중
한 명을 그런 노리개로 삼는 일은 하지 말아야 합니다"

　　그런 산시로의 진지한 외침을 조롱이라도 하듯 박수가 경기의 시
　　작을 알리는 함성을 만든다.

　　화려한 가운을 맨몸에 걸친 리스터가 익살스럽게 의자들 사이에
　　마련한 통로를 가벼운 발걸음으로 걸어 나온 것이다. 누노비키
　　는 그것을 보자 산시로의 손을 뿌리치고 황급히 경기장으로 뛰
　　어간다.

　　입술을 깨물고 분연히 서 있는 산시로.

　　묘하게 장내가 조용해진다.

소곤소곤 속삭이는 소리와 조롱하는 듯한 작은 웃음소리 속에서,
어깨를 움츠린 도복 차림의 중년 일본인이 나온다.

턱수염이 나고 가슴 털도 튼실하게 자라있는 몸무게 20관 정도
될 것 같은 당당한 체구의 남자이다. 그 풍채에도 불구하고 이
유술가는 빽빽한 외국인 사이를 작은 걸음으로 구부정 걸어온다.
입가의 미소는 나약하기만 하다.

산시로는 눈을 감는다.

무릎에 얹은 손을 하카마가 찢어질 정도로 움켜쥐고 괴로운 듯
꼭 눈을 감고 있다.

보기 싫다.

보기 싫다.

보고만 있을 수 없는 것이다.

"레이디 엔드 젠틀맨!"

경기장 위에서 누노비키가 외친다. 산시로가 흠칫 놀란 듯 일어
선다.

"기다려라"

하고 누노비키를 향해 외친 후 의자와 의자 사이를 빠져나가 경기
장 아래에 선다.

"당신"

하고 유술가에게 말을 건넨다.

유술가는 화려한 양복 물결 속에 비백飛白 무늬가 있는 감색옷을
입은 청년을 발견하고 당황하면서도 반가운 듯한 어조로 말한다.

"왜 그런가?"

"이 경기는 그만두는 게 좋겠습니다"

"왜인가"

"일본의 유술을 위해서"

"나는 질 거라고 생각하지 않네"

"승패의 문제가 아닙니다"

"그럼 왜 그런가"

"스파라는 무술이 아니기 때문입니다"

"그렇다면"

"도대체 당신은 무엇을 위해 싸우는 겁니까?"

유술가의 얼굴에 확연히 동요가 퍼진다.

"나는 일심류一心流의 세키네 가헤에關根嘉兵衛이네만, 자네는?"

"수도관의 스가타 산시로입니다"

"뭐라……스가타"

세키네, 눈을 감고 잠시 산시로를 바라보고 있다.

이윽고 자조적인 웃음으로 입술을 일그러뜨리고,

"그럼, 말하겠네……무엇을 위해 싸우는 것인가……이런 일이라도 하지 않으면, 유술가는 입에 풀칠을 할 수 없기 때문이네……유술은 유도에게 자리를 뺏겼기 때문이다……"

멍하니 서 있는 산시로.

그 산시로에게 채찍 같은 말이 날아든다.

"혹은 자네에게 쫓겨났기 때문이라고도 할 수 있지"

산시로, 꼼짝하지 않는다.

(O·L)

산시로, 맥없이 의자 사이를 헤치고 출구까지 나온다. 문을 열고 밖으로 나가려 할 때 경기 시작종이 높이 장내에 울려 퍼지자 산시로는 무심코 못에 박히기라도 한 듯 멈춰 선다.

소란스러워지는 장내. 산시로, 무서운 것이라도 보듯 쭈뼛쭈뼛 경기장을 돌아본다.

세키네 가헤에는 너무나도 형편없었다. 구름을 잡는 몸짓으로 리스터를 쫓고, 그 주먹 공격에는 단지 양팔을 둥글게 하고 몸을 움츠리는 것 외에 아무런 묘책도 지혜도 없다.

리스터는 신이 난 듯 그의 주위를 경쾌하게 누빈다. 그리고 그 잽이 가헤에의 얼굴로 날아가고 날카로운 스트레이트와 어퍼컷이 턱과 복부에 작렬한다.

가헤에의 눈꺼풀은 찢어지고 코피는 얼굴을 물들이고 다리는 비틀거린다.

그리고 그 처참함을, 그 피를, 휘파람으로, 동동거리는 발걸음으로, 알 수 없는 고함으로 추앙하고 기뻐하는 양키들.

산시로는 눈초리가 찢어질 정도로 그 눈을 부릅뜨고 문에 매달리듯 서 있다. 분노와 뛰쳐나가 자신이 경기장에 오르려는 충격이 그의 사지를 가운데 두고 다툰다. 자신도 모르게 호흡이 거칠어지고, 그 뜨거운 숨을 눈 꼭 감고 삼키더니, 억지로 잡아떼듯 고개를 돌려 밖으로 뛰쳐나온다.

(O·L)

12 길

"바보! 바보!"

참을 수 없는 분노와 비애를 그저 이 절규에 담아 스가타 산시로는 안개가 짙게 낀 해안 거리를 단숨에 달린다.

(F·O)

(F·I)

13 수도관·앞

문패

수 도 관

(O·L)

14 同·야노의 서재

"선생님"

산시로는 깊이 생각하는 듯한 음성으로 그렇게 말하고는 두 주먹을 하카마 위에서 움켜쥐고 야노 쇼고로의 얼굴을 매달리듯이 바라본다.

"무슨 일이 있었나, 스가타"

쇼고로는 상냥한 눈을 하고 있다.

"저는……"

말을 꺼내다가 산시로는 입술을 깨문다.

"저는 싸우는 게 괴로워졌습니다"

"흐음"

"저는 유도를 위해 타류와 싸워왔고 그걸 그저 무도의 승패로만 알고 있었습니다. 물론 패한 상대의 부모나 자식이나 제자에게 미움을 받는 일은 무도에 뜻을 두는 한, 어쩔 수 없는 것으로 체념하고 있었습니다. 하지만 저의 승리가 많은 사람들을 짓밟아 버린 것을 눈으로 확인한 후에는 전 유도를 그만두고 싶어졌습니다.

"그것뿐이냐?"

쇼고로의 목소리는 조용하다.

"네가 지난 2년간의 여행에서 얻은 것은 그것뿐이냐?"

"……"

"조금도 변하지 않았아……2년 전의 스가타로구나"

쇼고로의 뺨에 미소가 떠오르다.

"스가타, 자네의 고민은 나도 잘 안다. 아니, 자네에게 짊어지게 한 고생은 나의 고통이지. 그러나 이것도 서로 큰 길에 도달하기 위해서라고 나는 믿는다"

쇼고로는 대나무 램프를 움직여 빛을 서재로 넓힌다.

그 빛이 산시로의 얼굴을 비추고 벽 위의 그 그림자가 흔들린다.

"투쟁이란 새로운 통일로 가는 길이다. 타협이나 영합 속에는 진정한 평화는 없다. 목적지로 가는 길의 가시밭을 두려워해서는 안 된다. 나는 유도를 이렇게 믿고 투쟁의 한복판에 뛰어들게 했다. 유술과 유도는 명칭 싸움을 한 것이 아니다. 하물며 일개인의 야노 쇼고로의 공명도 아니고, 일개인의 스가타 산시로의 승리도 아니다. 아니, 유도의 승리도 아니라고 해도 좋다. 거기에는 일본 무도의 승리가 있을 뿐이다. 알겠나, 스가타"

벽 위의 산시로의 그림자가 고개를 떨군 채 움직이지 않는다.

(WIPE)

15 복도

산시로, 온다.

"스가타, 저녁은 아직이지?"

　할머니가 부엌에서 바라본다.

"네"

"숙소에서 먹겠나?"

"할머니랑 부엌에서 먹을게요"

"싫네. 그러면 자네가 마치 서생 나부랭이 같지 않나"

"틀리지도 않지요"

"나는 말이네, 유명한 스가타 산시로라고 해서 수염도 기르고 훨씬 무서운 사람인가 싶었다네"

"하하하"

"정말이라니까. 내 손자는 말이지, 자네를 너무 무서워한다네. 자네에 대한 노래까지 있잖은가. ♪저쪽에 오는 것은 산시로"

"그만둬요, 할머니"

"호호호, 실제로 보면 그렇게 무서운 사람은 아닌 것 같은데⋯⋯ 손해야⋯⋯ 너무 강하단 말이지. 강한 것도 적당한 편이 좋은 법이네"

"스가타"

　서생방 창문에서 단 요시마로壇義麿가 커다란 수염투성이의 얼굴을 내밀고

"2년 만에 전원이 모였네⋯⋯ 술 한 잔 해야지"

　도다 유지로戶田雄次郎와 쓰자키 고헤이津崎公平의 웃는 얼굴이 그 뒤로 보인다.

(WIPE)

16 거리

　수도관의 사천왕.

　학생 두 명이 뒤돌아본다.

　걸어가는 산시로, 단, 도다, 쓰자키의 뒷모습.

도다　　"스가타는 도장에서 머무는가?"

　"응"

쓰자키　"적당히 가정을 갖는 게 어떤가. 나나 도다처럼. 하하하"

단   "잘난 체하기는. 도다는 잡화점 2층이고, 자네는 담뱃가게 별채에
          세 들어 살고 있고, 게다가 마누라도 없지 않은가"
          "똑바로 얘기해야지. 집은 단칸방이라도 가정은 가정이지. 마누라는
          친정으로 돌려보냈다고 하면 기분은 똑같아"
          "싱겁기는"
              하고 단은 머리를 흔들며 스가타에게,
          "그런데 자네 만났는가?"
          "누구?"
          "누구라니, 무라이 한스케의 딸 말이지"
          "난 만나지 않겠네"
              하고 산시로가 불쑥 대답한다.
          "류쇼지隆昌寺에 있다는 걸 모르나?"
              라고 도다.
          "그건 들었네"
          "내일이라도 만나러 가야지"
          "난 만나지 않겠네"
          "왜?"
          "왜라고 해도"
          "마치 어린애군"
              하고 단이 답답한 듯이 외친다.
          "너희 편지도 안 했지?"
          "웅"
          "그건 잘못했네"
              산시로는 곤혹스러운 표정으로 머리를 긁적거린다.
          "오랜만이군, 자네의 그 버릇을 보는 것도"
              도다가 조용히 말한다.
              산시로, 쓴웃음을 지으며 황급히 손을 내린다.
              도다와 쓰자키가 미소 짓고, 단이 입을 크게 벌려 웃음을 터뜨린다.
              그리고 네 사람은 잠시 말없이 걷는다. 그들의 보조가 자연스럽게

맞춰진다.

"좋구나"

　하고 산시로가 툭 말한다.

"뭐가?"

　하고 단.

"아니, 정말 오랜만이라고"

　하고 산시로가 대답한다.

"후후후"

"허허허"

　하고 수도관의 사천왕은 즐거운 듯 '이로하'라는 가게의 문 앞에
걸린 수렴을 걷고 들어간다.

"어서 오십쇼~!"

(F·O)

(F·I)

17 류쇼지·문 앞

　빨래와 빨래통을 손에 든 사요가 나와서 깜짝 놀란 듯 멈추어 선다.
얼굴에서 핏기가 가시고 무심코 떨어뜨린 빨래통이 돌로 된 지면
에 부딪쳐 튕기며 마른 소리를 낸다.

　우물가에서 묘지에 올릴 물을 담는 통에 물을 푸던 산시로가 깜짝
놀라듯 돌아보니, 사요가 왼손에 들고 있던 성묘를 위한 꽃을 움켜
쥐고 막대기처럼 서 있다. 그리고 한동안 두 사람 모두 얼굴을
마주한 채 망연히 서 있다. 이윽고 산시로가 꾸벅 고개를 숙인다.

"저, 돌아왔습니다……아버지 일은 참으로……"

　말을 더듬으며 고개를 숙였다.

"저 성묘하러 왔어요"

　순식간에 사요의 눈에 눈물이 고인다.

(O·L)

18 묘지

　아침 이슬이 채 마르지 않은 풀이 무성한 길이다.

산시로와 사요가 걸어간다.

쓰러져버린 석불을 영차~하고 안아 올리고 있던 짱구스님이 손을 털고 허리를 두드릴 때 그들을 발견한다.

오! 하는 표정을 짓고 자신도 모르게 큰 소리로 부르려다 멈추고 서는 발길을 돌려 후다닥 자리를 뜬다.

(O·L)

19 류쇼지 툇마루

연못 바람.

툇마루에서 나란히 그것을 보고 있는 산시로와 스님.

"전혀 변하지 않았구나. 자넨"

스님은 산시로를 힐끗 쳐다본다.

"선생님께도 그런 말을 들었습니다"

하고 산시로, 생각에 잠겨,

"저는 어떻게 하면 좋을지 …… 제 마음은 언제나 흔들리고 있네요"

"안 되겠군"

스님이 단도직입적으로 말한다.

"여자에게도 완전히 반하지 못하는 작은 배포로는 아무것도 할 수 없네"

사요가 온다.

산시로 앞에 바느질로 짠 비백飛白 무늬가 있는 감색 옷을 내민다.

산시로, 이상한 얼굴을 하고,

"무엇입니까"

사요는 고개를 숙이고 있다.

"사요 씨의 마음이다"

라고, 스님이 대변한다.

"자네가 입은 그 옷과는 이제 슬슬 헤어질 때가 됐으니, 받아 두게"

"하지만……"

"받아 둬"

스님의 목소리가 깨진 종처럼 울린다.

(WIPE)

20 수도관·어느 방

사요에게서 받은 감색 옷으로 갈아입는 산시로.

도다가 성큼성큼 들어온다.

"이보게 …… 이상한 놈이 왔네 …… 히가키檜垣라고 하는데"

"히가키?"

"응 …… 겐노스케源之助에게 동생이 있었는가?"

"모르네"

"둘이 왔네"

"그래서?"

"단이 나가 있네"

21 수도관·현관

석양을 받은 현관 마루에 단과 수행자같이 이상한 복장을 한두 사람이 마주하고 있다.

그 두 사람 …… 한 사람은 머리털을 모두 빗어 넘겨 뒤통수에서 묶은 머리를 하고 있고, 한 사람은 가부키歌舞伎에서 사용하는 앞 머리가 긴 가발과 같이 머리카락을 기르고, 뭔가 요사스러운 기운 을 내뿜고 있다.

"문하생인가?"

머리털을 뒤통수로 넘긴 남자.

"그렇소"

"도장을 둘러보고, 더불어 야노 씨를 만나고 싶다"

"성함은"

"히가키 뎃신檜垣鐵心"

"다른 분은"

"히가키 겐자부로檜垣源三郎"

"선생님은 뵐 수 있을지 모르지만, 도장이라면 보여 드리리라"

22 도장

산시로, 도다, 쓰자키, 긴장하며 기다리고 있다.

　　단이 뎃신과 겐자부로를 안내해서 입구에 선다.
"히가키 뎃신, 히가키 겐자부로라고 하시네"
　　단은 세 사람을 향해 말을 건다.
"도장을 보여 드리겠소"
　　하며, 정면의 대신궁의 신단에 공손히 절을 하고 들어온다.
　　뎃신과 겐자부로는 이어서 성큼성큼 도장에 들어서더니, 흥행을
　　위한 공연장이라도 둘러보는 듯한 난폭함과 날카로운 눈초리로
　　둘러본다.
"도장에 들어오면 한 번 예를 취하시오"
　　참다못한 듯 단이 날카롭게 말한다.
　　뎃신은 그 얼굴을 힐끗 쳐다보며,
"히가키류에는 그런 예절은 없다"
"무례한……"
　　단이 다가간다.
　　도다가 쓱 일어나더니,
"단, 아마도 다른 지방의 도장의 예절일 것이네. 그만두게"
"하지만, 절대로"
"그만두게"
　　도다가 엄하게 말했을 때 뎃신이 돌아보며,
"후후"
　　하고, 흰 이를 드러낸다.
　　도장 안으로 서늘한 공기가 흐르다.
　　눈에 보이지 않는 싸움……흔히 볼 수 있는 타류 시합의 공기보다
　　한층 긴박하고, 보다 살기를 띤 침묵의, 형태를 드러내지 않는
　　투쟁.
　　뎃신은 성큼성큼 한쪽 벽 쪽으로 다가서더니 난간에 죽 걸려 있는
　　문인들의 명찰을 올려다본다.
"도다 유우지로"
　　하고 뎃신은 외우듯 낮고 천천히 읽기 시작한다.

"쓰자키 고헤이 ······ 단 요시마로 ······"

뎃신은 거기서 움찔하며 눈썹을 동물적으로 사용한다.

"스가타 산시로"

뎃신의 눈이 쏜살같이 사천왕 위로 달린다.

"스가타 산시로라고 하는 자는 ······ 있는가"

산시로가 소리 없이 일어선다.

"여기 있다"

뎃신과 겐자부로는 그 목소리와 함께 이쪽도 소리도 없이 마치 자석의 자기에게 빨려들어 가듯 산시로의 몸 한 자 떨어진 곳까지 다가간다.

산시로는 보는 듯 마는 듯, 피하는 듯 마는 듯, 네 개의 눈동자를 맞닥뜨리고 당황하지 않고 서 있다. 뎃신과 겐자부로도 꿈쩍하지 않는다.

아무런 소리도 없다.

—— 긴 간격 ——

겐자부로의 입술이 실룩실룩 움직이며 어깨 주위가 흔들리듯 떨리기 시작했고 산시로를 향해 당장이라도 덮치려는 듯, 불을 뿜어 내려는 그 순간, 겐자부로는 빙그르 옆으로 몸을 돌리듯 하면서, 보는 이와 듣는 이의 간담을 서늘케 하는 소리를 입술에서 뿜어낸다.

"끼 ······ 에잇"

섬뜩해서 피부에 좁쌀이 돋을 정도의 기성奇聲이다. 겐자부로는 그 깊은 산의 괴조의 외침과도, 야수의 포효라고도 할 수 있는 기성과 함께, 도장을 소리 없이 바람처럼 몸을 날렸고 오른손의 네 개의 손가락, 똑바로 뻗은 그것은 도장의 판자를 뚫고, 판자는 무시무시한 소리를 내며 꺾이고 만다.

이런 예상 밖의 행동에 뎃신과 산시로의 대치 자세가 무너진다.

"겐자부로, 그만두어라"

뎃신이 날카롭게 동생을 제지한다.

단과 쓰자키가 분연히 앞으로 나간다.

그때 조용한 목소리가 들려온다.

"가라테이군요"

언제 왔는지 쇼고로가 눈가에 온화한 빛을 띠우고 서 있다.

"야노 쇼고로입니다"

"히가키류 가라테…… 히가키 덴신…… 동 겐자부로"

하고 덴신은 내뱉듯이 말한다.

"동생이 도장의 판자를 부셨지만 용서해 주오. 병이 있어서"

쇼고로는 그저 미소 짓고 있다.

"수도관 유도란 무슨 유파인가? 야노 씨"

덴신, 날카롭게 말한다.

"유술 제류를 집대성한 것이오"

"유도라고 하니까 굉장히 새로울 것 같았는데, 그러면 전혀 고리타분한 거군"

"지극히 정상적인 무술이지요"

"관절을 반대로 꺾거나 필살기로 사람을 죽이는 일은 없소?"

"없소이다"

"그러나 사람들은 수도관의 유도가 던져 죽였다거나 목 졸라 죽였다고 말한다"

쇼고로는 파안일소하고,

"하하하, 다른 목적이 있어 꾸민 소문이겠죠. 수도관 유도는 인간 본연의 도를 행하는 것이오. 충효 하나의 진리를 통해 죽음의 안심을 얻는 무도이오"

"시끄럽군"

덴신은 귀찮다는 듯이 말한다.

"유도란 자기이론을 합리화하는 평계인가 보군. 야노 씨, 죽음과 삶을 결정하는 것은 힘이지. 유도는 강하지 않아도 달인이라 하나보군. 히가키류는 우선 강한 자를 달인이라고 하지. 하하하"

하고 내던지듯 웃는다.

"그렇소. 비를 맞아도 비에 젖지 않고, 물에 들어가도 물에 빠지지 않는 경지에 도달하는 것이 목적이오. 강하든 약하든 전혀 관계가 없지요"

쇼고로는 다시 한 번 미소를 지으며 말했다.

"히가키 겐노스케는 실례지만 하지만 당신들 가족이오?"

"음, 형이지만……약해빠져서. 그래서 규슈에서 우리가 온 것이오"

"형님의 유술은 너무 강했다고 저는 생각하오"

"왜……스가타라는 자에게 패했으니, 더 이상의 말이 필요 없지. 하지만 히가키류의 가라테는 많이 다르니, 가라테를 본 적이 있소? 야노 씨"

"방금 문인들이 보았소"

"아하, 저것은 장난이고, 손과 발을 적응시키는 몸 풀기에 불과하지"

뎃신은 가만히 쏘아보듯 쇼고로를 바라보았다.

"스가타 산시로와 대결하고 싶소. 규슈에서 그 때문에 나온 것이니"

"거절하겠소"

차갑게 쇼고로가 말하고 물러난다.

"왜지?"

"도가 다르지요. 저는 히가키류의 가라테를 무술이라고 생각하지 않소"

처음으로 쇼고로의 목소리에 힘과 날카로움이 깃든다.

"도장에 들어가 도장의 예를 행하지 않고 사람을 만나 예를 갖추지 않는 것은 예로부터 일본에서는 무인이라고도 무사라고도 하지 않았소"

"후후후"

뎃신은 반짝반짝 눈을 번뜩이며

"학사님은 말을 잘하셔서……후후후……"

하고 산시로 쪽을 번쩍 돌아보며 말했다.

"어때, 야노 씨, 스가타 본인이 한다고 하면 승부를 허락할 것이오?"

"어리석은 말을"

"싫다?"

"스가타는 저의 문인이오. 정신은 하나지요"

"허허허, 수도관은 나약한 소리를 하네"

하고 자리를 박차며 뎃신은 자리를 뜬다.

그 곁에서 시종 묵연히 몸을 부들부들 떨고 있던 겐자부로도 쓸쓸한 동작으로 그 뒤를 잇는다.

뎃신은 도장 입구까지 갔다가 갑자기 돌아보더니 산시로의 눈을 딱 쳐다보고,

"우리는 반드시 해내고 말거다 …… 야노 씨 …… 스가타라는 이 남자, 할 수 있을 거 같아. 후후후, 꽤나 생사를 건 승부를 좋아할 거 같아"

하고 신음하듯 외치더니 서슴지 않고 성큼성큼 나가 버린다.

그 뒷모습을 눈을 부릅뜨고 바라보고 있는 산시로.

"요즘에 보기 드문 과거형 야인이다"

하고 쇼고로는 눈가에 미소를 머금고 문인들을 둘러보다가 산시로에게 눈을 멈춘다.

"분한가, 스가타. 싸우고 싶겠지"

산시로, 투지만만하게 쇼고로를 바라본다.

쇼고로는 그 시선을 미소로 받고

"도를 모르고, 인간을 모르고, 죽음을 모르는 자는 무서운 법이다"

산시로는 얼굴을 숙인다.

(O·L)

23 도장의 벽보

(O·L)

하나, 허가 없이 타류와 시합한 자는 파문한다
하나, 구경거리, 흥행물 등에 출장한 자는 파문한다
하나, 도장에서 음주노래 혹은 도장을 더럽히는 행위를 한 자는
파문한다

---

24 도장

　　산시로, 얼굴을 찡그리며 찻잔의 술을 단숨에 들이켜고 있다.
"자네, 도대체 무슨 일이 있었는가?"
　　복도 밖을 불안한 듯 살피던 단이 걱정스러운 듯 산시로 곁에 앉
　　는다.
　　넓은 도장에 단 두 사람. 한 개의 램프 빛이 오히려 쓸쓸하다.
"참을 수가 없네"
　　산시로는 술병을 또 기울인다.
"괜찮은가. 이보게"
　　하고 단은 조마조마하고 있다.
"이렇게라도 해야 잠이 올 것 같네"
"흠, 왜인가?"
　　산시로, 잠자코 있다.
"사요 씨 때문인가?"
"바보"
"너는 이기면 슬퍼하고 누가 좋아하면 도망가는 남자니까"
"단"
　　하고 산시로는 텅 빈 술병을 떼굴떼굴 굴리며 단을 바라본다.
"나는 왜 적이 많은 걸까, 왜 이렇게 미움을 받을까"
"강해서 그러네"
"흐음"
"후회하지 마, 약해진단 말일세"
"후회는 않네······ 후회한 적도 있지만, 이젠 후회하지 않아 ····· 단
지"
"단지"
"단지 ····· 후회하지 않는다면, 나는 끝까지 싸우고 싶네"
"자네, 그 가라테를 생각하고 있지?"
"그뿐이 아니네"
"뭐야?"

하고 단이 정색하고 물었을 때,

"무슨 일인가, 아직 깨어 있었는가?"

하며 쇼고로가 들어온다.

술병도 찻잔도 숨길 틈이 없다.

"너무 달이 좋아서 말이지"

하고 쇼고로는 다가온다. 산시로는 체념한다.

단은 황급히 수건으로 이마를 문지르기만 한다.

쇼고로는 그 자리가 어떤지, 눈치 채고 있는지 아닌지 어슬렁어슬렁 도장 안을 돌아다니며 이야기하기 시작한다.

"오늘 밤은 교범에 대해 이런저런 생각을 해봤지만 기본자세에 관해서도 확실한 교본을 만들어야 하지 않을까 해서 말이지 …… 내일부터라도 착수하려고 하네. 자네들에게도 도움을 받고 싶군"

"네"

두 사람은 고개를 숙인 채다.

"다섯 가지 기본자세. 고식古式의 기본자세도 완성하고 싶고, 던지기 기본자세도 충분히 실제와 이론이 괴리되지 않도록 연구하지 않으면 안 되네 …… 예를 들면, 발놀림의 경우"

하며 굴러다니고 있는 술병을 세우고,

"모두걸기"

라고 하며 그것을 떼굴떼굴 굴려 보인다.

산시로와 단은 식은땀을 흘리고 있다.

쇼고로는 흥이 난 듯이 각양각색의 발놀림으로 각각의 기술의 이름을 입에 올리며 술병을 굴린다. 떼굴떼굴 굴리고는, 발로 멈춰 세우고, 일으켜 세우고는, 또 넘어뜨리고, 또 세우고는 넘어뜨려 보인다.

(O·L)

산시로의 얼굴.

산시로는 자신의 머리가 다리후리기를 당해, 술병처럼 굴려지고 잡히는 듯한 느낌이었다.

식은땀은 이마를 흐르고 자신도 모르게 머리가 숙여진다.

이윽고 쇼고로는 술병을 발로 일으키고

"달이 진 모양이군"

하고 굵은 세로 격자창에 다가가 밤하늘을 올려다보며,

"슬슬 눈을 붙여 볼까?"

하고 가볍게 두 사람에게 고개를 끄덕여 보이더니 아무 일도 없었다는 듯 담담하게 도장을 나간다.

단, 그 뒷모습을 망연히 배웅하고 있다.

산시로가 갑자기 양손을 바닥에 대고 푹 고개를 숙인다.

그대로 둘 다 움직이지 않는다.

벌레 소리만이 살아있는 한적한 도장.

(F·O)

(F·I)

25 수도관·현관

인력거가 한 대 서 있다.

쇼고로가 돌아와 마중 나온 서생에게,

"손님이 왔는가?"

"스가타 형님에게요"

"오……누굴까"

하고 쇼고로는 인력거를 바라본다.

서생, 이상하다는 듯이,

"손님은 그 인력거를 타고 온 게 아닙니다"

쇼고로, 이상한 표정을 짓는다.

26 同·어느 방

사몬지 다이자부로가 잠방이의 무릎을 가지런히 하고 긴장하며 앉아 있다.

"그럼 어떻게 해도……"

하며 산시로는 화가 난 듯한 표정을 짓고 있다.

"전 유도를 하고 싶습니다"

라고, 다이자부로는 요지부동한 얼굴이다.

산시로, 잠자코 일어서더니 상인방에 죽 걸려 있는 유도복을 한
벌, 툭 다이자부로 앞으로 내던지고는,

"입게…… 가르쳐 주마"

다이자부로, 얼굴이 밝게 빛난다.

"유도는 아프단 말이다"

하며 산시로는 무서운 얼굴을 하고 있다.

(WIPE)

27 도장

허리치기, 업어치기, 만투卍投, 모로 누며 메치기, 발다리후리기,
발뒤축후리기. 모두걸기, 안뒤축후리기, 어깨로메치기…… 아수
라와 같은 산시로의 기술 앞에서 사몬지 다이자부로는 그저 젖은
떡이 되도록 당할 수밖에 없었다.

"스가타…… 스가타"

보다 못해 도다가 그만두게 하려고 다가간다.

"야아악!"

장절한 야마아라시(山嵐, 산에서 불어오는 광풍이란 의미인데, 유
도에서는 '외깃잡아허리후리기'라는 기술로 현재는 금지되어 있
다. 역자주)다.

다이자부로, 허공을 날아, 헉 하고 다다미 위에 거꾸로 떨어지더
니, 엎드려 말 그대로 떡이 되어 뻗어 버린다. 산시로, 재빨리 그
떡을 어깨에 메자 기가 막혀하는 일동에게는 눈길도 주지 않고
얼른 도장을 빠져나간다.

등 위에서 신음하고 있는 다이자부로에게 산시로는 말을 건넨다.

"어때, 다이자부로……이래도 할 테냐?"

"전 유도를 하고 싶습니다"

다이자부로는 잠꼬대처럼 대답하고 산시로의 어깨 위에서 완전히
정신을 잃고 말았다.

(WIPE)

28 도장

문인들의 명찰의 맨 마지막에

사몬지 다이자부로

라는 팻말이 붙는다.

(O·L)

그 사몬지 다이자부로의 명찰 뒤에 또 많은 명찰이 늘어나고…….

29 낙엽 길

그 가을도 깊은 어느 밤이다.

사몬지 다이자부로가 빈 인력거를 끌고 온다.

♬ 여기 여기 인력거꾼

여기서 야나기정柳町까지는 얼마인가

급하게 가면 25전

3전 깎아주게 에헤디야

기분 좋게 노래를 부르고 오던 다이자부로가 탁하고 발걸음을 멈춘다.

길 한가운데 누군가 넘어져 있다.

다이 사부로, 수상하게 여기며 다가간다.

낮은 신음 소리가 들린다.

흰 하카마가 밤에도 뚜렷이 보이는데 아직 젊은 서생이다.

"여보시오……무슨 일입니까……여보세요"

다이 사부로, 얼굴을 들여다보고,

"앗"

하고, 무심코 고함을 지른다.

"다가와田川 씨……다가와 씨 아닙니까"

길가에 뒹굴고 있는 유도복.

(WIPE)

30 수도관·어느 방

누워 있는 다가와를 둘러싼 문하생들.

다가와, 괴로운 듯이 얼굴을 일그러뜨리면서,

"……특히 우리를 노리고 있는 것은 분명해요…… 먼저 수도관 사람
인지 묻더니, 갑자기……"

"젠장"

　단은 펄펄 뛰며,

"상대는 유술이네"

"아닙니다"

"뭐라?"

"확실히는 모르겠지만 유술은 아닌 것 같습니다"

　단, 도다, 쓰자키, 산시로, 얼굴을 마주본다.

31 히가키의 집

　활짝 장지문을 열고 뎃신과 겐자부로가 들어온다.

"형, 몸은 어때?"

　너무 여위어 왠지 사람이 변한 것처럼 보이는 겐노스케는 뎃신의
　그 물음에는 대답하지 않고,

"살기가 등등하네"

　하고 힐끗 동생들을 쳐다보며,

"어디를 다녀왔나?"

"후후"

　하고 뎃신은 콧방귀를 뀔 뿐이다.

　겐노스케는 쓴웃음을 지으며 말했다.

"겐자부로, 밤에는 다니지 마라…… 또 병이 도진다"

　하고 겐자부로 쪽을 바라본다.

　겐자부로는 벽에 걸려 있던 겐노스케의 외투를 신기한 듯 걸치고
　그 거칠게 뻗은 머리 위에 톡 중산모자를 쓰더니 말없이 이를 드러
내고 서 있다.

　바람 소리.

　겐노스케, 깜짝 놀란 듯 겐자부로의 모습을 눈을 부릅뜨고 응시
한다.

겐노스케는 거기에 지난날의 자신의 정체를, 그 노골적인 캐리커처를 본 것이다.

"그만둬 …… 겐자부로"

하고 겐노스케는 절규하고는 머리맡의 찻잔을 내동댕이치고, 눈을 질끈 감는다.

찻잔이 깨져 사방에 튀는 소리 속에서 기가 막힌 듯 얼굴을 마주보는 뎃신과 겐자부로.

"후후 …… 옛날의 형은 무슨 일이 있어도 얼굴 근육 하나 까딱하지 않았는데 ……"

하고 뎃신이 내뱉듯 말한다.

"정말이지 …… 나약해져 버렸구나"

"돌아가라"

겐노스케는 눈을 감은 채 힘없이 부탁하듯 말한다.

"규슈九州로 돌아가라"

"안 돌아가 …… 스가타를 쓰러뜨리기 전에는 죽어도 안 돌아가 …… 하하하"

그 입을 크게 벌리고 웃는 뎃신의 사나운 웃음소리 속에서 히가키 겐노스케는 침통하게 눈을 감고 있다.

(F·O)

(F·I)

32 수도관·도장

그 텅 빈 도장의 한쪽 구석에 단, 도다, 쓰자키, 산시로, 둥글게 앉아 팔짱을 끼고 있다.

"누구, 누구 당한거야?"

단이 감정을 누르며 조용히 말한다.

"검은 띠 문하생 중에서는 2단의 마지마間島, 초단의 스즈키鈴木, 미도리카와綠川, 다시로田代"

라며 도다가 손가락을 접는다.

"소년반 친구들은 우와~하고 맞붙어서 두세 명 나가떨어지자 단번에 도망쳐 돌아왔지"
　　　라고 쓰자키.

단　　　"선생님께서는?"

도다　　"모르시겠지"

"알리고 싶지 않군"

"흠……그러나 어쨌든 이대로는 그냥 있을 수 없네"

"물론이지"

"하지만 상대가 몇 명인게지?"

"둘인지 혼자인지 사람이 바뀌는 듯하네……문제는 기술이지만"

"가라테다"
　　　산시로가 불쑥 말을 던진다.
　　　모두 한쪽을 본다.
　　　일찍이 히가키 겐자부로에게 너덜너덜 찢어진 널빤지에는 이음매
　　　가 붙어 있다.
　　　잠시, 모두 말이 없다.

"감사합니다"
　　　입구에 작업복으로 갈아입은 다이자부로가 나타나 바닥에 양손을
　　　대고 절을 한다.

"귀가하겠습니다"

"그 길을 지나가면 안 돼"
　　　라고 말하는 산시로.

"네"

"습격을 받은 길 말이다"
　　　다이자부로, 빙긋 웃고 다시 한 번 인사를 하고 떠난다.
　　　그 뒷모습을 바라보면서 단,

"저 녀석 점점 닮아가는군"

"누구와?"
　　　라고 산시로.

"너와 말이지……사몬지는 분명히 자기가 작은 스가타 산시로인 양

하고 있을 게야"

"바보 같은"

"하지만 자네도 그다지 밉상이지 않겠지"

산시로는 잠자코 있다.

"옛날의 자네가 떠오르지 않나"

산시로는 잠자코 있다.

쇼고로가 들어온다.

"오늘 숙직은 누군가?"

"저와 쓰자키입니다"

하고 단이 단정하게 앉아 대답한다.

"그렇군. 그럼 도다와 스가타, 저녁 식사 마친 후에 셋이서 산책하러 가세"

"네"

쇼고로 나간다.

나가는 모습을 바라보던 네 사람, 얼굴을 마주본다.

33 거리

짙은 안개가 낀 밤이다.

도다와 산시로를 양옆으로, 스틱을 짚은 야노 쇼고로가 걸어온다.

"여기군 ……"

하고 쇼고로는 웃어 보이며,

"습격이 있었던 곳은"

깜짝 놀라 그 얼굴을 보는 도다와 산시로.

"하하"

하고, 야노 쇼고로는 안개 속에서 웃음을 터뜨리고.

"점잖지 않지만, 알면서도 그냥 볼 수가 없어서 말이지"

"네"

하며 도다와 산시로는 송구스럽다는 듯 고개를 숙인다.

"가라테인 듯한데 …… 가라테와 같은 강술剛術에 대한 유도의 대처는 아직 완전하지 않은 듯하네"

"유도는 이길 겁니다"

　　하고 산시로가 어깨를 으쓱인다.

"그런데, 어떨까…… 가라테는 먼저 공격을 해서는 안 된다는 말이
있는데"

"유도는 이길 겁니다"

　　하고 산시로가 되뇌었다.

　　그때다.

　　안개를 뚫고 날카로운 기합.

　　그리고 이어지는 거친 웃음소리.

"안 돼"

　　하고 쇼고로, 중얼거리더니 무서운 얼굴을 하고 달리기 시작한다.

　　그 뒤를 쫓는 산시로와 도다.

　　쇼고로, 열 간정도 뛰어서 탁 걸음을 멈춘다.

　　안개 속에서 몽롱하게 솟아 있는 것이 있다.

"인력거다"

　　하고 쇼고로, 혼잣말처럼 중얼거리고는 그대로 조용해졌다.

　　이윽고 귀를 기울이듯이 숨을 삼키고,

"사람이 쓰러져 있는데……"

　　하고 두 사람을 돌아보며,

"상대는 사라졌네…… 늦었군"

　　고요히 길 한가운데 버려진 듯 서 있는 인력거를 감싸고 조용히
　　안개가 흐른다.

　　그 밤안개 속에서 비통한 산시로의 고함소리가 들려온다.

"사몬지…… 이놈아…… 그러니까…… 다이자부로…… 다이부로
……"

　　굴러다니던 초롱을 살피던 도다가 퍼뜩 놀란 듯 고개를 든다.

　　　　　　　　　　　　　　　　　　　　　　　　　　(O·L)

　　대그락대그락 소리를 내며 도는 바퀴.

　　이마에 피를 흥건하게 하고 축 늘어진 다이자부로를 태운 인력거

를 산시로가 묵묵히 끌고 있다.

그 골똘히 고민하는 모습의 산시로를 북돋기라도 하듯 쇼고로가
말한다.

"허허허허, 옛날 직업이 도움이 되는구나, 산시로"

산시로는 대답하지 않는다.

입술을 깨물고 화난 듯 손등으로 눈을 비비고 말없이 인력거를
끌고 있다.

(F·O)

(F·I)

34 수도관·복도

단이 황급히 온다.

"스가타…… 스가타"

방의 장지문이 열리고 산시로가 얼굴을 내민다.

"쉿…… 조용히"

하고 입에 손을 대고,

"이제 막 잠들었네"

하고 방안을 뒤돌아본다.

35 어느 방

문인들에게 둘러싸여 붕대투성인 다이자부로가 잠들어 있다.

그런 다이자부로를 걱정스럽게 내려다보고 있는 산시로.

그 어깨를 단의 손이 잡고,

36 복도

복도로 데리고 온다.

감정을 숨기는 작은 목소리로 눈을 동그랗게 뜬 채,

"이봐…… 히가키가 왔네"

산시로, 눈을 부릅뜨고,

"둘이 함께인가?'

"아니네, 겐노스케가 왔네"

37 현관

바람에 흩날리는 낙엽 속에 히가키 겐노스케가 서 있다.

아니, 그것은 히가키 겐노스케가 아니다.

옛날 그대로의 양복, 외투, 중산모자 …… 그리고 옛날 그대로의 양산을 지팡이삼아 비틀비틀 서 있는 것은 양이심당류 히가키 겐노스케의 빈 껍질이다 …… 아니, 유령이라고 말하는 편이 좋을지도 모른다.

스가타 산시로는 그 이전 강적의 완전히 달라진 모습을 눈앞에서 보고 정신이 나간 듯 멍하니 서 있다.

"산시로 군"

히가키의 목소리는 어딘가 먼 곳에서 들려오는 듯하다.

"꼭 자네에게 해 주어야 할 말이 있네"

그리고 겐노스케는 한 그루의 썩은 나무처럼 비슬거린다.

퍼뜩 정신을 차리고 빨리 다가가는 산시로.

(O·L)

38 어느 방

방의 창문.

초겨울 비가 지나간다.

그 쓸쓸한 빗소리를 들으며 과거의 적 둘이 조용히 마주하고 있다.

사방침에 축 늘어져 기대어 겐노스케는 띄엄띄엄 이야기하는 것이다.

"스가타 군, 나는 유도에 패해 병이 육체를 갉아 먹었지만 반대로 정신적으로는 올바른 빛을 얻었네"

그리고 겐노스케는 조용히 웃어 보인다.

"아니, 아직 움직일 수 있다. 아니, 더욱 일본의 무도를 위해 진력해야 하네"

산시로는 떼를 부리는 아이처럼 외친다.

"아니"

하고 겐노스케는 희미하게 고개를 흔들고,

"다시 일어서는 것은 하늘도 허락하지 않을 것일세. 사람들도 용서하지 않을 것이고. 그러나 유술을 사랑하고 격려한 내 마음은 일본 유술사에 남을 것이라고 생각하네"

"남고말고…… 남는다. 꼭 남는다"

산시로는 무슨 말로 히가키를 달래야 좋을지 알 수 없었다.

히가키는 그런 산시로를 미소로 바라보다가,

"야노 선생님은 건강하신가?"

하고 화두를 바꾼다.

"음, 여전히 건강하시네…… 고맙네"

산시로는 진심으로 고개를 숙인다.

"좋겠다…… 자네들은……"

하고 겐노스케는 그런 산시로를 진심으로 부러워하며 말한다.

그리고 두 사람은 서로 미소를 지으며 잠시 침묵한다.

이윽고 겐노스케는 정색을 하고 말을 꺼낸다.

"실은 동생 얘기네만"

산시로, 표정이 굳어진다.

히가키, 그 산시로의 모습에 괴로운 듯이 시선을 돌리며,

"뎃신과 겐자부로는 오늘부터 산에서 칩거하네…… 자네에게 도전할 사전 준비라고 생각하네"

산시로, 바짝 어깨를 들어 올린다.

"둘 다 현재 내 피를 나눈 형제네. 결코 미운 것은 아니지만 그 둘은 무도의 도나 정신을 갖고 있지 않네. 오직 기술과 힘만을 믿고 이기는 것만이, 적을 쓰러뜨리는 것만이 전부이지…… 형제인 나조차도 때때로 섬뜩한 생각이 든다네…… 특히 뎃신의 집요함은 뱀과 같네 …… 아니, 옛날의 나의 가장 나쁜 점만을 갖고 있다고 할 수 있지 ……"

하고 쓴웃음을 지으며 한숨을 쉬고,

"…… 그리고…… 겐자부로에 대해서인데 녀석은 완전히 병적이네.

아니, 분명한 병이네. 어릴 때부터 발작이 있었고, 그 전에 오는 흉포
성 때문에 정말 애를 먹었지"

하고, 먼 곳을 쳐다보는 듯한 눈으로,

"뭐, 어쨌든, 두 사람을 피해주게 …… 상대를 하지 말아주게 …… 그
둘을 위해서 하는 말이 아닐세 …… 자네를 위해서 …… 나는 일본 무
도를 위해서 ……"

겐노스케는 여기서 심하게 기침을 하기 시작한다.

산시로, 황급히 뒤로 돌아 그 등을 쓰다듬어 준다.

"아 …… 고맙네 ……"

겐노스케는 어깨로 호흡을 하면서

"…… 여기에 ……"

하고 외투 호주머니에서 낡은 두루마리를 꺼내 들고,

"히가키류 가라테의 비술이네 ……"

하고 산시로에게 건네며,

"자네는 싸우지 않으면 안 되는 남자니까"

하고 가만히 산시로의 얼굴을 바라본다.

"나는 ……"

산시로도 겐노스케를 정면으로 바라보며,

"솔직히 말하겠네. 지금까지 나는 히가키류 가라테에게 내 쪽에서
도전할 생각이었네 …… 그러나 ……"

"그러나 ……"

"지금은 아니네 …… 내 쪽에서 도전은 하지 않겠네 …… 다만 저쪽에
서 확실히 도전장을 내밀면 어쩔 수 없네"

"음 …… 자네에게 그 이상은 바랄 수 없겠군"

하고 히가키, 탄식하듯

"그러나 …… 다시 한 번 부탁하네 …… 일본 무도를 위해서 …… 나는
그 두 사람보다 자네가 더 중요하네 ……"

"고맙네"

산시로는 깊이 머리를 숙인다.

겐노스케는 비틀거리며 일어선다.

산시로, 부축하듯 다가서서,

"벌써 돌아가는 겐가?"

"돌아가겠네"

"그럼, 배웅하지……마침 인력거도 있고"

겐노스케, 이상한 표정을 짓는다.

"나는 옛날에 인력을 끌었던 적이 있네"

하고 산시로는 웃어 보인다.

(O·L)

39 거리

인력거 바퀴.

인력거 위의 히가키 겐노스케와 인력거를 끄는 산시로.

겐노스케 "미안하네"

산시로 "무슨, 그것보다 춥지 않은가……"

"괜찮네"

산시로, 인력거를 세우고,

"아니, 덮개를 치세……쌀쌀하네"

"아니, 나는 거리 풍경을 보면서 가고 싶어서"

산시로, 이상한 얼굴로 겐노스케를 올려다본다.

"다시 이 거리를 보는 것도 허용되지 않을 것이야"

하고 겐노스케는 수척해진 볼에 미소를 띠고 황혼의 거리를 바라
보고 있다.

산시로, 고개를 숙이고 인력거를 끈다.

덜컹덜컹 인력거의 쓸쓸한 소리.

사양 빛을 받으며 나가는 인력거의 쓸쓸한 그림자.

그 인력거가 갑자기 탁 멈춘다.

길모퉁이이다.

우두커니 서 있는 산시로 앞에 깜짝 놀란 듯한 사요가 서 있다.

사요는 야채가 들여다보이는 보따리를 안듯이 하고 인력거의 채

를 잡고 있는 산시로와 인력거 위의 완전히 변해버린 겐노스케를
망연히 번갈아 바라보고 있다.
뭔가 말하지 않으면 안 된다.
어떻게든 인사하지 않으면 안 된다.
애처로운 겐노스케에게 뭔가 상냥한 말을 찾고 있는 사요의 어찌
할 바를 모르는 눈.
그 눈을 피하듯 겐노스케는 눈을 내리깐다.
"스가타 군……미안……덮개를 덮어 주게"
겐노스케는 자조하듯 입술을 일그러뜨리며 불쑥 말을 꺼낸다.
"역시 쌀쌀해"
산시로는 묵연히 인력거 채를 내려놓고 덮개를 치기 시작한다.
겐노스케는 눈을 감은 채 조용하다.
사요는 고개를 숙이고 있다.
그리고 그 세 사람 위로 겨울 수목이 서늘하게 솟아 있다.
덮개를 다 치고 산시로가 채를 들어 올린다.
사요도 고개를 든다.
그 젖어 있는 눈에 산시로는 꾸벅 고개를 숙이고 인력거를 끈다.
배웅하는 사요의 얼굴에 덜컹덜컹 덜컹덜컹 인력거 소리가 멀어
져 간다.
쥐 죽은 듯 흔들며 가는 인력거.
인력거 안의 사람의 마음은 어떨까.
산시로는 이를 악물고 인력거를 끌고 간다.
그 인력거는 산시로에게는 참을 수 없이 무겁다.

(F·O)

(F·I)

40 편지

```
┌─────────────────────────────────────────────┐
│                    도전장                      │
│ 12월 15일 아침, 무사시국武藏國 미사와무라三澤村 미네峯의 약사 │
│ 藥師 경내에서 결투를 하고자 한다                    │
│ 이쪽은 2명이다                                  │
│ 약속은 어기지 않는다                             │
│                                  히가키 뎃신    │
│                                히가키 겐자부로   │
│     스가타 산시로                               │
└─────────────────────────────────────────────┘
```

41 도장

세 사람이 얼굴을 마주보고 산시로를 본다.

계속 벽보를 응시하고 있는 산시로

단   "할 텐가, 자네"

산시로, 잠자코 있다.

도다   "파문을 각오하고 말인가"

산시로, 한 번 고개를 끄덕이며,

"어쩔 수 없네. 나는 이 규칙 셋 모두들 어길 수밖에 없네"

"셋 다?"

"그래, 이미 난 여기서 술을 마셨네"

"음"

하고 단.

"그리고……"

산시로, 투지만만한 얼굴로,

"난 도전을 피하는 게 싫네"

"음…… 그래서 두 개가 되네…… 다른 하나는"

"떡 본 김에 제사 지낸다는 식이지"

벽보의 일부

┌───┐
│ 하나, 구경거리, 흥행물 등에 출장한 자는 파문한다 │
└───┘

(WIPE)

42 신토미자新富座

커다란 입간판

> 일미 친선   권투 대 유도 천엔 대시합!
> 미국 권투가 윌리엄 리스터 씨 대 일본 수도관의 천재○○○○(특
> 히 이름을 숨김)의 대시합!
> 죽느냐?
> 사느냐?
>   신토미자
> 오늘 오후 4시

(O·L)

43 同·무대

경기장 한복판에서 누노비키 고조가 선수를 소개하고 있다.

"자, 오늘 흥행의 최고의 시합, 일미친선 권투 대 유도 대시합. 한 사람은 모국 미국에서 권투계의 일인자로서 그 이름도 유명한 윌리엄 리스터 씨"

가운을 걸친 리스터가 팀원과 함께 링크에 올라 애교를 부린다.

"당당히 21관 3백의 대장부입니다. 철권의 강렬한 위력은 벽돌, 15mm판자를 부수고 철판을 사탕처럼 구부린다는 그야말로 살인철권과 타격의 왕. 사람들은 불사신의 리스터라 부르는데, 우는 아이도 뚝 울음을 멈춘다는 권투가입니다. 한편, 이를 상대하는 것은 일본 방방곡곡 유도로 명예를 드높이고 있는 수도관의 천재아 스가타 산시로 ······"

하고 선수의 이름을 엉겁결에 말해 버려 누노비키 당황하며 자신의 입을 막는다.

반향에 대답하듯 터져 나오는 환호성.

"부탁해, 수도관"

"야마아라시로 가자"

"스가타"

"스가타 산시로"

　하는 구호 속에서 등장한 산시로, 이상한 얼굴로 누노비키를 바라
　본다.

　누노비키는 손수건으로 식은땀을 닦고,

"네, 아시겠지만 권투는 허리 위쪽을 서로 가격해서 쓰러져 일어나지
못하는 쪽이 패하는 것입니다. 하지만 오늘은 특히 유도와의 일전,
서로 사력을 다해 싸우다 마지막에 항복을 하는 쪽이 패하는 것으로
하겠습니다. 기절이냐 까무러치느냐가 승부의 기로, 시간제한 없는
승부라는, 그야말로 소름이 돋는 일전입니다만 유도는 던지기만 가
능하며, 결코 반대로 관절꺾기, 조르기는 하지 못합니다. 그리고 권투
는 허리 위쪽만의 타격을 지키는 신사적인 경기입니다. 짬짜미도 속
임수도 절대 없습니다. 게다가 현상금은 무려 일천엔, 즉석에서 승자
에게 증정한다는 공전의 대승부 …… 산에 비가 내리고자 하면 바람
풍루에 가득 차니 ……"

　라고, 누노비키는 이 한문을 외우지 못해 끝을 맺지 못한다. 조금
　당황하며 허리를 구부리고는

"소개는 이쯤으로 하고, 드디어 경기에 들어갑니다"

　하고 식은땀을 닦으며 링을 내려온다.

　산시로는 링 중앙으로 나아가자 리스터와 악수하며 빙긋이 웃는
　다.

"스가타"

"야마아라시 ……"

　빽빽한 관중석에서 박수가 쏟아지고 또 성원이 터진다.

"리스터"

"렛츠 고우 …… 어퍼컷"

　링 주위에 모인 외국인석에서도 성원과 휘파람이 터져 나온다.

코너로 물러나 있는 리스터는 경기장을 두른 밧줄을 잡고 신발에
미끄럼 방지 가루를 묻혀 가볍게 몸을 앞뒤로 흔든다.
심판은 중앙에 서 있는 산시로를 뒤쪽으로 물러가게 하려고 한다.
산시로는 고개를 흔들고 허리띠를 조용히 다시 졸라매고 있다.
울리는 공.
리스터가 튀어나온다.
그 순간 무슨 생각을 했는지 산시로는 링 위에 앉더니 다리를 리스
터를 향해 벌렁 나자빠진다.
리스터의 출발은 상대의 의외의 방식에 둔해진다.
"반칙!"
하고 리스터가 외치더니 링 아래로 물러나 있는 심판을 본다.
심판은 고개를 흔든다.
리스터는 산시로의 발 앞에서 양손을 벌려 어깨를 으쓱해 보인다.
산시로는 리스터의 얼굴을 올려다보며 싱글벙글 웃고 있다.
어리둥절해하는 리스터. 이윽고 맹렬한 속도로 산시로의 머리 쪽
으로 돌아가려고 한다.
그러나 산시로의 발은 항상 그의 눈앞에 있다.
아무리 속력을 더 내서 어떤 틈을 노려 가슴팍으로 뛰어들려고
돌아도 산시로의 발걸음은 언제나 그의 눈앞에 있다.
산시로는 민첩하게 머리를 축으로 삼아 도는 것이다.
리스터는 초조해한다.
미친 듯이 오른쪽으로, 왼쪽으로 돈다.
숨을 헐떡이며 주먹만을 기계적으로 흔들고 계속 달린다.
그리고 나서 리스터는 마침내 걸음을 멈추고 숨을 쉰다.
한두 걸음 물러서 아주 험악한 얼굴로 산시로를 노려본다.
싱글벙글 웃고 있는 산시로의 얼굴.
리스터, 화를 내며 혀를 차더니 휙 곧바로 나가 링을 박차고 힘차
게 날아간다.
산시로의 턱을 향해 온몸으로 뛰어들었던 것이다.

그 순간 산시로의 다리는 리스터의 복부를 지탱하고 21관의 육체
는 그의 발 위에서 거북이처럼 헤엄치더니 머리부터 링 위로 낙하
한다.

"왓~"

하며 환호성을 지르는 일본인들.

혀를 차는 미국인들.

리스터는 얼굴을 찌푸리고 일어선다.

산시로의 발은 여전히 그의 눈앞에 있다.

그런데 이번에는 벌떡 산시로가 상반신을 일으킨다.

리스터의 입술을 웃음이 스친다.

"렛츠 고우……어퍼컷!"

리스터, 맹렬히 돌진한다.

그 주먹이 산시로의 턱으로 들어갔다고 생각하는 순간, 리스터의
주먹은 산시로의 양손에 받쳐져 그대로 끌려가고, 왼손의 타격을
시도할 사이도 없이 산시로의 한쪽 다리는 리스터의 복부에 걸려
있다.

배대되치기이다.

리스터는 몸을 웅크린 채 한 바퀴 구르더니, 한 개의 살덩어리가
되어 링의 줄을 향해 날아가 그 밧줄과 밧줄 사이에 목을 찔러
넣은 채 한동안은 소시지처럼 떨며 걸려 있다.

발칵 뒤집힌 장내.

침을 삼키고 있는 미국인들.

이를 드러내고 외친다.

"킬 잽!"

"킬 잽!"

리스터, 밧줄에서 목을 빼더니 그대로 밧줄에 매달려 한 손을 경기
장 바닥에 댄 채 직업적으로 숨을 고르고 있다.

"킬 잽!"

"킬 잽!"

리스터, 엎드려서 추하고 괴이한 한 마리의 짐승처럼 산시로를
노리고 있다가, 그 성원에 응답하듯 맹렬히 벌떡 일어난다.
그 리스터를 향해 산시로는 바람처럼 달려든다.
오른손으로 상대의 주먹을 제압하고 왼손으로 그 팔을 껴안는다.
일어나려는 리스터의 동작과 정확하게 호흡을 맞춰 몸을 움츠리
고 가슴팍으로 파고들더니 오른발을 그의 복사뼈에 걸고 힘껏 튕
겨 던진다.
목소리.
"엽 …… 야마아라시!"
쥐어짜는 소리로 길게 뽑아 지른다.
리스터의 몸은 한 바퀴 굴러가며 바위처럼 링을 날아 둘러친 밧줄
을 뛰어넘어 황급히 달아나는 미국인들 속으로 거꾸로 곤두박질
친다.
전 장내가 몇 초간 숲처럼 고요하다.
의자 사이로 비죽 튀어나온 리스터의 털투성이의 긴 정강이도 쥐
죽은 듯이 고요하기만 하다.
심판이 미국인들의 얼굴을 질문하듯 살핀다.
미국인들은 포기한 듯 팔을 벌려 보인다.
심판도 어깨를 으쓱한다.
그리고 마지못해 경기장에 오르더니 링 한가운데 태연하게 서 있
는 산시로의 한 손을 높이 쳐들고,
"주도 빅토리어스!"
하고 시큰둥한 자포자기의 목소리로 외친다.
떠나갈 듯한 환성과 박수.
산시로는 깜짝 놀란 듯 방석이 날고 모자가 날아오르는 그 대 환희
의 관중석을 바라보고 있다.
그 눈앞에 내미는 돈다발.
산시로는 손을 흔든다.
그 손에 누노비키 고조는 억지로 돈다발을 쥐어준다.

곤란하다는 듯 그 돈다발을 보면서 산시로는 링의 밧줄 밑으로 빠져나온다.

그 눈앞에 사람들에게 안겨서 퇴장하는 리스터.

산시로는 그 땀으로 반짝이는 가슴 위에 천 엔짜리 돈다발을 툭 던지고 걷기 시작한다.

그 산시로에게 갑자기 매달린 자가 있다.

"스가타 군…… 스가타 군…… 고맙네…… 고맙네……"

그 남자는 산시로의 어깨를 흔들며 소리치듯 말한다.

"스가타 군…… 정말 고맙네…… 잊었나…… 나일세…… 그 리스터에게 잠시도 버티지 못하고 꺾인…… 세키네 가헤에라구"

산시로는 영문을 몰라 멍하니 그 눈물로 엉망이 된 수염을 바라보고 있다가 갑자기 말없이 자리를 뜬다.

리스터의 가슴 위에서 흔들리는 천 엔짜리 돈다발.

산시로는 쫓아와서 그 돈다발을 집어 들어,

"스가타 군…… 사과하네…… 그때의 폭언은 용서해 주게……"

하며 뒤쫓아 온 세키네 가헤에게 잠자코 쥐어준다.

"일본 제일"

"고맙소"

"유도의 신"

하고 외치며, 산시로를 향해 한꺼번에 밀어닥쳐오는 관중들의 파도에 산시로는 순식간에 휩쓸려 들어간다.

망연히 돈다발을 움켜쥐고 있는 세키네 가헤에.

(WIPE)

44 수도관·어느 방

가만히 천장을 바라보며 누워있는 다이자부로.

장지문이 열리는 소리에 고개를 돌려 본다.

장지문은 조금 열린 채 조용하다.

"누구세요…… 어느 분"

45 복도

가만히 서 있던 그림자가 바람처럼 사라진다.

46 도장

난간의 문인들의 명찰.

스가타 산시로

라고 쓰여 있는 명찰을 누군가의 손이 떼어 간다.

47 야노의 서재

책상을 향하고 있는 쇼고로.

뭔가를 쓰고 있던 손을 멈추고,

"누구냐…… 누구냐?"

하고 돌아본다.

48 복도

두 손을 바닥에 대고 웅크리고 있던 사람의 그림자가 벌떡 일어나 마당으로 뛰어내린다. 램프를 든 쇼고로가 나와서 선다. 두 자쯤 열린 덧문에서 차가운 달빛이 한 줄기…… 복도는 조용하다.

(WIPE)

49 류쇼지·스님의 방

"많이 쌀쌀하군, 산시로"

하고 스님은 화롯불을 연신 저어 불을 돋우고 있다.

"이 밤늦게 웬일인가?"

산시로는 말없이 품에서 명찰을 꺼내더니 화롯불 위에 올려놓고,

"스님, 오늘 밤, 저는 수도관을 나왔습니다…… 제가 직접 이 패를 떼서 가지고 왔습니다"

"흠, 자네가 스스로 수도관을 파문한 것처럼 말하는 것 같구먼. 나쁜 버릇이야"

"스승님한테 파문당하는 게 괴로워서 제가 떼어가지고 왔습니다"

"흠…… 도대체 무슨 짓을 한 것이냐?"

"도장의 규정을 어기고 외국인과 신토미자에서 시합을 했습니다. 일

본의 무도에 대해 그자들은 이해하지 못합니다. 이해하지 못하는 채
로 그냥 넘어갈지, 이해하게 할 것인지. 이해하지 못해도 이해하는
방법을 알려 주는 것이 인정이라고 생각해서 저는 해버렸습니다"
"허, 겨우 그것뿐이냐?"

하며, 앞뒤로 짱구머리를 한 스님은 무쇠 주전자를 찻잔에 부어
잠시 입김을 불어 식히고 있다.
"산시로"
"네"
"자네는 바보라 형식적으로 규칙을 어긴 것에만 정신이 팔려있구나"
"규정은 규정입니다. 스님"
"무도의 고집이지 않았느냐, 자네의 마음은 유도의 규정을 어기진
않은 것이니"

산시로는 잠자코 있다.
"도를 위한 형식은 도를 위해 무너져도 상관없는 것이야……어떤가,
산시로, 그 패를 다시 걸고 오너라"
"안 됩니다"
"다시 걸어두어도 좋다는 걸 깨달으면 오늘이든 내일이든, 10년이든
20년 뒤든 제자리에 거는 것이 좋다"

두 사람, 한참 동안 서로 노려보고 있다.

아직 죽지 않은 매미가 어디선가 울고 있다.
"졸음이 오는구나"

하고 스님이 일어선다.
"산시로, 그만 돌아가라"
"오늘 밤은 묵게 해 주십시오"

산시로가 그렇게 말했을 때 스님은 날카로운 눈으로 노려본다.
"죽으러 가지 말게, 산시로"

산시로는 대답을 못한다.
"지금 너는 죽을 생각만 하는구나. 죽을상이다"

산시로는 소리 없이 고개를 숙인다.

"이번에는 무엇과 싸우느냐?"

"가라테 ……"

"진다면"

"각오하고 있습니다"

"바보 녀석. 처음부터 죽을 생각으로 하면 방법도 없고 지혜도 죽는다. 죽음에 마음을 두면 끝난 것이다. 산시로, 마음을 어디에도 두지 마라. 그게 안 되면 마음을 내 품에 두고 가거라"

"스님"

"봄바람처럼 부드럽게 자유로워져서 …… 알겠느냐, 산시로 …… 꽤 밤이 깊었다. 우선 잠을 자거라"

눈앞을 바라보고 있는 산시로의 얼굴.

(O·L)

50 서원의 창

장지문의 아침 햇살이 눈이 부시게 밝다.

51 연못

살얼음이 상쾌하다.

52 본당의 지붕

서리가 깨끗하다.

53 앞마당

찬연한 은행 낙엽.

그 은행나무 낙엽을 밟고 산시로와 사요가 마주보고 있다.

"오랫 ……"

하고 사요가 고개를 갸웃한다.

"삼 사흘 만에 돌아오든지, 아니면 오래, 아주 오랫동안이 될 것입니다"

하고 산시로가 대답한다.

"일 년쯤일까요"

산시로는 고개를 흔든다.

"그럼, 2년"

산시로는 또 고개를 흔든다.

"그럼 3년"

"백 년"

하고 웃지도 않고 대답하는 산시로.

"사실대로 말씀해 주세요…… 저 언제까지나 기다리겠습니다"

산시로는 곤란해한다.

"저, 실은 결투를 하러 가는 겁니다……그래서"

"괜찮아요……이길 겁니다"

산시로, 깜짝 놀란 듯이 그 얼굴을 바라보며,

"하지만……"

"아니에요……꼭 이길 겁니다"

하고 사요는 확실한 자신감으로 되뇌더니 산시로 앞에 조용히 고
개를 숙인다.

"기다리겠습니다"

산시로는 막대기처럼 서 있다.

그러다가 꾸벅꾸벅 고개를 숙이며 아무 말 없이 발길을 돌린다.

(WIPE)

54 미네峯의 약사藥師

산시로의 노랫소리가 삼목나무에 메아리쳐 되돌아온다.

♬ 비가 내리고 내려 갑옷 위의 옷이 젖는구나

　　넘으려 해도 넘을 수 없는 다바루고개田原坂

그러나 이곳 미네의 약사 경내는 몇 자나 눈이 쌓여 있다.

♬ 오른손에 혈검 왼손에 고삐

　　말 위에는 여유가 넘치는 미소년

산시로는 당의 툇마루에 걸터앉아 다리를 흔들며 힘껏 노래하고
있다.

그 산시로의 위치에서 산비탈의 적송과 삼나무 숲속에 세워진 오
두막집이 보인다.

♬ 울지 말거라 사랑스러운 청마여

산시로는 노래를 뚝 그친다.

숲속의 오두막집을 나서는 사람의 그림자를 본 것이다.

산시로는 짚신을 고쳐 매고 기모노를 벗어 툇마루에 던지자 눈을 밟고 조용히 비탈을 내려가기 시작한다.

서로 가까워지는 두 사람 사이에 약간의 평지가 있다. 그 서쪽은 낭떠러지로, 그 아래를 눈 덮인 바위를 요리조리 계류가 차가운 물소리를 내고 있다.

오두막에서 나온 남자는 그 깎아지른 절벽 위에 멈춰 서서 다가오는 산시로를 올려다본다.

그리고 도롱이를 버리고 삿갓을 던지고, 머리털을 모두 빗어 넘겨 뒤통수에서 묶은 머리를 한 번 흔들고는 눈 속에서 발을 구르고 자세를 잡는다.

"왔군"

산시로는 태연하게 걸어 내려오더니 허리띠를 단단히 다시 졸라 매고,

"혼자이오?"

"고맙겠지, 겐자부로는 오지 않네"

"안타깝군 …… 무슨 일이오?"

"발작이라서 ……"

55 산막

그 창에, 창틀이 부러져라 두 손으로 움켜쥐고 떨리는 몸을 지탱하며 눈을 감고 있는 겐자부로의 비통한 얼굴이 있다.

56 벼랑 위

서로 노려보고 있는 뎃신과 산시로.

"흥, 가라테의 맛을 보고 천천히 죽으시오"

뎃신의 형상은 그야말로 뱀이다.

산시로는 입을 다문 채 웃으며 양손을 아래로 떨어뜨린 채 무심하게 서 있다.

뎃신은 이를 갈며 눈을 부라린다.

웃었던 산시로의, 물 같은 침착함에 화가 나서 참을 수 없는 것이
다.

초조함.

쓱~하고 뎃신이 두 발 앞으로 나간다.

산시로는 세 걸음 물러난다.

두 사람의 발밑에서 눈이 쓸리는 소리가 난다.

"오얏"

뎃신은 소리를 지르며 펄쩍 뛰어, 무릎까지 찬 눈을 연기처럼 휘감
아 올리며 날아차기 형태로 날아오른다. 턱을 노린 두 다리가 산시
로의 가슴팍을 찌르는 듯 보였지만 산시로의 몸은 옆으로 흘러
굵은 적송 줄기를 방패삼아 서 있다.

뎃신은 허공에서 몸을 비틀어 산시로보다 4, 5미터 정도 높은
곳에 선다.

높낮이의 위치가 바뀐 셈이다.

손기술이든 발기술이든 가라테에게 있어서 절대로 유리한 형국
이다.

뎃신은 고양이 발 형태로 눈을 가르며 나아간다.

평안平安의 자세—— 엄지손가락을 구부리고 나머지 네 손가락을
편 왼손을 앞으로 하고, 오른손은 손바닥을 위로해서, 왼쪽 팔꿈치
앞으로 서너 치 부분에서 돌리면서 왼발을 앞으로 허리를 숙여
육박한다. 돌을 깨는 관수貫手 필살의 일격이 산시로의 미간을 스
친다.

—— 간격 ——

산시로 소리 없이 한 간間 정도 눈을 미끄러져 물러난다.

갑자기 사방의 눈이 연기로 화한다.

"에잇"

날카로운 기합과 눈보라 속에서 뎃신은 마치 비조처럼 두 다리를
가지런히 해서 날고 있다.

다시 산시로의 턱을 향한 날아차기의 강렬한 공격.

엎드린 산시로 위를 바람을 일으키며 날아가는 뎃신의 뒤쪽을 눈
속에서 헤엄치듯 빠져나온 산시로의 양손이 찌른다. 엎드려서 산
시로의 알몸조르기(裸絞め, 상대의 후방에서 전완의 엄지 쪽을 상
대의 인후부 전면에 대고 어깨 위에서 양손을 모아 끌어당겨 조르
는 기술, 역자주)를 막은 뎃신의 긴 팔이 갈비뼈에 파고드는 것보
다 먼저 산시로의 왼손이 그 팔을 방어하며, 두 육체는 눈 속을
뒹군다. 산시로의 두 다리는 뎃신의 몸통을 조르고, 네 팔은 서로
교차하며 얽힌 채 오른쪽으로, 또 오른쪽으로 옆으로 굴러간다.
적송 줄기에 산시로의 등이 부딪친다.

아래는 깎아지른 계곡이다.

밀리면서 쓱쓱 적송 줄기에 등을 대고 문지르며 산시로가 뎃신과
함께 일어선다.

서로 손과 손을 부여잡고 호흡을 조절하고 있다.

"에잇"

두 사람의 몸이 떨어진다.

뎃신의 발이 강하게 적송 줄기를 차올리자, 가지의 눈이 우수수
흩날린다.

산시로는 옆으로 몸을 날리고 있다.

바짝 따라붙은 뎃신의 관수가 산시로의 미간 앞에서 번뜩인다.

──간격──

그 손을 오른팔로 받은 산시로의 손가락은 뎃신의 목덜미를 파고
들었고 왼손은 연습복의 팔을 잡고 눈을 박찬 오른발이 번뜩인다.

"야압, 토옷!"

처음으로 산시로의 입술에서 흘러나온 날카로운 기합이 바람의
울부짖음처럼 산등성이를 울려 퍼진다.

57 산막

겐자부로가 소리도 없는 경악스러운 외침을 지르며 이빨을 부딪
친다.

58 절벽 위

뎃신은 호를 그리며 날고 있다.

야마아라시다.

몸을 웅크린 뎃신의 육체는 벼랑 끝 적송 줄기를 흔들며 부딪치고
는 눈보라를 일으키며 눈 속으로 떨어진다.

"덤벼라"

눈 속에서 뎃신이 소리친다.

목소리에 반응하여 산시로가 뛰어든다.

겨우 일어선 뎃신의 관수는 허무하게 허공을 찌르고,

"야압, 토옷!"

산시로의 두 번째 야마아라시에 뎃신의 몸은 6미터 정도 앞의
눈 속으로 빠진다.

"덤벼라"

다시 벼랑 끝 적송 줄기에 매달려 일어선 뎃신의 억울해하는 형상
은 바로 이 세상의 악귀 그 자체다.

산시로는 움직이지 않는다.

적송 줄기에 매달린 뎃신의 양손에 힘이 빠지고 몸이 앞뒤로 흔들
리더니 그대로 발을 헛디뎌 그의 몸은 눈 골짜기로 한 개의 막대기
처럼 미끄러져 내려간다.

뛰어가서 골짜기를 내려다보는 산시로.

발을 디딜 곳을 확인하고는 눈을 뒤집어쓴 얼룩조릿대를 의지해
계곡을 향해 내려가기 시작한다.

(WIPE)

59 산막

방 한쪽에 궁지에 몰린 짐승처럼 히가키 겐자부로가 눈을 부릅뜨
고 몸을 부르르 떨고 있다.

타오르는 적의와 신체가 움직이지 않는 분함과 굴욕에, 육체를
떠나 눈구멍에서 튀어나올 것만 같은 그의 눈을 장작불이 더욱더
처참하게 만들고 있다.

그는 집요하게 보고 있다.

산시로를 보고 있는 것이다.

화로의 냄비에 불을 때고 있는 산시로의 일거수일투족을 쫓아 떠나지 않는 것이다. 칼집과 연습복과 약간의 식기 외에는 아무것도 없는 그 황폐한 산막의 밤을 비추고 있는 것은, 화로에 산시로가 피우는 마른 나뭇가지뿐이다.

"정신이 들어 다행이오"

산시로는 뺨을 부풀려서 꺼져가는 냄비 바닥을 열심히 불고 있는데,

"……좋은 몸을 갖고 있군요, 그쪽은……"

하고 타오르는 빛 속에서 돌아본다.

짚 위에 눕혀져 자신의 눈을 의심하는 표정으로 산시로의 얼굴을 뚫어지게 보고 있던 뎃신이 황급히 그 눈을 돌린다.

"다 됐다"

산시로는 뚜껑을 연 냄비의 따뜻한 김을 들여다보며 중얼거리더니 옆의 칠이 벗겨진 그릇에 죽 한 그릇을 담고는,

"조금 먹는 게 나을 거요. 힘이 날 거요"

하고 뎃신의 얼굴을 들여다본다.

뎃신은 약하게 고개를 흔들며, 깜짝 놀란 듯 산시로를 바라보고 있다.

"못 먹겠소? 그럼 열이 있나?"

하며, 산시로는 데신의 이마에 손을 얹는다.

깜짝 놀란 듯 뎃신이 두려워한다.

산시로는 그런 뎃신의 모습을 안타깝게 바라보며.

"몸이 불타는 것 같소…… 기다려 봐요. 지금 식혀줄겠소"

하고 그릇에 담은 죽 한 그릇을 들고 이번에는 겐자부로에게 다가간다.

겐자부로는 내미는 그릇 앞에 독을 먹으라 권유받은 사람처럼 격렬한 분노와 증오심을 품고 산시로를 노려본다.

"맛이 없을지도 모르지만……"

하고 산시로는 웃으며 음식을 권한다.

겐자부로는 그 그릇을 보려고도 하지 않는다.

그저 산시로의 눈을 보고 있다.

덤벼드는 적에 대한 대비를, 몸이 움직여주지 않는 그는, 오직 그 눈에만 의지하고 있는 듯하다.

"자네도 먹지 않는가……"

산시로는 슬픈 듯이 말하고는 천천히 토방으로 내려가 허리의 수건을 물통에 담근다.

그 수건을 뎃신의 이마에 댄다.

뎃신은 다시 움찔하며 두려워한다.

산시로는 뎃신에게 자신의 옷을 걸쳐주고는 혼자 쓸쓸한 듯 죽을 먹기 시작한다. 그 산시로를 가만히 응시하고 있는 뎃신과 겐자부로.

(O·L)

뎃신은 꾸벅꾸벅 졸고 있다.

겐자부로는 한쪽에서 아직 그 눈을 집요하게 움직이지 않는다.

산시로는 뎃신의 머리맡에 팔짱을 끼고 움직이지 않는다.

(O·L)

무릎을 안고 고개를 숙이고 꾸벅꾸벅 졸고 있는 산시로.

뎃신은 계속 잠들고 있다.

겐자부로만은 아직 바라보고 있다.

(O·L)

그 겐자부로의 눈.

산시로는 편안한 자세로 팔베개를 하고 있다.

(O·L)

산시로, 큰 대자로 누워 곤히 자고 있다.

가만히 그 산시로를 노려보고 있는 겐자부로.

계속 자고 있는 뎃신도 산시로도 겐자부로도 그대로 움직이지 않는다.

먼 계곡의 강물소리가 들릴 정도의 정적.

—— 얼어붙은 듯 오랜 간격 ——

가만히 산시로를 바라보고 있던 겐자부로의 오른손이 떨면서 기듯이 움직이기 시작한다.

깔짚 속으로 …… 겐자부로의 손은 기어간다.

그 겐자부로의 손이 멈춘다.

무거운 감촉이 팔의 힘줄을 세우고, 그 손이 끌려가기 시작한다.

조용히 …… 소리도 없이 …… 타버린 장작불의 희미한 불빛에 뭔가 반짝 빛난다.

겐자부로의 손에는 잘 갈려진 한 자루의 도끼가 쥐어져 있다.

곤히 잠들어있는 산시로.

겐자부로는 도끼를 가슴에 품고 슬슬 기어서 다가간다.

가라테의 고양이 발의 호흡을 무릎걸음에 활용하여, 겐자부로의 움직임에는 전혀 소리가 없다

산시로는 잠자고 있다.

장작불의 희미한 불빛을 받은, 그 편안한 얼굴은 지금 겐자부로의 눈 밑에 있다.

겐자부로는 품고 있는 오른손의 도끼를 부들부들 크게 휘둘러 올리기 시작한다.

잠자고 있는 산시로.

머리 위로 높이 들린 도끼.

잠들어있는 산시로의 얼굴.

겐자부로는 왼손으로 도끼를 지탱하고, 마지막 힘을 주어 머리 위로 높이 쳐든다.

산시로는 사요의 꿈을 꾸고 있다.

"이길 겁니다 …… 분명히 이길 겁니다"

라고 말하는 사요의 밝은 목소리에 응답하는 것처럼, 산시로는 무심코 소년같이 씩 웃어버린다.

순간 겐자부로의 도끼는 머리 위에서 언 것처럼 탁 멈춘다.

겐자부의 입술이 희미하게 흔들린다.

당황한 듯 그 눈이 하늘을 바라본다.

그리고 그 양손은 점점 도끼의 무게에 견디지 못하고 밑으로 내려온다.

바스락바스락 구석으로 다시 기어오자, 겐자부로는 슬픈 짐승처럼 짚더미 위에 몸을 던진다.

그 겐자부로를 계속 보고 있던 뎃신의 쇠약해진 눈.

겐자부로는 얼굴을 짚더미에 묻고 있다.

그 어깨가 흔들리고 울음소리가 희미하게 새어 나온다.

뎃신의 눈에 눈물이 빛난다.

산시로는 아무것도 모른다.

장작불의 불빛을 받아 부처님처럼 잠들어 있다.

(O·L)

산시로는 아침의 어스레한 빛 속에서 잠들어 있다.

뭔가 멀리서 들려오는 희미한 소리에 한 번 몸을 떨며 눈을 뜬다.

어리둥절하여 두리번거리며 둘러본다.

바스락거리는 소리. 겐자부로가 어젯밤은 거들떠보지도 않던 죽을 어린아이처럼 탐스럽게 먹고 있는 것이다.

산시로는 자신도 모르게 미소 짓는다.

"미안하네, 미안하네"

하고 허둥지둥 일어서며,

"차가울 게야…… 지금 지어 주겠소"

하고 뎃신을 돌아보며 말한다.

"당신도 먹을 수 있겠소?"

뎃신도 산시로를 바라보며 희미하게 고개를 끄덕인다.

"좋습니다…… 빨리 물을 길어 오겠소"

산시로는 들통을 잡더니 힘이 넘치게 뛰쳐나간다.

뒤에 남은 형제는 말없이 눈을 마주본다.

"졌다"

하고 뎃신이 중얼거린다.

"졌다"

겐자부로도 처음으로 입을 연다.

60 골짜기

상쾌한 눈 골짜기.

졸졸 흐르는 물소리 속에서 산시로가 물을 긷고 있다.

그 품에서 뭔가 떨어진다.

흘러간다.

[스가타 산시로]

라는 명찰.

산시로는 황급히 그것을 집어 들더니, 소중한 듯이 품에 넣고 추운 겨울 아침의 기운 속에서 크게 가슴을 펴고 심호흡을 한다.

그 생기발랄한 얼굴에 아침 햇살이 조용히 내린다.

(F·O)

제4장

《호랑이 꼬리를 밟는 남자들》(1945)

등장인물과 배우

벤케이弁慶 : 오코치 덴지로大河內傳次郎

도가시富樫 : 후지타 스스무藤田進

짐꾼 : 에노모토 겐이치榎本健一

가메이龜井 : 모리 마사유키森雅之

가타오카片岡 : 시무라 다카시志村喬

이세伊勢 : 고노 아키타케河野秋武

쓰루가駿河 : 고스기 요시오小杉義男

히타치보常陸坊 : 요코오 데카오橫尾泥海男

요시쓰네義經 : 니시나 다사요시仁科周芳

(10대 이와이 한시로岩井半四郎)

가지와라의 사자 : 히사마쓰 야스오久松保夫

도가시의 사자 : 기요카와 소지淸川莊司

(F·I)

1 산

> 먼 산에는 잔설.
>
> 합창♬ 나그네의 옷은 야마부시(山伏, 일본의 산악신앙인 수험도
> 　　　修驗道의 행자, 역자주) 법의
> 　　　나그네의 옷은 야마부시 법의
> 　　　이슬에 젖은 소매는 쪼그라져 있구나

(O·L)

2 산길(1)

> 휘파람새의 울음소리.
>
> 야마부시가 올라온다. 총 7명.
>
> 한적한 주위의 풍경에는 눈길도 주지 않고, 그저 조용히 올라온다.
>
> 제일 뒤에서 짐짝을 지고 오는 짐꾼이 무료한 듯이 보인다.
>
> 제일 선두에 선 야마부시, 이상하게 긴장된 분위기를 부드럽게
> 하려는 듯
>
> "허허 …… 휘파람새가 잘도 우는구나"
>
> 짐꾼 이때다 싶어,
>
> "헤헤헤 …… 이 근처에는 먹을 수 있을 만큼 많습지요"
>
> 야마부시들, 껄껄 웃는다.
>
> 짐꾼, 깜짝 놀란 모습으로 그 야마부시들을 둘러본다.
>
> 웃음소리가 어딘지 이상하게 호탕하다.
>
> 들에서 자고, 산에서 자며 고행을 하는 까닭에 야마부시라 한다.
> 그 눈과 바람을 맞은 수염 가득한 얼굴이 무엇인가 긴장의 극한에
> 서 폭발해 버린 듯, 굉장한 소리로 웃고 있다.
>
> "짐꾼"
>
> 한 사람이 웃음을 딱 자르듯 멈추고
>
> "관문까지 앞으로 어느 정도 남았나?"
>
> "에 …… 이제 5리 정도"
>
> 라고 대답하고 짐꾼은 기가 눌린 모습으로

"헤헤헤 ……"

비굴한 웃음을 짓는다.

"잠시 쉽시다 ……"

선도자가 서서 멈춘다.

3 산길(2)

모두 조용하게 자리를 잡는다.

모두 계속하여 입을 다물고 있다.

짐꾼, 왠지 답답해 머뭇머뭇하다가 견디지 못하겠다는 듯이,

"헤헤헤헤"

이야기하기 시작한다.

"정말 나리님들 다리에는 놀랐습니다 …… 저는 이래 봬도 다리에 한해서는 좀처럼 지지 않는데 …… 나리님들에게는 당할 수가 없네요 …… 하지만 이분은 꽤 약하신 듯하지만 ……"

라며 오직 한 명, 삿갓을 쓰고, 나무 밑동에 등을 기대 앉아있는 야마부시를 바라본다.

발을 문지르고 있던 그 손이 멈춘다.

짐꾼 "헤헤헤, 먼저 이분은 다른 나리들하고는 몸부터 다르시네 …… 얼굴도 마치 여자 같군"

"물러서 있거라!"

한사람이 큰 소리를 지른다.

짐꾼, 깜짝 놀라 뛰어오른다.

"스루가駿河!"

다른 야마부시(가타오카片岡)가 호통친 야마부시를 주의시키며, 눈을 동그랗게 뜨고 있는 짐꾼에게

"하하하 …… 이 길은 좀 힘들군. 다른 길은 없는가?"

짐꾼 "없는 건 아니지만 …… 관문의 관리에게 들키면 목숨도 없습지요. 저번에도 두 명, 목이 잘렸습지요 ……"

"흠 ……"

짐꾼 "정말이지 생각해 보면 민폐가 따로 없습지요. 가마쿠라鎌倉 쇼군將軍

요리토모賴朝님이 가지와라梶原 뭐시기하는 녀석의 참언을 믿고 동
생인 요시쓰네義經님과 사이가 틀어진 게 사건의 발단입지요. 결국
이리 꼬이고 저리 꼬이고 해서 위험을 느끼고 도읍을 탈출한 요시쓰
네님을 체포하려고 만든 게 이 관문입지요. 참 웃기지도 않지. 쇼군
정도 되면 형제간의 싸움도 크게 해야 하는지 모르지만……안 그래
요? 나리님들? …… 원래 형제간의 싸움이라는 게 한 대 두 대 치고
박고 하면 끝나는 간단한 문제인데 말입지요…… 그것을…… 망측하
게도…… 친동생을 사냥하듯 쫓다니 …… 요시쓰네님만 불쌍하지
…… 그 유명한 겐지 가문 대장이 몸 기댈 곳 하나 없다니……"
   야마부시들, 얼굴을 외면하는 듯하며 고개를 떨군다.
   특히, 용맹스러운 승병(히타치보常陸坊)이 열반도의 인왕같이 눈
   을 닦는다.
   자신의 말재주에 만족하고 주위를 돌아보던 짐꾼도 이것에는 당
   황해서,
"헤헤헤…… 그렇다고 그렇게 걱정할 것은 아닙지요. 요시쓰네님에
게는 무사시보武藏坊 벤케이弁慶라는 무시무시하게 힘이 센 스님이
함께 있으니까요…… 전혀 걱정할거 없어요…… 그 벤케이라는 스님
은 키는 7척이나 되는 거구에 300근이나 되는 쇠몽둥이를 휘두르며
몇천 명이나 되는 군사들을 단 혼자서 때려잡았다니 놀랄 노 자지요.
정말입니다요. 밭의 무를 뽑듯이 사람의 머리를 쑥쑥 뽑았다지 뭡니
까요"
"후후후후……"
   아까부터 일행에게 등을 보이며 조용히 골짜기를 바라보고 있던
   선두에 선 야마부시가 웃기 시작한다.
"하하하하"
"하하하하"
   짐꾼도 의미 없이,
"헤헤헤헤"
   하고 웃으며,

"그런데 그 스님은 머리는 그다지 좋지 않은 것 같아요……확실히는 모르는데 뭔가로 변장해서 다니고 있다는 거 같은데……그게, 여기 관문까지 다 소문이 났으니까 한심한 이야기지요"

야마부시 중 한 명(가타오카), 번뜩 눈을 빛내며,

"무엇으로 모습을 바꿨다고 하던가"

짐꾼, 얼굴을 찌푸리며

"그러니까……뭐라고 했더라……관문 관리에게 들은 거니까 틀림 없는데……그러니까 약장수는 아니고……순례자도 아니고……그러니까……맞다……야마부시"

라며, 놀란 듯한 얼굴로 새삼스럽게 야마부시들을 둘러본다. 야마부시들, 꼼짝 않고 짐꾼을 바라보며 입을 다물고 있다.

짐꾼, 어쩐지 기분이 으스스해져서

"헤헤헤헤헤"

겁먹은 듯이 아첨의 웃음을 지으며,

"이것 참 웃기는 일이네……헤헤헤……어쩌며 나리님들이 요시쓰네나 벤케이 일행일지도 모른다고 하니……웃기잖아요……그렇지요? 웃기지 않으십니까……히히히히"

하고 열심히 웃는다.

야마부시들은 아무도 웃지 않는다.

짐꾼, 점점 더 불길해져서,

"헤헤헤……그래도, 그, 그, 그런 일이 있을 리가 없잖아……네에, 그렇지요?……그, 그런 표정을 해서 겁주려고 해도 안돼……헤헤헤……사람 수까지 확실히 알고 있으니까……요시쓰네 주종 일곱 명……일곱 명이랬어……그런데 나리 쪽은 다르잖아……"

라고 손가락을 접으며

"한 명……두 명……세 명……네 명……다섯 명……여섯……일곱 명"

하고, 셈을 끝내고 화들짝 놀란 모양으로 그대로 조용해진다.

야마부시들도 조용하다.

　　── 긴 간격 ──

　　휘파람새 소리가 종종 한가로이 들리는 것과 짐꾼이 부들부들 떨
어 그 등 뒤에 있는 궤짝 속에서 짐들이 달그락거리는 소리만이
들린다.

"벤케이 ……"

　　그 침묵을 조용한 목소리가 깬다.

　　짐꾼, 부들부들 떨면서 눈동자만 움직여 본다.

"…… 벤케이"

　　목소리는 삿갓 아래에서부터 들려온다.

"하"

　　선두에 있던 야마부시가 달려와 부복한다.

벤케이　"부르셨습니까"

요시쓰네　"지금 이 짐꾼이 한 말을 들었는가?"

벤케이　"넵"

요시쓰네　"허면, 야마부시로 변장해 이 관문을 통과할 수는 없겠군"

"까짓 …… 기껏해야 시골 무사들이 지키는 새 관문 하나, 쳐부수고
통과해버리면 그만입니다"

　　라고 히타치보가 걸걸한 목소리로 외치며 벌떡 일어난다.

"하하하 …… 참으로 재미있군"

"오랜만에 한바탕 벌여보자"

　　라고 가메이도 이세도 일어선다.

　　벤케이, 조용히,

"이 관문 하나 돌파하는 것은 쉽다 …… 하지만, 그다음은 어떡할 건
가 …… 그다음이야말로 중요하지 않은가 …… 어떻게 해서든 조용히
지나가지 않으면 안 된다 …… 또, 격파하든 격파하지 않든, 우리들이
가짜 야마부시라는 것이 발각되었을 때의 일이다"

　　라며 히타치보를 올려보고는,

"하하하 …… 우선 자네들은 진짜 악승惡僧이야, 가짜라니 어이없군"

벤케이　"또 ……"

가메이와 이세를 돌아보며,

"너희들도 마찬가지로 가짜 야마부시로는 보이지 않지 …… 아니, 들로 산으로 다니며 고행하는 자를 야마부시라고 한다면, 지금 우리 모두가 명실상부한 야마부시가 아니겠느냐 …… 정말로 야마부시의 면면이 모였구나"

벤케이 쓴웃음을 지으며,

"하하하 …… 이대로 통과하지 못할 것도 없다"

가타오카 "하지만 무사시보 …… 우리들은 그렇다 쳐도, 우리 주군의 용모는 이 미련한 짐꾼조차에게도 의심받았소 …… 이대로는 곤란합니다"

벤케이 "그 문제 말인데"

라며, 짐꾼을 돌아보고는,

"짐꾼 …… 이쪽으로 오너라"

짐꾼, 깜짝 놀라며,

"헤헤"

하며 급히 일어서더니, 그대로 뒤쪽으로 엉덩방아를 찧으며,

"나, 난 아무것도 몰라 …… 아, 아무것도 발설하지 않을 테니까 …… 모, 모, 목숨만은 ……"

벤케이 "하하하 …… 그 짐짝을 이리로 가져오면 된다"

짐꾼 "헤헤"

들고 일어서려고 하지만 생각대로 안 돼 한껏 버둥댄다.

히타치보, 성큼성큼 다가가

"왜 그런가, 짐꾼"

짐꾼 "헤헤헤헤"

울려다 웃음을 짓고 있다.

히타치보 "이거, 일어서지 못할까"

짐꾼 "헤헤헤헤"

히타치보 "일어서지 못하겠냐고 묻고 있다"

라며 짐꾼의 목덜미를 잡아당겨 세운다. 손을 놓았더니, 짐꾼은 또 기진맥진하여 털썩 주저앉는다.

히타치보, 기가차서

"호오······이놈 허리가 빠졌구나"

라고 돌아보며,

"이봐 가타오카······겁쟁이는 어떻게 하면 낫더라?"

가타오카 "그만둬! 히타치보"

히타치보, 히쭉히쭉 거리며,

"깜짝 놀라서 허리가 빠진 놈은 다시 한 번 깜짝 놀라게 하면 허리가
서겠지"

라며 짐꾼에게,

"이놈······서거라······서지 않으면 목을 뽑아 버리겠다. 이얏"

하며, 손에 침을 뱉고, 짐꾼의 머리를 덥석 움켜쥔다.

"에고~"

짐꾼 펄쩍뛰며, 뒤로 멀찌감치 물러서고,

"하하하하"

웃는 히타치보를 귀신에게 홀린 듯 멍하니 바라본다.

히타치보 "에이, 정말로 귀찮게 구는 놈이구나······이놈아······그 궤짝을 어
서 가져오라 하시지 않느냐"

짐꾼   "헤헤"

흠칫거리며 다가와서, 궤짝을 벤케이의 앞에 내동댕이치듯이 놓
고 쏜살같이 뒤도 안돌아보고 도망친다.

(WIPE)

짐꾼이 덤불 속에서 목만 내밀고, 살짝 보고 있다.

벤케이가 요시쓰네 앞에 엎드려 있는 것이 멀리서 보인다.

다른 야마부시들도 모두 납작 엎드려 울고 있는 자도 있는 듯한
모습.

이윽고, 벤케이가 일어서서 요시쓰네의 뒤로 돌아가, 그 야마부시
의 복장을 벗긴다.

히타치보가 앞으로 나가 궤짝을 그 등에 싣는다.

남자목소리 ♬   실로 잇꽃은

정원에 심어도 숨길 수 없네

하지만 꽃도 없는 잡초 같은

짐꾼에게는 눈길을 주지 않겠지

여자 목소리 ♬ 야마부시의 옷을 벗고

누더기 옷을 몸에 두르고

짐꾼의 궤짝을 어깨에 메고

삿갓을 푹 눌러쓰고

지팡이에 의지해 선다

합창 ♬ 다리가 약한

짐꾼의 뒷모습이 애처롭구나

가메이와 가타오카가 그 위에 비 가리개, 맨 위에 작은 상자를 매단다.

눈을 동그랗게 뜨고 보고 있는 짐꾼.

야마부시들, 요시쓰네를 완전히 짐꾼으로 변장시키고, 벤케이를 선두로 해서 산길을 오르기 시작한다.

그 가장 뒤에서 궤짝을 짊어지고 올라가는 요시쓰네.

야마부시가 사용하는 지팡이인 금강장에 의지한 그 뒷모습이 애처롭다.

짐꾼, 애처로운 듯이 보고 있다.

무심코 코를 한번 쓸어 올리고는, 비틀비틀 일어서서 뒤를 쫓는다.

4 산길(3)

묵묵히 올라오는 야마부시들

"헤헤헤헤"

하는 목소리에 휙 멈춰 서서 뒤돌아본다.

짐꾼이 두 손을 비비면서 서 있다.

히타치보 "하하하…… 이 녀석…… 도망은 갔지만 품삯이 아까워서 따라왔구나…… 자 받거라"

동전을 던지고,

"쓸데없이 떠들고 다니면, 그냥 놔두지 않겠다"

　　　　　짐꾼, 꽁무니를 빼면서도 화가 치밀어서

　　　　　"저, 저는…… 그런 게 아니고요…… 그냥 보고만 있을 수 없어 따라
　　　　온 것입지요"

히타치보　"뭐라"

짐꾼　　　"그, 그런 짐꾼이 있을 리 없습죠. 그, 그렇게 변장해서…… 자, 장님
　　　　이라도 알아차린다고"

　　　　　라며, 요시쓰네에게,

　　　　　"한 가지 말씀드리면 그렇게 궤짝을 메는 게 아니라…… 욕심쟁이
　　　　할멈이 옷 고리짝을 싸 들고 야반도주하는 것도 아니고……"

가메이　　"썩 물러나거라"

짐꾼　　　"헉"

　　　　　하고, 깜짝 놀라 도망간다.

　　　　　　　　　　　　　　　　　　　　　　　　　　　　　　(WIPE)

5 산길(4)

　　　　　야마부시들, 묵묵히 올라온다.

　　　　　"헤헤"

　　　　　산의 사면의 나무를 쳐서 만든 길을 따라 조르르 짐꾼이 나와서
　　　　두 손을 비빈다.

히타치보　"이 녀석…… 또 나왔군"

짐꾼　　　"헤헤헤…… 내 아무래도 뭐든 걱정하는 성격이라…… 요시쓰네님
　　　　이라고 알고서 눈감고 그냥 돌아갈 수 없어서…… 이 관문을 무사히
　　　　통과하는 것을 보지 않고서는 맘이 편치 않아…… 아니, 남자 체면이
　　　　말이 아니지…… 쫓기어 궁지에 몰린 새가 품 안에 들어오면 사냥꾼
　　　　도 어쩌고저쩌고하는 말도 있듯이"

히타치보　"잘난 척 하지마라"

짐꾼　　　"헤헤헤…… 옷깃만 스쳐도 인연이라는데…… 제가 한번 도와드릴
　　　　수 있게 부탁드립니다"

히타치보　"흠…… 보기와는 달리 기특한 소리를 하는구나"

　　　　　라고 돌아보며,

"이 녀석…… 이렇게 말하고 있습니다만"

가타오카 "마음은 고맙지만…… 이처럼 몸이 작은 자에게"

짐꾼   "안 되는 것이옵니까?"

  야마부시들, 묵묵히 걸어간다.

  짐꾼, 홀로 외롭게 남는다.

(WIPE)

6 산길(5)

  야마부시들, 올라온다.

  "헤헤헤헤"

  얼룩조릿대를 부스럭부스럭 가르고, 짐꾼이 나온다.

  히타치보, 기가막혀,

  "쫄랑쫄랑 정신없는 녀석이군…… 목숨이 아깝다면 속히 꺼져라"

짐꾼   "헤헤…… 그런데 일이 급해서…… 잠깐 관문 사정이 어떤가 보고
  왔습지요……"

히타치보 "뭐라고?"

  "이봐라……관문 상황이 어떻다고 하는 게냐"

짐꾼   "헤, 헤, 헤이…… 도저히 갈 수 없습니다요…… 가지와라의 사자가
  먼저 가서 기다리고 있습지요"

히타치보 "뭐라고…… 가지와라의 사자라고?"

짐꾼   "네…… 요시쓰네 주종은 확실히 이 길로 올 것이니…… 관리들은
  만반의 준비를 마치고 기다리고 있습지요"

  "흠"

  "괘씸한"

  사천왕들 웅성대며,

  "무사시보…… 어떡하면 좋은가"

  "전진이냐…… 후퇴냐"

  모두 벤케이를 에워싼다.

  벤케이, 장승처럼 우뚝 서서 눈을 감은 채 움직이지 않는다.

가메이   "가지와라의 가신들이 이 근처에 있다고 하니, 전진해도 후퇴해도

어차피 독 안에 든 쥐다"

히타치보 "여기까지란 말이군…… 그냥 쳐부수고 지나갈 수밖에 없군"

가타오카 "여기까지라면 관문은 물론 가마쿠라의 요리토모도 용서하지 않을
　　　　 것이다"

이세 　　 "음…… 관문을 쳐부수고, 가마쿠라로 내려가 가지와라 부자를 베어
　　　　 없애버리자"

쓰루가 　 "우습구나, 이세…… 다니하치향谷八鄕을 공격해 산산조각으로 내
　　　　 고, 쓰루오카鶴ヶ岡의 배전에 무릎을 꿇고 할복할 작정이냐"

　　　　 "하하하하"

　　　　 "하하하하"

　　　　　 벤케이, 눈을 크게 부릅뜬다.

　　　　　 짐꾼, 깜짝 놀라며 달아나려고 하면서, 다음에 있을 대갈大喝의
　　　　　 고함소리를 예상하고, 당황하여 귀를 막는다.

　　　　　 하지만, 벤케이의 목소리는 조용하다.

　　　　 "가소롭구나 ……… 젊은 무사들이 떠들어댄다면 또 모르되, 가타오
　　　　 카, 히타치까지 뭐 하는 게냐…… 피가 말라서 지혜까지 말라버린
　　　　 것인가…… 싸우는 것도 좋거니와, 여기까지라면 이곳에서 죽어도
　　　　 족하다…… 알겠는가, 조금 전에 말한 대로 이 관문 하나 때려 부수는
　　　　 것은 간단하다…… 중요한 것은 그대의 무운의 앞날에 있다…… 싸
　　　　 우는 것은 마지막 선택……"

　　　　　 하고, 조용히 웃고 걸어가면서,

　　　　 "우선, 이렇게 하고 가자"

　　　　　 라고, 중세 희극인 교겐狂言 풍으로 느긋하고 능청스럽게

　　　　 "우리는 남도南都 도다이지東大寺 건립을 위해 전국을 돌아다니는 권
　　　　 진승勸進僧이오"

　　　　　　　　　　　　　　　　　　　　　　　　　　　　　(WIPE)

7 아타카安宅의 관문

　　　　　 바람을 품은 휘장.

　　　　　 거기엔 도가시 가문의 문장.

말뚝, 가시나무 울타리.

병졸들의 즐비한 창.

병영구조의 관문 안의 뜰에서, 벤케이를 선두로 한 요시쓰네 주종
7인이 의자에 앉은 도가시 사에몬富樫左エ門과 대면하고 있다.

도가시　"본인은 가가加賀 지방의 장원을 관리하는 지토地頭, 도가시富樫 사에
몬노스케左エ門之介 이에나오家直, 연유가 있어 아타카의 관문을 책임
지고 있소"

벤케이　"저희들은 남도 도다이지 건립을 위해 전국을 돌며 권진을 하는……
권진을 할 북륙도北陸道를 향해 지나가는 중입니다"

도가시　"대단히 갸륵한 일이십니다만, 이 새 관문은 야마부시만은 지나갈
수 없소"

벤케이　"이건 예상치 못한 일인 줄 아뢰오……그 연유를 들려주시죠"

도가시, 뒤에 대기하던 가지와라의 사자가 무엇인가 속삭이는 것
을 흘려들으며,

"가마쿠라 요리토모 님과 관계가 악화되신 판관判官 요시쓰네님, 주
종 7인이 가짜 야마부시로 변장하여 이 길을 하향하는 고로 엄히
경호하라는 요리토모 님의 엄명이오"

벤케이　"하하하……그건 대단한 민폐. 연유인즉슨 가짜 야마부시를 막으라
는 명이시지, 진짜 야마부시를 막으라는 명은 설마 아니겠지요"

가지와라의 사자, 초조해져

"쫑알쫑알 말이 많구나……보니 그쪽도 7인"

벤케이　"허둥대지 마시오……확실히 보시오. 우리 일행은 야마부시가 6인"

짐꾼 쪼르르 달려와 사천왕들보다 한 단 아래쪽에 대기하고 있던
요시쓰네의 곁에 툭 앉으며

"헤헤헤……짐꾼이 둘"

굽실굽실 주위에 애교를 떨고

"물러서라"

라고 병졸들에게 혼이 난다.

가지와라의 사자, 기세가 꺾여 안절부절하며,

"본인은 가지와라님의 명을 받들어 여기 있는 이상 어떤 야마부시라
도 한명도 통과시키지 않겠다 …… 아니 뭐가 어찌되었든 수상한 야
마부시이지 않은가. 도가시님 …… 속히 체포하여 포박하십시오"

도가시, 대답하지 않고 물끄러미 벤케이를 바라보고 있다. 병졸
들, 주인의 얼굴과 가지와라의 사신을 번갈아 보며 머뭇머뭇하고
있다.

가지와라의 사자, 화를 내며,

"에이, 뭘 꾸물거리고 있는 게냐. 가지와라님의 명, 아니 요리토모
님이 명이시다 …… 야마부시 한둘쯤 베어버려도 문제없다"

병졸들, 나열을 지어 벤케이 일행을 향해 몹시 위협적으로 창을
들고 한 발짝 한 발짝 다가간다.

벤케이   "하, 하, 이것은 또 생각지도 못한 일이 아닌가. 부처님을 섬기는
자를 이유도 없이 없애버려도 문제없다니, 언어도단 …… 이 이상 다
퉈도 소용없다 …… 순순히 포박을 당하도록 하겠다"

라고, 사천왕들 쪽으로 돌아보며,

"여러분"

하고 조용히 손짓하며 부른다.

싸울 듯 씩씩거리며 모인 사천왕들.

벤케이, 그들을 눈으로 제압하며,

"그러면, 마지막 기도를 올립시다"

라고, 하늘을 향해 힘찬 기세로 염주를 멈추고,

"명왕이여 굽어 살피소서 …… 구마노권현態野權現도 즉시 벌을 내려
주시옵소서"

라며, 짐꾼은 물론, 병졸부터 가지와라의 사자에 이르기까지 벌벌
떨 정도로 큰 목소리로,

"唵阿毘羅吽欠(산스크리트어 avira hūm. kham의 음사, 대일여래라는
뜻, 역자주)"

라며, 결인結印을 하며 주문을 왼다.

잠시 동안 벤케이도 사천왕도 돌이 된 것처럼 움직이지 않는다.

계속 그 모습을 응시하고 있던 도가시.

기도를 끝낸 벤케이, 조용히 돌아보며,

"그러면…… 먼저, 나를 포박하라"

라고, 털썩 앉아 눈을 번뜩이며 주변을 곁눈으로 노려본다.

병졸들은 물론, 가지와라의 사자도 기에 압도되어 다가가지 못한다.

그때 지금까지 몸을 움직이지 않았던 도가시가 조용히 입을 연다.

"참으로 갸륵한 각오이시오"

라고 딱 벤케이의 눈을 바라본 채,

"이 정도의 각오, 가짜 야마부시에게는 무리라고 생각하오……"

긴장하고 있던 짐꾼, 안심한다.

도가시   "…… 헌데…… 하지만……"

짐꾼, 또 긴장한다.

도가시   "…… 아까 듣기로는, 남도 도다이지의 권진이라 하신 바…… 거짓이 아니면 권진장을 소지하고 있을 터……"

짐꾼, 걱정스럽게 벤케이를 본다. 벤케이, 조금도 동요하지 않고,

"그렇소"

짐꾼, 안심한다.

도가시   "허면 한번 들려주시오"

벤케이   "권진장을 낭독하라 하시는가"

라고, 돌아보며,

"짐꾼, 그 궤짝을 가져오거라"

짐꾼, 허둥지둥 요시쓰네의 궤짝을 빼서 가져간다.

벤케이, 느긋하게 그 궤짝을 열어 한 권의 두루마기를 꺼낸다.

두루마기의 밑으로부터 뿔 모양 장식의 투구가 나온다.

짐꾼, 당황해서 뚜껑을 닫고 딴청을 부린다.

벤케이, 침착하게 도가시와 마주하더니, 한번 인사를 하고 조용히 두루마기를 펼친다.

그것을 뒤에서 보고 있던 짐꾼, 움찔하며 눈을 크게 뜬다.

두루마리에는 아무것도 쓰여 있지 않다.

하지만 벤케이는 조용히 읽기 시작한다.

"자, 곰곰이 생각해보니 석가모니, 대은교주大恩敎主의 가을 달은 ……"

멍하니 바라보는 짐꾼.

"열반의 구름에 숨어, 생사장야生死長夜의 기나긴 꿈, 잠을 깨우는 사람도 없구나……"

계속 벤케이를 쳐다보는 도가시.

"여기에 과거에 천황이 계시었으니……"

벤케이도 도가시도 조용히 머리를 숙인다.

"평시 삼보를 믿고 중생을 자애롭게 여기시며 모든 방면에 영몽靈夢을 느끼시어 천하태평, 국토안온을 위해 비로자나불毘盧遮那佛을 건립하셨다"

가지와라의 사자, 슬그머니 일어서서 벤케이의 뒤로 돌아가려고 한다.

짐꾼, 마음을 졸이고 있다.

"그런데, 지난 치승治承 시기에 불에 타 없어졌다. 이러한 영장靈場이 끊김을 한탄하여 슌조보 조겐俊乘房重源, 칙명을 받고, 무상無常의 관문에 눈물을 흘리고 위아래 친족에게 권하여 그 영장을 재건하고자 전국에 권진勸進을 하고자 한다. 아주 작은 재물을 바치더라도 현세에서는 비할 바 없는 즐거움을 누리고 내세에서는 수천의 연화 위에 앉을 것이다"

가지와라의 사자, 상반신과 목을 뻗어 몰래 권진장을 훔쳐보려고 한다. 그때 허를 찌르는 듯, 갑자기 벤케이의 목소리가 벼락처럼 울려 퍼진다.

"귀명계수歸命稽首 …… 이상이옵니다"

위협하는 듯한 벤케이의 눈빛이 가지와라의 사자의 간을 꿰뚫는다.

가지와라의 사자, 비틀비틀 휘청거리며 벼락을 맞은 듯이 움츠러

든다.

벤케이는 그것에는 눈도 주지 않고 조용히 두루마리를 말고 있다.

도가시, 일어선다.

부끄러워하며 물러나는 가지와라의 사자를 힐끗 바라보고는 쓱 앞으로 나서고는,

"확실히 권진장을 삼가 들었소. 이제 의심은 없소…… 헌데 이참에 묻겠소…… 세상에 불도의 모습은 가지각색이지만 야마부시의 복장 만큼 위엄이 있는 것도 없소. 머리에는 두건, 손에는 금강장, 허리에 는 검, 불문에 몸을 담는 자라고 이해하기 어렵소…… 먼저 각각의 의미를 듣고 싶소"

벤케이 "하하…… 그것은 지극히 당연한 일…… 수험의 길이 다르면 자연히 그 차림새도 다른 것이 도리…… 즉, 야마부시의 수험의 법도란…… 태장胎藏, 금강金剛의 양부를 근본으로 해서, 험한 산과 험한 길을 다니며…… 악수惡獸, 독사毒蛇를 퇴치하여 현세애민의 자민慈愍을 행하고, 혹은 난행고행의 공덕을 쌓아, 악령망혼惡靈亡魂을 성불득탈 成佛得脫시키고, 일월청비日月晴悲의 덕을 쌓아 천하태평의 기도를 행 한다…… 따라서…… 안으로는 인욕자비忍辱慈悲의 덕, 밖으로는 항 마降魔의 상"

도가시 "머리에 둘러싼 두건의 의미는"

벤케이 "두건은 무사의 투구, 이 삼베옷은 갑옷의 의미입니다"

도가시 "금강장이란"

벤케이 "천축의 단특산檀特山의 신인, 아라라 선인이 갖고 계신 영장靈杖이시 라. 태장금강의 공덕을 담아서 대지를 짚고 발을 디디면 악귀와 외도 外道를 제압 하나라.

도가시 "허리의 검은"

벤케이 "아미타의 이검利劍"

도가시 "그러나…… 형체가 있는 것은 벨 수가 있지만…… 무형의 악령, 요 마는 무엇으로 베는가?"

벤케이 "9자의 진언을 사용해 절단하느니"

도가시   "9자의 진언이란?"
　　　　 "9자"
　　　　　 라고, 큰 소리로 받아서는,
　　　　 "9자의 진언을 아뢰면, 이른바, 임臨, 병兵, 투鬪, 자者, 개皆, 진陳, 열列,
　　　　 재在, 전前의 9자이니라. 이 9자를 주문을 외울 때는 바르게 서서"
　　　　　 하고, 힘차게 일 보 전진하고는,
　　　　 "치아를 36번 부딪히고"
　　　　　 라고, 인왕과 같이 왁~하고 입을 벌려 불꽃을 내뿜으려는 사이
　　　　　 …… 벤케이, 획하고 뒤로 물러나,
　　　　 "오른쪽 엄지손가락을 가지고 우선, 종으로 4번, 횡으로 5번을 긋는다"
　　　　　 라며, 염주를 쥔 오른손으로 도가시의 눈앞의 공간을 종횡으로
　　　　　 흔들어 긋고는,
　　　　 "이때 빠르게 여율령如律令의 주문을 외고, 9자를 사용하면 모든 악마
　　　　 와 외도, 무명의 악귀도 해탈할 것이라"
　　　　　 라며, 도가시의 옆으로 바짝 다가가서 얼굴과 얼굴이 부딪힐 정도
　　　　　 로 해서 가만히 그 눈을 바라본다.
　　　　　 —— 사이 ——
　　　　　 이윽고 도가시가 빙긋 웃는다.
　　　　　 벤케이는 조금 고개를 숙이고 조용히 원래의 자리로 돌아가,
　　　　 "수험도修驗道에 관해 의문이 있으시면 무엇이든 대답하겠소"
　　　　 "아니, 이제 의문 따위 없소이다…… 또 지금까지의 대답으로 보아
　　　　 유명하신 고승이라 사료되오…… 이 정도의 지식을 의심한 것은 도
　　　　 가시 사에몬의 일생일대의 실수라 생각하오. 사죄의 뜻으로 본인,
　　　　 간진의 시주가 되고자 하오"
벤케이   "참으로 감사한 일일지니, 현세와 미래의 안락, 의심의 여지가 없으
　　　　 리오"
도가시   "여봐라. 공양물을 준비하거라"
벤케이   "아니 …… 우리들은 북륙도에서 권진활동을 하고 음력 2월 …… 중
　　　　 순경에는 다시 이 관문을 통과하게 되오 …… 그때까지 권진 공양물

을 맡아주시면 하오……"

도가시   "알겠습니다"

　　　벤케이, 주위를 여유 있게 둘러보고는,

"하하하……생각지도 못한 일에 시간을 소비했구나……그럼, 이만
……"

　　　도가시와 벤케이, 가만히 서로 바라본 채로 고개를 숙인다.

　　　이윽고 벤케이 일어서서,

"모두들"

하고, 사천왕들을 재촉하고는 병졸들의 울타리 속을 걷기 시작한
다.

　　　남자목소리 ♬　어서어서 일어나서

　　　　　　　　　　가래나무 활을 사용하고자 하는

　　　　　　　　　　용솟는 투쟁심을 다잡고

　　　합창 ♬　　　호랑이 꼬리를 밟고, 독사의 입을 벗어나는 심정

　　　　　　　　　(반복)

　　　　　　　　　호랑이 꼬리를 밟고, 호랑이 꼬리를 밟고

　　　　　　　　　독사의 입을 벗어나는 심정

　　　　　　　　　벗어나는 심정

　　　짐꾼, 안절부절못하며 요시쓰네에게 궤짝을 지게하고는, 주위에
굽실굽실 머리를 조아리며, 제일 뒤에서 따라간다.

　　　병졸들의 숲을 헤쳐 나아가는 벤케이 일행.

　　　요시쓰네의 모습을 숨기려는 듯이, 그 곁을 여기서 비틀비틀, 저기
서 조르르, 어지럽게 움직이며

"헤헤헤헤"

　　　하며, 병졸들에게 연신 애교를 부리며 가는 짐꾼.

"그 짐꾼 멈춰라"

　　　갑자기, 가지와라의 사자가 외친다.

"그 짐꾼을 잡아라"

　　　짐꾼, 갑자기 올려다봐야 될 정도로 큰 병졸에게 들어 올려져 공중

에서 다리를 버둥거린다.

가지와라의 사자, 급히 칼을 손에 들고 달려오면서,

"그 녀석이 아니다⋯⋯그 삿갓 쓴 녀석"

갑자기 버려져 개구리처럼 납작해진 짐꾼.

여기저기서 요시쓰네를 향해 쇄도하는 병졸들.

칼을 뽑을 준비를 하며 병졸들과 대치하는 사천왕들.

기세 좋게 그 중심에 벤케이가 뚫고 들어온다.

"무슨 일이오"

가지와라의 사자, 압도당해,

"아니⋯⋯그 짐꾼⋯⋯조금 누군가와 닮았소"

벤케이   "하하, 사람이 사람과 닮은 것은 흔한 일이건만"

사자   "아니⋯⋯판관님과 닮았다고 말하는 것이오"

"뭐라⋯⋯이 짐꾼 놈이 판관님과"

하며, 벤케이, 갑자기 가까이 걸어가서는 요시쓰네의 목덜미를
잡아 꿇어앉히고는,

"이 쓸모없는 놈⋯⋯겨우 이만한 궤짝에 비실비실 비틀거리며 걸으
니까 의심을 받는 거다⋯⋯아니, 네놈의 다리가 약해서 가는 길도
늦어지고, 생각지도 못한 귀찮은 일까지 일어난다⋯⋯에이⋯⋯더
이상 참을 수 없다⋯⋯거기서 움직이지 마라"

하며, 벤케이, 벌떡 일어나서는 금강장을 치켜올려 요시쓰네를
혹독하게 때린다.

짐꾼, 깜짝 놀라서,

"우와⋯⋯이럴 수가⋯⋯이, 이건, 말도 안 돼"

하며, 벤케이에 매달려서는 엉엉 울어댄다.

벤케이, 이때다 싶어 금강장을 거두고서는,

"이제 깨달았느냐? 뻔뻔스러운 놈⋯⋯명심했으면 어서 걸어가라"

하며, 몸을 한 발짝 움직여 요시쓰네에게 길을 터준다.

그 요시쓰네의 궤짝에 가지와라의 사자가 손을 대며,

"기다려라, 짐꾼⋯⋯보면 볼수록, 판관님과 똑 닮았다⋯⋯"

하고, 획 끌어당긴다.

벤케이, 그 손을 염주로 확하고 걷어치우고,

"글쎄…… 궤짝을 노리다니, 도적인가?"

가지와라의 사자 "뭐라?"

벤케이 "처음부터 생트집을 부린 것도 이 때문이었군…… 관문 관리라니 가소롭구나"

가지와라의 사자, 칼집에 손을 대고,

"닥쳐라"

벤케이 "하하…… 도적이 당당하다는 말이 이런 것을 말하는군…… 조심해라, 모두"

사천왕들 칼집에 손을 대고 요시쓰네를 둘러싸고 선다.

벤케이도 금강장을 어깨에 걸치고 인왕처럼 떡하니 막아서며 눈을 크게 부라린다.

그 위세에 꽁무니가 빠지게 달아나는 가지와라의 사자.

전열이 흩어져 무너지는 병졸들의 즐비한 창의 벽.

전열이 흩어져 두 개로 갈라진 창의 벽 끝으로 묵묵히 팔짱을 끼고 있는 도가시 사에몬이 보인다.

그 도가시의 얼굴.

눈이 반짝 빛난다.

쉰 목소리로,

"만약 그 짐꾼이 판관님이라면 지팡이로 맞는 일은 절대로 있을 수 없다"

가지와라의 사자 "하지만, 도가시님"

도가시 "아니, 자신의 주군을 지팡이로 때리는 가신이 있을 리 없다……"

하며, 일어서서 벤케이를 조용히 응시하고는,

"…… 통과해라"

가지와라의 사자 "도가시님"

도가시, 그것을 흘깃 보기만 하고,

"아타카의 관문은 나 도가시 사에몬이 지휘한다"

라고, 조용히 몸을 돌리더니 단호한 뒷모습을 보이며 묵묵히 병영
兵營의 계단을 올라간다.

(WIPE)

8 산길(6)

급히 내려오는 야마부시 일행.

(O·L)

9 산길(7)

마찬가지.

(O·L)

10 산길(8)

마찬가지.

(O·L)

11 산길(9)

짐꾼, 다 내려와 주저앉으며 한숨을 쉰다.

"이런, 이런······ 이쯤 왔으면, 이제 괜찮을 거외다"

히타치보, 숨을 헐떡이며 털썩 주저앉아 손바닥으로 얼굴을 한번
스윽 닦아내고는,

"음, 하하하······ 그나저나 가타오카······ 무사시가 갑자기 금강장을
휘두를 때는 놀랬네"

가타오카 "하하하······ 무사시보가 아니었다면 생각지도 못할 임기응변이었
지"

"아······ 그렇군"

하고 짐꾼, 무릎을 치면서,

"저는 또······ 정신이라도 나간 게 아닌가 했습지요"

라며 자신의 머리를 한 대 쥐어박으며,

"이런······ 등신 보세"

"하하하하"

"하하하하"

그 웃음소리 속에서, 벤케이가 갑자기 뚝뚝 눈물을 흘린다.

놀라는 일동.

벤케이, 마치 무너져 쓰러지듯이 요시쓰네의 앞에 무릎을 꿇는다.

한동안 머리를 떨군 채, 부들부들 떨며 차마 말을 잇지 못한다.

고통스러운 듯이 목소리를 짜내며,

"황송합니다 …… 계략이라고는 하지만 ……"

라고 말하며 또다시 말을 못 잇는다.

요시쓰네, 그러한 벤케이에게 다가서며

"벤케이, 손을 이리 주게"

벤케이, 더욱 고개 숙이며

"이 죄는 …… 이 팔로 속죄하겠습니다"

요시쓰네, 그 손을 잡으며

"아니오. 나를 때린 것이 이 손이라고는 생각지 않소. 하늘의 가호, 하치만신八幡神의 손이 나를 지켜주신 것이오. 고맙게 생각하네, 벤케이"

벤케이, 부들부들 떨면서 고개를 든다.

굵은 눈물이 그 우락부락한 얼굴을 타고 흐른다.

요시쓰네, 얼굴을 돌리는 듯이 하며

"보게나. 무사시보가 울고 있소 …… 하하 …… 벤케이가 울고 있소"

짐꾼, 덩달아 울며

"빌어먹을 …… 이런 상냥한 장군님한테 이런 고생을 끼치게 하는 건 어디의 누구란 말이냐 …… 젠장 …… 가마쿠라 요리토모 님도 별 볼일 없단 말이다"

라며 발을 동동 구르며 과장스러운 몸짓을 보이고,

"아차, 일 났네"

하고, 황급히 입을 틀어막는다.

관문의 병사들 몇 명이 빠른 걸음으로 온다.

벤케이 일행, 술렁거린다.

병졸들, 벤케이 일행을 발견하자, 정중하게 인사하며,

"도가시 사에몬노스케의 가신, 주군의 명을 받아 변변치 못한 술이지만 가지고 왔습니다"

　　라고 손에 손에 들고 온 술과 안주 여러 가지를 내밀고,

"큰 실례를 한 것에 대한 마음이라 하셨습니다"

　　벤케이, 긴장을 푼 듯 웃으며

"이런, 송구스럽게도"

　　라며, 우선 제일 작은 잔을 집어 든다.

　　병졸, 술을 따른다.

　　남자목소리 ♫　정말로 알겠구나

　　　　　　　　사람의 인정의 술잔을

　　　　　　　　북륙도로 가는 여정 끝에 얻었네

　　　　　　　　기쁘도다

　　　　　　　　사람의 인정의 이 술잔

　　짐꾼, 말석에서 목을 빼고 혀로 입술을 핥고 있다.

　　잔을 기울이는 벤케이.

　　벤케이, 제일 큰 잔을 기울이고 있다.

　　말석에는 짐꾼이 작은 잔을 기울이고 있다.

　　　　　　　　　　　　　　　　　　　　　　　(O·L)

　　제일 큰 잔에 벌컥벌컥 마시고 있는 짐꾼.

　　벤케이는, 작은 상자 뚜껑에 마시고 있다.

　　기가 막혀하는 병졸들.

　　술기가 올라 온 벤케이, 훅하고 뜨거운 숨을 내쉬고

"누군가…… 춤추지 않겠는가…… 이봐…… 거기 짐꾼"

짐꾼　　"네~"

벤케이　　"주흥을 돋우기 위해…… 뭔가 춰 보거라"

짐꾼　　"예…… 예"

　　하며, 일어서서

　　♫　만세까지 장수하시기를

　　　　만세까지 장수하시기를

　　　　큰 바위 위에

만년이나 산다는 거북이 살고 있나니

　　에헤야데야

하며, 미친 듯이 춤을 추고 넘어진다.

"하하하하"

　　포복절도하는 병졸들.

　　벤케이도 크게 웃으며,

"자……나도 한판 추고 물러가겠다"

하며 일어서서, 낭랑한 목소리로 한껏 부르며, 춤추기 시작한다.

♬　울리는 것은 폭포 소리

　　울리는 것은 폭포 소리

　　해가 내리쪼여도

　　끊이지 않네 에헤디야

　　끊이지 않네 에헤디야

(O·L)

12 산속

휘파람새가 또 울기 시작한다.

13 산길(10)

짐꾼, 대자로 자고 있다.

이윽고 재채기를 한번 하고 잠에서 깬다.

멍하니 둘러본다.

아무도 없다.

놀라서 일어나, 손을 이마에 대고 산길을 내려다본다.

멀리 떠나가는 벤케이 일행의 모습.

짐꾼, 홱 달리기 시작한다.

엉터리 도비롯포飛六步(가부키『권진장』의 마지막 장면으로 한쪽
손을 크게 흔들면서, 힘 있게 하나미치花道를 달려 나가는 행동.
역자주) 잘 부탁드립니다……

제5장

《아타카》 원문

安宅

본문은 岩波文庫「謠曲撰集」(野上豊一郎校訂1935年5月15日刊)이다.

安宅(現在物) 觀世小次郎信光 作

シテ方　觀世流

ワキ方　下掛寶生流

狂言方　大藏流

登場人物

ワキ(富樫)——梨子打鳥帽子、白鉢卷。直垂上下、着附・厚板、込大口。
小刀、扇。

アヒ(太刀持)——狂言上下、腰帶。扇。太刀を持つ。

子方(判官)——兜巾。水衣、着附・厚板、白大口、腰帶。篠懸(すずかけ)。
小刀、扇。　物着で笈、笠、杖。

シテ(弁慶)——兜巾。縞水衣、着附・厚板、白大口または紺大口、腰帶。篠
懸。小刀、扇。イラタカの數珠。

シテヅレ(同勢の山伏)六人乃至十人——兜巾、水衣、着附・厚板、白大口、

腰帶。篠懸。小刀、扇。イラタカの數珠。

アヒ(强力)——兜巾、狂言袴、脚絆。篠懸。笈、笠、杖。

場面　　加賀・安宅の湊

季節　　早春。

囃子方(笛・小・大)、地謠、着座。

第一場　加賀・安宅の湊

一

　　　ワキ(富樫)、アヒ(太刀持)を從えて登場。

ワキ(名乘)　これは加賀の國安宅の湊に、富樫の何某(なにがし)に
て候。さても賴朝義經御仲不和にならせ給うに依り、判
官殿は十二人の作山伏となって、奥へ御下向の由、賴朝
きこしめし及ばれ、國國に新關を据え、山伏を堅く選み
申せとの事にて候。さる間この所をば、某(それがし)うけ
たまわって、山伏を止め申し候。今日も堅く申し付けば
やと存じ候。

二

ワキ　　　いかに誰かある。

アヒ　　　御前に候。

ワキ　　　今日も山伏の御通りあらば、こなたへ申し候へ。

アヒ 　　畏って候。

　　　　　ワキはワキ座に行き、床几に掛ける。

三

アヒ 　　皆皆承り候へ。賴朝義經御仲不和にならせ給うにより、
　　　　判官殿は十二人の作山伏となって、秀衡を御賴みあり、
　　　　奧へ御下向の由、賴朝きこしめし及ばれ、國國へ新關を
　　　　据え、山伏を堅く選み申せとの御事にて候。今日も山伏
　　　　たちの御通りあらば、こなたへ申し候へ。その分心得候
　　　　へ、心得候へ。(ワキの次の座に着く。)

第二場

一

　　　　　次第の囃子で、子方・シテ・シテヅレ・アヒ(强力)登
　　　　　場。舞台に二列にならんで立ち、向い合って。

シテヅレ(次第)　旅の衣は篠懸の、旅の衣は、篠懸の露けき袖やし
　　　　をるらん。

强力 　　おれが衣は篠懸の、破れて事や欠きぬらん。

シテヅレ(サシ)　鴻門楯(こおもんたて)破れ都の外の旅衣、日もは
　　　　るばるの越路(こしぢ)の末、思いやるこそ遙かなれ。

シテ 　　さて御供の人人には、

ツレ 　　伊勢の三郎駿河の次郎、片岡增尾常陸坊、

シテ　　弁慶は先達の姿となりて

シテヅレ　主従以上十二人、未だ習わぬ旅姿、袖の篠懸露霜を、
　　　　今日分けそめていつまでの、限りもいさや、白雪の、越路
　　　　の春に急ぐなり。

　　　　（道行）　時しも頃は如月の、時しも頃は如月の、きさらぎ
　　　　の十日の夜月の都を立ち出でて、これやこの、行くも歸る
　　　　も別れては、行くも歸るも別れては、知るも知らぬも、逢
　　　　坂の山隠す、霞ぞ春は、怨めしき霞ぞ春は怨めしき。波
　　　　路遙かに行く舟の、波路遙かに行く舟の、海津の浦に着
　　　　きにけり。東雲（しののめ）早く明け行けば淺茅（あさぢ）色
　　　　づく有乳山（あらちやま）。氣比（けい）の海、宮居久しき神
　　　　垣や、松の木目山、なお行くさきに見えたるは、杣山人
　　　　（そまやまびと）の板取、河瀬の水の麻生津や、末は三國の
　　　　湊なる蘆の篠原波寄せて、靡く嵐の烈しきは、花の安宅
　　　　に着きにけり花の安宅に着きにけり。

シテ（ツキセリフ）　御急ぎ候ほどに、これは早安宅の湊に御着きに
　　　　て候。暫くこの所に御休みあらうずるにて候。

　　　　　子方、ツレ着座。シテは舞台中央に下にいる。

二

子方　　いかに弁慶。

シテ　　御前に候。

子方　　唯今旅人の申して通りつる事を聞いてあるか。

シテ	いや何とも承らず候。
子方	安宅の湊に新關(しんせき)を立てて、山伏をかたく選むと こそ申しつれ。
シテ	言語道斷の御事にて候ものかな。さては御下向を存じて立 てたる關と存じ候。これはゆゆしき御大事にて候。先づこ のかたわらにて暫く御談合あらうずるにて候。これは一 大事の御事にて候間、皆皆心中の通りを御意見御申しあ らうずるにて候。
ツレの一	我等が心中には、何程の事の候べき、ただ打破って御通 りありかしと存じ候。
シテ	暫く。仰せの如くこの關一所打破って御通りあらうずるは 易きことにて候へども、御出で候はんずる行末が御大事に て候。ただ何ともして無異の儀が然るべからうずると存じ 候。
子方	ともかくも弁慶計らい候へ。
シテ	畏って候。某きっと案じ出だしたる事の候。我等を初め て皆皆につくい山伏にて候が、何と申しても御姿隱れ御座 無く候間、このままにてはいかがと存じ候。恐れ多き申し 事にて候へども、御篠懸を除けられ、あの强力が負ひたる 笈をそと御肩に置かれ、御笠を深深と召され、いかにも くたびれたる御體にて、我等より後に引き下って御通り候 はば、なかなか人は思いもより申すまじきと存じ候。
子方	げにこれは尤もにて候。さらば篠懸を取り候へ。

シテ　　畏って候

三

シテ　　いかに強力。

強力　　御前に候。

シテ　　笈を持ちて來り候へ。

強力　　畏って候。

シテ　　汝が笈を御肩に置かるる事は、なんぼう冥加もなき事に
　　　　てはなきか。

強力　　げにげに冥加もなき事にて候。

シテ　　先づ汝は先へ行き關の樣體を見て、まことに山伏を選む
　　　　か、また左樣にもなきかねんごろに見て來り候へ。

強力　　心得申して候。

四

強力　　さてもさても一大事を仰せつけられて候。急いで關の樣體
　　　　を見て參ろう。見咎められてはなるまい。兜巾を取って參
　　　　ろう。(橋掛一の松へ行き舞台先を見て)さてもさても夥
　　　　(おびただ)しいことかな。櫓垣楯(ろかいだて)をあげ、逆
　　　　茂木(さかもぎ)を引き、鳥も通はぬていにて候。またあの
　　　　木の下に黒いものが二つ三つ見ゆる。あれは何ぢや。山伏
　　　　のここぢや(首に手をあて)というか。あら痛わしや一首連

ねて参ろう。「山伏は貝吹いてこそ逃げにけれ、誰追いか
けて阿毘羅吽欠(あびらうんけん)」(九字を切る)阿毘羅吽
欠。急いでこの由申さう。

五

強力　いかに申し上げ候。關の樣體を見申して候へば、櫓垣楯
をあげ、逆茂木を引き、鳥も通はぬていにて候。又木の下
に黑いものが二つ三つ御座ある間、何ぞと尋ねて候へば、
山伏のここぢやと申すによって痛はしう存じ、一首連ねて
候。

シテ　それは何と連ねてあるぞ。

強力　「山伏は貝吹いてこそ逃げにけれ、誰追いかけて阿毘羅吽欠」
と連ねて候。

シテ　汝は小ざかしきものにて候。やがて御後より來り候へ。

強力　畏って候。

六

シテ　さらば御立ちあらうずるにて候。
　　　げにや紅は園生(そのお)に植えても隱れなし。

同山　強力にはよも目をかけじと、御篠懸を脱ぎ替えて、麻の衣
を御身に纏い、

シテ　あの強力が負ひたる笈を、

同山　笈の上には雨皮肩箱とりつけて、

子方　　綾菅笠(あやすげかさ)にて顔を隠し、

同山　　金剛杖にすがり、

子方　　足痛げなる強力にて

地　　　よろよろとして歩み給う御有様ぞ痛わしき。

シテ　　我等より後に引下って御出であらうずるにて候。さらば皆

　　　　皆通り候へ。

同山の一　承り候。

　　　　　シテ・ツレ一同橋掛へ行き、子方は後見座にくつろ
　　　　　ぐ。シテ・ツレ一同は幕際から廻って、シテは舞台に
　　　　　入り、ツレ一同は橋掛に列び、舞台の方を向いて立っ
　　　　　ている。關にかかろうとする所である。

第三場　安宅

一

太刀持　いかに申し候。山伏たちの大勢御通りにて候。

ワキ　　心得てある。

二

ワキ　　いかに山伏たち、これは關にて候。

シテ	承り候。これは南都東大寺建立の爲に、國國へ客僧を遣わされ候。北陸道をばこの客僧承って罷(まか)り通り候。先づ勤めに御入り候へ。
ワキ	勤めにも入り候べしさりながら、これは山伏たちに限って、とめ申す關にて候。
シテ	さてその謂れは候。
ワキ	さん候。賴朝義經御仲不和にならせ給うにより、判官殿は十二人の作り山伏となって、奧秀衡を賴み御下向のよし、賴朝きこしめし及ばれ、國國に新關を据え、山伏を堅く選み申せとの御事にて候。さる間この所をば、某承って、山伏をとめ申し候。ことにこれは大勢御座候間、一人も通し申すまじく候。
シテ	委細承り候。それは作り山伏をこそとめよと仰せ出だされ候ひつらめ。よもまことの山伏をとめよとは仰せられ候まじ。
太刀持	用のかはなおしやつそ。昨日も三人斬ってかけて候。
シテ	さてその斬ったる山伏は判官殿か。
ワキ	いや、とかうの問答は無益。一人も通すまじく候。
シテ	さては我等をもこれにて誅せられ候はんずるな。
ワキ	なかなかの事。
シテ	言語道斷。かかる不祥なる所へ來かかって候ものかな。この上は力及ばぬ事、さらば最期の勤めを始めて、尋常に誅せられうずるにて候。

　　　　　　皆皆近うわたり候へ。

ツレ　　　承り候。(ツレの同山舞台に入り安座する。)

シテ　　　いでいで最期の勤めを始めん。それ山伏といっぱ、役の優

　　　　　婆塞(うばそく)の行儀を受け、

同山　　　その身は不動明王の尊容をかたどり、

シテ　　　兜巾(ときん)といっぱ五智の寶冠なり。

同山　　　十二因縁の襞(ひだ)をすえて戴き、

シテ　　　九會曼荼羅(くえまんだら)の柿の篠懸、

同山　　　胎藏黑色の脛衣(はばき)をはき、

シテ　　　さてまた八目の藁履(わらんづ)は、

同山　　　八葉の蓮華を踏まえたり。

シテ　　　出で入る息に阿吽(あうん)の二字を稱え(となえ)、

同山　　　卽身卽佛の山伏を、

シテ　　　ここにて討ちとめ給わん事、

同山　　　明王の照覽計り難う、

シテ　　　熊野權現(ゆやごんげん)の御罰を當たらん事、

同山　　　立ちどころに於いて、

シテ　　　疑いあるべからず。

地　　　　おんな阿毘羅吽欠(うんけん)と數珠さらさらと押しもめ

　　　　　ば。

ワキ　　　近頃殊勝に候。また先に承り候は、南都東大寺大佛供養

　　　　　と仰せ候程に、定めて勸進帳の御座無き事は候まじ。勸

　　　　　進帳を遊ばされ候へ。これにて聽聞申そうずるにて候。

シテ　何と勸進帳を讀めと候や。

ワキ　なかなかの事。

シテ　心得申して候。

　　　シテ後見座に行き、卷物を受け取ってワキの前に戻る。

シテ　もとより勸進帳はあらばこそ。笈の中より往來の卷物一卷取り出だし、勸進帳と名づけつつ、高らかにこそ讀み上げけれ。それつらつら惟(おもんみ)れば大恩敎主の秋の月は、涅槃(ねはん)の雲に隱れ生死長夜の長き夢、驚かすべき人もなし。ここに中頃帝(みど)おわします。御名をば聖武皇帝と、名づけ奉り最愛の夫人に別れ、戀慕やみ難く、涕泣眼(ていきゅうまなこ)に荒く、涙玉を貫く思いを、善途に翻(ひるがえ)して廬遮那佛(るしゃなぶつ)を建立す。かほどの靈場の、絕えなんことを悲しみて、俊乘坊重源(しゅんじょうぼうちょうげん)、諸國を勸進す。一紙半錢の、奉財の、輩(ともがら)は、この世にては無比の樂に誇り當來にては、數千蓮華の上に坐せん。歸命稽首(きみょうけいしゅ)、敬って白(もう)すと天も、響けと讀み上げたり。

ワキ　關の人人肝を消し

地　　恐れをなして、通しけり恐れをなして通しけり。

ワキ　急いで御通り候へ。

シテ　承り候。

太刀持　お通り候へ。

三

　　　　　シテ巻物を後見に渡し、橋掛に行く。ツレ一同跡に續
　　　　　いて橋掛に行く。幕際に、シテ以下順に竝ぶ。子方後
　　　　　見座を立って仕手柱のところに行く。アヒ(太刀持)そ
　　　　　れを見てワキに向い、

太刀持　いかに申し上げ候。判官殿の御通りにて候。

ワキ　　心得てある。

四

ワキ　　いかにこれなる強力とまれとこそとまれとこそ。(子方下
　　　　に坐る。)

同山　　すわわが君を怪しむるは、一期の浮沈極まりぬと、
　　　　　　皆一同に立ち歸る。
　　　　　　立衆一同小刀に手をかけ、ワキの方に向く。シテ兩手
　　　　　　を拡げて制しつつ走りよる。

シテ　　ああ暫く。あわてて事を仕損ずな。(舞台に入り、子方の
　　　　下にいるのを見て、)やあ何とてあの強力は通らぬぞ。

ワキ　　あれはこなたより止めて候。

シテ　　それは何とて御止め候ぞ。

ワキ　　ちと人に似て候間、さて止めて候。

シテ　　何と人が人に似たるとは、珍しからぬ仰せにて候。さて誰

に似て候ぞ。

ワキ　判官殿に似たると申す者の候間、落居の間止めて候。

シテ　や、言語道斷。判官殿に似申したる強力めは一期の思い出な。腹立ちや日高くは、能登の國まで指そうずると思いつるに、僅かの笈負って後にさがればこそ人も怪しむれ。總じてこの程、憎し憎しと思いつるに、いでもの見せてくれんとて、金剛杖をおっ取ってさんざんに打擲(ちょうちゃく)す通れとこそ。

　　　シテ子方の笠の緣を二度程打ち、杖で押しやる。

太刀持　打ったりとも通すまじいぞ。

ワキ　何と陳じ給うとも、一人も通すまじく候。

　　　子方立って駈け行くのをワキ二足三足追う。

シテ　や、笠に目をかけ給うは、盜人ぞうな。(子方後見座にくつろぐ。立衆一同舞臺に走り入ってシテの後に詰めよせる。)

同山　方方は何故に、方方は何故に、かほど賤(いや)しき強力に、太刀刀拔き給うはめだれ顔の振舞は、臆病の至りかと、十一人の山伏は、打刀拔きかけて、勇みかかれる有樣は、いかなる天魔鬼神も、恐れつべうぞ見えたる。

ワキ　近頃聊爾(りょうじ)を申して候急いで御通り候へ。

アヒ　急いでお通りやれお通りやれ。

　　　ワキ大小の後方にくつろぐ、アヒ(太刀持)從う。

第四場

安宅の關を越えた或る場所

一

立衆一同地謠の前から囃子方の前かけて立ち竝ぶ。
子方は笈と笠を取り、兜巾、篠懸を身につけて、脇座
に行く。

シテ　さきの關をば早や拔群に程隔たりて候間、この所に暫く御
休みあらうずるにて候。皆皆近う御參り候へ。

一同下にいる。

二

シテ、子方の前に出る。

シテ　いかに申し上げ候。さても唯今はあまりに難儀に候ひし程
に、不思議の働を仕り候事、これと申すに君の御運、盡
きさせ給うにより、今弁慶が杖にも當たらせ給うと思え
ば、いよいよ淺ましうこそ候へ。

子方　さては惡しくも心得ぬと存ず。いかに弁慶、さても唯今の
機轉更に凡慮よりなす業にあらず。ただ天の御加護とこそ
思え。
關の者どもわれを怪しめ、生涯限りありつるところに、と
かくの是非をば問答はずして、ただまことの下人の如く、

さんざんに打って助くる、これ弁慶が謀(はかりごと)にあらず八幡の、

地　　　御託宣かと思えば忝(かたじけな)くぞ覺ゆる。

　　　　(クリ)それ世は末世に及ぶといえども、日月は未だ地に墜ち給はず。たとえいかなる方便なりとも、まさしき主君を打つ杖の天罰に、あたらぬ事やあるべき。

子方(サシ)　げにや現在の果を見て過去未來を知るという事、

地　　　今に知られて身の上に、憂き年月の二月(きさらぎ)や、下の十日の今日の難を遁れつるこそ不思議なれ。

子方　　たださながらに十余人、

地　　　夢のさめたる心地して、互いに面を合わせつつ、泣くばかりなる、有様かな。

　　　　(クセ)然るに義經、弓馬の家に生れ來て、命を賴朝に奉り、屍を西海の波に沈め、山野(さんにや)海岸に起き臥し明かす武士(もののふ)の、鎧の袖枕、片敷く隙も波の上、ある時は舟に浮かみ、風波に身を任せ、ある時は山脊(さんせき)の、馬蹄も見えぬ雪の中(うち)に、海少しある夕波の立ちくる音や須磨明石の、とかく三年(みとせ)の程もなく、敵を亡ぼし靡(なび)く世の、その忠勤も徒(いたづ)らに、なり果つるこの身のそも何といえる因果ぞ。

子方　　げにや思う事、かなわねばこそ憂き世なれと、

地　　　知れどもさすがなお、思い返せば梓弓の、直(すぐ)なる、

人は苦しみて讒臣(ざんしん)は、いやましに世にありて、
遼遠(りょうえん)東南の雲を起こし、西北の雪霜に、責め
られ埋る憂き身を、ことわり給うべきなるにただ世には、
神も佛もましまさぬかや怨めしの憂き世やあら怨めしの憂
き世や。

三

　　　　　ワキ、アヒ(太刀持)橋掛へ出て、上のクセの謡がすむ
　　　　　と、

ワキ　　いかに誰かある。

太刀持　御前に候。

ワキ　　さきの山伏たちはいか程御出であるべきぞ。

太刀持　早や拔群に御出であらうずるにて候。

ワキ　　汝は先へ行き、曩(さき)には余りに聊爾を申して候間、關
　　　　守所(せきもりところ)の酒(しゅ)を持たせ、これまで参り
　　　　たる由申し留め候へ。

太刀持　畏って候。

四

太刀持(正面向いて)　早や拔群に御出であろうずるものを。(舞台を
　　　　見て)いやこれに御座候。

五

太刀持(舞台に向い)　いかに案内申し候。

強力(名乗座に立って)　誰にてわたり候ぞ。

太刀持　これは最前の關守にて候が、最前は聊爾を申して候間、
　　　　所の名酒を持ちてこれまで参りて候。先達へその由御申
　　　　しあって給わり候へ。

強力　　心得申し候。

六

強力　　いかに申し上げ候。最前の關守あまりに聊爾を申して候
　　　　間、所の名酒を持ちて参りたるよし申し候。

シテ　　言語道斷の事。やがて御目にかからうずるにて候。

強力　　畏って候。

七

強力　　そのよし申して候へば、こうこう御通りあれとの御事にて
　　　　候。

太刀持　心得申して候。

八

太刀持(ワキに向い)　こうこう御通りあれとの御事にて候。

ワキ　　心得てある。

　　　　　　太刀持、強力 太鼓座にくつろぐ。子方後見座にくつろぐ。

九

　　　　シテは常座に、ワキは一の松のところに立つ。

ワキ　　先にはあまりに聊爾を申して候間、所の酒を持たせ、これ
　　　　まで参りて候。一つ聞召され候へ。

シテ　　かう御通り候へ。

ワキ　　心得申し候。（ワキ脇座につく。）

一〇

シテ(一の松に出て)　げにげにこれも心得たり。人の情の盃に、受け
　　　　て心を取らんとや、これにつきてもなおなお人に、（立衆
　　　　に向い）心なくれそ呉織（くれはとり）。

地　　　怪しめらるな面面と、弁慶に諫められて、この山陰の一宿
　　　　りに、さらりと円居（まとい）して、所も山路の菊の酒を飲
　　　　まうよ。（シテ常座に下にいる。）

シテ　　面白や山水に、

地　　　面白や山水に、盃を浮かめては、流に引かるる曲水の、
　　　　手まづ遮る袖觸れていざや　舞を舞はうよ。もとより弁慶
　　　　は、三塔の遊僧、舞延年の時の若、これなる山水の、落
　　　　ち て巌（いわお）に響くこそ。（シテ立ち上る。）
　　　　　　鳴るは瀧の水。

シテ　　たべ醉いて候程に、先達お酌に参ろうずるにて候。（ワキ
　　　　に扇で酌をする。）

ワキ(受けて)　いかに先達一さし御舞い候へ。

地　　　　鳴るは瀧の水。

　　　　　　──シテの男舞。

シテ　　　鳴るは瀧の水。

地　　　　日は照るとも、絶えずとうたり、絶えずとうたりとくとく
　　　　　立てや、(子方立衆一同立つ。)手束弓の、心許すな關守
　　　　　の人人、暇(いとま)申してさらばよとて、笈をおつ取り、
　　　　　肩に打ちかけ、虎の尾を踏み毒蛇の口を、(子方・立衆、
　　　　　幕に入る、アヒ強力從う。)遁れたる心地して、陸奥の國
　　　　　へぞ、下りける。(留拍子。)

　　　　　シテ退場。次にワキ、アヒ(太刀持)、退場。地謠、囃
　　　　　子方、續いて退場。

　　　　　　　　　　　　　　　　　　　　　　　　　　了

제6장

《권진장》 원문

勧進帳

凡例

1. 本文は、岩波文庫「勧進帳」（守隨憲治氏校訂1941年1月14日刊）の中の歌舞伎十八番「勧進帳」をデジタル化したものである。

勧進帳

安宅新關の場

長唄囃子連中

役名

武藏坊弁慶	市川海老藏
九郎判官源義經	市川團十郎
富樫左衛門	市川九藏
常陸坊海尊	片岡市藏

伊勢三郎	市川海猿
片岡八郎	市川黑猿
駿河次郎	市川赤猿
番卒兵藤	尾上菊四郎
番卒伴藤	市川箱猿
番卒權藤	山下萬作

本舞台一面の置舞台。向う松の襖。左右若竹の書起し。正面常足の段。毛氈(もうせん)掛けあり。日覆より破風の摺込みの天幕。上の方、切戸口。下の方揚幕。總て本行好みの通り飾りつけよろしく。片シャギリ、柝無しにて幕明く。

ト　　頭取出て、元祖團十郎百九十年の壽として歌舞伎十八番の内中絕したる勸進帳の狂言相勤め候口上、よろしくあって、役人觸を讀み、其爲口上左樣と上手へはいる。此内下手より長唄連中上下にて出て來り、段の上へ居竝ぶこと。笛のあしらいになり、下手より富樫左衛門出て來る。跡より太刀持、番卒甲、乙、丙の三人附添い出て來り、

富樫　　斯樣に候う者は、加賀の國の住人、富樫左衛門にて候。さても賴朝義經御仲不和とならせ給ふにより、判官どの主從、作り山伏となって、陸奧へ下向のよし、鎌倉殿聞し召し及ばれ、國々に斯くの如く新關を立て、山伏を堅く

詮議せよとの嚴命によって、それがし、此の關を相守る。
方々、左様心得てよかろう。

番卒甲　おおせの如く、この程も怪しげなる山伏を捕らえ、梟木
(けふぼく)に掛け竝べ置きましてござる。

番卒乙　われわれ御後に控え、もし山伏と見るならば、御前へ引き
据え申すべし。

番卒丙　修驗者たる者來りなば、卽座に繩かけ、打取るよう

番卒甲　いづれも警固

三人　いたしてござる。

富樫　いしくも各々申されたり。猶も山伏來りなば、謀計(はか
りごと)を以て虜にし、鎌倉殿の御心安んじ申すべし。
方々、きっと番頭仕(つかまつ)れ。

三人　かしこまって候

ト　皆々上の方によろしくすまふと、次第になり、

地謠(以下(地)と表記)旅の衣は篠懸の、旅の衣は篠懸の、露けき袖
やしをるらん。(地)時しも頃は如月の、如月の十日の夜、
月の都を立ち出でて、

ト　三絃入、大小寄せになり、向うより、源義經笈を背負
い、網代笠、金剛杖を持ち出て、花道へとまる。

地　これやこの、行くも歸るも別れては、知るも知らぬも、逢
坂の山隱す霞ぞ春はゆかしける、浪路はるかに行く船の、
海津の浦に着きにけり。

ト	この唄にて向うより、伊勢三郎、片岡八郎、駿河次郎、常陸坊海尊、何れも山伏の拵(こしら)えにて、兜巾篠懸小さ刀、數珠を持ち、中啓を手に出て來り、後より武藏坊弁慶、好みの拵え、數珠を持ち、文句一ぱいに出て、花道にとまる。コイヤイになり
義經	いかに弁慶。道々も申す如く、行く先々に關所あっては、所詮陸奥までは思いもよらず、名もなき者の手にかからんよりはと、覺悟は疾に極めたれど、各々の心もだし難く、弁慶が詞に從い、斯く強力とは姿を替えたり。面々計らう旨ありや。
常陸	さん候。帶せし太刀は何の爲。いつの時にか血を塗らん。君御大事は今この時、
伊勢	一身の臍を固め、關所の番卒切り倒し、關を破って越ゆるべし。
駿河	多年の武恩は、今日唯今。いでや關所を
四人	踏み破らん。
弁慶	ヤアレ暫く、御待ち候へ。これは由々しき御大事にて候。この關一つ踏み破って越えたりとも、又行く先々の新關に、かかる沙汰のある時は、求めて事を破るの道理、たやすくは陸奥へ參り難し。それゆえにこそ、兜巾篠懸を退けられ、笈を御肩に參らせて、君を強力に仕立て候。とにもかくにもそれがしに御任せあって、御痛わしくは候へども、御笠を深々と召され、如何にも草臥れたる體にも

てなし、我々より後に引下がって御通り候はば、なかなか人は思いもより申すまじ。はるか後より御出であらうずるにて候。

義經 とにもかくにも、弁慶よきに計らい候へ。各々違背すべからず。

四人 畏まって候。

弁慶 さらば、方々御通り候へ。

四人 心得申して候。

地 いざ通らんと旅衣、關のこなたに立ちかかる。

ト これにて誂えの鳴物になり、皆々本舞台へ來る。

弁慶 如何にこれなる山伏の、御關を罷り通り候。

ト 番卒三人こなしあって、

番卒甲 ナニ、山伏のこの關へかかりしとや。

富樫 なんと、山伏の御通りあると申すか。心得てある。

ト 立って來り、弁慶に向い、
ナウナウ客僧達、これは關にて候。

弁慶 承り候。これは南都東大寺建立の爲に國々へ客僧を遣わさる。北陸道を此の客僧、承って罷り通り候。

富樫 近頃殊勝には候えども、この新關は山伏たる者に限り、堅く通路なり難し。

弁慶 コハ心得ぬどもかな。して、その趣意は。

富樫 さん候。賴朝義經御仲不和にならせ給ふにより、判官どの主從秀衡を賴み給い、作り山伏となって下向ある由、

　　　　鎌倉殿聞き召し及ばれ、國々へ斯くの如く新關を立てら

　　　　れ、それがし此の關を承る。

番卒甲　山伏を詮議せよとの事にて我々番頭仕る。

番卒乙　殊に見れば、大勢の山伏達

番卒丙　一人も通す事

三人　　罷りならぬ。

弁慶　　委細承り候。そは、作り山伏をこそ留めよとの仰せなるべ

　　　　し。眞の山伏を留めよとの仰せにてはよもあるまじ。

番卒甲　イヤ、昨日も山伏を、三人まで斬りたる上は

番卒乙　たとえ、眞の山伏たりとて、容赦はならぬ。

番卒丙　たって通れば、一命にも

三人　　及ぶべし。

弁慶　　さて、その斬ったる山伏は判官どのか。

富樫　　アラむづかしや、問答無益。一人も通す事

三人　　罷りならぬ。

ト　　　上手へ來り、富樫、葛桶にかかり居る。

弁慶　　言語道斷、かかる不祥のあるべきや。この上は力及ば

　　　　ず。さらば最後の勤めをなし、尋常に誅せられうずるにて

　　　　候。方々近く渡り候へ。

四人　　心得て候。

弁慶　　いでいで、最後の勤めをなさん。

地	それ、山伏といッぱ、役の優婆塞(うばそく)の行儀を受け、卽心卽佛の本體を、爰にて打留め給はん事、明王の照覽はかり難う、熊野權現の御罰あたらん事、立所に於いて疑いあるべからず、唵阿毘羅吽欠(おんあびらうんけつ)と數珠さらさらと押揉んだり。
ト	此うちノットにて、弁慶眞中に、左右へ二人づつ別れ、祈りよろしくある。富樫思入れあって、
富樫	近頃殊勝の御覺悟。先に承り候へば、南都東大寺の勸進と仰せありしが、勸進帳の御所持なき事はよもあらじ。勸進帳を遊ばされ候へ。これにて聽聞仕らん。
弁慶	なんと、勸進帳を讀めと仰せ候な。
富樫	如何にも。
ト	弁慶思入れあって、
弁慶	心得て候。
地	元より勸進帳のあらばこそ、笈の內より往來の卷物一卷取り出だし、勸進帳と名附けつつ、高らかにこそ讀み上げけれ。
ト	笈の內より一卷を出し押し開きそれつらつらおもんみれば
ト	富樫立上り、勸進帳を差覗く。弁慶見せじと正面をむき、きっと思入れ、大恩今日圭の秋の月は、涅槃の雲に隱れ、生死長夜の永き夢、驚かすべき人もなし。爰に中頃帝おはします。御名を聖武皇帝と申し奉る。最愛の夫人に別れ、戀慕の情やみ難く、涕泣眼に荒く、涙玉を貫

　　　　ね乾くいとまなし。故に上求菩提の爲、盧遮那佛を建立
　　　　し給う。然るに、去んじ壽永の頃燒亡し畢(おわ)んぬ。か
　　　　かる靈場の絕えなん事を欺き、俊乘坊重源勅令の蒙っ
　　　　て、無情の觀門に涙を落とし、上下の眞俗を勸めて、か
　　　　の靈場を再建せんと諸國に勸進す。一紙半錢報賽の輩は
　　　　現世にては無比の樂に誇り、當來にては數千蓮華の上に
　　　　坐せん。歸命稽首(きみやうけいしゅ)、敬って白(まお)
　　　　す。

地　　　天も響けと讀みあげたり。

富樫　　いかに候、勸進帳聽聞の上は、疑いはあるべからず、さり
　　　　ながら、事のついでに問い申さん。世に佛徒の姿さまざま
　　　　あり。中にも山伏はいかめしき姿にて、佛門修行は訝し
　　　　し、これにも謂れあるや如何に。

弁慶　　おおその來由いと易し。それ修驗の法といッぱ、所謂胎藏
　　　　金剛の兩部を旨とし、嶮山惡所を踏み開き、世に害をな
　　　　す惡獸毒蛇を退治して、現世愛民の慈愍(じいん)を垂れ、
　　　　或いは難行苦行の功を積み、惡靈亡魂を成佛得脫させ、
　　　　日月淸明、天下泰平の祈禱修(じゅ)す。かるが故に、內に
　　　　は忍辱慈悲(にんにくじひ)の德を納め、表は降魔の相を顯
　　　　し、惡鬼外道を威服せり。これ神佛の兩部にして、百八
　　　　の數珠に佛道の利益を顯す。

富樫　　シテ又、袈裟衣(けさごろも)を身にまとい、佛徒の姿にあ
　　　　りながら、額に戴く兜巾(ときん)は如何に。

弁慶	卽ち、兜巾篠懸(ときんすずかけ)は、武士の甲冑に等しく、腰には彌陀の利劍を帶し、手には釋迦の金剛杖にて大地を突いて踏み開き、高山絶所を縱橫せり。
富樫	寺僧は錫杖を携うるに、山伏修驗の金剛杖に、五體を固むる謂れはなんと。
弁慶	事も愚かや、金剛杖は天竺檀特山(てんじくだんどくせん)の神人阿羅邏仙人(あららせんにん)の持ち給いし靈杖にして、胎藏金剛の功德を籠めり。釋尊いまだ瞿曇沙彌(ぐどんしゃみ)と申せし時、阿羅邏仙人に給仕して苦行したまい、やや功積もる。仙人その信力强勢を感じ、瞿曇沙彌を改めて、照普比丘(しょうふびく)と名付けたり。
富樫	して又、修驗に傳わりしは
弁慶	阿羅邏仙人より照普比丘に授かる金剛杖は、かかる靈杖なれば、我が祖役の行者、これを持って山野を經歷し、それより世々にこれを傳う。
富樫	佛門にありながら、帶せし太刀はただ物を嚇さん料なるや。誠に害せん料なるや。
弁慶	これぞ案山子の弓に等しく嚇しに佩くの料なれど佛法王法の害をなす、惡獸毒蛇は言うに及ばず、たとえ人間なればとて、世を妨げ、佛法王法に敵する惡徒は一殺多生の理によって、忽ち切って捨つるなり。
富樫	目に遮り、形あるものは切り給うべきが、モシ無形の陰鬼

　　　　　陽魔、佛法王法に障碍をなさば何を以て切り給うや。

弁慶　　無形の陰鬼陽魔亡靈は九字眞言を以て、これを切斷せん
　　　　　に、なんの難き事やあらん。

富樫　　して山伏の出立は

弁慶　　卽ちその身を不動明王の尊容に象るなり。

富樫　　頭に戴く兜巾は如何に。

弁慶　　これぞ五智の寶冠にて、十二因緣の襞を取ってこれを戴
　　　　　く。

富樫　　掛けたる袈裟は

弁慶　　九會(くえ)曼荼羅の柿の篠懸(すずかけ)。

富樫　　足にまといしはばきは如何に。

弁慶　　胎藏(たいぞう)黑色のはばきと稱す。

富樫　　さて又、八つのわらんづは

弁慶　　八葉の蓮華を踏むの心なり。

富樫　　出で入る息は

弁慶　　阿吽(あうん)の二字。

富樫　　そもそも九字の眞言とは、如何なる義にや、事のついでに
　　　　　問い申さん。ササ、なんとなんと。

弁慶　　九字は大事の神秘にして、語り難き事なれども、疑念の
　　　　　晴らさんその爲に、說き聞かせ申すべし。それ九字眞言と
　　　　　いッぱ、所謂、臨兵鬪者皆陳列在前(りんびょうとうしゃ
　　　　　かいちんれつざいぜん)の九字なり。將(まさ)に切らんとす
　　　　　る時は、正しく立って歯を叩く事三十六度。先ず右の大

指を以て四縦(しじゅう)を書き、後に五横(ごおう)を書く。その時、急々如律令(きゅうきゅうにょりつりょう)と呪(じゅ)する時は、あらゆる五陰鬼煩悩鬼(ごおんきぼうのうき)、まった惡鬼外道死靈生靈立所に亡ぶる事霜に熱湯(にえゆ)を注ぐが如く、實に元品の無明を切るの大利劍、莫耶(ばくや)が劍もなんぞ如かん。(武門に取って呪を切らば、敵に勝つ事疑なし。)まだこの外にも修驗の道、疑いあらば、尋ねに應じて答え申さん。その德、廣大無量なり。肝にえりつけ、人にな語りそ、穴賢穴賢(あなかしこあなこあしこ)。大日本の神祇諸佛菩薩も照覽あれ。百拜稽首(ひゃっぱいけいしゅ)、かしこみかしこみ謹んで申すと云々、斯くの通り。

    (地)感心してぞ見えにける。

富樫	ハハ斯く尊き客僧を、暫時も疑い申せしは、眼あって無きが如き我が不念、今よりそれがし勸進の施主につかん。ソレ番卒ども布施物持て。
三人	ハッ。
卜	番人三卒上手へはいる。
地	士卒が運ぶ廣台に、白綾袴一重ね、加賀絹あまた取揃え、御前へこそは直しけれ。
卜	此うち番卒は木の台へ、加賀絹白綾袴地を載せ、三方へ帛紗包みの丸鏡と、袋入りの砂金を載せ持ち出て、富樫に見せ、よき所へ並べる。

富樫	近頃些少には候えども、東大寺勧進の布施物御受納下さ
	らば、それがしが功徳、偏えに願い奉る。
弁慶	コハ有難の大檀那、現闘當二世安樂に、なんの疑いある
	べからず。重ねて申す事の候。猶我々は近國を勧進し、
	卯月半ばには上るべし、それまでは、嵩高の品々、お預け
	申す。(鏡一面、砂金一包受納致す。)しからば方々、御通
	り候へ。
四人	心得て候。
弁慶	いでいで、急ぎ申すべし。
四人	心得申して候。
地	こは嬉しやと山伏も、しづしづ立って歩まれけり。
ト	弁慶先に四人付いて花道へかかる。義經、後より行きに
	かかるを、番卒甲、富樫に囁く。富樫思入れあって、太
	刀を取り立上り進み、
富樫	いかに、それなる強力。止まれとこそ。
ト	これにて、皆々キッとこなし
弁慶	ヤヤ慌てて事を仕損ずな。
地	すはや我君怪しむるは、一期の浮沈爰なりと、各々後へ立
	歸る。
ト	此うち弁慶ツカツカと急ぎ舞台へ戻り、義經に向い、
弁慶	こな強力め、何とて通り居らぬぞ。
富樫	それは、此方より留め申す。
弁慶	されば何ゆえ留め候な。

富樫	あの强力がチト人に似たりと申す者の候程に、さてこそ唯今留めたり。
弁慶	何と、人が人に似たりとは、珍しからぬ仰せにこそ。さて、誰に似て候ぞ。
富樫	判官どのに似たると申す者の候ゆえ、落許の間留め申す。
弁慶	ナニ、判官どのに似たる强力め。一期の思い出、あら腹立ちや。日高くば能登の國まで越さうずると思えるに、僅かの笈一つ背負って後に下がればこそ、人も怪しむれ。總じてこの程よりやあyもすれば判官どのよと怪しめられるるは、おのれが仕業の拙きゆえなり。ムム、思えば憎し、憎し憎し、いで物見せん。
地	金剛杖をおつ取って、さんざんに打擲(ちょうちゃく)す。
ト	弁慶、金剛杖にて義經を打つことよろしくあって、
弁慶	通れ
地	通れとこそは罵りぬ。
富樫	如何ように陳ずるとも、通す事
番卒三人	罷りならぬ。
弁慶	ヤ、笈に目をかけ給うは、盗人(とうじん)ざふな。
ト	これにて四人立ちかかるを、
弁慶	コリヤ。
ト	留める。富樫、番卒もこれを見て、立ちかかる。雙方よろしくあって、

地	方々は、何ゆえに、かほど賤しき強力に、太刀かたなを拔き給ふは、目だれ顔の振舞、臆病の至りかと、皆山伏は打刀拔きかけて、勇みかかれる有様は如何なる天魔鬼神も恐れつべうぞ見えにける。
ト	此うち、弁慶、金剛杖を持って、雙方を留める事よろしくあって、キッと見得
弁慶	まだこの上にも御疑いの候はば、この強力めを荷物の布施もろともにお預け申す。如何ようとも糺明あれ。但し、これにて打ち殺し申さんや。
富樫	こは先達の荒けなし。
弁慶	然らば、唯今疑いありしは如何に。
富樫	士卒の者が我れへの訴え。
弁慶	御疑念晴らし、打ち殺し見せ申さんや。
富樫	イヤ、早まり給うな。番卒どものよしなき僻目より判官どのにもなき人を、疑えばこそ、斯く折檻もし給うなれ。今は疑い晴れ候。とくとく誘い通られよ。
弁慶	大檀那の仰せなくば、打ち殺して捨てんずもの。命冥加に叶いし奴、以後はキッと慎みをらう。
富樫	我れはこれより、猶も嚴しく警固の役目。方々來れ。
三人	ハアア
地	士卒を引き連れ關守は、門の内へぞ入りにける。
ト	富樫先に、番卒附いて上手へ入る。
ト	合方こだまになり、下の方より弁慶、義經の手を取り上

座へ直し敬う。

義經　如何に弁慶。今日の機轉、所詮凡慮の及ぶ所にあらず。
　　　兎角の是非を問答せずして、ただ下人の如く散々に、我
　　　れを打って助けしは、正に天の加護、弓矢正八幡の冥助
　　　と思えば、忝(かたじけな)く思うぞや。

常陸　この常陸坊を初めとして、隨う者ども、關守に呼びとめら
　　　れしその時は、ここぞ君の御大事と思いしに

伊勢　誠に正八幡の我が君を守らせ給う御しるし。陸奥下向は
　　　速かなるべし。

片岡　これ全く、武藏坊が智謀にあらずんば、免がれがたし。

駿河　なかなか以て、我々が及ぶべき所に非ず。

常陸　フフン驚き

四人　入って候。

弁慶　それ、世は末世に及ぶといえども、日月いまだ地に落ち給
　　　わず。御高運、ハハ有難し有難し。計略とは申しなが
　　　ら、正しき主君を打擲、天罰そら恐ろしく、千鈞をも上
　　　ぐるそれがし、腕も痺るる如く覺え候。アラ、勿體なや勿
　　　體なや。

地　　ついに泣かぬ弁慶も、一期の涙ぞ殊勝なる。

地　　判官御手を取り給い。

卜　　皆々愁いの思入れ、

義經　如何なればこそ義經は、弓馬の家に生れ來て、一命を兄
　　　賴朝に奉り、屍を西海の浪に沈め

弁慶	山野海岸に、起き臥し明かす武士の
地	鎧にそいし袖枕、かたしく暇も波の上、或る時は船に浮かび、風波に身を任せ、また或る時は山𡽶の、馬蹄も見えぬ雪の中に、海少しあり夕浪の、立ちくる音や須磨明石。とかく三年の程もなくなくいたはしやと萎れかかりし鬼薊、霜に露置くばかりなり。
ト	弁慶よろしく物語りようの振りあって、納まる。
四人	とくとく退散
地	互いに袖をひきつれて、いざさせ給えの折柄に。
ト	弁慶先に、皆々立上り、行きにかかると、下手より番卒の甲大杯を三方に載せ、此を持ち、番卒の乙、丙は瓢箪の吸筒を持ち出て來り、後より富樫出て來り
富樫	なうなう客僧達暫し暫し。
ト	これにて皆々入れ替り、よろしくすまふ。
富樫	さてもそれがし、山伏達に卒爾申し、余り面目もなく覺え、粗酒一つ進ぜんと持参せり。いでいで杯參らせん。
ト	土器を取上げる。番卒酌をする。富樫呑んで弁慶へさす。
弁慶	こは有難の大檀那、ご馳走頂戴仕らん。
地	實に實にこれも心得たり人の情の杯を受けて心をとどむとかや。
ト	杯を受け、よろしくあって
地	今は昔の語り草、

地	あら恥ずかしの我が心、一度まみえし女さえ、
地	迷いの道の關越えて今またここに越えかぬる、
地	人目の關のやるせなや、
地	アア悟られぬこそ浮世なれ。
ト	此うち番卒を相手に杯事あって、トト葛桶の蓋を取り、両人の吸筒の酒を殘らず注ぎ、グッと飲干し醉うたる思入れにて
地	面白や山水に山水に、杯を浮べては流に牽かるる曲水の、手まづさえぎる袖ふれて、いざや舞を舞はうよ。
ト	此内大小にて、よろしく振あって、三絃入り男舞になり、本行の舞になり、よろしくあって
弁慶	先達、お酌に参って候。
富樫	先達一差し御舞い候へ。
弁慶	萬歳ましませましませ、巖の上、亀は棲むなり、ありうどんどう。
ト	延年の舞になる。
地	元より弁慶は、三塔の遊僧、舞延年の時の若。
ト	此うち、振りあって舞の二段目になる。
弁慶	これなる山水の、落ちて巖に響くこそ、鳴るは瀧の水、鳴るは瀧の水。
ト	振りあって舞の三段目になり、
地	鳴るは瀧の水、日は照るとも、絶えずとうたり、とくとく

立てや手束弓の、心許すな關守の人々、暇申してさらば
よとて、笈を押取り肩に打ちかけ、

ト　大小片シャギリになり、弁慶、振りのうち、皆々に行けと
いう思入れ。これにて義經先に、四人附いて向うへ入
る。弁慶笈を背負い、金剛杖を持ち、富樫に辭儀して立
上る。

地　虎の尾を踏み、毒蛇の口を遁れたる心地して、陸奥の國
へぞ下りける。

ト　よろしく弁慶花道際へ行き、舞台は富樫、番卒殘りて見
送り、弁慶金剛杖をトンと突くを木の頭、キザミなし
に、

幕

ト　打込み、カケリになり、弁慶よろしく、振って這入る。止
めの木にて、跡シャギリ。

了

III

감독·제작에 대한
관심
(1910~1945)

　'감독·제작에 대한 관심' 편에서는 영화 자체라기보다는 인간, 구로사와 아키라의 생애 전반, 혹은 영화제작과 관련된 주변이야기에 초점을 맞추어 기술하고자 한다. 본권에서는 수록된 작품의 제작연도에 맞추어 그가 탄생한 1910년부터 1945년까지의 경과를 정리하였다.

　글을 작성하는 과정에서 많은 도서나 잡지의 기고문 등을 참고하거나 인용하였다. 평전의 형식이라 일일이 참고자료를 표기하지 않았기에 여기서 일괄적으로 소개하기로 한다.

　도서로는 黑澤明(1984)『蝦蟇の油』岩波書店, 黑澤明(1987-1988)『全集 黑澤明 全7卷』岩波書店, 三國隆一(1998)『黑澤明傳』展望社, 山口和夫(1999)『黑澤明——人と藝術』新日本出版社, 堀川弘通(2000)『評傳 黑澤明』毎日新聞社, 浜野保樹(2009)『大系黑澤明 第1卷』講談社, 都築政昭(2010)『黑澤明一 全作品と全生涯一』東京書籍 등이며, 웹사이트「黑澤明硏究會」(http://kuro-ken.com) 등을 참조하였다.

　구로사와 아키라는 1910년 도쿄에서 태어나, 1943년 감독 데뷔. 《라쇼몬》으로 베니스국제영화제 황금사자상, 《7인의 사무라이》로 베니스국제영화제 은사자상, 《가게무샤》로 칸국제영화제 황금종려상, 《숨은 요새의 3악인》으로 베를린국제영화제 감독상 등을 수상하며 일본영화를 세계에 알리고 오즈 야스지로, 미조구치 겐지, 나루세 미키오와 함께 일본을 대표하는 명감독으로 손꼽힌다.

1998년, 도쿄 자택에서 사망. 향년 88세. 그가 감독한 작품은 총 30편으로 전 세계 영화인들에게 지대한 영향을 주었는데 《대부》의 프란시스 포드 코폴라와 스티븐 스필버그, 《스타워즈》의 조지 루카스 등 그에게 영향을 받았다고 공언하는 감독은 수두룩하다. 1998년 9월 6일 오후, 사망 소식이 전해지자, 다음 날, 일본의 모든 신문이 그 부고와 추모기사로 장식되었고 아사히신문朝日新聞 조간은 제1면으로 국내뿐만 아니라 세계 각국에서의 반응을 긴급히 타전했다.

미국의 스티븐 스필버그는 "구로사와야말로 현대의 셰익스피어"라고 평가했고, 프랜시스 포드 코폴라는 캘리포니아 대학 로스앤젤레스 분교에서 영화를 배울 무렵, 같은 학교 학생들과 연명하여 노벨상 사무소에 편지를 보내 "영화를 노벨문학상 대상으로 추가하여, 구로사와 아키라에게 상을 보내자고 청원했다"고 한다. 1990년, 구로사와가 미국 아카데미 시상식에서 명예상을 받았을 때, 진행 사회를 맡은 사람이 조지 루카스와 스티븐 스필버그였다. 두 감독은 신작 촬영에 들어가기 전, 꼭 좋아하는 구로사와 작품을 감상할 정도로 구로사와를 추앙했다.

구로사와는 1985년 영화인 최초로 문화훈장을 받았으며, 사망한 1998년에는 그해 영화감독 최초로 국민영예상을 받았다.

구로사와 작품은 우화적 요소가 강하고 리얼리즘을 바탕으로, 영상의 역동성과 참신한 묘사로 할리우드 영화에도 큰 영향을 주었고 지금까지도 영화계에서 주목을 받고 있다.

> 영화란 국경을 넘은 상호 이해에 정말 중요한 역할을 합니다. 서로 이해하기 위해서는 영화가 제일 좋지요. 영화는 글로벌한 상호 이해를 필요로 하는 '지구시대'를 맞아 갈수록 중요해지고 있습니다. 사람들이 지구 위에서 평화롭게 살기 위해서도 영화가 갖는 역할이 더욱 커지고 있어요.

그가 사망한 지 20여 년이 지난 지금, 활극이 펼쳐지는 동적인 영상 속에서 보편적인 인간의 존엄과 인간애를 녹여낸 그의 작품 하나하나는 위의 말처럼, '글로벌한 상호이해'를 고양시키며 전 세계인을 묶어내는 그릇으로서 그 질긴 생명을 이어나갈 것임에 틀림없다.

구로사와는 다양한 장르의 다채로운 테마의 30편의 영화를 감독하였다. 이하, 표기하는 제목은 국내에서 일반적으로 통용되는 것을 기준으로 삼았다. 다만,《우리 청춘 후회 없다》는《내 청춘에 후회 없다》로 번역하는 것이 내용상 더 적합하며,《거미의 성》은 오역으로,《거미집의 성》이 올바르며, 또《호랑이 꼬리를 밟은 남자들》의 경우, 이 제목이 원작이 된 고전의 한 구절에서 따온 것을 고려해 보면, '밟은' 보다는 '밟는'이 더 정확하다. 한편, 원어 발음을 그대로 사용한《츠바키 산주로》,《요짐보》,《카게무샤》,《라쇼몽》 등은 일본어 표기법에 맞추어《쓰바키 산주로》,《요진보》,《가게무샤》,《라쇼몬》으로 표기하였다.

제작연도	제 목	연령
1943	姿三四郎(스가타 산시로)	33歲
1944	一番美しく(가장 아름답게)	34歲
1945	續姿三四郎(속 스가타산시로)	35歲
	虎の尾を踏む男達(호랑이 꼬리를 밟는 남자들)	
1946	わが靑春に悔なし(내 청춘에 후회 없다)	36歲
1947	素晴らしき日曜日(멋진 일요일)	37歲
1948	醉いどれ天使(주정뱅이 천사)	38歲
1949	靜かなる決鬪(조용한 결투)	39歲
	野良犬(들개)	
1950	醜聞(スキャンダル) 추문	40歲
	羅生門(라쇼몬)	
1951	白痴(백치)	41歲
1952	生きる(살다)	42歲
1954	七人の侍(7인의 사무라이)	44歲
1955	生きものの記錄(산 자의 기록)	45歲
1957	蜘蛛巢城(거미집의 성)	47歲
	どん底(밑바닥)	
1958	隱し砦の三惡人(숨은 요새의 세 악인)	48歲

1960	惡い奴ほどよく眠る(나쁜 놈일수록 잘 잔다)	50歳
1961	用心棒(요진보)	51歳
1962	椿三十郎(쓰바키 산주로)	52歳
1963	天國と地獄(천국과 지옥)	53歳
1965	赤ひげ(붉은 수염)	55歳
1970	どですかでん(도데스카덴)	60歳
1975	デルス·ウザーラ(데르수 우잘라)	65歳
1980	影武者(가게무샤)	70歳
1985	乱(란)	75歳
1990	夢(꿈)	80歳
1991	八月の狂詩曲(8월의 광시곡)	81歳
1993	まあだだよ(마다다요)	83歳

1. 소년 시절

1910년 3월 23일, 아버지인 구로사와 이사무黑澤勇(45살)와 어머니 시마シマ(40살) 사이에서 4남 4녀 중 막내로 태어났다. 아버지는 1865년 출생으로, 헤이안平安 시대 11세기 중반, 겐지源氏와 전투를 벌인 아베노 마시토安倍正任를 조상으로 해서 대대로 신직神職을 맡은 가문 출신이었다. 어머니는 오사카大阪의 상인집안 출신이었다.

아버지는 육군사관학교 제1기생인 명실상부한 군인이었으나, 도중에 체육관계의 일을 하게 되어 당시는 일본체육회 체조학교와 병설 에바라茬原중학교에 근무하고 있었다. 그가 태어나 자란 곳도 아버지의 직장의 중학교 직원 사택으로 에바라군茬原郡 오이정大井町 1150(현, 도쿄도東京都 시나가와구品川區 히가시오이東大井 3-26-4)이다.

어렸을 때의 구로사와는 매우 약한 소년이었다. 이런 구로사와를 보고 아버지는 "어렸을 때 튼튼하게 자라도록 스모 선수인 요코즈나 우메가타니梅ヶ谷가 안아 주었는데 ……"라고 투덜거렸다고 한다. 하지만 철봉이나 팔굽혀펴기 등 완력이 필요한 경우는 어설펐지만, 야구는 투수를 하는 등 힘이 필요치 않은 스포츠는 요령이 있게 소화했다.

아버지는 엄격하였지만 당시에는 교육상 탐탁지 않게 여겨졌던 영화에 대한 이해가 있어, 가족들을 데리고 영화관 2층의 융단이 깔린 한쪽에서 다 같이 영화를 관람했다. 주로 서양 영화였는데 구로사와는 훗날, 이러한 아버지가 "나에게 하나의 진로를 열어 주었다"고 회상한다.

구로사와는 1915년 4월, 5살 때, 모리무라森村 유치원을 다녔고 이듬해 1916년 4월, 6살 때 시나가와品川의 모리무라 심상소학교에 입학했다. 그는 당시를 "정말로 감옥 같았다"고 회상할 정도로 학교를 불편해했다. 모리무라학원은 모리무라 그룹의 창시자, 6대 모리무라 이치자에몬森村市左衛門이 자택의 일부를 개방해서 설립한 학교로, 재계사람이나 유명인의 자녀들이 많았다. 수업에 어려움을 느낀 구로사와는 자기 멋대로 놀았기 때문에 결국 다른 학생들과 분리

되어 떨어진 장소에 책상을 옮겨 특별 관리를 받기에 이르렀다.

구로사와는 여기서 짧은 기간 동안 재적했는데, 1917년, 아버지가 일본체육회 체조학교를 퇴직해, 직원 사택에서 나와 우시고메구牛込區 니시에도가와정西江戶川町 9번지(현·분쿄구文京區 스이도水道 1정목一丁目)로 이사해, 동년 9월 구로다黑田 심상소학교로 전학을 갔기 때문이다.

학교의 분위기는 이전 학교와 사뭇 달랐다. 현대식의 스마트한 이미지의 전 학교와는 달리 전통적인 일본의 풍속이 녹아있는 이곳에서 구로사와는 또다시 따돌림의 대상이 되었다.

학교생활에 어려움을 겪는 구로사와였지만 다행히 그를 이끌어준 3명이 있었는데, 3명 모두 구로사와 인생 전반에 큰 영향을 미쳤다는 점에서 주목된다.

우선 구로사와의 버팀목이 되어 준 사람은 바로 4살 위 형 헤이고丙午였다. 형 헤이고에 대해서 구로사와는 "형은 나와 달리 정말 머리가 좋았다"라고 회상한다. 헤이고는 구로다소학교 5학년 때, 도쿄의 전체 소학교학력시험에서 전체 3위, 6학년 때는 1위를 할 정도로 발굴의 수재였다. 헤이고는 구로사와의 등굣길에서 그의 등 뒤로 다가가, 작은 소리로 온갖 욕설을 하거나 혹은 수영을 더욱 잘하도록 보트에 탄 동생을 일부러 물속에 빠뜨리는 등 유약한 동생에게 스파르타 교육을 시켰다. 그리고 학교에서는 급우들이 구로사와를 괴롭히려고 할 때 어느 틈엔가 나타나 동생을 보호해 주었다.

계속해서 소학교 시절의 구로사와에게 큰 영향을 준 사람은 3학년 담임인 다치카와 세이지立川精治였다. 담임은 전공이 미술은 아니었지만, 구로사와에게 미술의 즐거움과 회화에 눈을 뜨게 해주었다. 본래 구로사와는 회화를 좋아하는 학생이었으나 오로지 정해진 규칙대로만 그리라고 하는 학교의 미술시간이 탐탁지 않았다. 하지만 다치카와는 "뭐든 좋으니 좋아하는 것을 자유롭게 그려라"라는 주의였다. 구로사와는 미술시간이 즐거웠고 그의 실력은 비약적으로 늘었다.

참신한 교육 방법으로 자신의 재능을 찾아내고자 한 선생님에 대해 구로자와는 "다이쇼大正시대 초반, '선생님'은 무서운 사람의 대명사와 같았던 시대에, 이렇게 자유롭고 신선한 감각, 창조적인 의욕을 가지고 교육에 임하신 다치카와 선생님 같은 분을 만나게 된 것은 나에게 있어 더할 나위 없는 행복이었다"라고 회상하고 있다. 다치카와 선생님은 학교의 교장과 교육방침에 대한 의견차이로 인해 결국 충돌하여 구로사와가 5학년 때 학교를 떠났다.

의기소침하기 쉬운 전학생은 미술을 통해 예술적 재능을 발견했고, 이러한 발견은 더 나아가 그가 이후 미술가의 길을 꿈으로 삼는 데까지 발전하게 된다.

마지막으로 주목해야 할 세 번째 인물로 급우 우에쿠사 게이노스케植草圭之助가 있다. 구로사와는 그와 함께 에도가와江戸川에서 수영을 하거나 겨울에는 연을 날렸다. 소학교 졸업 후에는 각각 다른 중학교로 진학했지만, 둘이서 다치카와 선생님을 찾아 미술이나 문학적 교양을 쌓아 나갔다. 그는 전후의 구로사와의 작품, 『멋진 일요일』, 『주정뱅이 천사』의 각본을 집필했으며, 이후에도 구로사와와의 교우는 계속되었다.

구로사와는 소학교 시절의 그에 대해서 "나보다도 울보인 존재"라고 하며 "나는 반장, 우에쿠사는 부반장이었다"고 회상하고 있다. 한편 우에쿠사는 당시의 구로사와에 대해서, "구로사와는 언제나 눈에 띄는 존재였다. 학교 안에서도 키가 제일 크고 성적표의 성적도 1등이었으며, 졸업 때까지 가슴에 빨간 리본의 반장 배지를 달고 있을 때가 많았다. 필수 과목이었던 검도도 언제나 홍팀의 주장이었다. 하지만 점수만 따려는 풋내기 천재가 아니면서 그러면서 완력을 내세우는 악동들과도 꽤 친분이 있었다. 단지 말이나 행동이 타고났는지 단호하고 늠름한 구석이 있어 뜻밖에 학급에서 인기가 있었다"라고 회상한다.

미술시간에 자신감을 얻고 우에쿠사와의 우정에 힘입어, 구로사와는 미술뿐만이 아니라 다른 과목의 성적도 급속하게 향상되었고 학급에서 인기 있는 학생, 리더로서 성장한 것이다.

2. 중학교 시절

1922년 3월, 12살의 구로사와는 구로다黑田소학교를 수석으로 졸업하고 도쿄부립 제4중학교를 응시했으나 실패하여, 4월 게이카京華중학교(현 오차노미즈お茶の水 준텐도順天堂 병원 부근)에 입학했다. 중학교 시절은 독서에 몰두해 히구치 이치요樋口一葉, 구니키다 돗포國木田獨步, 나쓰메 소세키夏目漱石, 투르게네프 등 자신이 직접 사거나 형제들이 가지고 있던 책들을 닥치는 대로 읽었다.

1923년 9월 1일, 관동대지진이 발생, 형 헤이고는 구로사와를 페

허가 되어 시체가 즐비한 거리로 데려가 전쟁의 참화를 직접 눈으로
보게 하였다.

학교가 불에 타는 바람에 수업은 다른 학교의 대강당을 빌려 많은
학생이 한꺼번에 공부하는 형태가 되었다. 강당의 뒷자리에 앉게 된
구로사와는 선생님의 설명도 잘 들리지 않는 환경에서 공부보다도
장난에 흥미를 느꼈다. 1년 후 학교가 하쿠산白山 근처에 신축되었
지만 화학 시간에 배운 다이너마이트의 성분을 병맥주에 집어넣어
교단에 올려놓아 선생님을 혼비백산하게 만드는 등 여전히 장난기
는 누그러지지 않았다.

이 시기를 전후로 해 잦은 이사가 있었는데, 고이시카와에서 메구
로目黑로 이전했고, 다시 시부야澁谷의 에비스惠比壽로 이전(1924년)
을 했다. 이사를 갈 때마다 집이 좁아졌는데 구로사와는 당시에는
그것이 경제적인 이유였다는 사실을 알지 못했다.

구로사와는 글쓰기에 능했는데, 특히 자연묘사의 문장을 즐겨 읽
었다. 1924년 7월, 작문 「연화의 무도蓮華の舞踏」가 학우회지에 게
재되자 국어교육에서는 이름이 알려진 당시 담임인 오하라 요이쓰小
原要逸 선생님으로부터 "게이카중학교 창립 이래의 명문"이라는 칭
찬을 들었다. 연화의 무도의 전문은 다음과 같다.

연화의 무도
　연꽃이 온통 불타듯 피어있다. 전답으로 둘러싸인 철학당哲學堂 부
근의 언덕 위에 나는 꿈꾸듯 누워 있었다.
　4월 하순, 벚꽃이 떨어지기 시작한 어느 일요일이었다. 답답한 집안에

서 꼼짝하고 있기에는 정말 아까운 생각이 들 정도로 청명한 날이었다.

나도 모르게 집을 나와 나카노中野행의 성선전차省線電車를 탄 것은 오전 10시경이었다.

아무런 목적도 없었다. 발이 가는 대로 우시고메牛込의 해자의 둑에 서서 푸른 해자를 보고 있을 때 3명의 미술학교 생도가 마찬가지로 해자의 물을 보면서 '지금쯤 철학당 부근 연꽃이 예쁘게 폈겠지"라고 하는 이야기를 듣고 갑자기 가서 보고 싶어졌기 때문이다.

철학당으로 가는 길에 연꽃이 많이 있었지만 여기처럼 많지는 않았다.

물이 흐르는 곳으로 내려가서 머리를 식히거나 풀 위에서 뒹굴뒹굴 하다가 문득 언덕 위에 빨갛게 핀 연꽃의 군락을 발견한 것이다.

희미한 소리를 내면서 보리이삭을 타고 오는 바람에 흔들리는 작고 **빨간** 머리는 하나의 큰 모전毛氈(짐승의 털로 색을 맞추고 무늬를 놓아 두툼 하게 짠 부드러운 요. 필자주)처럼 보이기 시작하다가 눈을 깜박이고 다시 보면 그것은 원래의 작은 한 개의 빨간 꽃의 군락으로 바뀌어 버린다.

끝내는 취해버린 것 같아서 아름다운 공상이 차례차례로 솟아난다.

여기는 서방정토의 낙원인가, 혹은 에덴동산, 그리고 이 작은 꽃은 모두 나의 종자들이다. 그래서 모두 나를 위해 춤을 춘다.

보리이삭을 타고 오는 바람 소리는 종자들이 연주하는 선율로도 느껴졌다.

이렇게 생각하고 있자, 그 작은 빨간 꽃의 군집이 팍하고 불꽃의 군집으로 보인다. 깜짝 놀라 몸을 일으켜 세우자 원래의 언덕 위다.

대자로 누워 푸르른 하늘을 올려다보니 문득 집으로 돌아가고 싶어 졌다. 시계를 보자 12시 10분 전이다.

아지랑이 물결 속에 노란 나비가 날고 있었다.

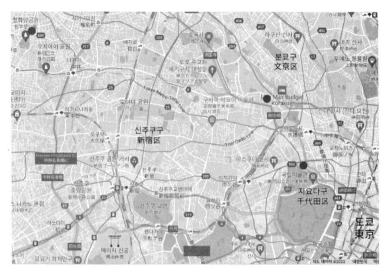

▌ 그림 오른쪽 약간 위의 자택(검은 점)에서 아래쪽의 황거를 거쳐 화면 왼쪽 위의 철학당으로
이동하였다.

구로사와의 노정을 보면 우선 집을 나와 우시고메牛込의 해자를
거쳐 철학당을 방문했다고 하고 있다. 그의 집의 소재지는 분쿄구文
京區였고, 우시고메 해자는 도쿄 신주쿠구新宿區의 북동부에 위치한
에도성(황거)을 둘러싼 해자, 그리고 철학당은 철학자 이노우에 료엔
井上了円이 세운 당으로, 도쿄 나카노구中野區에 위치하고 있다.

구로사와는 모두 부분의 2, 3행을 일정 순이 아닌 최종목적지인
철학당의 풍경부터 할애하고 그 이후 철학당을 방문하게 되는 경위
에 대해 기술하고 있다. 수필의 모두 부분이 만약 '4월 하순'의 '일요
일'부터 시작되었다면, 얼마나 지루한 내용이 되었을지 쉽게 상상할
수 있다.

  4월의 여유로운 벚꽃이 지기 시작한 일요일 오전, 아취가 있는 철
학당 부근의 푸르른 언덕 위에서 우연히 발견한 연꽃에 대한 묘사는
전체적으로 몽환적이며 세부 묘사는 정교하고 감각적이다. 자연의
꽃이나 나무가 사람 앞에서 춤을 추는 모티브는 옴니버스영화인
《꿈》(1990)의 두 번째 작품 「복숭아밭桃畑」을 연상시킨다. 주인공
'나'는 다른 사람에게 보이지 않는 불가사의한 한 소녀(실은 복숭아의
정령)를 보게 되고, 소녀를 쫓아 집 뒤쪽에 있는 계단식 복숭아밭으
로 갔더니 복숭아나무 정령들이 소년에게 화려한 군무를 보여주고
모두 사라졌다는 내용이다. 《꿈》은 구로사와 자신이 꾼 꿈 이야기라
는 형식을 취하고 있는데, 위의 철학당 언덕 위에서 꾼 꿈과 관련이
깊다고 생각된다. 구로사와는 1926년 12월에도 같은 잡지에 「어떤
편지或る手紙」란 작문도 기고했다.

  담임인 오하라 선생님은 구로사와가 뭔가 장난을 쳐도 그를 잘
이해해 주었고, 수학을 가르친 이와마쓰 고로岩松五郞 선생님은 형
식에 구애받지 않고 자유로운 정신으로, 구로사와에게 좋은 영향을
주었다. 훗날 《마다다요》(1993)에 등장하는 스승의 이미지는 그가 소
학교, 중학교 때 만나 감화를 받은 선생님들에 대한 감회가 바탕이
되었을 것이다.

  소학교 친구였던 우에쿠사와는 학교가 달라 자주 만날 수는 없었
지만 일요일에는 둘이서 정토종계열의 사찰인 고이시카와小石川 덴
쓰인傳通院 부근에 있는 다치카와 선생님의 집을 방문했다. 집에는
미술 잡지나 화집, 외국소설이나 시집 등의 번역서가 즐비하였다.
구로사와는 다빈치나 미켈란젤로에 흥미를 가졌고, 투르게네프, 푸

시킨, 도스토옙스키의 세계에 빠져들었다.

돌아오는 길에는 중간의 커피숍에 들러 담배를 피며 시간을 보냈는데 이곳의 단골로 구로사와의 형, 헤이고가 있었다. 외국영화 팬으로 러시아문학에 심취해 있었던 형의 권유로, 구로사와는 우에쿠사와 함께 외국영화 전문관인 우시고메관牛込館을 다니게 되었다.

1926년, 구로사와 16살 때, 형 헤이고는 외국영화의 성지라고 하는 간다神田 시네마파레스에서 20살의 약관의 나이로 영화설명인인 변사로 출연하여 인기를 얻어 가고 있었다. 1919년, 구로사와가 소학교 4학년 때, 형 헤이고는 소학교를 졸업하고 명문 부립일중府立一中 진학시험에 실패하여, 육군사관학교를 목표로 하는 중학교에 입학했으나, 예술적 기질의 그에게 맞을 리가 없었다. 영화, 문학에 경도하게 되어, 학업은 소홀히 했고 이후 아버지에게도 반항하게 되었다. 이후, 1924년, 신주쿠新宿 무사시관武藏館에서 변사 견습을 거쳐, 아카사카赤坂의 아오이관葵館으로, 이듬해인 1925년에는 가구라자카神樂坂의 우시고메관牛込館에서 활동하다가 시네마파레스까지 진출하게 된 것이다.

구로사와는 집을 나와 대학도 그만두고 변사로 활동하는 형으로부터 영화, 문학, 예술 등의 이야기를 흥미롭게 들었다. 구로사와는 "나는 이 형에게 가장 많은 영향을 받았다"고 회상한다. 헤이고는 외국문학을 탐독하고 영화를 사랑했는데, 그러한 점에서 시나리오 작가와 영화감독의 길을 걸어가게 된 구로사와에게 있어 형 헤이고의 존재가 얼마나 컸는지를 짐작할 수 있다.

3. 화가 지망생 시절

1927년 3월, 구로사와는 게이카중학교를 졸업하고, 장래 화가가 될 목표로 일본 최초의 미술인 양성기관인 도쿄미술학교(현 도쿄예술대학미술학부)에 지원하나 실패한다. 비록 대학진학에 실패했지만, 오히려 자유롭게 미술을 공부할 수 있다고 생각하였다. 이 사이, 도슈샤同舟舍라는 양화연구소洋畵硏究所와 가와바타화숙川端畵塾에 다니며 미술공부를 하였다. 구로사와는 당시 세잔느와 고호에 심취하였다고 회상하는데, 《꿈》(1990)에는 고호가 등장하며 그 역할을 영화감독 마틴 스콜세지가 맡고 있다.

1928년 9월, 유화「정물」이란 작품으로 제15회 이과전二科展에 입선하여 아버지를 기쁘게 하였다. 구로사와는 가을 무렵부터 조형미술연구소(훗날의 프롤레타리아미술연구소)에 다니기 시작하였으니 이과전을 비판한 프롤레타리아미술로 전향한 셈이고, 서양화가 오카모토 도키岡本唐貴(1903~1986)에게 그림을 배웠다.

이 해에는 3월 15일 공산당 대탄압 사건 및 6월, 친일파 만주군벌 장쭤린 폭사 사건이 있었으며, 이듬해에는 세계공황으로 인해 유례없는 불경기로 이로 인해 프롤레타리아 운동은 더욱 첨예화해 갔다. 이러한 사회정세 속에서 구로사와는 문학, 영화, 연극 등에 심취했으며, 특히 투르게네프, 고리키 등 서양 근대극을 소개한 쓰키지築地 소극장의 공연은 그에게 참신한 충격을 주었다.

구로사와는 혼돈의 사회정세 속에서 단순히 그림에만 몰두할 수 없었는지, 그의 형에게 "더 이상 생물이나 풍경을 그리는 것이 만족

▌「건축장에서의 집회」 가로 약 6.6미터

스럽지 않아. 일본 프롤레타리아 미술가동맹에 가입하려고 해"라고
말을 꺼내게 되었고, 형 헤이고는 "그것도 좋겠지. 하지만 지금의
프롤레타리아운동은 인플루엔자와 같아. 곧 열은 식어 버릴 거야"라
고 대답하였다. 형의 대답에 반발심이 생겼다고 회상하는 구로사와
는 1929년 4월경, 전일본무산자예술연맹 산하의 일본 프롤레타리아
미술가동맹의 멤버가 된다.

같은 해, 12월에 도쿄부東京府미술관(현 도쿄도미술관)이 개최한 제
2회 프롤레타리아 미술대전람회에 구로사와는 유화「농민습작」,「농
민 조합으로!」등 5품을 출품하고, 그중 1개는 관헌官憲에 의해 철회
된다. 현재는 이 중 수채화「건축장에서의 집회」,「실업보험을 만들
어라」,「제국주의 전쟁절대반대를 데모로!」등의 3점이 남아 있다.
1930년 11월 제3회 전람회에도「반X포스터」라는 작품을 내려고 했으나 철회되어 버렸다. 당시의 프롤레타리아 평론가는 그의 그림에 대해 "작자는 매우 테크니션"으로 "그 능숙한 완성도에 놀랍고", "밝고 어떤 친근감 때문에 작품에 눈이 가게 된다"고 하며 기술적인 면과 작풍을 높게 평가하면서도, "아직 아카데믹의 형식위에 입각해 있다는 점이 가장 큰 결점"이며, "너무나도 로맨틱"하여 다른 프롤레타리아 리얼리즘 작품과 비교하여 부족하다고 지적하고 있다.

1930년에는 징병검사를 받았으나 당시의 징병사령관이 운이 좋게도 아버지의 제자였다. 그리고 그의 호의로 병역을 면제받았고, 종전까지 그는 징병되지 않았다. 구로사와는 평생 다른 사람과 달리 군 면제를 받은 사실을 죄스럽게 생각했고, 반전·반핵 영화《꿈》(1990)에서 전장에 끌려가 죽임을 당한 젊은이를 애도하는 마음을 담았다.

구로사와는 이 무렵부터 비합법신문인 「무산자신문無産者新聞」의 지하활동원이 되어 구치소 신세가 되기도 하였다. 다음에 잡히면 큰일이라 생각한 구로사와는 집을 나와 하숙생활을 전전한다.

1931년 7월, 『일본프롤레타리아미술집』에 「건축장의 집회」, 「실업보험을 만들어라」가 게재되었지만 발매 후 금지처분을 당한다.

지하활동은 처음에는 가두연락의 연락원 역할을 했는데 이윽고 탄압이 심해졌고 연락상대가 검거되어 나타나지 않게 되었다. 때때로 지급되는 활동비로는 너무 부족하여 궁핍한 생활을 하다가, 감기로 인한 고열로 쓰러져 「무산자신문」의 멤버들과 연락이 두절되어 버렸다. 이렇게 해서 1932년경에는 지하활동에서 낙오되어 비합법활동을 그만두게 되었다.

구로사와는 당시의 좌익 활동에 대해서 "나는 단지 일본사회에 막연한 불안과 혐오를 느껴 단지 그것에 반항하기 위하여 가장 반항적인 운동에 참가했던 것이다. 지금 생각하면 꽤나 경솔하고 난폭한 행위"였다고 회상하며 가볍게 흘리고 있지만, 사상범들에 대한 대대적인 국가적 탄압과 엄중한 경찰의 눈을 피해 근근이 도망자 생활을 했던 상황을 떠올려보면 그저 '단순한 반항'으로 치부할 수 없는 무엇인가가 있다. 이러한 좌익 활동의 경험은 패전 후의 첫 작품, 전쟁반대를 주장하며 반정부활동을 하다 체포하여 옥사하는 인물을 그린《내 청춘에 후회 없다》(1946)에 큰 영향을 주었음에 틀림없다.

좌익 활동에서 멀어진 구로사와는 이후, 형 헤이고의 거처, 가구라자카 근처 요코테라정橫寺町에서 기거하게 된다(1931년이라는 설도 있음). 거처는 과거 에도시대로 돌아간 것과 같은 '나가야長屋'라고 하는 서민공동주택으로 좁고 불편했지만, 이웃 서민들의 여러 생활상들을 직접 눈으로 보고 접하는 기회를 가질 수 있었다.

훗날 에도시대의 민중상을 그린《밑바닥》(1957)이나《붉은 수염》(1965)은 이 당시 '나가야'의 생활이 밑거름이 되었을 것이며, 이웃에게 들은 손자를 겁탈한 노인의 이야기는《도데스카덴》(1970)을 연상시킨다.

이웃들 중의 노인들은 대부분 주변의 '요세寄席'라고 하는 전통공연장이나 영화관에서 잡역으로 일하는 사람이 많아, 이들의 호의로 구로사와는 우시고메관, 분메이관文明館 등에서 영화를 관람했고 가구라자카의 연무장演舞場의 공연장에서는 라쿠고落語, 강담講談, 음곡音曲, 나니와부시浪花節 등의 전통예능에 탐닉할 수 있었다.

한편, 변사로 활동하고 있었던 형은 변사들을 해고하려는 회사 측과 충돌하여 어려운 상태에 있었고, 더 이상 형의 신세를 질 수 없게 된 구로사와는 오랜만에 집으로 돌아간다. 그러던 중, 1933년 7월 10일, 형 헤이고가 이즈伊豆 지방의 여관에서 자살을 한다.

형 헤이고는 스다 사다아키須田貞明란 이름으로 1926년, 간다 시네마파레스에서 변사로 활동한 이래, 이듬해 1927년에는 시네마파레스의 전속이 되었고, 1929년에는 아사쿠사淺草 신주쿠新宿의 쇼치쿠자松竹座로 이적, 1930년에는 아사쿠사 다이쇼관大勝館에서 주임설명자로 있었다. 그리고 1932년 4월 8일부터 20일까지 S·P(松竹·파라마운트) 체인 아사쿠사 다이쇼관과 덴키관電氣館에서 데모를 하였고, 이 데모에서 헤이고는 쟁의위원장爭議委員長을 맡았다. 토키의 보급으로 변사의 폐업이 이어졌고 변사의 파업과 관련해 투쟁했지만, 패배하면서 1933년 7월 10일 이즈伊豆 유가시마湯ヶ島 온천의 료칸에서 애인과 음독자살을 한 것이다.

몇 개월 뒤, 이번에는 교류가 없었던 큰형 마사야스昌康가 병사한다. 연이은 두 형님의 사망으로 집안의 장자가 된 구로사와. 1934년 5월 일가는 현재의 시부야구澁谷區 에비스惠比壽로 이사하고, 구로사와는 잡지 삽화 아르바이트 등으로 생활을 하며 한 집안을 책임질 장남으로 화가이외의 다른 직업을 고민하기 시작했다.

이하의 글은 2010년, 도쿄도 사진미술관에서 개최한 '구로사와 아키라 탄생 100주년 그림 콘티전, 영화에 바친다'라는 제목의 전시 홍보 글이다.

사후, 10년이 넘은 지금도 영화계에 찬연히 그 이름이 빛을 발하는 거장 구로사와 아키라. 청년기에는 화가에 뜻을 두어 18세에 이과전 입선을 이룰 정도의 솜씨이면서도 영화 제작의 길을 택함과 동시에 "두 마리 토끼를 잡는 자는 한 마리도 잡지 못한다"라고 깨끗이 붓을 꺾고, 모든 회화 작품을 소각하였습니다. 그로부터 반세기가 넘도록 영화 《가게무샤》 제작을 계기로 다시 화필을 집어 들고 작품에 대한 뜨거운 마음을 정성껏 담아 그려낸 것이 그림 콘티였습니다. 이후 콘티는 구로 사와에게 영화 제작에 필수적인 중요한 창작 과정 중 하나가 되어 평생 2,000점이 넘는 작품을 남겼습니다. 완성된 영화와 비교해 보면 그 인물 묘사, 의상, 장치, 조명, 구도가 거의 그대로 재현되어 있는 것이 놀랍습니다. 치밀하게 그려낸 그림 콘티 중에는 영화의 한 컷 한 컷이 한 장의 사진처럼 아름답다는 평을 받았던 구로사와 영화의 원점을 볼 수 있습니다. 치밀하고 예술적인 구로사와 그림 콘티는 영화계뿐만 아니라 미술계에서도 뜨거운 주목을 받고 있으며, 지난해 파리 시립 쁘띠 팔레 미술관, 터키 공화국 이스탄불시의 페라 미술관을 비롯해 세계의 유서 깊은 미술관에서 그림 콘티 전시회가 개최되었습니다. 이번 작품 전에서는 2,000점의 그림 콘티에서 엄선한 약 140작품에 더하여, 영화 《꿈》에서 고흐역을 연기한 마틴 스콜세지 씨가 소장한 그림 콘티 10작품(예정)을 일본에서 최초 공개합니다. 생동감 넘치는 작품들을 통해서, 그 예술성의 높이와 함께 천재라고 불린 구로사와가 얼마나 치밀하게 준비를 거듭해, 정중하고 진지하게 영화 제작과 마주하고 있었는지를 봐 주시기 바랍니다.

젊은 시절 그의 그림에 대한 열정이 이후의 작품세계에 어떻게 투영되었는지 그 일단을 엿볼 수 있다.

4. 조감독 시대

1936년 어느 날 26살의 구로사와는 신문에서 P·C·L(포토 케미컬 레브러토리) 촬영소의 조감독을 모집하는 광고문을 보게 된다. P·C·L은 1932년, 토키영화기술을 개발하고 토키영화를 제작하기 위해 창립된 회사로, 1937년 몇 개의 회사와 함께 도호東寶영화로 병합, 재탄생하게 된다.

조감독 응모를 위해서는 1차적으로 '일본영화의 근본적인 결함의 예를 들고 그 해결책을 쓰시오'라는 논문을 제출하는 것이었는데, 평소 방대한 자국과 서양의 영화를 보아왔던 구로사와에게는 역시 말하고 싶은 것이 많았을 터, 바로 응모를 하였다. 500여 명이 지원하였는데, 구로사와는 1차 논문에 이은 면접시험을 거쳐 도교대·교토대·와세다대·게이오대 출신의 4명과 함께 최종 합격하였다. 회사는 원칙적으로 대학졸업이 조건이었지만, 구로사와의 예술적, 문학적 소양과 자질을 높게 산 야마모토 가지로山本嘉次郎(1902~1974) 감독의 강력한 추천이 있었다.

당시 일본은 중국대륙 침략을 위해 1931년 9월 18일 만주전쟁을 일으키고 중국의 동북지방에 괴뢰국가 '만주국'을 설립하였다. 이후 1937년 7월 7일 베이징北京 교외의 작은 돌다리인 '루거우차오蘆溝橋'에서의 일본군과 중국군의 작은 충돌을 빌미로 일방적인 공격을 개시했으니, 이것이 중일전쟁의 서막이다. 한편 국내에서는 이른바 '2·26 사건', 즉 1936년 2월 26일 일본 육군청년장교들이 천몇백 명의 병력을 이끌고 정부고관을 습격하는 사건이 있었으나, 실패로 끝나 이후 군부의 발언권이 강화된 일본은 급속하게 군국주의화의 길을 걷게 된다.

한편, 군국주의 파시즘 체제화의 진행 과정 속에서, 영화의 단속은 활동사진〈필름〉검열규칙(1925년 5월 26일, 내무성령)에 기초한 내무부의 영화필름 검열과 각 부현府縣 흥행단속 규칙에 기초한 영화 흥행단속이 이루어졌다. 그러다가 1933년 2월의 〈영화국책 수립에 관한 건의안〉(중의원) 채택을 계기로 대중적 교화·선전 매체로서의 영화를 둘러싼 통제 논의가 고조되어 1934년 4월의 영화통제위원회 설치를 거쳐 본법 제정으로 발전하였다. 그리고 1938년의 국가 총동원법 공포를 거쳐 제2차 대전이 시작된 1939년, 그해 4월 5일에 영화의 전면적인 국가 통제를 목적으로 영화법이 시행되었다. 영화 제작·배급의 허가제, 영화 제작에 종사하는 자(감독, 배우, 카메라맨)의 등록제, 극영화 각본의 사전 검열, 문화영화·뉴스 영화의 강제 상영, 외국 영화의 상영 제한 등이 법정화되었다. 이 사이 이른바 중일전쟁이 일어난 1937년에는 중국 동북부에 만주영화협회가, 영화법 시행 1939년에는 중국 난징에 중화전영, 중국 베이징에 화북전영이, 모두 국책회사로서 설립되어 국가에 의한 일본 외지에서의 영화 공작이 확산되어 갔다.

구로사와는 조감독 시절, 처음에는 자신의 직업에 만족하지 못해 그만두려고도 하였지만, 두 번째 작품의 조감독으로 야마모토 감독의 《에노켄의 천만장자エノケンの千万長者》에 합류한 뒤로는 활기를 되찾았다.

다른 영화사보다 상대적으로 자유롭고 진취적이며, 조감독에게도

많은 권한을 부여한 촬영소의 분위기 속에서 구로사와는 37년부터 40년까지 다키자와 에이스케瀧澤英輔(1902~1965), 나루세 미키오成瀨巳喜男(1905~1969), 야마모토 감독 등의 작품에 참가, 영화제작에 필요한 현상, 도구설치, 각본, 편집 등 다양한 분야를 경험하였다. 특히 야마모토 감독의《도주로의 사랑藤十郎の戀》,《글짓기교실綴方敎室》,《에노켄 전성시대エノケンのがっちり時代》,《주신구라忠臣藏(後編)》(山本嘉次郎)에 참가하면서 야마모토의 지도하에 주위로부터 유망한 감독으로 주목을 받아 갔다.

조감독 시절, 가장 그에게 잊을 수 없는 체험은 야마모토 감독의 대작《말馬》(각본은 야마모토, 구로사와 공동 집필)의 촬영이었을 것이다. 말과 소녀의 마음의 교류를 그린 다큐멘터리풍의 전원영화로 구로사와는 제작주임(우두머리 조감독)으로 3년여간 참가하였다. 말을 좋아하는 소녀가 갓 태어난 '다로太郎'를 애정으로 키웠는데 결국 군마로 팔아야만 한다는 스토리이다.

이 소녀 역을 맡은 여성이 당시 17살로 미래의 톱 여배우로 성장하는 다카미네 히데코高峰秀子(1924~2010)였다. 구로사와는 182cm의 장신으로 얼굴과 일, 어느 것 하나 모자람이 없었다. 그런 두 사람이 1940년 후반경, 연정을 품게 되었다. 하지만 둘이 혼약을 한다는 엉터리 기사가 신문에 보도되고, 이를 본 다카미네의 어머니는 두 사람의 관계를 강하게 부정했다. 당시 30살의 구로사와 자신도 결혼 생각이 없었을 터, 하지만 한 쪽은 감독으로, 한쪽은 배우로 오랫동안 같은 세계에서 공존했던 만큼 구로사와 개인에게는 좀처럼 잊을 수 없는 사건이 되었다.

　구로사와는 조감독 시절 분주한 촬영소에서의 활동뿐만이 아니라 나루세, 야마모토 감독으로부터 각본 공부도 지도를 받았다. 특히 야마모토는 각본가 출신으로 "훌륭한 감독이 되기 위해서는 우선 인생경험을 충분히 쌓고 진짜와 가짜를 구별할 수 있는 눈을 가져야 한다. 구체적으로 첫 번째 시나리오를 잘 써야 한다. 그다음으로 편집을 확실히 할 수 있어야 한다"고 교육시켰다.

　이하는 조감독으로 참가한 영화와 집필한 주요 각본을 연도별로 정리한 것이다.

제작년도	조감독 참가 영화. ( ) 안은 감독	집필한 주요 각본
36	《處女花園》(矢倉茂雄) 《エノケンの千万長者》(山本嘉次郎) 《東京ラプソディー》(伏水修)	
37	《戰國群盜傳》(瀧澤英輔) 《夫の貞操》·《エノケンのちゃっきり金太》·《美しき鷹》(山本嘉次郎) 《雪崩》(成瀨巳喜男)	
38	《地熱》(瀧澤英輔) 《藤十郎の戀》·《綴方教室》·《エノケンのびっくり人生》(山本嘉次郎)	「水野十郎左衛門」
39	《エノケンのがっちり時代》《忠臣藏·後編》·《のんき横丁》(山本嘉次郎) 《馬》(山本嘉次郎) 제작개시. 구로사와는 B반 감독(우두머리 조감독)을 맡음	
40	《ロッパの新婚旅行》·《エノケンのざんぎり金太》·《孫悟空/前編·後編》(山本嘉次郎) 《馬》의 제작도 계속됨	
41	《馬》(山本嘉次郎) 3월 공개	「達磨寺のドイツ人」〈映畫評論 12월호〉 게재

42		「靜かなり」〈日本映畵 2월호〉 게재 「靑春の氣流」(伏水修) 공개 「雪」〈新映畵4월호〉에 게재 「翼の凱歌」(山本薩夫) 공개 데뷔작「姿三四郎」 집필

1941년, 각본「달마사의 독일인達磨寺のドイツ人」이『映畵評論』 12월호에 게재되어, 이타미 만사쿠伊丹万作(1900~1946)감독의 칭찬 을 받았다. 1942년, 각본「조용하다靜かなり」가 정보국 국민영화 각 본공모에 입선을 하고(『日本映畵』2월호 게재), 2월 14일, 각본「청춘 의 기류靑春の氣流」가 후시미즈 오사무伏水修(1910~1942)감독에 의 해 공개되었다. 계속해서 각본「눈雪」이 국책영화 각본모집에 입선 하여『新映畵』4월호에 게재되었다. 10월, 각본「날개의 개가翼の凱 歌」가 야마모토 사쓰오山本薩夫(1910~1983)에 의해 공개되었다.

5. 《스가타 산시로》

구로사와의 데뷔작《스가타 산시로》의 원작은 강도관유도講道館 柔道를 제재로 한 도미타 쓰네오의 동명소설『스가타 산시로』이다. 저자 도미타는 1942년 9월 출간한『스가타 산시로』이후, 일약 인기 작가의 반열에 오른 작가였는데, 자서전에 의하면 소설의 신문광고 를 보고 소설이 발매되던 날 줄을 서서 기다리며 책을 구입해서는 하룻밤 만에 읽고 반드시 영화로 만들면 성공할 것이라는 확신을 갖

게 되었다고 한다. 구로사와는 아버지가 직업군인으로 소년시절 검
도와 서도를 배운 바 있어, 무사도 정신을 기본으로 한 소설에 대한
이해가 남달랐을 것이다.

《스가타 산시로》는 1943년 3월 25일 공개된 흑백, 스탠더드 사이
즈(1:1.33), 97분 작품이다. 제작, 배급은 도호 주식회사.

영화는 주인공 스가타 산시로가 1880년대 즈음, 도쿄로 상경하여
일본 고래의 일본의 무예인 유술柔術을 정리하고 새롭게 유도를 만
들려고 하고 있던 야노 쇼고로矢野正五郎의 문하에 들어가 기존의
유술계를 대표하는 여러 적수들과 대결하고 사랑의 시련을 겪으며
한 명의 진정한 유도가로 성장해 나가는 모습을 그린다.

스텝진은, 각본 : 구로사와 아키라, 기획 : 마쓰자키 게이지松崎啓
次, 원작 : 도미타 쓰네오富田常雄의 『姿三四郎』 錦城出版社, 촬
영 : 미무라 아키라三村明, 미술 : 도즈카 마사오戶塚正夫, 녹음 : 히
구치 도모히사樋口智久, 조명 : 오누마 마사키大沼正喜, 음악 : 스즈
키 세이이치鈴木靜一, 조감독 : 스기에 도시오杉江敏男, 편집 : 고토
도시오後藤敏男 등이다.

등장인물과 배역은, 야노 쇼고로矢野正五郎 : 오코치 덴지로大河內
傳次郎, 스가타 산시로姿三四郎 : 후지타 스스무藤田進, 사요小夜 : 도
도로키 유키코轟夕起子, 히가키 겐노스케檜垣源之助 : 쓰키가타 류노
스케月形龍之介, 무라이 한스케村井半助 : 시무라 다카시志村喬, 오스
미お澄 : 하나이 란코花井蘭子, 이누마 고민飯沼恒民 : 아오야마 스기
사쿠青山杉作, 미시마三島 총감 : 스가이 이치로菅井一郎
몬마 사부로門馬三郎 : 고스기 요시오小杉義男, 스님 : 고도 구니노

리高堂國典, 핫타八田 : 세가와 미치사부로瀨川路三郎, 단 요시마로
壇義麿 : 고노 아키타케河野秋武, 도다 유지로戸田雄次郎 : 기요카와
소지淸川莊司, 쓰자키 고헤이津崎公平 : 미쿠니 구니오三田國夫, 도라
노스케虎之助 : 나카무라 아키라中村彰, 네모토根本 : 사카우치 에이
자부로坂內永三郎, 도라키치虎吉 : 야마무라 고山室耕 등이다.

　제작과정은 다음과 같다. 1942년 12월 13일, 요코하마의 아사마
淺間 신사 경내에서 산시로와 사요가 처음으로 만나는 장면부터 촬
영을 개시했다. 15일, 아이치현愛知縣 한다시半田市에서 로케이션을
실시해, 야노 쇼고로가 야습을 당하는 장면부터 시작해 23일까지 촬
영했다.

　1943년 1월 13일부터 2월 22일까지 세트 촬영을 하였고, 2월 15
일 하코네箱根 센고쿠하라仙石原에서 클라이맥스의 산시로와 히가
키 겐노스케의 결투를 운 좋게 강풍이 불어 촬영에 성공하였다. 그리
고 2월 말일에 전 촬영이 종료되었다.

　당시 촬영을 담당했던 미무라 아키라는 초반 야노 쇼고로의 촬영
장면을 다음과 같이 회상하고 있다.

　　12월 15일, 아이치현 한다시의 강근처. (중략) 추위는 그야말로 영
　하로 내려갔다. 카메라모터가 느려질까 두려워 석탄을 때서 데우지 않
　으면 안 되었다. (중략) 야노가 인력거로 온다. 몬마 일당 여럿이 둘러
　싼다. 배수의 진을 친 야노. 야노는 처음에 돌진한 한 명을 멋지게 강으
　로 던져 넣는다. 흠뻑 젖은 배우는 바로 자동차로 숙소로 실려 간다.
　그곳에는 목욕탕이 기다리고 있다. 연이어서 배우들은 물에 빠진다.

4명째를 멋지게 던져 버렸다. 카메라는 정확하게 팬으로 강으로 빠지는 배우를 포착했다. 파인더 들여다본 나는 '이런' 하고 당황해했다. 두 사람이 빠졌기 때문이다. 야노 역의 오코치 덴지로가 힘이 넘쳐 같이 강에 떨어진 것이다. 감독이 "오늘 촬영 중지"라고 큰 소리로 외쳤다. 흠뻑 젖은 적과 아군을 태운 자동차는 급하게 숙소를 향해 달렸다.

이데올로기적인 국책영화가 많은 작품들 속에서 낭만적인 메이지 시대를 배경으로 우직하게 유도의 길을 걷는 젊은 영웅에 대해 관객들은 열광했고, 구로사와는 7월 신인감독상격인 야마나카상山中賞을 기노시타 게이스케木下惠介(1912~1998)와 같이 수상하였다.

6. 《가장 아름답게》

구로사와는 제2차 세계대전 때의 자신을 회고하며 "애석하게도 적극적으로 저항할 용기도 없어, 적당히 영합하든가 혹은 도피했다고 하지 않을 수 없다. 그래서 나는 잘했다는 양 전쟁에 대해 비판할 자격이 없다"고 기술하고 있다.

《가장 아름답게》는 1944년 4월 13일 공개된 흑백, 스탠더드 사이즈(1:1.33), 85분 작품이다. 제작은 도호 주식회사, 배급은 사단법인 영화배급사.

내용은 공장에서 근로하는 여자정신대에 관한 이야기이다. 태평양전쟁 말기인 1944년, 히라쓰카의 군수공장에서는 긴급한 전황에 정밀무기에 들어갈 렌즈제조의 증산增産 주간에 들어갔다. 그곳에서 일하는 여자정신대 소녀들은 부모를 떠나 기숙사에서 생활하고 있다. 그녀들은 와타나베 쓰루를 리더로, 열심히 일해 목표에 근접해 간다. 하지만 과로와 피로에, 거기에 더불어 작고 큰 동료 간의 갈등이 생산 작업에 제동을 건다.

제2차 세계대전 중, 구사와 아키라의 감독 제2작으로 찍은 이 작품은 전의앙양을 목적으로 기획된 것이지만 집단과 자아의 조화 속에서 일하는 개별 여성들의 모습을 있는 그대로 조명하려는 작가적 정신으로 인해 국책영화의 틀을 넘어선 작품이 될 수 있었다.

스텝진은, 각본 : 구로사와 아키라, 제작 : 우사미 히토시宇佐美仁, 촬영 : 오바라 조지小原讓治, 음악 : 스즈기 세이이치鈴木靜一, 미술 : 아베 데루아키阿部輝明, 기획 : 이토 모토히코伊藤基彦, 조명 : 오누마 마사키大沼正喜, 녹음 : 시모나가 히사시下永尙, 조감독 : 우사미 히토시宇佐美仁, 호리카와 히로미치堀川弘通 등이다.

등장인물과 배역은, 이시다 고로石田五郎(소장) : 시무라 다카시志村喬, 요시카와 소이치吉川莊一(총무과장) : 기요카와 소지淸川莊司, 사나다 다케시眞田健(근로과장) : 스가이 이치로菅井一郎, 미즈시마 도쿠코水島德子(사감) : 이리에 다카코入江たか子, 와타나베 쓰루渡邊ツル(조장) : 야구치 요코矢口陽子, 다니무라 유리코谷村百合子(부조장) : 다니마 사유리谷間小百合, 야마자키 사치코山崎幸子 : 오자키 사치코尾崎幸子, 니시오카 후사에西岡房枝 : 니시가키 시즈코西垣シヅ子, 스즈무라 아사코鈴村あさ子 : 스즈키 아사코鈴木あさ子, 고야마 마사코小山正子 : 도야마 하루코登山晴子, 히로타 도키코廣田とき子 :

마스 아이코增愛子, 후타미 가즈코二見和子 : 히토미 가즈코人見和子
야마구치 히사에山口久江 : 야마구치 시즈코山口シズ子, 오카베 스에
岡部スエ : 고노 이토코河野絲子, 핫토리 도시코服部敏子 : 하지마 도
시코羽島敏子, 반도 미네코阪東峰子 : 요로즈요 미네코萬代峰子, 고적
대 선생님 : 고노 아키타케河野秋武, 기숙사 사환 : 요코야먀 운페이
橫山運平, 스즈무라의 아버지 : 마키 준眞木順 등이다.

　제작과정은 다음과 같다. 1943년 9월, 이제까지 준비를 하고 있었
던『삼파기타(Sumpa kita) 꽃』,『국제방송전國際放送戰』을 포기하고,
여자정신대를 그린『문은 가슴을 열고 있다』를 착수한다(최초의 제
목). 동시에 신인 여배우들은 2개월간의 훈련을 시작한다.

　10월 8일, 제목을『일본의 청춘』으로 변경하고 각본을 수정한다.
11월,『일본의 청춘』개정본 탈고. 12월, 다시『와타나베 쓰루』로
제목을 변경하고, 촬영 때에『가장 아름답게』로 최종적으로 제목을
결정한다. 12월 18일, 신인 여배우 23명, 요코하마橫浜 도쓰카구戶
塚區 '일본광학' 공장에 여자정신대로서 입소, 촬영이 개시된다.
1944년 1월말, 퇴소식을 하고 '일본광학'에서의 촬영종료. 이후 세
트촬영에 들어간다. 3월 10일경, 완성.

　구로사와는 여배우들로 하여금 극중과 같은 집단생활과 공장 노
동을 체험하게 하여 다큐멘터리 터치에 입각한 촬영을 철저하게 지
향하였다. 신인배우들을 일반인의 여자공원으로 변신시키기 위해
공장에서의 노동뿐 아니라, 화장품 냄새, 폼, 연극톤, 배우 특유의
자의식을 없애려고 노력했다. 달리기와 배구경기를 하게 하고, 고적
대를 조직하여 거리를 행진하게 하였다. 점점 여배우들은 얼굴 화장

도 아무렇게나 하게 되면서 흔히 볼 수 있는 건강하고 활발한 소녀 집단처럼 되었다.

정신대 일원이었던 도요하라 미노리豊原みのり는 "오늘 아침에는 고적대로 출근했는데, 안타깝게도 너무 추웠다. 머리의 밴드를 묶을 수조차 없었다. 평소보다 일찍 밖에서 정렬해서 큰 거리로 나와, 행진대열로 맞춰 연주하며 행진했다. 아무튼 추위는 참을 수 없었고 피리를 쥐고 있는 손이 꽁꽁 얼 것만 같았다"고 회상하고 있다.

7. 《속 스가타산시로》

《속 스가타산시로》는 1945년 5월 3일 공개된 흑백, 스탠더드 사이즈(1:1.33), 82분 작품이다. 제작은 도호 주식회사, 배급은 사단법인 영화배급사.

2년간의 수도 여행에서 돌아온 산시로가 전작, 우쿄가 하라 전투에서 패한 히가키 겐노스케의 동생 2명이 복수를 위해 산시로와 대결하고자 한다. 이에 산시로는 타류시합을 금지하는 수도관의 규정을 어기고 이들과 대적하게 된다는 것이 주된 내용이다.

출연자도 전작과 거의 같지만, 일본인 소년을 괴롭히는 미국인 수병이나, 미국인 복서를 유도기술로 날려버리는 장면 등을 보면, 전작에 비해 국책영화적인 성격이 짙어졌다고 할 수 있다. 단, 당시의 영화정책과 검열, 국가의 요구 하에 제작되었던 국수적인 색채가 농후한 다른 영화와 비교하거나, 또한 원작에 보이는 농후한 서양배타적이고 국수적인 내용이 영화에서 최대한 생략되었음을 고려한다면, 사토 다다오佐藤忠男의 "구로사와 아키라의 경우는, 전쟁과 전향은 내면적으로 하등의 문제도 안 되었다고 보인다. 그는 단지 곤란한 인생을 남자답게 영웅적으로 살아가는 인물이 필요했던 것 같으며, 그래서 메이지의 유도가나 전쟁 중의 반전운동가나 별반 다름없었던 듯하다"는 평은 곱씹어 생각해 볼 필요가 있다.

스텝진은, 각본 : 구로사와 아키라, 제작 : 이토 모토히코伊藤基彦, 촬영 : 이토 다케오伊藤武夫, 음악 : 스즈키 세이이치鈴木靜一, 녹음 : 가메야먀 세이지龜山正二, 미술 : 구보 가즈오久保一雄, 조명 : 이시이 조시로石井長四郎, 조감독 : 우사미 히토시宇佐美仁, 호리카와 히로미치堀川弘通 등이다.

등장인물과 배우는, 야노 쇼고로矢野正五郎 : 오코치 덴지로大河内傳次郎, 스가타 산시로姿三四郎 : 후지타 스스무藤田進, 히가키 겐노스케檜垣源之助 : 쓰키가타 류노스케月形龍之介, 히가키 뎃신檜垣鐵心 : 쓰키가타 류노스케月形龍之介, 히가키 겐자부로源三郎 : 고노 아키타케河野秋武, 사요小夜 : 도도로키 유키코轟夕起子, 도다 유지로戸田雄次郎 : 기요카와 소지淸川莊司, 단 요시마로壇義麿 : 모리 마사유키森雅之, 쓰자키 고헤이津崎公平 : 미야구치 세이지宮口精二
사몬지 다이자부로左文字大三朗 : 이시다 고石田鑛, 세키네 가헤에關根嘉兵衛 : 히카리 하지메光一, 스님 : 고도 구니노리高堂國典, 누노비키 고조布引好作 : 스가이 이치로菅井一郎 등이다.

조감독이었던 우사미 히토시는 다음과 같이 회상하고 있다.

여기에 출연한 외국인 배역은 당시 요요기代々木 우에하라上原에 있었던 속칭 '우에하라 조직'의 무국적 외국인들에게 부탁했다. 터키인들이 많았다. 나중에 연애인이 된 에릭이나 로이 제임스 등도 여기에 속해 있었다.

라스트 신의 눈 속에서의 결투장면은 시가고원志賀高原, 홋포發哺에서 촬영했는데 정말로 힘들었다. 지금은 케이블카 등으로 쉽게 갈 수 있지만, 당시는 유다나카湯田中에서 걸어서 모두 자일을 준비해서 일단 계곡 아래로 내려가 올라가는 데에 약 3시간 걸렸다. 여자 스텝 중에는 울음을 터뜨린 사람도 있을 정도였다.

전작의 대히트에 이은 영화사의 강력한 주장에 의해 제작된 만큼 구로사와 스스로 그다지 잘 된 영화가 아니라고 평했고, 이후 그의 작품에서 어떤 작품도 '속편'으로 만들어지는 경우는 없었다.

8. 《호랑이 꼬리를 밟는 남자들》

1945년 5월 21일, 35살의 구로사와는 야구치 요코矢口陽子(1921~1985, 본명 가토 기요加藤喜代, 실생활에서는 기요코喜代子라 불림)와 결혼한다. 야구치는 홍콩에서 태어나 현재의 쇼와昭和고등학교를 중퇴하고, 1937년에 쇼치쿠松竹 소녀가극단에 입단하여 1940년 도호영화사로 이적했다. 《결혼하는 날까지嫁ぐ日まで》(1940)로 데뷔, 1946년까지 14여 편의 작품에 참가했는데, 구로사와의 3번째 작품《가장

아름답게》(1944)의 주연 와타나베 쓰루를 연기했다.

공습경계경보가 울리는 속에서 거행된 메이지신궁明治神宮에서
의 결혼식에서는 야마모토 가지로 부부가 중매를 서주었다. 결혼
후, 기요코 부인은 구로사와의 직업상 음식이 중요하다고 생각하여,
남편의 도시락뿐만이 아니라 스텝들의 도시락까지 챙기는 등, 그가
편안하게 영화제작을 할 수 있도록 내조에 힘썼다.

구로사와는 다다미 6장, 4장 반 크기의 방이 있었던 에비스에서
다다미 6장 크기의 툇마루와 다다미 6장 크기의 방이 있는 소시가야
祖師谷 오쿠라大藏로 이사를 하였다. 현재의 세타야구世田谷區의 기
누타砧 지역인데, 실은 조감독인 호리카와 히로미쓰堀川弘通의 집이
었다. 이사를 한 다음 날 에비스의 집은 공습으로 불에 탔다. 간담이
서늘해 지는 체험이었다. 호리카와는 1층에 구로사와 부부는 2층에
살았는데 1949년까지 이곳에서 정착했다.

결혼 이후의 생활은《속 스가타산시로》로 정식으로 감독으로 계약
은 했지만, 부인이 은퇴를 선언하였고, 감독의 급료는 여배우의 반
정도 밖에 안 되어, 구로사와는 각본을 한번에 3편을 쓰기도 하였다.

《속 스가타산시로》이후, 차기작으로 유명한 전국시대의 무장 오
다 노부나가織田信長의 일화를 소재로 한《영차, 창을 들어라どっこ
い、この槍》라는 작품을 구상 중이었으나 전쟁 신에 쓸 말이 부족하
여 기획 자체를 포기할 수밖에 없었다.

B29의 폭격기가 더욱 그 위세를 떨치며 시가지를 불태우고 있는
사이, 구로사와는 전통예능인 노의『아타카安宅』와 가부키의『권진
장勸進帳』을 원작으로 한《호랑이 꼬리를 밟는 남자들》을 구상하여

준비단계에 들어간다. 세트는 하나, 로케이션은 당시 촬영소의 후문 밖으로 뻗어 있었던 황실 소유의 숲으로 하여, 가부키의 연극 구성을 거의 그대로 답습하여 하루, 이틀 만에 영화 대본을 완성시켰다.

촬영이 시작되었지만 일본의 패전으로《호랑이 꼬리를 밟는 남자들》의 촬영은 일시적으로 중단 되었고 3, 4일 후 다시 재개되었다. 이 시기에 점령군 장교들이 촬영을 견학했는데, 그중에 구로사와가 경외하는 존 포드 감독이 해군장관으로 왔다는 사실을 나중에 알게 된다.

우여곡절을 겪으며 완성된 4번째 작품,《호랑이 꼬리를 밟는 남자들》은 1945년, 패전을 전후로 완성되었으나 검열로 인해 1952년 4월 24일 공개된 흑백, 스탠더드 사이즈(1:1.33), 59분 작품이다. 제작 및 배급은 도호 주식회사.

줄거리는 이하와 같다. 오슈奧州로 향해 산로를 오르는 야마부시山伏차림의 일행이 있다. 고용한 한 명의 짐꾼이 있었으니 당대의 희극인 에노켄이다. 관객들은 그 짐꾼의 수다를 통해 일행의 정체는 가마쿠라鎌倉 쇼군將軍 미나모토노 요리토모源賴朝에게 쫓기는 요리토모의 동생 요시쓰네義經와 그 가신들임을 알게 된다. 일행을 체포하기 위해 아타카安宅 관문에는 도가시富樫가 그들을 기다리고 있다. 가신들은 관문 하나쯤 무력으로 돌파해서 가자고 주장하나, 종자들을 제압한 것은 일행의 선두에 선 벤케이弁慶. 벤케이는 아타카는 그저 큰일을 치루기 위한 작은 일에 불과하니, 가능한 한 무사히 통과할 궁리를 하자고 설득한다. 그리고 눈에 띄는 요시쓰네에게 짐꾼의 갓을 깊이 눌러쓰게 하고 무거운 짐을 지게 하여 짐꾼으로 변장시킨다. 한편, 정체를 알고 무서워 도망친 짐꾼은 원래 의협심이 있는 자라, 다시 되돌아와 일행과 합류한다. 삼엄한 경비의 아타카 관문에는 가지와라梶原의 사자도 이미 도착해 있었다. 도가시는 벤케이의 당당한 태도와 주종의 관계에 감동하여 그들의 정체를 알면서도 일행을 놓아주었고 관문에서 멀지 않은 곳에서 일행에게 주연까지 베풀어 준다. 일행은 비로소 안도의 한숨을 쉬고 주연을 즐긴다. 짐꾼도 만취하여 문득 들바람에 눈을 뜨자 이미 일행은 그를 남겨두고 떠난 뒤였다. 해 질 녘 들녘 저편을 향해 짐꾼이 도비롯포의 동작으로 뒤를 쫓는 모습이 라스트 신을 장식한다.

　스텝진은, 각본 : 구로사와 아키라, 제작 : 이토 모토히코伊藤基彦, 촬영 : 이토 다케오伊藤武夫, 편집 : 고토 도시오後藤敏男, 음악 : 핫토리 다다시服部正, 녹음 : 하세베 게이지長谷部慶治, 미술 : 구보 가즈오久保一雄 등이다.

　등장인물과 배우는, 벤케이弁慶 : 오코치 덴지로大河內傳次郎 도가시富樫 : 후지타 스스무藤田進, 짐꾼 : 에노모토 겐이치榎本健一, 가메이龜井 : 모리 마사유키森雅之, 가타오카片岡 : 시무라 다카시志村喬, 이세伊勢 : 고노 아키타케河野秋武, 쓰루가駿河 : 고스기 요시오小杉義男, 히타치보常陸坊 : 요코오 데카오橫尾泥海男, 요시쓰네義經 : 니시나 다사요시仁科周芳(10대 이와이 한시로岩井半四郎), 가지와라의 사자 : 히사마쓰 야스오久松保夫, 도가시의 사자 : 기요카와 소지淸川莊司 등이다.

　음악을 담당한 핫토리 다다시服部正(1908~2008)는 당시의 작업에 대해 "(원작이, 필자주) 노의 『아타카』여서, 노래를 부자연스럽지 않게

서양음악으로 개작해야 하는 점이 어려웠지만 잘 되었다고 생각한
다. 정말 절묘한 영화다. 배우도 훌륭했다. 특히 에노켄은 놀라웠다.
구로사와 씨의 음악에 대한 주문은 치밀했다. 그 당시의 영화는 이
부분에 몇 분 정도의 길이의 음악을 넣어 달라, 라고 하는 것이 보통
이었는데 구로사와 씨는 내용에 입각해서 음악을 어떻게 넣을 것인
지 고심했다. 다른 감독과는 달랐다"고 회상한다.

　패전 이후 곧 완성된 작품은 7여 년 만에 개봉되었는데 그 이유는
일본 측 검열관의 횡포라는 설과 GHQ의 검열에 의한 설이 있다.
전자는 일본인 검열관이 영화가 『권진장』을 개악하여 우롱했다고
판단하여, 점령군 GHQ의 보고서에서 제외시켰고, GHQ는 보고되
지 않은 비합법작품으로 규정하여 개봉을 허가하지 않았다는 것이
다. 그리고 후자는 요시쓰네와 벤케이의 주종 간의 충의를 그리는
내용은 GHQ가 일본 정부에 요구한 '반민주주의 영화 제거' 각서에
입각하여 '반민주주의 영화' 중 한 편으로 분류되었기 때문이라는
것이다.

　같은 해, 구로사와의 각본 「이야기하다喋る」가 신생신파新生新派
에 의해 12월 1일부터 25일까지 유라쿠자有樂座에서 공연되었다. 그
리고 12월 20일 장남 히사오久雄가 태어났다.

구로사와 아키라 관련 도서목록

〈각본 및 자료〉
- 黒澤明(1987~2002)『全集 黒澤明 1~最終巻』岩波書店
- キネマ旬報編集部編集(1989)『黒澤明集成』キネマ旬報社
- キネマ旬報編集部編集(1991)『黒澤明集成 Ⅱ』キネマ旬報社
- キネマ旬報編集部編集(1993)『黒澤明集成 Ⅲ』キネマ旬報社
- 浜野保樹(2009~2010)『大系 黒澤明 1~4』講談社

〈국내도서〉
- 문예춘추 편, 김유준 역(2000)『구로사와 아키라의 꿈은 천재이다』현재
- 하시모토 시노부 저, 강태웅 역(2012)『복안(複眼)의 영상』도서출판 소화
- 이정국(2011)『구로사와 아키라의 영화세계』서해문집
- 구로사와 아키라 저, 김경남 역(2020)『구로사와 아키라 자서전 비슷한 것』 에이케이커뮤니케이션즈

〈연구서 및 평전〉
- キネマ旬報別冊(1964)『二人の日本人：黒澤明·三船敏郎：その骨格と 赤ひげの全貌』キネマ旬報社
- 佐藤忠男(1969)『黒澤明の世界』三一書房
- キネマ旬報社(1972)『黒澤明』2刷 世界の映画作家3 キネマ旬報社
- 黒澤明(1975)『悪魔のように細心に!天使のように大胆に!』東宝
- 都築政昭(1976)『黒澤明(上) その人間研究』インタナル出版
- 都築政昭(1976)『黒澤明(下) その作品研究』インタナル出版
- 植草圭之助(1978)『けれど夜明けに：わが青春の黒澤明』文藝春秋
- ドナルド·リチー著, 三木宮彦訳(1979)『黒澤明の映画』キネマ旬報社

- 都築政昭(1980)『生きる：黒澤明の世界』マルジュ社
- ドナルド・リチー著, 三木宮彦訳(1981)『黒澤明の映画』増補[版] キネマ旬報社
- 藤川黎一(1984)『虹の橋：黒澤明と本木荘二郎』虹プロモーション 田畑書店（発売）
- 黒澤明(1984)『蝦蟇の油：自伝のようなもの』岩波書店
- 井関惺企画, 高橋仁編(1985)『黒澤明監督作品乱記録85』ヘラルド・エース
- 植草圭之助(1985)『わが青春の黒澤明』文春文庫
- 学習研究社(1985)『黒澤映画の美術』学習研究社
- 伊東弘祐(1985)『黒澤明「乱」の世界』講談社
- 佐藤忠男(1986)『黒澤明の世界』朝日新聞社
- 西村雄一郎(1987)『巨匠のメチエ：黒澤明とスタッフたち：インタビュー集』フィルムアート社
- 黒澤明(1990)『蝦蟇の油：自伝のようなもの』同時代ライブラリー12 岩波書店
- 西村雄一郎(1990)『黒澤明：音と映像』立風書房
- 佐藤忠男(1990)『黒澤明解題』岩波書店
- D・リチー著, 三本宮彦訳(1991)『黒澤明の映画』社会思想社
- 黒澤明[述], 原田真人聞き手『黒澤明語る』福武書店
- 島敏光(1991)『黒澤明のいる風景』新潮社
- 尾形敏朗(1992)『巨人と少年：黒澤明の女性たち』文芸春秋
- 黒澤明(1992)『黒澤明作品画集』TOKYO FM出版
- 黒澤明, 宮崎駿(1993)『何か映画か：「七人の侍」と「まあだだよ」をめぐって』スタジオジブリ, 徳間書店
- 渋谷陽一 [インタビュー・構成](1993)『黒澤明, 宮崎駿, 北野武：日本の三人の演出家』ロッキング・オン
- 文芸春秋編(1994)『異説・黒澤明』文春文庫 ビジュアル版
- 黒澤明著, 原田眞人[聞き手](1995)『黒澤明語る』ベネッセコーポレーション
- 阿部嘉典(1995)『黒澤明 三船敏郎：映画を愛した二人』報知新聞社
- 橋本勝文・絵(1996)『黒澤明：イラスト版オリジナル』現代書館

- ソニー・マガジンズ(1997)『黒澤明クロニクル』ソニー・マガジンズ
- 黒澤明コレクション(1997)『黒澤明：その作品と顔』キネマ旬報社
- 黒澤明コレクション(1997)『黒澤明ドキュメント』キネマ旬報社
- 黒澤明コレクション(1997)『「黒澤明・三船敏郎 二人の日本人」：その骨格と赤ひげの全貌』キネマ旬報社
- 西村雄一朗(1998)『黒澤明音と映像』立風書房
- キネマ旬報特別編集(1997)『黒澤明集成』改訂版, キネマ旬報社
- キネマ旬報臨時増刊(1998)『素晴らしき巨星：黒澤明と木下惠介』キネマ旬報社
- 毎日ムック(1998)『黒澤明の世界』毎日新聞社
- 都築政昭(1998)『黒澤明「一作一生」全三十作品』講談社
- KAWADE夢ムック(1998)『黒澤明：映画のダイナミズム』河出書房新社
- 三国隆一(1998)『黒澤明伝：天皇と呼ばれた映画監督黒澤明伝』展望社
- アサヒグラフ増刊(1998)『追悼・黒澤明：妥協なき映画人生』朝日新聞社
- 淀川長治(1999)『淀川長治, 黒澤明を語る。』河出書房新社
- 樋口尚文(1999)『黒澤明の映画術』筑摩書房
- 山口和夫(1999)『黒澤明：人と芸術』新日本出版社
- 土屋嘉男(1999)『クロサワさーん！：黒澤明との素晴らしき日々』新潮社
- 黒澤明[述], 文芸春秋編(1999)『黒澤明「夢は天才である」』文芸春秋
- 都築政昭(1999)『黒澤明と『七人の侍』："映画の中の映画"誕生ドキュメント』朝日ソノラマ
- 黒澤明［画](1999)『黒澤明全画集』小学館
- 黒澤明研究会(1999)『黒澤明：夢のあしあと：資料・記録集』共同通信社
- 高橋与四男(2000)『映画この神話的なるもの：映画と文学のはざまで』鳥影社
- 獅騎一郎(2000)『黒澤明と小津安二郎』宝文館出版
- 黒澤和子(2000)『パパ、黒澤明』文藝春秋
- 西村雄一朗(2000)『黒澤明を求めて』キネマ旬報社
- 北海道北方博物館交流協会編;加藤九祚監修(2000)『20世紀夜明けの沿海州：デルス・ウザーラの時代と日露のパイオニアたち』北海道新聞社

- 堀川弘通(2000)『評伝 黒澤明』毎日新聞社
- 都築政昭(2000)『黒澤明と『赤ひげ』： ドキュメント・人間愛の集大成』朝日ソノラマ
- 野上照代(2001)『天気待ち：監督・黒澤明とともに』文藝春秋
- 園村昌弘原作, 中村真理子作画(2001)『クロサワ：炎の映画監督・黒澤明伝』小学館
- 黒澤明(2001)『蝦蟇の油：自伝のようなもの』岩波現代文庫
- 野上照代(2001)『黒澤明：天才の苦悩と創造』キネマ旬報社
- 黒澤和子(2001)『黒澤明の食卓』小学館文庫
- 土屋嘉男(2002)『クロサワさーん！：黒澤明との素晴らしき日々』新潮社
- 黒澤明『海は見ていた：巨匠が遺した絵コンテシナリオ創作ノート』新潮社
- 柏瀬宏隆, 加藤信(2002)『黒澤明の精神病理』星和書店
- 都築政昭(2002)『黒澤明と「天国と地獄」：ドキュメント・憤怒のサスペンス』朝日ソノラマ
- 佐藤忠男(2002)『黒澤明作品解題』岩波現代文庫
- 都築政昭(2003)『黒澤明と『生きる』：ドキュメント・心に響く人間の尊厳』朝日ソノラマ
- 堀川弘通(2003)『評伝 黒澤明』筑摩書房
- 黒澤和子(2004)『パパ、黒澤明』文春文庫
- 野上照代(2004)『天気待ち：監督・黒澤明とともに』文春文庫
- 黒澤和子(2004)『回想黒澤明』中公新書
- 岩本憲児(2004)『黒澤明をめぐる12人の狂詩曲』早稲田大学出版部
- 黒澤明研究会(2004)『黒澤明を語る人々』朝日ソノラマ
- 浅岡揺(2005)『十五人の黒澤明：出演者が語る巨匠の横顔』ぴあ
- 都築政昭(2005)『黒澤明の遺言《夢》』近代文芸社
- 西村雄一郎(2005)『黒澤明と早坂文雄：風のように侍は』筑摩書房
- 都築政昭(2005)『黒澤明と『用心棒』： ドキュメント・風と椿と三十郎』朝日ソノラマ
- 都築政昭(2006)『黒澤明と「七人の侍」』朝日文庫
- 田草川弘(2006)『黒澤明vs.ハリウッド：『トラ・トラ・トラ！』その謎のすべ

て』文藝春秋
- 古山敏幸(2008)『黒澤明の作劇術』フィルムアート社
- 吉村英夫(2008)『黒澤明を観る：民の論理とスーパーマン：吉村英夫講義録』草の根出版会
- 塩澤幸登(2009)『黒澤明大好き！：強烈な優しさと強烈な個性と強烈な意志と』やのまん
- 川村蘭太(2009)『黒澤明から聞いたこと』新潮新書
- 小林信彦(2009)『黒澤明という時代』文 藝春秋
- KAWADE夢ムック(2010)『黒澤明：生誕100年総特集』河出書房新社
- 都築政昭(2010)『黒澤明：全作品と全生涯』東京書籍
- 田草川弘(2010)『黒澤明vs.ハリウッド：『トラ・トラ・トラ!』その謎のすべて』文春文庫
- 橋本忍(2010)『複眼の映像：私と黒澤明』文春文庫
- キネマ旬報社(2010)『黒澤明：キネマ旬報セレクション』キネマ旬報社
- 上島春彦(2010)『血の玉座：黒澤明と三船敏郎の映画世界』作品社
- 山田幸平(2010)『現代映画思想論の行方：ベンヤミン，ジョイスから黒澤明，宮崎駿まで』晃洋書房
- ホリプロ(2010)『映画に捧ぐ：黒澤明生誕100年記念画コンテ展』ホリプロ
- 古賀重樹(2010)『1秒24コマの美：黒澤明・小津安二郎・溝口健二』日本経済新聞出版社
- 高橋誠一郎(2011)『黒澤明で「白痴」を読み解く』成文社
- 都築政昭(2012)『黒澤明の遺言』実業之日本社
- 藤川黎一(2012)『黒澤明vs.本木荘二郎：それは春の日の花と輝く』論創社
- 小林信彦(2012)『黒澤明という時代』文春文庫
- デアゴスティーニ・ジャパン(2013)『黒澤明』週刊『日本の100人』：歴史をつくった先人たち
- 指田文夫(2013)『黒澤明の十字架：戦争と円谷特撮と徴兵忌避』現代企画室

- 野崎歓(2013)『文学と映画のあいだ』東京大学出版会
- 野上照代(2014)『もう一度天気待ち : 監督·黒澤明とともに』草思社
- 黒澤和子編(2014)『黒澤明が選んだ100本の映画』文春新書
- 高橋誠一郎(2014)『黒澤明と小林秀雄:「罪と罰」をめぐる静かなる決闘』成文社
- 筑摩書房編集部(2014)『黒澤明 : 日本映画の巨人 : 映画監督「日本」』筑摩書房
- 野上照代, ヴラジーミル·ヴァシーリエフ, 笹井隆男(2015)『黒澤明樹海の迷宮 : 映画「デルス·ウザーラ」全記録1971~1975』小学館
- 都築政昭(2016)『黒澤明の映画入門』ポプラ新書
- 都築政昭(2018)『人間黒澤明の真実 : その創造の秘密』山川出版社
- 岩本憲児(2021)『黒澤明の映画喧々囂々:同時代批評を読む』論創社

저자 이시준(李市埈)

한국외국어대학교 일본어과 및 동 대학원 석사졸업. 도쿄대학 대학원 총합문
화연구과 박사(일본설화문학), 현 숭실대학교 일어일문학과 교수. 숭실대학
교 동아시아언어문화연구소 소장. 국제일본문화연구센터 초빙교수(2019.8~
2020.7)

저서
『今昔物語集 本朝部の研究』(일본),
『식민지시기 일본어 조선설화집 기초적 연구 1, 2』

공편저
『古代中世の資料と文學』(義江彰夫編), 『漢文文化圈の說話世界』(小峯和明編), 『東
アジアの今昔物語集』(小峯和明編), 『說話から世界をどう解き明かすのか』(說話文
學會編), 『文學史の時空』(小峯和明監修, 宮腰直人編), 『文學研究の窓をあける』(石
井正己編), 『일본문학속의 여성』, 『일본인의 삶과 종교』, 『슬픈 일본과 공생의 상
상력』, 『한일 양국의 이문화 수용과 번역』, 『요괴』, 『일본 고전문학의 상상력』 등

번역
『일본불교사』, 『일본 설화문학의 세계』, 『금석이야기집 일본편 1~9』, 『암흑의 조
선』, 『조선이야기집과 속담』, 『전설의 조선』, 『나카무라 료헤이의 조선동화집』 등

자료집
『암흑의 조선』 등 식민지시기 일본어 조선설화집자료총서

구로사와 아키라의 국책영화와 일본문학

프로파간다와 작가 정신

2022년 8월 29일 초판 1쇄 펴냄

지은이 이시준
펴낸이 김흥국
펴낸곳 보고사

책임편집 이소희
표지디자인 김규범

등록 1990년 12월 13일 제6-0429호
주소 경기도 파주시 회동길 337-15 보고사
전화 031-955-9797
팩스 02-922-6990
메일 bogosabooks@naver.com
http://www.bogosabooks.co.kr

ISBN 979-11-6587-371-4   93830
ⓒ 이시준, 2022

정가 32,000원